Gesa Schwartz

Nephilim

DIE CHRONIKEN DER SCHATTENWELT

Roman

Originalausgabe Oktober 2011 bei LYX
verlegt durch EGMONT Verlagsgesellschaften mbH,
Gertrudenstraße 30–36, 50667 Köln

1. Auflage
Redaktion: Katharina Kramp
Umschlagillustration: Max Meinzold
Satz: Greiner & Reichel, Köln
Druck: CPI – Clausen & Bosse, Leck
ISBN 978-3-8025-8457-2

www.egmont-lyx.de

1

Rom ertrank im Regen. Das Wasser sammelte sich in den Straßen, die Konturen der Stadt verschwanden hinter dunstigen Schleiern und verwandelten sich in undeutliche Schemen. Nur vereinzelt brach der Mond durch die Wolkendecke, die sich in dieser Nacht wie ein schweres schwarzes Tuch über die Dächer gelegt hatte, und schickte seinen gleichgültigen Schein über Lachen aus rotem und grünem Neonlicht.

Das Unwetter hatte die Menschen auch im Viertel San Lorenzo von den Straßen vertrieben, und so hörte Enzo nichts als das wütende Trommeln der Tropfen auf dem Asphalt und seine eigenen Schritte, strauchelnd und tappend zwischen all den Pfützen. Er hatte gelernt, den Regen zu hassen. Seine Finger schlossen sich starr vor Kälte um seinen Geigenkasten, und sein nasser Mantel schlug gegen seine Knie, dass es ihm das Laufen schwer machte. Vereinzelt glitt das goldene Licht aus den Wohnungen der Häuser über seine Wangen, und wie stets bei dieser Berührung überkam ihn auch nun der Impuls, stehen zu bleiben und zu den erleuchteten Fenstern hinaufzuschauen, schweigend und mit dieser atemlosen Sehnsucht des Ausgestoßenen nach dem Gewöhnlichen. Dieses Licht hatte eine Stimme, es hatte einen Geruch – und es hatte auch eine Faust, die es Enzo mit dem Zorn einer verschmähten Geliebten vor die Brust schlug und ihm eines ganz deutlich zeigte: Niemals würde er inmitten dieses Glanzes stehen, der warm und golden zu dem einsamen Wanderer auf der Straße herausbrach. Enzo fühlte diese Gewissheit in sich brennen wie ein aufflackerndes Kohlestück, und er schüttelte den Kopf über den Zorn des Lichts. Es lag nicht in seiner Entscheidung, in diesem Glanz zu leben. In diesem Punkt hatte er niemals die Wahl gehabt.

Er zog sich die Fliegermütze tiefer ins Gesicht und blinzelte angestrengt gegen den Regen. Am anderen Ende der Straße erkannte er die

Leuchtreklame des Restaurants. Ein Lächeln flog über sein Gesicht. Nun war es nicht mehr weit. Er hob den Geigenkasten vor seine Brust und rannte mit ihm quer durch die Pfützen bis zur Schwarzen Gasse. Zu beiden Seiten hockten die Häuser verlassen und missmutig wie schlechtgelaunte Kröten nebeneinander, spärlich beleuchtet von flackernden Straßenlaternen. Am Ende lag ein mit Graffitis übersäter, längst geschlossener Nachtclub. Noch immer hing ein Teil des Namens als riesiges Schild über dem Eingang. Die andere Hälfte stand schräg wie eine Spielkarte gegen die Häuserecke gelehnt. Enzo lief darauf zu, zog in einer schnellen Bewegung die Plane zurück, die halb zerrissen vom Schild herabhing, und schaute auf ein sorgfältig ausgelegtes Nest aus Zeitungen, Decken und alter Kleidung.

»Casa, dolce casa«, murmelte er, bettete den Geigenkasten auf eine Jacke und setzte sich rücklings auf einen Stapel Zeitungen. Mit nassen Fingern streifte er sich die Schuhe von den Füßen, stellte sie sorgsam schräg gegen das Schild, hängte die tropfende Mütze an einen Nagel an der Hauswand und zog sich ins Innere seiner Behausung zurück.

»Du wirst wohl in hundert Jahren noch nicht wieder trocken sein, wie ich das sehe«, sagte Enzo zu seinem Mantel, als er ihn auf ein paar Zeitungen ausbreitete. »Aber mach dir nichts draus. Fische sind ihr ganzes Leben lang nass, und stört es sie etwa? Na also!«

Er nickte dem Mantel zu wie nach einem langen und fruchtbaren Gespräch und beugte sich fürsorglich über seinen Geigenkasten.

»Keine Sorge«, murmelte er, während er den Deckel öffnete und der Violine einen Blick zuwarf. »Du bist ganz trocken geblieben, kein Grund zur Aufregung.« Vorsichtig stellte er sie zwischen einen Stapel zusammengefalteter Kartons und einen Berg Mützen und breitete eine Zeitung als Dach darüber. Dann setzte er sich ihr im Schneidersitz gegenüber, die nackten Füße in den Kniekehlen vergraben, und nickte gedankenverloren vor sich hin.

»Ja, früher, da hast du recht, da wäre ich schneller gelaufen bei diesem Mistwetter«, sagte er. »Aber man wird nicht jünger, nicht wahr? Wie lange ist das jetzt her, seit wir uns in dieser Stadt niederließen? Fünfhundertdreiundsechzig, sagst du? Nun, das dürfte in etwa zutreffen, meine Liebe. Ich schätze, es waren fünfhundertachtundsechzig Jahre und siebeneinhalb Monate, um genau zu sein.« Er nickte vor sich hin. »Fünfhundertachtundsechzig Jahre … Wer hätte gedacht, dass alles einmal so endet?«

Ein Geräusch ließ ihn zusammenfahren, etwas wie das Rasseln schuppiger Leiber unter Mauerwerk. Er warf der Geige einen Blick zu und legte den Finger an die Lippen. Vorsichtig blinzelte er durch den Regen, der ein wenig nachgelassen hatte. Neblige Schleier zogen über den Boden, es dampfte aus einem nahe gelegenen Kanaldeckel. Enzo beugte sich vor, um besser sehen zu können, als er ein Scharren hörte, ganz in seiner Nähe. Fast gleichzeitig bemerkte er die große Spinne auf seiner Hand. Angewidert schüttelte er den Arm und schleuderte das Tier hinaus in den Regen. Dort blieb es sitzen und starrte lauernd zu ihm herüber. Im selben Moment liefen Eiskristalle über den Hals seiner Geige, so schnell, dass er sie wachsen sehen konnte. Ein Schauer flog über seinen Rücken wie die Erinnerung an einen bösen Traum. Gleich darauf fuhr ein heftiger Windstoß in seine Behausung, wirbelte die Zeitungen durcheinander und riss die Kartons in die Höhe. Enzo griff nach seiner Geige, hielt die Zeitungen fest und ließ sich auf einen Kleiderhaufen fallen, als der Sturm so plötzlich aufhörte, wie er gekommen war. Er strich sich die Haare aus der Stirn. Ein Ton hing in der Luft wie das Klingen eines halb gefüllten Glases unter der Berührung eines am Rand entlangfahrenden Fingers. Enzo spürte, wie ihm das Blut aus dem Kopf wich. Im gleichen Augenblick sah er den Fremden.

Er hockte auf dem Bretterstapel vor der Hauswand gegenüber, pechschwarz und zusammengesunken, dass man ihn fast für einen Berg Lumpen hätte halten können. Aber aus den Ärmeln des langen Mantels ragten ungewöhnlich weiße Hände, und der Regen tropfte von einem dunklen, breitkrempigen Hut, der das Gesicht vollständig verbarg. Neben ihm saß ein schwarzer Wolf, hochaufgerichtet und lauernd. Enzo fuhr sich über den Mund wie ein Verdurstender.

»Nein«, flüsterte er kaum hörbar. »Das ist unmöglich.«

Da hob der Fremde den Kopf. Sein Gesicht war kalkweiß und lippenlos, die Haut zog sich wie uraltes Pergament über die hohen Wangenknochen und die scheinbar mehrfach gebrochene Nase, und die Augen lagen so tief in ihren Höhlen, dass es schien, als wäre da nichts als Finsternis. Enzo wich zurück, doch nicht vor dem Schrecken dieses Anblicks.

Er sah dieses Gesicht nicht zum ersten Mal.

Seine Hand grub sich so fest in die Zeitungen, dass seine Gelenke knackten, doch er fühlte es nicht.

Er war gekommen.

Für einen Augenblick konnte Enzo nicht atmen, das Grauen schloss sich fest um seine Brust. Doch gleich darauf flutete ihn ein anderes Gefühl. Die Zeit war gekommen. Das Leben im Schmutz und im Verborgenen, die Jahrhunderte in den Schatten – jetzt würde es enden. Er holte tief Atem, fast schien es ihm, als täte er es zum ersten Mal. Und mit einer einzigen raschen Bewegung löste er sich aus seiner Erstarrung und trat hinaus in den Regen. Er fühlte die Tropfen, die nur noch leicht fielen, wie Liebkosungen auf seinem Gesicht, und der Boden unter seinen bloßen Füßen war beinahe warm.

»Bhrorok«, sagte er und hörte zum ersten Mal seit unendlich langer Zeit wieder seine wirkliche Stimme, dunkel und kraftvoll, wie sie damals gewesen war.

Der Fremde, der kein Fremder mehr war, öffnete den Mund, doch er antwortete nicht. Stattdessen kroch Nebel über seine Lippen, zäh wie Sirup. Er brachte die Luft zum Erstarren, Eisblumen zogen sich durch den Regen. Enzo sah die weißen Hände mit den schwarzen, eingerissenen Nägeln und wie sich etwas Madengroßes schmatzend und rasselnd unter der Haut der rechten Hand entlangwand. Dann neigte Bhrorok den Kopf, und ein Wort glitt aus seinem Mund, getragen von einer Stimme, die heiser klang wie ein Schrei im Sturm.

»Yrphramar.«

Enzo schauderte. Wie lange war er nicht mehr mit diesem Namen angesprochen worden? Ein bitteres Lächeln stahl sich auf seine Lippen. War es nicht ein Hohn, dass ausgerechnet diese Kreatur ihm den Respekt zollte, den er verdiente – als erstes Wesen seit so langer Zeit?

Er erwiderte die Geste, auch er neigte den Kopf, und während er das tat, flackerten tausend Bilder durch seinen Sinn. Er sah sich auf Schlachtfeldern und auf der Jagd, spürte den bitteren Geschmack der Beschwörungen auf seinen Lippen und den warmen Klang der Zauber, und auf einmal fühlte er den Schmutz von sich abfallen, all den Unrat, den er in dieser falschen Welt angesammelt hatte, und als er den Blick hob und Bhrorok ansah, war er nicht mehr Enzo mit dem

Geigenkasten. Yrphramar – das war sein Name. Er war ein Krieger, ein Jäger, das war er immer gewesen. Er war geflohen, und nun hatte man ihn gestellt. Doch er würde nicht kampflos aufgeben – er würde überhaupt nicht aufgeben. Er sah, dass auch Bhrorok die Veränderung wahrgenommen hatte, und bemerkte etwas wie Befriedigung in dessen aschfahlem Gesicht.

Bhrorok erhob sich lautlos. In langen, schweren Schritten durchzog er die Pfützen und blieb in einiger Entfernung stehen. Das halbherzige Licht der Straßenlaternen ließ seine Gestalt noch dunkler erscheinen.

Yrphramar drehte die Fläche seiner linken Hand nach oben, die Regentropfen blieben glitzernd wie Tau darauf liegen. Noch einmal ließ er die Luft in seine Lunge fließen und bewegte sich langsam auf die Mitte der Gasse zu, seitwärts wie ein Mungo vor der Kobra, bis er Bhrorok in weitem Abstand gegenüberstand. Der Wolf hockte noch immer neben dem Bretterstapel, regungslos wie zuvor.

Yrphramar sprach die Formel, sanft flossen die Worte über seine Zunge. Er spürte, wie das Feuer in seine Augen trat, kurz durchzuckte ihn heftiger Schmerz. Dann wurde sein Blick klar, er sah jede Einzelheit Bhroroks wie unter einem Brennglas und fühlte die Flammen, die rot glühend aus seinen Augen loderten.

Bhrorok hatte sich kaum verändert. Nur die Farbe war aus seinen Augen gewichen, weiß und wächsern stierten sie durch den Regen herüber, und seine Züge mit dem halb geöffneten Mund hatten etwas Leichenhaftes bekommen.

Gleichzeitig hoben sie die rechte Faust vor ihre linke Schulter. Für einen Augenblick hielt die Welt um sie herum den Atem an. Die Regentropfen erstarrten im Fallen, das Flackern der Straßenlaternen setzte aus, selbst der Nebel, der aus dem Kanal kroch, verharrte. Dann begann der Kampf.

Mit einem Schrei wich Yrphramar der Druckwelle aus, die krachend hinter ihm in die Wand schlug. Er rollte über den Boden, die Finger der linken Hand gespreizt, ergriff etwas in der Luft und riss Bhrorok die Beine unter dem Körper weg. Krachend landete der auf dem Rücken, sprang auf und schleuderte einen grünen Blitz in Yrphramars Richtung. Schnell kam dieser auf die Füße, floh vor dem Blitz die Hauswand hinauf und rannte an ihr weiter direkt auf Bhrorok zu.

Im Lauf beschwor er den Regen, die Tropfen wurden zu Messern, zischend stürzten sie sich auf seinen Feind.

Doch Bhrorok duckte sich, nur einzelne Tropfen zerschnitten ihm die Wange. Schwarzes Blut rann über sein Gesicht, schon hatte er einen Donnerzauber gewirkt und warf ihn Yrphramar entgegen, der gerade noch rechtzeitig in Deckung gehen konnte. Schnaufend erhob er sich in die Luft und schickte einen Flammenstrahl zu Bhrorok hinab. Dieses Mal konnte dieser nicht ausweichen. Yrphramars Zauber traf ihn so heftig, dass es augenblicklich nach verbranntem Fleisch stank und ihm die Kleider in Fetzen vom Körper hingen. Doch noch immer stand er da, er schwankte nicht und schrie auch nicht vor Schmerzen. Nur in seinen leeren weißen Augen hatte sich etwas wie Wut verfangen, als er jetzt den Arm hob und schwarze Flammen wie Schlangen aus seinen Fingern schossen.

Yrphramar stob rückwärts durch die Luft und warf die Flammen mit einem Spiegelzauber zurück. Er rang nach Atem. Die Magie kostete ihn mehr Kraft als erwartet, immer wieder zogen schwarze Schatten an seinen Augen vorüber, doch die körperlichen Auswirkungen waren noch nicht alles. Ein grausamer Schwindel pochte hinter seiner Stirn, und als er kurz die Augen schloss, schien es ihm, als würde er auf einem Drahtseil in undurchdringlicher Finsternis stehen. Er fühlte es unter seinen Füßen und wusste um den Abgrund, der unter ihm lag. Das Seil knarzte, und kaum dass er schwankte, loderte die Dunkelheit um ihn herum auf. Er kannte die Versuchung, die in ihr lauerte, und er spürte die Furcht vor dem Abgrund in seinen Schläfen pulsen. Lange war er vor ihm geflohen, lange hatte er ihn gefürchtet und verachtet. Er sog die Luft ein, langsam und fließend. Nun war es an der Zeit, dem ein Ende zu setzen. Sein Herz raste, als er die Augen aufriss und Bhrorok auf sich zukommen sah, und er hörte die Musik, die tief aus seinem Inneren aufwallte und ihn fest auf dem Seil hielt.

Entschlossen traf er Bhrorok mit einem Sturmzauber an der Stirn, stürzte auf ihn zu und schlug seinen Kopf wieder und wieder gegen die Hauswand. Schwarzes Blut lief ihm über die Finger, doch Yrphramar sah nichts als die toten weißen Augen, die keinen Schmerz zu kennen schienen. Stattdessen trat eine kalt glühende Grausamkeit in Bhroroks Blick.

Mit einer Bewegung, die zu schnell war für Yrphramars Augen, schlug Bhrorok ihm die Arme zurück, packte ihn an der Kehle und schleuderte ihn die Gasse hinab. Er krachte gegen die Hauswand, fiel leblos zu Boden und konnte nur unter Schmerzen Atem holen. Gerade noch rechtzeitig sah er den Feuerwirbel, der auf ihn zuraste, und konnte sich hinter einem Schutzzauber verbergen. Knisternd glitten die Flammen an seinem Schild ab und erloschen. Sie hatten den Asphalt zu beiden Seiten der Gasse in Brand gesetzt, und hinter dem versagenden Zittern seines Zaubers sah Yrphramar seinen Feind kommen, die brennende Straße unter seinen Füßen. Er fühlte, wie der Boden unter Bhroroks Schritten zitterte, spürte, wie er gepackt und an der Kehle in der Luft gehalten wurde. Ein winziger schwarzer Punkt hatte sich in Bhroroks Augen gebildet, nadelfein, als hätte er alle Grausamkeit der Welt auf einem einzigen Fleck versammelt. Yrphramar stieß seine rechte Hand in Bhroroks Schulter, seine Finger gruben sich in faulendes Fleisch, und dieses Mal zuckte etwas wie Schmerz über das kalkweiße Gesicht. Dann öffnete Bhrorok den Mund.

»Wo finde ich Obolus?«

Yrphramar brauchte eine Weile, bis er verstand, dass Bhrorok nur das Restaurant meinen konnte, das Restaurant einige Straßen weiter. Es fiel ihm nicht leicht, Atem zu holen, irgendetwas steckte in seiner Lunge. Dennoch stieß er die Luft aus, so verächtlich es ihm möglich war.

»Deswegen bist du gekommen?«, keuchte er, während er seinen Herzschlag in den Schläfen fühlte. »Du, Kreatur der Finsternis, Diener der Schatten, fragst mich nach dem Weg?« Er wollte lachen, aber die Klaue um seinen Hals drückte zu. »Wieso«, presste er hervor, »wieso willst du das wissen?«

Da glitt etwas über Bhroroks Gesicht, das ein Lächeln hätte sein können, wäre es nicht so grausam gewesen. »Der Junge«, raunte er. »Ich suche den Jungen.«

Yrphramars Augen wurden schmal. Ein Schmerz wie von einem Messerhieb zog durch seine Brust. Er hatte sich also nicht geirrt. Die Schatten umdrängten das Licht, sie gierten mit ihren tödlichen Schleiern nach ihm, und sie würden es mit sich reißen und die Welt in den Abgrund stürzen, wenn es nicht stark genug war. Schon spürte er die

Finsternis, die aus Bhroroks Innerem loderte, und er hörte dessen Stimme wie im Traum.

»Folge den Schatten«, raunte Bhrorok kaum hörbar. »Folge ihnen und lebe – oder stirb.«

Noch einmal spürte Yrphramar die Versuchung, dem Ruf aus der Dunkelheit zu folgen und jeden Kampf, jede Zerrissenheit für alle Zeit zu vergessen. Doch die Musik in ihm war stark. Donnernd brandete sie auf und trieb das Bild eines jungen Mannes in seinen Geist. Er schaute in ein Gesicht mit blauen, unruhigen Augen, und er spürte einen Schauer der Freundschaft und Zuneigung, der ihn mit ungeahnter Macht durchströmte. Doch ehe der Junge auf seine zaghafte Weise lächelte, drängte Yrphramar sein Bild zurück und mit ihm den Schreck, der mit tödlichen Klauen nach ihm greifen wollte. In rasender Geschwindigkeit zogen die Gedanken durch seinen Sinn, er hatte viele Möglichkeiten – und keine.

Die Kälte hatte seine Finger taub gemacht, sie steckten leblos in Bhroroks Körper. *Niemals.* Sein Kiefer knackte, als er den Mund öffnete, und seine Zunge gehorchte ihm nicht mehr. »Armselige Kreatur«, brachte er dennoch hervor und sah das Nichts in Bhroroks Blick wie eine Wolke aus Gift auf sich zurasen. »Ich werde meinen festen Stand nicht verlieren wegen eines Sklaven wie dir. Scher dich zurück in die Schatten, die dich erschaffen haben!«

Mit letzter Kraft stieß er den Kopf vor. Er hörte, wie Bhroroks Nase brach. Keuchend landete Yrphramar auf dem Boden, seine Finger fanden seine Geige und augenblicklich durchströmte ihn ein Gefühl, das jede Kälte vertrieb. Er strich über die Saiten, und eine Melodie erklang, die sich mit seiner inneren Musik vermischte und für einen Moment wie ein Riss durch den Regen ging. Dann wurde der Ton durchbrochen von einem Laut, der so schrecklich war, dass Yrphramar erschrocken wäre, wenn er ihn nicht schon einmal gehört hätte.

Bhrorok schrie.

Er hockte am Boden, die Hände so tief in sein Gesicht gekrallt, dass blutige Striemen über seine bislang unverwundete Wange liefen, und schrie aus Leibeskräften mit all den Stimmen jener, die er verschlungen hatte. Yrphramar schloss die Augen, er ertrug dieses Bild nicht, und er zog den Bogen über die Saiten, schneller und schneller, bis die

Melodie in einem fulminanten Feuerwerk die Fenster der verlassenen Häuser bersten und die Regentropfen wie tausend winzige Sonnen zerspringen ließ. Ein zarter Ton hing in der Luft, als Yrphramar sein Lied beendete. Er zitterte, als er die Augen öffnete. Da lag Bhrorok, zusammengesunken auf dem Bretterstapel, wo er ihn begrüßt hatte. Sein Köter war verschwunden.

Schwer atmend ging Yrphramar auf Bhrorok zu. Er murmelte den Zauber, als er hinter sich ein Keuchen hörte. Er fuhr herum. Hinter ihm saß der Wolf. Und noch ehe Yrphramar den Blick gewandt hatte, wusste er, dass er verloren hatte.

»Narr«, hörte er Bhroroks Stimme.

Im nächsten Moment fühlte Yrphramar, wie eine kalt glühende Faust seinen Brustkorb durchstieß. Mit letzter Kraft riss er seine Geige in die Luft und schmetterte sie Bhrorok ins Gesicht. Das Holz zersplitterte, als wäre es gesprengt worden, und feiner silberner Staub rieselte durch die Luft. Zischend landete er auf Bhroroks Haut, brannte sich in weißes Fleisch und traf selbst den Wolf, der jaulend zurücksprang. Schwarze Krater bildeten sich dort, wo die Staubkörner Bhroroks Gesicht berührten. Schmerz flammte über seine Züge, doch in seinen Augen stand nur Verachtung.

Die Kälte in Yrphramar wurde unerträglich, aber er spürte keine Schmerzen. Er fühlte nur die Dunkelheit, die lauernd auf ihn wartete, und sah die zarten Umrisse eines goldenen Schmetterlings, der sich aus den Überresten seiner Geige in den Nachthimmel schwang und davonflog.

Für einen Moment starrte Bhrorok ihn an, etwas wie Erstaunen spiegelte sich auf dem kalkweißen Gesicht. Dann zog er Yrphramar dicht vor seinen Mund. Eine klebrige schwarze Zunge leckte über mehlige Haut, und aus seinem Mund krochen Maden, dicke schwarze Käfer und zuckende Würmer.

Yrphramar wollte schreien, doch sein Körper gehorchte ihm nicht mehr. Das Ungeziefer sprang auf sein Gesicht, er fühlte scharfe Beine wie Rasierklingen auf seiner Haut. Blut lief ihm über das rechte Auge, etwas riss Fleisch aus seiner Wange. Immer mehr Käfer hüllten ihn ein, bis er nichts mehr sah und hörte als das feuchte Knistern ihrer schwarzen Leiber.

Da fühlte er, wie sein Kiefer sich öffnete, er konnte nichts dagegen tun, und die Käfer glitten über seine Lippen und seine Kehle hinab. *Ich sterbe*, dachte er erschrocken, und gleichzeitig spürte er etwas in seinen Händen, es war der hölzerne Griff seiner Geige. Sanft strich er in Gedanken mit dem Bogen über die Saiten, er spielte auf, ein letztes Mal. Dann durchzog ihn der Schmerz von tausend fressenden Mäulern, und alles wurde schwarz.

Bhrorok wartete, bis seine Schergen ihr Werk beendet hatten. Mit einem einzigen Atemzug kehrten sie zu ihrem Herrn zurück und verschwanden in seinem fahlen Körper. Langsam wischte er sich den Mund wie nach einem gelungenen Mahl. Dann ließ er sein Opfer fallen. Lautlos sank Yrphramar auf den Asphalt.

Bhrorok stieg über ihn hinweg. Ein Lächeln lag auf seinem lippenlosen Mund, als er am Ende der Gasse stehen blieb. Der Wolf riss den Kopf in den Nacken, er witterte. Bhrorok warf einen Blick zurück zu dem leblosen Körper.

»Narr«, sagte er noch einmal.

Dann wandte er sich um und verschwand in der Nacht.

2

Für einen Augenblick wusste er nicht, wer er war. Er hätte alles sein können: Mensch oder Tier, Engel oder Teufel, oder einer der Regentropfen, die in silbernen Schnüren an der Scheibe des Restaurants herunterliefen und wie tausend winzige Augen daran hängen blieben.

»Nando Baldini! Träumst du?«

Mit einem Schlag war er wieder wach. Er fühlte den Wischlappen wie einen nassen Zwieback zwischen seinen Fingern, hörte das Wasser, das prasselnd in den Eimer lief, und schaute in das Gesicht seines Chefs. Signor Bovino reichte Nando gerade einmal bis zur Brust, hatte aber die Angewohnheit, den Kopf in den Nacken zu werfen und in vollendeter Herablassung auf die Welt zu blicken, als würde er jeden um mindestens zwei Köpfe überragen.

»Du sollst arbeiten, hörst du?«, rief er und riss die ein wenig zu kurz geratenen Arme in die Luft. »Ich bezahle dich nicht, damit du aus dem Fenster glotzt! Und was machst du da überhaupt?« Er deutete auf den Wischeimer, als hätte er ihn noch nie gesehen, und stellte das Wasser ab. »Halb voll ist genug, verstanden? Du sollst aus dem Obolus kein Schwimmbad machen, sondern den Boden wischen, Herrgott noch eins!«

Nando hob die Schultern. »Ich dachte …«, begann er, aber Signor Bovino wischte seine Bemerkung mit einem Gesichtsausdruck beiseite, als hätte ihn etwas Klebriges angesprungen.

»Du denkst!«, rief er, während er sich ein leuchtend gelbes Regencape überzog. »Das überlässt du besser mir. Vergiss nicht, die Abrechnung zu machen, räum das Lager auf, und wehe, du wischst wieder ohne den Spezialreiniger!«

Nando sah zu, wie Signor Bovino sich die Kapuze so fest um sein rundes Gesicht zog, dass seine Wangen zusammengepresst wurden. Es hätte nur der Leuchtreflektor in Katzenform gefehlt, und aus Signor Bovino wäre ein ziemlich fetter Grundschüler geworden, zumindest auf den ersten Blick.

»Ich dachte, dass ich das Lager morgen machen könnte«, sagte Nando und fühlte sich umgehend von einem vernichtenden Blick getroffen. »Ich habe doch heute Geburtstag, verstehen Sie, und meine Tante …«

Signor Bovino schnaubte, als gäbe es nichts Unwichtigeres auf der Welt. »Deine Privatvergnügungen interessieren mich nicht. Das Lager wird heute gemacht, dass das klar ist. Musst dich eben beeilen und weniger vor dich hin träumen.«

Nando presste die Zähne zusammen. Abgesehen davon, dass er sich ohnehin Schöneres vorstellen konnte, als an seinem Geburtstag Überstunden einzulegen, bemühte sich seine Tante Mara seit Tagen darum, das geplante Festessen vor ihm geheim zu halten. Seine Mutter war Köchin gewesen, regelmäßig hatte sie zu seinem Geburtstag ein mehrgängiges Menü zusammengestellt, und sein Vater hatte ihm einen Kuchen gebacken, gespickt mit Kerzen und überzogen mit leuchtend rotem Zuckerguss. Seine Eltern hatten nicht viel Geld gehabt, aber bei dem gemeinsamen Essen hatten sie nie gespart und waren stets bemüht gewesen, Nandos Geburtstag so zu gestalten, als wäre ihr Sohn ein Prinz, der nur aus Versehen bei armen Leuten gelandet war. Seit seiner Geburt hatten sie das getan – bis zu jener Nacht vor neun Jahren, da sie ihn verlassen hatten. Mara war die Schwester seiner Mutter, und obgleich sie keinerlei Talent für die Zubereitung jedweder Mahlzeiten hatte, weigerte sie sich standhaft, diese Tradition aufzugeben. Sie war eine Künstlerin, eine Malerin allererster Güte, die ihre Küche für gewöhnlich nur nutzte, um darin zu rauchen und wie ein Kutscher über die Politik der Regierung zu fluchen. Dennoch war Nando sich ziemlich sicher, dass sie neben dem Festessen entgegen ihrer Gewohnheit und Fähigkeit einen Geburtstagskuchen fabrizieren würde. Er sah sie vor sich, wie sie mit mehlverkrusteten Händen in der Küche stand und in Rezepten wühlte, um ihm eine Freude zu machen, stellte sich vor, wie sie ihre langen schwarzen Locken mit einem Kochlöffel zusammengedreht hatte, und bemerkte sie genau, die steile Falte zwischen ihren Brauen, als ihr zum dritten Mal die Eierschale mitsamt Inhalt in die Schüssel gefallen war. Unerschütterlich trat sie jedes Jahr aufs Neue in den Kampf mit Kochlöffeln, Rezepten und zerbrechlichen Suppenterrinen, um das Andenken ihrer Schwester in Ehren zu halten und Nando eine Freude zu machen, und es fiel ihm schwer, angesichts der Worte seines Chefs ruhig zu bleiben. Er holte tief Atem. Er hätte wissen müssen, dass Signor Bovino so reagieren würde. Es war immer dasselbe.

An der Tür wandte sein Chef sich noch einmal um. »Und lass die Penner draußen, hörst du! Ich bin kein Almosenverein.«

Damit riss er die Tür so stürmisch auf, dass die Messingglöckchen darüber hektisch anfingen zu bimmeln, ließ sie offen stehen und lief hinaus in die Nacht. Eisiger Wind schleuderte Regentropfen ins Restaurant. Schnell schloss Nando die Tür, sah seinen Chef im Regen verschwinden und betrachtete sein Spiegelbild in der Scheibe. Seine dunklen, halb langen Haare hingen ihm in die Stirn, unbändig standen sie zu beiden Seiten von seinem Kopf ab und erinnerten ihn an seinen Vater, der zeit seines Lebens eine ähnliche Unfrisur getragen hatte. Seine Augen hingegen blickten in demselben unruhigen Blau, das auch in den Augen seiner Mutter gelegen hatte. Ein Brennen durchzog seinen linken Arm, der von den Fingern bis hinauf zur Schulter mit Brand- und Schnittnarben übersät war. Seit jener Nacht vor neun Jahren waren mehrere Nerven irreparabel geschädigt und die Funktionen seiner Hand zeitweise stark eingeschränkt. Taubheitsgefühle und Greifschwächen traten häufig auf, ohne dass er es beeinflussen konnte. Er hatte sich an diese Behinderung gewöhnt, aber besonders an Tagen wie diesem erinnerte sie ihn mit wortloser Grausamkeit an die Ereignisse von damals.

Er holte tief Luft, doch seine Eltern fehlten ihm so sehr, dass ihm das Atmen schwerfiel. Entschlossen wandte er sich ab. Er hatte keine Zeit, um sich in trübsinnigen Gedanken zu verlieren. Abrechnung, Lager aufräumen und dann auch noch Wischen mit dieser widerwärtigen Essiglösung, die Signor Bovino eigenhändig zusammengemischt hatte und die dermaßen stank, dass es in der Tat keinem Keim einfallen würde, sich auf ihr niederzulassen. Er musste sich beeilen, um nicht zu spät zu seinem eigenen Festessen zu kommen. Er ging zur Kasse, einem riesigen, messingfarbenen Ungetüm aus dem vorigen Jahrhundert –

Signor Bovino weigerte sich standhaft, eine neue anzuschaffen, *dieser ganze neumodische Schnickschnack ist der größte Quatsch, den man sich vorstellen kann* – und zog an dem Hebel zum Öffnen des Geldfachs. Nichts rührte sich.

»Nein«, murmelte Nando eindringlich. »Tu mir das nicht an. Nicht heute.« Noch einmal zog er an dem Hebel, ein metallenes Klirren ertönte im Inneren der Kasse, dann etwas wie ein Seufzen – und der Hebel bewegte sich nicht mehr. Nando versuchte es vorsichtig und mit Gewalt, aber es half alles nichts. »Verdammtes Mistding!«, rief er und schlug mit der flachen Hand gegen die Kasse, dass die Münzen in ihrem Inneren klimperten und seine Handfläche brannte. Wütend presste er die Zähne aufeinander. »So einfach kommst du mir nicht davon«, murmelte er und griff nach dem Schraubenzieher, der im untersten Fach des Tresens lag. Gerade hatte er das Geldfach ein winziges Stück weit aufgehebelt, als der Regen mit Wucht gegen die Glastür schlug.

Nando lief ein Schauer über den Rücken, als er gleich darauf das leise, klopfende Geräusch der Tropfen an der Tür hörte, so als würde eine unsichtbare Hand Einlass begehren. Es war ein Regen, wie er in seinem Traum fiel – jenem Traum, der sich seit sieben Tagen jede Nacht wiederholte: Er eilte durch die nächtlichen Straßen Roms. Er war auf der Flucht, ohne zu wissen, wer oder was ihn verfolgte. Die Stadt schien verlassen, doch die Schatten, die in den Häusernischen und Hinterhöfen lauerten, verbanden sich zu unheilvollen Schemen und jagten mit Klauenhänden hinter ihm her. Gleichzeitig neigten sich die Häuser zu ihm herab, als würden sie im Schein des Mondes schmelzen und ihn mit ihren starren Augen aus zerbrochenem Glas näher betrachten wollen. Dann hörte Nando die Stimme. Wispernd kroch sie über den Asphalt und drang aus den Abwasserkanälen wie zäher Nebel, dem sie mehr glich als jedem Laut, der aus der Kehle eines lebendigen Wesens hätte entweichen können. Sie war wie flammender Wüstenwind, schmeichelte, lockte und drohte, ohne jemals auch nur ein Wort zu sprechen, und doch verstand Nando sie instinktiv. Es war, als glitte sie mit glühenden Fingern über seine Haut und die Kehle hinab bis in sein Innerstes, und dort umstrich sie seine Gedanken, entfachte Sehnsüchte, von denen er bislang nichts geahnt hatte, und nährte seine Furcht vor dem Geist, der sie war. Sie wollte, dass Nando zu ihr kam, und sie bekam stets, was sie begehrte. In jedem Ton ihrer heiseren Gesänge schwang eine Grausamkeit mit, ein Hohngelächter, das Nando das Fleisch von den Knochen fressen würde, sobald er ihrem Ruf folgte. Tausendzüngig hatte sie Ozeane aus Finsternis überwunden, war durch Erz und Feuer gegangen und hatte Himmel zerbrechen sehen, nur um ihn zu finden – und sie würde erst ruhen, wenn er in ihrem Sturm zu Asche verbrannt war.

Nacktes Grauen pochte in Nandos Schläfen, wenn er in seinem Traum vor der Stimme davonlief. Sie folgte ihm wie ein Fluch und je häufiger sich der Traum wiederholte, desto verheißungsvoller und drohender rief sie nach ihm und desto schwerer fiel es ihm, ihrem Ruf nicht zu folgen. Doch jedes Mal, wenn er kurz davorstand, den Lockungen zu erliegen, gelangte er in eine von silbrigem Dämmerlicht erfüllte Gasse, und die Stimme wurde zurückgedrängt, sodass er sie kaum noch wahrnahm. Stattdessen sah er eine Gestalt, die auf dem von Unrat bedeckten Boden kauerte. Es war ein junger Mann, und obgleich der Mond in voller Pracht über den Häusern stand, schienen seine Strahlen für einen Augenblick einzig auf dem Körper des Fremden zu liegen. Mit einer Hand stützte er sich am Boden ab, er hielt den Kopf geneigt, sodass sein Gesicht in den Schatten verborgen lag, und aus seinem Rücken ragten gewaltige Schwingen wie die Flügel eines Engels. Aber sie waren blutig und zerrissen, und der Körper des Mannes sah aus, als wäre er von riesigen Vögeln verwundet worden. Seine halb zerfetzte Kleidung hing wie Lumpen von seinem Körper herab. Er war barfuß, und obwohl er sich nicht rührte, wusste Nando ohne jeden Zweifel, dass der Fremde ihn vor der Stimme retten konnte, die in diesem Moment erneut hinter ihm aufwallte und ihn zu sich rief. Doch Nando zögerte, näher zu treten und die Hand nach einem der Flügel auszustrecken. Er verstand, dass der Fremde auf ihn wartete, und aus Gründen, die er selbst nicht vollends durchdrang, erschreckte ihn diese Erkenntnis mehr als die grausame Stimme hinter ihm. Und jedes Mal war sie es, die den Traum zerriss.

Ausatmend schüttelte Nando die Bilder ab. Der Traum wartete auf ihn. Mit boshafter Geduld hockte er an den Rändern seines Bewusstseins und lauerte auf den Augenblick, ihn mit sich in die Dunkelheit zu ziehen. Doch Nando hatte schon immer ausgesprochen realistische Träume gehabt und früh gelernt, ihnen nicht zu viel Bedeutung beizumessen. Entschlossen, nicht vor einem leblosen Messingding zu kapitulieren, beugte er sich wieder über die Kasse und hatte gerade den Schraubenzieher angesetzt, als ein erneutes Klopfen gegen die Glastür ihn aufsehen ließ – heftiger dieses Mal, denn es kam nicht vom Regen. Dort stand eine Gestalt, groß und ganz in Schwarz gekleidet. Der Regen tropfte von einem breitkrempigen Hut, der das Gesicht vollständig verbarg.

Nando seufzte. Es war kein Geheimnis, dass er den Obdachlosen des Viertels nach Feierabend etwas Warmes zu essen gab, sehr zum Missfallen von Signor Bovino. Aber gerade in diesem Moment hatte er anderes zu tun, als Suppe aufzuwärmen, zumal er den Fremden noch nie zuvor gesehen hatte. Er zog die Brauen zusammen. Es war weder der alte Mo, der jahrelang in Spanien gelebt hatte, ehe es ihn hierher verschlagen hatte, noch Carla, deren Körper mit Abszessen übersät und von Drogen gezeichnet war, oder Enzo mit dem Geigenkasten, dieser liebenswerte alte Kerl, der mit seiner Violine sprach, als würde sie ihn verstehen, und den Nando nicht nur seit Jahren kannte, sondern mit dem ihn auch eine tiefe Freundschaft verband. Auch war es keiner von den Übrigen, die regelmäßig kamen.

Da hob der Fremde die Hand und klopfte noch einmal. Nando fuhr sich durch die Haare. Verfluchtes gutes Herz. Er ließ von der Kasse ab, drehte den Schlüssel herum und öffnete die Tür.

Das Erste, das Nando wahrnahm, war der seltsame Geruch, der von dem Fremden ausging. Er war samten, schwer und kühl, ein Duft wie Schnee und Frühlingsahnen zugleich, und strich wie ein Atemzug über seine Wangen.

»Du kannst dich da hinsetzen, wenn du magst, ich bring dir gleich was zu essen.« Nando deutete flüchtig auf den Tisch in der Ecke. Dann stellte er den Herd an, auf dem noch ein Topf mit Suppe stand, schüttete ein paar Brotkanten in einen Korb und widmete sich wieder der Kasse. Doch der Schraubenzieher half nicht mehr. Er verbeulte nur das Geldfach, das sich kein Stück weiter öffnete. Ärgerlich knallte Nando sein Werkzeug auf den Tresen und stellte fest, dass der Fremde noch immer an der Tür stand, regungslos, als wäre er zu Eis erstarrt.

»Du kannst dich ruhig setzen«, sagte Nando und deutete noch einmal auf den Tisch. »Die Suppe ist gleich warm, dann …«

Da hob sein Gegenüber den Kopf und sah ihn an. Dunkles, von weißen Strähnen durchsetztes Haar quoll unter dem Hut hervor, fiel weit über die Schultern und umrahmte ein regloses Gesicht mit Adlernase und bronzefarbener Haut. Die Augen des Fremden waren durchdringend und teerschwarz wie das Gefieder eines Raben. Nando hätte unmöglich sagen können, wie alt sein Gegenüber war, denn obgleich sein Haar das eines betagten Mannes sein konnte, wirkte sein Gesicht nicht älter als das eines Menschen Mitte vierzig, und seine Augen … Der Fremde neigte leicht den Kopf, als hätte er Nandos Gedanken gehört, und nickte kaum merklich. Er setzte sich an den Tisch in der Ecke, ohne sich abzuwenden.

Nando riss seinen Blick los und wartete ungeduldig darauf, dass die Suppe kochen würde. Gerade heute hatte er keine Zeit für merkwürdige Fremde, es war schon schlimm genug, dass diese verfluchte Kasse klemmte und er Signor Bovino erklären musste, dass er daran keine Schuld trug. Er seufzte innerlich, als er daran dachte.

»Also«, sagte er, um nicht weiter darüber nachzudenken und die unangenehme Stille zu durchbrechen. »Ich habe dich hier noch nie gesehen. Wie ist dein Name?«

Er hatte gelernt, dass Namen auf der Straße eine wichtige Bedeutung hatten. Die meisten Obdachlosen, die er kannte, gaben sich selbst einen neuen Namen, wenn sie ihr bürgerliches Leben verließen.

Der Fremde schwieg eine Weile. Erst als Nando schon dachte, dass er seine Frage nicht gehört hatte, nickte er langsam. »Mein Name ist Antonio Montanaro«, erwiderte er mit einer Stimme, die rau klang, als hätten heftige Stürme zu lange mit ihr gespielt, und zugleich von einem warmen Unterton getragen wurde. Nando war sich sicher, noch nie eine solche Stimme gehört zu haben, und ertappte sich dabei, wie er den Fremden anstarrte. Verlegen griff er nach dem Schraubenzieher, drehte ihn zwischen den Fingern und legte ihn wieder weg.

»Nicht gerade ein ungewöhnlicher Name«, stellte er fest und hasste sich dafür. Wie oft hatte er diesen Satz gehört, wenn er sich selbst vorgestellt hatte. »Ich bin Nando«, sagte er und fuhr schnell fort: »So, wie du aussiehst, kommst du nicht aus der Gegend.«

Erst als er es ausgesprochen hatte, fiel ihm auf, wie recht er damit hatte. Der Fremde hatte sich in einen zerschlissenen Mantel gehüllt, wie Nando ihn bei zahlreichen Obdachlosen in ähnlicher Art jeden Tag sah, doch darunter trug er eine schwarze Hose mit grauen Streifen, eine passende Weste und schwere, von Gamaschen überzogene Stiefel. Seine Hände steckten in ledernen Handschuhen und um seinen Hals, halb verdeckt vom Kragen des unförmigen Mantels, lag eine alte Schweißerbrille mit merkwürdig schimmernden Gläsern. Nando zog die Brauen zusammen. Dieser Fremde war kein Obdachloser, da war er sich ziemlich sicher, und während er in diese schwarzen Augen schaute, überkam ihn zunehmend ein ungutes Gefühl. Kaum merklich lächelte er über sich selbst. Ihm waren schon genügend Menschen begegnet, die auf den ersten Blick absonderlich gewirkt hatten, und bislang hatte ihm keiner davon den Kopf abgerissen und falsch herum wieder auf die Schultern gesetzt.

»Woher kommst du also?«, fragte er und stellte befriedigt fest, dass seine Stimme keinerlei Misstrauen erahnen ließ.

Da lächelte Antonio, als hätte er die ganze Zeit auf diese Frage gewartet. Es war ein seltsames Lächeln, das seine Augen mit einer weißen Flamme weit hinten in den Pupillen spiegelten. Er beugte sich vor und senkte die Stimme, als wollte er Nando ein Geheimnis verraten.

»Kennst du einen Ort, an dem man den Herzschlag der Drachen hören kann?«, fragte er leise.

Nando lachte auf. »Wenn man meinen Chef dazuzählt, befinden wir uns gerade an einem«, sagte er, doch Antonio erwiderte sein Lächeln nicht. Nando wurde ernst. Er hatte schon viele abenteuerliche Geschichten von seinen Nachfeierabendgästen gehört und immer lebhaften Anteil an ihnen genommen, denn er wusste, dass es bisweilen leichter war, in Träumen zu leben als in der Wirklichkeit.

»Nun ja«, sagte er und zuckte mit den Schultern, »das hast du wohl nicht gemeint, was?«

Antonio erwiderte nichts. Kurz schien es, als würde sich das Schwarz der Iris in das Weiß der Augäpfel fressen wie dunkles Blut in frisch gefallenen Schnee. Doch gleich darauf begann die Lampe über dem Tresen zu flackern, und Nando konnte nicht mehr sagen, ob es nicht nur Schatten waren, die sich in den Augen seines Gegenübers sammelten. Der Blick des Fremden tastete über sein Gesicht wie Finger aus Wind, und als Antonio zu sprechen begann, sah Nando nichts mehr als die Dunkelheit in dessen Augen, die sich hob und senkte wie das Schlagen eines gewaltigen Schwingenpaares.

»Ich komme von einem Ort jenseits des Lichts«, raunte Antonio kaum hörbar. »Stürme aus Nebel und Flammen verbergen ihn vor der Welt, Klauen aus Erz halten ihn umklammert, und keine sterbliche Seele, die in seine Gassen geriet, hat ihn jemals wieder verlassen, ohne das Herz an ihn verloren zu haben. Häuser mit Türen aus glänzendem Metall schmiegen sich an rauen Fels, roter Staub weht über die Kopfsteinpflaster und trägt den Atem der Stadt in jeden Winkel meiner Welt. Es gibt eine Ebene ohne Zeit, dort, wo ich wohne, und Sterne aus Feuer und Eis. Morgens erwache ich mit dem Klang berstender Gesteine, ich überdauere den Tag im Angesicht schwelender Feuer und bade des Nachts meine Füße im schwarzen Wasser des Flusses, der meine Stadt aus Finsternis durchzieht. Ich habe auch einen Himmel, er glüht in goldenem Schein, und es gibt Scheusale in den Schatten, die nur darauf warten, mich zu erbeuten. Es ist ein Ort, wo Helden eine Heimat finden. Und manchmal, wenn man das Ohr fest gegen die Haut der uralten Gesteine presst, kann man ihn hören: den Herzschlag der Welt. Die Stadt, aus der ich komme, heißt Bantoryn.«

Wie ein kalter Windhauch strich das letzte Wort Nando die Haare aus der Stirn. Irrte er sich, oder war das Licht auf einmal dunkler geworden? Er schüttelte den Schauer ab, der ihm über den Rücken kriechen wollte.

»Und was tust du dann an einem Ort wie diesem hier?«, fragte er und stellte fest, dass er plötzlich heiser war. Er räusperte sich. »Ich meine – an einem Ort für Helden gibt es sicher mehr zu sehen als hier.«

Da fing die Suppe an zu kochen. Nando tauchte die Kelle ein und füllte etwas in einen tiefen Teller.

»Ich bin gekommen, um dich dorthin mitzunehmen«, sagte Antonio direkt hinter ihm. Urplötzlich war er vor dem Tresen aufgetaucht. Nando fuhr erschrocken zusammen. Er versuchte noch, den rutschenden Teller mit seiner vernarbten Hand festzuhalten, doch es gelang ihm nicht und er schüttete sich die kochende Suppe über die Finger.

Fluchend warf er den Teller ins Spülbecken und hielt seine Hand unter kaltes Wasser.

»Das soll wohl ein Scherz sein!«, rief er ärgerlich und wusste selbst nicht genau, ob er sich mehr über seinen Schmerz aufregte oder über sich selbst, weil er diesen Verrückten hereingelassen hatte. Das Wasser spülte über seine Hand, bis sie eiskalt war. Schließlich drehte er den Hahn zu und wandte sich um. Er seufzte. Das schlechte Gewissen hatte schon immer leichtes Spiel mit ihm gehabt. »Es tut mir leid«, sagte er ruhiger. »Aber ich hatte einen langen Tag. Und ich habe echt andere Sorgen, als an einen Ort zu reisen, von dem ich noch nie gehört habe.« Er lächelte. »Ich dachte, es sei ein Platz für Helden, und wenn ich eines ganz sicher nicht bin, dann das: ein Held. Was sollte ein Tellerwäscher wie ich dort tun? Geschirr spülen und Suppe kochen für Bedürftige?«

Antonio sah ihn gedankenverloren an. Er schien den letzten Satz gar nicht gehört zu haben.

»Du bist etwas Besonderes«, sagte er kaum hörbar. »Mehr, als du ahnst.«

Nando stieß die Luft aus. »Unsinn«, erwiderte er und wollte noch mehr sagen, doch im nächsten Moment sprang Antonio vor. Mit einem Satz, der zu schnell war, als dass Nando ihn mit den Augen hätte verfolgen können, glitt Antonio über den Tresen, packte ihn mit der linken Hand im Nacken und presste die rechte auf seine Brust, dorthin, wo das Herz war. Erschrocken griff Nando nach Antonios Hand, doch sie hatte sich fest in sein Hemd gekrallt, während sein Nacken wie in einem Schraubstock gefangen war. Eiskalt war diese Hand, und Nando nahm Antonios Duft wahr, eine seltsame Mischung aus brennenden Tannenzweigen und Meerluft, die von dem samtenen Aroma durchzogen wurde, das Nando bereits bei seinem Eintreten wahrgenommen hatte. Noch immer konnte er es nicht deuten, doch es legte sich erneut kühl auf seine Wangen. Er wollte schreien, aber nichts als ein heiseres Krächzen drang aus seiner Kehle.

»Du bist ein gewöhnlicher Mensch«, raunte Antonio, und nun sah Nando, dass seine Augen nicht schwarz waren, wie es den Anschein gehabt hatte. Diese Augen waren golden, und ihr Anblick war so unwirklich, dass Nando anfing zu zittern. »Du hast eine Familie, du liebst deine Tante, deine Freunde, deinen Krempel, du erledigst deine Arbeit in diesem schäbigen Restaurant und wirst Schule und Ausbildung ohne großes Aufsehen abschließen. Ja …« Er stieß die Luft aus, die in einem eisigen Schwall Nandos Gesicht traf und ihm den Atem nahm. »Auf den ersten Blick gleichst du unzähligen anderen jungen Männern. Aber im Inneren sieht es anders aus. Ganz anders!«

Nando spürte seinen Herzschlag in der Kehle, er ertrug den Blick in Antonios Augen nicht länger, ebenso wenig wie dessen Worte, die mit eiskalter Glut seinen Rachen hinabstoben und ihn verbrannten. Mit einem Schrei stieß er die rechte Faust vor und traf Antonio an der Schulter. Nando hörte das Knacken seiner Knöchel, doch er fühlte keinen Schmerz. Stattdessen sah er wie in Zeitlupe, wie Antonio rücklings über den Tresen flog und mit voller Wucht inmitten einiger Stühle landete.

Mit weit aufgerissenen Augen starrte Nando auf seine Hand. Sein Schlag konnte unmöglich so heftig gewesen sein, dass er einen ausgewachsenen Mann quer durch den Raum hätte befördern können. Oder doch? Atemlos sah er zu, wie Antonio auf die Beine kam und sich den Staub von den Kleidern klopfte. Kurz glaubte er, einen erneuten Angriff abwehren zu müssen, aber Antonio hob den Blick und sah ihn an, als wollte er ihn für diesen Gedanken tadeln.

»Niemals wird jemand den Ort jenseits des Lichts betreten, der das nicht will«, sagte er leise. »Bantoryn ist dein Ziel, auch wenn du es noch nicht weißt. Doch du wirst deinen Weg erkennen, und dann wirst du ihn gehen. Immer schon schien es dir, als würde mit der Welt etwas nicht stimmen, als wäre ein Fehler darin, den du dir zwar nicht erklären kannst, den du aber dennoch fühlst. Du spürst, dass dich etwas von den gewöhnlichen Menschen unterscheidet. Und du trägst eine Sehnsucht nach etwas *anderem* in dir, nach etwas jenseits all dessen, was dein Auge sieht – etwas, für das du zeit deines Lebens keine Worte gefunden hast. Wie oft hattest du schon das Gefühl, ein fremdes Leben zu leben, in etwas hineingeraten zu sein, das nicht das deine ist? Wie oft hast du darüber nachgedacht, dass diese Welt mehr sein könnte, viel mehr, als sie zu sein scheint? Oft, sehr oft hast du das getan und immer geahnt, dass die Wahrheit hinter diesen Gedanken liegt, die du nicht durchdringen kannst. Ist es nicht so? Und alles ist noch schlimmer geworden seit dem Tag, da die Träume begannen.«

Auf einmal war Nandos Mund staubtrocken. Er hörte den Regen, der wie Hohngelächter gegen die Scheibe schlug. »Was weißt du über meine Träume?«

Antonio trat einen Schritt auf ihn zu, und Nando erschrak über die Bewegung so sehr, dass er zurückwich. »Folge mir«, erwiderte Antonio kaum hörbar. »Folge mir nach Bantoryn, und du wirst es erfahren.«

Nando wollte etwas erwidern, aber es war, als läge eine Tonnenlast auf seinem Brustkorb, die ihm das Sprechen unmöglich machte.

Atemlos schüttelte er den Kopf.

Antonio nickte, als hätte er mit dieser Reaktion gerechnet. »Bald schon wirst du keine andere Wahl mehr haben«, erwiderte er leise. »Deine Welt wird zerbrechen, und sie wird dich mit sich reißen, wenn du nicht vorbereitet bist. Du stehst kurz vor dem Erwachen. Und eines wirst du erkennen: Es gibt keine Sicherheit jenseits des Lichts, das du verloren hast.«

Antonio schwieg einen Moment, dann öffnete er den Mund wie jemand, der noch etwas sagen will und nicht kann. Doch schließlich schüttelte er den Kopf und legte die Hand auf die Klinke. Er warf einen Blick auf die Kasse, es klingelte leise in ihr, und dann sprang das Geldfach auf. Nando fuhr zusammen, so sehr erschrak er von dem plötzlichen Geräusch. Er starrte Antonio an, der unbewegt an der Tür stand, als wäre die Kasse von ganz allein aufgesprungen, und hörte auf einmal seinen Namen: *Nando.*

Doch dieses Mal hatte Antonio nicht den Mund zum Sprechen bewegt. Seine Stimme war in Nandos Kopf geflogen wie ein Gedanke. Ein Frösteln lief Nando über den Rücken. Nie zuvor, das wusste er, hatte er seinen Namen auf diese Weise ausgesprochen gehört, so sanft und so – traurig. Antonio neigte leicht den Kopf, und Nando fühlte sich von dem dunklen Gold seiner Augen umfangen wie von einem Tuch aus Nacht.

Ein lautes Knacken ließ sie beide zusammenfahren. Nando verlor Antonios Blick und fand sich mit einem Schlag von der Last auf seiner Brust befreit. Er hustete und sah, dass das plötzliche Geräusch von einem Insekt herrührte, einem Schmetterling, der unablässig gegen die gläserne Tür flog. Er schimmerte eigentümlich, doch noch ehe Nando ihn genauer hätte betrachten können, stieß Antonio die Luft aus wie nach einem heftigen Schlag. Er fuhr herum, seine Augen standen in goldenem Feuer, als er Nando ansah. Dann riss er die Tür auf und verschwand so schnell in der Nacht, dass es schien, als wäre er nichts als ein Geist gewesen. Nur seine Worte blieben zurück.

Erst sind es nur Träume, hörte Nando seine Stimme in seinem Kopf. *Aber eines Tages, bald schon, werden sie wahr.*

Avartos Palium Hor stand auf dem Dach eines heruntergekommenen Mietshauses, fühlte, wie der Regen seinen Nacken hinabrann, und verfluchte Gott. Nicht, dass er an die Existenz einer solchen Entität geglaubt hätte – seit den Ersten Tagen war es auch in seinem Volk alles andere als selbstverständlich, sich bei klarem Verstand zu dieser Möglichkeit zu bekennen. Aber das Fluchen half ihm, seine reglose Fassade aufrechtzuerhalten, die vermaledeiten Sturzbäche an seinem Körper hinabgleiten zu lassen und den Blick unverwandt auf jenes Restaurant gerichtet zu halten, in dem der Junge mit den blauen Augen auf die geöffnete Tür starrte und sich offensichtlich nicht überwinden konnte, sie wieder zu schließen.

Seit fünf Stunden stand Avartos regungslos. Seine rechte Hand ruhte auf dem Knauf seines Schwertes, und er hörte auf das gleichmäßige Prasseln der Regentropfen, die gegen seinen matten, wie eine Weste gearbeiteten Brustharnisch schlugen. Darüber trug er einen schwarzen Gehrock mit einem kapuzenbewehrten Umhang, der ihn mit den Schatten der Nacht verschmolz und vor unliebsamen Blicken verbarg. Seine Hose war schwarz wie seine ledernen Stiefel, die bis hinauf zur Wade reichten und deren mit silbernen Beschlägen versehene Spitzen sich hervorragend als Waffe eigneten. Auf dem Rücken trug er seinen Bogen und den Köcher mit den schwarzen Pfeilen. Der Regen hatte sein blondes, fast weißes Haar, das in trockenem Zustand in leichten Wellen bis auf seine Schultern hinabfiel, trotz der Kapuze größtenteils durchnässt. Auf den ersten Blick wirkte sein ebenmäßiges Gesicht sanft, beinahe zart, doch in dem goldenen Licht, das in seinen Augen flammte, lag ein harter, kalter Ausdruck, und selten sah man ihn ohne das leicht spöttische Lächeln auf seinen Lippen.

Avartos war ein Geschöpf des Lichts. Er hatte die Schlange von

Bagdad mit bloßen Händen zerrissen und die Ghule der Wälder im Norden gelehrt, was Furcht bedeutet. Er war in die Ruinen unter Moskau hinabgestiegen, um den Lindwurm zu jagen, und er hatte den Kopf des letzten Basilisken der lichten Welt mit einem einzigen Hieb von dessen Leib getrennt. Für sein Volk hatte er das getan, und das alles nur aus einem einzigen Grund: weil er ein Krieger und ein Jäger war. Und er hatte ein Ziel.

Seine Hand schloss sich fester um sein Schwert. Seit Jahrhunderten war er jenem Geschöpf auf der Spur, das sich hinter dem Namen Antonio Montanaro verbarg, und ausgerechnet nun, da diese Kreatur allein und unaufmerksam nur wenige Schritte von ihm entfernt durch den Regen gehastet war, hatte er sie nicht stellen dürfen. Er zwang sich zur Ruhe, ließ seine Empfindungen in die kalte Stille seines Inneren fallen und brachte sie dort zum Erlöschen. Die Geräusche um ihn herum glitten von ihm ab wie der Regen, und er erinnerte sich an seinen Plan. Er musste abwarten und beobachten, wie die Dinge sich entwickeln würden. Es war nur eine Frage der Zeit, bis seine Stunde kommen würde.

Avartos fixierte den Jungen im Restaurant mit seinem Blick. Dessen ungebetener Gast war unerwartet schnell wieder gegangen und hatte jede Menge Verwirrung zurückgelassen. Avartos konnte sie fühlen, die Unsicherheit und Furcht, die sich in diesen Momenten durch Geist und Körper des Jungen wühlten, er spürte die flachen Atemzüge und kurz darauf die trügerischen und doch so beruhigenden Wellen der Flucht, als der Junge sich jene merkwürdigen Vorkommnisse mit dem bisschen Verstand zu erklären versuchte, das in einem Geschöpf wie ihm vorhanden war. Er war schwach wie alle Menschen, daran bestand kein Zweifel, und doch ... Der Samen ruhte in ihm. Lange war er im Verborgenen gewachsen, und nun stand er kurz davor, ins Licht hervorzubrechen. Als hätte er diesen Gedanken gehört, setzte der Junge sich in Bewegung und ging zur Tür.

Avartos' Muskeln spannten sich, und für einen Moment spürte er den letzten Atemzug des Jungen auf seinem Gesicht – jenen Atemzug, den schon unzählige seiner Art getan hatten, ehe sie in Avartos' Armen gestorben waren. Er ließ seinen Blick über die schmale Gestalt des Jungen schweifen. Früher hätte er ihn mit einem Fingerzeig zu Asche verbrannt oder ihn mit seinen schwarzen Pfeilen durchbohrt, doch nun … Er ließ seine Knöchel knacken und entspannte die Hand, die er zur Faust geballt hatte. Nun hatte er andere Pläne.

Sein Blick verfinsterte sich, als er zusah, wie der Junge die Tür schloss. Antonio Narrentum blieb nicht mehr viel Zeit. Der Junge stand bereits am Abgrund, und bald, sehr bald schon würde er den ersten Schritt in die Finsternis tun. Möglicherweise blieb Antonio dann keine Wahl mehr, und er würde erstmals in all der Zeit gegen seine Prinzipien verstoßen und einen von jenen zwingen, ihm zu folgen. Er ahnte nicht, dass Avartos ihn beobachtete, dass der Erste Offizier Ihrer Majestät nur darauf wartete, dass er den nächsten Schritt tat. Avartos spürte seinen eigenen Herzschlag, der nur alle paar Minuten einmal erklang, durch seinen Körper pulsen und in dem jämmerlichen Gemäuer unter ihm widerhallen. Er wartete schon lange auf den Moment, der nun in greifbare Nähe rückte, und entgegen jeder Vorschrift konnte er die Freude darüber kaum zügeln. Der Junge war der Schlüssel. Er würde Avartos in ihren Bau führen, nach Bantoryn, in das Nest jener, die alles gefährdeten, was die Existenz seines Volkes begründete, und Avartos würde die Welt von ihnen befreien – ein für alle Mal.

Geduldig sah er zu, wie der Junge den Boden des Restaurants reinigte, das Licht löschte und durch eine schmale Holztür in den Keller ging. Ein kaum merklicher Schimmer glitt unter der Tür hindurch, kurz hörte Avartos noch die Schritte des Jungen, dann war es still.

Zum ersten Mal, seit er auf dem Dach Position bezogen hatte, wandte Avartos den Blick. Er schaute in die Richtung, in die Antonio verschwunden war, und fühlte noch einmal das zitternde Flattern des goldenen Schmetterlings, dieses hilflosen Zaubers, der eine Botschaft gewesen war. Etwas Schreckliches musste geschehen sein, wenn *jene* eines ihrer obersten Gesetze brachen und auf so unvorsichtige Weise miteinander in Kontakt traten. Er warf einen letzten Blick in Richtung des Restaurants, ehe er herumfuhr und Antonios Fährte aufnahm. Der Herzschlag des Jungen war Avartos bis ins Mark gefahren. Als leiser Impuls pochte er durch seine Brust, als wäre es sein eigenes Herz, das da schlug. Avartos glitt mit gewaltigen Sprüngen über die Dächer, und sein Lächeln verstärkte sich. Niemals würde er diese Beute verlieren. Der Tag seines Triumphs war nah.

4

Obolus.

Die Leuchtbuchstaben spiegelten sich in den Pfützen und warfen blaues Licht auf Bhroroks weiße Haut. Regungslos schaute er durch die schwarzen Augen seines Spiegelbildes ins Innere des Restaurants. Hinter den Fenstern lag Dunkelheit – und Licht. Schwach leuchtete es hinter dem Tresen auf, die Ahnung eines Schimmers bloß. Aber wo Licht war, da war auch Leben, das hatte Bhrorok in dieser lauten, stinkenden Welt schnell gelernt.

Er legte seine rechte Hand gegen die Tür. Schwarze Risse durchzogen das Glas und färbten es dunkel wie verfaulende Blätter. Leise blies er seinen Atem dagegen und ließ es als Ascheflocken zu Boden rieseln. Es knirschte, als er seinen Fuß auf das Linoleum setzte, und ein widerwärtiger Gestank schlug ihm ins Gesicht. Stöhnend wischte er durch die Luft, als könnte er ihn so vertreiben, und drehte sich ungeduldig zu seinem Wolf um. Nur widerstrebend sprang das Tier durch die offene Tür, die Lefzen hochgezogen, und lief unschlüssig hin und her. Bhrorok zog ein Tuch aus seinem Mantel, ein schwarzes, schmutzstarrendes Etwas, und presste es sich vor die Nase. Erleichtert sog er den Duft von Blut und Verwesung ein. Dann hörte er auf zu atmen.

Sein Blick glitt über den feucht glänzenden Boden. Die Stühle standen auf den Tischen, aber eine der Herdplatten hinter dem Tresen war noch warm. Ein boshaftes Lächeln kroch auf Bhroroks Lippen, als er auf das Licht zutrat. Es fiel als schmaler Kranz aus der geschlossenen Kellertür, und da – irgendetwas rumorte dort unten. Für einen Moment kam Bhrorok der Gedanke, mit einem kräftigen Tritt durch die Decke zu brechen und die Kreatur im Fallen zu erschlagen. Aber ein derart rasches Ende seiner Opfer war nicht nach seinem Geschmack, und außerdem durfte der Junge nicht sterben, ehe Bhrorok von ihm bekommen hatte, was er brauchte.

Er ließ die Knöchel seiner rechten Hand knacken und öffnete die Tür zum Keller. Die nackte Glühbirne flackerte kurz. Eine staubige Steintreppe führte abwärts, er roch mindestens achtzehn Spinnennester und unzählige Asseln unter den Platten. Ihre Leiber knackten, als er die Steine mit seinen Schritten vereiste und zum Bersten brachte. Nach wenigen Stufen konnte er einen Blick in den Keller werfen und sah lange Gänge aus Kisten, Kartons und Regalen, die sich am Ende in fahlem Dämmerlicht verloren. Der Wolf war auf eine Kiste gesprungen, in kurzen, scharfen Atemzügen sog er die Luft ein, dann verschwand er in einem der Gänge. Bhrorok bewegte die Finger, als würde er ein Musikstück dirigieren, und ließ dabei schwarze Nebelfäden aus seinen Händen entweichen. Zäh waberten sie in den Raum und schwängerten die Luft mit ihrem Gift, das jedes Geschöpf mit Ausnahme ihres Schöpfers und seines Wolfs binnen weniger Momente lähmen würde.

Suchend ließ Bhrorok den Blick durch die Gänge schweifen, er spürte, wie das Ungeziefer ihm nachkroch, hörte auch den Wolf, der einen Gang nach dem anderen absuchte, und sah das flackernde Licht am anderen Ende des Kellers. Dort scharrte etwas, er hörte es atmen, etwas, das Licht brauchte, um in der Dunkelheit zu sehen.

Wenn er ein Herz gehabt hätte, wäre ihm nun das Blut schneller durch den Körper gerauscht. So fühlte er nichts als das tosende Gurgeln seines Hungers, als er Schritt für Schritt auf das Licht zutrat, lautloser als die Asseln unter seinen Füßen. Eine Kiste versperrte ihm die Sicht. Er witterte Menschenblut.

Mit einer einzigen Bewegung zerschlug seine Faust das Holz und fasste nach dem, was dahinter war. Er ergriff etwas Zappelndes, ein schrilles Quieken zerfetzte die Luft. Wütend riss Bhrorok die Faust zurück und starrte auf die sich windende Ratte zwischen seinen Fingern. Mit einem Tritt stieß er die Kiste beiseite. Die Glühbirne über einem winzigen Tisch begann heftig zu flackern, als er sich näherte. Jemand hatte hier gesessen, ein Zettel lag dort und Stifte, und der Pullover – Bhrorok griff ihn mit der freien Hand und presste ihn sich vors Gesicht. Ein Mensch, ein Junge – *der* Junge.

Er stieß einen Schrei aus. Schon stand der Wolf neben ihm, er stürzte sich auf den Pullover und verschlang ihn in einem Stück. Bhrorok drehte sich um sich selbst. Die Luft war grau geworden von seinem Gift, doch er witterte keinen Geruch von Tod, wenn man von der Ratte in seiner Faust und den Schaben hinter dem Wandputz einmal absah. Er war zu spät gekommen.

Mit mächtigen Schritten stampfte er den Gang zurück zur Treppe und verließ das Restaurant, ohne sich um die Fassade zu kümmern, die ihm dabei im Weg stand. Polternd krachten die Steine auf die Straße. Er legte den Kopf in den Nacken, aber der Duft des Jungen war verschwunden, der Regen hatte ihn fortgespült. Der Wolf irrte ziellos umher, knurrend und jaulend wie unter Schmerzen.

Bhrorok spürte, wie die Wut ihm in den Nacken stach. Zischend murmelte er den Zauber. Blut trat ihm aus den Augen und lief seine Wangen hinab. Dann sperrte er das Maul auf und ließ sie frei, die klebrigen Heuschrecken mit ihren ledernen Flügeln. Sie rissen ihm die Lippen auf, als sie ihn verließen, und ergossen sich als flirrende schwarze Wolke über die Straße. Ihre Flügel machten ein Geräusch wie brechende Kinderknochen, sie fraßen die Vögel, die unter dem Dachfirst schliefen. Dann stoben sie als schwarzer Fluss durch die Nacht davon.

Bhrorok sah ihnen nach. Niemand entkam ihrer Gier. Sie würden ihn finden. Er strich seinem Wolf über den Kopf, seine weißen Finger gruben sich in das Fell wie in einen Berg schwarzer Maden. Dann hob er die tote Ratte vor seinen Mund und biss ihr mit wohligem Seufzen den Kopf ab.

5

Nando rannte. Er hatte das Lager nicht fertig aufgeräumt und zu allem Überfluss auch noch das Licht brennen lassen – Signor Bovino würde ihm den Kopf abreißen. Aber jetzt gab es Wichtigeres. Er würde Mara nicht mit ihrem misslungenen Essen allein lassen, und wenn er dafür die kommenden Abende mit unbezahlten Überstunden verbringen musste, war das ein geringerer Preis als die nur halb verborgene Enttäuschung in Maras Blick, falls er nicht kommen würde.

Er überquerte die Via dei Reti mit ihrem von den Schienen der Straßenbahnen zerschnittenen Pflaster und den heruntergekommenen Häusern, deren putzbröckelnde Fassaden von hektisch angeklebten Plakaten bedeckt waren. Die kleinen Geschäfte in den unteren Etagen hatten ihre Rolläden mit den Graffitis heruntergelassen, und während vereinzelt aus einem halb geöffneten Fenster der Fernseher dröhnte, hatte sich ein Klappladen aus seiner Verankerung befreit und schlug nun in raschem Staccato gegen die Hauswand. Das Geräusch begleitete Nandos Schritte ebenso wie das Rauschen des Wassers in den Rinnsalen zu beiden Seiten der Straße und das stetige Prasseln des Regens auf dem Asphalt, doch er hörte es kaum. Denn in seinem Kopf klangen Antonios Worte wider, deutlich und klar, als hätte er sie gerade erst ausgesprochen. *Ich komme von einem Ort jenseits des Lichts.* Nando schüttelte den Kopf, als könnte er Antonios Stimme so aus seinen Gedanken vertreiben.

Er hatte schon einige merkwürdige Geschichten von den Obdachlosen gehört, die er nach Feierabend bewirtete, aber so ein seltsamer Kerl war ihm noch nie begegnet. *Es ist ein Ort, wo Helden eine Heimat finden.* Er sah Antonio vor sich, wie er rücklings über den Tresen flog, und schaute in seine schwarzgoldenen Augen, kurz bevor er gegangen war. Nando spürte den Schmerz in seiner Hand, der langsam und zäh von seinen Fingern ausströmte bis hinauf zum Ellbogen. Er hatte Antonio mit Wucht getroffen, aber einen Flug quer durch den Raum erklärte das nicht. Vermutlich hatte der Sturz über den Tresen Antonio ins Stolpern gebracht und ihn so in die Stuhlreihen befördert. Das war die einzige einigermaßen logische Erklärung, die Nando einfallen wollte.

Mit angezogenen Schultern hastete er die Straße hinab und bemühte sich vergebens, das Klingeln zurückzudrängen, das die Kasse von sich gegeben hatte, als die Klappe aufgesprungen war. Wieder sah er Antonio vor sich, sein rätselhaftes und trauriges Lächeln, und fragte sich zum ungezählten Mal, ob sein merkwürdiger Gast etwas mit der Öffnung der Kasse zu tun gehabt hatte. Natürlich war das nicht möglich und vermutlich nur ein weiterer seltsamer Zufall dieses Abends, und doch ging Antonios Gesicht ihm nach, dieser suchende, undurchsichtige Blick aus den goldenen Rabenaugen. *Die Stadt, aus der ich komme, heißt Bantoryn.*

Er erreichte die Via dei Volsci. Der Regen trommelte auf die unzähligen Mülltonnen am Straßenrand, zwischen die sich die Motorroller gequetscht hatten wie zwischen Parkplatzmarkierungen. Die Kälte war Nando in die Glieder gefahren, und seine Finger zitterten, als er den Schlüssel aus der Tasche zog. Dennoch hielt er inne. Er würde sich von einem Verrückten nicht seinen Geburtstag vermiesen lassen – das hatte Signor Bovino schon ausreichend versucht. Entschlossen drängte er die Gedanken an Antonio beiseite, ehe er die Tür zum Treppenhaus öffnete und ein Holzstück an den Rahmen lehnte, um sie für spätere Besucher offen zu halten.

Sofort schlug ihm der Geruch von angebranntem Fett entgegen, und ein Lächeln stahl sich auf sein Gesicht, während er im Dunkeln die knarzende Holztreppe hinaufeilte. Die Glühbirne war bereits vor einigen Tagen durchgebrannt, und bislang hatte es niemand für nötig befunden, sie zu ersetzen. Nando war es recht so, denn er legte keinen gesteigerten Wert darauf, die mintfarbenen Wände und die armseligen Blumen auf den Fensterbänken genauer zu betrachten. Vor einer breiten Tür mit einem Rundfenster auf Augenhöhe blieb er stehen und wollte sie gerade aufsperren, als sie von innen mit Schwung geöffnet wurde.

Vor ihm stand ein Mann mittleren Alters namens Giovanni Petrino, der zum einen Bäcker in der Panetteria des Erdgeschosses war, zum anderen jedoch seine Zeit hauptsächlich damit verbrachte, in Maras Küche herumzusitzen und mit ihr über Gott und die Welt zu streiten. Beide verband eine enge Freundschaft, auch wenn keiner von ihnen das jemals zugegeben hätte. Nando vermutete sogar, dass bei Giovanni ein wenig mehr dahintersteckte, wenn er bedachte, wie der Bäcker seine Tante in so manchem unbeobachteten Moment ansah. Allerdings waren beide hinsichtlich ihrer Gefühlswelten verkapselt wie Austern, weswegen Nando dieser Beziehung noch einige Jahre einräumte, um sich in ernsthaftere Gefilde zu entwickeln. Seit er denken konnte, saß Giovanni bei Mara in der Küche, und vermutlich würde das bis in alle Ewigkeit so bleiben. Die Welt mochte bisweilen aus den Angeln brechen – aber manche Dinge änderten sich nie.

Giovanni trug eine weite, mit abstrakten Mustern versehene Hose, eine Bäckerschürze und ein enges, weißes T-Shirt, das kein Geheimnis daraus machte, dass sein Träger eine Leidenschaft für das leibliche Wohl pflegte, ohne diese mit ausreichend Bewegung zu kompensieren. Er hatte pechschwarzes Haar, das sich allerdings zu den Seiten seines Kopfes hin zurückgezogen hatte wie bei einem Mönch der Franziskaner und dort in wilden Büscheln abstand. Seine Wangen waren mit Bartstoppeln übersät, und nun, da er den Mund zu einem Grinsen verzog, zeigte sich eine monumentale Lücke zwischen den Schneidezähnen. Nando wusste, dass Giovanni wie kein Zweiter den Flohwalzer vortragen konnte und dafür nichts weiter brauchte als ein wenig Luft in der Lunge und diese beiden Zähne. Seine Augen strahlten wie eine von Licht durchströmte braune Achatscheibe, als er Nando in der Dunkelheit des Treppenhauses erkannte. Trotz seiner nicht überragenden Körpergröße – er reichte Mara, die für eine Frau allerdings ungewöhnlich groß war, gerade einmal bis zum Kinn – hatte Giovanni Hände wie die Pranken eines Bären, und als er Nando an sich zog, fühlte es sich für diesen tatsächlich so an, als würde er von einem Grizzly gedrückt.

»Ich umarme dich!«, rief Giovanni überschwänglich, als würde Nando das nicht selbst merken. »Ein Hoch auf diesen wunderbaren Tag!«

Er hielt Nando ein Stück von sich weg, als wollte er überprüfen, ob dieser sich seit dem vorangegangenen Abend verändert hatte, und zwinkerte vertraulich. »Und darauf, dass ich zwei der angebrannten Lasagnen schon unauffällig entsorgen konnte.«

Nando lachte, doch ehe er etwas erwidern konnte, klang eine raue weibliche Stimme zur Tür: »Ich höre alles, Giovanni Petrino, das solltest du niemals vergessen!«

Giovanni verdrehte theatralisch die Augen, und Nando folgte ihm grinsend durch den kleinen Flur, der mit Büchern, Skulpturen und halb fertigen Gemälden bis zur Decke vollgestellt war, in die Küche. Der Raum war für gewöhnlich ausreichend groß, zumal dann, wenn man ihn nicht zum Kochen nutzte. Nun jedoch stand eine festlich gedeckte Tafel zwischen Kühlschrank und Geschirrregal, eine Tafel, die in Wahrheit ein Tapeziertisch mit einem darübergebreiteten, etwas zu kurz geratenen Bettlaken war. Auf den Küchenschränken standen Kerzen in Hülle und Fülle, auf dem Kühlschrank lagen einige verpackte Geschenke, und Luftschlangen ringelten sich von der Lampe an der Decke. Ein Kuchen mit reichlich Kerzen und leuchtend rotem Zuckerguss wurde von Keksen umlagert, und neben der Tafel stand Tante Mara mit vor Anstrengung geröteten Wangen, die Haare mit einem Kochlöffel am Hinterkopf zusammengedreht, und strahlte über das ganze Gesicht.

Sie fuhr sich über die Stirn, dass weiße Flocken an ihren Wimpern hängen blieben, und eilte auf Nando zu, um ihm mit mehligen Händen über beide Wangen zu streichen und ihm einen Kuss auf die Stirn zu drücken.

»Alles Gute zum Geburtstag, Lieblingsneffe meines Herzens«, sagte sie lächelnd. »Ich habe mich bemüht, jenseits von Übelkeit und Erbrechen zu kochen, aber es liegt wie in jedem Jahr an uns herauszufinden, ob es mir gelungen ist.«

Nando grinste, als er Giovanni unauffällig seufzen hörte. »Wenn du stundenlang in der Küche stehen kannst, um für mich zu kochen, dann kann ich auch das essen, was dabei herausgekommen ist.«

»Das wirst du nicht mehr sagen, wenn du auf die dritte Eierschale in dem Kuchen dort gebissen hast«, murmelte Giovanni, woraufhin Mara ihm einen wütenden Blick zuwarf.

»Nicht jeder kann ein Bäcker sein«, erwiderte sie und zog eine Augenbraue hoch. »Genauso wie nicht jeder ein Maler ist – oder taktvoll!«

Giovanni warf die Arme in die Luft, eine Geste, die er immer dann anwandte, wenn er das Lächeln unterdrücken wollte, das bereits auf seine Lippen rutschte. »Es fällt leichter, taktvoll zu sein, wenn man kein blutendes Zahnfleisch hat! Dieser Kuchen wird schmecken wie Kalkstein und knistern, als würde man Chips essen! Hättest du auf mich gehört, ich hätte dir helfen können, aber nein ...«

Da stieß Mara die Luft aus und stemmte mit einer Gewittermiene die Fäuste in die Hüfte, dass Giovanni vor ihr zurückwich. »Ich habe zeit meines Lebens keinen Kerl gebraucht, der mir sagt, was ich tun soll«, zischte sie und ging einen Schritt auf ihn zu. »Dann werde ich wegen ein paar Eiern und Mehl jetzt nicht damit anfangen! E basta!«

Kurz schien Giovanni zu überlegen, ob er nachgeben sollte. Doch dann verschränkte er die Arme vor der Brust und warf einen so missbilligenden Blick auf Maras Kuchen, dass dieser eigentlich sofort davon hätte pulverisiert werden müssen.

»Nobel geht die Welt zugrunde«, erwiderte er. »Ich hätte dir einen Kuchen gebacken, den du noch nicht gesehen hast – einen Kuchen vor allem, den man auch essen kann!«

Damit führte er zwei Finger an den Mund und machte ein schmatzendes Geräusch, das Mara mit einer energischen Geste beiseitewischte.

»Auch dieser Kuchen wird gegessen«, erwiderte sie, und ihr Blick ließ keinen Zweifel daran, dass es ihr damit ernst war.

Leise fluchend setzte sich Giovanni auf einen der vier Stühle und bedeutete Nando, es ihm gleichzutun.

»Luca kommt etwas später«, sagte Mara und nahm einen dampfenden Topf vom Herd, dessen Inhalt einen merkwürdig sauren Geruch absonderte. »Sein Vorstellungsgespräch hat länger gedauert.«

Nando nickte und setzte sich auf seinen Platz. Luca war sein bester Freund. Sie kannten sich seit Grundschultagen und wohnten nur wenige Straßen voneinander entfernt. Es war Tradition, dass er auch bei dem alljährlichen Geburtstagsessen dabei war. Anschließend würden sie mit anderen Freunden losziehen und jenseits der Familie ein wenig feiern.

Während Mara sich am Herd zu schaffen machte, betrachtete Nando die glitzernden Fähnchen, die rings um seinen Teller verteilt lagen. Er sah den Bilderrahmen aus dem Augenwinkel, er stand dicht neben seinem Wasserglas. Das ganze Jahr über hing dieses Bild im Flur links neben der Eingangstür, und jedes Mal warf Nando ihm einen Blick zu, ehe er die Wohnung verließ. Dennoch versetzte es ihm einen Stich, als er nun den Kopf hob und seine Eltern ansah. Seine Mutter mit ihrem langen, schwarzen Haar und den Grübchen in den Wangen, weil sie auf dem Foto so herzlich lachte. Sein Vater, der sich darum bemühte, ernst zu schauen, dessen Haare jedoch wie bei einem kleinen Jungen in alle Richtungen von seinem Kopf abstanden und der seine Frau im Arm hielt wie ein kostbares Kleinod. Es war ihr Hochzeitsbild, zwei Jahre später war Nando geboren worden, er erinnerte sich an die Fotos, auf denen er als kleines Kind mit seinen Eltern abgebildet war. *Du bist etwas Besonderes*, raunte Antonios Stimme durch seine Gedanken und ließ Nando die rechte Faust ballen. Für einen Moment meinte er, Flammen hinter dem Glas des Rahmens auflodern zu sehen, er hörte sie flackern und spürte die Hitze auf seiner Haut. Langsam zog er den linken Arm an seine Brust, seine Haut brannte, als wären Rasierklingen darüber hingerast.

»Sie wären stolz, dich jetzt zu sehen«, sagte Mara leise und unterbrach Nandos Gedanken. Sie stand neben dem Tisch, stellte den Topf mit dem abscheulich riechenden Inhalt zurück auf den Herd und setzte sich. Nando riss seinen Blick vom Foto seiner Eltern los und schaute in ihre Augen, die braun waren wie weiches Karamell und ihr Gesicht strahlen ließen, wenn sie lächelte, wie sie es jetzt tat.

»Jedes Jahr sagst du mir das«, erwiderte er und konnte nicht verhindern, dass seine Stimme kalt klang und verächtlich.

Giovanni stützte sich mit den Ellbogen auf dem Tisch ab und beugte sich vor. Empörung stand in seinen Augen, aber er öffnete nur kurz den Mund und schloss ihn gleich wieder, als wollte er Nando etwas sagen, ohne die passenden Worte dafür zu finden. Da griff Mara nach seinem vernarbten Arm. Ihre Finger schlossen sich um seine Hand, ein wenig zu fest, sodass es ihm wehtat, doch er zog sie nicht zurück. Zorn flackerte in Maras Blick, als sie ihm in die Augen sah, und er hielt den Atem an.

»Jedes Jahr sage ich dir das«, erwiderte sie, und die Wärme in ihrer Stimme stand in merkwürdigem Kontrast zu dem strengen Ausdruck auf ihren Zügen. »Jedes Jahr sage ich dir, dass meine Schwester umkommen würde vor Stolz, wenn ich ihr beschreiben könnte, zu was für einem empfindsamen und willensstarken jungen Menschen du geworden bist, einem Menschen, der nicht zerbricht im Angesicht der Schönheit und der Traurigkeit der Welt, einem Menschen, der für andere einsteht, weil er einfach nicht anders kann, einem Menschen, der nachts auf seiner Geige spielt, heimlich und in dem Glauben, dass niemand ihn hört, und der doch mit jedem Ton den Mond zum Erblassen bringen kann. Ich weiß, was dein Vater sehen würde, wenn er einen Augenblick in dieser Küche bei uns sein könnte: Er würde einen Menschen sehen, der seinen Weg gehen wird, ganz gleich, welche Hürden er dafür meistern muss – einen Menschen, der stark ist.«

Nando erwiderte ihren Blick, und für einen Moment meinte er, das Lachen seiner Mutter zu hören und die leise, ruhige Stimme seines Vaters. Nach ihrem Tod hatte man ihm gesagt, dass die Zeit die Sehnsucht nach ihnen verringern und den Schmerz mildern würde. Doch das war eine Lüge gewesen. Die Zeit hatte nichts leichter gemacht, sie hatte seine Sehnsucht und seinen Schmerz nur zu einem Teil seines Lebens werden lassen, der wie das Rauschen eines Flusses ständig in seinem Inneren toste und nur manchmal, in Momenten wie diesem, über die Ufer trat. Das Brennen glitt erneut über Nandos Arm, und er zog seine Hand zurück.

»Nicht stark genug«, flüsterte er, doch seine Stimme ging im schrillen Läuten der Türklingel unter. Er fuhr zusammen, und gleichzeitig zerriss das trübe Tuch aus Erinnerung, das sich über ihn gelegt hatte. Mara sprang auf und nahm den Topf vom Herd, um eine grünflockige Suppe in vier Schalen zu geben, was Giovanni mit missmutigem Gesicht beobachtete, und Nando ging zur Tür.

Luca trug einen etwas zu groß geratenen Anzug und war nass bis auf die Knochen. Sein schwarzes, lockiges Haar hing ihm in die Stirn, und seine Kleidung klebte an seinem Körper, als wäre er in einen Monsun geraten. Er war ein wenig kleiner als Nando und so dünn, dass er meist für ein paar Jahre jünger gehalten wurde, als er wirklich war. Seine Nase war etwas zu breit für sein schmales Gesicht, und wenn er grinste, sah es aus, als würde sein Mund von einem Ohr zum anderen reichen, so riesig war er. Regenwasser tropfte von Lucas Jackett und durchnässte seine Schuhe, doch das kümmerte ihn nicht.

»Alles Gute zum Geburtstag!«, sagte er strahlend, trat ein und hielt Nando ein zerdrücktes Päckchen entgegen, das mit zu viel Klebeband und reichlich Schnur eingewickelt worden war. »Das sind Stücke von Beethoven«, sagte er, noch während Nando das Geschenk auspackte. »Vielleicht inspirieren sie dich, damit du wieder öfter zum Spielen kommst auf deiner alten Fiedel.«

Er grinste und schlug Nando kameradschaftlich gegen die Schulter.

»Vielen Dank«, erwiderte Nando. »Ich habe wirklich schon eine Weile nicht mehr gespielt. Du siehst aus wie ein begossener Pudel, willst du dich umziehen?«

Luca begrüßte kurz Mara und Giovanni, dann folgte er Nando in dessen Zimmer. Es war ein kleiner Raum mit Dachschrägen, in dem neben dem Bett, dem Kleiderschrank und dem Schreibtisch unzählige Bücher in Regalen an den Wänden standen. Nando ging zu seinem Schrank und zog frische Sachen für Luca heraus.

»Wie ist dein Vorstellungsgespräch gelaufen?«, fragte er, während Luca sein Jackett zum Trocknen über die Heizung hängte.

Eine aufgeregte Röte stieg in Lucas Wangen, als er antwortete: »Es lief gut, der Personalchef war sehr angetan von mir. Könnte sein, dass es dieses Mal was wird. Bald ist die Schule vorbei, kannst du dir das vorstellen?«

Nando lehnte sich gegen den Türrahmen. »Und dann bist du Banker«, sagte er mit einem Lächeln und ließ seinen Blick über das weiße Hemd schweifen, das seinem Freund aus der Hose gerutscht war.

Luca zuckte mit den Schultern. »Irgendetwas muss ja aus mir werden. Ich habe jedenfalls keine Lust darauf, wie mein Vater zu enden: malochen, malochen, und am Monatsende bleibt nichts übrig. In der Bank muss ich jeden Tag so rumlaufen wie jetzt, das kann ja heiter werden – aber wenigstens werde ich dann trocken sein, zumindest hoffe ich das.«

Er lachte, als er sich seiner nassen Kleidung entledigte und in Nandos Sachen schlüpfte, die ihm ein wenig zu weit waren. Nando trat zum Fenster und schaute hinaus. Der Regen schlug heftig gegen das

Glas, es war, als wäre ein plötzlicher Sturm aufgekommen. Sturzbäche fielen vom Himmel, kein Wunder, dass Luca durchnässt worden war bis auf die Haut.

»Weißt du denn inzwischen, was du machen willst?«, fragte Luca hinter ihm.

Nando wandte sich nicht um, er erkannte seinen Freund nur als farbigen Schemen im Glas der Scheibe. »Nicht so richtig«, erwiderte er. »Ich werde mir wohl eine Lehrstelle suchen, als Restaurantfachmann vielleicht oder als Banker wie du. Ich werde genau das tun, was unzählige andere Menschen auch machen.«

»Klingt nicht gerade begeistert«, bemerkte Luca. »Ich verstehe das schon, irgendwie geht es mir ja auch nicht anders. Früher habe ich davon geträumt, Superman zu werden, weißt du noch?« Er lachte leise, ehe er fortfuhr. »Aber das sind eben Träume. Langsam fängt das wahre Leben an, wie mein Vater so schön sagt, und da geht es um die Wirklichkeit. Da muss man schauen, wo man bleibt, um weiterzukommen.«

Nando schaute sich selbst ins Gesicht. »Und wohin?«, fragte er so leise, dass Luca, der sich gerade einen Pullover überzog, ihn nicht hörte. Nando wusste, dass Luca recht hatte. Luca, der Vernünftigere von ihnen beiden, derjenige mit den besseren Noten und den Zukunftsplänen, hatte meistens recht, wenn es um solche Dinge ging. Er hatte Nando schon vor Monaten aufgefordert, sich ebenfalls frühzeitig um seine berufliche Zukunft zu kümmern, aber Nando hatte es aufgeschoben bis jetzt, und obwohl er wusste, dass sich diese Dinge nicht ewig hinauszögern ließen und er nicht einmal einen Grund für sein Warten benennen konnte, war es ihm unmöglich, es seinem besten Freund gleichzutun.

Wieder schlug der Wind den Regen gegen das Fenster, so gewaltsam dieses Mal, dass Nando zurückwich.

»Verdammtes Sauwetter da draußen«, murmelte Luca, aber Nando hörte noch eine andere Stimme, eine Stimme nur in seinen Gedanken. *Es gibt keine Sicherheit jenseits des Lichts, das du verloren hast.* Er riss den Blick von der Nacht los, die sich auf der Straße auftürmte wie ein lebendiges Wesen.

»Wenn jemand zu dir käme«, sagte er und spürte, wie das Blut auf einmal schneller durch seine Adern floss, »jemand, den du noch nie zuvor gesehen hast und der dir erzählt, dass du ihm folgen sollst an einen geheimen Ort – was würdest du tun?«

Luca hatte sich aufs Bett gesetzt und streifte seine Socken von den Füßen. Jetzt starrte er Nando mit großen Augen an. »Meinst du einen Perversen?«

Er fragte das so erschrocken, dass Nando lachen musste. Er ging zu seiner Sockenschublade und warf seinem Freund ein Paar Strümpfe zu. »Ich hatte heute seltsamen Besuch. Er sah aus wie ein Obdachloser, aber gleichzeitig auch nicht, und er wollte, dass ich mit ihm gehe – und ich habe ihn geschubst, dass er durch den ganzen Laden geflogen ist. Verstehst du?«

Luca schüttelte den Kopf. »Nein«, entgegnete er trocken. »Überhaupt nicht. Es ist also ein Obdachloser zu dir ins Restaurant gekommen, wollte dich zwingen, mit ihm zu gehen, und du hast dich erfolgreich gewehrt. Ein bisschen unheimlich das Ganze, aber wenn ich mir die Gestalten ansehe, die teilweise bei dir essen, wundert es mich eigentlich nicht.«

»Er war kein Obdachloser. Er war …« Nando stockte und wandte den Blick ab. Auf einmal wusste er nicht mehr, was er sagen sollte. Die ganze Geschichte kam ihm albern und lächerlich vor, und sie wurde es umso mehr, wenn er in Lucas abgeklärtes Gesicht schaute. »Ich weiß es nicht«, sagte er schließlich. »Ich …«

In diesem Moment schrillte die Türklingel. Nando seufzte. »Geh ruhig schon in die Küche zu den anderen. Dann kannst du mir die leckere Suppe wegessen, die Mara gekocht hat. Du würdest mir damit einen großen Dienst erweisen.«

Er grinste, als Luca eine Grimasse schnitt und sich in die Küche begab, und öffnete die Tür. Im ersten Moment konnte er in der Dunkelheit des Treppenhauses nichts erkennen, denn direkt vor der Tür stand niemand. Dann schob sich eine Gestalt aus den Schatten, eine kleine, rundliche Frau war es mit zerzausten grauen Haaren und einem riesigen Regenhut auf dem Kopf, der sie beinahe trocken gehalten hatte. Ihre weite Hose war mit Flicken übersät, und in der linken Hand hielt sie drei voll bepackte Plastiktüten. Aus wässrigen blauen Augen schaute sie zu Nando auf, die Wangen wie immer rot wie zwei Äpfel, und trat ein wenig näher an ihn heran.

»Ellie«, begrüßte Nando sie freundlich und lächelte. »Wie schön, dass du an meinem Geburtstag vorbeikommst, damit habe ich gar nicht gerechnet. Wir sehen uns doch eigentlich immer am nächsten Nachmittag auf der Arbeit, zusammen mit den anderen, oder nicht?«

Seit Jahren arbeitete er nun neben der Schule im Obolus, und eines Tages hatten seine Nachfeierabendgäste seinen Geburtstag herausgefunden und sich am kommenden Nachmittag vor dem Restaurant zusammengefunden, um ihm kleine Geschenke zu übergeben und ihm zu gratulieren. Mit der Zeit war dieser Besuch zur Tradition geworden, und umso mehr wunderte Nando sich nun, da er Ellie vor seiner Tür stehen sah.

Sie nickte langsam, als müsste sie über etwas nachdenken. »Heute ist das anders«, erwiderte sie dann mit ihrer leisen, warmen Stimme, die Nando immer an Schokolade und Pralinen denken ließ oder an die Konditorei, in der Ellie einmal gearbeitet hatte, ehe sie ihre Arbeit verloren hatte und ins soziale Abseits geraten war. »Die Dinge, weißt du ... Sie ändern sich. Alles ändert sich, die ganze Welt, und manchmal mehr, als einem lieb ist.«

Nando zog die Brauen zusammen. Irgendetwas stimmte nicht, das war ihm klar, und als Ellie nervös über ihre Schulter schaute, als könnte sie im dunklen Treppenhaus etwas erkennen, überkam ihn Unruhe.

»Komm rein«, forderte er Ellie auf. »Lass uns im Warmen reden, meine Tante hat gekocht ... Gut, das ist kein Argument, eher im Gegenteil, aber ... Komm rein, Ellie.«

Er wusste, dass sie sein Angebot ablehnen würde. Noch nie hatte einer der Obdachlosen sein Zuhause betreten, obwohl er sie schon oft eingeladen hatte. Es schien ihm, als würden sie eine gewisse Furcht empfinden vor der Wärme, dem Licht und der Geborgenheit, die einst die ihren gewesen waren und die dennoch nichts weiter sein konnten als Illusionen in der rauen Wüste der Welt.

Mit entschuldigendem Lächeln schüttelte Ellie den Kopf. »Das ist sehr freundlich«, erwiderte sie mit dem Ausdruck des Bedauerns in den Augen, den sie vermutlich damals in ihrem früheren Leben bei unzufriedenen Kunden ebenfalls im Blick getragen hatte. »Aber ich kann nicht. Ich bin gekommen, um dir unsere Geschenke zu geben, du wirst nicht überrascht sein, es ist das Übliche, so scheint es mir.«

Sie zog einen kleinen Karton aus ihrer Tasche und überreichte ihn Nando, der rasch den Deckel anhob. Darin lagen gepresste Blätter, winzige, zu kleinen Figuren geformte Metalldrähte und schriftliche Glückwünsche auf Zetteln und Papierschnipseln. Nando strich mit dem Finger über den Deckel des Kartons, als er ihn wieder schloss. »Ich danke dir«, sagte er mit einem Lächeln und hätte Ellie gern umarmt, wenn er nicht gewusst hätte, dass sie körperliche Nähe nicht ertrug. »Es bedeutet mir viel, dass ihr an mich denkt, bitte sag das den anderen. Ich verstehe, dass sie bei diesem Wetter nicht kommen konnten, sie sollen sich keine Gedanken machen, das ...«

Etwas in Ellies Blick ließ ihn innehalten, eine Atemlosigkeit mit der Eindringlichkeit einer Zauberpforte, die nur darauf wartete, dass er die richtige Losung sprach, um sich zu öffnen. Er hörte leises Lachen und die Stimmen von Mara, Giovanni und Luca aus der Küche zu ihnen dringen, und für einen Moment wollte er nichts weiter, als die Tür zu schließen vor dem, was in diesem dunklen Treppenhaus auf ihn wartete, und zurück ins Warme zu treten. Er kannte die Stille, die sich nun mit grausamer Kälte auf seine Stirn legte, kannte die Klaue, die sich um seinen Brustkorb schloss und ihm das Atmen schwer machte. Seit Jahren kamen die Obdachlosen des Viertels am kommenden Nachmittag zu seinem Geburtstag, nie hatten sie eine Ausnahme gemacht.

»Ellie«, sagte er und hörte, dass er auf einmal heiser war. »Wo sind die anderen?«

Sie sah ihn an, ein seltsamer Glanz lag in ihren Augen. »Sie sind im Hof Neun«, erwiderte sie kaum hörbar.

Nando wusste, dass es sich dabei um einen alten Keller in einem Abrisshaus handelte. Niemand schlief darin, niemand lebte dort. Dieser Keller diente der Trauer. Er war ein Abschiedsraum. Die Erkenntnis kroch mit eisigen Fühlern über die Treppe aufwärts. Nando fühlte, wie sie seine Beine emporglitt und sich mit boshafter Tücke um seine Kehle legte. »Wer?«, flüsterte er.

Da griff Ellie in eine ihrer Plastiktüten, und noch ehe Nando den Geigenkasten sah, wusste er, um wen es sich handelte.

»Enzo«, sagte er, und der Name hallte im Treppenhaus wider wie ein Schuss.

Ellie nickte schweigend. »Wir wissen nicht, wie es passiert ist«, sagte sie, ohne seinen Blick loszulassen. »Passanten haben ihn gefunden, tot in seiner Gasse und barfuß. Seine Geige war zerbrochen, er muss sich gewehrt haben. Wir glauben, dass es Hass war, der ihn getötet hat. Es ist oft passiert, das weißt du, niemand schert sich um uns. Aber seit langer Zeit hat es keinen mehr von uns getroffen. Bis jetzt.«

Sie trat auf Nando zu, bis sie dicht vor ihm stand. Das Licht aus der Wohnung fiel auf ihr Gesicht, sie blinzelte, als wäre sie so viel Helligkeit nicht mehr gewohnt, doch dann wurde ihre Miene weich, fast zart, und Nando konnte sehen, wie sie einmal ausgesehen hatte, damals in ihrem anderen Leben. Diese Frau steckte noch immer in ihr, doch nun war sie frei, und sie zeigte sich nur noch manchmal – wie ein Blatt, das unter der dicken Eisschicht eines Sees dahintreibt.

»Er wollte, dass du sie bekommst«, sagte sie und hielt ihm den Geigenkasten entgegen. Tränen traten in ihre Augen, sie glänzten im Schein des Lichts. »*Wenn mir einmal etwas zustößt*, so sagte er zu mir, *dann soll meine Geige bei Nando zu Hause sein*. Ich erinnere mich gut daran, wie ihr zusammen gespielt habt.«

Nando spürte die Kälte des Geigenkastens wie einen elektrischen Impuls über seine Haut flackern und schauderte. Da legte Ellie ihre Finger auf seine narbenübersäte Hand. Sie waren warm. »Es ist gut, dass es dich gibt, Nando«, sagte sie ernst. »Von jedem Einzelnen von uns soll ich dir das sagen – es ist gut, dass es Menschen gibt, die uns sehen. Die uns wirklich sehen, verstehst du?«

Sie hielt kurz inne. »Enzo erzählte mir davon, dass du ihn in seiner Gasse besucht hast. Er erzählte mir von deiner Musik. Sie hat ihn glücklich gemacht, Nando. Sehr, sehr glücklich.«

Sie zog ihre Hand zurück und lächelte noch einmal. Dann wandte sie sich ab und ging die Treppe hinunter, so lautlos und sicher, als könnte sie im Dunkeln sehen.

Kaum war sie aus Nandos Blickfeld verschwunden, überkam ihn ein Schwindel, der ihn dazu brachte, sich auf die oberste Stufe zu setzen. Die Tür schlug unten gegen das Holzstück, und er war allein. Er öffnete den Geigenkasten und erschrak, als er im fahlen Lichtkranz die zertrümmerten Überreste der Geige sah. Ein Zittern lief durch seine Glieder. Er strich über das Holz, und seine Kehle zog sich zusammen, als er an Enzo dachte. Enzo, der Geigenvirtuose, der immer mehr als das gewesen war.

Nando erinnerte sich noch genau an ihr erstes Zusammentreffen. Es war eine Frühsommernacht gewesen, und Enzo hatte allein auf den Stufen der Spanischen Treppe gesessen, den Vollmond über sich, die Augen geschlossen, und auf seiner Geige gespielt. Die Töne hatten Nando innehalten lassen, obwohl er in Eile gewesen war, aber er war stehen geblieben wie erstarrt und hatte zu dem einsamen Mann auf der Treppe hinaufgeschaut und sich von seiner Musik verzaubern lassen, so sehr, dass er beim Verklingen der letzten Töne erwacht war wie nach einem langen Schlaf. Enzo hatte die Augen geöffnet und Nando sofort angesehen, als hätte er die ganze Zeit über gewusst, dass dieser dort gestanden und ihn betrachtet hatte. Er hatte seine Geige sinken lassen, den Bogen gehoben und leicht damit gewunken, und als hätte er auf diese Weise an einem unsichtbaren Faden gezogen, war Nando zu ihm gegangen und hatte ihn wie ein staunendes Kind angesehen. Enzo hatte gelacht, noch heute hörte Nando dieses perlende, ansteckende Lachen, war aufgestanden und hatte sich formvollendet verbeugt, um dann mit tiefem Ernst in der Stimme zu sagen: »Gestatten – Enzo Astori mein Name, Weltenwanderer, Geschichtenerzähler, Violinist und Zauberer in einer Person.« Er hatte Nando aufgefordert, sich zu ihm zu setzen, und dann hatten sie die ganze Nacht über Musik gesprochen, über Kunst, über das Leben, und im Morgengrauen hatte Enzo sich verabschiedet. Nando hatte ihm nachgesehen, wie er langsam davongegangen war, und er hatte gewusst, dass er einen Freund gefunden hatte.

Von dieser Nacht an war Enzo regelmäßig ins Obolus gekommen und hatte Nando eines Tages zu sich in die Schwarze Gasse eingeladen – ein Straßenname, den Enzo ihr selbst gegeben hatte wegen der dunklen Häuser, die sie umgaben. Nando war der Einladung gefolgt und hatte auf Enzos Wunsch hin seine eigene Geige mitgebracht. Er hatte nie gelernt, nach Noten zu spielen, und war sehr aufgeregt gewesen, als Enzo ihn aufgefordert hatte, etwas zum Besten zu geben, zumal er aufgrund der Verletzungen seiner linken Hand selten ein Stück ohne Unterbrechung spielen konnte. Doch es war ihm gelungen, mehr noch, als Enzo mit seinem Instrument in seine Melodie einstimmte, da war es Nando erschienen, als hätte die Musik selbst seine Hände geleitet, noch ehe sie zu Tönen geworden war. Er hatte nicht an seine verwundete Hand gedacht, nicht an die Schmerzen und die Lähmungserscheinungen, die ihn seit Jahren überfielen, und als er schließlich die Geige hatte sinken lassen, da hatte Enzo ihn angesehen, schweigend und mit diesem leisen, verschmitzten Lächeln, das Nando stets das Gefühl gegeben hatte, dass sein Gegenüber in allen Dingen viel mehr wusste als er jemals zugeben würde. Von diesem Moment an hatte Nando gewusst, dass er in Zukunft nur noch auf diese Weise spielen wollte – in Freiheit.

Seither hatten sie häufig zusammen musiziert, und Nando hatte gespürt, wie er durch das gemeinsame Spiel gefördert wurde, wie er Stücke erlernte und Fertigkeiten ausbildete, mit denen er seiner alten Geige Töne entlocken konnte, von denen er vorher nicht einmal geglaubt hatte, dass es sie gab. Er holte tief Atem, als er an den letzten gemeinsamen Abend dachte, jenen Abend vor etwa drei Wochen. Enzo war am Nachmittag ins Obolus gekommen, freundlich und höflich wie immer und doch auf eine unterdrückte Weise aufgeregt wie ein Kind, als er Nando für die Nacht in seine Gasse einlud. Dort erwartete Enzo ihn mit feierlicher Miene und überreichte ihm ohne viel Aufhebens seine Geige. Nando musste lächeln, als er daran dachte, wie er im ersten Moment vor dem Instrument zurückgewichen war. Diese Geige, das war ihm von Anfang an klar gewesen, war ein Unikat, eine Meisterin der Töne, von der er manches Mal bereits gedacht hatte, dass sie fähig sein musste, auch ohne menschliche Hand Klänge hervorzubringen, so klar und rein war die Musik, die ihr entsprang. Enzo hatte ihm nie verraten, wo diese Geige gebaut worden war, und sein geheimnisvolles Lächeln hatte Nandos Finger zittern lassen, als er das Instrument in Empfang genommen hatte. *Die Musik*, hatte Enzo ihm mit selten ernster Miene gesagt, *ist die vollkommene Verbindung zwischen Licht und Finsternis. In ihr ist alles möglich, in ihr kann man sein, wer man ist, und man fällt nicht – man fliegt!* Dann hatte er Nando angesehen, schweigend und abwartend, und dieser hatte tief Luft geholt, den Bogen auf die Saiten gelegt und gespielt.

Ein Schauer lief über Nandos Rücken, als er an diesen Augenblick zurückdachte. Der erste Ton, der die Nacht in ein Meer aus rauschenden Tüchern verwandelt hatte, das erste Atemholen des Instruments, das wie ein lebendiges Wesen in seinen Händen gelegen und den Bogen wie mit eigenem Willen über die Saiten geführt hatte, die Musik, die Nando wie flüssiges Gold durchströmt und ihn aus der Schwarzen Gasse fortgetragen hatte in ein Feuerwerk aus Schatten und gleißendem Licht. Nando spürte wieder die Funken auf seiner Haut, fühlte, wie sie in ihn einsanken und ihn ausfüllten. Er hatte die Musik nicht länger gehört, sondern sie vielmehr gefühlt. Jede Ahnung von Schmerz oder Lähmung war aus seiner linken Hand gewichen, als hätte es sie nie gegeben, und er erinnerte sich genau an den Augenblick, da er schließlich den Bogen für den letzten Ton über die Saiten gezogen und in der Gasse die Augen aufgeschlagen hatte. Nichts als Erstaunen und Schönheit war in Enzos Blick gewesen. Nando dachte an den Moment, da er die Geige an ihren Besitzer zurückgegeben hatte, erinnerte sich daran, wie sie sich verabschiedet hatten – er selbst atemlos und berauscht von dem musikalischen Höhenflug, den er erleben durfte, Enzo schweigsam und nachdenklich und mit diesem schattenhaften, undurchdringlichen Blick, als wollte er Nando etwas sagen, das er nicht sagen konnte. Schließlich hatte Enzo ihm die Hand auf die Schulter gelegt und ihn eindringlich angesehen. *Vergiss das niemals*, hatte er gesagt. *Das Wechselspiel von Licht und Schatten, die Schönheit und den Wahnsinn der Musik – und die Freiheit, fliegen zu können.*

Nando sah in die Finsternis des Treppenhauses, starrte wie gegen eine Wand aus Nacht und hörte Ellies Stimme darin widerhallen: *Wir glauben, dass es Hass war, der ihn getötet hat.* Nando sah Enzo vor sich, sah ihn in seiner Schwarzen Gasse unter dem Vollmond sitzen und spielen, eine seltsame, dunkle Melodie, und er konnte den Gedanken nicht ertragen, dass so etwas passierte. Enzo war tot. Schon morgen würde in der Zeitung darüber berichtet werden wie über das Wetter und die neue Herrenmode im Herbst, ohne dass sich eigentlich jemand dafür interessierte. *Es ist oft passiert, das weißt du, niemand schert sich um uns.* Jetzt konnten sie offen darüber sprechen, wie unsauber Rom geworden war durch die Obdachlosen, wie merkwürdig Enzo gewesen war – all die Leute, die zu allem eine Meinung hatten und nichts verstanden.

Nando spürte, wie Übelkeit in ihm aufstieg und eine unbändige Wut auf die, die nichts begriffen. Man müsste sie packen und ihnen die Augen öffnen, müsste sie die Gespräche hören lassen, die er mit Enzo geführt hatte, die Geschichten, die er ihm erzählt hatte, die Märchen voller Zauber, und seine Musik, man müsste … Nandos Herz raste in seiner Brust, er fuhr sich mit der linken Hand über die Augen – und schrak zurück.

Seine Hand stand in Flammen.

Keuchend schlug er sie gegen seine Brust, doch das Feuer erlosch nicht. Blau züngelte es um seine Finger, ohne ihn zu verbrennen. Fassungslos starrte Nando auf seine Hand, als würde er sie zum ersten Mal sehen.

»Nun?«

Die Stimme hieb ihm als Faustschlag in den Magen. Wie im Traum wandte er sich um. Die Schatten im obersten Treppenaufgang glitten auseinander wie lautlose Tücher, und heraus trat Antonio.

»Glaubst du mir jetzt?«

6

Humpelnd eilte Nando die Straße hinunter. Er hatte das Treppenhaus fluchtartig verlassen, war dabei gestürzt und hatte sich das Knie aufgeschlagen, doch er fühlte es kaum. Seine Hand brannte in blauem Feuer, zischend verdampften die Regentropfen in den Flammen, sodass er einen Schweif aus Rauch und Funken hinter sich herzog. Er hatte keine Ahnung, wohin er lief. Sein Kopf war vollkommen leer, während er durch die Nacht rannte, dicht gefolgt von Antonio, der ihm scheinbar mühelos folgte und keine Schwierigkeiten damit hatte, nebenbei ohne Unterlass auf ihn einzureden. Aber Nando achtete nicht auf ihn. Er war vollends damit beschäftigt, seine Hand gegen seinen Oberschenkel zu schlagen, ungeachtet des Schmerzes, der ihn bei jedem Hieb durchzuckte. Es half wenig. Die Flammen erloschen nicht. Panisch blieb er vor einem kleinen Brunnen stehen und tauchte seine Hand ins Wasser, doch das Feuer spielte mit seinen Fingern, als wäre es noch immer von Luft umgeben.

»Du musst dich beruhigen!«

Antonio trat neben ihn, eine Hand in die Hüfte gestemmt, sodass Nando den kostbaren Säbel sehen konnte, der an einem Lederhalfter befestigt und bislang vom Mantel verborgen worden war.

Nando riss seine flammende Hand aus dem Brunnen und deutete damit auf Antonio. »Du bist kein Obdachloser«, rief er aufgebracht. Es hatte eine Frage werden sollen, doch die Tatsache war so offensichtlich, dass eine Antwort eigentlich überflüssig war. »Aber was immer du sein willst – dumm bist du nicht, oder doch? Falls es dir entgangen ist, brennt meine Hand, alles klar? Wie soll ich mich beruhigen, wenn meine Hand in Flammen steht?«

Antonio hob beinahe gelangweilt die Brauen. »Du warst wütend. Da ist das ganz natürlich.«

Nando rang nach Atem. »Ganz natürlich?«, rief er und musste sich zwingen, leiser zu sprechen, um nicht die Bewohner der umstehenden Häuser an die Fenster zu rufen. »Ich weiß nicht, wie das in deiner Welt ist oder an diesem seltsamen Ort, von dem du kommst. Aber hier ist es alles andere als normal, dass man sich plötzlich selbst in Brand setzt, ohne sich zu verbrennen, und es nicht fertigkriegt, die Flammen zu löschen!«

»Feuer hat seinen eigenen Willen«, erwiderte Antonio gelassen. »Es lässt nicht gern über sich bestimmen. Das nächste Mal solltest du mit ihm sprechen.«

Nando starrte ihn an. Mit jeder Reaktion hatte er gerechnet, aber nicht mit dieser. »Das nächste Mal? Ich ...« Er folgte Antonios Fingerzeig und stellte zu seiner Überraschung fest, dass die Flammen auf seiner Hand kleiner wurden und schließlich erloschen.

Aufatmend ließ er sich an den Rand des Brunnens sinken und fuhr sich über die Augen. Antonio schaute auf ihn herab, sein Gesicht lag halb im Schatten verborgen, aber Nando fühlte den durchdringenden Blick auf seiner Haut.

»Wer bist du?«, fragte er und zog die Brauen zusammen. »Wer bist du wirklich?«

Antonio schwieg für einen Moment. »Du musst lernen, die richtigen Fragen zu stellen«, sagte er dann. »Das, was dich viel mehr interessieren sollte, ist die Antwort auf die Frage: Wer bist du selbst?«

Mit langsamer Bewegung griff er in seinen Mantel und zog Enzos Geigenkasten daraus hervor. Vor lauter Aufregung hatte Nando ihn im Treppenhaus liegen lassen, und er starrte darauf wie auf einen lang vermissten und soeben wiedergefundenen Gegenstand. Antonio hob den Kopf, und zum ersten Mal erkannte Nando etwas Sanftes in seinen schwarzgoldenen Augen, eine haltlose Verzweiflung und Traurigkeit, als er langsam über Enzos Geigenkasten strich.

»Wir waren Freunde«, sagte Antonio leise. »Er war einer meiner engsten Vertrauten, ehe ich ihn an diese Welt verlor. Es verging eine lange Zeit, in der wir uns nicht mehr begegneten, und doch war er mir stets nah, denn uns einte dieselbe Sehnsucht und derselbe Drang nach Freiheit und Gerechtigkeit. Er rief mich in der Stunde seines Todes, ich kam zu spät, um ihm noch helfen zu können. Ich weiß, dass du glaubst, dass er ein Obdachloser war namens Enzo Astori, der ein bewundernswertes Talent für das Geigenspiel hatte. Doch das ist nur die halbe Wahrheit, jene Wahrheit, die er sich für die Welt der Menschen ausgedacht hatte. Sein wahrer Name war Yrphramar Bharensis Karphrenton, und er war ein Engel – so wie ich.«

Nando spürte die Regentropfen an seinem Gesicht hinablaufen, ein eisiger Schauer glitt über seinen Körper, ohne dass er sich dagegen wehren konnte. Fassungslos starrte er Antonio an und stieß ein heiseres Lachen aus.

»Willst du mich für dumm verkaufen?«, fragte er, aber Antonio fixierte ihn mit solchem Ernst, dass es ihm nicht gelang, seine Stimme spöttisch klingen zu lassen. »Du willst mir erzählen, dass Enzo ein Engel war? Ein *Engel?* Einer von denen, die man in Kirchen findet, diese fetten, nackten Putten?«

Er lachte noch einmal, doch Antonio betrachtete ihn ungerührt. »Die Vorstellungen der Menschen von unseresgleichen haben wenig mit der Wirklichkeit zu tun. Sie treffen die Wahrheit nicht und sind meistens von unserer Lebenswelt so weit entfernt wie die Kirche Roms – oder noch weiter.«

Nando verschränkte die Arme vor der Brust. Sein Herz raste hinter seinen Rippen, krampfhaft bemühte er sich, ruhiger zu atmen. »Das ist verrückt«, brachte er hervor. Er sprach mehr zu sich selbst als zu Antonio und kämpfte mit aller Kraft die aufkeimende Panik nieder. »Ich glaube noch nicht einmal an Gott! Und jetzt erzählst du mir, dass es Engel gibt und erwartest, dass ich dir das abkaufe?«

Er stieß die Luft aus, doch der Laut klang nicht verächtlich, sondern bloß hilflos.

»Es ist ohne Belang, woran du glaubst«, entgegnete Antonio ruhig. »Aber womöglich ist jetzt der richtige Zeitpunkt gekommen, um dein Weltbild zu überdenken. Oder hast du es bis vor Kurzem für möglich gehalten, deine Hand in Flammen zu setzen?« Ein leicht spöttisches Lächeln huschte über seine Lippen, doch er wartete eine Antwort nicht ab. »Yrphramar wurde nicht von Menschen getötet, Nando. Er wurde ermordet von einer Kreatur, die auf der Suche ist nach dir. Und wenn sie dich findet, wird sie dir dasselbe antun wie ihm.«

Als hätte der Wind diese Worte gehört, stob er Nando mit eisigen

Klauen ins Haar. Der Regen hatte ein wenig nachgelassen, ein Wispern kroch durch die Nacht wie das Summen unzähliger Insekten. Nando zog die Schultern an und schaute in die Finsternis am Ende der Straße, doch er konnte nichts Ungewöhnliches erkennen.

»Die Welt, wie du sie kennst, hat es niemals gegeben«, sagte Antonio und zwang Nando durch die plötzliche Schärfe in seiner Stimme, ihn anzusehen. »Die Wirklichkeit birgt mehr, viel mehr, als du dir jemals hättest träumen lassen. Engel existieren in ihr, Dämonen – und Wesen wie du.«

Nando spürte den Wind eiskalt auf seiner Haut. »Ich bin ein Mensch«, sagte er kaum hörbar, doch es klang, als wollte er sich selbst von etwas überzeugen, das von einem Augenblick zum nächsten keine Gültigkeit mehr hatte.

Schweigend setzte Antonio sich neben ihn, den Geigenkasten zwischen den Fingern. »Du bist ein Mensch«, stimmte er ihm zu. »Doch das ist noch nicht alles. Du, Nando, bist ein Nephilim.«

»Ich …«, begann Nando, doch seine Stimme versagte in einem heiseren Krächzen, und er musste sich räuspern, ehe er fortfuhr: »Ich bin ein Mensch und … ein Engel?« Seine brennende Hand stand ihm vor Augen, und er erinnerte sich nur zu gut an den Schlag, der Antonio quer durchs Obolus befördert hatte. Das Blut wich ihm aus dem Kopf. Antonio legte ihm eine Hand auf die Schulter, ein sanfter Strom aus Wärme zog durch seinen Körper und ließ ihn Atem holen. Er schüttelte den Kopf. »Ist das ein Scherz?«, fragte er kaum hörbar. »Ein Streich meiner Freunde? Bist du ein Schauspieler, der mich auf den Arm nehmen soll?«

Antonio schüttelte den Kopf. Übelkeit stieg in Nando auf, er zwang sich, ihr keinen Raum zu geben, und lachte trocken. »Aber das kann nur ein Scherz sein! Engel, Dämonen, Nephilim leben in dieser Welt, und ich bin einer von ihnen – na klar, und wer soll das glauben? Ich jedenfalls nicht!« Er kam auf die Beine und wich vor Antonio zurück. Wilde Entschlossenheit pochte hinter seiner Stirn. Er war kein Kind mehr, dem man Märchen erzählen konnte. Er würde sich nicht von einem dahergelaufenen Kerl mit seltsamen Augen und Klamotten zum Narren halten lassen. Zorn flammte in ihm auf und vertrieb die Hilflosigkeit, die er gerade noch empfunden hatte. »Enzo ist tot!«, rief er außer sich. »Er war mein Freund, verstehst du? Und du hast nichts Besseres zu tun, als mir Geschichten aufzutischen! Ich weiß nicht, wer du in Wirklichkeit bist und warum du das tust, aber ich sage es dir jetzt ganz deutlich: Ich halte dich für komplett durchgeknallt und ich will von dir nichts mehr hören, verstanden? Lass mich in Ruhe!«

Antonio öffnete den Mund, um etwas zu sagen, doch gleich darauf riss er den Kopf in den Nacken, ruckartig und schnell wie ein witterndes Tier. Er lauschte angestrengt, als würde er etwas hören, das Nandos Ohren verborgen blieb, doch sein Gesicht verzerrte sich zu einer Fratze aus Schmerz und er stieß einen Laut aus, der wie ein Stöhnen klang. Die Muskeln an seinem Hals spannten sich, seine Haut wurde aschfahl. Mit einer Bewegung, die zu schnell war für Nandos Augen, griff er in die Tasche seines Mantels und zog ein glühendes Messer hervor. Er tat einen Schritt auf Nando zu und hieb direkt neben ihm in die Luft. Nando sprang zurück und sah zu seinem Entsetzen, wie die Straße dort, wo Antonio die Waffe geführt hatte, auseinanderklaffte wie ein zerrissenes Gemälde. Dahinter lag zäher Nebel, der sich rasch zu einem flackernden Wirbel aus Schatten formte.

Antonio trat auf Nando zu, seine Augen lagen tief in ihren Höhlen. Noch immer hielt er das glimmende Messer in seiner Hand. »Komm mit mir.« Seine Stimme klang, als müsste er sich über alle Maßen anstrengen, um ruhig zu bleiben. »Ich weiß, dass du mir kein Wort glaubst von dem, was ich sage. So geht es den meisten deiner Art. Ich verstehe auch, dass du Angst hast, aber du kannst nicht hierbleiben, dir droht Gefahr, Gefahr für dein Leben, Nando. Wir müssen verschwinden. Sofort!«

Antonio streckte die Hand nach ihm aus, Nando meinte, sie an seinem Arm zu spüren, die Schatten des Wirbels bäumten sich in undurchdringlicher Finsternis auf, bereit, ihn zu verschlingen. Er stolperte, seine Faust wurde so heiß, dass es ihm wehtat.

»Nein!«, schrie er außer sich, schlug nach Antonio – und sah fassungslos zu, wie ein gewaltiger Feuerball aus seinen Fingern schoss, Antonio an der Schulter traf und ihn mit einem Krachen in den flackernden Wirbel schleuderte. Sofort schloss sich dieser wie ein gefräßiges Maul und ließ nichts zurück als vereinzelte Rauchschwaden, die geisterhaft über die Straße glitten und in der Nacht verschwanden.

Atemlos taumelte Nando rückwärts, ohne die Stelle aus den Augen zu lassen, an der sich gerade noch der Riss befunden hatte. Dann warf er sich herum und rannte los. Die Straße flog unter ihm dahin, sein Herz raste in seiner Brust, doch er fühlte nichts als das Brennen in seiner Hand und sah vor seinem inneren Auge den Feuerball aus seiner Faust schießen. Keuchend drückte er sich in einen Hauseingang und presste die Hände gegen die Schläfen. Er musste sich beruhigen. Irgendetwas ging hier vor, etwas, das ganz und gar unfassbar war für ihn, und er würde diesen Dingen nicht auf den Grund gehen können, solange in seinem Hirn nichts mehr war als Verwirrung und Furcht.

Die Kälte der Hauswand verlangsamte seinen Atem und ließ ihn ruhiger werden. Es musste eine Erklärung für all das geben. Vielleicht hatte er mit seiner Vermutung, dass Antonio ein Schauspieler war, gar nicht so falschgelegen. Vielleicht war er auch ein Zauberer, für den Effekte wie Feuerbälle und optische Täuschungen ein Leichtes waren. Im Fernsehen hatte Nando oft genug gesehen, wie Magier scheinbar durch Mauern liefen und sich in mehrere Teile zersägen ließen, warum sollten Tricks dieser Art ohne Kameras nicht auch funktionieren? Er holte tief Luft. Diese Gedanken waren trügerisch, das wusste er, denn sie begründeten nicht die Schmerzen in seinen Fingern und die Erschöpfung, die sich seit dem merkwürdigen Feuerball in ihm ausbreitete. Aber auch dafür würde er eine Erklärung finden, wenn er sich erst vollständig beruhigt hatte.

Etwas kitzelte ihn an der Hand. Es war eine Heuschrecke, ungewöhnlich groß und regungslos hockte sie auf seinen Fingern. Erschrocken schüttelte er die Hand. Er hätte sich nicht in einen heruntergekommenen Hauseingang stellen sollen, in dem es vor Ungeziefer nur so wimmelte. Kaum hatte er das gedacht, hörte er ein leises, knackendes Geräusch und fühlte, wie ihm etwas auf die Schulter fiel. Es war schwarz wie die Heuschrecke zuvor, hatte aber bedeutend mehr Beine und griff mit langen Fühlern nach seiner Wange.

Mit einem Schrei schleuderte Nando das Tier von seiner Schulter, sprang hinaus auf die Straße und sah zu seinem Entsetzen, woher das knackende Geräusch gekommen war: Aus den Mauerritzen quollen schwarze Käfer, Asseln und Kakerlaken, als hätte sie jemand aus ihren Verstecken getrieben. Rasselnd schoben sie ihre Körper über das

Mauerwerk, Nando hörte sie wie durch ein Stethoskop. Sie krochen auf ihn zu, eine klebrige schwarze Masse aus zahllosen Leibern. Erschrocken wich er vor ihnen zurück.

Später hätte er nicht mehr sagen können, warum er den Blick wandte und die Straße hinaufschaute. Vielleicht war es der Wind gewesen, der seine Aufmerksamkeit erregt hatte, dieser kriechende, eiskalte Wind, der ihm wie eine Totenhand das Haar aus der Stirn strich, oder das Wispern unzähliger Insektenflügel, gepaart mit dem Knistern, das entstand, wenn Chitinpanzer sich aneinander rieben. Er wusste nur noch, dass er den Kopf hob, und dort, am Ende der Straße, nur schwach erhellt vom flackernden Licht einer Straßenlaterne, stand ein Fremder.

Im ersten Augenblick erschien er wie ein Schatten, doch dann bemerkte Nando die schwarzen Leiber, die um seinen Körper herumflogen, und er erkannte ein kalkweißes Gesicht mit Augen, die so tief in ihren Höhlen lagen, als wäre da nichts als Finsternis. Für einen Moment starrte der Fremde zu ihm herüber. Dann breitete er die Arme zu beiden Seiten seines Körpers aus, öffnete den Mund – und ließ sämtliche Insekten, die als schwarzer Schwarm um ihn herum pulsierten, in sein Innerstes fliegen. Nando sah mit Entsetzen, wie die Insekten dem Fremden die Lippen zerrissen, er wollte fliehen, doch er stand da wie gelähmt. Eine Stimme in ihm schrie ihm zu, dass er davonlaufen müsse, doch er hörte sie kaum. *Das darf nicht wahr sein*, dachte er und fragte sich gleich darauf, ob tatsächlich er es war, der das dachte. Denn das, was er dort sah am Ende der Straße – das war mehr als real, und es schien sich nicht im Geringsten darum zu kümmern, ob es wahr sein durfte oder nicht.

Der Fremde hatte sämtliche Insekten in sich aufgenommen. Nun schaute er erneut zu Nando herüber, die Arme noch immer ausgestreckt, als wollte er ihn umarmen. Er neigte leicht den Kopf, und ein Lächeln stahl sich auf seine Lippen.

Es war dieses Lächeln, das Nando wie ein Faustschlag ins Gesicht flog und ihn dazu brachte, auf der Stelle die Flucht anzutreten. Er fuhr herum und rannte die Straße hinab, so schnell er konnte. Antonio hatte die Wahrheit gesagt, und für einen Moment wusste Nando nicht, was schlimmer war: diese Tatsache oder das Wesen, das ihn verfolgte.

Er warf einen Blick über die Schulter und sah zu seinem Schrecken, wie der Fremde sich in die Luft erhob und ihm in mächtigen Sprüngen nacheilte. Er raste über die Fassaden der Häuser und ließ seinen Mantel hinter sich herflattern wie eine todbringende Krähenschar. Abrupt schlug Nando einen Haken und rannte eine schmale Gasse hinauf, doch der Fremde kam immer näher. Krachend sprang er nun über die Dächer, Nando hörte einen gurgelnden Laut, der wie ein Lachen klang. Er schaute noch einmal zurück, doch der Fremde war verschwunden. Atemlos wandte Nando den Blick – und fand sich in einer Sackgasse wieder.

Die Panik kam wie ein elektrischer Schlag. Nando fühlte die Schritte des Fremden, die den Boden zum Erzittern brachten. Sie kamen näher, immer näher, während Nando vor ihnen zurückwich, bis er gegen die regennasse Hauswand stieß. Im selben Augenblick erloschen die Laternen in der Gasse. Nando stand in der Dunkelheit, er begann zu zittern, als die Schritte plötzlich innehielten. Und dort, nur wenige Armlängen von ihm entfernt, schob sich der Fremde aus den Schatten.

Auf den ersten Blick schien er ein Mensch zu sein, doch dieser Eindruck war so falsch, dass er umgehend von der entsetzlichen Erkenntnis verschlungen wurde, die auf ihn folgte. Dieses Wesen war kein Mensch. Es war überhaupt nichts Lebendiges, und als sich das Schwarz seiner Augen zu einem nadelfeinen Punkt zusammenzog, war es, als drückte eine steinerne Totenhand Nando die Luft aus der Lunge. Der Fremde öffnete den Mund, zäher Nebel kroch über seine Lippen und legte sich mit lähmender Kälte um Nandos Kehle. Spitze Fühler bewegten sich unter der kalkweißen Haut, und während der Fremde langsam näher trat, hörte Nando das Knistern unzähliger Insektenleiber.

Dicht vor ihm blieb der Fremde stehen. Nando schaute in die Finsternis seiner Augen, er bekam kaum noch Luft. Mit einer schnellen Bewegung packte der Fremde ihn an der Kehle und riss ihn zu sich heran. Nando spürte, wie sich etwas von innen gegen die Haut des Fremden drückte, etwas Gieriges, das Hunger hatte.

»Ich bin Bhrorok«, sagte der Fremde grollend. »Ich bin dein Feind und dein Tod. Und ich bin gekommen, um dir zu nehmen, was meinem Meister gehört.«

Nando konnte nichts erwidern, selbst wenn er gewollt hätte. Bhrorok lächelte auf seine grausame, gleichgültige Art, und dann, mit einem leisen Knacken wie dem Bersten einer dicken Eisschicht, zog sich die Schwärze vollständig aus seinen Augen zurück.

Nando schrie auf, denn er fühlte, wie die Dunkelheit ihn mit sich riss, hinein in das tödliche Nichts von Bhroroks Augen. Eiskalte Nebel strichen über seine Haut, sie glitten seinen Rachen hinab und gruben sich tief in sein Fleisch. Er hörte das Rasseln von Insektenkörpern und mitten darin einen verzerrten Laut, der ihm seltsam bekannt vorkam. Doch ehe er wusste, was es war, stieß Bhrorok einen Laut der Wut oder des Schmerzes aus und intensivierte die Kälte, die durch die Glieder seines Opfers raste. Nando fühlte, dass er ohnmächtig wurde, doch die Finsternis, in die er geriet, war keine Erlösung. Klebrig und erstickend drängte sie sich um ihn, und während er verzweifelt nach Atem rang, sah er eine Gestalt am Rand seines Bewusstseins, eine Gestalt in den Schatten. Nando keuchte, als er ihre Stimme hörte, es war die Stimme aus seinem Traum.

Hilfloses Kind, raunte sie dicht an seinem Ohr. *Ich ahnte, dass du nichts bist als ein schwacher Mensch.*

Mit Entsetzen sah Nando, wie die Gestalt sich aus den Schatten löste und auf ihn zutrat, er sah die Schleier aus Nacht, die sie umgaben, und den Umriss einer Hand, die nach ihm griff. *Nein*, schoss es Nando durch den Kopf. *Er durfte nicht sterben, nicht einfach so. Was würde aus Mara werden, was aus Giovanni und Luca? Er durfte sie nicht allein lassen, er durfte ihnen nicht diesen Schmerz bereiten, er musste sich wehren – mit aller Kraft.* Mit einem heiseren Schrei riss er den Kopf zurück. Im nächsten Moment raste er durch die weißen Nebel in Bhroroks Blick und fand sich gleich darauf in dessen Klaue wieder.

Unwillig starrte Bhrorok ihn an, mit nichts mehr in seinen Augen als nebligem Weiß. Zorn flammte über sein Gesicht, als er das Maul aufriss. Schon hörte Nando die Insekten surren und knistern, er keuchte, als er die ersten Fühler aus Bhroroks Mund kriechen sah. Ihn traf etwas an der Wange. Er stieß einen kaum hörbaren Laut aus, doch Bhrorok stierte ihn in seltsamer Reglosigkeit an. Etwas hatte sich in seinem Gesicht verändert. Die Insekten waren verstummt, und stattdessen drang Blut aus seinem Mund, schwarzes, stinkendes Blut.

Bhrorok ließ Nando fallen, ein grollendes Stöhnen drang aus seiner Kehle, als er nach Nandos Arm griff und ihm die Haut zerriss, ohne ihn packen zu können. Nando sprang vor ihm zurück, erst jetzt sah er den schwarzen Pfeil, der in Bhroroks Hals steckte. Er glühte in weißem Feuer und verschmorte Bhroroks Fleisch, ehe dieser keuchend auf die Knie fiel. Ein letztes Mal stöhnte Bhrorok auf. Dann sackte er in sich zusammen und blieb reglos liegen.

Nandos Knie wurden weich. Schnell stützte er sich an der Hauswand ab, er fühlte, dass sein überforderter Verstand drohte, sich in die Ohnmacht zu verabschieden. Schwer atmend hob er den Blick und sah, wie sich eine Gestalt näherte.

Sie war hochgewachsen und trug einen schattenhaften schwarzen Gehrock, der sie beinahe vollständig mit ihrer Umgebung verschmolz. Nando kniff die Augen zusammen, denn auf einmal flackerte die Gasse vor seinen Augen, und er meinte, gewaltige Flügel aus dem Rücken der Gestalt aufragen zu sehen. Helles, fast weißes Haar fiel auf die Schultern herab und umrahmte ein schmales Gesicht, ein Gesicht, das … Nando schwankte und fiel auf die Knie, doch er wandte den Blick nicht ab. Zuerst wirkte dieses Gesicht sanft, beinahe zart. Doch ein Lächeln lag auf seinen Lippen, ein Lächeln von leichtem Spott, und die Augen flammten in goldenem Licht und machten Nando eines unmissverständlich klar: Vor ihm stand ein Engel, ein Krieger und ein Jäger, und er war nicht gekommen, um Nando zu beschützen. Er war gekommen, um ihn zu töten.

Nando wollte sich aufrappeln, er wollte fliehen, aber sein Körper gehorchte ihm nicht mehr. Hilflos schaute er zu dem Engel auf, der dicht an ihn herantrat, und meinte, einen suchenden, fast sehnsüchtigen Ausdruck in dessen Augen zu erkennen. Er sah die Dunkelheit, die hinter den goldenen Augen aufflammte, und nahm den Duft von Schnee und Sonnenlicht wahr. Er verstand nicht, warum dieses Wesen ihn töten wollte, aber eines wusste er ohne jeden Zweifel: Noch nie zuvor in seinem Leben hatte er etwas so Schönes gesehen wie das zitternde Spiel aus Licht und Schatten weit hinten in den Augen des Engels.

Da überzog plötzlicher Zorn dessen Gesicht. Mit einer fließenden Bewegung warf der Engel seinen Gehrock zurück und griff nach seinem Schwert. Nando hörte das metallische Geräusch, er sah, wie der Engel die Augen schloss. Im nächsten Moment flog ein Schatten von rechts heran, packte das Schwert des Engels und trieb es ihm tief in die Brust. Der Schatten wirbelte herum, sein Mantel flatterte im Wind, als er auf Nando herabblickte.

»Du kannst dich entscheiden«, sagte Antonio, denn niemand anders war es. Eine klaffende Wunde zierte seine rechte Schulter, seine Kleidung war verkohlt von Nandos Feuerball. »Entscheide dich zwischen Himmel oder Hölle – und mir!«

Regungslos stand Antonio da, die Hand ausgestreckt, als würde er das Röcheln des Engels nicht hören, der langsam das Schwert aus seiner Brust zog und verschlungene Worte über seine Lippen brachte. Nando sah, wie blauer Nebel aus der Wunde drang und sie zu heilen begann, und er fühlte sein Herz im ganzen Körper, als er den Arm ausstreckte und mit letzter Kraft Antonios Hand ergriff.

Er spürte noch, wie Antonio ihn mit sich riss. Dann umfing ihn Dunkelheit, und er wusste nichts mehr.

7

Nando erwachte von einem Duft. Es war eine seltsame Mischung aus brennenden Tannenzweigen, Meerluft und samtener Schwermut, die wie das lodernde Licht einer Fackel die Finsternis seiner Ohnmacht durchbrach. Er hörte donnernde Züge, die den Boden zum Erzittern brachten. Ein zäher Kopfschmerz puckerte hinter seiner Stirn, als er die Augen öffnete.

Er lag auf Antonios Mantel, das Gewebe war weich an seiner Wange, und als er den Kopf hob und sich umsah, stellte er fest, dass er sich auf einem Hausdach ganz in der Nähe der Stazione Termini befand. Es hatte aufgehört zu regnen. Die durchnässte Dachpappe wellte sich, und der Mond brach durch die Wolkendecke und ließ sie glitzern wie Juwelen, die man auf ein schwarzes Tuch gestreut hat. Rings um den Rand des Daches flammten winzige weiße Flämmchen, und dort, mit dem Rücken an einen Schornstein gelehnt, saß Antonio und schaute mit wachsamen Augen über die Stadt. Nun, da er sich seines abgerissenen Mantels entledigt hatte, sah er in seiner merkwürdigen Kleidung beinahe aus wie ein Ritter aus einer fernen Zeit. Er hielt die zerbrochene Geige Enzos in den Händen. Die Verletzung an seiner Schulter war vollständig verheilt, und während er den Blick über die Dächer der Stadt schweifen ließ, wirkte sein Gesicht jung und fast friedlich.

»Wo sind wir?«, flüsterte Nando, denn er hielt es für möglich, dass seine Verfolger nur darauf warteten, seine Stimme zu hören, um ihn erneut zu überfallen.

Antonio wandte den Blick. »Wie du siehst, bist du noch immer in deiner Welt. Du wirst es nicht erleben, dass ich mein Wort breche.«

Nando setzte sich auf, ein stechender Schmerz durchzog seinen Arm. Er schob den Ärmel seines Hemdes zurück und sah mit Schrecken die schwarz verfärbten Striemen, die Bhroroks Klaue in seinem Fleisch hinterlassen hatte. »Ich bin verletzt«, stellte er überflüssigerweise fest und hob den Arm, in dem sich ein taubes Gefühl ausbreitete.

Antonio zuckte mit den Schultern, ehe er sich erhob und neben Nando in die Knie ging. »Das passiert, wenn man sich mit Dämonen anlegt«, erwiderte er sachlich, zog einen Beutel aus seiner Tasche und streute unter leisem Gemurmel blauen Sand auf Nandos Arm, der sich zischend ins Fleisch brannte. Nando schrie auf, doch sofort packte Antonio ihn im Nacken und schickte eine Welle aus Kälte in seine Kehle, die jeden Laut erstickte.

»Still!«, raunte er eindringlich und deutete auf die Flammen rings um das Dach. »Ich habe uns vor ihren Blicken bewahrt, doch sie sind nicht taub. Wenn du schreist wie ein verwundetes Rehkitz, werden sie kommen.«

Nando nickte atemlos. Mit aufgerissenen Augen starrte er auf seinen Arm, die Zähne so fest aufeinandergepresst, dass sein Kiefer anfing zu schmerzen, und beobachtete die winzigen Rauchfäden, die aus seiner Haut aufstiegen. Der Schmerz ließ nach, und aus dem Rauch wurde kühler Nebel, der sanft über seinen Arm strich und ihn für einige Augenblicke in eine dichte weiße Schicht hüllte.

»Halte ihn ruhig«, sagte Antonio. »Mein Zauber wird dich schnell heilen, wenn du ihn lässt.«

Nando schüttelte ungläubig den Kopf. »Bhrorok«, murmelte er und fühlte, wie der Name schwer und kalt über seine Lippen kroch. »Ist er tatsächlich ein Dämon gewesen?«

Antonio nickte wortlos. »Erstanden aus dem Zorn des Donners, als Himmel und Hölle zerbarsten, genährt von den Tränen der Welt, verdorben in den Ruinen ihres faulenden Fleisches. Erwachsen zum Krieger des Zorns und zum Schatten der Gier, der alles verschlingt, was sein Meister sich anbefiehlt. Einst zerrissen von der Hand eines Jägers, doch wiedergekehrt in Kälte, Blut und Finsternis – wie in den lang vergangenen Tagen, damals vor dem Ersten Frost.«

»Aber jetzt ist er tot, nicht wahr?«, fragte Nando kaum hörbar, doch Antonio schüttelte den Kopf.

»Nein«, erwiderte er, und Nando hörte die Bitterkeit in seiner Stimme wie pfeifenden Wind. »So einfach ist eine Kreatur wie Bhrorok nicht zu bezwingen. Avartos ist stark, doch für diese Tat fehlt ihm die Macht. Denn Bhrorok ist ein Geschöpf der Hölle – und nur die Kraft, die ihn erschuf, kann ihn vernichten. Doch Avartos ging es ohnehin nicht darum, Bhrorok zu bezwingen. Er wollte dich töten.«

»Avartos«, wiederholte Nando und sah das Gesicht des Fremden vor seinem inneren Auge aufflackern. »Er ist ein Engel. Und wie Bhrorok will er meinen Tod. Warum? Warum jagen sie mich?«

Antonio neigte leicht den Kopf, doch diese Bewegung genügte, um jeden Schimmer des Mondlichts von seinem Gesicht zu vertreiben. Seine Augen lagen da wie finstere Seen, und es war, als würde seine Stimme mit dem Wind verschmelzen und mit tausend Zungen zu sprechen beginnen. »Deine Welt wird zerbrechen«, erwiderte er leise. »Das sagte ich zu dir, denn sie ist mehr, als sie zu sein scheint. Ich werde dir nun eine Geschichte erzählen, eine Geschichte aus der Ersten Zeit, die in vielen Dingen vielleicht kaum mehr ist als Sage und Legende. Und doch musst du sie hören, um das zu begreifen, was geschehen wird.«

Er nahm Enzos Geige in beide Hände, schnippte mit den Fingern und ließ einen schwarzen Funken auf die zerrissenen Saiten fallen. Knisternd lief er über sie hin, und sie erglühten in rotem Licht. Für einen Moment meinte Nando, einen Ton in der Geige widerhallen zu hören, einen Laut aus einem der Lieder, die Enzo oft gespielt hatte – oder vielleicht war es auch ein unterdrücktes, haltloses Schluchzen. Dann sprang der Funke in die Höhe und zerbarst in flirrende Staubkörner, die sich auf das Instrument legten und es in goldenes Licht tauchten. Antonio hob es in die Luft und zog die Hände zurück, doch die Geige schwebte vor seinem Gesicht, als hinge sie an unsichtbaren Fäden. Das goldene Licht glitt in Wellen über das Holz, und Nando hielt den Atem an, als die Geige sich wieder zusammenfügte, langsam und lautlos. Die Saiten verbanden sich wie lebendige Schlangenleiber, der halb abgerissene Hals heilte sich, und selbst der Korpus, der fast vollständig zerschmettert worden war, bildete neues Holz. Und während die Geige sich wie durch Zauberhand erneuerte, sprangen goldene Funken von ihr fort und zeichneten ein Bild in die Luft, als hätten sie Feuerhände, mit denen sie winzige Pinsel führten. Die Erde, von Wolken umgeben, entstand in flammenden Strichen, darüber ein zerrissener Himmel mit vereinzelten Sternen. Eine Gestalt stürzte aus dem Riss auf die Erde zu, unbeschienen vom Licht, das aus dem Himmel fiel, sodass sie der dunkelste Umriss des Bildes war. Schwingen ragten aus ihrem Rücken, das Gesicht verbarg sich in den Schatten. Nando kannte dieses Bild, er hatte es oft in den Büchern seiner Tante gesehen. Es war eine Illustration von Gustave Doré für John Miltons *Paradise Lost*, und es nannte sich *Satan, der gefallene Engel*.

»Luzifer«, flüsterte Nando und spürte, wie dieser Name ihm das Haar aus der Stirn strich. Es schien ihm, als würden die winzigen Flammen des Bildes über seine Haut streichen und die Welt um ihn herum verwischen, bis er nichts mehr sah als die aus Feuer gezeichnete Erde, den zerrissenen Himmel und die dunkle, einsame Gestalt des fallenden Engels.

»Nach der Geschichte, die ich dir erzählen will«, begann Antonio leise, »wurde Luzifer mit einer Vielzahl von Engeln auf die Erde verbannt, da sie sich geweigert hatten, sich vor Gottes neuer Schöpfung zu verneigen.«

»Den Menschen«, erwiderte Nando. Er kannte die Erzählung des Höllensturzes, und auch wenn er nicht sonderlich religiös erzogen worden war, hatte ihn die Geschichte um den Kampf des Teufels gegen Gott immer schon fasziniert.

Antonio nickte. »Luzifer zog sich tief ins Innere der Erde zurück und schuf dort das Pandämonium, das Reich aller gefallenen Engel. Er beschloss, Rache an Gott zu üben für seine Verbannung, doch statt ihm erneut im offenen Kampf gegenüberzutreten, wählte er den Weg der List. Folgt man den Lehren der Menschen, so hatte er maßgeblichen Anteil an der Vertreibung von Adam und Eva aus dem Garten Eden, und auf der Erde wurde es seine Leidenschaft, die Menschen zu bösen Taten zu verführen, um Gott zu beweisen, dass seine Schöpfung misslungen sei.

Im Laufe der Zeit jedoch genügte Luzifer dies nicht mehr, und seine Anhänger spalteten sich in zwei Lager: diejenigen, die sich weiterhin Engel nannten und versteckt vor den Menschen leben wollten, und jene, die sich als Dämonen bezeichneten und wie Luzifer danach strebten, die Herrschaft über die Welt an sich zu bringen. Während die Engel ihr einstiges Handeln bereuten und sich dem Schutz der Menschen verschrieben, trachteten die Dämonen danach, sich für den Höllensturz an den Menschen zu rächen und sie unter ihre Herrschaft zu zwingen. Mehr und mehr entzweiten sich Engel und Dämonen voneinander, wurden zu verschiedenen Völkern, und schließlich kam es zum Krieg. Luzifer stand den Dämonen als grausamer Kriegsherr vor, und obgleich die Engel die Herrschaft erlangten und die Menschen vor den Dämonen beschützten, kam es immer wieder zu heftigen Kämpfen zwischen den verfeindeten Parteien. Der Teufel war und ist der mächtigste Dämon dieser Welt. Es ist keinem gewöhnlichen Engel oder Dämon möglich, gegen ihn zu bestehen. Seine magischen Kräfte sind gewaltig, sein Kampfgeschick ist grenzenlos, und seine Haut, so heißt es, sei unverwundbar wie die Haut eines Drachen. Nur sein Schwert Bhalvris sollte es vermögen, ihn zu verletzen – jenes Schwert, von dem einige Legenden behaupten, dass es das Schwert Michaels war, mit dem Luzifer zur Erde hinabgeschleudert worden sei und das er mit dunklen Mächten zu einem Teil seines Selbst gemacht habe.

Doch auch unter seinen Getreuen wuchsen Kritiker heran – Dämonen, die dem Weg des Teufels nicht länger folgen wollten. Einem von ihnen gelang es, seinem einstigen Herrn sein Schwert zu entwenden. Er übergab es den Engeln, und in der Schlacht vor Bhrakanthos, dem Sitz des Teufels im Kern des Pandämoniums, verwundete Hadros, der stärkste Engelskrieger zu jener Zeit, den Fürsten der Schatten schwer mit seiner eigenen Waffe.«

Antonio schwieg für einen Moment, sein Blick hing an dem Bild Luzifers wie an einer Erinnerung. »Ich war dabei«, raunte er dann. »Ich kämpfte in den Teufelskriegen, jenen Kämpfen, die in der Schlacht um Bhrakanthos gipfelten, und ich sah Hadros, den Strahlenden, wie er das Schwert gegen Luzifer erhob. Er hatte nicht die Macht, ihn zu vernichten – doch er konnte ihm einen Teil seiner Kraft nehmen und ihn mitsamt seiner Dämonen im Pandämonium einschließen, das Luzifer selbst in die neun Kreise der Hölle gegliedert hatte. Nach den Chroniken meines Volkes wurde das Schwert Bhalvris vernichtet, das zu einem Werkzeug des Teufels geworden war, auch wenn sich noch immer Legenden um diese Waffe ranken, die behaupten, dass sie noch existiere. Die Schlüssel zum Pandämonium sollen sich bis heute im Besitz zweier Pfortenengel befinden, die den Bann auf den Kreisen der Hölle aufrechterhalten und so die Dämonen darin gefangen halten. Doch niemand weiß, wo diese Engel leben und wer sie sind, denn wie so vieles an dieser Geschichte sind auch sie Legenden. Nur vereinzelte Dämonen leben noch in der Welt der Menschen, die meisten von ihnen in der einzigen freien Dämonenstadt Or'lok in den Tiefen dieser Erde. Sie verbergen sich vor den Augen der Sterblichen ebenso wie die Engel – und die Nephilim, Mischwesen aus Engeln oder Dämonen und Menschen.«

Nando wandte den Blick von dem flammenden Bild ab und sah Antonio an. »Wesen wie ich«, sagte er, doch es klang wie eine Frage, und Antonio neigte zustimmend den Kopf. »Aber ich habe Eltern gehabt«, fuhr Nando fort. »Wie kann es sein, dass ich nur ein halber Mensch bin? Und warum erfahre ich das erst jetzt?«

»Die Kräfte eines Nephilim werden von Generation zu Generation weitergegeben wie eine besondere Gabe«, erwiderte Antonio. »Doch nur die wenigsten von ihnen sind sich darüber im Klaren, wer oder was sie in Wahrheit sind, denn nicht jeder Nephilim bildet seine Kräfte aus. Kommt jedoch der Tag, da sich seine Magie entfaltet, schwebt er vom selben Augenblick an in tödlicher Gefahr. Denn Luzifer gelang es, vor seiner Verbannung mit einer Sterblichen ein Kind zu zeugen – einen Nephilim, in dessen Brust die Kraft ruhte, seinem Vater die verlorene Stärke zurückzugeben. Sobald der Teufel seine Macht wiedererlangt hat, könnte er die Kreise der Hölle einreißen und so nicht nur seine Dämonen, sondern auch sich selbst befreien. Über Generationen wurde diese Teufelskraft weitergegeben, und vor einigen Jahren rief Luzifer sie in einem seiner Nachfahren wach, um seine Rückkehr in die Welt einzuleiten. Jenen Nephilim nannte man den Sohn des Teufels.«

Ein Schatten glitt über Antonios Gesicht, doch er verschwand so rasch, dass Nando sich nicht sicher war, ob er ihn tatsächlich gesehen hatte.

»Er wurde getötet, ehe Luzifer seine Pläne beenden konnte«, sagte Antonio leise. »Doch die Kraft des Teufels liegt noch immer in dieser Welt, und besonders die Engel fürchten den Tag, da sie erneut in einem Nephilim erwachen und von Luzifer für seine Zwecke missbraucht werden könnte. Deshalb jagen sie die Nephilim unerbittlich und töten sie, sodass dein Volk ein Leben im Verborgenen führen muss und in der ständigen Furcht lebt, entdeckt und getötet zu werden. Nur einige wenige Engel lehnen diese unerbittliche Verfolgung ab und haben sich stattdessen als sogenannte Wächter dem Schutz der Nephilim verschrieben.«

Ein Ton wie ein Seufzen drang durch die Nacht. Er schien aus der Geige zu kommen, und für einen Moment meinte Nando, Enzos Stimme zu hören, sein Lachen und Worte aus solcher Ferne, dass sie kaum mehr waren als ein Flüstern.

»Yrphramar war einer von ihnen«, fuhr Antonio fort, und in diesem Moment, da Nando das Lachen seines Freundes hörte und dessen Worte wie Finger aus Wind auf seinen Wangen fühlte, wusste er, dass dies tatsächlich sein richtiger Name war. *Yrphramar*, wiederholte er in Gedanken, und er meinte, seinen Freund aus der Ferne antworten zu hören.

»Wie sein Vater und sein Großvater vor ihm war auch er ein Dämonenjäger«, sagte Antonio. »Zunächst arbeitete er im Dienst der Engelskönigin, doch er wandte sich schon früh von seinem Volk ab und führte eine Existenz zwischen den Welten, von den Dämonen gefürchtet, von den Engeln verachtet. Er war es, der Bhrorok einst zerrissen hat, der ihn nach Ambyon verbannte, in die Zwischenwelt der Dämonen, und nun ist Bhrorok zurückgekehrt und hat blutige Rache dafür genommen.« Antonio hielt kurz inne, er nickte wie in Gedanken. »Ja«, fuhr er etwas heiser fort. »Yrphramar hatte einen langen Weg hinter sich, ehe er sich als Wächter Bantoryns verpflichtete. Vielleicht wirst du seine Geschichte eines Tages erfahren. Versteckt vor den Engeln lebte er unter den Menschen. Es war seine Aufgabe, neu erwachende Nephilim zu finden, ihren Aufenthaltsort an mich zu übermitteln und sie in Sicherheit bringen zu lassen. Nur in absoluten Notsituationen trafen wir uns, um die Engel nicht auf unsere Spur zu bringen, und so kam es, dass ich ihn für eine sehr lange Zeit nicht mehr gesehen habe. Dennoch hielten wir den Kontakt, und er unterrichtete mich über alles, was er in der Welt der Menschen beobachtete. Er hatte dich bereits seit einer ganzen Weile im Verdacht, ein Nephilim zu sein, doch erst seit Kurzem besaß er Gewissheit. Es gelang dir, auf seiner Geige zu spielen – eine Fähigkeit, die kein gewöhnlicher Mensch je erringen würde. Er sandte mir eine Nachricht, und ich beeilte mich, dich zu erreichen.«

Nando nickte gedankenverloren. Er schaute auf das Instrument, das sich noch immer lautlos erneuerte, und sah goldene Funken aus dem flammenden Bild darauf niederfallen. Noch einmal durchdrang ihn die Euphorie jener Nacht, da er von den Klängen der Musik emporgehoben worden war, und seine Kehle schnürte sich zusammen, als er an den prüfenden Blick Yrphramars dachte, nachdem der letzte Ton verklungen war. Hatte sein Freund geahnt, was geschehen würde? Hatte er gewusst, was Nando bevorstand, vielleicht sogar sein eigenes Schicksal vorausgesehen? Ein Frösteln zog über Nandos Körper, denn Yrphramars Gesicht stand ihm vor Augen, und es lag etwas in dessen Blick, das wie ein Rätsel war, dessen Lösung Nando schon kannte. Yrphramar lächelte kaum merklich wie immer, wenn Nando ohne ein Wort von ihm auf den richtigen Gedanken gekommen war, und sein Bild zerbrach. Zischend sog Nando die Luft ein, denn auf einmal begriff er, dass Antonio mit seiner Erzählung noch nicht am Ende angekommen war. Da war noch etwas, ein Geheimnis, das er schon längst kannte und das doch so unglaublich war, dass er atemlos den Kopf schüttelte.

»Die Engel verfolgen die Nephilim«, flüsterte er. »Aber Bhrorok … Warum jagt er mich?«

Antonios Gesicht wurde vom goldenen Licht des Höllensturzes erleuchtet, als er sich vorbeugte. »Ich hielt dich für einen gewöhnlichen Nephilim, als ich dich zum ersten Mal sah. Doch dann führte Yrphramars Schmetterling mich zu seiner Gasse und ich erkannte, was geschehen war. Durch die Gabe der Rückschau sah ich, wie er starb – und ich begriff, dass die Hölle dich sucht. Denn du, Nando … Du bist der Nephilim, den nicht nur die Engel fangen wollen. Du bist der, den man den Sohn des Teufels nennt.«

Nando starrte auf das flammende Bild und die dunkle Gestalt, die schwingenbewehrt vom zerfetzten Himmel fiel, und er fühlte sie wieder, die klebrige und erstickende Finsternis der Ohnmacht, die nach ihm griff. *Hilfloses Kind*, flüsterte die Stimme aus Wüstenwind, die in den Schatten auf ihn wartete. *Ich ahnte, dass du nichts bist als ein schwacher Mensch.* Er erinnerte sich an seinen Traum, sein Atem ging schnell, als liefe er in diesem Augenblick durch die Straßen Roms, und die Stimme folgte ihm mitsamt allen Schatten, die aus den Nischen der Häuser krochen und sich zu grausamen Schemen verbanden. Die Stimme, die durch Erz und Feuer gegangen war und Himmel hatte zerbrechen sehen, nur um ihn zu finden. Die Stimme des Teufels.

»Das muss ein Irrtum sein«, sagte er seltsam heiser. »Ich kann unmöglich über eine solche Macht verfügen, das kann nicht wahr sein, ich …«

Er brach ab, als Antonio ihn mit einem spöttischen Lächeln bedachte. »Selten ist es vorgekommen, dass ein Nephilim, noch dazu einer, der nicht in Magie unterwiesen wurde und dessen Kraft noch nicht vollständig erwacht ist, mich verwundete, wie du es getan hast. Deine magische Macht ist groß, Nando. Du darfst dich nicht vor ihr verschließen. Du musst erkennen, was du bist, und deinen Weg gehen.«

Er berührte das flammende Bild mit der Hand. Knisternd fielen die Funken auf die Geige, die sich beinahe vollständig erneuert hatte, und stürzten Nandos Blick in die Dunkelheit des Nachthimmels.

»Bhrorok wird dich jagen bis ans Ende der Welt«, fuhr Antonio fort. »Er wird dir die Kraft nehmen, die der Teufel einst verlor, er wird seinen Meister befreien, und anschließend wird er dich töten. Vor den Engeln kann ein Nephilim sich in Sicherheit bringen – doch ein Dämon der Hölle, ein Scherge Luzifers hat mit seinem Blut für die Treue zu seinem Herrn gebürgt. Bhrorok ist ein uralter Dämon, der einst von Yrphramar zerrissen und in alle Winde verstreut wurde, aber er ist nicht gestorben, dafür hat sein Meister gesorgt. Nun ist er zurück, einer der mächtigsten Schergen der Schatten, den ich je kennenlernte, und er wird nicht ruhen, ehe er seinen Teil des Paktes erfüllt hat. Es gibt nur eine Chance für dich, ihm zu entkommen: Du musst dich ihm stellen – und ihn töten.«

Nando lachte auf, es war ein kurzes, hartes Lachen, das ihn erschreckte. »Ihn töten!« Er kam auf die Beine, ruhelos ging er auf dem Dach auf und ab, die Hände zu Fäusten geballt. »Ich habe noch nie mit einem Schwert gekämpft, ich komme schon außer Atem, wenn ich nur die Treppe hochlaufe, und im Sportunterricht wurde ich regelmäßig als Letzter in eine Mannschaft gewählt! Und jetzt soll ausgerechnet ich gegen Bhrorok, die Inkarnation des Bösen, antreten, Bhrorok, den

Schergen des Teufels, der mich gerade fast mit einem einzigen Blick ins Jenseits befördert hätte?«

Antonio betrachtete ihn forschend, ohne etwas zu erwidern. Er schien nachzudenken und sprang so plötzlich auf die Beine, dass Nando erschrocken vor ihm zurückwich. Mit einem Lächeln trat Antonio auf ihn zu und legte ihm eine Hand auf die Schulter. »Luzifer und seine Schergen sind nicht das Böse«, sagte er beinahe sanft. »Auch wenn sie es vielleicht gern wären.«

Nando verschränkte die Arme vor der Brust. Er bemühte sich mit aller Kraft, einen kühlen Kopf zu bewahren, aber er spürte seinen Herzschlag in seiner Kehle und konnte nur mit Mühe verhindern, dass seine Stimme zitterte. »Ich kann nicht gegen einen Dämon bestehen! Bis vor Kurzem wusste ich ja nicht einmal, dass es Dämonen in unserer Welt gibt!«

»Ich kann dir helfen, deine Kräfte auszubilden«, erwiderte Antonio ruhig. »Ich kann dich alles lehren, was du brauchst, um Bhrorok zu bezwingen, und mehr als das. Der Teufel hat bereits begonnen, mit dir in Kontakt zu treten, nicht wahr? Über die Kraft, die in dir liegt, hat er eine Verbindung zu dir, und er wird sie nutzen, wann er kann, um dich auf seine Seite zu ziehen. Die Träume, Nando, werden erst der Anfang sein.«

Nando zog die Arme um seinen Körper, als er an den Schatten in seinem Traum dachte und die Stimme aus brennendem Wüstensand.

»Er wird dich locken«, sagte Antonio. »Er wird versuchen, dich zu verführen, und zwar mit aller Macht, über die er verfügt. Ich kann dich lehren, dich gegen seinen Ruf zu verteidigen. Doch du musst dich dafür entscheiden. Du musst dich entscheiden, den Weg eines Helden zu gehen, auch wenn du glaubst, keiner zu sein. Dann wirst du Bhrorok besiegen und anschließend versteckt vor den Engeln unter den Menschen leben können – oder du bleibst bei uns in Bantoryn, jenseits des Lichts in der Stadt unter der Stadt.«

Nando schüttelte den Kopf. Hilflos hob er die Schultern und ließ sie wieder sinken. Antonio schaute ihn aus schwarzgoldenen Rabenaugen an, das Gesicht so reglos, dass Nando nicht erahnen konnte, was in den Gedanken seines Gegenübers vor sich ging – oder ob er überhaupt Gedanken hatte. »Ich weiß nichts von dir«, sagte er und stellte gleich darauf zu seinem Schrecken fest, dass er seinen Gedanken laut ausgesprochen hatte. »Ich meine«, fuhr er schnell fort, »ich soll dir in die Unterwelt folgen und kenne wahrscheinlich noch nicht einmal deinen richtigen Namen.«

Antonio hob die Brauen, und ein kaum merkliches Lächeln flog über seine Lippen. »Mein richtiger Name lautet Alvoron Melechai Di Heposotam, siebzehnter Gesandter des Höchsten Rates, Träger der Schwarzen Flammen zum Zeichen des Rittertums. Was möchtest du wissen?«

Nando schluckte hörbar, doch er war fest entschlossen, der Verlegenheit, die auf einmal in ihm aufwallte, keinen Raum zu geben. »Du bist ein Engel, und dennoch kämpfst du auf der Seite der Nephilim, genauso wie Yrphramar. Warum? Warum stellst du dich gegen dein eigenes Volk?«

Mit einem Schlag verschwand jede Andeutung eines Lächelns von Antonios Gesicht. Er wandte sich ab und trat an den Rand des Daches, den Blick in die Ferne gerichtet, als würde er dort etwas sehen, das Nando verborgen bleiben musste. Eine Weile stand er vollkommen still. Nando trat näher an ihn heran und stellte mit Befremdung fest, dass der Engel nicht atmete. Gleichzeitig lag ein geheimnisvoller Glanz in der goldenen Finsternis seiner Augen, eine Traurigkeit, deren Kälte Nando ans Herz griff und ihn schaudern ließ. Antonio sog die Luft ein und sah ihn an, und für diesen Moment schien es Nando, als blickte er dem Engel in sein Innerstes. Finsternis sah er, gepaart mit einem wirbelnden, funkensprühenden Licht, und er hörte Schreie – die Schreie von Sterbenden.

»Ich war dabei«, sagte Antonio, ohne den Blick abzuwenden. »Ich habe gesehen, wie mein Volk die Nephilim verfolgte, wie Engel zu Mördern wurden und wie sich ihre Gesichter im Kampf zu Fratzen aus Hass und Furcht verzogen, bis sie sich kaum mehr von den Antlitzen boshafter Dämonen unterschieden.«

Nando sah in seinen Augen Bilder von Nephilim auftauchen, die vor Gestalten zu Pferd flohen. Engel jagten hinter ihnen her, mit Schwertern und gleißenden Blitzen zerschmetterten sie deren Körper, trennten ihnen die Köpfe vom Rumpf und rasten wie entfesselt durch die fast wehrlose Menge. Nandos Kehle zog sich zusammen, als er die

Kinder erkannte, die sich unter einer Birke aneinanderdrängten, er sah die tränenbefleckten Gesichter ihrer Eltern, die wie von Sinnen gegen die Engel kämpften. Sie wussten, dass ihnen der Tod drohte, er spürte ihre Verzweiflung und ihre Furcht, und doch lag etwas in ihren Augen, eine Wärme und Dunkelheit, die sie dazu brachte, gegen die Übermacht aufzubegehren und ihre Kinder mit allem zu verteidigen, was sie hatten. Es war eine Finsternis von solcher Tiefe, dass sie Nando den Atem stocken ließ. Dann senkte Antonio den Blick.

»Ich habe erlebt, was aus den Engeln werden kann«, sagte er mit heiserer Stimme. »Ich habe gesehen, was aus ihnen wird, wenn sie der Furcht folgen und so in die Dunkelheit fallen. Du hast recht, ich bin ein Engel wie sie – doch ich habe mich für das Licht entschieden, auch wenn das bedeutet, dass ich jenseits davon leben muss. Dieses Licht, Nando, ist mein Antrieb. Für dieses Licht würde ich mein Leben geben, das spürte ich damals. Und ich verließ mein Volk für immer.« Er hielt kurz inne, ehe er fortfuhr: »Die Engel begannen, mich zu jagen. Mit all ihren Mitteln verfolgten sie mich. Ich floh in die Schatten, doch sie hätten mich gefangen, wenn Yrphramar mich nicht gefunden hätte. Er nahm mich mit sich – hinab in die Unterwelt, hinein in sein Reich der Dämmerung. Er zeigte mir jenen Ort, an dem ich Bantoryn errichtete. Später erst verpflichtete er sich als Wächter der Stadt, doch Freunde waren wir schon damals – seit jenem Augenblick, da wir uns im Zwielicht zwischen den Welten begegnet sind.«

Für einen Moment war es still. Nando betrachtete Antonio von der Seite, und zum ersten Mal, seit sie sich kannten, bemerkte er einen Hauch von Wärme in dessen Zügen. Sein Herz schlug schneller, als sich die Gedanken in ihm zu Worten formten, und er wandte sich ab, als er sie aussprach: »Du kannst mir tatsächlich alles beibringen, was ich brauche, um Bhrorok zu besiegen?«, fragte er und sah aus dem Augenwinkel, dass Antonio nickte. »Und anschließend kann ich mich vor den Engeln verstecken und in die Welt der Menschen zurückkehren?«

Antonio schwieg für einen Augenblick, dann nickte er leicht. »Wenn du das wünschst«, erwiderte er leise.

»Meine Tante …«, begann Nando, doch der Engel schüttelte den Kopf, als würde er wissen, was er sagen wollte.

»Sie kann dich nicht begleiten«, erwiderte er ruhig. »Mit deinem

Einzug in die Unterwelt wirst du jeden Kontakt zu deiner Familie, zu deinen Freunden und Bekannten abbrechen, auch, um sie nicht in Gefahr zu bringen. Erst wenn du die Erste Prüfung abgelegt und damit bewiesen hast, dass du in der Schattenwelt überleben kannst und fähig bist, dich selbst und deine Lieben ebenso zu schützen und zu verteidigen wie die Stadt der Nephilim, darfst du den Kontakt wieder suchen. Ich sage dir aber schon jetzt, dass nur wenige Nephilim dies dann noch tun.«

Er schwieg, und Nando musste sich anstrengen, um seinen Zorn bei sich zu behalten. Niemals würde er den Kontakt zu Mara und seinen Freunden für immer abbrechen, ganz gleich, welche Kräfte ihn dazu bringen wollten. Am liebsten hätte er sich umgedreht und wäre davongelaufen, fort von den Entscheidungen, vor die dieser Engel ihn stellte. Doch er wusste, dass ihn jeder Schritt weg von Antonio geradewegs in Bhroroks oder Avartos' Arme führen würde, also blieb er stehen, wo er war, und starrte den Engel mit finsterer Miene an.

»Ich biete dir an, deiner Tante eine kurze Nachricht zukommen zu lassen«, fuhr Antonio fort, und eine Ruhe klang in seiner Stimme mit, die gegen Nandos Willen den Zorn milderte, der hinter seiner Stirn pochte. »Eine Nachricht, nach der es dir gut geht und du dich bei ihr melden wirst, sobald es dir möglich sein wird – doch sei dir bewusst, dass jeder Kontakt, den du zu ihr suchst, die Gefahr birgt, von den Engeln oder Bhrorok entdeckt zu werden.«

Nando verschränkte die Arme vor der Brust. »Sind sie alle mit dir gegangen? Alle Nephilim, die erwacht sind und die du mit diesen Tatsachen konfrontiert hast?«

Antonio schüttelte den Kopf. »Nein. Einige wehren sich gegen die Wahrheit und fliehen. Meist werden sie kurz darauf von den Engeln gefunden und getötet. Andere wollen ihr altes Leben nicht unterbrechen, und sie entscheiden sich dafür, ihre Kräfte zu unterdrücken und sich von ihren Schwingen zu trennen, um der Verfolgung zu entgehen. Wie reagieren die Eltern, wenn sie erfahren, dass ihr Kind ein Nephilim ist? Wie hält man es aus, zunächst keinen Kontakt mehr zu Freunden und Familie zu haben und in eine Welt hinabzusteigen, die man bislang noch nicht einmal kannte? Wie soll man als ein Wesen leben, das in der Welt an sich keinen Platz hat, wie kann man es ertragen, die gesamte alte Existenz aufzugeben oder neu auszurichten, von einem Tag auf den anderen?« Er musterte Nando von oben bis unten. »Du bist nicht der Erste, dem das Herz bei diesen Fragen in die Hose rutscht. Ich halte es schon bei einem gewöhnlichen Nephilim für verantwortungslos, vor der eigenen Wahrheit davonzulaufen, doch bei dir liegen die Dinge noch einmal anders. Denn nicht jeder Nephilim, der gerade seine Kräfte entdeckt hat, wird von einem Dämon verfolgt und steht vor der Notwendigkeit, sich gegen die Kräfte der Hölle verteidigen zu müssen.«

Nando biss die Zähne so fest aufeinander, dass sein Kiefer schmerzte. »Ich habe keine Wahl«, murmelte er. Dann holte er tief Atem. »Aber wenn du Mara nicht beschützt, werde ich nicht mit dir gehen! Du musst mir schwören, dass du sie mit jeder Macht verteidigen wirst, über die du verfügst, wenn ihr Gefahr drohen sollte, oder ich gehe zurück und versuche es selbst!«

Antonio hob die linke Braue. Dann lächelte er. »Ich schwöre dir, regelmäßig Patrouillen zu ihr zu schicken, wenn du mir versprichst, keinen Kontakt zu ihr zu suchen, solange du nicht die Erste Prüfung deiner Ausbildung bestanden hast.«

Nando nickte langsam. »Du hast mir das Leben gerettet«, sagte er leise. »Ich habe keinen Grund, dir zu misstrauen. Und du bist der Einzige, der mir helfen kann. Daher werde ich mit dir gehen. Auch wenn ich nicht weiß, was mich dort unten erwartet.«

Antonio verzog den Mund zu einem leicht spöttischen Lächeln. Er hielt Nando die Hand hin, und sie besiegelten ihr Abkommen. Dann wandte er sich ab und sprang auf die Brüstung am Rand des Daches. Balancierend breitete er die Arme aus, bewegte sich grazil vor und zurück und winkte Nando zu sich heran, der energisch den Kopf schüttelte. Schlimm genug, dass er zugestimmt hatte, mit einem Engel in die Unterwelt Roms hinabzusteigen – aber ganz sicher würde er nicht auf einer Brüstung herumturnen und sich den Hals brechen.

»Du sagtest, dass Bhrorok die Inkarnation des Bösen sei, und ich widersprach dir – zu Recht«, sagte Antonio, während er innehielt, die Position eines Tänzers einnahm, Standbein und Spielbein gekreuzt, und die Arme auf dem Rücken verschränkte. »Das wirklich Böse ist die Furcht. Nichts hat gerade über die Menschen so große Macht wie sie.«

Mit diesen Worten verbeugte er sich formvollendet, wandte den Blick über die Dächer der Stadt – und trat in den Abgrund. Nando schrie auf, er stürzte sich vor bis zum Rand, um Antonios Fall zu verhindern. Doch der Engel fiel nicht.

Er stand über der Häuserschlucht in der Luft wie auf festem Grund, reglos und unnachgiebig wie ein Felsen im sturmgepeitschten Meer, ehe er zurück aufs Dach trat. »Du glaubst, nichts Besonderes zu sein, doch das ist nicht wahr. Um Bhrorok besiegen zu können, musst du lernen zu fliegen. Du musst lernen, deine Furcht zu besiegen, den Strömen der Nacht zu lauschen und deine Flügel auszubilden. Und vor allem anderen musst du lernen, die Wirklichkeit zu sehen.«

Langsam streckte er die Hand aus. Nando hörte die Stimme aus seinem Traum weit hinten in seinen Gedanken auflachen, doch er drängte sie mit aller Kraft zurück. Er trat auf Antonio zu, es schien ihm, als würde er sich nicht nur dem Abgrund der Häuserschlucht nähern, sondern einer wesentlich größeren Kluft in seinem Inneren, deren Finsternis ihn ängstigte und lähmte. Atemlos schaute er in Antonios schwarzgoldene Augen und meinte, seine eigene Dunkelheit darin zu erkennen. Die Finger des Engels schlossen sich um seine Hand, mit einem Ruck zog er ihn zu sich hinauf auf die Brüstung.

Nando schwankte, panisch griff er nach Antonios Arm, doch der Engel hielt ihn fest. »Schau in das Licht«, sagte er, während er Nando die Hände auf die Schultern legte, und dieser erkannte eine weiße Flamme in Antonios Pupillen, die erst langsam, dann immer schneller auf ihn zukam und schließlich in einem grellen Blitz explodierte.

Nando wurde durch die Luft geschleudert, er schlug hart auf dem Boden auf. Stöhnend kam er auf die Beine und fand sich in einer dunklen Gasse wieder. Antonio war verschwunden, und eine seltsame Stille lag über der Stadt, als wäre sie vollkommen verlassen. Nur die Schatten, die in den Ecken der Gasse lauerten, bewegten sich wie lebendige Wesen, verbanden sich zu geisterhaften Schemen und krochen unheilvoll auf Nando zu. Für einen Moment setzte sein Herz aus. Er war in seinem Traum gelandet, jenem Traum, der ihn seit Wochen verfolgte. Doch dieses Mal war es anders. Er spürte die Straße unter seinen Füßen, als er sich in Bewegung setzte und zu rennen begann, fühlte den Wind auf seinem Gesicht und wusste, wessen Stimme es war, die wispernd über den Asphalt kroch. Sie war mehr als flammender Wüstenwind, mehr als jede Lockung und Versuchung, und als sie Nando mit glühenden Fingern über die Haut und die Kehle hinab bis in sein Innerstes fuhr, schrie er auf aus Furcht vor dem Geist, der sie war. Der erste aller Dämonen rief ihn zu sich, jener Höllenfürst, dessen Bild seit Jahrtausenden die Ängste der Menschen nährte, und er hatte nur ein Ziel: Nando zu vernichten, ihm die Kraft zu rauben, die er als die seine beanspruchte, und das armselige Menschlein anschließend im Chor seiner grausamen Gesänge zu zerreißen wie eine Figur aus Papier. Der Teufel machte Jagd auf ihn.

Die Häuser neigten sich zu Nando herab, während er die Straße hinunterrannte, die Schatten hinter ihm griffen nach seinen Beinen. Die Stimme glitt ihm nach, sie schien von überall her zu kommen wie Blut, das aus sterbenden Leibern strömt und sich zu einer tödlichen Welle aus Schmerz vereint. Sie rief seinen Namen, es war ein drängender, verheißungsvoller Laut, der Nando ins Mark fuhr. Er meinte, die Stimme seiner Mutter in diesem Ton zu erkennen, das Lachen seines Vaters, er glaubte, sie sehen zu können, wenn er nur stehen blieb und sich umwandte. Er stolperte, sein Schritt wurde langsamer. Er musste nur stehen bleiben, nichts weiter als das, brauchte sich nur umzuwenden und würde sie wiedersehen. Gerade als er den Blick halb zurückwandte, fiel silbriges Dämmerlicht auf sein Gesicht, und da erinnerte er sich an die Gasse, die in jedem dieser Träume seine Rettung bedeutet hatte.

Entschlossen riss er den Kopf herum und eilte auf die Gasse zu, die nicht mehr weit entfernt lag. Die Stimme hinter ihm wallte auf, doch Nando heftete seinen Blick an den Mond, der groß und strahlend über den Häusern hing. Er entging den Hieben der Schatten, und als er atemlos in die Gasse rannte, das Licht des Mondes auf seinem Gesicht, verstummte die Stimme hinter ihm für einen Augenblick. Stattdessen sah er die Gestalt, die auf dem von Unrat bedeckten Asphalt kauerte, und obgleich Nando den jungen Mann schon unzählige Male gesehen hatte, fühlte er auch jetzt den Zauber, der von ihm ausging wie sanftes, warmes Licht. Wie in seinem Traum zögerte Nando, näher zu treten und die Hand nach einem der Flügel auszustrecken, und wie stets erschrak er vor der Erkenntnis, dass der Fremde auf ihn wartete. Doch im Gegensatz zu den bisherigen Träumen erwachte Nando dieses Mal nicht.

Für einen Augenblick stand er regungslos, erstaunt darüber, in diesem Traum gefangen zu sein, und gleichzeitig voller Furcht und Faszination für das Wesen, das da vor ihm saß. Er hörte den Teufel seinen Namen rufen, doch er drängte dessen Stimme zurück und trat auf den Engel zu, der darauf wartete, ihn zu retten. Seine Haut wirkte aus der Nähe wie Stein oder gefrorenes Pergament, und obgleich Nando kaum atmen konnte vor Anspannung, berührte er vorsichtig einen Flügel des Fremden. Seine Hand glitt durch ihn hindurch wie durch dichten Nebel und verfärbte den Körper des Engels in schwachem goldenen Licht. Der Glanz breitete sich über den anderen Flügel und den Rücken aus, glitt über die Beine und die Brust und näherte sich dem Gesicht, das noch im Schatten lag. Nando ging vor dem Engel in die Knie. Er rechnete damit, Antonio vor sich zu sehen, Antonio in jungen Jahren, oder Yrphramar, der ihn mit einem schelmischen Lächeln bedenken würde, ehe er ihn vor der Stimme des Teufels in Sicherheit brächte. Langsam glitt der goldene Lichtschein über die Züge der Gestalt. Mit einem Schrei wich Nando zurück. Er schaute sich selbst ins Gesicht.

Im selben Moment ging ein Flüstern durch die Gasse, ein Rauschen wie von mächtigen Schwingenschlägen, das sich in der finstersten Ecke zusammenzog. Nando kniff die Augen zusammen, er erkannte eine Gestalt in den Schatten, schemenhaft wie ein Trugbild und doch von einer Präsenz, die körperlich fühlbar war und sich als knisternde Kälte über den Asphalt zog. Die Schatten tanzten vor Nandos Blick, er meinte, einen Hund in ihnen zu erkennen, einen Pudel vielleicht. Dann wieder sah er tausend flackernde Maskengesichter, er hörte Stimmen, die sich zu einem Sturm verbanden und an seinen Kleidern rissen, und er sah ein Schwingenpaar, das sich schwarz und samten in der Dunkelheit bewegte. Gleich darauf verklangen die Stimmen, der Sturm legte sich, doch die Stille, die sich nun über die Gasse senkte, ließ Nandos Herz schneller schlagen. Atemlos starrte er in die Finsternis, als sich plötzlich mit leisem Knistern ein Feuer inmitten der Schatten entfachte. Eine Flamme war es, gleißend und schneeweiß, und kurz erhellte sie ein Augenpaar in der Dunkelheit – es waren die goldenen Augen eines Engels.

Nando erschrak, denn noch ehe die Stimme von den Rändern der Gasse auf ihn zukroch, die Stimme aus Glut und Wüstenstaub, wusste er, wer da in den Schatten stand und zu ihm herübersah. Ein Lachen drang aus der Dunkelheit, grollend und düster, und es umspielte den Namen, der nun über Nandos Lippen glitt. *Luzifer.* Im selben Moment wurde die Stimme um ihn her zu tanzenden Schatten. Sie drängten auf ihn zu, sie umschmeichelten ihn, während er die Flamme fixierte, die in der Ecke flackerte.

Furcht, flüsterte der Teufel an Nandos Ohr, so nah, als würde er neben ihm stehen. Nando fuhr zusammen, er kam auf die Beine, aber es gab kein Entkommen, das wusste er. *Das ist es, was du fühlst. Du fürchtest dich vor dem, was du bist, fürchtest dich vor dem Unbekannten, der Dunkelheit, dem Tod, denn du bist ein Mensch und dein Menschentum begründet deine Schwäche. Du wirst meinem Obersten Krieger niemals gewachsen sein. Bhrorok wird dich finden, wenn du nicht aus freien Stücken zu mir kommst, und dann wird es keine Gnade mehr geben für dich. Doch es liegt an dir, dein Leben zu retten.*

Die Flamme loderte auf, und obwohl Nando mit aller Kraft versuchte, sich abzuwenden, konnte er den Blick nicht von ihr lösen. Die Schatten um ihn her zogen ihn mit sich, er tat einen Schritt auf die Flamme zu, und je näher er ihr kam, desto stärker schien es ihm, als würde sich jeder Zweifel, jede Furcht in ihm auflösen.

Sie gehört dir, raunte der Teufel aus den Schatten. *Nimm sie, nutze die höchste Magie, die in dir ruht, und ich werde dich leiten. Gib mir meine Kraft zurück, und ich werde die deine vermehren und dich zu einem Wesen machen jenseits jeder Vorstellung. Du wirst stark sein als Sohn der Hölle, du wirst über Asche und Feuer gebieten und die Scharen meiner Diener befehligen, das Zepter der Flammen fest in der Hand.*

Nandos Herz schlug rasend schnell in seiner Brust. Er hatte die Flamme fast erreicht, und er sah Gestalten in ihr auflodern, wilde, unbändige Wesen, die ihn zu sich lockten. Sie rochen nach Freiheit, zügelloser Freude und einer Macht, die seinen Atem beschleunigte.

Niemals mehr wirst du Momente der Furcht erleben, flüsterte der Teufel kaum hörbar. *Niemals mehr Augenblicke der Schwäche, niemals mehr wirst du Sterblichkeit fürchten müssen oder Verlust. Niemals mehr Momente wie einst.*

Die Flamme wurde eine Spur heller, Nando sah das Feuer darin, das aus einem lichterloh brennenden Auto schlug, hörte die Schreie seiner Eltern und fühlte den Schmerz in seinem Arm. Er spürte wieder die Hand seiner Mutter, sie war heiß wie glühendes Metall, und er hörte sie schreien. Dann brach ihre Stimme ab, Nando fühlte die Dunkelheit, die sich über ihn legen wollte, als er wieder diese Stille empfand, und er spürte die unerträgliche Hitze auf seiner Haut. Er fuhr zurück, doch da loderte die Flamme auf und erhellte eine Gestalt in den Schatten, die Nando augenblicklich jede Flucht vergessen ließ. Vor ihm stand der Teufel.

Vom ersten Moment an wusste Nando, dass er einem Engel gegenüberstand, einem Engel mit schneeweißer Haut und goldenen Augen, einem Engel mit gewaltigen Schwingen, die wie Fächer aus schwarzem Samt aus seinem Rücken ragten, und einem Lächeln, das Welten in Brand setzen konnte. Das Licht seiner Augen war so strahlend, dass es eigentlich ein Schatten war: Es verdrängte jede Vorstellung von Helligkeit, die Nando besaß. Er spürte, dass in diesem Gold die Antwort auf jede Frage lag, die er einmal geträumt hatte, und noch während er versuchte, die Gestalt seines Gegenübers zu erfassen, wusste er, dass er daran nur scheitern konnte. Sein Verstand war gefangen in seinem menschlichen Geist, und er löste sich auf im kalten Feuer der goldenen Augen.

Es schien ihm, als hätte er nie etwas anderes gesehen als diesen Engel, und mehr noch: als wäre es vollkommen gleichgültig, ob er jemals wieder etwas sah, nun, da er ihn betrachtet hatte. Er fühlte, dass das, was er erblickte, nicht erschaubar war – zwar konnte er das Gesicht des Teufels beschreiben, sein langes goldflammendes Haar, das bis weit auf seinen Rücken hinabfiel, und die große, erhabene Gestalt. Er spürte auch die Kälte, die von ihm ausströmte, und sah die feingliedrigen, marmorgleichen Hände mit den zarten Fingern. Und doch sah er ihn nicht. Das, was Luzifer war, lag in einem Bereich des Verborgenen, der nur erfühlbar war, der alle Sinne durchströmte und über sie hinausging, bis Nando glaubte, er wäre ganz und gar in der Gestalt des Engels aufgegangen.

Niemals zuvor hatte er ein solches Wesen gesehen, ein Geschöpf aus Licht, dessen Finsternis ihn auf diese Weise anzog. Es schien ihm, als würde alles Schlechte, das er in sich trug, jede Andeutung von Dunkelheit im Schein dieses Lichtbringers verglühen, als hätte er sein Leben lang nur auf diesen Moment gewartet, da er heimkehren konnte zu dem, der sein Ich begründete. Nando fühlte den Schein der Engelsaugen auf seinem Gesicht, und als der Teufel den Kopf neigte und die Hand mit der Flamme nach ihm ausstreckte, spürte er den unbändigen Drang, den letzten Schritt auf ihn zuzutreten.

Ich könnte dafür sorgen, dass so etwas wie damals niemals wieder geschieht, sagte Luzifer sanft. *Ich könnte dich zu einem Fürsten der Schatten machen – du musst es nur wollen. Flieh nicht vor mir, denn ich bin es nicht, den du fürchten musst. Komm zu mir als das, was du bist: mein Sohn.*

Nando atmete schwer. Die Stimme des Teufels durchdrang seine Gedanken mit betäubendem Gesang, er sah sich selbst in den goldenen Augen mit gestrecktem Schwert über ein riesiges Schlachtfeld reiten, sah sich auf einem Thron aus Knochen und fühlte das Licht schwarzer Fackeln auf seinem Gesicht. In seiner Hand lag ein Zepter aus gleißendem Metall, fast meinte er, dessen Kälte zu spüren, und ein seltsames Gefühl wie Sehnsucht entfachte sich in seiner Brust.

Er schaute auf das Feuer in den Schatten, die Flamme, die der Teufel ihm entgegenhielt. Er wollte nichts mehr, als die Hand auszustrecken und diese Macht anzunehmen, und doch hielt ihn etwas zurück, eine leise, flüsternde Stimme in seinem Inneren, die sich den Worten Luzifers entgegenwarf und Nando dazu brachte, den Blick von der Flamme in dessen Hand abzuwenden und noch einmal in die goldenen Augen des Engels zu schauen.

Und da sah er die Schatten, die hinter dem flammenden Gold der Engelsaugen lagen. Eine im Frost der Finsternis erstarrte Leere glotzte ihm entgegen, ein Vakuum, das wie ein Schrei war nach etwas, das unwiederbringlich verloren war und das mit bloßem Schein überdeckt wurde. In Wahrheit jedoch war es ein Nichts, in dem sich niemand selbst finden würde, der einmal hineingeriet. Nando schauderte, als er den Blick in diese Schatten ertrug. Nein, kein Engel war es, der da vor ihm stand, sondern mehr, viel mehr als das: Hier war der Abgrund, der jeden Engel verschlingen konnte, und die Zeilen Giambattista Marinos gingen ihm durch den Kopf: *Unglücklicher, wie du deinen früheren Glanz verlorst, du, einst des Lichtes schönster Engel.*

Kaum dass Nando das gedacht hatte, brach die Dunkelheit durch das Gold der Engelsaugen und wurde zu einem Meer aus tobenden Wellen. Licht und Schatten schlugen donnernd zusammen, sie wurden zu zwei Drachen, die sich ineinander verbissen, und sie griffen nach Nando. Er verlor das Gleichgewicht, er stürzte in die Tiefe, eine Tiefe aus Hohn und Finsternis, die kälter war als jede Erinnerung an Trauer und Schmerz, die er kannte. »Nein!«, schrie er gegen die Schwärze an und sprang vor dem Teufel zurück. Eilig warf er sich herum und stürzte auf sein geflügeltes Ebenbild zu, das noch immer am Boden kauerte. Da griff etwas nach seinem Bein, es war ein Schatten, der als monströse Schlangenzunge über den Boden glitt und ihn zu Fall brachte. Nando schlug mit dem Kopf auf, er fühlte das Brüllen hinter sich mehr, als dass er es hörte. Gleißendes Licht fegte über ihn hinweg. Die Erde erbebte, er drehte sich auf den Rücken – und erstarrte.

Die Flamme der höchsten Magie war zerbrochen. Ihr Feuer umflackerte den Teufel, der hochaufgerichtet inmitten der zurückgedrängten Schatten stand und reglos auf Nando hinabschaute. Sein goldenes Haar umwehte ihn wie Schleier aus Flammen, kurz sah es aus, als würde er verbrennen. Doch da öffnete er den Mund, und ein Schrei wie von tausend verfluchten Seelen getragen brandete aus seiner Kehle. Hohn, Bitterkeit und fühllose Kälte klangen darin wider, es war der Schrei eines Wesens, das in Fesseln lag und sie trotz aller Anstrengung nicht zerreißen konnte. Wieder veränderten sich die Augen des Teufels, Nando sah Kreaturen darin, die sich in loderndem Feuer wanden, er hörte ihre Schreie und sah, wie Schwärme aus schwarzen Fliegen ihnen das Fleisch von den Knochen rissen. Schaudernd wich er zurück, die Hand tastend nach der kauernden Gestalt hinter sich ausgestreckt, doch unfähig, sich abzuwenden. Die Insekten wallten auf, er hörte ihre knisternden Körper, und da brachen sie aus den Augen des Teufels wie Flammen aus dem Schlund der Hölle. Mit ohrenbetäubendem Surren sammelten sie sich zu seinen Füßen und formten sich zu pechschwarzen Wölfen, ehe die Augen ihres Herrn wieder in goldenem Licht standen.

Du bist mein Sohn, raunte der Teufel, als er Nando fortkriechen sah. *Du wirst zu mir kommen – früher oder später. Bete, dass Bhrorok dich nicht vorher fängt!*

Mit diesen Worten stieß er die Faust vor. Die Wölfe sprangen durch die Luft, Nando schrie auf und warf sich herum. Er streckte die Hand nach dem Herzen der Gestalt hinter ihm aus, seine Finger glitten durch deren Brust wie durch Nebel. Sie berührten etwas Glattes, das kalt war wie ein Stück Eis. Sein Schrei blieb ihm in der Kehle stecken. Plötzlich kniete er am Boden, eine Hand neben seinem Fuß abgestützt, und fühlte gleich darauf die Fliegen, die sich auf ihn stürzten. Keuchend kam er auf die Beine, etwas wie eine verkrustete Sandschicht brach von seinem Körper ab. Ein stechender Schmerz durchbohrte seinen Rücken, es war, als schöben sich Knochen und Sehnen durch sein Fleisch, und der Schmerz wurde so übermächtig, dass Nandos Stimme unter seinem Schrei zusammenbrach.

Außer sich riss er den Kopf in den Nacken, glühende Lanzen stachen durch seinen Rücken, als er die Schwingen ausbreitete und sich in die Nacht erhob. Vor ihm lag nichts mehr als der Mond und die Finsternis, der Schmerz zerriss ihn fast, und doch spürte er eine ungeahnte Euphorie durch seinen Körper rasen, als ihm bewusst wurde, dass er fliegen konnte. Doch plötzlich griff heftiger Schwindel nach ihm, das Lachen des Teufels hallte in ihm wider, der Mond verschwamm vor seinem Blick. Er hob die Arme, seine Schwingen gehorchten ihm nicht mehr, er wusste nicht, ob er flog oder fiel, und diese Erkenntnis flutete ihn mit lähmender Hilflosigkeit. Gleich darauf zerriss ein greller Blitz den Traum.

Nando spürte Antonios Hand auf seinen Augen, er wusste, dass er neben dem Engel auf der Brüstung des Daches stand.

»Nun bist du der Schatten geworden, der du immer schon warst«, hörte er Antonios Stimme an seinem Ohr. »Ein Wanderer zwischen den Welten. Die Realität, wie du sie kanntest, gibt es nicht mehr. Deine Welt ist nun die Welt der Schatten. Nur die, die jenseits des Lichts stehen, können sie in ihrer ganzen Pracht erleben – nur sie sehen Licht und Finsternis.«

Antonio zog die Hand zurück, und Nando riss die Augen auf. Vor ihm erhob sich Rom – doch was für ein Rom war das! Wie ein gigantisches Elmsfeuer erhoben sich Türme, Erker und Paläste in weißem und goldenem Licht aus den Gebäuden der Stadt. Das Pantheon besaß goldene Kuppeln, das Kolosseum erstreckte sich in filigranen Stockwerken in den Himmel, und der Tiber durchzog die Stadt wie ein Band aus grüner Seide. Die Pflanzen der Parkanlagen glommen in tausend Farben, majestätische Bäume richteten sich in den Parks in die Höhe und streckten ihre Äste wie die Tentakel einer riesigen Krake über die Straßen. Vom Petersdom und einigen anderen Gebäuden westlich des Tibers strömten flammende Strahlen zum Himmel hinauf, und über allem, glimmend wie ein Konstrukt aus Licht und Schnee, erhob sich die Engelsburg in die Nacht.

Unzählige Erker, Zinnen und Fenster zierten ihre Fassade, Kaskaden aus Licht stürzten aus mehreren Öffnungen in die Tiefe, und ganz oben, auf einem Podest aus gebrochenem Kristall, prangte der Erzengel Michael als erhabene Statue über der Stadt. Nando folgte den Strahlen, die auch von der Engelsburg in den Himmel geworfen wurden. Goldene Schleier glitten westlich des Tibers über das Firmament hinweg wie Nebel in einem Traum, und plötzlich sah er zwischen zwei Nebelfetzen Strukturen inmitten des Lichts, die sich wie ein gewaltiges Wespennest in der Luft erhoben. Schemenhaft konnte er Brücken erkennen, Türme, filigrane Gebäude, die aus nichts anderem zu bestehen schienen als Licht. Durch die Schleier wirkte die Erscheinung unwirklich, doch Nando erkannte deutlich die Umrisse einer Stadt, die wie ein riesiges Schloss und von flammenden Strahlen gehalten über einem Teil Roms schwebte.

Er hatte vergessen, Atem zu holen. Gierig sog er die Luft ein, die ihm auf einmal so viel kostbarer erschien, und konnte sich nicht sattsehen an den Farben, in denen sich die Stadt entzündet hatte. Hingegeben schaute er zur Engelsburg hinüber, dem strahlendsten Gebäude in diesem Meer aus Licht, das als Herzstück zwischen Rom und der Stadt in den Wolken lag. Er ließ seinen Blick über die Dächer schweifen, schaute an sich hinab – und schrie vor Entsetzen auf. Er stand keineswegs auf dem Rand des Daches. Er schwebte ohne einen Halt unter den Füßen über dem Abgrund der Häuserschlucht. Hilflos ruderte er mit den Armen, er fühlte einen durchdringenden Schmerz, als er versuchte, seine Schwingen zu gebrauchen. Gleich darauf spürte er den Luftzug auf seinen Wangen. Er stürzte ab.

Mit einem Schrei sah er die Straße auf sich zurasen, die Karawanen aus geparkten Autos, das betonharte Pflaster. Er wusste, dass er sterben würde, und dennoch verschränkte er die Arme schützend vor dem Gesicht. Er dachte an seine Tante, an Giovanni, Luca, seine Eltern, dachte tausend unsinnige Dinge – und landete scheppernd auf einem geparkten Fiat Panda.

Atemlos starrte er in die goldenen Schleier über sich, erschüttert darüber, dass er nicht tot war. Er spürte jeden Knochen in seinem Körper, doch als er sich aufrichtete, stellte er fest, dass er keine weiteren Verletzungen davongetragen hatte als blaue Flecken.

»Du musst noch viel lernen«, sagte Antonio, der in diesem Moment hinter ihm landete. Schwarze Schwingen ragten aus seinem Rücken, und in seinen Händen hielt er die Geige Yrphramars. Ein sanfter Schimmer glitt über ihren neuen Körper hinweg. »Es ist nicht ungewöhnlich, dass ein gerade erwachter Nephilim seine Flügel nicht gebrauchen kann. Keine Angst. Du wirst die Möglichkeit zu fliegen dennoch bekommen.«

Er trat auf Nando zu und half ihm von dem zerstörten Panda herunter.

»Das alles hier ist die Schattenwelt?«, fragte Nando und schaute ungläubig zu der Stadt hinauf, die hin und wieder hinter den goldenen Schleiern sichtbar wurde.

Antonio lächelte kaum merklich. »Bisher kennst du nur einen Teil dieser Welt, dessen kannst du gewiss sein. Die Stadt dort oben heißt Nhor' Kharadhin. Sie ist die Stadt der Engel.«

Nando legte den Kopf in den Nacken. »Sie sieht aus wie eine Stadt aus Licht. Und sie ist wunderschön. Ich würde gern …«

Antonio stieß so schneidend die Luft aus, dass Nando zusammenfuhr. »Du würdest dich gern von dieser Stadt fernhalten, ist es das, was du sagen wolltest?«, fragte der Engel und hob mit ironischem Lächeln die Brauen. »Da stimme ich dir zu. Solltest du auch nur ansatzweise an deinem Leben hängen, wirst du Nhor' Kharadhin niemals betreten. Ohnehin wirst du ausreichend beschäftigt sein in nächster Zeit. Du musst die Welt der Schatten in- und auswendig kennen, wenn du gegen einen Dämon der Hölle bestehen willst. In den kommenden Wochen wird sie dein Lehrmeister sein und dein schrecklichster Feind. Sie wird dich zu dir selbst führen, und dieser Weg hat bereits viele in den Untergang getrieben.«

Nando senkte nachdenklich den Blick und bewegte seine linke Hand. Er war auf ihr gelandet, nun schmerzte sie stark, und es gelang ihm nicht, die Finger zu beugen. »Das ist halb so wild«, sagte er, als Antonio die Hand ausstreckte und sie in einigem Abstand über seinem Arm bewegte. Die Miene des Engels verfinsterte sich, er schüttelte den Kopf.

»Du kannst nicht gegen den obersten Dämon des Teufels antreten mit nur einem Arm«, stellte er fest. »Du musst deine Hand uneingeschränkt bewegen können, wenn du nicht deinen eigenen Tod in Kauf nehmen willst, sollte sie dich in einem ungünstigen Moment im Stich lassen. Dort, wo wir hingehen, gibt es jemanden, der dir helfen kann.«

Mit diesen Worten wandte er sich ab und ging die Straße hinab.

»Und wer soll das sein?«, rief Nando ihm nach. »Kein Arzt hat bisher etwas für mich tun können! Und wo willst du überhaupt hin? Gehen wir etwa zu Fuß nach Ban… wie auch immer diese Stadt heißt?«

Antonio blieb stehen und lächelte geheimnisvoll. »Zu Fuß? Kein Nephilim in deinem Zustand wäre fähig, Bantoryn zu Fuß zu erreichen. Nein, es gibt andere Wege, um dorthin zu gelangen. Komm mit mir, Teufelssohn, und ich zeige sie dir.«

Damit wandte er sich zum Gehen. Nando blieb stehen, wo er war, fühlte das Licht der Engelsstadt Nhor'Kharadhin auf seinem Gesicht und betrachtete die goldenen Türme und Kuppeln, die Rom auf so rätselhafte Weise verwandelten. Ihm schien es, als hätte Antonio ihr eine Maske vom Gesicht gerissen, unter der eine andere Stadt lag, deren Wahrheit er noch nicht erfassen konnte. Er spürte den Schrecken vor diesem neuen Antlitz dumpf in sich pochen, doch gleichzeitig zog die Welt der Schatten ihn mit sich wie eine rätselhafte Fremde, und obwohl ihr Licht ihn in Unruhe versetzte und ihre Dunkelheit ihn ängstigte, wollte er sich nicht gegen sie wehren. Sie schien ihm die Antwort zu sein auf vieles, was er sich sein Leben lang gefragt hatte, ohne es zu wissen, und er verstand, dass Antonio recht hatte: Die Realität, wie Nando sie gekannt hatte, gab es nicht mehr. Die Welt der Schatten war mehr, viel mehr als das. Er holte tief Atem, langsam und fließend. Dann folgte er dem Engel in die Nacht.

8

Die Piazza Navona, tagsüber einer der belebtesten Plätze von Rom, lag verlassen. Die Straßencafés waren geschlossen, aus keinem der Fenster oberhalb der Restaurants drang Licht. Nur das Plätschern der Brunnen durchzog die Stille, ein Geräusch, das Nando beinahe ein Gefühl von Normalität gab. Doch er musste nur in eines der Schaufenster sehen und wusste, dass gar nichts mehr normal war. Aus seinem Rücken ragten gewaltige schwarze Schwingen.

»Nephilim«, murmelte er, während er sein verzerrtes Spiegelbild betrachtete, und ein zaghaftes Lächeln huschte über seine Lippen. Er hätte geglaubt, erschrocken sein zu müssen angesichts dieses Anblicks, doch er war es nicht. Er spürte das Brennen von Muskeln und Sehnen in seinem Körper, von deren Existenz er bislang nichts geahnt hatte, und obgleich er immer wieder ungläubig über die samtenen Federn strich, erschienen ihm seine Flügel in keiner Weise fremd. Fast war es, als hätte er lediglich etwas zurückbekommen, das ihm bislang gefehlt und nun die Kraft gehabt hatte, den ihm angestammten Platz einzunehmen und ein Teil von ihm zu werden. Nando dachte an seinen Flug im Traum – und an das Knirschen des Autodachs, auf dem er in der Realität gelandet war.

»Für jemanden, der gerade in mehrfacher Hinsicht dem Tod entkommen ist, schaust du sehr düster drein«, bemerkte Antonio, der sich auf dem Rand des Vierströmebrunnens niedergelassen hatte.

Nando zuckte die Achseln. »Ich sehe aus wie ein Nephilim, der nicht fliegen kann«, erwiderte er missmutig, doch Antonio verdrehte die Augen.

»Selbst Vögel müssen fliegen lernen«, erwiderte er gelassen. »Außerdem habe ich dir doch gesagt, dass es nicht ungewöhnlich ist, wenn ein neu erwachter Nephilim seine Schwingen zunächst nicht benutzen kann. Das kann physische oder psychische Ursachen haben und gibt sich meist von ganz allein. Und bis dahin werden wir dir das Fliegen auf andere Weise ermöglichen. Erwarte nicht zu viel von dir.«

Nando seufzte. Wie gern hätte er die Schwingen ausgebreitet und wäre über die Dächer Roms hinweggerast! Er hätte einen Abstecher bei Luca machen und an sein Fenster klopfen können, das im vierten Stock lag. Er lächelte, als er an den Ausdruck auf Lucas Zügen bei diesem Anblick dachte, doch gleich darauf erinnerte er sich daran, dass er seinen Freund nun wohl für eine lange Zeit nicht mehr sehen würde. Ehe seine Gedanken sich Mara und Giovanni zuwenden konnten, verließ er seinen Platz am Fenster und ging zu Antonio hinüber.

Der Engel drehte eine kleine bronzene Trillerpfeife zwischen den Fingern. Vor Kurzem hatte er mit voller Kraft hineingepustet, doch es war kein Ton herausgekommen, und Nando bemerkte das unruhige Flackern in Antonios Augen, als dieser seinen Blick zum wiederholten Mal hinauf zu den umstehenden Häuserdächern gleiten ließ.

»Wie wäre es, wenn du mir endlich sagen würdest, worauf wir warten?«, fragte Nando und schickte sich gerade an, sich neben Antonio zu setzen, als er spürte, wie sein linker Flügel durch den steinernen Rand des Brunnens glitt wie durch dichten Nebel. Erschrocken wich er zurück, doch Antonio lachte nur.

»Die Schattenwelt birgt Erweiterungen unserer Realität, die nur von magisch begabten Wesen wie uns wahrgenommen werden können«, erklärte er. »Ein mächtiger Zauber, den mein Volk einst wirkte, verhindert, dass diese Erweiterungen die Menschen beeinflussen können. Daher wird es dir möglich sein, mit ausgebreiteten Schwingen durch Ansammlungen von Menschen zu gehen, ohne dass diese etwas anderes auf ihren Gesichtern fühlen als einen kühlen Hauch.«

Nando nickte nachdenklich. Vorsichtig ließ er sich auf dem Brunnenrand nieder. Seine Schwingen glitten durch den Stein, als wären sie nichts als feiner Dunst. Ein Kribbeln durchzog seine Flügel und ließ ihn auflachen, doch gleich darauf wurde er wieder ernst. »Dann wird meine Tante niemals sehen, wer ich wirklich bin?«

Antonio lächelte ein wenig. »Nach allem, was ich in deinen Gedanken über deine Tante erfahren habe, hat sie das längst gesehen. Nicht alle Menschen brauchen ihre Augen dazu.«

Nando wollte gerade etwas erwidern, als ein lautes Motorengeheul ihn herumfahren ließ. Instinktiv sprang er auf und sah, wie ein Taxi in rasender Geschwindigkeit aus einer Seitenstraße schoss und direkt auf ihn zuhielt. Er wich zurück, stolperte über das Geländer rings um den Brunnen und landete der Länge nach auf dem Boden. Mit quietschenden Rädern kam das Taxi eine knappe Armlänge von ihm entfernt zum Stehen. Nando starrte auf die pinkfarbene Plastikente, die wie eine Galionsfigur auf der Kühlerhaube prangte, und kam mit weichen Knien auf die Beine.

Aus dem Taxi sprang ein Inder mit hüftlangen, schwarzen Haaren, die er zu einem Zopf zusammengebunden hatte. Er trug eine leuchtend gelbe Pluderhose, Sandalen mit Glitzersteinchen und eine Bluse mit psychedelischen Mustern, deren Ärmel ein wenig zu kurz waren und den Blick freigaben auf bunte Tätowierungen auf den Unterarmen. An den Fingern und in den Ohren trug er goldene Ringe, und trotz der Tageszeit saß eine Sonnenbrille mit blauen Gläsern auf seiner Nase. Er strahlte von einem Ohr zum anderen, stürzte mit ausgebreiteten Armen auf Antonio zu, küsste ihn auf beide Wangen und sagte etwas in einer für Nando unverständlichen Sprache.

»Eine wunderbare Nacht für eine kleine Fahrt mit Giorgio«, rief er und lachte laut, als hätte er einen gelungenen Scherz gemacht. Dann eilte er auf Nando zu und drückte ihn so fest an sich, dass ihm die Luft wegblieb. »Alles noch dran«, stellte Giorgio fest, nachdem er Nando in wahnsinniger Geschwindigkeit einmal umkreist hatte, und lachte wieder. »Ich hörte euch rufen, drei Mal, da wusste ich, dass ihr es eilig habt, und jemanden wie Antonio lässt man nicht warten, wenn ich mich nicht irre!« Damit streckte er Nando die Hand hin. »Ich bin Giorgio Franchetto, euer Chauffeur an diesem Abend, und wer bist du?«

Mit diesen Worten nahm er seine Brille ab, und Nando schaute in zwei freundliche braune Augen, um deren Iris auffallend gelbe Tupfer liefen. Er wusste nicht, woher es kam, aber auf einmal war jede Spur von Wut über seinen Beinahetod wie weggewischt. Er ergriff Giorgios Hand und schüttelte sie.

»Nando Baldini«, stellte er sich vor. »Danke, dass du mich nicht umgebracht hast.«

Giorgio lachte schallend, schlug ihm gegen die Schulter und deutete auf seine pinkfarbene Ente. »Kleopatra und ich freuen uns, euch an Bord begrüßen zu dürfen!« Damit sprang er zur rechten Seite seines Taxis und riss die Beifahrertür auf. »Nur zu, nur zu! Ich hörte von Unruhen heute Nacht, wir sollten nicht zu lange hier herumstehen.«

Mit diesen Worten öffnete er die Tür zur Rückbank. Nando erinnerte sich daran, was Antonio ihm über die Schattenwelt erzählt hatte, wollte sich schwungvoll auf den Rücksitz fallen lassen – und schrie auf. Mit voller Wucht war er mit den Flügeln in der Tür hängen geblieben, ein stechender Schmerz pulste durch seinen Rücken.

Antonio bedachte ihn mit einem strengen Blick, während er sich vorsichtig auf dem Beifahrersitz niederließ, und Giorgio lachte leise. »Ja«, sagte er und half Nando in den Wagen. »Für gewöhnlich habt ihr keine Probleme mit den Dingern, aber mein Luxusmobil ist ein besonderes Taxi, du wirst schon sehen!«

Mit eingequetschten Flügeln zog Nando die Tür zu und wusste augenblicklich, was Giorgio gemeint hatte. Das gesamte Taxi war mit wolligem grünen Plüsch ausgekleidet, die Sitze, die Decke, sogar der Schalthebel besaß eine winzige grüne Perücke. Auf dem Armaturenbrett staksten Plastikpferde, Kühe und Schafe über künstliche Wiesen, und am Spiegel hing eine Hula tanzende Gliederpuppe, deren Augen hektisch klimperten, als Giorgio sich auf den Fahrersitz fallen ließ. Kaum hatte er den Zündschlüssel ins Schloss gesteckt, dröhnte ohrenbetäubend laut Adriano Celentano aus den überdimensionalen Lautsprecherboxen, die sowohl vorn als auch hinten neben den Fenstern hingen. Nando hatte Antonio schon einige Male bei blitzartigen Bewegungsabläufen beobachtet, aber nun übertraf er sich selbst. Noch ehe Giorgio auch nur zwinkern konnte, hatte er das Radio abgestellt und vorsichtshalber den Knopf dafür in der Hand behalten.

Giorgio verzog das Gesicht und startete den Motor. »Alter Freund, wir sollten unsere Traditionen überdenken.«

Ohne eine Antwort abzuwarten, trat er aufs Gas und raste über die Piazza Navona, als wäre die Hölle hinter ihm her. Nando wurde in seinen Sitz gepresst, panisch grub er seine Finger in grünen Plüsch. Die Häuser jagten an ihnen vorbei, viel zu dicht schoss Giorgio an parkenden Autos und vereinzelten Passanten vorüber, und als er in eine Kurve fuhr, meinte Nando, sie müssten sich jeden Augenblick überschlagen.

»Ich habe nicht gefragt, wohin ihr wollt«, stellte Giorgio fest. »Aber ich gehe davon aus, dass es das Übliche ist, nicht wahr?«

Antonio nickte, und Giorgio begann, ein Lied vor sich hin zu summen, während er mit dem kleinen Finger der linken Hand das Steuer festhielt, um mit der rechten im Handschuhfach nach etwas zu suchen. Dabei verlor er die Fahrbahn aus den Augen, Nando schrie auf, als sie auf die Fassade des Palazzo Altemps zurasten. Im letzten Moment lenkte Giorgio den Wagen zurück auf die Straße und warf Nando einen ärgerlichen Blick zu.

»Wer fährt denn nun, Antonio oder du?«, fragte er und lachte schallend über seinen eigenen Witz. Dann griff er erneut ins Handschuhfach, den Kopf beinahe auf Höhe des Schaltknüppels, und kümmerte sich nicht weiter um Nandos schreckensblasses Gesicht.

Antonio hingegen saß vollkommen ungerührt auf dem Beifahrersitz, die Miene zu einer Maske aus Gleichgültigkeit gefroren, und schaute aus dem Fenster, als würde er niedliche Blümchen am Straßenrand betrachten. Nandos Magen drehte sich um sich selbst, und er schloss die Augen. Er zwang sich, an den Fiat Panda zu denken, an die Schwingen, die aus seinem Rücken ragten, und redete sich ein, dass er womöglich auch einen Unfall überleben würde, der ihn mit zweihundert Sachen gegen das nächste Haus katapultierte.

Nein, hörte er Antonios Stimme in seinem Kopf und riss die Augen auf. *Das würdest du nicht. Du bist stärker als ein gewöhnlicher Mensch, aber du bist nicht unsterblich. Die Ewigkeit hält nur die ältesten Engel und Dämonen bei sich gefangen. Für gewöhnlich werden Nephilim älter als Menschen, aber wie viel älter scheint von vielen Faktoren abzuhängen. Die Wissenschaft der Schattenwelt hat dieses Geheimnis noch nicht ergründet.*

Nando wollte etwas erwidern und vor allem seiner Empörung darüber Luft machen, dass Antonio seine Gedanken las, doch da legte Giorgio sein Plüschmobil in die nächste Kurve und ließ ihn erneut die Augen schließen.

»Du bist ein Mensch, nicht wahr?«, fragte Nando, um sich von seinem tanzenden Magen abzulenken, doch Giorgio wandte sich halb zu ihm um und verriss das Steuer, sodass Nando aufstöhnte.

»Man sieht es mir also an«, erwiderte Giorgio und lachte. »Nun, du hast recht – ich bin ein Mensch. Allerdings bin ich auch über ungefähr siebenundneunzig Ecken mit dem Hexer von Babylon verwandt, einem verfluchten Dämon, wenn man den Sagen der Unterwelt glaubt, der über ungeheure magische Kraft verfügte. Die hat er an seine Nachfahren vererbt, und bei mir ist gerade noch so viel angekommen, dass ich mir auf magische Weise die Schuhe zubinden kann. Phantastisch, nicht wahr?« Giorgio lachte erneut und raste um eine Kurve, sodass Nando gegen die Tür gepresst wurde. »Vermutlich habe ich diese Kraft von meinem Vater, den habe ich nie kennengelernt. Wie dem auch sei – natürlich blieb es mir aufgrund meines beträchtlichen magischen Potentials nicht erspart, hinter den Schleier der Schattenwelt zu schauen, sodass ich bereits als kleiner Pimpf Monstren mit Flügeln auf der Straße erkannte, und nach vielfältigen Therapien und einer ganz und gar wunderbaren Schulzeit riss ich mit dreizehn von zu Hause aus und geriet nicht nur mit dem Gesetz der Menschen in Konflikt, sondern auch mit dem der Engel. Magisch begabte Menschen sind ihnen ein Dorn im Auge, und wenn sie aufmucken, werden sie normalerweise auf die eine oder andere Weise ausgeschaltet. Ehe es dazu kommen konnte, begegnete ich Antonio. Er lehrte mich, meine Magie zu kontrollieren und mich vor den Augen der Engel zu verbergen, und er half mir, meinen Stand zwischen den Welten zu finden und zu bewahren.«

Giorgio sah Nando im Rückspiegel an, seine Augen waren vollkommen ernst geworden, während die gelben Tupfen um seine Iris tanzten. Nando schien es, als würde Giorgio seine eigene Unsicherheit spüren, als würde er genau wissen, welche Anspannung ihm im Nacken saß, und als Giorgio lächelte und voller Zuversicht zu Antonio hinübersah, glitt ein wärmender Schauer über Nandos Rücken.

Gleich darauf preschte Giorgio über eine viel befahrene Kreuzung. Nur knapp entgingen sie einem Lastwagen, der hupend auf sie zuschoss. Nando spürte seinen Magen erneut. Er kurbelte das Fenster herunter, doch die frische Luft brachte nicht die gewünschte Erleichterung. Gerade als er glaubte, sich nicht länger zusammenreißen zu können, verlangsamte sich ihre Fahrt. Nando schaute aus dem Fenster und stellte fest, dass sie das Industriegebiet im Osten der Stadt erreicht hatten. Atemlos wischte er sich über die Stirn. Von Giorgio konnte so mancher Taxifahrer der Stadt noch etwas lernen, so viel war sicher.

Sie hielten vor einer Lagerhalle, an deren verrostetem Tor ein dickes

Vorhängeschloss prangte. Leise vor sich hin summend öffnete Giorgio das Tor und steuerte das Taxi durch die leere Halle in einen Lastenaufzug. Mit Schwung ließ er das Gitter hinuntersausen und drückte auf einen seltsam flirrenden Knopf. Dann setzte er sich wieder hinters Steuer, stellte den Motor ab und begann, mit den Fingern auf dem Lenkrad ein Lied zu trommeln, während der Fahrstuhl sich mit rasselndem Geräusch in Bewegung setzte.

»Von hier aus bringst du uns zum Aschemarkt«, sagte Antonio leise.

Giorgio sah ihn an, und für einen winzigen Moment verrutschte das Lächeln auf seinem Gesicht. Das genügte, um Nando in Unruhe zu versetzen. Angespannt sah er zu, wie sie tiefer und tiefer sanken. Die Stille um sie herum war unheimlich, der Aufzug knarzte leise, geisterhaft glitten die Lichter der Taxischeinwerfer durch die Dunkelheit, die sie umdrängte. Vor dem Gitter zogen Gesteinsschichten vorüber, Felsen mit schwarzen und ockerfarbenen Mustern, und Nando spürte die Kälte, die durch sein halb geöffnetes Fenster drang. Die Ungewissheit pulste als stechender Schmerz in seinen Schläfen, und als der Fahrstuhl mit knirschendem Geräusch zum Stehen kam, hielt er den Atem an.

Giorgio summte nicht mehr. Er öffnete das Gitter, durch das nebelhaftes, graues Licht fiel, und als er wieder ins Auto stieg, warf er Nando einen beruhigenden Blick zu. »Es gibt schlimmere Orte auf dieser Erde als die Welt hier unten«, sagte er und zwinkerte, aber irgendetwas in seinen Augen verriet Nando, dass er diese Worte wohl in erster Linie zu sich selbst gesprochen hatte. Dann startete er den Wagen und steuerte ihn aus dem Fahrstuhl.

Sie befanden sich auf einer schmalen, mit schwarzen Steinen gepflasterten Straße. Dunkle Felsen erhoben sich zu beiden Seiten und reichten so hoch hinauf, dass Nando ihr Ende nicht erkennen konnte. Fluoreszierende Steine prangten auf dunklen Pfählen, die wie Dornen aus dem Boden ragten, und verbreiteten ein diffuses rotes und grünes Licht. Erst auf den zweiten Blick sah Nando, dass Häuser in die Felsen geschlagen worden waren. Es waren Wohnungen mit Fenstern und Türen aus kunstvoll gearbeitetem Metall. Ihr Glas wurde vollständig von rostbraunem Steinstaub bedeckt, den ein böiger Wind über das Pflaster trieb.

Die Räder des Taxis holperten über die Straße, während das Licht der Scheinwerfer sich durch den Staub warf, flackernd und von Dunkelheit umdrängt, dass es Nando schien, als befänden sie sich in einer Taucherkapsel tief unten im Meer. Gespenstisch glitten die Scheinwerfer über die Fassaden der Häuser, die Nando in ihrer stummen Finsternis an die Gebäude einer Geisterstadt denken ließen. Doch kaum hatte er das gedacht, bemerkte er eine Bewegung hinter einem der Fenster. Erschrocken fuhr er zurück, als er in das bleiche, reglose Gesicht eines Mannes blickte, der gleich darauf in die Dunkelheit seiner Wohnung zurücktrat.

Nando rutschte in die Mitte der Rückbank und beugte sich vor, sodass er die Straße hinaufschauen konnte, die sich in Kurven an den schwarzen Felsen vorüberschob. »Wo sind wir?«, fragte er mit gedämpfter Stimme.

Giorgio hatte sein Lächeln eingebüßt, aber als er sich halb zurückwandte, lag in seinen Augen noch immer jener freundliche Glanz, der Nando umgehend einen Teil seiner Aufregung nahm. Der Taxifahrer öffnete den Mund für eine Antwort, doch Antonio kam ihm zuvor.

»Die Brak' Az'ghur«, erwiderte er leise. Er schaute so konzentriert aus dem Fenster, als würde er den wirbelnden Staub mit seinem Willen niederzwingen wollen. »Die Tunnel der Schatten, die einen großen Teil der Unterwelt durchziehen. Vor den Teufelskriegen lebten viele Engel und Dämonen hier zusammen – in den Katakomben, Stollen und Höhlensystemen rings um Yryon, die Stadt der Dornen, die sie gemeinsam errichtet hatten … Damals, als sie ein Ziel wie die Zerstörung der Welt noch nicht kannten. Doch dann zogen sich die Schergen Luzifers endgültig ins Pandämonium zurück, in den tiefsten Schlund der Erde, und die Engel zogen hinauf ins Licht. Aus Yryon wurde Katnan, die Stadt des Zwielichts. So kam es, dass die Brak' Az'ghur ein Raum zwischen den Welten wurden und ein Ort, an dem all jene ein Zuhause fanden, die Wanderer sind zwischen Licht und Schatten.«

Als hätten sie seine Worte gehört, schoben sich in diesem Moment Gestalten aus dem Dämmerlicht der Straße. Nando erkannte schemenhafte Wesen in schäbigen Mänteln, die Schwingen von rostrotem Staub bedeckt, und Geschöpfe ohne Flügel, die Körper in zerrissene Kleidung gehüllt. Sie schienen das Taxi nicht zu bemerken, oder sie interessierten sich nicht dafür. Schweigend eilten sie die Straße hinauf oder hinunter, die Blicke geneigt, die Schultern im pfeifenden Wind angezogen. Nando fuhr zusammen, als plötzlich eine kleine haarige Gestalt mit leuchtend grünen Augen auf die Motorhaube hüpfte, einen neugierigen Blick ins Innere des Taxis warf und mit leisem Keckern wieder davonsprang. Wie ein Koboldmaki hatte sie ausgesehen, und Nando starrte verblüfft in die Schatten der Straße, in denen sie verschwunden war.

»Schattengnome«, sagte Antonio mit einem Lächeln. »Sie gehören zu den harmlosesten Bewohnern der Brak' Az'ghur. Doch die Gänge der Schatten sind nicht ungefährlich, denn in ihnen machen nicht nur die Engel Jagd auf Nephilim. Das Netzwerk ist überaus weitläufig, du wirst eine Weile brauchen, bis du dich darin zurechtfinden kannst. Viele dieser Seitengassen führen nach Katnan. Andere führen nach Or'lok, in die Stadt der freien Dämonen in den Tiefen dieser Welt.«

Nando zog die Brauen zusammen. »Freie Dämonen? Was bedeutet das?«

Antonio ließ seinen Blick über die Gestalten auf der Straße schweifen, doch es schien, als würde er sie gar nicht sehen. »Damit sind jene Dämonen gemeint, die einst auf der Seite des Teufels standen und diesen Weg verlassen haben. Abtrünnige, die sowohl die Engel als auch die Schergen ihres einstigen Meisters verabscheuen und die sich in ihrem Reich der Schatten verbergen, in dem ihre eigenen Regeln und Gesetze gelten. Auch Nephilim leben dort, all jene, die weder in Bantoryn, Katnan noch einem anderen Ort der Unterwelt oder in der Welt der Menschen eine Heimat finden konnten.«

Nando wollte gerade nachfragen, warum ein Nephilim freiwillig in eine Stadt der Dämonen ziehen sollte, als flackerndes rotes Licht durch die Scheibe brach und seine Aufmerksamkeit ablenkte. Am Ende der Straße bildeten zwei Stalagnaten den Eingang zu einem aus glänzendem schwarzen Stein gehauenen Tunnel, aus dem der lodernde Schein zu ihnen herüberdrang. Unter der Steinhaut glommen rote Adern aus Glut. Erst als sie näher kamen, erkannte Nando, dass es zwei Bäume waren, die ihre Kronen in die Finsternis des Ganges erhoben. Ihr geäderter Stamm war teilweise aus Stein, ihre Äste und Zweige jedoch bestanden aus einer Art organischem Gewebe, und ihre Blätter sahen aus wie farbiges, kunstvoll gefaltetes Papier.

»Glutbäume«, stellte Antonio fest. »Kein Mensch wird jemals mehr in ihnen sehen als Skulpturen aus Stein.«

Das Taxi fuhr langsam an den Bäumen vorüber, und Nando sah staunend, wie einige der alten Blätter verbrannten, während sich filigrane Netze und Linien aus Glut über sie hinzogen. Feine Ascheflocken fielen zu Boden, wurden vom Wind aufgenommen und wirbelten durch die Luft. Gleich darauf drangen Stimmen durch den Tunnel, die rasch zu einem fulminanten Konzert aus verschiedenen Sprachen, Dialekten und Tonlagen wurden. Das rote Licht wurde heller, und als Giorgio ihr Gefährt mitten hineinsteuerte, kniff Nando geblendet die Augen zu. Dann sah er, dass sie sich in einer Höhle befanden, aus der mehrere Tunnel hinausführten und deren Decke von Glutbäumen gehalten wurde.

Stalagmiten aus schwarzem und weißem Stein ragten aus dem Boden, an den Wänden befanden sich schleierartige Tropfsteinformationen, die von rotem Licht erhellt wurden, und in der Mitte der Höhle erhob sich der größte Glutbaum aus glänzendem grünen Stein wie eine imposante steinerne Blüte. Auf einem seiner Äste war eine Rundumleuchte angebracht worden, deren Licht unzählige provisorisch zusammengeschobene Stände mit Blechdächern erhellte, auf die hin und wieder die Exkremente von Fledermäusen fielen. Zwischen den Ständen schoben sich Gestalten durch die Gänge, die Nando noch nie zuvor gesehen hatte. Die meisten waren humanoid, einige hatten schneeweißes Haar, das ihnen bis zu den Knöcheln reichte, oder gelbe und rote Augen, andere besaßen Klauen statt Händen oder seltsam ledrige, ockerfarbene Haut, und manche trugen Tätowierungen an Hals und Armen, die sich wie lebendige Bilder bewegten. An den Ständen wurden Waren feilgeboten, Nando entdeckte Kleidung, Nahrungsmittel und Waffen ebenso wie Schmuck und seltsame technische Gegenstände, die ihn an winzige Umsetzungen von da Vincis Flugmodellen denken ließen. Und über allem zogen Aschewolken von den verbrennenden Blättern der Glutbäume vorüber, geisterhaft und flüsternd wie eigenständige Wesen. Nando holte Atem. Sie hatten den Aschemarkt erreicht.

Giorgio hupte, um einem Engel in zerlumpter lilafarbener Daunenjacke zu bedeuten, dass er unverzüglich beiseitezutreten habe, wenn er nicht unter die Räder kommen wollte. Der Engel wandte den Blick, starrte Giorgio an und ließ eine gespaltene grüne Zunge zwischen seinen Zähnen hervorschnellen. Nando riss überrascht die Augen auf, und Antonio lächelte.

»Nicht jeder ist ein Engel, nur weil er Flügel hat«, sagte er leise. »Den meisten in relativer Freiheit lebenden Dämonen sieht man ihre einstige Nähe zu Luzifer an, doch sie verstehen sich darauf, gewöhnlich zu erscheinen, wenn es ihnen nützlich ist.«

Giorgio schnaubte, während der Dämon mit überheblichem Lachen in die Luft sprang und in der Menge untertauchte. »Der da wäre nützlich unter meinen Rädern gewesen«, murmelte er und ignorierte den strengen Blick Antonios. Er steuerte eine kleine Zapfsäule an, die am Rand der Höhle stand. Schwungvoll parkte er direkt neben ihr, stellte den Motor ab und öffnete die Fahrertür. »Ich brauche eine Weile, wenn ich sehe, wie gebannt Luigi auf den Monitor stiert. Schaut euch um, ihr werdet einiges besorgen wollen, könnte ich mir denken. Wir treffen uns wieder hier, sobald ihr fertig seid.«

Giorgio stieg aus und schlug die Tür zu. Nando folgte ihm mit dem Blick und sah einen in schwarze Lederhose und Bikerweste gekleideten Mann mit schwarz glimmenden Tätowierungen auf den Oberarmen, der auf einem winzigen Schemel hinter der Zapfsäule saß und einen flackernden, in schimmerndes Kupfer eingefassten Monitor auf dem Schoß hielt. In seiner Tasche steckte ein ölbeschmierter Lappen, den er nun herauszog und sich kopfschüttelnd die Stirn wischte, ehe er Giorgio mit einem freundlichen Lächeln begrüßte.

»Tischfußball«, murmelte Antonio und stieg aus dem Wagen. »Kaum jemand in dieser verfluchten Welt der Schatten, der diesem hirnverbrannten und nur so genannten Sport inzwischen nicht verfallen wäre.«

Nando beeilte sich, ihm zu folgen. Kaum hatte er das Taxi verlassen, hörte er das Dröhnen großer Turbinen, die sich träge zwischen den Kronen der Glutbäume an der Höhlendecke bewegten, und ihm stieg der Geruch von gebrannten Maronen, Zimt und glühendem Metall in die Nase. Ascheschwaden streiften sein Gesicht, die Stimmen der Marktbesucher hüllten ihn ein, und obgleich er umgehend von misstrauischen Blicken gemustert wurde, spürte er keinerlei Furcht. Denn neben dem Argwohn, den er in zahlreichen Augenpaaren erkannte, lag noch etwas anderes, ein rastloses Suchen, das Nando bekannt vorkam, und Antonios Worte gingen ihm durch den Kopf. *So kam es, dass die Brak' Az'ghur ein Raum zwischen den Welten wurden und ein Ort, an dem all jene ein Zuhause fanden, die Wanderer sind zwischen Licht und Schatten.*

»Der Aschemarkt ist nicht ungefährlich«, raunte Antonio ihm zu, während sie sich in die Menge begaben. »Er wimmelt nur so vor zwielichtigen Kreaturen, Geschöpfen, die sich nichts Schöneres vorstellen können, als einem saftigen Menschen das Fleisch von den Knochen zu nagen, und nur selten zeigen sie gleich zu Beginn ihr wahres Gesicht. Besonders die Dämonen sind Meister der Tarnung, allzu oft erscheinen sie vollkommen menschlich – vor allem dann, wenn sie sich die Flügel herausgerissen haben.« Nando hustete bei diesen Worten, doch Antonio zuckte nur die Achseln. »Manche Dämonen werden ohne Flügel geboren, andere haben sich von ihren Schwingen getrennt, um den Engeln nicht so ähnlich zu sein, und einige taten es, um sich besser unter den Menschen verbergen zu können. Auch du wirst dich von deinen Flügeln trennen müssen, solltest du beschließen, wieder in die Oberwelt zurückzukehren und dort ein gewöhnliches Leben zu führen – nur so kannst du den Blicken der Engel entgehen.«

Ein leiser Schmerz zog durch Nandos Schwingen, als er sich vorstellte, sie zu verlieren. Es bestand kein Zweifel für ihn, dass er in die Welt der Menschen zurückkehren wollte – und doch spürte er bereits nach so kurzer Zeit, dass er dafür mehr in der Welt der Schatten zurücklassen würde als seine Schwingen, wollte er diesen Weg tatsächlich gehen.

»Für viele ist der Aschemarkt das Herzstück der Unterwelt«, fuhr Antonio fort und riss ihn aus seinen Gedanken. »Und gerade deshalb ist er gefährlich. Die meisten der Besucher sind Nekromanten, Zauberer, Exorzisten oder Voodoopriester, Geschöpfe von magischer Macht also, die sie auch anzuwenden wissen. Daher rate ich dir, dich nicht von mir zu entfernen. Wir müssen eine Ausrüstung für dich kaufen, Dinge, die du brauchen wirst, damit wir unseren Weg fortsetzen können. Aber ich bitte dich: Misch dich nicht in die Verhandlungen ein, am besten sagst du kein Wort, und sieh niemandem länger als einen flüchtigen

Moment lang in die Augen. Alles andere gilt als Provokation, und darauf folgt immer ein Kampf. In deinem jetzigen Zustand würde ich dir den eher nicht empfehlen.«

Nando nickte. Die Erinnerung an seine Begegnung mit Bhrorok und Avartos war noch zu frisch, als dass er diese Worte bezweifelt hätte. Er hielt sich dicht bei Antonio, während sie durch die Menge gingen, doch sein Blick hing an den anderen Besuchern, als würde er Gemälde betrachten. Neben einigen zerlumpten Gestalten waren andere beinahe vornehm gekleidet, und viele sahen aus, als wären sie der viktorianischen Zeit entsprungen. Die Männer trugen Gehstöcke, Zylinder, Taschenuhren, sie kleideten sich in Frack oder Gehrock, die Frauen hingegen hatten sich in lange, figurbetonte Kleider gehüllt, in Korsagen, Hüte und lange Schleppen. Zugleich bemerkte Nando moderne Elemente wie mit bunten Strähnen durchsetzte Dreadlocks, die viele Besucher in sämtlichen Längen trugen, futuristisch anmutende Kopfbedeckungen, kunstvoll gearbeitete Monokel aus etlichen Rädern, Schrauben und Gläsern, die bei so manchem die Hälfte des Gesichts bedeckten, oder Headsets, in denen filigrane Messingrädchen schnurrend ineinandergriffen.

Immer wieder kreuzten auch scheinbar gewöhnliche Menschen mit verfilzten Haaren und schmutzigen Händen seinen Weg. An der Oberfläche hätte er sie als Obdachlose bezeichnet, und er fragte sich, ob er nicht dem einen oder anderen schon einmal begegnet war oder ihm sogar Suppe ausgeschenkt hatte. Mitunter traf ihn ein Blick, denn entgegen ihrem Verhalten an der Oberfläche hielten die Menschen hier den Kopf nicht geneigt. Stolz gingen sie durch die Menge, als wären sie Fürsten in ihrer eigenen Welt, einer Welt, die schmutzig sein mochte und finster, aber die sie sich ausgesucht hatten mit aller Freiheit, zu der ein Mensch fähig war.

Vereinzelt sah Nando flammende Male auf der Stirn der Besucher, die ihn an einen Drudenfuß denken ließen. Als er Antonio darauf ansprach, nickte dieser düster. »Der Drudenfuß, auch Blutstrich genannt, zeigt den Bund zwischen diesen Geschöpfen und einem Hexer«, erwiderte er leise. »Der sogenannte Diener erhält unbedingten Schutz und bindet dafür sein Leben an das seines Meisters. Nur der Tod eines der beiden kann einen solchen Bund zerbrechen.«

Nando drängte den Schauer zurück, der bei diesen Worten über seinen Rücken glitt, und ließ seinen Blick über die Waren der Händler schweifen. Er konnte sich einer düsteren Faszination nicht erwehren. Es gab Kreuze für den Exorzismus, in Häute eingeschlagene Bücher, Zauberutensilien wie getrocknete Schlangenleiber, Federn und Pulver in verschiedenen Farben, in Flaschen gesperrte Nebel, aus denen sich plötzlich Klauen und Gesichter schoben und die sich so als gebannte Geister zu erkennen gaben. Lebendige Raben wurden feilgeboten, Eulen und anderes Nachtgetier wie Marder oder Ratten, ebenso Schrumpfköpfe, Tierpfoten und -klauen, schwarze und weiße Hähne und auf dunkle Seide gestickte Veve, graphische Symbole, die einen Geist im Voodoo repräsentierten. Lautstark priesen die Händler hölzerne oder metallene Behälter in verschiedenen Größen an, in denen sich Dschinns befinden sollten, und überall gab es Stände mit den unterschiedlichsten Musikinstrumenten. Es schien Nando, als wäre er auf einem Basar der Kuriositäten gelandet. Auch goldene Murmeln gab es, doch als er näher an den Stand herantreten wollte, hielt Antonio ihn zurück.

»Engelsaugen«, sagte er trocken. »Hier unten ist das Leben eines Königstreuen nicht unbedingt viel wert.«

Nando schluckte hörbar, als er noch einmal auf das schaute, was er für gläserne Kugeln gehalten hatte, und sie setzten ihren Weg fort. Nicht immer verstand er die Sprache, in der die Marktschreier ihre Waren anpriesen, aber kein anderer Besucher schien sich an einem möglichen Verständigungsproblem zu stören. Es wurde gefeilscht und überboten, dass jeder Betreiber eines orientalischen Marktes darüber gestaunt hätte, und über allem lag das ständige Rauschen der Turbinen, gemischt mit dem plätschernden Klang unzähliger Stimmen und dem leisen Rauschen der Ascheschleier. An vielen Ständen wurden technische Gegenstände und Roboter verkauft, die jedoch trotz offensichtlich fortschrittlichster Technik äußerlich vor ein paar Jahrhunderten stehen geblieben waren. Und überall gab es Schweißerbrillen in allen Formen und Größen. Fasziniert beobachtete Nando, wie ein schmächtiger Dämon mit gekrümmten Klauen und ledrigen Flügeln an einem Stand ein Hemd anprobierte. Es schien aus Leder und feinen Metallplättchen zu bestehen, doch kaum dass der Dämon etwas gemurmelt hatte und es sich über den Kopf zog, glitt es an den Schwingen auseinander und fügte sich lautlos unter ihnen wieder zusammen. Gerade wollte Nando Antonio auf die magische Kleidung ansprechen, als ihm ein kalter Windhauch in den Nacken fuhr.

Instinktiv trat er beiseite und ließ einen edel gekleideten, farbigen Mann mit Spazierstock und Zylinder vorbeigehen. In seinem Mundwinkel steckte eine Zigarre, zwischen den Fingern der linken Hand drehte er mehrere Kupfermünzen. Eine Frau mit roten Haaren hatte sich bei ihm untergehakt. Sie war in ein schwarzes Kleid gehüllt, einen Schal hatte sie sich um die schmalen Schultern geworfen, während ihre zahlreichen Ohrringe und Ketten leise klimperten. Sie trug eine dunkle Brille, von der das rechte Glas fehlte, und erst als ihr leuchtend grünes Auge Nandos Blick traf, begriff dieser, wer ihm gerade begegnet war.

»Baron Samedi«, flüsterte er, während das Paar an ihm vorbeischritt und in der Menge verschwand. »Maman Brigitte. Götter des Voodoo. Ist das …«

Antonio fing seinen fragenden Blick auf und nickte. »Die Menschen haben sie gestürzt, getötet oder vertrieben. Doch in den Schatten der Unterwelt gibt es sie noch – die Götter von einst.«

Schweigend setzten sie ihren Weg fort, und Nando konnte nicht umhin, sich immer wieder umzudrehen. Wie war es möglich, dass es diese Welt gab, diesen Kosmos an Vielfalt, und er sein gesamtes bisheriges Leben lang nichts davon geahnt hatte? Er war hin- und hergerissen zwischen dunkler Faszination, Entsetzen und Ungläubigkeit, und während sein Blick staunend wie der eines Kindes über die Besucher des Aschemarktes und die ausgestellten Waren glitt, folgte er Antonio schweigend durch das Meer der Nacht, in das er geraten war.

Schließlich hielt Antonio an einem Stand inne, an dem Kleider verkauft wurden, deren Schwärze so schattenhaft war, dass sie ihre Träger beinahe unsichtbar machten. Während er Nando prüfend einen Umhang anhielt, betrachtete dieser neugierig die Ausstellungsstücke des benachbarten Standes. Dort gab es Dolche, die von allein in die Hand der interessierten Marktbesucher sprangen, Schwerter, die wundersame Melodien von sich gaben, wenn sie jemand berührte, und etliche surrende Geräte aus glänzendem Messing und Bronze. Fasziniert musterte Nando einen Kupferstich, auf dem ein prunkvolles Schwert zu sehen war. Flammen tanzten über die funkelnde Klinge, filigrane Streben bildeten den Korb, und aus dem Griff bildete sich das Motiv eines Drachen heraus, der seine Klauen fest um die Waffe wand und dessen aufgerissener Schlund den Knauf bildete. Seine Augen schienen in Flammen zu stehen, Nando hörte das Prasseln des Feuers in der offenen Kehle, und er meinte, die Bewegungen der einzelnen Krallen zu sehen, als er sich zu dem Bild hinabbeugte.

»Bhalvris«, raunte eine Stimme in der Nähe und ließ Nando aufsehen. Der Verkäufer des Standes war ein rundlicher Mann mittleren Alters mit ausgeprägtem Backenbart und ungewöhnlich langen unteren Eckzähnen, die ein Stück weit aus seinem Mund ragten. Seine Augen waren rot und blutunterlaufen, doch er nickte Nando freundlich zu. »Einst das Schwert Michaels, das der Teufel bei seinem Höllensturz mit sich zur Erde hinabriss und es in den Finsternissen seiner Gedanken mit schwärzester Schattenmagie korrumpierte, bis es sein Schwert geworden war. Niemand, so heißt es, konnte seine Kraft vollends entfalten bis auf den Teufel selbst. In meinem Volk gibt es unzählige Legenden über dieses Höllenschwert. Ein Jammer, dass es vernichtet wurde – es wäre sicher der Renner hier auf dem Markt. Aber ich habe auch einige schöne Stücke zu bieten.« Er lachte rau und deutete auf seine übrigen Waren.

Neugierig griff Nando nach einem Plattenhandschuh mit Ziselierungen. Hauchdünne Drähte wanden sich um das Metall, knisternde Funken sprangen darüber hin.

»Nur zu, der Herr«, sagte der Verkäufer und lächelte, dass man seine vorstehenden Zähne noch deutlicher sehen konnte.

»Das brauchen wir nicht«, stellte Antonio fest. Er hielt ein Stück Stoff in der Hand und zog Nando ein wenig von dem Stand fort. »Dieser Umhang passt dir, ich werde den Verkäufer suchen, vermutlich treibt er sich wie immer irgendwo herum. Du wartest hier, hast du verstanden? Mit deiner Neugierde hältst du mich nur auf, und wir sollten nicht zu lange hierbleiben. Für gewöhnlich werden diese Märkte stets auf eher unliebsame Art beendet, und das kann uns momentan gar nicht recht sein. Du bleibst hier stehen – genau hier, verstanden?«

Er sah Nando eindringlich an und verschwand in der Menge.

Tatsächlich blieb dieser für einen Moment exakt an dem Platz stehen, den Antonio ihm gewiesen hatte. Dann warf er einen Blick zurück zu dem Waffenstand. Noch immer lächelte der Verkäufer ihm freundlich zu.

»Ich werde bezeugen, dass Ihr genau hier standet«, raunte er Nando zu und grinste verschwörerisch. »Nah genug, um Euch das hier genauer anzusehen.«

Nando sah sich um, doch Antonio war nirgends zu sehen. Schnell trat er an den Stand des Verkäufers und zog den Handschuh über, der sich mit leisem Knistern um seine Hand schloss. Er bewegte die Finger und beobachtete fasziniert, wie die Funken sich in seiner Handfläche sammelten und plötzlich erloschen.

»Einen Augenblick«, beeilte sich der Verkäufer zu sagen, griff in seine Tasche und holte drei fingerdicke Kapseln hervor, in denen rötliches Licht schimmerte. »Die Kraft des Laskantin hält nicht ewig«, sagte er und zwinkerte Nando zu, während er die Kapseln in eine kleine Öffnung an der Unterseite des Handschuhs drückte. Gleich darauf kehrten die Funken zurück.

»Streckt den Arm aus«, forderte der Verkäufer Nando mit eifrigem Lächeln auf und deutete auf eine Holzwand hinter sich, die mit Brandlöchern übersät war. »Ballt kurz die Faust, streckt dann die Finger, und ihr werdet schon sehen!«

Nando tat, wie ihm geheißen – und fühlte im nächsten Moment einen heftigen Rückstoß, der ihn unsanft gegen einen vorbeischreitenden Dämon im vornehmen weißen Anzug schleuderte. Ärgerlich stieß dieser ihn zurück, doch Nando merkte es kaum. Aus dem Handschuh schoss eine gewaltige Flamme, krachend schlug sie in die Holzwand ein und brach sie mitten entzwei. Nando atmete schnell, er spürte sein Herz im ganzen Körper. Dieser Handschuh hatte ihm Kraft geraubt, das spürte er, auch wenn er sich nicht erklären konnte, wie das passiert war. Und allem Anschein nach war es viel Kraft gewesen, denn der Verkäufer, der offensichtlich nicht mit der Vernichtung seiner Standeinrichtung gerechnet hatte, wurde zuerst blass und dann sehr schnell ziemlich rot im Gesicht.

»Verflucht seist du, Nephilim!«, rief er außer sich. »Was fällt dir ein, Schwarze Magie zu verwenden mit einem meiner Handschuhe?«

Nando spürte die Blicke der Umstehenden auf sich gerichtet. »Ich …«, begann er und räusperte sich verlegen. »Ich habe keine Schwarze Magie angewandt, ich …« Er wollte noch anfügen, dass er gar nicht wusste, wie man das anfing, hielt eine solche Aussage dann aber angesichts der zerschmetterten Holzwand doch nicht für klug.

Der Verkäufer riss ihm den Handschuh ab und lachte schallend. »Natürlich! Signor Neunmalklug hat im kleinen Finger mehr Macht als jeder uralte Dämon und behauptet, sie ganz aus Versehen dafür verwendet zu haben, meine Probewand zu zerschmettern! Wer soll dir das glauben?« Mit diesen Worten stemmte er die Fäuste in die Hüfte und trat auf Nando zu. »Du hast meinen Stand beschädigt, und dafür wirst du …«

Er hatte Nando beinahe erreicht, als sich eine Hand mit mehreren kristallenen Splittern vor sein Gesicht schob. Augenblicklich verflüchtigte sich das Rot seiner Wangen, und ein träumerischer Ausdruck trat in seinen Blick. Antonio, denn niemand anders war es, der Nando gerade vor dem Tod durch Zerquetschen bewahrt hatte, warf die Kristallsplitter auf die zerbrochene Holzwand und packte Nando am Kragen.

»Damit ist die Schuld getilgt«, sagte er zu dem Verkäufer, der eifrig nickte.

Im selben Moment schloss sich eine kleine, eiskalte Hand um Nandos Arm. Erschrocken fuhr er herum und schaute in die blassgrauen Augen einer alten Frau. Ihre Haare hingen zerzaust über ihre Schultern, ihr Gesicht war kantig und eingefallen, und als sie ihn ansah, schien es ihm, als schaute sie in Wahrheit durch ihn hindurch. Eilig riss sie seine Hand vor ihre Augen, presste sie sich gegen die Stirn und schrie markerschütternd auf. Antonio stieß sie vor die Brust, dass sie in die Menge zurücktaumelte, doch sie schien den Hieb gar nicht wahrzunehmen. Ihr Blick hing an Nando, der noch immer ihre eiskalte Hand zwischen den Fingern fühlte, und ein Schauer flog über seinen Rücken, als sie die Lippen bewegte. Er hörte das Wort nicht, das darüber hinwegkroch, aber er sah es aus ihrem Mund springen wie ein widerliches Tier.

Teufelskind.

Dann fuhr die Frau herum und tauchte in der Menge unter.

Antonio packte Nando am Arm und zog ihn mit sich, mitten hinein in die Masse derjenigen, die sie neugierig beglotzten. »Nicht alle Dinge, die funkeln und glitzern, sind für Kinder bestimmt«, zischte er, und Nando hörte deutlich den Zorn in seiner Stimme. »Du musst lernen, derartige Waffen zu beherrschen, ehe du ihnen Macht über dich gibst. Du trägst eine Kraft in dir, von der die meisten hier nicht einmal etwas ahnen, und ich möchte, dass das so bleibt. Doch wenn du so weitermachst, kannst du dich auch gleich entblößt auf die Piazza Venezia stellen, dir eine Fahne ins Haar stecken und nach Bhrorok rufen, der gerade in diesem Moment auf der Suche nach einem jungen Mann mit außergewöhnlicher Kraft ist.«

Nando schwieg. Er hatte sich tatsächlich aufgeführt wie ein Kind und ließ das scharfe Brennen der Scham seinen Nacken hinabgleiten. Doch obgleich er wusste, dass Antonio recht hatte, konnte er diesem Gefühl nicht lange die Oberhand lassen. Zu groß war seine Faszination angesichts dieser neuen Welt, in die er geraten war, zu brachial die Aufregung seines rasenden Herzens, das gerade die Kraft seiner Magie gespürt hatte wie einen mächtigen elektrischen Schub. Euphorie pulste durch seine Adern und brachte ihm die Freude zurück, die er bei seinem Flug im Traum empfunden hatte. Doch gleich darauf erinnerte er sich wieder an das Lachen des Teufels und die Hilflosigkeit bei der Erkenntnis, nicht zu wissen, ob er flog oder fiel, und eine klebrige, kurzatmige Unruhe hockte sich auf seine Schultern, die Bhroroks Namen flüsterte. Mehrfach wandte er sich um in der angstvollen Erwartung, das wächserne Totengesicht des Dämons aus der Menge auftauchen zu sehen, und das Wort ging ihm nach, das Wort der alten Frau. *Teufelskind.*

Er warf Antonio einen Blick zu, der mit mürrischem Ausdruck im Gesicht neben ihm herschritt.

»Sie hatte recht, nicht wahr?«, fragte er leise, nachdem er sich versichert hatte, dass niemand auf sie achtete. »Ich trage den Teufel in mir, ich bin …«

Antonio stieß verächtlich die Luft aus. »Sie war eine Efron, eine Anhängerin der Schwarzen Hexen, du brauchst nichts auf ihre Worte zu geben.« Dann hielt er inne und sprach in Gedanken weiter: *Du darfst über solche Dinge nicht sprechen, solange wir nicht in Sicherheit sind. Jemand könnte uns hören. Ich werde dich lehren, das, was du mitteilen willst, in deinen Gedanken zu kontrollieren und deine Geheimnisse zu bewahren. Und darüber hinaus: Nein. Du trägst den Teufel nicht in dir, sondern nur einen Teil seiner Macht, die keineswegs dunkel ist oder böse, wie du vielleicht denkst. Es gibt keine Schwarze Magie an sich, es sei denn, wir machen sie dazu. Auch Luzifer war einst ein Engel, vergiss das nicht! Es liegt an dir, wozu du die Magie verwendest, die in dir liegt.*

Nando verzog das Gesicht. *Magie*, dachte er. *Ich weiß noch nicht einmal, was das ist.*

Da warf Antonio ihm einen Blick zu, ein kaum sichtbares Lächeln flog über sein Gesicht. *Dann wirst du es lernen. Dir bleibt gar keine andere Wahl.*

Ehe Nando etwas erwidern konnte, blieb Antonio vor einem der zahlreichen Stände mit Schweißerbrillen stehen und wühlte in der Auslage herum. Dann zog er mehrere der kristallenen Splitter aus seiner Tasche.

»Dies ist die kostbarste Währung der Schattenwelt«, erklärte er und kaufte eine Brille mit grün schimmernden Gläsern und Messingeinfassung. »Man nennt sie Alvre.«

Nando nickte und deutete auf die Brille. »Wofür brauche ich die?«

»Die Brak' Az'ghur wimmeln nur so von tückischen Todeszonen. In den Gängen und Höhlen haben sich magische Gase angesammelt, die zwar für die Lunge nicht schädlich sind, aber die ihr Gift durch die Netzhaut der Augen in die Blutbahn desjenigen schicken, der in sie hineingerät. Einige wenige dieser Zonen sind sogar so aggressiv, dass man nur mit starkem magischen Schutz in sie hineingeraten darf, da sie Materie wie beispielsweise Fleisch und Knochen verzehren. Du musst gewappnet sein, wenn du dem Tod begegnest.«

Nando betrachtete die Schutzbrille und hängte sie sich wie Antonio um den Hals. Sie kauften noch allerhand andere Gegenstände, angefangen bei ledernen Handschuhen über schwere, kniehohe Stiefel mit Stahlkappen bis hin zu einer vollständigen Garderobe ganz in Schwarz: ein Hemd mit Stehkragen, eine eng anliegende Hose mit Schlaufen für verschiedene Utensilien, eine Weste aus festem, leicht schimmerndem Brokat und einen Mantel, der einem Frack glich und im Innenfutter mehrere Taschen hatte für allerhand Waffen und anderes Werkzeug. Antonio nötigte Nando, die neue Kleidung hinter dem Vorhang eines Händlers sofort anzuziehen, und Nando sah fasziniert zu, wie sich die Stoffe auf einen kleinen Befehl hin automatisch um seine Schwingen legten. Als er sich im Spiegel betrachtete, glaubte er im ersten Moment, aus einer der Geschichten entsprungen zu sein, die Yrphramar ihm bisweilen erzählt hatte. Er strich über die Sohlen seiner Stiefel, in denen eine ganze Reihe der roten Lichtkapseln versteckt lag, die der Händler für den Waffenhandschuh gebraucht hatte.

»Laskantin«, sagte er nachdenklich. »Was ist das?«

Antonio knipste eine Taschenuhr an Nandos Weste. »Hier unten gibt es keine Elektrizität. Sie würde sich mit der Magie, die wir nutzen, nicht sonderlich gut vertragen. Dennoch verfügen wir über hochentwickelte Technologien, und wir betreiben sie mit Laskantin – einer Energie, die besonders in den Menschen stark ist. Vor sehr langer Zeit wurde ihre Nützlichkeit für die Schattenwelt von einem Engel entdeckt, dem sie ihren Namen verdankt. Es gibt keine genaue Definition, was sie betrifft, und wenn du zehn Schattenwesen nach ihr befragst, wirst du zehn verschiedene Meinungen bekommen. Du wirst ihrem Geheimnis selbst auf die Spur kommen, da bin ich mir sicher, denn sie ist ein Teil dessen, was du erlernen wirst. Du …«

Weiter kam er nicht. Ein tiefes, durchdringendes Dröhnen drang durch die Höhle wie von einem gewaltigen Cornu. Das Licht der Rundumleuchte wandelte sich von Blau zu Rot, und von einem Moment zum anderen brach das Chaos aus. Waren wurden hastig zusammengerafft, die Besucher stürzten übereinander, sie flohen, so schnell sie konnten.

»ENGEL!«

Aus tausend Kehlen schien dieses Wort über die Menge geschrien zu werden und verwandelte sich in Nandos Blut umgehend in Panik. Er dachte an Avartos, den Engel, der ihn in der Gasse hatte töten wollen, sah sein Gesicht vor sich und diese goldenen, gleichgültigen Augen, und er hörte das Rauschen in der Luft, als würde ein mächtiger Vogelschwarm auf die Höhle zustürmen. Gleich darauf brachen die Engel aus einem der Tunnel und stürzten sich wie riesige todbringende Hornissen auf die Besucher des Marktes. Antonio packte Nando am Kragen und riss ihn mit sich durch die Menge. Überall wurden die Stände zusammengeklappt wie einstürzende Kartenhäuser, etliche Marktbesucher breiteten ihre Schwingen aus und rasten über die Köpfe der übrigen hinweg, um möglichst schnell aus dem Visier der Angreifer zu verschwinden, doch immer wieder wurden einzelne von Engeln gepackt und mitgerissen. Nando fühlte die Luft vibrieren von der Wucht wütender Schreie. Er sah kaum, wohin er lief, bis sie eine schmale Gasse erreichten. Antonio schob ihn vor sich in den Spalt zwischen zwei Häusern. Unter gemurmelten Worten legte der Engel die Hände gegen die Hauswand, bis die Luft leicht anfing zu zittern. Flüchtende eilten mit angstverzerrten Gesichtern an ihrem Versteck vorbei, doch niemand bemerkte sie.

Ein Tarnzauber, dachte Nando fasziniert und betrachtete die flirrenden Staubpartikel, die sich zwischen der Häusernische und der Straße bewegten.

Antonio nickte kurz. *Von außen sieht man nichts als schwarze Felsen. Wir warten, bis die Engel ihre Maßnahme beendet haben, dann rufe ich Giorgio, und wir verschwinden von hier.*

Nando zog die Brauen zusammen. *Maßnahmen? Soll das heißen, dass so etwas öfter vorkommt?*

Antonio wandte halb den Kopf zurück. *Ich sagte dir doch, dass solche Zusammenkünfte meist ein eher unfreiwilliges Ende nehmen. Der Aschemarkt ist illegal wie vieles, das hier unten passiert. Die Gesetze stammen von den Engeln, sie haben die Macht, und so liegt es an ihnen, all jene mit Willkür und Respektlosigkeit zu behandeln, die sich dagegen auflehnen. Für viele Engel ist es bereits ein Affront, dass es Mitglieder ihres Volkes gibt, die sich lieber für die Schatten entscheiden, als in ihren glitzernden Palästen zu leben. Ja, in Wahrheit hassen sie Engel dieser Art wohl am meisten.*

Engel wie dich, erwiderte Nando leise.

Ja, sagte Antonio und nickte kaum merklich. *Engel wie mich. Du …* Der schneidende Knall einer Peitsche unterbrach ihn. Nando fuhr zusammen, doch sofort schloss sich Antonios Hand um seinen Arm. *Still!* klang seine Stimme durch Nandos Gedanken.

Nando nickte atemlos und sah zu, wie eine Schar Kinder mit schmutzigen Gesichtern und zerlumpten Kleidern an ihrem Versteck vorübereilte. Sie schienen Menschen zu sein, und ihre bloßen Füße verursachten ein klatschendes Geräusch auf den Steinen. Da zischte eine glühende Peitsche in Nandos Blickfeld, wickelte sich um den Knöchel eines Mädchens von vielleicht fünf Jahren und brachte es zu Fall. Das Kind fiel so hart auf die Knie, dass sein Fleisch aufplatzte. Es schrie, als es sich zu dem Engel umwandte, der hinter ihm auftauchte, und auch Nando stockte der Atem. Lange, dunkle Haare umrahmten ein ebenmäßiges Gesicht, und in den Augen stand nichts als Gleichgültigkeit und Verachtung. Langsam trat der Engel näher. Die anderen Kinder waren verschwunden, doch das Mädchen lag da wie ein verwundetes Tier und starrte den Engel mit großen Augen an. Nando konnte den Blick in ihr Gesicht kaum ertragen. Sie wusste, dass sie sterben würde, wusste auch, dass der Engel sie weniger achtete als ein zertretenswertes Insekt, und doch schimmerte etwas wie Achtung in ihrem Blick, als wäre er ein soeben wahr gewordener Traum.

Nando hörte das Zischen der Peitsche in der Luft, als der Engel sie zurückriss, er sah die plötzliche Furcht in den Augen des Mädchens – und im nächsten Moment glitt er an Antonio vorbei und stellte sich dem Engel in den Weg. Der Schmerz war heftig, als die Peitsche quer über seine Brust glitt. Das Mädchen hinter ihm ergriff die Flucht, und er sah in das zuerst erstaunte, dann kalt lächelnde Gesicht des Engels. Er stieß einen Schrei aus, so laut und durchdringend, dass Nando meinte, sein Trommelfell würde zerreißen. Im nächsten Moment war die Luft von Flügelrauschen erfüllt, das sich in rasender Geschwindigkeit näherte. Wieder zog der Engel seine Peitsche zurück, doch da traf ihn ein leuchtender Speer in die Brust und schleuderte ihn ein ganzes Stück weit die Straße hinauf, wo er keuchend liegen blieb.

»Verfluchter Narr von einem Menschen!«, zischte Antonio und riss Nando mit sich. »Denkst du etwa, sie sind nur wegen des Marktes gekommen, ausgerechnet heute? Avartos sucht nach dir, er weiß, dass du bei mir bist! Es ist nur eine Frage der Zeit, bis er uns findet, solange wir nicht in Bantoryn angekommen sind, und du wirfst dich ihm in die Arme!«

Nando atmete schwer, sie rannten so schnell über das Kopfsteinpflaster der Straße, dass sein Herz wie ein Dampfhammer in seiner Brust schlug. »Hättest du sie sterben lassen?«, rief er außer sich und spürte den Schauer, als Antonio ihm einen Blick zuwarf. Ja, genau das hätte er getan – Antonio, der Engel, hätte das Mädchen dem Tod überlassen.

»Teufelssohn!«, rief da eine Stimme hinter ihnen, und allein ihr Klang brachte Nando dazu zusammenzufahren. Er wandte sich nicht um, aber er hörte, dass es Avartos war, der ihm mit seinen Schergen nachraste. »Flieh vor uns, Brut der Finsternis!«, rief der Engel und schickte ein Lachen hinterher, das ohne Weiteres aus selbiger hätte entspringen können. »Flieh, doch entkommen wirst du mir nicht!«

Die Straße mündete in eine kleine Höhle – doch es gab keinen Weg mehr hinaus. Sämtliche Tunnel waren mit Rollsteinen verschlossen worden. Ohne Frage, die Bewohner dieser Gassen wussten, wie sie lästige Verfolger aufhalten konnten. Nando fuhr herum, er hörte das Knistern der Flammen, die Antonio zwischen seinen Fingern sammelte, und sah schreckensstarr, wie eine Welle aus Engeln sich aus der Gasse ergoss, aus der sie gekommen waren. Wie ein Schemen aus gleißendem Licht stürmte Avartos ihnen voran. Antonio schoss eine Feuersbrunst aus seinen Fingern, sie hüllte die Engel für einen Augenblick vollkommen ein. Doch gleich darauf brachen sie aus Qualm und Flammen hervor, und Nando meinte schon, Avartos' Nägel in seiner Kehle zu spüren, als ein ohrenbetäubender Knall ihn zu Boden riss. Steine flogen durch die Luft, kurz sah er nichts mehr als flirrenden Staub. Dann erkannte er das Taxi, das quer in dem soeben eingerissenen Wandloch stand, und Giorgio, der wie verrückt aus dem heruntergelassenen Fenster winkte.

»Beeilt euch!«, rief er mit sich überschlagender Stimme.

So schnell sie konnten, rasten Antonio und Nando auf das Taxi zu, dicht gefolgt von grellen Blitzen, die nur knapp ihre Schritte verfehlten und die Steine zu ihren Füßen sprengten, und sprangen in den Wagen. Umgehend trat Giorgio das Gaspedal durch, mit quietschenden Reifen wendete er und fuhr den Weg zurück, den er gekommen war. Avartos schrie etwas in einer Sprache, die Nando nicht verstand, doch er hörte, wie die Engel ihnen nachjagten. Atemlos sah er aus dem Rückfenster und spürte, wie ihm beim Anblick der Übermacht seiner Verfolger das Blut aus dem Kopf wich. Immer wieder trafen einzelne Blitze und Feuerbälle das Taxi, flackerten darüber hin wie flüssige Farben und erloschen.

»Seid froh, dass es hier unten Wände gibt, die dünn sind wie Papier«, keuchte Giorgio. »Und seid froh, dass ich mein Gefährt aufgerüstet habe mit allem, was man kriegen kann. Aber ewig wird mein Wagen diesen Beschuss nicht mitmachen. So viele von denen hatten wir lang nicht hier unten. Wir müssen sie abhängen, was allerdings schwierig werden wird. Ihr könnt dankbar sein, dass ich mich hier auskenne, das ist mal sicher.«

Er steuerte das Taxi durch eine Gasse, die kaum breiter war als sein Wagen, und immer wieder hörte Nando lautes Knirschen, wenn ein vorstehender Stein sich in das Metall fraß. Giorgio machte ein Gesicht, als würde jeder Kiesel seine eigene Haut treffen, doch in seinem Blick lag wilde Entschlossenheit. Antonio hielt sich mit der linken Hand am Sitz, mit der rechten am Haltegriff fest und murmelte leise vor sich hin. Erst als Nando die grünen Funken bemerkte, die über seine Finger auf den Wagen sprangen, verstand er, dass Antonio den Schutzschild des Autos verstärkte.

»Was tun wir jetzt?«, fragte Nando atemlos. »Sie holen auf, sie werden uns alle umbringen!«

»Nicht weit von hier gibt es eine mächtige Todeszone«, erwiderte Giorgio, während er einer der Kühe auf seiner Ablage auf den Kopf drückte, die Armatur sich hochklappte und darunter ein Schlaraffenland aus blinkenden Knöpfen sichtbar wurde. »Mein Wagen wird einen kurzen Aufenthalt darin überstehen, aber die da draußen – keine Chance! Das Gift wird ihre Brillen zerfressen und sich in ihre Haut nagen, niemals werden sie uns da hindurch folgen können.« Dann drückte er auf zwei blaue Schalter. Nando spürte eine kurze Erschütterung, dann erklang ein lautes Jaulen, und eine grelle Rakete in hellgelbem Licht schoss auf die Engel zu und explodierte mitten unter ihnen. Geblendet fuhr Nando zurück. Ihre Verfolger hatten ein paar Verluste erlitten, doch Avartos raste ihnen mit versteinertem Gesicht weiter nach, während sie die schmale Gasse verließen und Giorgio sie quer durch eine verlassene Höhle manövrierte. Er hielt direkt auf eine Straße mit blau schimmernden Steinen an den Wänden zu, als Avartos hinter ihnen einen Schrei ausstieß. Zwei Funken schossen links und rechts am Taxi vorbei. Antonio brüllte laut und brachte Giorgio dazu, das Steuer herumzureißen. Die Straße, die eigentlich ihr Ziel gewesen wäre, brach in sich zusammen, Nando wandte den Blick – und sah sich auf eine Wand zurasen.

»Vorsicht!«, schrie er, doch da wurde das Taxi bereits von der Wand verschluckt und glitt hindurch wie durch Nebel.

Giorgio lachte laut auf. »Nicht alles hier ist schattenweltliches Gestein. Deswegen kann mein Gefährt manche Höhlenwände durchdringen, wie deine Flügel die Gebäude der Menschenwelt.«

Donnernd sprengten Avartos und seine Schergen die Wand auf und eilten ihnen nach. Mit quietschenden Reifen fuhr Giorgio um eine Kurve, die linke Seite des Wagens erhob sich in die Luft und katapultierte Nando gegen das Fenster, ehe sie krachend zurück auf die Straße fiel. Vor ihnen lag eine Gasse, doch wieder schickte Avartos einen Zauber an ihnen vorbei, der die gesamte Straße in lodernde grüne Flammen setzte.

Giorgio fluchte und schlug mit der Faust auf seinen Oberschenkel. »Verfluchter Bastard von einem Engel! Aber warte nur! Ihr kriegt uns nicht!«

Nando krallte sich an dem Sitz fest, er spürte die schmerzhaften Impulse, die nun bei jedem Einschlag eines Zaubers durch den Wagen glitten.

»Ly'fin n'har«, raunte Antonio. »Der Schutzschild wird brechen, schon bald. Der Tunnel der Augen! Beeil dich!«

Mit diesen Worten zerschlug er sein Fenster und beugte sich hinaus. Schwarze und grüne Blitze zuckten dicht am Taxi vorbei, immer wieder trafen sie einzelne Engel, doch Avartos wich ihnen aus, ohne dass sie ihn auch nur berührten, und seine Schergen näherten sich ihnen unaufhaltsam. Giorgio murmelte einen unterdrückten Fluch, riss das Steuer herum und preschte durch eine Höhle mit nadeldünnen Stalagmiten. Das Taxi hüpfte bei jeder Unebenheit in die Luft, Nando stieß sich den Kopf und hielt sich mit aller Kraft am Vordersitz fest. Plötzlich wurde das Licht um sie herum dunkler. Er warf einen Blick nach vorn und sah, dass sie durch einen Tunnel fuhren. Unzählige Öffnungen, aus denen nebliges Licht fiel, durchsetzten die pechschwarzen Wände, die jeden Schimmer aufsaugten wie ein Schwamm das Wasser – und durch das Licht traten die Engel. Sie strömten aus den Öffnungen des Tunnels und rasten auf das Taxi zu.

»Avartos«, zischte Giorgio und umklammerte das Lenkrad so fest, dass seine Knöchel weiß hervortraten. »Genau hier wollte er uns haben!«

Schon stürzte ein Engel auf sie nieder, landete auf der Kühlerhaube und krallte sich mit beiden Händen in das Metall, als bestünde es aus Papier. Blitzschnell stieß er die Faust nach unten und riss eine große Kapsel aus dem Motor, die mit rötlichem Licht gefüllt war. Mit einem höhnischen Lachen warf er sie auf die Haube, riss dabei die pinkfarbene Ente ab und ließ das Licht über den Wagen laufen, das sich zischend ins Metall fraß. Giorgio stieß einen Schrei aus.

»Kleopatra!«, brüllte er außer sich, griff mit der Hand unter seinen Sitz und zog ein Schrotgewehr mit riesiger Trommel hervor. Ohne zu zögern, feuerte er durch die Windschutzscheibe auf den Engel, traf ihn in die Brust und schleuderte ihn von seinem Wagen. »Wir fahren nur noch mit halber Kraft«, sagte Giorgio wie zu sich selbst, und als wollte der Wagen eine Antwort darauf geben, verlangsamte er prompt seine Fahrt. Nando schlug der Wind ins Gesicht, eiskalt grub er sich in sein Fleisch. Antonio griff nach Yrphramars Geige, drückte sie ihm in die Hand und schwang sich durch die zerbrochene Scheibe auf das Dach. Knirschend gruben sich spitze Haken durch das Metall und sicherten seinen Stand, und gleich darauf ging ein Flackern durch die Luft. Züngelnde Flammen schlugen wie die Schlangenleiber auf dem Kopf einer Medusa in alle Richtungen des Tunnels aus und ergriffen etliche Engel, um sie gegen die Wände zu schleudern. Mit rauer Stimme brüllte Antonio Zauber in einer fremden Sprache.

»Dort!«, rief Giorgio atemlos und deutete nach vorn. »Die Todeszone! Gleich sind wir …«

Weiter kam er nicht, denn da donnerte eine schwarze Feuerkugel von hinten auf sie zu und hüllte den Wagen ein. Noch immer wirkte Antonio seine Zauber, doch kaum dass das Feuer erloschen war, jagte Avartos auf den Wagen zu. Nando fuhr zusammen, als der Engel auf dem Dach landete und eine tiefe Kerbe im Metall hinterließ, und er hörte Antonio schreien. Kurz war es still, dann krallten sich zwei Hände ins Dach und rissen Teile davon fort.

Nando schrie auf, als er Avartos über sich hocken sah, doch ehe der Engel nach ihm greifen konnte, schlug Antonio ihm die brennende

Faust ins Gesicht. Avartos glitt über den Rand des Daches, seine Beine schlugen gegen Nandos Fenster, während er Mühe hatte, sich wieder hinaufzuziehen. Erschrocken sah Nando, dass Antonio verwundet war: Mehrere tiefe Schnittwunden liefen über seinen Hals und seine Arme, und aus seiner Brust ragte ein schwarzer Pfeil.

»Spiel!«, keuchte Antonio und deutete auf die Geige. »Denk nicht nach – tu es!«

Nando starrte ihn an, doch da zog Avartos sich aufs Dach zurück, ballte die Faust und ließ sie auf Antonio niedersausen. Atemlos griff Nando nach der Geige, setzte den Bogen an und begann zu spielen.

Noch nie zuvor hatte er auf diese Art musiziert. Es schien ihm fast, als wäre nicht er es, der den Bogen führte, und hatte er bei seinem Spiel mit Yrphramar noch gewusst, dass er die Geige in seinen Händen gehalten hatte, wusste er nun nichts mehr, als dass diese Musik unmöglich durch seine Finger entstehen konnte. Anfangs fürchtete er, jeden Augenblick durch einen schmerzhaften Schub in seinem Arm am Spiel gehindert zu werden, doch bald merkte er, dass diese Musik das nicht dulden würde. Wild war sie, ungezähmt und so vielgestaltig, dass es ihm schien, als würde eine Gestalt vor seinem inneren Auge entstehen, eine kleine, zierliche Gestalt mit großen, rapsfarbenen Augen und einem Lachen, das zart und kaum hörbar jeden Ton seines Spiels trug und durchdrang. Diese Musik, das spürte er, war mehr als nur Musik. Sie war aus den tiefsten Schluchten der Welt entstiegen, um sich von seinen Händen formen zu lassen zu dem, was sie sein konnte: die finsterste Nacht und der strahlendste Tag in einem einzigen Ton.

Euphorisch zog er den Bogen über die Saiten und sah zu seinem Erstaunen, wie Avartos sich erschrocken die Hände an die Ohren presste, das Gesicht zu einer Maske aus Schmerz verzogen. Ein seltsames Geräusch drang durch die Musik zu Nando herüber, es war ein Laut wie zerbrechendes Glas, und er brauchte einen Moment, bis er begriff, dass es die Engel waren, die schrien. In einem Augenblick des Entsetzens ließen sie von dem Wagen ab. Avartos hielt sich mit einer Hand am Dach fest, sein Mund war zu einem stummen Schrei aufgerissen, seine Augen waren pechschwarz geworden. Er starrte Nando an, als blickte er in einen Abgrund aus Finsternis. Dann lösten sich seine Finger, er wurde vom Dach geschleudert und schlug mehrfach auf der Straße auf.

Gleich darauf verlor das Taxi die Bodenhaftung. Antonio ließ sich auf den Beifahrersitz fallen, Nando bemerkte das leicht flackernde Glimmen rund um den Wagen und sah erst dann den Nebel, durch den sie flogen. Krachend schlugen sie auf der anderen Seite der Höhle auf. Giorgio raste noch eine Weile durch eine stockfinstere Gasse, dann blieben sie stehen. Nando strich sanft mit dem Bogen über sein Instrument, dann war sein Spiel vorbei.

»Was zur Hölle ist denn da passiert?«, fragte er atemlos, während die Musik durch seine Adern pulste, als wäre sie sein eigenes Blut.

Da wandte Antonio sich zu ihm um. Nando konnte sein Gesicht nicht erkennen. »Hast du nicht gesagt, dass du nicht einmal wüsstest, was das ist?«, fragte er leise. »Das, mein Sohn, war Magie.«

Und Nando hörte, dass Antonio lächelte.

9

»Verfluchter Mist, so ein verdammter!«

Giorgio lief in geduckter Haltung um seinen Wagen herum, wirbelte die linke Hand in wilden Gesten durch die Luft und strich mit der anderen behutsam über den Lack, der an zahlreichen Stellen Blasen geschlagen hatte und aussah, als wäre er in ein Säurebad geraten. Die Fenster waren blind oder zersprungen, die Reifen sichtlich porös, und mit dem teilweise fehlenden Dach und den Beulen und Löchern in der Motorhaube sah das Taxi aus wie ein ausgeweidetes Tier aus Blech, Plastik und grünem Plüsch.

»Als ihr mich gerufen habt, damit ich euch in die Unterwelt Roms bringe, bin ich nicht davon ausgegangen, dass ich dabei mein Auto verliere!« Giorgio warf beide Arme in die Luft und blieb vor Antonio und Nando stehen, die sich auf einem kleinen Felsvorsprung niedergelassen hatten. Blaue Nebel liefen über Antonios Wunden und heilten ihn, ein Vorgang, den Nando mit Staunen beobachtete. Seine eigene Verletzung durch den Peitschenhieb schmerzte kaum noch, nachdem Antonio einen kühlenden Zauber auf seine Brust gelegt hatte. »Die Engel haben es auf euch abgesehen«, fuhr Giorgio fort. »Aber ihr seid nicht diejenigen, die jetzt zu Fuß stundenlang durch finstere Katakomben wandern müssen, um nach Hause zu kommen!«

Antonio erhob sich. Vor einem der Reifen ging er in die Knie, murmelte einen Zauber und legte die Hand auf das Gummi, dessen Risse sich umgehend schlossen. »Dein Wagen wird dich wohlbehalten in die Oberwelt zurückbringen«, sagte er und wiederholte das Prozedere bei den übrigen Reifen. »Und womöglich lässt du ihn grundüberholen, eine neue Lackierung wäre auch nicht zu verachten, möglicherweise in grün, passend zum Plüsch …«

Er warf Giorgio einen großen funkelnden Kristall zu. Das Gesicht des Taxifahrers entknitterte sich umgehend, als er den Kristall in seine Tasche gleiten ließ. »Antonio, mein alter Freund, eines ist sicher«, sagte Giorgio und brachte ein schiefes Lächeln zustande. »Langweilig wird es mit dir als Fahrgast nie.«

Er gab Nando die Hand zum Abschied und reichte ihm eine kleine bronzene Trillerpfeife. Dann schwang er sich in sein Auto und startete den Motor. »Vergiss nicht, Junge: Wenn du genug hast von der Unterwelt, genügt ein Pfiff, und ich bringe dich zurück ins Licht!« Er zwinkerte übermütig, dann hob er die Hand zum Abschied und rumpelte über den unebenen Boden des Tunnels davon. Eine Weile hörte Nando noch das Dröhnen des Motors. Er hielt sich an dem Geräusch fest, als wäre es ein Freund, der ihn allein in einer beängstigenden Fremde zurückließ. Dann war es still.

Er wandte sich um und sah, dass Antonio sich erneut auf dem Felsen niedergelassen hatte. Er hielt die Augen geschlossen, ein angespannter Ausdruck lag auf seinem Gesicht, als der blaue Nebel über eine Wunde an seiner Schläfe kroch. Seufzend schaute Nando auf die Geige in seinen Händen, und gerade als die Stille um ihn herum wie ein lebendiges Tier auf ihn zukroch und ihm den Atem nahm, hörte er noch einmal das Lachen, das er während seines Spiels vernommen hatte, und sah die schemenhafte Gestalt mit den großen, rapsfarbenen Augen vor sich. Nachdenklich strich er über die Geige und meinte, einen wärmenden Schauer durch das Holz dringen zu fühlen.

»Wir sollten aufbrechen«, sagte Antonio und unterbrach seine Gedanken. »Der Weg nach Bantoryn ist nicht mehr weit, aber es lauern Gefahren unterwegs, denen wir uns stellen sollten, solange du noch laufen kannst.«

Er erhob sich und ging ohne ein weiteres Wort in den Tunnel hinein. Nando beeilte sich, ihm zu folgen. In der Tat hatte die Flucht ihre Spuren bei ihm hinterlassen. Dumpf pochte die Erschöpfung hinter seiner Stirn, doch er weigerte sich, ihr den Raum zu geben, den sie begehrte. Noch vor wenigen Stunden hätte er jeden, der ihm erzählt hätte, dass er sich bald in einer solchen Welt wiederfinden würde, für verrückt erklärt. Doch die Zeiten änderten sich. Hier unten durfte er nicht mehr Nando, der Tellerwäscher, Aushilfskellner und Träumer sein. Er war kein Held, das nicht. Aber er war ein Nephilim, er war aus mehreren Metern Höhe auf ein Auto gefallen, ohne sich auch nur einen Knochen zu brechen, und er hatte Avartos und seine Engel abgehängt mit dem Spiel seiner Geige. Er würde auch den letzten Rest des Weges in diese sagenhafte Stadt ohne Zusammenbruch überstehen.

Der Tunnel, durch den sie gingen, roch nach feuchten Gesteinen und Salz. Winzige blaue Sprenkel in den Wänden spendeten ein diffuses Licht, das die Schatten in den Felsspalten unheimlich flackern ließ. Von irgendwoher kam Wind, der säuselnd um die Ecken strich und Nando immer wieder ganz plötzlich ins Haar griff wie eine lebendige Hand. Antonio ging voraus, sein Mantel schwang mit jedem seiner Schritte, und seine Schwingen ragten fast bis hinauf zur Decke. Nando bewegte die Schultern und spürte das Ziehen seiner Muskeln im Rücken und im Brust- und Schulterbereich. Es würde wohl noch eine Weile dauern, bis er sich vollkommen an seine Schwingen gewöhnt hatte.

Ihre Schritte verklangen ohne Widerhall, als hätten die Wände lange keinen Laut eines lebendigen Wesens mehr gehört und würden nun jeden Ton umso gieriger verschlingen. Nando hielt die Geige fest in den Händen, noch immer fühlte sie sich warm an und auf eine gewisse Weise tröstlich, und er hörte wieder die Musik, die er wie ohne sein Zutun auf der Flucht vor den Engeln zustande gebracht hatte. Er dachte an Yrphramar und daran, was sein alter Freund ihm wohl sagen würde, wenn er ihn nun sehen könnte.

Antonio hielt inne und legte flüsternd die linke Hand auf die Tunnelwand. Ein Stöhnen ging durch den Fels, als würden sich Gesteinsmassen hindurchschieben. Silberne Funken sprangen von Antonios Fingern und liefen in einem filigranen Muster über die Wand, das in der Mitte ein türähnliches Rechteck hinterließ. Langsam ließ Antonio die Hand sinken, und steinerne Zahnräder verschiedener Größe schoben sich unter den Funken aus dem Fels und griffen leise knirschend ineinander. Sie bildeten die Umrisse einer Steintür, die sich nach oben hin aufschob und sich umgehend wieder senkte, nachdem Antonio und Nando hindurchgegangen waren. Hinter der Tür lag ein weiterer Tunnel, so niedrig, dass Nando den Kopf einziehen musste. Er warf einen Blick zurück zu der Tür, die lautlos auf dem Boden aufsetzte. Ihre Zahnräder verschmolzen mit dem Gestein der Wand, bis sie nicht mehr zu sehen war.

»Bantoryn ist das größte Geheimnis eines jeden Nephilim«, sagte Antonio, während sie nebeneinander den Gang hinuntergingen. »Die Engel versuchen seit Jahrhunderten, diese Stadt zu finden. Gelänge es ihnen, würde das den Tod jener Nephilim bedeuten, die jenseits des Lichts Zuflucht vor ihnen suchen, und es liegt in meiner Verantwortung, die Stadt zu schützen, die ich einst gründete.«

Die Decke hob sich langsam, und sie gelangten an eine Weggabelung. Sieben Gänge zweigten von ihr ab, von denen einer für Nando aussah wie der andere. Antonio zog ein schwarzes Tuch aus seiner Tasche und hielt es ihm hin.

»Noch bist du nicht aufgenommen in den Bund der Nephilim«, sagte er. »Mit Ankunft in der Stadt wird der Senat Bantoryns zusammenkommen, um darüber zu entscheiden, ob du die Weihe zu einem der unseren erhalten sollst, und dann wirst du die Wege in die Stadt erfahren und fähig sein, die Portale in Ober- und Unterwelt zu verwenden. Denn sie sind an das Blut der Bewohner Bantoryns gebunden, und nur sie können sie nutzen. Bislang wurde kein Nephilim zurückgewiesen, der mit der Bitte um Schutz vor den Senat trat, doch es ist Gesetz, dass nur derjenige die Wege nach Bantoryn kennen darf, der ein Teil der Stadt geworden ist.«

Nando holte tief Atem. Er hatte nicht damit gerechnet, dass es in der verborgenen Stadt der Nephilim einen Senat geben würde, und erst recht nicht damit, dass er womöglich wieder fortgeschickt werden könnte. Entschlossen stieß er die Luft aus, nahm das Tuch und band es sich vor die Augen, sodass er nichts mehr sehen konnte. Ihm blieb keine Wahl. Wenn er Bhrorok entkommen wollte, musste er lernen, wie er ihn besiegen konnte – und dieser Weg führte ihn nach Bantoryn.

Antonio nahm seine Hand und legte sie auf seinen Arm. Nando hielt sich am Mantel des Engels fest, der Stoff fühlte sich unter seinen Fingern an wie hauchdünnes Pergament. Seine Schritte waren unsicher, als Antonio sich in Bewegung setzte, denn der Boden war von Felsbrocken übersät und tiefe Kuhlen hatten den Grund zerklüftet. Nando streckte die freie Hand aus, er rechnete damit, jeden Moment schmerzhaft gegen einen Felsen zu stoßen. Doch nichts dergleichen geschah. Im Gegenteil hatte er nach einer Weile das Gefühl, ruhiger und sicherer zu gehen als auf ihrem bisherigen Weg durch die Gänge der Schatten. Es war, als würde Antonio seine Schritte vorausahnen und ihn an jedem Hindernis mit Mühelosigkeit vorbeiführen. Er hörte, wenn der Engel Zauber sprach, fühlte flackernde Lichter auf seiner Haut, wenn sie durch Portale in andere Gebiete der Tunnel gingen, und roch den zarten, kühlen Duft uralter Gesteine. Nie zuvor, so schien es ihm, hatte er den Geruch von Stein so deutlich wahrgenommen, und neben Antonios Stimme, dem gleichmäßigen Klang ihrer Schritte und den verschlungenen Worten der Zauber war es dieser Geruch, der Nando immer tiefer in die Unterwelt Roms hinabzog, als würde er in einen tiefen Brunnen fallen, ohne einen Aufprall fürchten zu müssen.

Nach einer Weile spürte er kalten Wind auf seinem Gesicht. Die Luft schien feuchter zu werden, und als Antonio stehen blieb und ihm die Augenbinde abnahm, sah er auch, aus welchem Grund. Sie standen in einem schmalen Gang mit ockerfarbenen Wänden und in den Boden eingelassenen, blassroten Steinen, die ein schwaches Licht verströmten. Hinter ihnen verlor sich der Tunnel in der Dunkelheit, doch vor ihnen – kaum wenige Armlängen von ihnen entfernt – wälzte sich schneeweißer Nebel auf und nieder.

Nando meinte, einen Laut zu hören, nicht mehr als ein Flüstern vielleicht, und doch drang ihm der Ton ins Mark und ließ ihn erschaudern. Er klang wie das leise Wimmern eines sterbenden Tieres oder der hilflose, schon halb erstickte Schrei nach einer Hilfe, die nicht kommen wird. Instinktiv trat Nando einen Schritt auf den Nebel zu, doch Antonio hielt ihn zurück.

»Es sind die Tu'voy Ovo, die du hörst«, sagte er leise. Nando wandte erstaunt den Blick. Antonios Stimme hatte sanft geklungen, beinahe ehrfürchtig. »Glaubt man den Mythen der Ersten Zeit, so sind die Ovo Geister, erschaffen aus den ersten Träumen und Sehnsüchten der Welt. Sie waren vor den Engeln da, vor den Dämonen und vor den Menschen. Viele Anderwesen nennen sie die Seele der Schattenwelt, und sie verehren sie und begegnen ihnen mit demütigem Respekt. Berührst du einen Ovo gegen seinen Willen, wird diese Berührung dich töten. Sie spiegeln, was wir fühlen und denken, denn sie sind die Erinnerung an etwas, das wir alle verloren haben, eine Anmut und Ganzheit, die wie ein lautloser Herzschlag die Erde dazu bringt, sich zu drehen. Manchmal, so sage ich dir, kannst du diesen Herzschlag hören. Und immer, wenn das geschieht, ist ein Ovo in deiner Nähe.«

Nando lauschte auf die verschlungenen Gesänge, die wie tausend Stimmen an sein Ohr drangen, und ein Gefühl der Wehmut ergriff ihn, denn er spürte, dass er diese Klänge niemals ganz verstehen würde. Es war, als würde er am Ufer eines Meeres stehen und sich nach dem Horizont sehnen, wohl wissend, dass er ihn niemals erreichen konnte.

Antonio deutete auf den Nebel, der undurchdringlich am Ende des Ganges auf sie wartete. Eine seltsame Kälte ging von ihm aus, und Nando zog fröstelnd die Schultern an.

»Dieser Nebel ist das Werk der Ovo. Für jedes andere Geschöpf kann er tödlich sein, und wenn die Ovo es so wollen, irrt man für die Ewigkeit in ihrem Nebel umher. Es gibt Legenden, die besagen, dass er schon immer da war und einst die ganze Welt einnahm in einem träumenden, spielenden Schlummer. Er kommt an vielen Orten der Unterwelt vor, doch an dieser Stelle liegt er nicht ohne Grund. Seit langer Zeit schützt er die Nephilim und Bantoryn, ihre Stadt. In diesem Nebel wirst du wie jeder andere Novize der Akademie Bantoryns deine Prüfungen ablegen. Denn kein königstreuer Engel kann ihn mehr betreten. Die Gründe hierfür wirst du im Laufe deiner Ausbildung erfahren. Für die Ovo ist ihr Nebel lebensnotwendig, ohne ihn würden sie an der Luft verbrennen wie feinstes Papier, und hier wird er uns nichts zuleide tun. Dennoch ist der Weg nach Bantoryn gefährlich, denn in diesem Nebel verbirgt sich außerdem eine der Todeszonen, die wir fürchten müssen.«

Nando biss sich auf die Lippe, als er daran dachte, wie sich das Metall und der Lack von Giorgios Taxi unter dem Gift der anderen Todeszone verzogen hatten, und ein unbehagliches Grollen durchzog seinen Magen.

Antonio lachte leise, als hätte er seine Gedanken gehört. »Keine Sorge, ihr Gift ist nicht so aggressiv wie die Zone, die Giorgios Fahrzeug zugesetzt hat. Aber auch sie kann uns töten, wenn wir uns nicht schützen.« Er deutete auf Nandos Schutzbrille und schob sich die eigene über die Augen. »Sie wird dich vor dem Gift dieser Zone bewahren.«

Mit diesen Worten wandte Antonio sich ab und ging auf den Nebel zu. Nando beeilte sich, ihm zu folgen, und streifte die Schutzbrille über seine Augen. Die Tunnelwände um ihn herum waren plötzlich von glitzernden Fäden durchzogen, sie standen in goldenem und rotem Licht, und Nando schien es, als würde ein sanfter, kaum merklicher Impuls durch sie hindurchgehen. Der Nebel wogte vor ihm auf und nieder wie ein lautloser Orkan aus wehenden Tüchern.

Mit angehaltenem Atem trat er hinter Antonio in den Dunst ein, der sich kühl wie eine zarte Mädchenhand auf seine Wangen legte. Für einen Moment meinte er ein Lachen zu hören. Gleich darauf wurde der Nebel eiskalt. Er griff nach seiner Kehle, sodass es Nando den Atem verschlug, und zerrte wie Sturmwind an seinen Kleidern. Weit entfernt hörte er die Stimmen der Ovo, sanft und kräftig zugleich. Nando zog die Arme an den Körper, tastete zum wiederholten Mal prüfend über den Sitz seiner Brille und hielt sich dicht bei Antonio, der unbeirrt und mit geneigtem Kopf voranschritt. Wie oft mochte er diesen Weg mit einem Nephilim bereits gegangen sein, wie oft hatte er vielleicht einen Schützling im Gift der Todeszone verloren? Ob er Furcht spürte inmitten dieses geisterhaften Nebels, oder war dieses Gefühl ihm unbekannt? Nando dachte daran, wie sein Begleiter über den Dächern Roms gesessen hatte, wie er hinabgesehen hatte auf die Stadt mit diesem fernen, wehmütigen Ausdruck in den Augen, und gleichzeitig fiel ihm der gleichgültige, unberührte Blick Antonios ein, als das Mädchen in den Schattengassen beinahe von den Engeln getötet worden wäre. Flüchtig sah Nando seinen Begleiter an. Antonios Gesicht war reglos wie so oft, und doch meinte Nando, erstmals einen Schatten unter der Oberfläche zu bemerken, eine kaum wahrnehmbare Ahnung von einem Schmerz, der weit zurücklag und den die Zeit nicht heilen konnte.

Er sog die Luft ein, es schien ihm, als flössen die Gesänge der Ovo mitsamt dem Nebel in seine Lunge, und für einen Augenblick verlor er die Unruhe, die seit dem Beginn seiner Reise in seinem Nacken hockte wie ein boshafter Kobold. Ob die Gesänge der Ovo daran Anteil hatten? Sie wurden lauter, je weiter sie in den Nebel vordrangen, vertrieben die Kälte aus Nandos Gliedern und zogen mit Kraft und Wärme durch ihn hindurch wie Erinnerungen an lang vergessene Träume.

Ihm stockte der Atem, als er plötzlich zu seiner Linken eine Bewegung im Nebel wahrnahm. Er kniff die Augen zusammen – und erkannte eine Gestalt, die in einiger Entfernung durch die weißen Schleier trat. Es war ein Reh, so schien es ihm, mit nachtblauem Fell und großen schwarzen Augen, in denen sich tanzende Funken wie Sterne verfangen hatten. Da traten weitere Gestalten durch den Nebel, sie sahen aus wie Damhirsche und weitere Rehe, und gerade als die Stimmen der Ovo erneut anschwollen, verwandelten sie sich in schemenhafte Frauen und Männer. Lautlos tanzten sie im Nebel, die nackten Körper von hauchzarten Tüchern umhüllt, erhoben sich in die Luft, drehten scheinbar mühelos Pirouetten und landeten formvollendet am Boden, um sich gleich wieder zum Tanz aufzufordern. Ihre Haare flatterten hinter ihnen drein wie helle Flammen, und über ihre Haut zogen Schleier aus schneeweißem Licht wie Nordlichter am Himmel. Sie hielten die Augen geschlossen, und ihre Gesichter waren von einer tiefen, stillen Schönheit, die Nando das Atmen schwer machte.

Er spürte kaum, dass er auf sie zutrat, hörte nur undeutlich Antonios Stimme, die ihn mit Schärfe zurückrief, und fühlte zu spät die Kälte, die plötzlich auf ihn zuströmte. Erst das Grollen riss ihn aus der Verzauberung. Es war ein Laut von solcher Tiefe, dass es seinen Herzschlag aussetzen ließ. Umgehend verwandelten sich die Ovo in Rehe und Damhirsche zurück und verschwanden wie zuckende Blitze im Nebel. Im nächsten Moment brach ein Schatten aus den dünnen Nebelschichten direkt vor Nando, baute sich vor ihm auf und brüllte noch einmal tief und grollend.

Der Boden erzitterte so heftig, dass Nando auf die Knie fiel, doch er konnte sich nicht rühren. Wie gelähmt starrte er hinauf zu der Kreatur, die mit ihrer Stimme den Nebel in Fetzen riss. Vor ihm stand ein riesiger Hirsch, der direkt aus der Hölle entsprungen zu sein schien. Ein pechschwarzes Geweih ragte aus dem Schädel, dessen Schlund knisternde Glut barg, und aufgeklappte Hautpanzer überzogen seinen Leib. Blutige Rippen lagen unter aufgebrochenem Fleisch, und schwarzes Fell sträubte sich im Nacken wie bei einem Wolf. Die Augen der Kreatur waren weiß wie das Nichts und so durchdringend, dass Nando bei einem einzigen Blick hinein glaubte, ersticken zu müssen. Erschrocken wich er zurück, als das Wesen auf ihn zutrat, und fühlte sich von dessen Blick wie mit glühenden Messern an den Boden gefesselt. Es würde ihn umbringen, das stand außer Zweifel. Gerade wollte Nando aufspringen und die Flucht antreten, als eine Gestalt sich an ihm vorbeischob und auf das Wesen zutrat.

»N'acham Hel' E'chai«, raunte Antonio und neigte ehrfürchtig den Kopf.

Nando hatte aufgehört zu atmen. Da stand der Engel mit gesenktem Kopf, die Schwingen demütig niedergestreckt, die rechte Hand auf der Brust, und zollte diesem Untier Respekt, das ihn aus seinen madenweißen Augen anstarrte und ihn vermutlich umgehend einen Kopf kürzer machen würde. Nando kam auf die Beine. Er musste etwas tun, irgendetwas, doch gerade als er einen Schritt auf den Hirsch zugetreten war, wandte dieser den Blick. Er sah Nando an, und seine Augen veränderten sich. Das Weiß wich einem tiefen Nachtblau, und die plötzliche Finsternis packte Nando mit eherner Faust. Unbarmherzige Kälte schoss durch seine Glieder, er bekam keine Luft mehr, doch da entfachten sich Flammen in der Dunkelheit wie goldene Sterne, und Nando war frei. Er wusste, dass ihm der Mund offen stand, und konnte ihn dennoch nicht schließen. Undeutlich sah er, wie Antonio die Hand auf den Hals des Hirsches legte und die gepanzerten Klappen sich an dessen Körper schmiegten. Das verletzte Fleisch heilte wie durch Zauberhand, und schwarzes Fell zog über die Rippen. Nando sah es aus den Augenwinkeln schimmern wie kostbaren Samt. Doch sein Blick ruhte auf den Augen des Hirsches, diesen Augen, die nichts waren als Nacht und Sterne.

»Du bist als Mensch in die Schattenwelt gekommen«, sagte Antonio leise. »Und als Mensch hat Olvryon, Herrscher der Ovo und Gebieter über die Ströme der Nacht und die Hügel des Zorns, dich begrüßt. Denn Menschen von der Art der Oberwelt sind hier unten nicht erwünscht. Doch Olvryon sieht, wer du wirst. Das solltest du auch tun. Du musst ein Teil der Schattenwelt werden – jener Teil, der du immer schon warst.«

Nandos Herz klopfte wild, als der Hirsch auf ihn zutrat. Er kam ihm so nah, dass er seinen Atem auf seinem Gesicht fühlen konnte. Lautlos stieß der Ovo die Luft aus. Nando sah flirrende Lichter auf sich zufliegen, instinktiv schloss er die Augen und fühlte winzige

Funken auf seinen Wangen. Er hörte es wieder, das Lachen, das ihn beim Eintritt in den Nebel begrüßt hatte, und er spürte, dass in diesem Moment etwas in ihm zersprang, etwas, das er eine Ewigkeit mit sich herumgetragen hatte, ohne zu wissen, wohin es ihn führen würde – eine haltlose und brennende Sehnsucht nach etwas, für das er keine Worte hatte.

He'vechray, hörte er eine tiefe Stimme in seinem Kopf, und er verstand die Bedeutung dieses Wortes instinktiv.

Heimat, wiederholte er in Gedanken.

Ein Windzug streifte sein Gesicht. Er öffnete die Augen, doch Olvryon war verschwunden. Stattdessen meinte Nando, ein Beben im Boden zu spüren, ein dumpfes, regelmäßiges Pochen wie … Ihm stockte der Atem, doch im selben Moment war jedes Geräusch verklungen, als wäre es nichts als eine Illusion gewesen. Antonio wandte sich ihm zu, ein kaum merkliches Lächeln lag auf seinen Lippen.

Es wird Zeit brauchen, bis dieser Klang mehr als eine Ahnung für dich sein wird, raunte er in Nandos Gedanken. *Manche glauben, dass er von den ersten Wesen der Welt stamme, von den Drachen, die tief im Inneren der Erde schlafen sollen. Vielleicht ist das wahr. Ich denke, dass es der Herzschlag der Welt ist, ihr Atem, ihre Stimme, ihr Ich.*

Wortlos setzten sie ihren Weg fort, bis der Nebel sich lichtete. Nando fand sich auf einer Anhöhe wieder, die weit hineinragte in eine gewaltige Höhle. Pfeiler aus grob behauenem Fels trugen die Decke, an der funkelnde Gesteine prangten wie Sterne aus Feuer und Eis. Schwaden aus Staub und Flammen fegten als Geistergestalten über den zerklüfteten Boden rund um den Hügel, der in der Mitte der Höhle lag. Und darauf, umfasst von mächtigen Felsen, die wie die gekrümmten Klauenfinger eines Drachen fast bis hinauf zur Decke ragten, lag Bantoryn, die Stadt jenseits des Lichts.

10

Die Häuser drängten sich in den Klauen des Gesteins zusammen wie die Würfel eines Riesen. Schmale Gässchen wanden sich an zahlreichen Tropfsteinformationen empor, die wie Türme zur Decke hinaufwuchsen und von Wohnungen durchbrochen wurden, und in der Mitte der Häuser, deren Lichter in sanftem Silberschein zu Nando herüberglommen, erhob sich ein gigantischer Stalagnat. Sein Stein schimmerte weiß und er erinnerte Nando mit seinen fächerförmigen Auswüchsen zu allen Seiten an eine Blume oder an ein lebendiges Organ mit Kammern, Lebensadern und Verästelungen. Brücken aus Holz und Metall verbanden den Stalagnaten mit kleineren Tropfsteintürmen, sie hoben, senkten und drehten sich an riesigen Ketten, und Nando meinte, das metallene Knirschen von Zahnrädern zu hören, wenn sie einrasteten. Außerdem nahm er das Rauschen des Flusses wahr, der in einiger Entfernung zu seiner Linken aus dem Nebel brach. Als schwarz glitzerndes Band führte er quer durch die Stadt, stürzte in Kaskaden aus Dunkelheit in eine Schlucht der zerklüfteten Ebene und verlor sich in der Dämmerung der Höhle.

Turbinen drehten sich an Decken und Wänden und trugen einen schweren, samtenen Duft zu Nando herüber, den dieser bereits bei Antonio wahrgenommen hatte und der ihn in dieser Umgebung unwillkürlich an das Flüstern des Meeres denken ließ und an den blauschwarzen Himmel, der sich in lauen Sommernächten über den Blütenwiesen vor den Toren Roms spannte. Er schaute hinüber zu dem Abhang, der von der rechten Höhlenwand abfiel, und bemerkte unzählige purpurfarbene Mohnblumen mit großen, ausgefransten Blütenblättern, die sich bis weit in die Ebene hineinzogen und sich leicht im Wind bewegten. Ein schmaler Weg führte von der Stadt zum Mohnfeld, roter Blütenstaub wirbelte in Schwaden durch die Luft.

»Papaver somniferum«, sagte Antonio, der seinem Blick gefolgt war. »Schlafmohn, eine besondere Sorte selbstverständlich. Ich habe ihn selbst gezüchtet, seither hüllt er Bantoryn in seinen samtenen Schleier. Er birgt Tod und Heilung in seiner Gestalt. Seine ausgereiften Fruchtkapseln können als Schmerzmittel dienen und fiebersenkend wirken. Die Kronblätter hingegen werden zur Herstellung des Giftes verwendet, mit dem wir unsere Pfeile benetzen. Und aus seinem Milchsaft lässt sich Opium herstellen.«

Nando nickte gedankenverloren. Er schaute zu den dunklen Schatten hinauf, die über die Stadt hinwegglitten, und glaubte im ersten Moment, dass es sich bei ihnen um riesige Fledermäuse oder Adler handelte. Dann jedoch erkannte er, dass es Nephilim waren, die lautlos durch die Luft glitten und auf den Türmen der Stadt und den kunstvoll gestalteten Plattformen der Stalagmiten landeten. Er schaute hinüber zu dem weißen Stalagnaten und meinte kurz, dass dessen Licht heller wurde, als wäre es ein Leuchtfeuer, das sich nur für ihn entfachte.

Schweigend folgte er Antonio den schmalen Weg hinab auf die Ebene und bemerkte, dass der zerklüftete Boden nur auf den ersten Blick schwarz war. In Wahrheit trug er viele weitere Farben, die sich in gelben, roten und ockerfarbenen Sprenkeln und Adern durch das Gestein zogen und ihn an die vielfarbigen Krater des Ätnas denken ließen, den er vor Jahren einmal mit Mara und Giovanni besucht hatte. Und wie dort gab es auch auf der Ebene Bantoryns warme Luftströme, die vereinzelt aus Felsspalten entwichen, und hin und wieder hörte Nando ein Geräusch wie das tiefe Grollen sich bewegender Gesteinsmassen tief im Inneren der Erde. Heiße Quellen sprudelten an mehreren Stellen, ihr Wasser war algengrün oder blau, und überall liefen kleine rote Käfer über den Grund und taten sich an den Mineralien gütlich.

Je näher sie der Stadt kamen, desto deutlicher erkannte Nando, dass sie zwischen den fünf steinernen Drachenklauen von einer schwarzen Wehrmauer umgeben war. Das schwere, steinerne Tor stand offen, und als sie die breite, kopfsteingepflasterte Straße mit den zu beiden Seiten sich erhebenden Häusern betraten, die sich innig aneinanderschmiegten, fühlte Nando ein seltsames Ziehen in der Brust, so als hätte er das alles schon einmal gesehen, als wäre er schon einmal an diesem Ort gewesen, in einem früheren Leben vielleicht oder eher noch in seinen Träumen. Der tiefrote Blütenstaub des Schlafmohns trieb mit dem Wind über die Straße und hüllte die Stadt in diesen schwermütigen Duft, der Nando an seine erste Begegnung mit Antonio damals im Obolus erinnerte. Damals? Sie war kaum einen Tag her. Nando schüttelte den Kopf über sich selbst, doch das Wort Olvryons klang in ihm wider, jenes Wort, das der Ovo zu ihm gesprochen hatte: *He'vechray*.

Er lief neben Antonio die Straße hinauf, ließ den Blick staunend über die kunstvoll verzierten metallenen Türen der Häuser schweifen und betrachtete interessiert die Passanten, die ihnen begegneten. Sie musterten Nando mit teils neugierigen, teils misstrauischen Blicken, während sie vor Antonio in Achtung leicht den Kopf neigten. Die Nephilim unterschieden sich kaum von den Menschen, die man in einer kühlen Frühlingsnacht auf den Straßen Roms sehen konnte, wenn man von ihren Schwingen und ihrer besonderen Kleidung einmal absah. Wie die Besucher auf dem Aschemarkt trugen auch die Bewohner Bantoryns die Mode lang vergangener Jahrhunderte, und auch sie kombinierten diesen Stil mit futuristischen Elementen wie den obligatorischen Schweißerbrillen oder kunstvoll gearbeiteten Waffen, die Nando am Stand des rotgesichtigen Händlers bewundert hatte. Auch einzelne Kinder liefen durch die Gassen, und obgleich ihre Haut ungewöhnlich bleich war und ihnen Flügel aus dem Rücken wuchsen, bemerkte Nando kaum einen Unterschied zu spielenden Menschenkindern.

Nando warf Antonio einen Blick zu. »Leben viele Nephilim wie ich in dieser Stadt? Ich meine – Nephilim aus der Oberwelt?«

»Die meisten Bewohner Bantoryns wurden in den Schatten geboren. Früher gab es noch mehr Nephilim, die sich für Menschen hielten, bis sie eines Tages ihre Kräfte entdeckten und hier herunter kamen, doch nun …« Antonio schüttelte den Kopf, ein Schatten huschte über sein Gesicht. »Die Zeiten ändern sich. Die Welt der Menschen lässt wenig Raum zur Entfaltung der eigenen Fähigkeiten, und die Kraft eines Nephilim muss stark sein, um sich dennoch durchzusetzen.«

»Und wenn sie nicht stark genug ist?«, fragte Nando. »Werden die Nephilim dann nie erfahren, dass sie anders sind?«

»Doch«, erwiderte Antonio wie in Gedanken. »Das werden sie. Aber sie können sich nicht erklären, was sie sind. Und sie werden immer heimatlos sein in einer Welt, die nicht für sie bestimmt ist – einer Welt, die schon sehr bald auch den Menschen keine Heimat mehr sein wird.«

Nando zog die Brauen zusammen. »Was meinst du damit?«

Antonio erwiderte seinen Blick nicht, und doch glaubte Nando für einen Moment, dass der Engel ihm antworten würde. Aber dann schüttelte Antonio den Kopf, langsam und schwerfällig, als wäre er ein sehr alter Mann. »Eines Tages«, erwiderte er mit heiserer Stimme, »wirst du das selbst herausfinden, wenn du es wissen willst. Es gibt Dinge, die man erfahren muss, um sie zu begreifen.«

Nando hatte schon den Mund geöffnet, um etwas zu entgegnen, als er den Schatten in Antonios Blick bemerkte – eine Trübung des goldenen Lichts, das um die Pupillen des Engels spielte und das es ihm unmöglich machte, seine Worte auszusprechen. In diesem Moment spürte Nando zum ersten Mal, dass Antonio ihm ein Rätsel war und dass er, obgleich Nando nicht alles von dem verstand, was er sagte, dennoch recht hatte. Und Nando glaubte ihm, ja, er glaubte dem Engel jedes Wort, das er sprach.

Straßenlaternen säumten ihren Weg, die durch ihr verhangenes, blassgoldenes Licht eine nächtliche Atmosphäre schufen und Nando an die Gaslichter früherer Zeiten erinnerten. Vereinzelt schwebten in metallenen Streben eingefasste Glaszylinder vor den Häuserfassaden, ohne jegliche Verbindung zum Boden oder zur Wand, und nicht nur einmal bemerkte Nando eine Vibration in der Luft, die sich wie ein elektrischer Impuls auf seine Haut übertrug, als er in den Lichtkreis einer Laterne trat.

»Magie«, raunte Antonio und lächelte. »Sie bringt die Welt dazu, sich zu drehen. Warum sollte es nicht möglich sein, eine Lampe mit ihrer Kraft in der Luft zu halten?«

Sie setzten ihren Weg fort, und Nando hatte schon bald jedes Zeitgefühl verloren. Es schien ihm, als wäre er in die Kulisse eines Films geraten, nur dass sie ihm wirklicher erschien als jede Straße Roms, und je stärker er den Blütenstaub auf seinen Wangen spürte und den kühlen Wind in seinem Haar, desto mehr wuchs seine Faszination für diese Stadt, die wie eine Traumgestalt inmitten der Erde lag. Die Luft wurde durchzogen vom Flügelschlagen der Nephilim, er beobachtete einen jungen Mann in seinem Alter, der einige hölzerne Kisten auf eine Sackkarre lud und mit ihr die Gasse hinaufschob, und er ließ seinen Blick über fluoreszierende Blumen schweifen, die auf der Fensterbank eines Hauses standen. Gewaltige Türme, in denen Laskantin bewahrt wurde, erhoben sich zwischen den kleinen Häusern, und das rötliche Licht der Energie strömte über die Dächer und Straßen wie Sonnenstrahlen. In regelmäßigen Abständen befanden sich flackernde Portale zwischen den Häuserwänden, und nicht nur einmal sah Nando fasziniert zu, wie ein Nephilim sich in das Licht begab und verschwand. Schließlich erreichten sie den Schwarzen Fluss, der Bantoryn, wie Antonio erklärte, in Ober- und Unterstadt teilte. Nando lief neben dem Engel über eine Brücke aus glänzendem Metall, schaute hinab ins Wasser und beobachtete fliegende Fische in den herrlichsten Farben, die aus dem pechschwarzen Wasser sprangen und für einen kurzen Moment durch die Luft glitten, ehe sie wieder in der Dunkelheit versanken.

»Wenn Luca diese Fische sehen könnte«, sagte Nando und lachte leise. »Früher, als wir noch Kinder waren, haben wir manchmal am Tiber geangelt. Wir haben nur selten etwas gefangen, aber darum ging es gar nicht. Wir …« Er stockte und sah zu, wie die Fische in den Fluten versanken. Niemals würde er Luca diese Wesen zeigen, würde nie mit ihm über das sprechen können, das er nun erlebte, es sei denn, er wollte seinen Freund in Gefahr bringen oder von ihm für komplett durchgedreht erklärt werden.

»Man nennt sie Crai Haerdo«, erwiderte Antonio. »Die Fliegenden Farben. Und vielleicht ist es gut, dass ihr selten etwas gefangen habt. Denn die Crai leben in allen Gewässern dieser Welt, auch im Tiber. Gut möglich, dass ihr sie schon einmal gesehen habt und nichts als der Schleier der Schattenwelt euch voneinander trennte. Du wirst lernen, mit diesem Schleier zu leben, mit diesem Hauch von Einsamkeit, durch den du von der Welt der Menschen getrennt wirst. Denn durch ihn hast du die Welt der Schatten gewonnen.«

Nando erwiderte das Lächeln des Engels, und aus irgendeinem Grund vertrieb diese Geste die Kälte von seinen Schultern, die gerade von ihm Besitz ergriffen hatte. Kurz darauf erreichten sie einen großen Platz. Der Boden war mit grau gesprenkelten Steinplättchen bedeckt, die wie kostbare Seide schimmerten, ein Podest aus schwarzem Marmor befand sich in seiner Mitte, und ein Turm aus Jade erhob sich als Silo für Laskantin ganz in der Nähe. Doch Nando hatte kaum einen Blick dafür. Er betrachtete ein pechschwarzes Gebäude, dessen prunkvoll verziertes Gebälk von zwölf goldenen Statuen gehalten wurde. Sie stellten männliche und weibliche Nephilim dar, und ihre Augen, die aus schimmernden Edelsteinen gefertigt worden waren, blickten starr und fast lebendig auf den Betrachter nieder. Hinter ihnen erstreckte sich der Pronaos, in dessen Rückwand eine Tür aus schwarzem Stahl lag.

»Dies ist der Markt der Zwölf«, sagte Antonio. »Er wurde benannt nach den zwölf ersten Rittern der Schatten, die einst die Garde Bantoryns begründeten: Ebeth mit dem flammenden Blick, Akrun, der den Schakal der Sümpfe fing und ihn mit einer Hand erwürgte, Hanoya, die einst gegen achtundvierzig Engel bestand, um Bantoryns Geheimnis zu wahren – die Liste der Ritter und ihrer Heldentaten ist lang. Nur die besten Novizen der Akademie werden in die Garde aufgenommen, und jeder Offizier, der zu dieser Stunde die Uniform Bantoryns trägt, hat mehr als einmal sein Leben riskiert für die Nephilim, die hier leben. Seit dem Anbeginn Bantoryns garantiert die Garde den Schutz unserer Stadt. Sieh hin.« Er deutete auf zwei Nephilim, die gerade über den Platz gingen. Sie waren in nachtschwarze Uniformen gekleidet, doch zahlreiche Silberstiche liefen über den Stoff hin und bildeten kunstvolle Muster. »Zu Beginn ihrer Zeit in der Garde war ihre Uniform noch vollkommen schwarz. Jeder einzelne Stich auf dieser Finsternis ist ein Zeichen für ihren Mut, ihre Hingabe und den Willen, Bantoryn zu schützen.«

Nando betrachtete die Ritter der Garde, und ein seltsames Gefühl umfing ihn, das er erst nach einem Augenblick benennen konnte: Es war Ehrfurcht, ein stilles und hingegebenes Verlangen, einmal auf diese Weise über einen Platz gehen zu können, so stolz und so unnachgiebig wie diese beiden Nephilim. Schweigend setzten sie ihren Weg fort, vorbei an kleinen Geschäften, Restaurants, aus denen Musik auf die Straße drang, und urtümlichen Handwerksbetrieben. Immer wieder ertappte Nando sich dabei, wie er staunend in die Fenster der Häuser starrte, und während seine Füße durch Schwaden aus rotem Blütenstaub strichen, glitt ein Lächeln über seine Lippen. Hoch über ihnen glommen die Sterne aus Feuer und Eis, die tatsächlich so genannt wurden, wie Antonio ihm versichert hatte, und es schien ihm fast, als wären sie in einer Stadt der Menschen in der Oberwelt. Doch kaum dass ihn dieser Gedanke umfangen hatte, bog Antonio mit ihm nach links ab, und ein gewaltiger Turm schob sich in sein Blickfeld – der weiße Stalagnat in der Mitte der Stadt.

Nando hätte nicht erwartet, dass der Turm so gewaltig sein würde. Zwar hatte er ihn aus der Ferne bereits gesehen, doch nun, da er die unzähligen winzigen Fenster hoch oben in dem Bauwerk erblickte, die Gebäude, die auf den Ausfächerungen standen, und die Bäume, die mit schwarzflammenden Blättern darauf wuchsen wie Miniaturen, hielt er den Atem an.

»Der Mal'vranon«, sagte Antonio neben ihm, und Nando hörte fast so etwas wie Hingabe in seiner Stimme. »Der Turm der Zwischenweltler, das ist sein Name. In den ersten Tagen Bantoryns war er nichts als ein Zufluchtsort für jene, die keine andere Heimat mehr hatten. Heute ist er ein Symbol ihres Widerstandes, ein Zeichen ihres Kampfgeistes und ihrer Entscheidung, lieber jenseits des Lichts zu leben, als sich selbst zu verraten und zurückzukehren in Furcht und Verborgenheit.«

Nando wandte sich nicht mehr von dem Bauwerk ab. Er betrachtete das schneeweiße Licht, das der Mal'vranon ausströmte, und bemerkte mit Staunen, wie sich ein grüner Schimmer hineinmischte, je näher sie dem Turm kamen. Sie gelangten auf eine breite Hauptstraße, und als sie die letzten Schritte bis hinauf zum Stalagnaten taten, flackerte der grüne Schein über die Pflastersteine zu ihnen hinunter und hüllte sie ein wie Schleier aus tanzenden Flammen.

»Der Sternenplatz«, erklärte Antonio leise. »Und geborgen im Herzen des Mal'vranons liegt Naphraton – die Akademie der Nephilim. Hier wirst du leben und deine Ausbildung erhalten, um gewappnet zu sein für alles, was dir im Kampf gegen Himmel und Hölle begegnen wird.«

Die Schleier vor Nandos Blick zerrissen. Sie befanden sich auf einem riesigen sternförmigen Platz, der von weißen Perlmuttplatten bedeckt wurde, und ganz in der Nähe zog ein Ausläufer des Schwarzen Flusses vorüber. Wie ein gigantischer Banyanbaum erhob sich der Turm auf dem Platz. Seine weiße Haut zog sich in dicken Wurzeln über ein Gebäude aus Glas und glänzendem Holz. Es wurde von tanzendem grünen Feuer überzogen wie von einer dünnen Schutzschicht. Die zweiflügelige Eingangstür aus geschliffenem Glas erhob sich ehrfurchtgebietend über einer breiten, geschwungenen Treppe, die von den wurzelartigen Auswüchsen des Mal'vranons umrahmt wurde. Säulen säumten die gläserne Veranda, und etliche Erker und Balkone ließen das Gebäude wirken wie ein zusammengeflicktes Sammelsurium verschiedenster Architekturen und Ideen. Wie ein geborstener Kristall ruhte es inmitten der steinernen Finger des Mal'vranons, und aus den Fenstern, die in unterschiedlichster Form und Größe zwischen den Steinwurzeln hervorlugten, fiel das grüne Licht. Bäume mit tiefblauen Blättern, die wie Farne von den Ästen hingen, säumten den Weg hinauf zur Treppe, und als Nando ihn hinter Antonio hinaufging, fühlte er sich aus den Fenstern wie aus tausend Augen beobachtet. Vorsichtig berührte er die Fassade des Turms, die glänzte wie weißes Fleisch, und war beinahe erstaunt, als er die kühle, harte Haut des Felsens unter seinen Fingern spürte. Die Tür öffnete sich unter Antonios Griff, und Nando fühlte ihn sofort: den kühlen, abweisenden Windhauch, der jeder Schule anzuhaften schien, die er bislang besucht hatte.

Sie traten in eine große Empfangshalle, aus der zu beiden Seiten Gänge hinausführten. Eine breite, aus massivem Holz bestehende Treppe nahm fast den gesamten Eingangsbereich ein und führte in die oberen Stockwerke. Vorsichtig strich Nando über das Geländer, selbst dieses war kühl, als hätte es die Stille in sich aufgesogen und würde sie nun absondern mit lautlosem, spöttischen Lachen. Vor der Treppe, eingefasst in goldene Streben, erhob sich ein grüner Kristall. Er glomm in ruhigem Licht, feine Adern liefen von ihm fort über den Boden und rankten sich wie die Auswüchse einer Pflanze an den Wänden entlang und die Treppe hinauf. Es sah aus wie ein Netzwerk aus Kraft, das den gesamten Turm durchzog. Antonio trat auf den Stein zu, und als er die Hand darauf legte, wurde das Licht heller. In schwachen Impulsen glitten glühende Wellen von dem Stein über die Adern, und für einen

Augenblick erstrahlte die Eingangshalle in einem kristallenen und verzauberten Licht.

Nando fühlte den glimmenden Schein wie tanzende Reflexe auf seinem Gesicht, und ein Lächeln zog über seine Lippen, als er hinter Antonio die Treppe hinaufging. Im ersten Stockwerk aktivierte der Engel mit leisem Fingerschnipsen eine Säule aus Licht, in der sie wie durch Zauberhand aufwärts befördert wurden. Staunend sah Nando zu, wie sie zwei Decken durchbrachen, ohne auch nur etwas davon zu spüren, ehe sie sich in einem weiteren Treppenhaus wiederfanden. Zielstrebig folgte Antonio einem langen Gang, an dessen Ende sich eine Fensterfront mit einer schmalen Tür befand, deren einzelne Läden offen standen. Ein Duft wie von Blumen strömte herein, und als Nando hinter Antonio nach draußen trat, fand er sich in einem Garten wieder, wie er ihn noch nie zuvor gesehen hatte. Flammende Büsche standen in Gruppen beisammen, Bäume mit glitzernden Blättern erhoben sich in der Dämmerung, und Ranken ergossen sich über Mauervorsprünge und Hecken wie Flüsse aus Blüten. Schmale Kieswege schlängelten sich um die Bäume, und Glühwürmchen flogen in Schwaden durch die Nacht.

Nando wandte den Blick und stellte fest, dass sie sich auf einem der Auswüchse des Mal'vranons befanden. Niemals hätte er erwartet, dass diese so groß waren. Sie gingen einen der Wege hinab und gelangten auf die hufeisenförmige Orchestra eines Theaters im Stil der Antike. Vereinzelt wuchsen Glutbäume auf den Rängen und hatten ihre Wurzeln tief in den Stein gegraben. Auch hier zogen sich die Adern des grünen Kristalls aus der Eingangshalle hin, drangen teilweise in den Boden ein und wuchsen in der Mitte der Spielfläche wie ein Dorn aus einem kunstvoll gearbeiteten Mosaik. Statt auf ein Proskenion oder ein Bühnengebäude fiel der Blick auf die Stadt. Nando schaute hinab zum Sternenplatz und zu den Häusern, die sich unter ihnen ausbreiteten wie ein Meer aus Licht und Dunkelheit.

»An diesem Ort wurde Bantoryn gegründet«, sagte Antonio ehrfürchtig. »Hier legten die Ersten der Stadt ihren Eid ab, und noch heute tritt jeder Nephilim vor den Senat, um in die Gemeinschaft aufgenommen zu werden. So wie du in dieser Nacht. Die Senatoren wurden bereits benachrichtigt. Bald schon werden sie eintreffen.«

Nando nickte, während sein Blick zu den umliegenden Stalagmiten hinaufglitt, auf denen etliche Auswüchse nur darauf zu warten schienen, Besucher zu empfangen. »Damit ich ein Teil der Schattenwelt werde«, murmelte er. »Das sagtest du doch, als wir Olvryon begegnet sind, nicht wahr?«

Antonio strich über den grünen Stein, samtener Staub blieb an seinen Fingern haften. »Ich sagte, dass du Teil der Schattenwelt werden musst – jener Teil, der du immer schon warst.«

»Ich bin ein Tellerwäscher«, erwiderte Nando leise. Er spürte noch immer den Schleier der Mohnblumen auf seinem Gesicht und die fast zärtlichen Lichter des grünen Steins, aber nun, da er auf die Senatoren der Stadt wartete, kroch ein sandiges, kaltes Gefühl seinen Rücken hinab und ließ ihn frösteln. »Ein Tellerwäscher unter Engeln, Magiern und Rittern. Ich bin kein Teil der Schattenwelt.«

Antonio sah ihn an. »In der Menschenwelt hast du eine Maske getragen, die du hier unten nicht brauchst. Im Gegenteil wird sie dich nur behindern auf deinem Weg, denn hier bist du ein Nephilim, mehr noch: Du bist der Teufelssohn. Himmel und Hölle machen Jagd auf dich – diesen Aufwand würden sie nicht betreiben für einen einfachen Tellerwäscher.«

Nando hörte den Spott in Antonios Stimme, doch in den Augen des Engels lag ein Schimmer, der wie ein Flügelschlag über die Kälte auf Nandos Rücken strich und ihn lächeln ließ.

Da durchdrang ein Scharren die Stille, und Nando fuhr zusammen. Schemenhaft trat eine Gestalt in das Rund des Theaters, den Kopf tief geneigt, den Körper mit den grauen Schwingen in eine lange Kutte gehüllt. Nando konnte das Gesicht des Senators nicht genau erkennen, aber er wusste, dass er beobachtet wurde, reglos und kühl. Nach und nach kamen immer mehr Senatoren, bis einige Reihen des Amphitheaters besetzt waren. Nando spürte ihre Blicke prüfend und durchdringend auf seinem Gesicht, und obwohl er am liebsten jeden Einzelnen neugierig gemustert hätte, hielt er den Kopf gesenkt und schaute auf den grünen Stein zu seinen Füßen.

Schließlich trat Antonio vor. Leises Gemurmel erklang, und Nando hob den Kopf. Die Anwesenden schauten teils argwöhnisch, teils neugierig zu ihm herab, und er bemerkte einen hageren, glatzköpfigen

Senator, der in einem Rollstuhl nahe dem Eingang saß und freundlich zu ihm herüberschaute. Sein Gefährt bestand aus Holz und Metall, doch über seinem Kopf hing eine Kapsel Laskantin, ein gläsernes Gefäß mit blassrotem Licht, das über mehrere Kabel mit dem Sitz verbunden war. Der Mann hatte keine Flügel, er sah – abgesehen von seinem merkwürdigen Rollstuhl – aus wie ein gewöhnlicher Mensch. Er neigte kaum merklich den Kopf, ein flüchtiges Lächeln huschte über seine Lippen und verlieh seinem Gesicht den schalkhaften Ausdruck eines Kobolds, der lieber Streiche und andere Teufeleien aushecken würde, als in einem staubigen Theater herumzusitzen. Nando erwiderte das Lächeln zaghaft.

»Senatoren Bantoryns«, begrüßte Antonio die Anwesenden und breitete die Arme aus. »Hüter der Gemeinschaft und Krieger der Schatten! Ich ließ euch rufen, da ich einen Nephilim in unsere Reihen aufzunehmen gedenke, einen Suchenden und Heimatlosen, der unsere Hilfe braucht und unseren Schutz. Er ...«

»... ist kein gewöhnlicher Nephilim!«, rief ein Senator mit dichtem schwarzen Haar und dunklen Augen, der in der ersten Reihe Platz genommen hatte. Unter seiner Kutte trug er eine weite Leinenhose, und sein freier Oberkörper zeigte ohne jeden Zweifel, dass er ein Krieger war. Mehrere Narben von Messerstichen und Schwertstreichen zierten seine muskulöse Brust, und an einem Gürtel um seine Hüfte hing ein silberner Dolch. Mit unverhohlenem Zorn sah er Nando an. »Wir wissen, was auf dem Aschemarkt passiert ist, wir wissen auch, warum die Engel in Scharen durch die Brak' Az'ghur jagen, als hätte jemand mit einer brennenden Lanze in ihren Bau gestochen. Sie sind auf der Jagd nach mehr als einem Jungen, der Zuflucht sucht! Sie jagen den Sohn des Teufels!«

Ein Raunen ging durch die Reihen, als giftige Welle brandete es zu Nando herab, und er zog die Arme um den Körper.

»Du hast recht, Salados«, erwiderte Antonio so ruhig, als würde er einer Einladung zum Essen folgen. »Ungeachtet dessen, dass du mir jedem Anstand zum Trotz ins Wort gefallen bist, hast du die Wahrheit erkannt: Dieser Junge ist kein gewöhnlicher Nephilim. Er trägt die Macht des Teufels in sich, jene Kraft, die den Leibhaftigen aus seinen Ketten befreien kann und ...«

Salados stieß ein eiskaltes Lachen aus. »Jene Kraft, mit der wir bereits Bekanntschaft machen durften«, rief er, und lautes Gemurmel flutete die Reihen. Salados schaute in kalter Verachtung auf Nando herab. »Hast du vergessen, was geschehen ist, als wir das letzte Mal einen Teufelssohn in diese Stadt aufnahmen? Er ist dem Fürsten der Hölle verfallen, als Besessener ist er durch Bantoryns Gassen gerast! Hast du die Feuersbrunst vergessen, die er über uns gebracht hat und die unzählige Nephilim in den Tod riss? Es war, als wäre der Teufel selbst in die Stadt gekommen! Gerade du solltest es besser wissen, Antonio, du, der ihn zur Strecke brachte!«

Erschrocken sah Nando Antonio an, der reglos wie eine Statue dastand. Sein Herz schlug ihm bis zum Hals, er wollte vor dem Engel zurückweichen, aber sein Körper gehorchte ihm nicht. Er hatte geglaubt, dass der einstige Teufelssohn von den Engeln getötet worden war, niemals hätte er damit gerechnet, dass ausgerechnet Antonio die Hand gegen ihn erhoben und ihm den Tod gebracht hatte.

Da wandte der Engel den Blick und sah Nando direkt an. Flammen loderten in seinen Augen, Nando stockte der Atem, als er die Schreie der Sterbenden hörte und die verbrennenden Nephilim sah, die über die Gassen Bantoryns hinwegrasten, ehe sie tot auf das Pflaster stürzten. Eine Gestalt brach durch die Flammen, er erkannte, dass es Antonio war, doch das ansonsten meist so reglose Gesicht des Engels war nicht mehr als eine offene Wunde aus Schmerz und Verzweiflung, und als die Bilder der Katastrophe in Antonios Augen erloschen und die goldene Schwärze in seinen Blick zurückkehrte, sah Nando für einen kurzen Moment die Traurigkeit auf seinen Zügen. Leise hörte er Antonios Stimme in seinem Kopf, kaum mehr als ein Flüstern war sie, und doch vernahm Nando deutlich die Worte: *Ich hatte keine andere Wahl.*

Nando stand regungslos wie der Engel. Er wusste ohne jeden Zweifel, dass Antonio die Wahrheit sagte, und er versuchte, in seinen Augen zu lesen, ob er auch ihn töten würde, wenn er der Stimme des Teufels eines Tages nicht mehr standhalten konnte. Er fand keine Antwort auf diese Frage in Antonios Blick, er wartete auf die Angst, die diese Erkenntnis bringen musste, und rechnete fest damit, dass sie auf ihn zurollen würde wie eine alles vernichtende Welle. Doch die Furcht kam nicht. Stattdessen spürte er die Schuld, die Antonio in sich trug, die Verzweiflung über das, was damals geschehen war und was Nando noch nicht begreifen konnte, er fühlte auch den Schmerz des Engels und die Hilflosigkeit, die er selbst so gut kannte, und auf einmal brach die Kälte auf Antonios Gesicht für Nando in sich zusammen. Er sah Antonio an, den Krieger, der ihn vor Bhrorok und Avartos bewahrt hatte, den Engel, dem er sein Leben verdankte, und er nickte langsam. Antonio würde an seiner Seite stehen, solange er sich gegen den Teufel verwahrte. Mehr durfte er nicht verlangen.

Der Engel betrachtete Nando, als würde er seine Gedanken lesen. Dann wandte er sich an alle. »Jedem hier ist bewusst, was damals geschehen ist«, sagte er ruhig. »Und niemand bestreitet, dass eine große Macht in diesem Jungen heranwächst. Doch umso wichtiger ist es, dass diese Kraft gefördert wird und nicht in falsche Hände gerät. Nicht nur die Engel jagen ihn, sondern auch Bhrorok, der Oberste Scherge der Hölle, und wir dürfen ihn nicht strafen für das, was ein anderer vor ihm getan hat! Denn vor allem anderen ist er ein Nephilim – und als solcher sucht er unseren Schutz!«

Das Gemurmel setzte wieder ein, dieses Mal reckte ein Senator mit schulterlangem dunklen Haar und hellblauen Augen die Hand. »Selbst wenn er kein Höllenfeuer über unsere Stadt bringt«, sagte er, nachdem Antonio ihm das Wort erteilt hatte. »Er kann die Engel geradewegs zu uns führen. Sie werden ihre Patrouillen verstärken, bis keiner von uns mehr auch nur einen Fuß aus Bantoryn hinaussetzen kann! Schon jetzt verstopfen sie die Gänge um die Stadt, und es werden noch mehr kommen, noch viel mehr, solange sie den Teufelssohn nicht gefunden haben! Wir sollten ihn ausliefern!«

Nando erschrak so heftig, dass er zurückwich. Unter den gegebenen Umständen war es nicht verwunderlich, dass die Nephilim Furcht empfanden, wenn er als Teufelssohn Einlass in ihre Stadt begehrte, aber mit einer solchen Reaktion hatte er nicht gerechnet. Avartos stand ihm vor Augen, die kalten Gesichter der Engel und ihre Schreie, als er ihnen im letzten Moment doch noch entkommen war. Sie würden ihn in der Luft zerreißen, sollten die Nephilim ihn ausliefern, das stand außer Zweifel. Da drang ein Lachen durch das Theater, listig und keckernd. Nando wandte den Blick und sah, dass es der Fremde im Rollstuhl war, der da lachte.

»Ihr seid allesamt Idioten«, stellte dieser fest und nickte befriedigt, als empörtes Gemurmel die Reihen hinabbrandete. »Das habe ich ja immer schon geahnt, aber jetzt habt ihr endlich den Beweis dafür geliefert.« Jemand rief etwas dazwischen, aber der Fremde achtete nicht darauf und wischte mit der Hand durch die Luft, als hätte ihn ein lästiges Insekt angeflogen. »Ihr macht euch vor Angst in die Hosen, ihr tapferen Krieger der Schatten, dass es einem verkrüppelten Minderbemittelten und Menschen wie mir die Augen aus dem Kopf treibt! Viele von euch machen ihn verantwortlich für ihr Leben im Verborgenen, für die Verluste, die sie durch die Engel erfahren haben oder durch jenen, der vor vielen Jahren großes Leid über Bantoryn gebracht hat. Er, der Teufelssohn, ohne den kein Nephilim je verfolgt worden wäre, ist erneut in unsere Reihen gekommen! Und jetzt schlottern euch die Knie angesichts dessen, was damals geschah, und ihr wollt ihn ausliefern, ohne zu bedenken, was ihr damit erreichen würdet. Nichts, gar nichts nämlich, außer eine Schwächung unserer Gemeinschaft, die sich gegen den verschwört, der nichts als Schutz und Hilfe bei ihr sucht! Vergesst eines nicht, hochwohlgeborene Senatoren: Die Engel sehen in jedem Nephilim ein potentielles Teufelskind!«

»Morpheus hat recht«, rief ein Senator mit langen blonden Haaren und dichtem Bart. »Wenn wir ihn ausliefern, klebt Nephilimblut an unseren Händen, und erreicht haben wir wenig! Die Engel werden uns jagen, solange der Teufel existiert, und ...«

»Aber er bringt uns alle in Gefahr«, unterbrach ihn Salados mit zornig erhobener Faust. »Uns und alles, was unsere Stadt begründet!«

Kaum hatte er geendet, zog ein Windhauch durch die Reihen, so eisig, dass die Senatoren zusammenfuhren. Der Blütenstaub des Mohns gefror, wie Schneeflocken stob er mit den Ascheflocken der Glutbäume durch die Luft. Instinktiv wandte Nando den Blick Antonio zu. Ungewöhnlich blass war er, seine Augen lagen tief in ihren Höhlen und eine Kälte strömte von ihm aus, die jedes Gespräch auf den Reihen umgehend im Keim erstickte.

»Senatoren Bantoryns«, raunte er, doch seine Stimme klang so frostig, dass Nando die Schultern anzog. »Erinnert euch daran, was jeder von euch geschworen hat mit seinem Einzug in diese Stadt. Niemals liefern wir einen der unseren an die Wölfe aus, der Schutz bei uns sucht! Nicht dieser Junge ist es, der unseren Bund bedroht – ihr seid es, wenn ihr diese Möglichkeit erwägt! Denn Teil unserer Stadt ist er, ob es euch passt oder nicht – er ist ein Nephilim, ebenso wie ihr!«

Salados neigte den Kopf, doch er ließ Nando nicht aus den Augen. »Deine Worte sind wahr«, sagte er, ohne Antonio anzusehen. »Ich sprach im Zorn eines Vaters, der sein Kind in den Feuern des einstigen Teufelssohnes verlor, und mit der Trauer eines Mannes, dessen Frau von den Engeln ermordet wurde für das, was sie war. Dennoch hege ich Zweifel, ob es klug ist, den Teufelssohn in unserer Stadt zu haben – die Macht, die er in sich trägt, ist groß, und er ist noch ein halbes Kind, aufgewachsen in der Welt der Menschen, verweichlicht und schwach. Wir haben schon einmal gesehen, wohin seine Kraft führen kann. Er wird schnell lernen müssen, seine Kräfte zu beherrschen, denn eines ist sicher: Sollte er den Worten des Teufels folgen und dadurch die Nephilim in Gefahr bringen, wird mein Dolch ihn schneller treffen, als er auch nur ein Wort für boshafte Taten über die Lippen bringen kann.«

Nando presste die Zähne aufeinander. Er spürte den Zorn in Salados' Augen wie brennendes Pech auf seiner Haut, doch er wandte sich nicht ab. Entschlossen erwiderte er den Blick des Senators, bis dieser die Luft ausstieß und Antonio ansah. »Ich werde ihn im Auge behalten – ich und die ganze Stadt.«

Antonio nickte langsam. Dann trat er an Nandos Seite. »So lasst uns abstimmen. Nehmen wir diesen Nephilim in unseren Kreis auf und lassen ihn hier und jetzt den Eid auf dem Stein der Ersten Stunde sprechen, auf dass er sich Bantoryn verschreibe und ein Teil unserer Gemeinschaft werde, solange er in den Schatten lebt? Stimmt ihr dem zu, so hebt die Hand!«

Erleichtert sah Nando, wie sich sämtliche Hände hoben und zögernder Applaus durch die Reihen flog. Morpheus zwinkerte ihm zu, während er laut klatschte, und grinste schelmisch.

Da legte Antonio beide Hände auf Nandos Schultern. »Du hast schon einmal erfahren, wie mächtig die Magie ist, die du in dir trägst«, sagte er leise. »Nun wirst du lernen, sie zu beherrschen. Schließe deine Augen.«

Nando spürte seinen Herzschlag in der Kehle, als er Antonios

Anweisung folgte. Ein kühler Luftzug strich über seine Stirn, und gleich darauf sah er in der Finsternis hinter seinen Augen ein Licht auftauchen wie das Flackern einer fernen Flamme.

»Konzentriere dich auf das Licht«, hörte er Antonios Stimme und nickte. »Rufe es näher zu dir, bis du seine Wärme auf deinem Gesicht spürst. Vergiss die Dunkelheit um dich herum, sieh nur noch eines: das Licht.«

Nando betrachtete die Flamme, die klein und flackernd in seiner Finsternis stand. In Gedanken rief er sie zu sich, und wie ein lebendiges Wesen, das ihm Antwort gab, flammte sie auf und näherte sich ihm, wurde größer und heller und drängte die Schatten beiseite, bis sie nichts mehr waren als dunkle Schemen an den Rändern seines Bewusstseins. Mit atemloser Spannung schaute er in das Licht und spürte den Schwindel, als er sich ein wenig zu ihm vorbeugte.

»Du kannst nicht fallen«, sagte Antonio leise. »Du schwebst schon längst. Vergiss den Boden unter deinen Füßen. Lass alles los. Begib dich ohne Angst in das Licht.«

Nando holte tief Atem. Dann drängte er den Schwindel zurück und glitt hinein in das Licht, das ihn umfing wie Wasser und mit sprühenden Funken über seine Haut tanzte. In Wellen durchströmte es ihn, bis er sich vollkommen angefüllt fühlte mit gleißendem, warmen Schein. Er schwebte durch das Licht und sah nach einer Weile eine hellere, schneeweiße Flamme inmitten des Glanzes, der ihn umgab. Sofort spürte er eine fast körperliche Anziehung, doch ehe er auf die Flamme zustreben konnte, hielt Antonios Stimme ihn zurück.

»Dies ist die höhere Magie«, sagte der Engel. »Mit ihr gewirkte Zauber sind um ein Vielfaches mächtiger, doch die Gefahr ist groß, diese Zauber nicht kontrollieren zu können, wenn man nicht darin ausgebildet wurde. Das wirst du lernen, doch so lange musst du dich fernhalten von jener Flamme, so stark sie dich auch rufen mag.«

Nando nickte, doch da meinte er, eine Stimme zu hören – eine Stimme wie glühender Wüstensand. Erschrocken fuhr er zurück, aber sofort spürte er wieder Antonios Hände auf seinen Schultern. »Höhere Magie ist ein Teil deiner eigenen Kraft«, sagte dieser ruhig. »Doch wo du beginnst, an dir zu zweifeln, wird Luzifer Macht über dich erlangen. Wenn du die Grenze zur höheren Magie zu diesem Zeitpunkt überschreitest, wird er dich beherrschen. Halte dich fern von der Flamme.«

Nando nickte erneut. Für einen Moment fand er sich in der dunklen Gasse wieder, er stand dem Teufel gegenüber und spürte erneut den Drang, die Hand nach der Flamme auszustrecken und sich mitten in ihr Licht hineinzustürzen. Doch gleich darauf schaute er wieder in den Abgrund im kalten Gold der Teufelsaugen, und noch ehe er das Gleichgewicht verlor, riss er den Blick von der Flamme los und spürte die Erleichterung, die sich angesichts des goldenen Lichts um ihn her auf seine Stirn legte.

»Nun sprich mir nach«, fuhr Antonio fort und nahm seine Hand, die er nach vorn führte. Nando spürte einen schwachen Impuls von dem grünen Stein ausgehen, der unter seinen Fingern lag. »Ich schwöre bei meinem Leben, Bantoryn und die Nephilim dieser Stadt zu schützen, Hilfesuchenden Hilfe zu gewähren und ihnen Zuflucht zu bieten vor allem, was sie verfolgt.«

Nando sprach die Worte nach und spürte einen stechenden Schmerz in der Hand. Blut lief über seine Finger, doch er hielt die Augen geschlossen.

»Strecke den linken Arm aus«, sagte Antonio mit feierlichem Klang in seiner Stimme. »Und sprich die Worte: Hen a' Bantoryn Yflama bhar!«

Nando folgte den Anweisungen, und ein Strom aus Wärme flutete seinen Arm. Das letzte Wort glitt über seine Lippen, er wurde von einer heftigen Druckwelle zurückgeworfen und landete hart auf dem Rücken. Atemlos riss er die Augen auf und sah den gewaltigen Feuerball, der gerade aus seiner Faust geschossen war und nun donnernd in den Himmel der Höhle brach. Nando kam auf die Beine, die Senatoren erhoben sich ebenfalls. Und da zerbarst der Feuerball in flackernde Funken, die sich über der Stadt zu einem riesigen roten Drachen verbanden. Feuer loderte aus seinem Schlund, der Schweif peitschte über die Dächer, und knisternde Flammen regneten auf die Nephilim nieder, die auf die Straßen traten und staunend die Köpfe reckten.

»Du wirst noch lernen, die Kraft deiner Zauber zu regulieren«, sagte Antonio. »Nun weiß Bantoryn, dass ein neuer Nephilim in unsere Reihen aufgenommen wurde.«

Nando hörte das Knistern der Funken und die Stimmen der Nephilim, die zu ihnen heraufbrandeten.

»Und sie werden wissen, dass ich der Teufelssohn bin, nicht wahr?«, fragte er kaum hörbar.

Antonio schaute ihn an, Nando sah es aus dem Augenwinkel, doch er wandte den Blick nicht von dem Drachen ab. »Kein Bewohner dieser Stadt würde es wagen, sich gegen eine Entscheidung des Senates zu stellen«, erwiderte der Engel. »Dessen kannst du gewiss sein.«

Nando nickte langsam. Er schaute in die flackernden Augen des Drachen, der ihn wie eine dämonenhafte Fratze anstarrte, ehe er in einem fulminanten Feuerwerk in sich zusammenbrach. Glitzernd fielen die Funken auf die Dächer Bantoryns und legten sich für einen Augenblick mit trügerischem Frieden darauf nieder wie Schnee in einer kalten Winternacht.

11

Schattenspiele tanzten über die Wände der Höhle wie Ungeheuer mit zerfetzten Gliedern. Ein filigranes Netz aus weißen Kreidestrichen überzog den Boden, und in seiner Mitte loderte ein schwarzes Feuer. Bhrorok starrte hinein, die Augen so dunkel, dass er ihre Schatten auf seiner Haut fühlen konnte, und verfluchte seinen Auftrag. Nicht genug damit, dass der Junge ihm entkommen war. Nicht genug, dass er von einem Sklaven des Lichts verwundet worden war und nur unter Aufbietung seiner letzten Kräfte zu alter Stärke hatte zurückkehren können. Seine Heuschrecken waren nicht zu ihm zurückgekehrt. Einige wenige hatten den Jungen aufgespürt und dann waren auch sie gestorben wie die anderen zuvor, waren wie tote Fliegen zu Boden gefallen – *tot*, einfach so.

Der Wolf, der reglos neben ihm hockte, jaulte leise, und Bhrorok ballte die rechte Hand zur Faust. Er war es, der entschied, wer tot sein durfte – niemand sonst. Wem, verflucht noch einmal, fiel es ein, seine Geschöpfe dahinzuraffen?

»Herr …«

Eine widerwärtig kriecherische Stimme ließ ihn aufsehen in ein Gesicht ohne Haut. Rohes Fleisch lag in einem wohl einst menschlichen Gesicht, die Augäpfel waren gelb und rollten unkontrolliert auf und nieder, und der Mund grinste lippenlos wie bei einem Totenschädel.

Bhrorok schnaubte. Ihm stand nicht der Sinn nach einem Plausch. »Warum sind sie tot?«, fragte er dennoch, denn irgendwo musste diese Frage hin, wenn er sie schon nicht selbst beantworten konnte.

»Nun«, säuselte das Wesen und zog die zerfetzten Schultern ein wenig an. »Jedem schlägt die Stunde irgendwann, so ist der Lauf …«

Blitzschnell hatte Bhrorok den blutigen Hals der Kreatur mit der rechten Hand umfasst und hob sie ein ganzes Stück weit über den

Boden. »Unsinniges Geschwätz«, grollte er. Wenn er eines noch mehr hasste als den Gestank dieser Welt nach Blumen und Meer, dann waren es ihre Redewendungen. Die Kreatur in seiner Faust ächzte und verteilte ihren Geifer auf seinen Fingern. Angewidert warf er sie zu Boden und hielt die Hand in die Flammen, um sie zu reinigen. Gierig stürzte sich das Feuer auf den Speichel.

»Sie vertragen die Welt nicht«, keuchte die Kreatur zu seinen Füßen. »Sie kennen nur Schatten und Dunkelheit und die Kälte der Verdammnis. Sie wissen nichts mehr vom Licht des Mondes, von den Stimmen der Sterne in tiefschwarzer Nacht. Zu lange wart Ihr fort, Herr. Ihr dürft nicht vergessen, dass alles stirbt, eines Tages.«

Bhrorok bewegte die Finger in den Flammen. »Ich nicht«, erwiderte er tonlos. Darauf schwieg die Kreatur und Bhrorok dachte an den Teufelssohn und daran, wie dieser mickrige Wurm ihn angesehen hatte. Dieser Blick hatte etwas in ihm wachgerufen, etwas, das stach und brannte wie eine Erinnerung eines der Wesen, die er verschlungen hatte. Dunkel brandete Bhroroks Zorn in ihm auf, und er stieß die Luft aus, langsam und schneidend.

Die Kreatur rappelte sich auf. »Ihr wisst, was Ihr tun müsst«, sagte sie und schaute aus ihren lidlosen Augen in die Flammen. »Ihr wisst, wen Ihr rufen müsst, um den Jungen zu finden. Noch habt Ihr keine Spur, noch wiegt er sich in … Sicherheit. Doch *er* könnte ihn aufspüren, *er* … der Tausendäugige.«

Die Flammen loderten auf, als würde ein Windstoß sie durchfahren, und die Kreatur starrte für einen Augenblick atemlos ins Feuer, ehe sie fortfuhr: »Körperlos und frei von jedem Sinnenzwang schwebt er in den Hallen des Ewigen Sturms – in Razkanthur, dem Reich unseres Volkes nach dem Ende der leiblichen Existenz.«

Bhrorok nickte langsam. Er meinte, Säulen aus Stein durch die Flammen tauchen zu sehen. Ein schwarzer Himmel ohne Sterne thronte über ihnen, und darunter klaffte ein Abgrund von solcher Tiefe, dass Bhrorok schwankte bei einem Blick hinein. Orlus, der Sturz der Schatten, wurde er genannt, dieser Abgrund vollendeter Finsternis, der jeden wahren Dämon in sich aufnahm und ihn schweben ließ in ewiger Ruhe und Dunkelheit. Tanzende Nebel bewegten sich durch das Feuer, wie schwarze Schleier durchzogen sie die Flammen, einige weit entfernt, andere näher, und manchmal zuckte etwas in ihnen auf, etwas wie eine Fratze oder ein Schrei, nur um gleich darauf wieder zu erlöschen. Bhrorok hörte Irmlon, den Sturmwind der Ewigen Hallen, und für einen Moment meinte er, statt der Flammen seines Feuers die nächtlichen Schleier des Orlus auf seiner Haut zu fühlen, die ihn forttrugen und die Unruhe, die ihn zeit seines Lebens innerlich zerfraß, mit schattenhaften Klauen erstickte.

»*Er* wird nicht freiwillig zu Euch kommen«, raunte eine Stimme neben ihm und brachte ihn dazu, den Blick abzuwenden, ihn loszureißen von der verheißungsvollen Finsternis Razkanthurs, die auf ihn wartete und ihn eines Nachts mit dem Klang der schwarzen Posaunen zur Ruhe betten würde.

»Ich werde ihn nicht darum bitten«, grollte Bhrorok und sah zu, wie die Flammen seines Feuers die Säulen Razkanthurs verschlangen wie Trugbilder einer fernen Welt. »Ich werde ihn dazu zwingen.«

Er zog die Hand aus dem Feuer und warf der Kreatur einen ärgerlichen Blick zu, weil sie ihn unverwandt anstarrte.

»Er ist auch … der Tod …«, flüsterte sie und wich zurück, als fürchtete sie, geradewegs in die Flammen geworfen zu werden.

Doch Bhrorok lächelte eines seiner seltenen Lächeln. »Nein«, erwiderte er lautlos. »Er ist *mein* Tod.«

Er murmelte einen Befehl, woraufhin die Flammen aufbrachen und rot flackernde Zungen hervorschnellen ließen. Langsam streckte er die linke Hand aus. Blut klebte unter seinen Nägeln – das Blut des Jungen. Zischend zogen die Flammen über Bhroroks Haut, gruben ihre Zähne in sein Fleisch und leckten den Lebenssaft von seinen Fingern. Kurz meinte er ein gieriges Lachen zu hören, und er nickte bedächtig. Sein Feuer würde das Blut des Jungen bewahren, jede Nuance seines Duftes, bis er bereit war, *jenen* zu sich zu befehlen.

Das Licht der Flammen tanzte über sein Gesicht und verzerrte es zu einem unheimlichen Spiel aus Schatten. Reglos betrachtete er das Feuer und grub seine Hände in das Fell seines Wolfs. Nur eine Winzigkeit fehlte ihm, um den Tausendäugigen zu rufen, der ihm den Sohn des Teufels in die Klauen treiben würde, eine Kleinigkeit, kaum der Rede wert. Bhrorok würde sie sich beschaffen. Noch heute Nacht würde er auf die Jagd gehen, auf die Jagd nach ein wenig … Engelsblut.

12

Nando erwachte von einem hohen Pfeifton. Zuerst wollte er sich auf die andere Seite drehen und weiterschlafen, doch das Pfeifen wurde zunehmend lauter und schließlich so schrill, dass es ihn aus dem Bett trieb. Er stolperte zu seinen Kleidern, die zusammengeknüllt am Boden lagen, riss seine Taschenuhr aus der Weste und stellte den Alarm ab. Aufatmend fuhr er sich durchs Haar. Ein zäher Kopfschmerz puckerte hinter seiner Stirn, und er brauchte einen Moment, um zu wissen, wo er sich befand.

Er hockte auf einem schmalen, hölzernen Bett. Gelbgoldenes Licht fiel durch das gewölbte Fenster schräg neben ihm und erhellte das kleine Zimmer in der Akademie, in das Antonio ihn nach der Senatssitzung gebracht hatte und in dem er für die Dauer seiner Ausbildung leben sollte. Es war spartanisch eingerichtet. Neben dem Bett befanden sich lediglich ein breiter Schrank, eine Kommode mit Waschschüsseln und Handtüchern und ein Schreibtisch darin. Verschiedene Kleidungsstücke lagen ordentlich gefaltet auf einem Stuhl neben dem Schrank, ebenso wie einige Trainingswaffen: mehrere Messer, ein Dolch und ein schlichtes Schwert. Der Schreibtisch war unter Büchern und Pergamentrollen kaum noch zu sehen, und Nando seufzte, als er daran dachte, dass all das Wissen, das sich in diesen Werken verbarg, in möglichst kurzer Zeit in seinen Kopf gelangen musste. Laut seinem Stundenplan, den Antonio ihm gegeben hatte, würde er in Kampfkunst und Magie unterrichtet werden, bis er die Erste Prüfung ablegen würde, jene Prüfung, die es ihm erlaubte, in höherer Magie ausgebildet zu werden. Er hatte versucht, Näheres über diese Prüfung herauszufinden, aber Antonio hatte sich in Schweigen gehüllt. Sie würde im Nebel der Ovo stattfinden, hatte der Engel gesagt, sämtliche Prüflinge aller Stufen würden sie gemeinsam ablegen – und keine Prüfung würde einer vorigen gleichen, also würde Nando nichts anderes übrig bleiben, als zu lernen und abzuwarten, welche Aufgaben er erfüllen musste, um sie zu bestehen.

Er seufzte tief und ging zum Fenster. Sein Zimmer befand sich hoch oben im Mal'vranon, so dass er weit über die Dächer der Stadt schauen konnte. Nicht weit von seinem Fenster entfernt erhob sich die Schwarze Brücke, die hinüber zu einem Stalagmiten mit etlichen Tavernen, Restaurants, Kneipen und Bars führte. Flammenviertel nannten die Bewohner Bantoryns diesen Bereich ihrer Stadt, und Nando sah vereinzelt schwankende Nephilim an den Brückenwärtern vorübertorkeln, die in dunkelgrüner Uniform die großen und kleineren beweglichen Übergänge rings um die Schwarze Brücke überwachten. Langsam erwachte die Stadt zum Leben, die Straßen füllten sich, und je deutlicher die Stimmen der Nephilim zu Nando heraufklangen, desto unruhiger wurde er. *Ich werde ihn im Auge behalten – ich und die ganze Stadt.* Er fuhr sich über die Augen, um Salados' Worte aus seinen Gedanken zu vertreiben, doch es gelang ihm nicht vollständig.

Er hob den Blick und sah weit vor den Toren der Stadt eine graue Ebene mit zahlreichen Grabmalen. Es war die Ebene ohne Zeit, das hatte Antonio ihm erzählt, und Nando ahnte, dass dort unzählige Opfer des ersten Teufelssohns begraben lagen. Er hatte geträumt in der vergangenen Nacht, es war ein wirrer Traum gewesen, in dem ihm der Teufel erschienen war. In Gestalt des roten Drachen hatte er zu ihm gesprochen, hatte ihn gelockt und zu sich gerufen, und er hatte gelächelt über Nandos Vertrauen zu Antonio und den Nephilim. *Sie werden dich kleinhalten*, hatte Luzifer geflüstert. *So wie sie es stets mit unseresgleichen tun. Sie wollen dich daran hindern, deine Kraft zu nutzen, weil sie Angst vor dir haben, Angst vor dem, was in dir ruht. Noch fürchtest du dich selbst, noch glaubst du ihren Lügen. Doch eines Tages, bald schon, wirst du deine wahre Stärke erkennen. Mit mir wirst du sie nutzen können, ich kann dich leiten auf deinem Weg, besser, als sie es jemals könnten. Bhrorok ist dir auf der Fährte, doch noch liegt es bei dir: Folge mir aus freien Stücken. Folge mir als mein Sohn, und ich erhebe dich zu einem Fürsten der Welt.*

Nando stieß leise die Luft aus. Er sah den Teufel vor sich mit seinem vollkommenen Engelsgesicht, hörte seine Stimme ihn umschmeicheln und spürte die zitternde Flamme in seiner Brust, die mit brennender

Sehnsucht an seinem Fleisch nagte. Etwas in ihm gab Luzifer Antwort, und es ließ sich nicht zum Schweigen bringen, sosehr Nando es auch versuchte. Gleichzeitig jedoch sah er sie genau, die Finsternis, die in den Augen des Teufels loderte und hinter der Maske aus Gold und Verführung nur darauf wartete, ihn zu verschlingen. Diese Dunkelheit, das spürte Nando, ging über seine Kraft. Er würde sie nicht bezwingen, wenn er einmal in ihr versunken war – und wer konnte wissen, was dann aus ihm werden würde?

Die Stimmen der anderen Novizen drangen durch die dünne Tür seines Zimmers und verstärkten das mulmige Gefühl in seinem Magen. In einem würde Salados sicher recht behalten: Die ganze Stadt wartete darauf, dass er einen Fehler machte – und vermutlich würde kein Nephilim zögern, ihn hinauszuwerfen, wenn das geschehen sollte. Dunkel flammte die Gestalt des Drachen vor seinem inneren Auge auf, doch bevor er das unheilvolle Lachen hören konnte, das bereits in der Nacht zuvor durch seine Gedanken gefegt war, wandte er sich vom Fenster ab.

Nachdenklich öffnete er den Geigenkasten, der neben seinem Bett stand, und strich über das Instrument. Das Gesicht Yrphramars tauchte vor ihm auf, und wie am Abend zuvor dachte er an seine Tante Mara, an Giovanni und seine Freunde, die er in der Oberwelt zurückgelassen hatte. Er hatte Mara eine kurze Nachricht zukommen lassen und auf Antonios Geheiß so wenig wie möglich hineingeschrieben, um weder seine Tante noch sich selbst in Gefahr zu bringen. Er hatte ihr geschrieben, dass es ihm gut ginge, dass er sich bei ihr melden würde, sobald es ihm möglich wäre, und dass sie sowohl sich selbst als auch ihn in Lebensgefahr bringen würde, wenn sie nach ihm suchen ließe. Antonio hatte ihm mehrfach versichert, dass die Ritter Bantoryns in regelmäßigen Abständen überprüften, ob es ihr gut ginge, und es bislang keine Zwischenfälle gab, und dennoch spürte Nando erneut den übermächtigen Drang, ihr alles zu erklären, denn er wusste, dass sie krank vor Sorge um ihn sein musste.

Er schloss den Geigenkasten, aber gerade in diesem Moment meinte er, das Instrument aufspielen zu hören. Er nickte, als wäre dieser Ton ein Ratschlag gewesen, und musste lächeln. Wie oft hatte er über Yrphramar gelacht, nicht boshaft oder herablassend zwar, aber dennoch ein wenig spöttisch, wenn er mit seiner Geige gesprochen hatte. So weit entfernt davon schien er selbst nun auch nicht mehr zu sein, und es störte ihn nicht im Geringsten. Er stellte den Geigenkasten zurück an seinen Platz und trat vor den Spiegel, der über der Kommode hing. Er durfte sich nicht von seinem Ziel ablenken lassen. Er musste lernen, wie er sich gegen diesen verfluchten Dämon Bhrorok verteidigen konnte, mehr noch: Er musste ihn bezwingen. Und dafür brauchte er seine gesamte Kraft.

Rasch wusch er sich, zog sich um und knöpfte gerade seine Weste zu, als es in melodischem Rhythmus gegen seine Tür klopfte. Gleich darauf hörte Nando Antonios Stimme. »Sollte die Uhr dich nicht geweckt haben, werden wir in der kommenden Nacht einen Dampfhammer neben dein Bett stellen.«

Nando seufzte leise und öffnete die Tür. »Ich müsste vollständig taub sein, wenn ich von diesem Krach nicht geweckt worden wäre. Niemals hätte ich gedacht, dass eine so winzige Uhr ein solches Spektakel veranstalten kann.«

Antonio lächelte mit erhobenen Brauen. Er trug einen vornehmen roten Waffenrock, eine schmal geschnittene Hose und ein edles, samtenes Hemd. Sein Säbel hing an einem reich verzierten Gürtel. »Häufig sind es die kleinen Dinge, die den größten Lärm machen«, sagte er, während Nando zu ihm auf den Flur trat und die Tür hinter sich schloss. »Vielleicht liegt das daran, dass sie fürchten, man könnte sie sonst übersehen. Wie es aussieht, hast du die erste Nacht in der Unterwelt gut überstanden?«

»Der Teufel erscheint in meinen Träumen«, erwiderte Nando und fühlte sich umgehend von Antonios Blick getroffen. »Er spricht zu mir und will, dass ich ihm folge. Er will, dass ich höhere Magie benutze – und er sagt, dass alle hier Lügner sind.«

Antonio lachte auf, und die Reaktion kam so unerwartet, dass Nando überrascht den Blick hob. Der Engel schüttelte lächelnd den Kopf. »Luzifer hatte schon immer seine eigene Wahrheit. Er will dich verführen, wie es seine Art ist, damit er Macht über dich gewinnt. Noch beherrschst du deine höhere Magie nicht, doch das ist nur eine Frage der Zeit. Du wirst die Ausbildung dieser Akademie durchlaufen. Und dann wirst du stark genug sein, um ihm auf Augenhöhe zu begegnen.«

Nando warf Antonio einen Blick zu. »Und bis dahin? Es wird für mich wahrscheinlich auch ohne Teufel im Kopf nicht gerade leicht sein, mich hier zu behaupten, oder?«

»Das ist richtig«, erwiderte Antonio ernst. »Doch eines ist sicher: Du brauchst nicht den Teufel, um deine Kraft zu nutzen. Dein Zweifel ist deine größte Schwäche, und er ist das Tor, durch das Luzifer zu dir spricht. Vertraue dir selbst, Nando! Das ist für alles der erste Schritt.«

Gemeinsam gingen sie den gewundenen Gang hinab, an dem zu beiden Seiten die Zimmer anderer Novizen abzweigten. Fackeln flackerten in weißem Feuer an den Wänden und erhellten den Stein des Mal'vranons und das dunkle Holz, aus dem der Gang bestand. Bilder von Ehemaligen und Rittern, die ihr Leben für die Stadt gegeben hatten, zierten die Wände, doch Nando beachtete sie kaum. Novizen kamen ihnen entgegen, viele von ihnen waren in seinem Alter. Er spürte ihre Blicke wie Nadelstiche auf seiner Haut, hörte, wie sie hinter seinem Rücken tuschelten, und vermied es krampfhaft, einem von ihnen in die Augen zu schauen. Doch er sah, wie sie vor ihm zurückwichen, wie sie Antonio ehrfürchtig Platz machten und ihn selbst mit verschränkten Armen musterten, als wäre er entweder ein widerwärtiges Insekt oder ein gefährliches Ungeheuer.

»Wie ich dir gestern bereits sagte, befindet sich im obersten Stock des Mal'vranons der Trakt der Novizen«, sagte Antonio, während sie einen Fahrstuhl aus Licht betraten. »Darunter liegen die Unterrichtsräume für Magie sowie die Arbeitszimmer und Privaträume der Lehrer.« Sie gelangten in die Empfangshalle, die nun in hellem Licht erstrahlte und von Novizen nur so wimmelte, und setzten ihren Weg durch einen der langen Gänge fort. »Unter dieser Halle findest du die Bibliothek, die Räume für Beschwörungen, den Korridor der Kämpfe und einige Zimmer für Theoriestunden. In der Schublade deines Schreibtisches gibt es einen Plan, der dir die Orientierung erleichtern wird. Und das hier ist der Speisesaal der Akademie.«

Antonio trat durch eine breite, zweiflügelige Tür aus massivem Holz. Nando folgte ihm und fand sich in einem Saal wieder, dessen getäfelte Decke von mehreren Balken gehalten wurde. Ein farbiges Mosaik zierte den Boden, und darauf standen gedeckte Tafeln, an denen bereits etliche Novizen Platz genommen hatten. Nando begegnete neugierigen Augenpaaren, die sich meist feindlich verklärten, sobald er ihre Blicke erwiderte.

»Zweimal am Tag treffen sich sämtliche Novizen und Lehrer hier zum gemeinsamen Essen«, sagte Antonio. »Morgens findet anschließend der Unterricht statt oder – so wie heute – die monatliche Prüfungssequenz. Nach dem Essen hast du Gelegenheit, dieser Prüfung in der Arena beizuwohnen, dich in der Stadt umzusehen und deinen Stundenplan zu studieren. Heute Abend werde ich dir einige Grundlagen der Magie vermitteln und diese Lektionen in den nächsten Tagen fortsetzen, damit du bald mit dem regulären Unterricht beginnen kannst. So wirst du deine Kräfte möglichst rasch kennenlernen und vollends beherrschen können.«

Nando nickte. Das mulmige Gefühl in seinem Magen hatte sich inzwischen zu einem Eisklumpen verhärtet.

Antonio legte ihm die Hand auf die Schulter. »Du wirst deinen Weg gehen, daran zweifle ich nicht. Es wäre nicht von Nutzen für dich, stets an meiner Seite gesehen zu werden, daher rate ich dir, dich unter die anderen Novizen zu mischen, doch eines sollst du wissen: Ich habe dich in diese Stadt geholt, ich trage die Verantwortung für alles, was hier geschieht. Und ich bin da, wenn du mich brauchst – jederzeit.«

Nando nickte erneut, auf einmal war seine Kehle wie zugeschnürt. Er sah das schwarze Flackern in Antonios Augen, das immer ein Lächeln andeutete, und spürte den warmen Schauer, der aus den Fingern seines Mentors in seine Schulter floss. Dann wandte Antonio den Blick und holte tief Atem.

Nando spürte die Kälte, die durch den Raum floss und jedes Gespräch umgehend erstickte. Die Novizen eilten zu ihren Plätzen und wandten sich Antonio zu. Nandos Atem ging schneller, doch er zwang sich, nicht den Kopf zu neigen. Regungslos stand er da und ertrug die teils misstrauischen, teils unverhohlen feindseligen Blicke der anderen.

»Novizen Naphratons«, rief Antonio, und seine Stimme brandete über die Tafeln hinweg wie ein Sturmwind. »Ihr werdet seinen Gruß vergangene Nacht über den Dächern Bantoryns gesehen haben, und nun steht er vor euch: ein neuer Nephilim, gefunden in der Oberwelt und dort gerettet vor den Engeln, die ihn jagen. Doch nicht nur sie sind ihm auf den Fersen. Auch die Kräfte der Verdammnis trachten ihm nach dem Leben, denn die Gerüchte, die seit vergangener Nacht durch die Stadt flüstern, sind wahr: Dieser Nephilim ist der Teufelssohn.« Erstickte Gemurmel erklang, doch Antonio hob kaum merklich die Hand und brachte es zum Verstummen. »Ich weiß, dass viele von euch ihm mit Furcht und Misstrauen begegnen. Ich weiß auch, dass so mancher Zorn und Abscheu verspürt aufgrund dessen, was die Engel ihm und den Seinen antaten und was der letzte Teufelssohn in unserer Stadt anrichtete. Doch vergesst eines nicht: Dieser Nephilim ist einer von uns. Vergangene Nacht wurde er einstimmig vom Senat in unseren Bund aufgenommen, und das bedeutet für jeden von euch: Sein Leben ist ebenso viel oder wenig wert wie das eure. Achtet ihn, wie ihr euch selbst achtet, und steht ihm bei, wie ihr euch selbst beisteht. Heißt ihn willkommen in eurer Mitte, auf dass er stark genug werde, denen zu begegnen, die ihn jagen und töten wollen. Sein Name ist Nando Baldini.«

Für einen Moment war es totenstill. Nando hörte nichts als seinen eigenen Herzschlag und das vereinzelte unterdrückte Murmeln anderer Novizen. Dann streckten sie die Hände aus und schlugen mit den Knöcheln auf die Tischplatten.

»Wir heißen dich willkommen, Nando«, riefen sie, und ihre Stimmen donnerten auf Nando zu wie eine Welle aus tosenden Steinen. »Willkommen in unserem Bund und in Bantoryn, der Stadt jenseits des Lichts!«

Wie ein Mann verstummten sie und starrten ihn unverändert an. Nando nickte unsicher, doch ehe er etwas hätte sagen können, ergriff Antonio erneut das Wort.

»So sei es«, erklärte er. »Und nun esst – der Tag zwischen den Welten ist lang.«

Wie aus einer tödlichen Umarmung entlassen wandten die Novizen sich ab und griffen nach den Terrinen und Schüsseln, die auf den Tischen standen. Nando spürte noch einmal den Druck von Antonios Fingern auf seiner Schulter. Dann ließ sein Mentor ihn allein. Nando sah noch, wie er sich in einiger Entfernung an eine Tafel setzte, an der bereits mehrere ältere Nephilim Platz genommen hatten, die Nando für Lehrer hielt. Er holte tief Atem. Antonio hatte recht, er sollte sich unter die anderen Novizen mischen. Sie waren es, mit denen er in nächster Zeit auskommen musste. Dennoch spürte er sein Herz heftig gegen seine Rippen schlagen, als er auf einen der Tische zusteuerte. Er vermied es, den Novizen in die Augen zu schauen – sonst hätte er vermutlich niemals einen Stuhl gefunden. Schnell setzte er sich auf einen freien Platz. Jedes Gespräch verstummte um ihn herum, dicht gefolgt von einem verächtlichen Zischen.

Nando hob den Blick und schaute in das Gesicht eines Mädchens in etwa seinem Alter. Sie saß ihm schräg gegenüber und trug ausschließlich schwarze Kleidung, ein geschnürtes Bustier aus schwerem Samt und lederne Stulpen, an denen Messer befestigt waren. Ihre Augen liefen zu den Seiten hin schräg zu und waren ungewöhnlich grün wie bei einer Katze. Ihr schwarzes Haar fiel weit auf ihren Rücken hinab und umrahmte ihr schmales, bleiches Gesicht. Ihre ebenfalls schwarzen Schwingen erhoben sich hoheitsvoll hinter ihr, und Nando erkannte verschlungene Schriftzeichen, die vereinzelt in dunklem Schein unter ihrer Haut aufglommen wie versunkene Steine in einem klaren See. Sie hielt ihre Gabel so fest umklammert, dass ihre Knöchel weiß hervortraten, und in ihren Augen stand ein Zorn, der sich fast fühlbar um seine Kehle legte.

»Geh, Teufelssohn!«, zischte sie und starrte ihn mit leicht geneigtem Kopf an. »Die Hölle wartet auf dich! Hier will dich niemand – schon gar nicht an meinem Tisch!«

Fünf Nephilim saßen um sie herum, die offensichtlich eine Clique um das Mädchen bildeten, denn sie warfen einander vielsagende Blicke zu. Besonders ein junger Mann mit dichten braunen Locken und bronzefarbener Haut fiel Nando auf, der ihn eindringlich musterte. Im ersten Moment ähnelte er Luca, doch in den braunen Augen des Fremden lag unverhohlene Abneigung. Neben ihm saß ein hagerer Nephilim mit strähnigem roten Haar und spärlich befederten Schwingen. Aus zusammengekniffenen Augen stierte er Nando an, und dieser spürte die Abscheu, die er vor diesem Fremden empfand, seine Magenwände emporkriechen.

»Ich sitze, wo ich will«, erwiderte er und stellte erstaunt fest, wie ruhig seine Stimme klang. Dabei raste sein Herz so schnell in seiner Brust, dass er meinte, alle Umsitzenden müssten es hören.

Das Mädchen schlug die Gabel auf den Tisch und presste die Lippen so fest zusammen, dass sie nichts mehr waren als feine weiße Striche. Eines der Zeichen unter ihrer Haut glomm an ihrem Handgelenk auf. Nando spürte die Vibration der Luft, als sie einen Zauber murmelte, doch da glitt ihr Blick von ihm ab. Sofort verblasste das Zeichen, und jeder Zorn rutschte hinter eine Maske der Reglosigkeit.

»Was ist hier los?«

Die Stimme klang dunkel und rau, und Nando spürte eine durchdringende Kälte hinter sich, die gerade eben noch nicht da gewesen war. Er wandte den Blick und sah einen Dämon mit pechschwarzer Haut und hellblauen Augen, dessen Hände mit den dunkelgrünen, gebogenen Nägeln sich zu Klauen geformt hatten. Verschlungene Tribals zogen sich über seinen kahlen Schädel und den Hals hinab. Er trug eine Uniform aus kunstvoll bearbeitetem Leder. Neben ihm stand ein geflügelter Panther mit kalten grauen Augen. Ungerührt musterte der Fremde einen nach dem anderen, doch keiner von ihnen sagte ein Wort. »Ausgezeichnet«, stellte er fest. »Ich habe mir eine ruhige Tischrunde gewünscht.«

Damit setzte er sich auf einen freien Platz am Kopfende und begann schweigend zu essen. Nando schaute zu ihm hinüber, vorsichtig lächelte er ihm zu. Doch der Fremde erwiderte diese Geste nicht. Unverwandt starrte er Nando an. Sein Panther saß neben ihm, reglos glitt sein kalter Blick über den Tisch, als würde er nur darauf warten, dass eine unbedachte Bewegung geschah. Schnell wandte Nando sich ab und sah gerade noch, wie der rothaarige Nephilim dem Mädchen etwas zuflüsterte, ohne ihn dabei aus den Augen zu lassen. Das Mädchen lächelte kalt, erwiderte jedoch nichts.

Mit geneigtem Kopf brachte Nando das Essen hinter sich. Das Mädchen schien es kaum erwarten zu können, den Tisch zu verlassen, denn kaum dass ein heller Gong zum Zeichen des beendeten Mahls erklungen war, schob sie ihren Stuhl zurück, dass er hintenüberkippte, und verließ mit ihrem Gefolge den Saal. Als Nando ebenfalls aufstehen wollte, streckte der Dämon die Hand aus und deutete auf ihn.

»Du«, sagte er mit kalter Missachtung. »Mein Name ist Drengur Aphion Herkron. Ich bin stellvertretender Vorstand des Senats dieser Stadt, der Generalleutnant der Garde und damit Leiter des Zweiges der Kampfkunst der Akademie. Du wirst in meiner Klasse diese Kunst erlernen. Aber vorerst warten andere Aufgaben auf dich. Als Neuer wirst du den Küchendienst am ersten Tag allein übernehmen. Abräumen werden die anderen – und du spülst. Die Küche ist dort. Hast du verstanden?«

Nando folgte dem Fingerzeig Drengurs und nickte. »Ich bin …«, begann er, doch als er sich wieder zu seinem Gesprächspartner umwandte, war dieser mitsamt seinem Panther verschwunden.

Mit zusammengezogenen Brauen nahm Nando seinen Teller und ging in die Küche. Diese war ein kleiner Raum mit einem riesigen Wasserbottich in der Mitte. An den Wänden stapelte sich das schmutzige Geschirr, und während Nando begann, mit der bereitliegenden Spülbürste die Teller zu schrubben, ließ er das höhnische Gelächter der Nephilim an sich abgleiten wie Öl von einer glatten Oberfläche. Er hatte in der Oberwelt Teller gespült und würde nun also auch in der Unterwelt Teller spülen. Vermutlich haftete ihm diese Tätigkeit an wie anderen Leuten das Glück. Er fragte sich, ob Drengur diese Aufgabe jedem neuen Nephilim erteilte oder ob das eine perfide Art war, ihm zu zeigen, was der Lehrer von ihm hielt. Die Abscheu Drengurs war nicht zu übersehen gewesen. Und ausgerechnet dieser Dämon sollte ihn in Kampfkunst unterweisen – großartig. Vermutlich würde er ihm zuerst einmal alle Knochen brechen und ihn dann zu einem Marathon durch die Stadt hetzen, während alle übrigen Novizen ihn vom Rand aus mit fauligem Obst bewerfen konnten.

Nando seufzte tief und hörte erleichtert zu, wie sich der Saal leerte. Die letzten Nephilim brachten ihre Teller, vereinzelt bemerkte er Neugier in ihren Blicken und nur schwache Regungen von Feindseligkeit. Doch wenn er sie anlächelte oder etwas sagen wollte, wandten sie sich schnell ab. Endlich fiel die große Tür ins Schloss, und er war allein. Still reinigte er Teller um Teller und dachte an das Mädchen mit den grünen Augen, das ihn voller Hass angesehen hatte. Er hatte damit gerechnet, dass viele Nephilim nicht gerade begeistert sein würden, ihn in ihrer Mitte willkommen heißen zu müssen, aber den Zorn, den das Mädchen in den Augen trug, konnte er sich nicht erklären. Was hatte er ihr angetan, dass sie ihn so abgrundtief verabscheute? Er kannte doch noch nicht einmal ihren Namen.

»Mein Name ist Noemi Rathvira Skramur«, flüsterte ihm eine Stimme ins Ohr. »Und ich rate dir, ihn dir zu merken!«

Erschrocken fuhr Nando herum und konnte nur im letzten Moment den Teller festhalten, der ihm durch die Finger gerutscht war. Vor ihm stand das Mädchen mit den grünen Augen, flankiert von dem rothaarigen Nephilim, dem braungelockten jungen Mann und drei weiteren Novizen. Alle starrten ihn mit verächtlichem Ausdruck an und verschränkten die Arme vor der Brust, als Noemi einen Schritt auf ihn zutrat.

»Du hast meine Gedanken gelesen«, sagte Nando und kam sich sofort lächerlich vor.

Noemi lächelte kalt. »Du bist ja ein ganz Schlauer, was? Dann wirst du auch klug genug sein, um zu wissen, dass du so schnell wie möglich von hier verschwinden solltest. Geh und verstecke dich unter den Menschen oder halte dich an die Engel, die dich von deinem armseligen Dasein erlösen könnten – nur verschwinde von hier! Verschwinde aus der Stadt der Nephilim, du hast hier nichts verloren!«

Nando spürte die Zauber, die Noemis Gefolgsleute in ihren Fäusten sammelten, und hob beschwichtigend die Hände. »Ihr habt von mir nichts zu befürchten. Ich weiß, dass viele von euch Angehörige verloren haben, weil der andere Teufelssohn das Feuer über die Stadt gebracht hat, weil die Engel die Nephilim jagen und …«

»In der Tat«, stellte Noemi fest. »Sie jagen uns, weil es dich gibt – dich, einen jämmerlichen Wurm, der keinem von uns auch nur ein Haar krümmen könnte. Dich fürchten! Was denkst du, wer du bist? Du kannst nicht einmal deine Gedanken vor mir schützen! Du bist ein Niemand! Und ich sage es dir zum letzten Mal: Du hast nichts zu suchen in meiner Stadt!«

Da stieß Nando die Luft aus. »Deine Stadt!«, erwiderte er und spürte, wie auf einmal Zorn hinter seiner Stirn pochte. »Was willst du von mir? Ich werde von Dämonen und Engeln verfolgt und kämpfe hier um mein Leben! Ich habe keinem von euch etwas getan, keinem! Also lasst mich in Frieden!«

Noemi stand da wie erstarrt. Nur ihre Augen waren in Aufruhr, Wellen aus grünem Sturm wogten darin auf und nieder. Für einen Moment glaubte Nando, sie wolle ihn schlagen. Doch gleich darauf riss sie die Faust in die Luft, ein mächtiger Knall fegte durch den Raum – und sämtliche Teller, Terrinen und Schüsseln zerbrachen in einem donnernden Scherbensturm. Nando hob die Arme vors Gesicht, um sich vor den herumfliegenden Splittern zu schützen. Ein Teller traf ihn an der Stirn, seine Haut platzte auf, und Blut lief über sein Auge. Der Lärm um ihn herum verklang, und er sah durch einen roten Schleier, dass Noemi auf ihn zutrat. Die Scherben unter ihren Füßen knirschten, ein grausames Lächeln lag auf ihren Lippen.

»Ich habe dich gewarnt«, flüsterte sie und kam ihm so nah, dass er ihren Atem auf seinem Gesicht fühlen konnte. Der Zorn in ihren Augen griff nach ihm und jagte einen Schauer über seinen Rücken. Sie hob den Arm, und ohne dass sie ihn berührte, legte sich eine Fessel um seine Kehle und drückte ihm die Luft ab. Er griff nach ihrer Hand, doch es war, als wäre sie aus Stein. Regungslos stand sie da und sah ihn an. »Du bist mein Feind«, sagte sie kaum hörbar. »Ich hasse dich mehr als den Tod. Und ich werde dich vernichten, wenn du nicht freiwillig verschwindest. Du wirst dein blaues Wunder erleben, das verspreche ich dir. Du weißt nichts von mir, aber ich …«

»Noemi!«

Mit einem Schlag war Nando frei. Er taumelte zurück, hustend und keuchend. Noemi war vor ihm zurückgewichen, sie stand in einiger Entfernung und schaute wie die anderen zur Tür, in der ein hochgewachsener Nephilim mit schulterlangem schwarzen Haar und dunklen Schwingen stand. Auch seine Haut war ungewöhnlich bleich, und Nando erkannte ähnliche Zeichen darunter wie auf dem Körper Noemis. Der Fremde trug die Uniform der Garde, unzählige silberne Stiche zierten das samtene Schwarz. Seine Hand ruhte auf seinem reich verzierten, mit einem roten Rubin geadelten Schwert, das eine stilisierte Mohnblüte am Knauf trug und an einem schwarzen Gürtel um seine Hüfte hing. Er schien einige Jahre älter zu sein als Nando. Sein Mund hatte sich vor Zorn zu einem dünnen Strich verzogen, und seine Augen waren smaragdgrün – wie Noemis.

Die beiden fixierten einander, die Zeichen auf ihrer Haut flammten auf. Es war ein lautloses Kräftemessen. Ihre Empfindungen brandeten über ihre Haut, sie brachen sich in dem tosenden Grün ihrer Augen, dass es Nando schwerfiel, nicht von ihnen mitgerissen zu werden, und er beobachtete diesen Kampf angespannt. Schließlich neigte Noemi schwer atmend den Kopf. Die Zeichen unter ihrer Haut erloschen, schwarzer Rauch stieg von ihnen auf wie von verkohltem Fleisch.

Wortlos trat der Fremde in den Raum und schaute von einem zum anderen. Rasch wichen sie vor ihm zurück und eilten aus dem Zimmer. Nur Noemi blieb, wo sie war. Noch immer flammte der Zorn hinter ihrer Stirn, Nando konnte ihn fast fühlen. Doch sie schwieg.

»Du verhältst dich wie ein Kind«, sagte der Fremde, aber seine Stimme klang nicht nur ärgerlich. Ein beinahe sanfter Ton schwang in seinen Worten mit, der Nando die Brauen heben ließ. »Du weißt, dass unsere Eltern das nicht gewollt hätten.«

Da hob Noemi den Blick und stieß die Luft aus. »Silas«, sagte sie nur und verschränkte die Arme vor der Brust. Dann schüttelte sie den Kopf. »Er ist der Teufelssohn. Seinetwegen ...«

Doch Silas schnitt ihr das Wort ab. »Nein, Noemi. Hör auf! Hast du vergessen, mit welcher Verachtung Nephilim wie wir einst von jenen behandelt wurden, die Engelsblut in ihren Adern tragen? Hast du die Anfeindungen vergessen, denen Nephilim wie wir wenige Generationen vor uns ausgesetzt waren? Die Gesellschaft dieser Stadt hat sich gewandelt, sie akzeptiert, was anders ist – das solltest du auch! Er ist ein Nephilim – genau wie du oder ich, und du darfst ihn nicht für das strafen, was ein anderer uns angetan hat. Eines Tages wirst du das erkennen, das hoffe ich sehr. Und jetzt verschwinde. Du hast genug angerichtet.«

Noemi holte Luft, um etwas zu sagen, doch Silas maß sie mit einem durchdringenden Blick, der jedes Wort im Keim erstickte. Sie sah Nando noch einmal zornig an, dann stürmte sie aus dem Zimmer. Nando hörte die Tür zum Essenssaal mit Wucht ins Schloss fallen. Silas betrachtete ihn ohne die Spur eines Lächelns.

»Ich danke dir«, begann Nando, doch dann fiel sein Blick auf die zahllosen Stiche, die Silas' Uniform zierten, und er verbesserte sich: »Ich meine, Euch ... Ich ...«

Da verzog sich Silas' Mund zu einem Grinsen. »Gestatten – Silas Rakhamon Skramur, Hochwohlgeborener Tunichtgut aus dem Hause Ganzweitfort. Nein, lass es gut sein, Nando. Ich bin ein Ritter Bantoryns, und einst war ich Novize Naphratons so wie du jetzt. Nun bin ich ein Offizier der Garde, aber es besteht kein Grund, in Ehrfurcht zu erstarren.«

Er zog ein Tuch aus der Tasche und warf es Nando zu. Dieser wischte sich das Blut vom Auge, ein stechender Schmerz zuckte durch seine Schläfe, als er seine Stirn berührte. Silas trat näher, bewegte zwei Finger vor Nandos Augen und raunte einen Zauber. Gleich darauf spürte Nando ein Ziehen dort, wo die Wunde war, und merkte, dass sie sich verschloss.

Silas lächelte ein wenig. »Spätestens morgen wird nichts mehr zu sehen sein«, sagte er. Dann hob er die Hand, murmelte etwas und blies blaue Funken von seinen Fingern, die wie winzige Glühwürmchen auf die zerbrochenen Teller und Schüsseln flogen. Staunend sah Nando, wie sie sich wieder zusammensetzten, ohne den geringsten Kratzer zu behalten. Gleichzeitig flogen weiße Nebel aus Silas' Faust, die sich wie unsichtbare Hände auf den Schmutz legten und ihn beseitigten.

»Lass mich raten«, sagte Silas mit erhobenen Brauen. »Diese Aufgabe hat Drengur dir gegeben.«

Nando nickte. »Er scheint mich nicht gerade zu mögen.«

Silas lachte leise und begann, die gereinigten Teller auf die Anrichten zu stellen. »Drengur mag niemanden auf der Welt. Oder zumindest erweckt er gern den Anschein. Höchstens Althos schafft es manchmal, ihm ein Lächeln abzuringen.«

»Sein Panther?«, fragte Nando, und Silas nickte.

»Althos ist seit jeher Drengurs Begleiter, jedenfalls seit ich ihn kenne. Er gehört zu den Uthu, katzenhaften Dämonenwesen, die es so gut wie gar nicht mehr gibt in der Schattenwelt. Doch Drengur ist alt, auch wenn man ihm das nicht ansieht, und Althos, nun ja … Man könnte sagen, er stammt aus Drengurs vorigem Leben, seinem Leben vor Bantoryn. Die Ausbildung bei ihm ist jedenfalls hart, ohne Frage, aber er hat in vielen Schlachten gekämpft und Wissen angesammelt, das jedem Krieger Bantoryns bereits oft das Leben gerettet hat. Solange du dich von seiner rauen Art nicht beeindrucken lässt, wirst auch du viel bei ihm lernen können.« Er hielt inne und seufzte leise. »Und Noemi, weißt du …«

Nando hob die Brauen. »Ist sie tatsächlich deine Schwester?«

Silas lachte auf. »Ja, man glaubt es kaum, was? Das Blut der Varja, der dämonischen Hexen aus dem Volk der Ra'fhi, ist stark in ihr. Immer schon hatte sie einen Hang zum Dunklen und Schattenhaften. Während die meisten Novizen in ihrer Freizeit in den sauberen Restaurants des Viertels der Flammen Tischfußball spielen, sitzt Noemi mit Vorliebe in den Kneipen des Schlangenviertels herum, weithin bekannt als Bantoryns verrufenste Gegend. Sie unternimmt liebend gern Ausflüge in die Brak' Az'ghur, und nicht umsonst hat sie sich entschieden, neben der höheren Magie auch Schattenmagie zu erlernen – jene Magie, die auf der Lehre der Schatten basiert, der magischen Lehre der Dämonen.« Er schwieg kurz, und das Lächeln schwand von seinen Lippen. »Es mag dir merkwürdig erscheinen, aber Noemi ist der stärkste Nephilim, den ich kenne. Es gibt nichts, das sie nicht schafft, wenn sie es sich einmal vorgenommen hat. Früher hätte ich mich vielleicht nicht anders verhalten als sie. Unsere Mutter wurde von den Engeln getötet, unser Vater ist in der Feuersbrunst des einstigen Teufelssohns umgekommen. Noemi hat den Verlust nie verwunden. Ihr Zorn richtet sich nicht gegen dich persönlich, auch wenn es sich merkwürdig anhören mag. Sie verachtet die Macht, die du in dir trägst, die Kraft Luzifers, die unsere Eltern getötet hat. Sie würde jedem Teufelskind die Schuld geben für das, was geschehen ist.«

Nando nickte und stellte einen Stapel Teller auf die Anrichte neben sich. »Und du nicht?«

Silas schüttelte den Kopf. »In meiner Zeit bei der Garde habe ich eines schnell gelernt: Man sollte nicht zu viel auf Namen geben, denn es kommt nicht darauf an, welchen man trägt – es kommt darauf an, welchen man sich selbst gibt. Ich habe Engel gesehen, die schlimmere Dinge getan haben als alles, was ich mir in der Hölle vorstellen kann, und sogenannte Dämonen, die selbstlos und stark für andere eingetreten sind und ihr Leben riskierten. Ich bin ein halber Dämon, in lang vergangener Zeit hat sich einer meiner Vorfahren einst Luzifer verschrieben, doch dieser Weg ist nicht der meine. Du trägst die Macht des Teufels in dir, aber du bist nicht der Teufel selbst. Meine Eltern sind tot, doch nicht du hast das Schwert gegen sie geführt und sie in den Flammen verbrennen lassen, und daher wiederhole ich es gern: Du bist ein Nephilim, oder nicht? Ein Nephilim – genau wie ich.«

Er lächelte ein wenig, und zum ersten Mal, seit Nando in dieser unterirdischen Welt angekommen war, sah er kein Misstrauen in den Augen eines Nephilim. Gemeinsam machten sie sich daran, die Küche aufzuräumen, und während Silas ihn in ein Gespräch über die Kampftechniken der ersten Klasse verwickelte, zog sich die Kälte mehr und mehr zurück, die sich als Klumpen in Nandos Magen gesammelt hatte. Nur hin und wieder hörte er Noemis Stimme in seinen Gedanken. Er sah sie vor sich, die Hände zu Fäusten geballt, und dachte an ihre Worte. *Du bist mein Feind. Ich hasse dich mehr als den Tod.* Nie zuvor hatte jemand etwas Ähnliches zu ihm gesagt, und er bemühte sich angestrengt, etwas wie Zorn oder Empörung in sich dafür zu finden. Doch er empfand nichts dergleichen. Alles, was er sah, wenn er an Noemi dachte, war der Schmerz, der in ihren Augen stand – der Schmerz, der auch in Silas' Lächeln lag und der ihn selbst noch immer mitten in der Nacht mit einem Schrei erwachen ließ, atemlos hoffend, dass alles nur ein Traum gewesen sei. Doch es war nie nur ein Traum.

Du weißt nichts von mir. Nando stellte den letzten Teller auf einen der Stapel und folgte Silas aus dem Zimmer. *Doch*, erwiderte er und war sich sicher, dass Noemi ihn hörte. *Mehr, als du ahnst.*

13

Der rote Staub des Mohns wehte über das Kopfsteinpflaster der Gasse, die in gewundenen Bahnen um die zusammengekauerten Häuser bis hinunter zur Arena führte, die einige Straßenzüge von der Akademie entfernt lag. Dort sollte die Prüfungssequenz stattfinden, von der Antonio gesprochen hatte, und Nando war froh, dass Silas ihn auf seinem Weg begleitete. Zahlreiche Nephilim strömten aus der Akademie, und immer wieder begegnete er auch unter den übrigen Bewohnern der Stadt neugierigen Blicken und feindlich verzogenen Gesichtern. Besonders ein Brückenwärter mit tiefen Narben wie von einem Brenneisen in der linken Wange fiel ihm auf, der mit zornigem Gesicht vor ihm ausspuckte und die Arme vor der Brust verschränkte.

»Sie sehen mich an, als wäre ich der Leibhaftige höchstselbst«, murmelte Nando.

Silas nickte zustimmend. »Noemi ist nicht die Einzige, die dich für ihr Leid verantwortlich macht. Tolvin beispielsweise, der Brückenwärter, liebt Bantoryn mehr als sein Leben, und er hasst alles, was diese Stadt gefährden könnte. Nimm dir das nicht zu sehr zu Herzen. Die Bewohner Bantoryns haben Angst, aber das wird sich geben, wenn sie dich erst kennengelernt haben. Gib ihnen ein wenig Zeit.«

Nando warf seinem Begleiter einen Blick zu. Silas schritt durch die Menge wie ein Fürst, den Kopf hoch erhoben, die Hand in stiller Gelassenheit auf dem Knauf seines Schwertes ruhend. Häufig trafen ihn bewundernde Blicke, dicht gefolgt von einem verständnislosen Achselzucken, wenn die Nephilim Nando in seiner Nähe bemerkten, doch Silas schien die anderen kaum wahrzunehmen. Seine Aufmerksamkeit lag vollständig bei Nando, als wäre ihr Gespräch für diesen Augenblick das Wichtigste auf der Welt.

Nando seufzte leise. »Antonio sprach von Bantoryn als einer Bastion der Helden, und sicher ist diese Stadt auch genau das, aber ...« Er stockte. »Es war ein seltsames Gefühl, als ich hier angekommen bin, fast so, als wäre ich schon einmal hier gewesen oder als käme ich nach langer Reise nach Hause. Aber jetzt ... Noemi hatte recht, keiner will mich hier.«

Silas wischte mit der Hand durch die Luft, als wollte er ein lästiges Insekt vertreiben. »Das ist nicht wahr. Antonio bringt niemanden in diese Stadt, der ihr nicht gerecht werden kann. Bantoryn hat dir ihr Vertrauen erwiesen. Ihre Freundschaft ist schwerer zu erlangen, aber du darfst eines nicht vergessen: Letzten Endes sind wir Nephilim hier unten nicht anders als die Menschen der Oberwelt: Alles, was wir nicht kennen, ängstigt uns, gerade dann, wenn sich Legenden und düstere Mythen darum ranken.«

»Das ist wahr. Als ich zum ersten Mal hörte, dass es Engel und Dämonen gibt, habe ich es nicht geglaubt. Und als sich meine Kräfte zeigten ...« Nando schüttelte den Kopf und musste lächeln. »Da bin ich weggelaufen, quer durch die halbe Stadt mit einer brennenden Hand.«

Silas warf ihm einen erstaunten Blick zu und lachte. »Es muss in der Tat merkwürdig sein, auf einmal zu erfahren, dass man ein Nephilim ist. Ich kann es mir kaum vorstellen. Mein ganzes Leben habe ich in der Welt der Schatten verbracht. Noch immer erscheint mir die Oberwelt der Menschen mitunter wie ein Kuriositätenkabinett. Aber das hast du umgekehrt sicher auch gedacht, als du in die Unterwelt gekommen bist, nicht wahr?«

Nando dachte an den Aschemarkt und seine außergewöhnlichen Besucher, ließ den Blick über die schwebenden Fahrstühle und die Kleidung der Bewohner Bantoryns gleiten und nickte. »Ehrlich gesagt erscheint es mir immer noch so.«

»Vermutlich sollte ich dir jetzt sagen, dass du dich schon daran gewöhnen wirst«, erwiderte Silas nachdenklich. »Aber eigentlich ist es viel besser, sich nicht daran zu gewöhnen. Weißt du, Nando, diese Stadt ist mehr als die Zuflucht der Nephilim. Sie ist auch ein Ort der Wunder und Magie, ein Platz für all jene, die zwischen den Welten zu Hause sind. Manchmal denke ich, dass die Welt eine bessere wäre, wenn es mehr Orte wie Bantoryn in ihr gäbe – Orte der Vielfalt, der

Freiheit und des ungebrochenen Willens, Orte bis zum Rand gefüllt mit verborgenen Geheimnissen. Ich wünsche dir, dass du diesen Zauber immer spüren wirst. Behalte deinen Blick für die Schönheit dieser Stadt – mit all ihren schrägen Vögeln.«

Er deutete lachend auf einen beleibten Nephilim mit einem merkwürdigen Hut aus Alufolie auf dem Kopf, aus dem silbrige Tentakel ragten, und Nando fiel in sein Lachen ein. Kurz darauf gelangten sie an eine Kreuzung, und Silas blieb stehen.

»Zur Arena folgst du einfach weiter dieser Straße«, sagte er und wies die Gasse hinab. »Leider kann ich mir das Schauspiel nicht ansehen. Morgen werde ich meine Truppen wieder in die Oberwelt führen, um Laskantinspeicher abzubauen und sie sicher nach Bantoryn zu bringen, und danach werden wir Klassen der Akademie dorthin begleiten und vor möglichen Angriffen durch die Engel schützen. Außerdem hat Salados, der General der Garde, die Patrouillen in den Gängen der Schatten rings um Bantoryn verstärkt. In den kommenden Wochen werde ich vermutlich nur selten hier sein, aber ich bin schon gespannt darauf, was du gelernt hast, wenn wir uns wiedersehen. Bis dahin braucht mich mein Corps.«

Nandos Miene verfinsterte sich. »Seit ich hier bin, strömen die Engel in Scharen aus, um mich zu finden, nicht wahr? Und Ritter wie du riskieren ihr Leben, um sie fernzuhalten.«

»Niemand zwingt mich, ein Ritter der Garde zu sein«, erwiderte Silas achselzuckend. »Ich habe mich selbst dafür entschieden, und ich verteidige die Stadt nicht nur für die Nephilim. Es ist, wie ich sagte, Nando: Bantoryn ist mehr als eine Zuflucht. Sie ist die Heimat von uns allen. Sie ist ein Gedanke, eine Idee aus Licht und Freiheit, und dafür kämpfe ich.«

Er lächelte ein wenig, und es lag so viel Zuversicht in dieser Geste, dass Nando die Blicke der anderen Nephilim kaum noch wahrnahm. »Und du zweifelst nie daran, dass es richtig ist, was du tust?«, fragte er. »Dass du versagen könntest? Hast du nie Angst?«

Silas nickte, als würde er über die Fragen nachdenken. Dann holte er tief Atem. »Doch«, sagte er leise. »Oft.«

Nando zog die Brauen zusammen. »Aber warum tust du es dann?«

»Es gibt Dinge, die man tun muss«, erwiderte Silas mit einem Ernst, der Nando den Atem anhalten ließ. »Sonst wäre man kein Nephilim, kein Mensch, kein Engel oder Dämon – sondern nichts als ein Haufen Dreck. Da draußen, Nando, gibt es wichtigere Dinge als Angst und Zweifel. Es sollte immer wichtigere Dinge geben als das.«

Mit diesen Worten legte er ihm die Hand auf die Schulter und lächelte ihm noch einmal zu. Dann neigte er den Kopf wie bei einer Verbeugung, wandte sich ab und ging durch die Menge davon. Nando schaute ihm nach, bis sich fremde Nephilim in sein Blickfeld schoben, und setzte seinen Weg fort. Er bemühte sich, etwas von dem Gefühl der Vertrautheit bei sich zu behalten, das sich während des Gesprächs mit Silas in ihm ausgebreitet hatte, doch kaum dass er von dem ersten Novizen angerempelt wurde, kehrte die Kälte in seinen Magen zurück. Er holte Atem und hob den Kopf, wie er es bei Silas gesehen hatte. Schwach hing der Duft des Schlafmohns in der Luft, er brachte Nando die Stimme Olvryons zurück. *He'vechray*, hörte er sie in seinem Kopf, und er wiederholte das Wort in Gedanken: *Heimat*. Er sah die Augen des Hirsches vor sich, die nichts waren als Nacht und Sterne, und erinnerte sich an das, was Antonio ihm sagte. *Olvryon sieht, wer du wirst. Das solltest du auch tun. Du musst ein Teil der Schattenwelt werden – jener Teil, der du immer schon warst.*

Mit diesen Gedanken schob Nando sich durch die Menge, begegnete den Blicken der Nephilim mit erhobenem Kopf und wich nicht zurück, wenn sie ihm entgegentraten oder ihn beiseitezudrängen versuchten. Er war nicht ohne Grund in diese Stadt gekommen, Silas hatte recht gehabt. Antonio hatte ihn hierher gebracht, damit er sich gegen Bhrorok und die Engel verteidigen konnte, und der Senat hatte diese Entscheidung gebilligt. Er durfte sich von den Nephilim nicht unterkriegen lassen, ebenso wenig wie von seinem eigenen Zweifel, der boshaft in seinem Nacken saß und ihm zuflüsterte, dass er ein Tellerwäscher sei, nichts weiter, und als solcher nicht das Geringste in einer Stadt wie Bantoryn verloren habe.

Nach kurzer Zeit erreichte er einen ovalen Platz, der von hohen Laternen umkränzt wurde und in dessen Mitte sich eine Arena aus schwarzem Marmor erhob. Breite Portale gewährten den Zugang ins Innere, und nachdem Nando in der Masse der Nephilim hineingespült und die ersten Stufen emporgetrieben worden war, glitt sein Blick über die Reihen aus steinernen Stufen, breite, mit verzierten Geländern versehene Treppen und eine Arena mit feinem, schneeweißen Sand. Unwillkürlich musste er an die Ruine des Kolosseums denken. Etliche Male hatte er zwischen den steinernen Pfeilern gestanden oder hinab in die einstige Unterkellerung geblickt und sich vorgestellt, wie gewaltig dieses Bauwerk in seinen Glanzzeiten gewesen sein musste. Er kannte auch das Theater von Verona, doch erst jetzt, da er – gestoßen von unzähligen Ellbogen der anderen Novizen – die Treppe hinaufging, bekam er eine Ahnung davon, wie die Stimmung in einem Gebäude dieser Art zu früheren Zeiten gewesen sein musste. Er setzte sich in eine der unteren Reihen, ließ den Blick über die sich zunehmend füllenden Tribünen und den staubigen Sand der Arena gleiten und meinte fast, das Brüllen eines Tigers zu hören, als die schweren Tore geschlossen wurden. In diesem Sand, das wusste er plötzlich, war schon oft Blut vergossen worden, und mehr als das: Dort unten, zu Füßen der Zuschauer, waren Nephilim gestorben.

»Das ist richtig«, hörte er eine Stimme. Er wandte den Blick und schaute in das Gesicht von Morpheus, dem Senator, der mit seinem Rollstuhl die Treppe herunterkam. Kleine Greifbeine schoben sich blitzschnell an den Seiten der Räder heraus und ermöglichten ihm ein beinahe gleitendes Vorankommen. Neben Nando blieb er stehen, fuhr mit seinem Gefährt bis dicht an die Sitzreihe heran, sodass die anderen Zuschauer an ihm vorbeigehen konnten, und lächelte Nando freundlich zu. »In der Tat sind Leute gestorben in dieser Arena, das hast du ganz richtig festgestellt«, sagte er und zog etwas aus seiner Tasche, indem er ächzend auf seinem Sitz hin und her rutschte. Es war ein Amulett mit fünf verschiedenen Zeigern, die sich in unterschiedlicher Geschwindigkeit vor einem matt glänzenden Zifferblatt aus Kupfer drehten. Das Schmuckstück hing an einer dünnen, bronzefarbenen Kette. »Früher waren die Trainingseinheiten härter als heute, und manch einem ist entweder seine eigene Magie oder die des Gegners zu Kopf gestiegen, mitunter im wahrsten Sinne des Wortes. Hier, häng dir das um den Hals, muss ja nicht jeder wissen, was du in Gedanken zu sagen hast, nicht wahr?« Nando legte sich die Kette zögernd um. Er stellte nicht den geringsten Unterschied fest, doch Morpheus nickte zufrieden. »Na also«, sagte er stolz. »Bald wirst du es nicht mehr brauchen, Antonio wird dir schon beibringen, wie du Privates bei dir behältst. Aber bis dahin kannst du es tragen. Jetzt muss ich mir nicht mehr mit anhören, welchen spätpubertären Phantasien du möglicherweise nachgehst, während du mir nicht zuhörst.«

Er kicherte koboldhaft, und Nando konnte nicht anders, als sein Lächeln zu erwidern. Morpheus hatte ihn vor dem Senat verteidigt, und darüber hinaus hatte er eine Art an sich, die Nando an die liebenswerte Verrücktheit Yrphramars erinnerte. »Ich möchte mich bei Euch bed…«, begann er, wurde jedoch umgehend von Morpheus unterbrochen, der in rasender Geschwindigkeit vor ihm durch die Luft fuchtelte.

»Unfug, Blödsinn, Quatsch«, murmelte er, griff neben seinen Sitz und zog eine Atemmaske von einem Haken. Eilig presste er sie sich vor das Gesicht, sog gierig die Luft ein, schloss kurz mit zitternden Lidern die Augen und nickte hingegeben. Dann hängte er die Maske zurück an ihren Platz.

»Morphium«, sagte er, als er Nandos erstaunten Blick bemerkte. »Versetzt mit Laskantin, um die Einnahme zu erleichtern und Nebenwirkungen zu verringern. Ist zu mehr gut, als man denken könnte, wenn du verstehst, was ich meine. Seit die verfluchten Engel mir das Rückgrat gebrochen und meine Beine unbrauchbar gemacht haben, bin ich von Schmerzen geschlagen, die du niemals ermessen wirst. Womöglich würde ich inzwischen auch ohne dieses Zeug auskommen, aber ich will nicht. Ich rauche nicht, ich trinke nicht, und Frauen sind für mich seit dieser Sache ohnehin Vergangenheit. Zu welchem Laster also rätst du mir, hm?«

Er schien keine Antwort zu erwarten, denn er schüttelte energisch den Kopf, als Nando den Mund öffnete. »Du brauchst mich nicht anzusprechen wie einen feinen Pinkel«, fuhr er fort, kramte in der Tasche seiner Weste herum und beförderte eine metallene Pillendose zutage, die er mit einem Finger aufschnippte und Nando hinhielt. Darin befanden sich kleine, zusammengerollte Blätter, die mit einer zuckerartigen Masse überzogen waren.

»Schlafmohn«, sagte Morpheus und zuckte mit der Dose, bis Nando eines der Blätter entgegennahm. »Unter die Zunge, ist vollkommen antihalluzinogen, keine Sorge. Ist sogar gut für die Zähne, denn das, was du vermutlich für Zucker hältst, ist keiner.«

Morpheus schob sich drei Blätter auf einmal in den Mund, behielt sie kurz unter der Zunge und kaute dann eifrig drauflos. Offensichtlich war die entstandene Substanz etwas wie Tabak oder Kaugummi, ein Eindruck, der sich bestätigte, als Nando Morpheus' Beispiel folgte. Eine kalte Schärfe breitete sich von dem Blatt aus, ähnlich einem Bonbon mit Eukalyptus und Menthol.

»Du weißt nicht viel über die Veranstaltung hier«, stellte Morpheus fest, während er mit offenem Mund vor sich hin schmatzte. »In aller Kürze: Es gibt drei Klassen in der Akademie, die jeweils mit einer Prüfung beendet werden, nach der sich die Novizen erneut zu Bantoryn bekennen und über ihre weitere Rolle in der Stadt entscheiden dürfen. In der ersten Klasse lernst du den Umgang mit deiner gewöhnlichen Magie und grundlegende Kampftechniken. Am Ende legst du eine Prüfung ab, die beweist, dass du in der Schattenwelt überleben kannst und fähig bist, die zweite Klasse zu erreichen. Dort erlernst du zunächst den Umgang mit höherer Magie und kannst dich im Wahlpflichtbereich mit Schatten- oder Lichtmagie beschäftigen – doch das sind beides Bereiche, über die du dir zum jetzigen Zeitpunkt am besten überhaupt noch keine Gedanken machst, weil du sonst vor lauter Panik auf der Stelle Reißaus nehmen würdest. Die dritte Klasse dient der Spezialisierung, dort kannst du dich ausbilden lassen zum Heiler, zum Ritter, zum Späher oder was es sonst noch alles gibt. Möglicherweise kannst du auch Lehrer werden, aber wer will das schon. Sich den lieben langen Tag mit nervigen Blagen herumschlagen – dafür muss man schon ausgesprochen durchgedreht sein, nicht wahr?«

Er lachte laut auf und nickte einigen Neuankömmlingen zu, die gerade die Arena betraten. Nando erkannte Antonio und Drengur mit seinem Panther Althos unter ihnen. Sie ließen sich mit den anderen Lehrern auf der untersten Sitzreihe nieder. Langsam verstummte das Gemurmel, die letzten Nephilim huschten auf ihre Plätze. Die Spannung war fühlbar, als Drengur sich erhob und mit gemessenen Schritten in die Mitte der Arena trat. Mit düsterer Miene schaute er durch die Reihen. Sein Blick blieb an Nando hängen, und sein ohnehin bereits versteinertes Gesicht wurde noch eine Spur kälter. Dann wandte er sich ab und rief laut und durchdringend einen Namen.

»Jalvis!«

Unruhiges Raunen flog durch die Reihen, als ein dünner Nephilim mit blassgrauen Flügeln von den obersten Rängen hinunter zur Arena eilte. Rote Flecken zierten seine Wangen, sein Atem ging schnell, als wäre er gerade einen Marathon gelaufen. In gebührendem Abstand zu Drengur blieb er stehen und neigte ehrfürchtig den Kopf.

»Temedon!«

Wieder erklang das Raunen, und ein weiterer Nephilim mit blondem langen Haar, das er zu einem Zopf gebunden hatte, lief zu Drengur hinab. Auch er neigte den Kopf, bis der Lehrer zwei Schwerter hinter seinem Rücken vorzog und sie ihnen vor die Füße warf. Wortlos trat er zurück, beobachtete, wie die Nephilim die rechte Hand auf die Brust legten und das Schwert vor die Augen hoben, und nickte langsam. Jalvis beobachtete seinen Gegner genau, und noch ehe Nando die Bewegung genau hätte verfolgen können, sprang er vor und schlug mit dem Schwert auf Temedon ein. Dieser wich zurück, er hatte sichtlich Schwierigkeiten, seine Waffe zu halten. Nando konnte es ihm nicht verdenken. Er hatte einmal auf einem Schulfest ein Schwert geführt und sich dabei fast den Arm ausgekugelt, so schwer war es gewesen. Jalvis hingegen schien weniger Probleme zu haben. Ein verschlungener Zauber kam über seine Lippen, schwarze Flammen sprangen über die Klinge seiner Waffe. Funken sprühten, als er Temedon zurücktrieb. Dieser taumelte, und Nando meinte schon, ihn stürzen zu sehen. Doch gerade in dem Moment, da Jalvis siegessicher lächelte, errichtete Temedon mit einer Handbewegung einen leicht flackernden, transparenten Schild in der Luft und streckte ihn blitzschnell vor, sodass Jalvis' Schwert davon absprang und im Sand landete.

Schallend klang Drengurs Klatschen durch die Arena, als dieser den Kampf beendete. Jalvis und Temedon gaben sich die Hände, legten erneut die rechte Hand auf die Brust und neigten respektvoll voreinander die Köpfe. Anschließend überreichte Drengur Temedon ein schmales Kupferarmband, das dieser sich mit strahlendem Lächeln anlegte, und die Novizen kehrten auf ihre Plätze zurück.

»Erste Klasse, Anfänger«, murmelte Morpheus. Er schnippte seine Dose auf und stopfte sich zwei weitere Mohnblätter in den Mund, doch Nando achtete kaum darauf. Drengur rief vier Namen auf, eilig kamen zwei weibliche und zwei männliche Nephilim in die Arena.

Auch sie vollzogen das Begrüßungsritual, allerdings erhielten sie keine Waffen. Etwas unsicher blieben sie stehen, während Drengur sich an den Rand der Arena zurückzog und einen blauen Funken in den Sand warf. Sofort ging ein lautes Dröhnen durch die Reihen, Nando spürte eine Erschütterung, als würde die Erde beben, und gleich darauf schossen vier Kreaturen aus dem Sand der Arena, die sich mit schnarrenden Lauten auf die vier Nephilim stürzten.

Auf den ersten Blick sahen sie aus wie monströse Spinnen und Skorpione, doch Nando erkannte winzige flackernde Partikel, die wie wirbelnde Puzzleteile durcheinanderflogen und ihre Körper bildeten. In rasender Geschwindigkeit stachen sie mit messerscharfen Gliedmaßen nach den Nephilim, die flammende Messer in ihren Fäusten erschufen und sich in studierter Formation vor den Monstren verteidigten. Donnernd schlug der Stachel eines Skorpions direkt neben einem Mädchen ein und brachte es zu Fall, doch sofort wurde er vom Messer eines anderen Novizen getroffen. Schnarrend wich der Skorpion zurück, aber das am Boden liegende Mädchen schleuderte ihr Messer in seine Richtung, traf ihn in den Cephalothorax – und sah zu, wie er in tausend glitzernde Staubteilchen zerbrach. Umgehend sprang das Mädchen zurück in die Formation, die sich mit geschickten Manövern auf die anderen Ungeheuer zubewegte, ihnen die Gliedmaßen abschnitt, die als dunkler Staub niederfielen, und schließlich atemlos, aber siegreich zwischen den Überresten ihrer Gegner stand.

»Erste Klasse, Fortgeschrittene«, murmelte Morpheus. »Schon besser.«

Nando sah ihre erhitzten Gesichter und den Stolz in ihren Augen, als Drengur jeden Einzelnen belobigte und auch ihnen kupferfarbene Armbänder überreichte, und er spürte die Anspannung, die auf ihnen lag, auch von sich selbst abfallen, als sie zurück zu ihren Plätzen eilten. Drengur blieb in der Mitte der Arena stehen, seine Miene verfinsterte sich noch stärker, als hätte er ausgesprochen schlechte Nachrichten für jemanden.

»Noemi!«, dröhnte seine Stimme durch die Arena.

Entgegen Nandos Erwartungen rief er keinen weiteren Namen auf, sondern ging ohne ein weiteres Wort zu seinem Platz zurück. Unter leisen Zurufen bahnte Noemi, die auf der gegenüberliegenden Seite in den oberen Rängen Platz genommen hatte, sich ihren Weg nach unten. Ihr Gesicht zeigte keine Regung, ihre Augen ruhten in stiller Konzentration. Auf ihrem Rücken lag ein Köcher mit Pfeilen, in der Hand hielt sie einen Bogen aus pechschwarzem Holz. Ihre Messer blitzen an ihren Armen.

Morpheus beugte sich auf seinem Sitz vor, Anspannung lag auf seinem Gesicht. »Zweite Klasse«, sagte er, als würde das alles erklären, und deutete auf Noemi. »Sie hat vor, nach ihrer Prüfung in die Garde aufgenommen zu werden. Sie ist verflucht schnell, überaus schlau – und ein ausgesprochenes Biest, wenn sie jemanden nicht mag.«

Nando seufzte. Das hatte er bereits am eigenen Leib erfahren. Er wollte gerade etwas erwidern, als ein Rauschen die Luft durchdrang wie von einem mächtigen Vogelschwarm. Nando hatte dieses Geräusch schon einmal gehört – und damit war er nicht allein. Erschrockene Rufe klangen durch die Arena, die ersten Nephilim sprangen von ihren Sitzen auf und ließen sich nur durch ein Brüllen Drengurs dazu bringen, wieder Platz zu nehmen. Nando hielt den Atem an, Panik strömte durch seine Adern und zog ihm das Blut aus dem Kopf.

Engel.

Er sprang auf die Beine, doch mit ungeahnter Kraft packte Morpheus ihn am Arm und zog ihn auf seinen Platz zurück. Nando griff nach dessen Hand, doch gleich darauf wurde das Rauschen in der Luft ohrenbetäubend, und er sah mit schreckgeweiteten Augen, wie sieben Engel auf dem obersten Rand der Arena landeten. Panische Schreie peitschten durch die Luft, während die Engel unbewegt zu den Nephilim hinabschauten. Sie trugen silberne Uniformen, und ihre Schwingen ... Nando zog die Brauen zusammen. Ihre Schwingen bestanden aus geschwärztem Stahl. Unzählige metallene Plättchen bildeten die Federn und die sonst goldenen Engelaugen waren schwarz wie die Nacht. Starr standen die Engel über der Arena, während noch immer Schreckenslaute zu ihnen hinaufdrangen.

»Überraschung«, murmelte Morpheus, und Nando hörte, dass er lächelte.

Im selben Moment flammten die Augen der Engel in rotem Licht auf, und einer von ihnen stürzte auf Noemi hinab. Nando schrie wie zahlreiche weitere Nephilim erschrocken auf, doch Noemi wich dem

Angreifer aus, sprang mit einem Salto von ihm fort und erhob sich in die Luft. Blitzschnell griff sie nach ihrem Bogen und schoss in Bewegungen, die zu schnell waren für Nandos Augen, eine Salve auf den metallenen Engel. Die meisten Geschosse prallten von ihm ab, doch eines traf ihn. Der Pfeil drang oberhalb der Beinschiene in sein Knie ein, weißer Rauch quoll aus der Wunde. Morpheus fluchte neben Nando, doch der Engel ließ sich nicht aufhalten. Mit vorgestreckter Faust schoss er auf Noemi zu, riss den Mund zu einem dröhnenden Schrei auf und spie eine blaue Feuersbrunst in ihre Richtung. Im letzten Augenblick erschuf sie einen flackernden Schutzwall vor sich. Prasselnd glitten die Flammen daran ab, doch der Engel hatte sie fast erreicht. Da hob Noemi den Schild in die Höhe, sprang nach unten weg durch die Flammen und erschuf eine Peitsche aus goldenem Licht zwischen den Händen, die sie mit knallendem Laut auf den Engel schleuderte. Knisternd schlang sie sich um dessen Hüfte, Noemi riss ihren Gegner zurück und warf ihn zu Boden. Morpheus stieß einen Schmerzenslaut aus, als der Engel auf dem Schädel landete und dieser funkensprühend in seine Einzelteile zerbrach.

Gleich darauf breiteten die übrigen Engel ihre Schwingen aus und rasten auf Noemi zu. Kurz wich sie vor ihnen zurück, doch dann breitete sie die Hände aus und schrie einen Zauber. Tosend erhob sich der Sand der Arena unter ihrer Beschwörung, die einzelnen Körner begannen sich zu drehen wie messerscharfe Klingen.

»Naula 'phar!«, rief Noemi mit sich überschlagender Stimme und stieß die Fäuste vor. Die verschlungenen Zeichen unter ihrer Haut begannen zu glühen, schwarze Lichter brachen aus ihnen hervor und flackerten wie kraftvolle Hiebe über die Arena hinweg. Der Sand stob als gewaltige Wolke auf die Engel zu, hüllte sie ein und ließ zwei von ihnen zu Boden fallen, wo sie scheppernd liegen blieben. Dann stürzte der Sand nieder, Noemi erhob sich in die Luft und griff nach ihren Messern. Wieder rief sie einen Zauber, wirbelte um die eigene Achse und warf zwei Messer vor sich auf zwei Engel. Den ersten traf sie zwischen die Augen, den zweiten am Hals. Mit rauem Keuchen stürzten sie in die Arena, doch schon raste ein weiterer Engel heran. Noemi konnte nicht mehr ausweichen. Er packte sie an der Kehle. Schwer atmend hob sie die Hand, die sich mit grünen Flammen überzog, und presste dem Angreifer die Finger in die Augen. Funkensprühend sprang dieser zurück und landete auf den obersten Rängen inmitten einiger Nephilim, die erschrocken vor ihm zurückwichen, ehe er mit leisem Knirschen erstarrte. Noemi setzte schwingenrauschend in der Arena auf, hoch über ihr raste der letzte Engel durch die Luft. Flammende Schleier fegten aus seinen Fingern, dicht gefolgt von schwarzen und grünen Blitzen. Noemi errichtete einen Schutzwall, doch während die Flammen noch an ihm abglitten, zerbrach er unter dem ersten Blitz des Engels. Der zweite traf Noemi vor die Brust, sie wurde zurückgeworfen und schlug auf dem Rücken auf. Reglos blieb sie im Sand der Arena liegen, die glühenden Zeichen unter ihrer Haut erloschen.

Nando kam auf die Beine wie die anderen Nephilim. Auf einmal spürte er, dass er seine Hände so fest zusammenpresste, dass seine Nägel sich in sein Fleisch bohrten, doch er kümmerte sich nicht darum. Mit schweren Schritten trat der Engel auf Noemi zu, zischend entstand ein Schwert aus weißem Licht in seiner Faust. Dicht vor ihr blieb er stehen und riss das Schwert in die Luft. Nando hielt den Atem an. Noemi lag da, als wäre sie …

»Nhemryon!«, schrie sie, sprang mit einem Satz auf die Beine und stieß dem Engel die Faust ins Gesicht, dass er zurückgeschleudert wurde und krachend am Rand der Arena landete. Mit leisem Dröhnen wurde die Glut seiner Augen schwächer und erlosch schließlich.

Wie ein Befreiungsschlag brach der Jubel los, und auch Nando konnte sich nicht zurückhalten. Er wusste, dass Noemi ihn verabscheute und ihn bis in ihr tiefstes Inneres hasste, und dennoch war sie in diesem Augenblick eine Heldin für ihn. Die Engel lagen in der Arena, zusammengebrochen und bezwungen von der Faust eines Mädchens, und die Nephilim jubelten ihr zu, als hätte sie gerade die gesamte Stadt Bantoryn ins Licht gehoben. Nando fühlte die Euphorie durch seine Adern pulsen, und erst als Drengur die Nephilim zur Ruhe zwang, verstummte auch er und ließ sich zurück auf seinen Platz fallen. Morpheus saß zusammengesunken neben ihm, das Gesicht missmutig verzogen, und griff langsam nach seiner Atemmaske.

Noemi blieb für einen Moment reglos stehen. Dann setzte sie sich leicht schwankend in Bewegung und neigte in der Mitte der Arena den Kopf. Blutige Striemen überzogen ihre Arme, ihr Haar war an den Spitzen merklich verkohlt, und der Schlag mit der Faust hatte ihr offensichtlich Schmerzen zugefügt, denn sie hielt die rechte Hand angewinkelt, als hätte sie sich mehrere Finger ausgekugelt oder gebrochen. Doch in ihrem Blick war weder von Anstrengung noch von Schmerz oder Verletzung auch nur eine Spur zu lesen. Unbeugsam hob sie den Kopf und schaute hinüber zu Drengur, der langsam auf sie zutrat und ihr das kupferfarbene Armband überreichte. Sie nahm es mit der linken Hand entgegen, ehe sie zu ihrem Platz zurückkehrte, mit erhobenem Kopf wie eine Königin.

Drengur blieb in der Mitte der Arena stehen. Gerade hatte er den Mund geöffnet, um etwas zu sagen, als der Engel, den Noemi per Faustschlag in die Niederlage gezwungen hatte, wieder auf die Beine kam. Ein ersticktes Surren erklang, das rasch lauter wurde wie bei einer startenden Maschine. Flackernd erstrahlte das Rot seiner Augen, er hob die Arme, aus denen er unkontrolliert Blitze in die Reihen schoss, und stampfte mit krächzendem Gesang auf Drengur zu.

»Verflucht!«, zischte Morpheus und stopfte die Atemmaske zurück an ihren Platz. »Ein Kurzschluss. Den fangen sie nicht mehr ein, das ist sicher!«

Drengur warf einen Flammenzauber auf den Engel, auch Antonio und weitere Lehrer eilten in die Arena und bemühten sich, das metallene Monstrum in die Knie zu zwingen, doch sie mussten den wild umherfliegenden Blitzen ausweichen, und auch die Nephilim auf den Rängen duckten sich vor plötzlich einschlagenden Zaubern.

Morpheus drückte mehrere Knöpfe seines Rollstuhls, woraufhin eine Stange aus Stahl sich an seiner Lehne aufklappte und einen Rotor entfaltete, der umgehend begann, sich zu drehen. Nando wich zurück, als Morpheus sich in die Luft erhob, doch dieser hielt ihn zurück.

»Antonio erzählte mir von deinem Arm«, rief er gegen den Lärm seines Rotors an und wartete, bis Nando nickte. »Ich war Arzt in meinem ersten Leben, dem Leben an der Oberfläche, du verstehst mich. Ich könnte dir helfen, wenn du willst, auch bei deinen Flugproblemen übrigens. Ich wohne im Viertel der Schlangen, keine Sorge, heute gibt es dort keine mehr. In ein paar Tagen werde ich dir eine Nachricht schicken, dann kannst du vorbeikommen, frag nach Morphium Morpheus und die Anwohner werden dir Auskunft geben.«

Er grinste noch einmal, dann flog er in die Arena hinab. Eilig glitt er zwischen den Lehrern hindurch, die den Engel inzwischen mit flammenden Seilen in Schach hielten, blieb dicht vor seinem Geschöpf stehen und rief so laut, dass es bis in den letzten Winkel der Arena zu hören war:

»Hypnos!«

Knirschend hielt der Engel inne, als würde er überlegen, ob er diesen Befehl verstehen sollte oder nicht. Dann neigte er den Kopf, die Arme noch immer zum Kampf erhoben, und die Lichter in seinen Augen erloschen, als würde er in tiefen Schlaf sinken.

Erleichtert stieß Nando die Luft aus. Um ihn herum brach der Tumult aus, alle redeten durcheinander, und er sah mit einem Lächeln, wie sich die Lehrer wild gestikulierend auf Morpheus stürzten, der ihre Worte entschieden zurückwarf.

Nando legte den Kopf in den Nacken und sah die Sterne aus Feuer und Eis über sich. Er stellte sich vor, dass er mit Freunden zusammensaß, dass die Nephilim um ihn herum ihn nicht nur für diesen einen flüchtigen Augenblick, in dem sie ihn schlichtweg vergessen hatten, nicht mit Kälte bedachten, sondern überhaupt nie wieder. Er stellte sich vor, wie es wäre, wenn er in der Schattenwelt tatsächlich das finden würde, was Olvryon ihm gesagt hatte: eine Heimat. Hatte er nicht zeit seines Lebens in der Oberwelt nach einem solchen Ort gesucht? Und war er nicht hier unten, jenseits des Lichts, unter seinesgleichen? Diese Gedanken gingen ihm durch den Kopf, und ein Gefühl der Wärme breitete sich in ihm aus. Hatte er nicht die Möglichkeit, in der Stadt der Helden heimisch zu werden, selbst wenn er kein Held war? Er wandte den Blick, denn er spürte, dass ihn jemand ansah. Um ihn herum tobte die Arena, alle Nephilim riefen durcheinander, sie sprangen über die Reihen und ließen ihrer Anspannung, die sie während der Kämpfe angestaut hatten, freien Lauf. Nur einen weiteren reglosen Punkt gab es mit Ausnahme von Nando selbst. Er befand sich schräg gegenüber von ihm und fixierte ihn mit eiskaltem Ausdruck in den Augen.

Nando erwiderte Noemis Blick regungslos. Mochte sie ihn hassen, mochte sie alle Engel der Welt bezwingen, während er nicht einmal ein Schwert halten konnte – er würde nicht den Kopf vor ihr neigen, solange sie ihn nicht als ihresgleichen akzeptierte. Heute hatte Noemi ihm gezeigt, was er können musste, um gegen einen Engel wie Avartos oder einen Dämon wie Bhrorok zu bestehen, und er würde sich nicht davon abbringen lassen, dieses Ziel zu erreichen. Denn Silas hatte recht: Bantoryn war ein Ort des ungebrochenen Willens – und von nun an war er ein Teil dieser Stadt.

14

Die Stadt lag schlafend, doch die Herztöne der Menschen pulsten durch das Mauerwerk ihrer Behausungen und stachen wie schrille Schreie in Bhroroks Ohren. Seine Schritte klangen dumpf auf dem Pflaster der Gassen, und er nahm den Geruch von ranziger Butter und verfaultem Obst wahr, der süßlich und schwer aus den Mülltonnen drang. Diese Stadt war ein Geschwür mit all ihrem Dreck, ihren eitrigen Auswüchsen und juckenden Ekzemen, und Bhrorok fiel es schwer, nicht die Hände auszustrecken und sie tief in das vermodernde Fleisch einer toten Katze zu graben, die am Straßenrand lag. Ja, diese Stadt war ein Moloch wie jede Stadt der Menschen, wie geschaffen für alle Arten von Parasiten. Vielleicht begann er aus diesem Grund, sich in ihr wohlzufühlen. Er bohrte sich die Nägel ins Fleisch und drängte den Hunger an den Rand seines Bewusstseins zurück, wo er sich grollend zusammenrollte und ihn aus schwarzen Augen anstarrte. Bhrorok verschloss sich vor den lockenden Gerüchen der Stadt. Er hatte keine Zeit für seine Gier.

Sein Wolf lief neben ihm, die Nase stets nur ein kleines Stück weit über dem Boden, und schaute immer wieder aus den Augenwinkeln zu jener Gestalt hinüber, die sie führte. Die Kreatur huschte schattengleich am Rand der Gasse entlang, unnatürlich dürr und geduckt, dass sie beinahe aussah wie ein sehr alter Mensch. Doch ihre Bewegungen passten nicht zu ihrem gebrechlichen Äußeren. Fließend waren sie und vollkommen lautlos, als würden die Glieder eines Scherenschnitts zerreißen und sich gleich darauf zu neuer, unheilvoller Figur zusammensetzen. Nur hin und wieder sah Bhrorok im Schein einer Straßenlaterne messerscharfe Klauen aus den zerfransten Ärmeln der schwarzen Kutte ragen, deren Kapuze der Gestalt bis weit ins Gesicht hing. Ansonsten verschmolz sein Begleiter mit den Schatten der Stadt, als wäre er ein Teil davon. Erst als sie die Straßen verließen und in das finstere Dickicht der Villa Ada eintauchten, hörte Bhrorok das leise Rascheln der Zweige, die im Unterholz über den Körper der Kreatur hinstrichen.

Er selbst konnte sich Angenehmeres vorstellen, als in der verfluchten Natur herumzulaufen. Knisternde Insektenleiber schoben sich hinter den Rinden der Bäume entlang, er fühlte ihre Panzer unter seinen Füßen zerbrechen und hörte sie schnarrend näher kriechen wie Motten, die das tödliche Licht einer Kerze suchten.

»Herr«, flüsterte eine widerwärtig untertänige Stimme und ließ Bhrorok halb den Blick zu seinem Begleiter wenden, der stehen geblieben war. Zwei blassgelbe Pupillen glommen in der Dunkelheit der Kapuze auf und erhellten für einen winzigen Moment das hautlose Fleisch rings um die Augen. »Ist nicht mehr weit jetzt«, fuhr die Gestalt fort, die Stimme aus dem Dunkel schickend wie einen Fluch. »Ich fühle sie schon, die Ströme aus Silber und tanzendem Licht, fühle, wie sie meine Haut verbrennen bis tief hinein zu dem, was andere Herz nennen. Fühlt Ihr sie auch? Sie gleiten durch die Luft wie lockende Geister, sie …«

Bhrorok neigte kaum merklich den Kopf und brachte sein Gegenüber zum Verstummen. »Ich höre deinen versagenden Herzschlag«, erwiderte er grollend. »Ich fühle das Zittern der Luft von deinem stockenden Atem, und ich rieche den sauren Gestank der Furcht auf deinem Fleisch Aber *sie* nehme ich nicht wahr. Deswegen sollst du mich führen.«

Das Wesen holte röchelnd Luft, als hätte Bhrorok ihm soeben die Kehle zugedrückt und nun seinen Griff gelockert. »Ich weiß, Herr«, beeilte es sich zu sagen, nickte eifrig und setzte seinen Weg fort, während es leise weitersprach. Die frische Luft schien seine Zunge noch stärker zu lockern als die Finsternisse der Höhle, in der Bhrorok sein Feuer bewachte. »Habt mich aus den Gängen Or'loks geholt, aus Or'lok, unserer Stadt – dem Heim für uns, die Dämonen ohne Hölle, nicht wahr?« Die Kreatur lachte keuchend. »Ihr habt mich gerufen, nicht umsonst, nein, sicher nicht. Ich finde sie alle. Angelos …« Das letzte Wort kroch flüsternd über seine Lippen und säuselte um die Bäume, als wäre es ein eigenständiges Wesen mit Verstand.

Bhrorok schlug gegen einen Ast über dem Kopf des Wesens und brachte ihn mit lautem Getöse zu Fall. Nur knapp konnte sein Begleiter dem Schlag entkommen. Hastig sprang er zur Seite und hustete erschrocken.

»Still!«, mahnte er, und seine Stimme vibrierte vor Anspannung. »Wird uns hören, er, den wir suchen! Ist kein gewöhnlicher, versteht Ihr, Herr? Gehört zu … den Thronen!«

Beinahe ehrfürchtig sprach die Kreatur diesen Namen aus. Bhrorok ballte die Fäuste, denn allein der Name schnitt ihm ins Fleisch und pflanzte ein verächtliches Lachen in seine Kehle, das ihm wehtat – ihm, der keinen Schmerz kannte. Sie versteckten sich in ihren Löchern, diese Maden des Lichts, aber sie waren schwach, und er – er würde sie finden.

»Die Throne«, flüsterte die Gestalt in den Schatten. »Einst Engel der ersten Hierarchie. Sie bildeten den dritten Chor, so heißt es. Mitunter werden sie Ophanim genannt, *Räder* auf Hebräisch, und manche sagen, sie würden als flammende Räder der Merkaba erscheinen, des Lichtwagens Gottes, mit unzähligen Augen und Flügeln. Niemand weiß, wie viele Throne es noch gibt auf der Welt – doch es sind wenige, sehr wenige. Denn keine andere Art der Engel sehnt sich so stark ins Himmelreich zurück wie sie. Sie sind die Sehnsucht, sagen die Geschichten ihres Volkes, sie sind – die Hoffnung.«

Bhrorok stieß die Faust vor, um seinen Begleiter an der Kehle zu packen, doch dieser duckte sich im letzten Moment und eilte ein Stück voraus. Japsend blieb er hinter einem Gestrüpp stehen. Bhrorok hatte gerade beschlossen, ihm mit einer geschickten Drehung seines Daumens die Augen aus den Höhlen zu quetschen für die Unverschämtheit, derartige Worte in seiner Gegenwart in den Mund zu nehmen, als die Kreatur den Arm ausstreckte und in eine Richtung zeigte. Bhrorok wandte den Blick und erkannte, dass hinter den Bäumen nicht weit von ihnen entfernt das dunkle Wasser eines Sees lag. Doch kaum dass er den See bemerkt hatte, strömten rötliche Schleier über die kaum sichtbaren Wellen. Bhrorok spürte ihre Energie wie Stromstöße auf seiner Haut.

»Laskantin«, raunte er, und die Kreatur nickte ehrerbietig.

»Gibt überall Orte wie diesen in der Stadt«, flüsterte sie, während sie sich mit Bhrorok weiter an den See heranschlich. »Orte, wo diese Kraft sich sammelt, Orte, an denen sie abrufbar ist wie hier, besondere Orte, an denen die Geschichte der Menschen so tiefe Kerben ins Angesicht der Welt geschlagen hat, dass sie diese Energie anzieht und in sich speichert. Besonders die Throne sehnen sich nach Laskantin, denn sie glauben, dass darin die wahre Kraft des Schöpfers läge – jene Kraft, die er uns genommen hat. Wir brauchen sie nicht, oder irre ich mich? Brauchen nicht ihren Glanz, ihre Wärme, ihre Ruhe, sehnen uns nicht nach ihr mit aller Kraft unseres unsterblichen Lebens. Nein, nicht wahr? Das tun wir nicht.«

Der Wolf knurrte leise, und Bhrorok umfasste einen Zweig, der ihm den Blick versperrte, mit der Faust. Umgehend begannen die Blätter zu faulen, das Holz splitterte zwischen seinen Fingern und fiel als feiner Staub zu Boden. Vor ihm lag der See, schwarzes Wasser durchtränkt von roten Schleiern. Unwillkürlich musste Bhrorok an die dunkle Farbe fauligen Fleisches denken, über das sich ein Netz aus Adern mit vertrocknetem Blut zog, doch gerade als er sich in dieses Bild versenken wollte, um dem Zorn hinter seiner Stirn Einhalt zu gebieten, spürte er eine Erschütterung.

Sofort packte er seinen Begleiter und drückte ihn hinter einem Gestrüpp zu Boden. Er selbst duckte sich und sog witternd die Luft ein. Er roch nichts, doch er fühlte die magischen Impulse, die durch die Luft glitten und sich wie glühende Drähte in seine Haut bohrten.

Angelos.

Bhrorok ballte die Hände zu Fäusten und fixierte die Dunkelheit des Unterholzes, durch welche die Impulse am stärksten zu ihm drangen. In immer kürzeren Abständen gruben sie sich in seinen Leib, spreizten ihre Glut zu Widerhaken und rissen an seinem Fleisch, bis an mehreren haarfeinen Stichen schwarzes Blut über seine Haut rann. Dennoch wartete er regungslos, den Blick starr in die Finsternis gerichtet, und sah zuerst schwach, dann zunehmend stärker silbernes Licht durch die Bäume brechen. Doch es legte sich nicht um die Stämme und Blätter, wie Sonnen- oder Mondlicht es getan hätte. Es drang durch die Pflanzen des Parks, als wären sie nichts als geisterhafte Nebel, Schatten einer anderen Welt, die jenseitig und farblos erscheinen musste angesichts dessen, das nun an ihnen vorüberschritt. Für einen Moment wurde das Licht gleißend hell. Beinahe hätte Bhrorok die Augen zusammengekniffen. Doch er zwang sich, diese Helligkeit zu durchdringen, bis er ihren Schein gemildert hatte, zwang sich, keinen Lidschlag lang den Kopf zu neigen oder sich abzuwenden. Dieses Licht, das wusste er, war für keine sterbliche Seele auch nur zu erahnen. Dieses Licht galt auch nicht den Engeln, Geschöpfen aus Glanz und Glorie. Dieses Licht galt Kreaturen wie ihm, Geschöpfen der Nacht und der Finsternis, die es zerschmettern wollte und zerreißen mit seinen glühenden, lockenden Händen aus Samt, die ihm das Fleisch von den Knochen zogen. Niemals würde er auch nur Atem holen, jetzt, da der Thron sich näherte. Niemals würde er den Kopf neigen vor diesem Licht.

Bhrorok hatte viele Engel gesehen in jedem seiner langen Leben. Unzählige hatte er getötet und noch mehr gehasst und verfolgt. Doch selten hatte er etwas gefühlt wie nun, da der Thron aus dem Unterholz trat. Es war eine Mischung aus Abscheu und Faszination – ein Gefühl, das Bhrorok unbekannt geworden war. Der Körper des Engels schien aus flüssigem Silber zu bestehen, mit nichts bekleidet als einem einfachen Leinentuch. Seine Schwingen glitten hinter ihm durch die Bäume, feingliedrige Adern liefen darüber hin wie ein Geflecht aus kostbarem Kristall. Langes, weiß schimmerndes Haar ergoss sich über seine Schultern, und auf seinem schmalen, nur annähernd maskulinen Gesicht lag ein erhabenes Lächeln. Seine Augen waren golden, und nun, da er an den See trat und das Leinentuch abstreifte, spiegelten sich die Ströme des Wassers in ihnen wie Bäche aus Blut. Fuß um Fuß setzte der Engel in den See, bis er schließlich bis zur Hüfte darin verschwunden war. Das Wasser verfärbte sich von ihm ausgehend in silbrigem Licht, kristallen perlte es über seinen Körper, als er die Arme ausbreitete und es schweigend über seinem Kopf ausgoss.

Bhrorok hob die Hand und hauchte seinen froststarrenden Atem in seine Faust. Gleich darauf kroch etwas unter seiner Haut entlang auf seine Handfläche zu und brach mit leise schmatzendem Geräusch daraus hervor. Es war eine Schnecke mit messerscharfen Beißwerkzeugen, die sich lautlos von Bhroroks Hand in den See gleiten ließ.

Als hätte er diese Bewegung gefühlt, stand der Engel plötzlich regungslos. Auch Bhrorok rührte sich nicht, und als hätte dieser gemeinsame Stillstand dem Thron seine Anwesenheit offenbart, wandte er mit einem Ruck den Kopf und schaute zu ihm herüber. Das Wasser verharrte auf dem Körper des Engels, das Rauschen der Bäume verstummte. Bhrorok fühlte kaum noch den knochigen Körper des Dämons in seiner Pranke, der atemlos unter dem Gestrüpp hervorschaute. Er sah den Schatten seines Wolfs nicht mehr, und er hörte nicht die Eisblumen, die von seinen Fingern aus auf den See zukrochen und ihn langsam vereisten. Er sah nichts als den Engel, und es schien ihm, als würde er in einen verkratzten Spiegel schauen, einen Spiegel, der verborgen in der Ecke eines zugestellten Zimmers stand und dessen Bild im ersten Augenblick gar nicht aussah wie von einem Spiegel entworfen. Die Haut des Engels war silbriges Licht, doch darunter, das fühlte Bhrorok, lag Dunkelheit, und seine Hände, die zart und reglos im Wasser trieben, kannten nicht nur Sanftmut und Demut. Vor ihm stand ein Krieger, ein Thron des dritten Chors der ersten Hierarchie, und für einen Moment gab es nichts mehr, das sie unterschied – abgesehen von einer winzigen, weit zurückliegenden Entscheidung für das, was auf der anderen Seite lag. Doch dann lächelte der Engel, kaum merklich zwar, aber mit einer Erhabenheit, die Bhrorok wie eine Ohrfeige den Kopf zur Seite schlug. Glühend flammte der Zorn hinter seiner Stirn auf, er warf seinen Begleiter zu Boden, der sich zaghaft aufgerichtet hatte, und sprang mit einem heiseren Schrei aus dem Unterholz.

Sofort erhob der Engel sich ebenfalls in die Luft. Kurz standen sie sich gegenüber, die Arme erhoben, die Köpfe tief geneigt, ohne sich dabei aus den Augen zu lassen, und Bhrorok sah, wie sich der Leib des Engels veränderte. Risse überzogen seine Haut, seine Schwingen entflammten zu weißem Feuer, und seine Augen drehten sich nach innen und glotzen milchig weiß in die Dunkelheit. Seine Wangen fielen ein, als würde jede Ahnung von Schönheit aus seinem Körper weichen, und an seinen Armen, in seiner Brust, seinem Hals und selbst in seinem Gesicht öffneten sich Schlitze in seinem Fleisch, aus denen aufgerissene goldene Augen zu Bhrorok herüberstarrten. Gleißendes Licht brach aus ihnen hervor, es traf Bhrorok an der Schulter, an Armen und Hüfte und schleuderte ihn ins Unterholz zurück. Er hörte, wie die Strahlen die Bäume hinter ihm in Brand setzten, noch ehe er die

Wunden fühlte, die das Feuer des Engels ihm geschlagen hatte. Wutentbrannt ballte er die Faust und hieb die Strahlen entzwei, als wären sie Speere aus Glas. Er sprang auf die Beine, um ihn herum loderten die Bäume in weißem Feuer, dessen Flammen nach ihm schnappten wie giftige Schlangen. Mit einem Brüllen, das das Wasser des Sees aufwühlte, erhob er sich in die Luft und stürzte sich auf den Engel.

Eine schwarz flackernde Peitsche schoss aus seiner Faust, krachend schmetterte sie einen Flammenzauber des Throns zurück und grub sich tief in dessen Fleisch an Hals und Brust. Außer sich zog Bhrorok ihn zu sich heran, fühlte das Licht der tausend Augen auf seiner Haut heller werden und zwang sich gleichzeitig, nicht darauf zu achten. Er schlug seine Finger in die Schulter des Throns, so tief, dass er auf Knochen stieß, und hörte mit Genugtuung den Schmerzensschrei des Engels. Lähmend kroch Bhroroks Gift in seinen Körper, doch da riss der Engel den Kopf zurück. Seine Augen rollten nach vorn, sie waren golden wie das Licht der Sonne. Bhrorok starrte sich selbst ins Gesicht, für einen Moment – einen winzigen Moment nur – erschrak er vor diesem Anblick. Sein Gesicht war eine Fratze aus Tod. Gleich darauf fühlte er die gleißend hellen Strahlen in seinen Augen. Er schrie auf vor Schmerz, plötzlich war alles hell um ihn herum, so hell, dass er es nicht ertrug. Er spürte einen Schlag vor die Brust, flog durch die Luft und tauchte tief ins Wasser des Sees ein. Atemlos schlug er um sich, doch gerade als das Licht des Engels jede Dunkelheit in ihm verbrannt hatte, brach der Schein zusammen.

Finsternis flutete Bhroroks Leib wie kühle Luft seine Lunge, als er aus dem Wasser tauchte. Keuchend fuhr er sich über die Augen, weiße Flecken tanzten vor seinem Blick. Doch er sah den Engel, wie zu Eis erstarrt stand er da, den Blick fassungslos auf seine Brust gerichtet. Und da erkannte Bhrorok es auch – das winzige, etwa fingerdicke Loch knapp oberhalb des Herzens, und den dicken Leib der Schnecke, der sich schmatzend tiefer ins Fleisch bohrte. Bhrorok hörte, wie sich ihre Fühler in den Körper des Engels gruben, wie sie sein Herz erreichten und nach einem einzigen Biss in tausend weitere Leiber zersprangen, die sich in rasender Geschwindigkeit über ihr Opfer hermachten und sich gefräßig durch seine Adern schoben.

Bhrorok raste auf den Engel zu, eilig zog er eine gläserne Ampulle aus seinem Mantel, riss dem Thron den Hals auf und fing das Blut mit dem Gefäß auf, bis es vollständig gefüllt war. Erst dann sah er dem Engel ins Gesicht.

Sein Mund war zu einem Schrei verzerrt, doch Bhrorok hörte nichts als gurgelndes Keuchen und das schmatzende Fressen seiner Gefährten, die den Engel ausweideten und ihn bei Bewusstsein hielten, um ihm die Schrecklichkeit des eigenen Todes nicht zu ersparen. Bhrorok fühlte ihre Leiber unter der silbrigen Engelshaut, und er wollte gerade ein Lächeln auf seine Lippen legen, als der Kopf des Engels zur Seite fiel und er ihn direkt ansah. Nichts Hoheitsvolles lag mehr in seinem Blick, keine Spur mehr von der einstigen Schönheit, die Bhrorok die Kehle zugeschnürt hatte vor Abscheu. Und doch hatte der Engel seine Erhabenheit nicht verloren. Ruhig schaute er Bhrorok an, als würde er den erstickenden Laut seines eigenen Atems nicht mehr hören, als würde er die Bisse der Schnecken nicht fühlen und nicht ein letztes Mal die Augen öffnen, um seinem Feind ins Angesicht zu schauen. Er betrachtete Bhrorok so staunend, dass es diesem den Zorn in die Wangen trieb. Doch ehe er die Faust vorstoßen und dem Engel die Augen aus dem Kopf brennen konnte, lächelte dieser – sanft und mit einem Ausdruck, der Bhrorok die Luft aus der Lunge presste. Gleich darauf verwandelte sich der Körper des Engels in nebliges Licht. Lautlos glitt er Bhrorok durch die Finger und ließ nicht mehr in ihm zurück als das Lächeln, das der Engel ihm geschenkt hatte – ein Lächeln von nichts getragen als haltlosem Mitgefühl.

Das struppige Fell des Wolfs schob sich unter Bhroroks Hand und ließ ihn Atem holen. Er wandte den Blick, sein schattenhafter Begleiter schaute mit Ehrfurcht zu ihnen herüber. Schweigend hob Bhrorok die Ampulle mit dem Blut des Engels vor seine Augen und nickte. In dieser Nacht hatte er den ersten gefangen. Den ersten Engel, der seinen Weg bereiten würde – seinen Weg zum Sohn des Teufels.

15

Das Netzwerk der Korridore, von dem die Kampfräume abzweigten, lag im Untergeschoss der Akademie und schien kein Ende zu nehmen. Atemlos hastete Nando über den knarrenden Eichenboden eines Ganges und kämpfte mit der Jacke seines Sportanzugs. Er trug eine weite schwarze Kampfsporthose, ein schmal geschnittenes Hemd und den rechten Ärmel einer Jacke, die mit metallenen Ösen verschlossen wurde und deren linker Ärmel sich hoffnungslos verknotet hatte. Sein Schwert hing an einem Gürtel, der Boden war kalt unter seinen bloßen Füßen und die Schreie der Kämpfenden, die hin und wieder durch die dicken Eichentüren drangen, vermehrten seine Eile noch. Er hatte einige Tage Zeit bekommen, um sich in die magischen Grundlagen einzuarbeiten, die während der Lektionen vorausgesetzt wurden. Nun war die Schonfrist vorbei, er würde in Kampfkunst unterrichtet werden – und gleich zur ersten Stunde nicht pünktlich sein.

Bis spät in die Nacht hatte er gemeinsam mit Antonio in dessen Arbeitszimmer gesessen und unzählige Formeln gelernt. Inzwischen beherrschte er grundlegende Dinge wie den Schutz seiner Gedanken, doch er erinnerte sich noch genau daran, wie er erstmals Antonios Arbeitszimmer betreten hatte, dieses staubige Sammelsurium an Büchern und Schriften, Waffen, magischen Artefakten und Kunstgegenständen der Menschen. Er war an dem wuchtigen Schreibtisch und den beiden mit struppigem schwarzen Fell bezogenen Sesseln vorbeigetreten und staunend an den Reihen der Gemälde, Manuskripte und Skulpturen vorübergegangen, die ohne ersichtliche Ordnung auf den Ablagen, vor den Fenstern und in den Regalen verteilt worden waren. Wie erstarrte Menschen hatten die Statuen ihn aus schattenhaften Gesichtern beobachtet. Antonios Zimmer war ihm wie ein Kaleidoskop aus Dingen erschienen, die einst von größter Bedeutung gewesen waren und die nun verwahrt werden mussten, hier, tief unten in den Festen der Dunkelheit. Der größte Teil der Gegenstände stammte aus der Welt der Menschen, und Nando hatte einen echten Renoir unter den Gemälden entdeckt. *Nur ihr Menschen seid in der Lage, solche Kunst zu schaffen,* klang Antonios Stimme in ihm wider. *Eine Kunst, die von der Sterblichkeit erzählt, die sie fürchtet und achtet und in dieser Spannung über den Tod hinauswächst. Diese Kunst ist nie vollendet. Sie setzt sich fort in ihren Rezipienten, in all jenen, die sie aufnehmen. In ihnen vollzieht sich ihre wahre Bestimmung, und erst auf diese Weise erreicht sie die Vollkommenheit, die sie sein soll. Kein Engel kann diese Art von Unsterblichkeit erlangen.* Nando erinnerte sich an die seltene Sehnsucht auf den Zügen des Engels, während dieser das Gemälde betrachtet hatte, als wäre er ein Mensch und würde des Nachts den Mond oder die Sterne betrachten, wohl wissend, dass er sie niemals erreichen konnte.

Atemlos bog Nando in einen weiteren Korridor ab. Die Zahlen an den Räumen flogen nur so an ihm vorüber, doch er hatte sein Ziel immer noch nicht erreicht. Er hätte in den vergangenen Tagen den richtigen Raum suchen müssen, um den Weg zu kennen, das wusste er jetzt. Aber er hatte all seine Kraft und Konzentration in den Unterricht bei Antonio gelegt. Der Engel war ein geduldiger Lehrer, doch in seinem Blick lag eine Erwartung und Sicherheit, die Nandos Ehrgeiz weckte. Immer wieder war er kurz davor gewesen, zu verzweifeln, wenn eine Formel zu kompliziert, ein magisches Artefakt zu schwer zu handhaben war, doch jedes Mal hatte ein Blick in Antonios Augen genügt, um ihn weitermachen zu lassen. *Sobald du damit beginnst, etwas zu versuchen,* sagte der Engel häufig zu ihm, *kannst du es gleich sein lassen. Du musst etwas tun. Tu es! Und versuche es nicht.* Nando durfte nicht versagen, wenn dieser Engel an ihn glaubte, das fühlte er, und so lernte und übte er ohne Unterlass. Nach seinem Besuch bei Antonio in der vergangenen Nacht hatte er auf seinem Zimmer noch lange über den Büchern gesessen, sich in magische Lektionen und Formeln vertieft und verschiedene Kampftechniken studiert. Irgendwann musste er eingeschlafen sein – und war vor wenigen Augenblicken auf einer zerknitterten Pergamentrolle erwacht. Hektisch war er in seine Kleidung geschlüpft und irrte nun durch die schier endlosen Korridore des Kampfkunsttraktes.

Seine Miene verfinsterte sich, als er daran dachte, dass die anderen Novizen jeden Tadel, den er für sein Zuspätkommen erhalten würde, mit Genugtuung hören würden. Antonio hatte ihm von Noemi und Silas erzählt, und er hatte erfahren, dass der junge Mann mit den braunen Locken, der ihn an Luca erinnert hatte, Riccardo hieß und wie er aus der Oberwelt nach Bantoryn gekommen war. Doch diese Gemeinsamkeit führte nicht dazu, dass Riccardo ihm weniger feindselig begegnete. Er trug Noemis Zorn in sich, und wie sie dachte er gar nicht daran, ihn aufzugeben.

Endlich erreichte Nando den gesuchten Raum. Hinter der Tür hörte er Drengurs Stimme. Sie drang durch das Holz wie ein Schwert durch Fleisch und Sehnen. Nando dachte an all die Unterrichtsstunden, zu denen er in seiner alten Schule zu spät gekommen war, dachte an den Geruch dort, der in solcher Vollendung eins mit dem Gebäude geworden war, dass er sich nur einen der mit quietschendem Linoleum belegten Gänge vorstellen musste und sofort wieder diesen Duft in der Nase hatte: den Gestank nach Bohnerwachs, unnützem Wissen und Angst, der von dem kühlen und abweisenden Windhauch einer jeden Schule getragen wurde und ihn auch jetzt anflog, da er vor der Tür zu seiner ersten Kampfstunde stand. Er ballte die Faust und streckte die Finger. Wenn er sich jetzt nicht in Bewegung setzte, würde er noch am Ende der Stunde dastehen und von den anderen Novizen über den Haufen gerannt werden. Ausatmend öffnete er die Tür und trat ein.

Sofort war es totenstill. Er befand sich in einem vertäfelten Raum mit gewölbter Decke, unter der sich sieben schwere Balken von Wand zu Wand zogen. Boxsäcke, Fechtbahnen und Kletterwände befanden sich an den Seiten, und in der Mitte stand eine Gruppe von etwa fünfzehn Novizen und starrte ihm entgegen. Eilig schlüpfte er in seine Jacke und schloss sie, während er auf die anderen zulief. Zu seinem Missmut entdeckte er den rothaarigen Freund Noemis in der Menge. Er hieß Paolo, so viel hatte Nando erfahren, und verzog das Gesicht zu einem feixenden Grinsen.

Offensichtlich hatte sich die Klasse gerade zusammengefunden und von Drengur erste Instruktionen erhalten. Hochaufgerichtet stand der Lehrer inmitten seiner Novizen, barfuß wie sie und mit einer schwarzen, weiten Hose bekleidet. Sein nackter, muskulöser Oberkörper war wie sein Schädel mit verschlungenen Tätowierungen bedeckt und nun, da er sich zu Nando umwandte, wirkte er wie ein sich geschmeidig bewegendes Raubtier. Althos, sein Panther, war nirgendwo zu sehen. Drengur drehte den Stock, den er in der Hand hielt, und schaute mit finsterer Miene zu Nando herüber.

»Entschuldigung, ich …«, begann dieser, doch Drengur ließ ihn nicht aussprechen.

Mit herrischer Geste befahl er ihn zu den anderen und deutete mit dem Stock auf ihn. »Der Unterricht beginnt pünktlich. Solltest du dir das bis zum nächsten Mal nicht gemerkt haben, wirst du es bei einem Sprint durch die Stadt lernen – mit nichts anderem bekleidet als deiner Uhr! Hast du verstanden?«

Nando sah an den missmutigen Gesichtern der anderen Novizen, dass Drengur keinesfalls scherzte. Offensichtlich war diese Erziehungsmethode schon häufiger zur Anwendung gekommen. Er nickte und setzte zu einer Entgegnung an, doch Drengur kam ihm zuvor: »*Verstanden, Generalleutnant des Ersten Corps!*«

Instinktiv nahm Nando Haltung an und wiederholte die Worte. Er hörte, wie die anderen tuschelten, und spürte ihre abschätzigen Blicke, doch er sah sie nicht an. Sein Blick hing an Drengur, der mit geneigtem Kopf auf ihn zutrat. Dicht vor ihm blieb der Dämon stehen, die Schärfe seiner hellblauen Augen packte Nando wie eine eiskalte Klaue an der Kehle.

»Teufelssohn«, grollte Drengur, und Nando hörte die Abscheu in seiner Stimme. »Du bist kein Krieger. Das rieche ich drei Meilen gegen den Wind. Doch du bist hier, um einer zu werden, und das ist gut. Ich sage es dir nur einmal, also höre genau hin: Es gibt nur einen Weg für dich: der zu werden, der du bist. Du kannst nicht davor fliehen, du kannst dich nicht verstecken. Aber du kannst kämpfen für das, was du sein willst. Erwarte nicht, dass es so leicht und bequem für dich wird wie dein bisheriges Leben. Du hast die Welt der Menschen hinter dir gelassen. Nun dienst du der Welt der Schatten. Hier gelten andere Gesetze, und als ihr Diener werde ich dich prüfen, ebenso wie jeden anderen Nephilim, der mir als Novize gegenübertritt.« Er schwieg und ließ seine Worte wie Gift in Nandos Gedanken sickern. Dann wandte er sich an alle. »Werdet zu Kriegern der Schatten«, rief er, dass seine Stimme durch ihre Reihen fegte wie ein Schauer aus Eis. »Und ihr erhaltet meinen Respekt. Versagt – und stürzt in die Finsternis. Das ist einfach. Was wollt ihr sein? Krieger? Oder Schwächlinge?« Er hob stolz den Kopf. »Nach dem Training findet die Feier zu Ehren der Garde Bantoryns statt, deren Bestehen sich heute jährt – ein Fest zu Ehren derjenigen, die jeden Tag ausziehen, um euch zu beschützen! Ritter, die nicht zögern, der Dunkelheit ins Gesicht zu spucken, und die sich nicht fürchten vor den brennenden Klauen des Lichts! Sie alle sind durch diese Schule gegangen, und ich dulde es nicht, dass ihr dieses Ansehen befleckt! Ihr seid Novizen Bantoryns! Und ihr werdet diese Stadt stolz machen!« Dann stieß er Nando seinen Stab vor die Brust, dass dieser zurücktaumelte, riss die Faust in die Luft und schrie: »Lauft!«

Drengur ließ die Faust niederrasen, krachend schlug eine glühende Feuerkugel auf dem Boden auf und zersprang in Flammen, in deren Feuer sich messerscharfe Zähne zeigten. Surrend stürzten sie auf die Novizen zu, in die umgehend Bewegung kam. Die meisten von ihnen erhoben sich in die Luft und flogen in rasendem Tempo durch den Raum. Nando stolperte, als gleich drei der Flammen auf ihn zurasten. Eine erwischte ihn an der Schulter und grub ihre Zähne in sein Fleisch, dass er aufschrie. Wütend griff er nach dem Feuer und schleuderte es hinter sich, doch sofort nahm die Flamme die Verfolgung auf. Nando rannte vor ihr davon. Angestrengt versuchte er, seine Flügel auszubreiten, doch sie gehorchten ihm nicht. Ihm blieb nichts anderes übrig, als quälend langsam auf dem Boden vor Drengurs Flammen zu fliehen. Doch immer wieder schnitt einer der anderen Nephilim ihm den Weg ab und brachte ihn zum Straucheln, und nicht nur einmal spürte er Paolos Ellbogen in der Seite. Die Kälte in seinem Magen nahm zu, doch er dachte an seine Lektionen bei Antonio und daran, was der Engel ihm gesagt hatte, als Nando ihm von den Sticheleien Noemis und der anderen Nephilim erzählt hatte. *Sie werden Zeit brauchen, um deine Gegenwart in dieser Stadt zu akzeptieren. Und du wirst lernen müssen, die Einsamkeit zu ertragen. Dies ist eine der ersten Prüfungen, Nando, und sie wird nie enden. Lass dir das gesagt sein von einem, der seit sehr langer Zeit jenseits seines Volkes lebt. Du bist einzigartig in deiner Art. Empfinde dies nicht als Last. Empfinde es als Auszeichnung und als Aufforderung, deine Bestimmung zu erfüllen – das, was du sein willst. Das, was du wirklich bist.*

Kein anderer Novize wurde so häufig von den Flammen an Brust und Armen getroffen wie Nando. Jedes Mal bissen sie tief in sein Fleisch und hinterließen blutige Striemen, doch er weigerte sich aufzugeben. Die Schreie der Novizen klangen durch den Raum, begleitet vom surrenden Flackern des Feuers und den Rufen Drengurs, der am Rand stand und zu Boden gegangene Nephilim zum Hochkommen aufrief. Nandos Körper bewegte sich automatisch, doch nach einer Ewigkeit zwischen Stürzen, den Bissen der Flammen und den Knüffen und Schlägen der anderen Nephilim spürte er, dass er nicht mehr weiterkonnte. Gerade in dem Moment, da er stehen bleiben wollte, schlug Drengur die Hände zusammen. Die Flammen fielen zischend zu Boden und erloschen, atemlos stützten die Novizen sich auf ihre Knie. Nando fuhr sich über die Stirn, das Blut schoss ihm in den Kopf und ließ seine Wangen glühen.

»Ihr seid langsamer als Morpheus, wenn er sich im Laufen versuchte!«, rief Drengur mit finsterer Miene. »Glaubt ihr etwa, dass ihr zu eurem Vergnügen hier seid? Dort draußen warten die Engel auf euch, sie strömen durch die Brak' Az'ghur und haben nur ein Ziel: euren Tod! Wollt ihr es ihnen so leicht machen, dass sie nicht einmal außer Atem geraten werden, wenn sie beschließen sollten, euch zu fangen?«

Er schüttelte den Kopf und maß jeden Einzelnen mit seinem Blick. Nando gelang es, sich nicht abzuwenden, doch er spürte Drengurs Spott wie Feuer auf seinem Gesicht. Ungeduldig winkte der Lehrer die Novizen näher zu sich heran, die in gebührendem Abstand stehen geblieben waren. Dann schlug er die Hände zusammen und rief einen Zauber. Sofort begann die Luft um ihn herum zu flackern, blaue Flämmchen entzündeten sich in einem Kreis rings um seinen Leib. Er breitete die Arme aus, und unter leisen Beschwörungen weitete sich der Kreis. Die Novizen wichen vor den Flammen zurück, bis diese zu Boden sanken und dort ein leise züngelndes Oval bildeten. Drengur stand regungslos in dessen Mitte.

»Ich bin ein Nephilim«, sagte er ruhig. »Gerade haben mich zwanzig Sklaven des Lichts eingekesselt, sie haben mich durch die halbe Oberwelt gehetzt und mich beinahe meine gesamte Magie gekostet, die nun wieder zu Kräften kommen muss. Doch währenddessen muss ich standhaft sein, denn sonst werden meine Angreifer mich töten. Mir bleibt nur mein Schutzwall als Verteidigung – und mein Schwert.«

Zischend bildete sich eine transparente grüne Kuppel um Drengur herum, und sein Schwert überzog sich mit pechschwarzem Licht. Langsam setzte er den linken Fuß mit einigem Abstand hinter den rechten, hob das Schwert vor seine Augen und streckte die freie Hand kaum merklich zur Seite.

»Ihr seid die Engel«, sagte er leise. »Greift mich an!«

Im ersten Moment rührte sich keiner der Novizen. Nando spürte Drengurs Blick auf sich, doch er wäre eher nur mit seiner Uhr bekleidet durch die Stadt gelaufen, als auf den Lehrer zu schießen, noch dazu, da er bisher nur wenige Zauber beherrschte.

»Verflucht, ihr sollt angreifen, ihr armseligen Feiglinge!«, brüllte Drengur da so laut, dass der Boden erzitterte, und gleich darauf prasselten Feuerbälle, Blitze und Eiszauber auf ihn ein, dass Nando der Atem stockte. Er selbst warf einen trudelnden Flammenstrahl auf den Lehrer und sah, wie Drengur um die eigene Achse wirbelte, das Schwert so schnell durch die Luft bewegte, dass es vor seinen Augen nicht mehr war als ein zerfetzter schwarzer Schleier, und mit klirrendem Geräusch sämtliche Zauber zurückschlug. Ehe sie die Novizen erreichten, züngelten die blauen Flammen schützend zu einer Wand aus durchsichtigem weißen Feuer auf. Die Zauber schlugen krachend dagegen und erloschen. Die letzten Funken stoben durch die Luft, während Drengur lautlos in derselben Position landete, in der er angegriffen worden war.

»Schnelligkeit ist lebensnotwendig«, sagte er, trat auf die Novizen zu und ließ seinen grünen Schutzwall fallen. Die blauen Flammen glitten über seine Haut wie Wasser, als er den Kreis durchbrach, und schlossen sich wieder hinter ihm. »Jeder Einzelne von euch würde bei einer Konfrontation mit einem Engel den Tod finden. Euer Ziel ist die Prüfung zur höheren Magie, doch im Augenblick seid ihr hilfloser als armselige Welpen! Seht euch an! Seht hin!«

Seine Stimme dröhnte durch den Raum, und Nando folgte wie die anderen seiner Aufforderung. Die Nephilim um ihn herum waren ebenso erschöpft wie er selbst, und zum ersten Mal seit seiner Ankunft in der Akademie fühlte er für einen winzigen Moment etwas wie Gemeinschaft zwischen ihnen. Doch der Augenblick währte nur kurz. Kaum dass sie seinem Blick begegneten, verschlossen sich ihre Gesichter, und Paolo verschränkte mit spöttischer Miene die Arme vor der Brust.

»Es geht um nichts Geringeres als euer Leben«, sagte Drengur ernst. »Fangt an, das zu begreifen – und lernt schneller! Teufelssohn!«

Nando fuhr zusammen, das Wort traf ihn wie ein Schwertstreich. Schnell trat er vor.

Drengur deutete auf die Mitte des flammenden Kreises. »Geh!«

Schadenfrohes Kichern ging durch die Reihen, und Nando überlegte, ob er einen Anfall von Schwäche oder Übelkeit vortäuschen sollte, um der Aufgabe zu entgehen. Letzteres wäre nicht einmal gelogen gewesen. Sein Magen krampfte sich zusammen, doch er spürte Drengurs Blick und wusste, dass der Lehrer ihn nicht verschonen würde. Mit klopfendem Herzen ging er durch die Flammen, die über sein Gesicht glitten wie warme Tücher, und trat in die Mitte des Kreises.

»Kannst du einen Schutzwall um dich ziehen?«, fragte Drengur, und Nando nickte. Diese Lektion war eine der ersten gewesen, die er von Antonio gelernt hatte. Leise murmelte er die Formel und schaute gleich darauf durch das leicht flackernde Blau seines Schildes.

»Zieh dein Schwert und sprich Lef Hem'donyan!«, forderte Drengur ihn auf. »Entstehe, Schwert aus Licht!«

Nando folgte der Anweisung, spürte seine Magie in seinen Adern wie erhitztes Blut und stellte zu seinem Erstaunen fest, wie sich sein Schwert mit gleißend weißem Licht überzog.

Er spürte seinen Herzschlag in den Schläfen, als er sah, wie die anderen Novizen sich um den Kreis versammelten. Viele grinsten höhnisch, allen voran Paolo, dessen Augen sich zu zwei gehässigen Schlitzen verengt hatten. Er flüsterte einigen Nephilim etwas zu, sie nickten und bedachten Nando mit schadenfrohen Blicken. Dieser versuchte, die Position Drengurs einzunehmen, was jedoch schändlich misslang. Er verlor das Gleichgewicht und taumelte seitwärts, ehe er sich wieder fing und reglos stehen blieb. Vermutlich sah er aus wie eine Ente mit gebrochenen Flügeln, und als hätten die anderen seine Gedanken gehört, begannen sie leise zu lachen.

Nando holte tief Atem und zwang sich, ihre Stimmen aus seinem Kopf zu vertreiben. Stattdessen dachte er an Silas. *Letzten Endes sind wir Nephilim hier unten nicht anders als die Menschen der Oberwelt: Alles, was wir nicht kennen, ängstigt uns, gerade dann, wenn sich Legenden und düstere Mythen darum ranken.* Silas war jetzt irgendwo in der Oberwelt oder in den Gängen der Schatten. Vielleicht befand er sich gerade in einer ganz ähnlichen Situation wie Nando, und sicher würde er weder weglaufen noch aufgeben. Er verteidigte die Stadt der Nephilim, kämpfte für seine Ideale und schützte Bantoryn vor der Entdeckung durch die Engel. War es da nicht das Mindeste, dass Nando sich jetzt bemühte, sich dessen als würdig zu erweisen? Er spürte den kühlen Griff des Schwertes und die Wärme, die dessen Licht aussandte, als er es vor seine Augen hielt. Dann wandte er den Blick, sah Drengur an und neigte kaum merklich den Kopf.

Im nächsten Moment rasten unzählige Zauber auf ihn zu. Er riss sein Schwert empor, schnitt zwei Feuerbälle mitten entzwei, deren Hälften funkensprühend davonstoben, und sprang in die Luft. Mehrere gelbe Blitze zischten unter ihm hindurch. Schwer atmend landete er auf allen vieren, ein tosender Schwarm aus messerscharfen kleinen Flammen flog auf ihn zu. Im letzten Moment konnte er sich zu Boden werfen, doch schon glitt ein Feuernebel über ihn hinweg und ließ seinen Schutzschild bedenklich knacken. Eilig verstärkte er ihn mit seiner Magie, drehte sich, so schnell er konnte, um die eigene Achse und wehrte einen flammenden Pfeilhagel ab, der mit voller Wucht in den Boden direkt neben ihm einschlug. Atemlos hörte er, wie die Nephilim mit sich überschlagenden Stimmen Zauber riefen und zunehmend heftigere Attacken auf ihn niederschickten. So schnell er konnte, wirbelte er sein Schwert durch die Luft, doch immer häufiger wurde sein Schild getroffen, und bald zogen sich schwarze Risse hindurch.

Das höhnische Lachen der anderen schnitt ihm ins Fleisch, seine Knie wurden weich. Wie lange würde Drengur ihn noch kämpfen lassen? Keuchend schlug er einen Eiszauber mit dem Schwert zurück, der in tausend glitzernden Scherben zu Boden fiel. Kurz sah er Paolos Gesicht, sah den Hass in dessen Augen und die Bosheit, als er die Faust vorstreckte. Nando sprang zur Seite, doch der schwarze Blitz aus

Paolos Fingern folgte ihm und schlug krachend in seinen Schutzwall ein. Splitternd brach dieser in sich zusammen, Nando spürte die Erschütterung wie einen starken elektrischen Schlag. Gleich darauf traf etwas seine rechte Schulter, das Schwert entglitt seinen Fingern, Blut lief über seine Haut. Er wollte sein Schwert ergreifen, doch bei dem Versuch durchzuckte ein heftiger Schmerz seinen Arm. Der Schweiß brach ihm aus, als er versuchte, das Schwert mit der linken Hand zu packen, aber kaum dass seine Finger sich um den Knauf schlossen, begannen seine Nerven zu brennen, als stünden sie in Flammen. Er schrie auf, einen derart starken Schub hatte er seit langer Zeit nicht mehr gehabt. Hilflos ließ er sein Schwert fallen und bemühte sich, seinen Wall wieder zu errichten. Doch die Zauber der Nephilim machten diesen Versuch zunichte. Mit dumpfen Schlägen prasselten sie auf Nando ein. Drengur stand regungslos neben dem Kreis und schien nicht einmal daran zu denken, die Übung abzubrechen.

Da hörte Nando ein hohes, hysterisches Lachen. Instinktiv duckte er sich, doch es war schon zu spät. Paolos Wirbelschlag traf ihn mit solcher Wucht in den Magen, dass er rücklings durch die Luft flog und benommen liegen blieb. Keuchend hielt er sich den Bauch, eine brennende Übelkeit stieg in ihm auf. Das Gelächter der anderen kreischte in seinen Ohren, ein grausamer Schwindel ließ die Hallendecke auf ihn zurasen und wellte den Boden.

Steh auf.

Zuerst glaubte er, dass Drengur mit ihm sprach, doch dann spürte er die auf ihn niederprasselnden Feuerzauber, fühlte die Kälte der Ohnmacht, die mit schwarzen Schlieren an seinen Augenrändern aufzog, und wusste gleichzeitig, wem diese Stimme gehörte.

Sie hassen dich ebenso, wie sie mich hassen, flüsterte der Teufel in seinem Kopf. *Und sie tun recht daran, denn wir werden ihr Untergang sein – der Niedergang des Neides und des Mittelmaßes! Sieh dich an, sieh, was sie dir antun – dir, der du über sie herrschen könntest! Hörst du sie lachen? Es sind Stimmen der Furcht, die in der Luft liegen, Stimmen der Ohnmacht und der Missgunst. Behaupte dich gegen sie – du kannst es tun mit meiner Hilfe!*

Nando keuchte, als ein Bild durch seine Gedanken schoss, das Bild einer Feuersbrunst, die Paolo und seine Gefährten in einer einzigen tödlichen Umarmung in die Finsternis riss. Er spürte Euphorie in sich aufwallen, fühlte nicht länger den Schmerz, den sie ihm zufügten, und vernahm nicht mehr ihr johlendes Gelächter. Stattdessen hörte er ihre Schreie – und er empfand Genugtuung dabei.

Du bist mein Sohn, flüsterte die Stimme in seinen Gedanken. *Ohne mich wirst du schwach bleiben, doch mit mir könntest du stärker sein als sie alle zusammen! Folge mir, und du wirst nie wieder in Schmutz und Einsamkeit zu Füßen derer liegen, die dich verehren sollten!*

Das Gesicht des Teufels flammte vor Nando auf, sein Lächeln, sein goldenes Haar – und die Finsternis, die in seinen Augen lag und mit lockenden Stimmen nach ihm rief. Plötzlich sah er Antonio vor sich, schaute wieder in dessen schwarzgoldene Augen und erblickte die Flammen darin, die der einstige Teufelssohn in Bantoryn entfesselt hatte. Er hörte, wie Luzifer seinen Ruf verstärkte, seine Stimme klang nun lauter durch Nandos Gedanken.

Das Menschentum in dir hält dich noch in elender Schwäche und verhindert deine Stärke! Lege es ab und folge dem Weg deiner Bestimmung, dem Weg, den ich dir zu Füßen lege! An meiner Seite wärest du niemals wieder … allein …

Nando atmete schwer. Die Finsternis an den Rändern seines Bewusstseins lockte ihn mit kühlen, wehenden Tüchern, doch er wandte den Blick nicht von Antonios Augen ab. Er ließ die Feuer über sein Gesicht flackern und drängte jeden Schmerz unter ihrer Hitze zurück. Er achtete nicht mehr auf das Gelächter der anderen Novizen. Stattdessen hörte er wieder die Schreie der Sterbenden, sah sie erneut bei lebendigem Leib verbrennen und fühlte die Hilflosigkeit in Antonios Blick, den Schmerz und die Trauer, die der seinen verwandt war.

Entschlossen drängte er die Ohnmacht zurück und stützte die rechte Hand auf den Boden. Mit den halb tauben Fingern der linken Hand griff er nach dem Schwert, es flackerte in sterbendem Licht. Eiskalter Schmerz raste durch seine Hand, seine Finger zitterten heftig. Er konnte kaum atmen, doch er schaffte es, sich aufzurichten. Auf den Knien blieb er, wo er war, den Kopf tief geneigt, und ließ die Angriffe der anderen von sich abprallen wie Regen. Dumpf drangen ihre Rufe zu ihm. Sie konnten ihn verletzen, doch er würde nicht vor ihren Augen versagen, nein, das würde er nicht.

»Genug!«

Wie von ferne hörte er Drengurs Stimme, und als hätte sie eine Fessel durchtrennt, die ihn aufrecht hielt, sank Nando unter ihrem Klang zu Boden. Das Licht des Schwertes erlosch, für einen Moment wurde alles um ihn herum schwarz. Dann spürte er, wie er am Arm gepackt und in die Höhe gezogen wurde. Mühsam öffnete er die Augen, ein stechender Kopfschmerz durchzog seinen Schädel.

»Verschwindet«, befahl Drengur in Richtung der Nephilim, die sich wie hungrige Hyänen zusammengerottet hatten, und ließ Nandos Arm los. Langsam trat der Dämon auf die anderen zu. »Nehmt euch vor euch selbst in Acht. Dieser Nephilim hat größere Kämpfe auszutragen, als ihr jemals ermessen werdet. Möglicherweise ist er stärker, als ich annahm. Die Frage ist jedoch, ob das gut ist – oder schlecht.«

Nando achtete nicht auf die abfälligen Bemerkungen, sah nur aus dem Augenwinkel Paolos höhnisches Grinsen und merkte kaum, wie die Novizen nacheinander den Raum verließen. Sein Blick hing an Drengur, der in einiger Entfernung von ihm stehen geblieben war. Ein seltsamer Schleier hatte sich in die Augen des Dämons gestohlen, ein Schatten, der wie ein Geheimnis oder ein Versprechen war. Kaum merklich neigte Drengur den Kopf. Dann wandte er sich ab und ließ Nando allein zurück.

16

Jeder verfluchte Knochen in Nandos Körper schmerzte, als wäre er kurz vor dem Zerspringen. Niemals hätte er gedacht, dass sich so viele verschiedene Sehnen, Muskeln und Wirbel unter seiner Haut verbargen, und nie hätte er sich ausmalen können, wie weh es tat, jede einzelne Faser davon ganz genau zu spüren. Im Schneckentempo schleppte er sich die Treppe hinauf. Seine nutzlosen Schwingen schleiften wie gebrochen hinter ihm her, seine linke Hand zitterte noch immer, während die Taubheit langsam abnahm und nichts als den Schmerz zurückließ.

Auf dem obersten Absatz blieb er stehen und überlegte, ob er zu Antonio gehen und mit ihm sprechen sollte. In den vergangenen Tagen hatte er häufig Rat bei ihm gesucht, und immer hatte Antonio ein offenes Ohr für ihn gehabt, doch nun ... Nandos Blick fiel auf seine Arme, die von blutigen Striemen und blauen Flecken übersät waren, und er schüttelte den Kopf. Er konnte ihm unmöglich in diesem Zustand unter die Augen treten, noch dazu nicht mit der Nachricht, dass Luzifer ihm Schreckensbilder in den Kopf sandte, die der Feuersbrunst des einstigen Teufelssohns glichen und Gefühle wie Euphorie in ihm auslösten. Ärgerlich stieß er die Luft aus. Schlimm genug, dass er sich gegen die anderen Nephilim nicht hatte verteidigen können und beinahe den Lockungen des Teufels gefolgt war, da musste er nicht auch noch das Risiko eingehen, Antonio zu enttäuschen.

Stöhnend setzte er seinen Weg fort, ignorierte die stichelnden Bemerkungen der anderen Nephilim und schob sich in sein Zimmer. Erleichtert holte er Atem, als die Tür hinter ihm ins Schloss fiel. Er legte sich vorsichtig auf sein Bett – und kam umgehend wieder auf die Beine. Sein Rücken war mit blauen Flecken übersät, und wenn er sich darauflegte, fühlte es sich an, als würde er sich verrostete Speerspitzen ins Fleisch bohren. Seufzend zog er sich seinen Stuhl ans Fenster, setzte sich darauf, ohne sich anzulehnen, und schaute über die Dächer der Stadt.

Die Laternen glommen in goldenem Licht, ein Zeichen dafür, dass an der Oberwelt gerade später Nachmittag war. Wie von Geisterhand bewegten sich die Brücken. Roter Mohnstaub wehte an Nandos Fenster vorbei, und als er es aufschob, konnte er mit dem Finger eine dünne Schicht des Pulvers von seinem Sims streichen. Gleichzeitig drang Musik zu ihm herüber, das Spiel eines Saxophons, das sanft und melancholisch über die Dächer Bantoryns strich. Die Musik war wie ein Ruf nach einer Antwort, und wenige Augenblicke später fiel eine Klarinette aus einem anderen Winkel der Stadt in die Melodie ein. Nando seufzte tief. Er hatte es in den vergangenen Tagen häufig erlebt, dass die Bewohner Bantoryns und besonders die Novizen der Akademie auf diese Weise miteinander kommunizierten, und jedes Mal, wenn die einsame Stimme eines Instruments zu ihm heraufklang, überkam ihn der Drang, seine Geige zu nehmen und zu antworten. Doch er tat es nicht. Mitunter stand er allein am Fenster und spielte, aber eine Antwort erreichte ihn nie, auch dann nicht, wenn er meinte, die Stadt würde Atem holen von der Schönheit seines Spiels. Er war ein Fremder in Bantoryn, und besonders in Momenten wie diesem wurde ihm das schmerzlich bewusst. Er hatte die Rauchspuren in den unteren Vierteln der Stadt gesehen, die Neubauten, die nach der Feuersbrunst des einstigen Teufelssohns errichtet worden waren und ihn wie ein Mahnmal an das erinnerten, was in ihm lag. Er war kein gewöhnlicher Nephilim. Er war der Teufelssohn. Das war alles, was für die Bewohner Bantoryns zählte, und wenn er an die Stimme dachte, die zu jeder Stunde in der Dunkelheit seiner Bewusstlosigkeit darauf lauerte, ihm Versuchung und Lockungen einzuflüstern, konnte er es ihnen nicht verdenken. Und doch schlief er oft mit den Klängen der Musik ein, die wie Frage und Antwort über die Dächer Bantoryns geschickt wurde, und sehnte sich danach, an diesem Spiel teilzuhaben.

Ein Lachen drang zu ihm herauf, hell und klar wie der erste Regen in einer lauen Sommernacht. Er beugte sich ein wenig vor und sah Noemi, die in Begleitung von Silas über die Schwarze Brücke ging, die den Mal'vranon mit dem Flammenviertel verband. Seinen Namen hatte dieser Teil Bantoryns von den zahlreichen Kneipen und Bars bekommen, aus denen besonders am Abend glutrotes und gelbes Licht fiel, das von ferne aussah wie fröhliches Feuer. Mitunter flackerten helle Neonlichter dazwischen auf, und Musik drang durch geöffnete Fenster. Noemi hatte Silas untergehakt, und während ihr Bruder ihr etwas erzählte, lag ein Lächeln auf ihrem Gesicht. Nando zog die Brauen zusammen. Wie verändert Noemi ihm erschien, nun, da er sie lächeln sah, und wie seltsam fremd und vertraut zugleich ihr Lachen zu ihm heraufklang. Er sah sie vor sich, die Augen zu Schlitzen verengt, und hörte ihre Stimme, als sie ihm Worte aus Zorn entgegengeschleudert hatte. Er ging jede Wette ein, dass sie Paolos Verhalten während des Trainings gebilligt und unterstützt hätte, und sicher würde es sie glücklich machen zu erfahren, dass er vor Schmerzen nicht einmal liegen konnte.

Noemi warf ihr Haar zurück und verschwand am Arm ihres Bruders im Gewirr der Gassen, in dem bald die Feier zu Ehren der Garde beginnen würde. Wie gern hätte Nando ihnen nachgerufen, hätte sich ihnen angeschlossen und wäre mit ihnen in eine der Kneipen gegangen, in denen die anderen Novizen der Akademie sich abends trafen, um Tischfußball zu spielen oder einfach zusammenzusitzen. In der Oberwelt hatte Nando sich vor allem in den Sommermonaten beinahe jeden Abend mit seinen Freunden auf den Plätzen Roms verabredet, es war ihm so natürlich erschienen wie essen und trinken, doch nun, da er daran zurückdachte, erschien ihm diese Zeit wie eine Geschichte in einem Traum.

Er dachte an Luca, an Mara und Giovanni, aber auch an Signor Bovino, an Ellie und all die anderen, die er zurückgelassen hatte. Täglich erkundigte er sich bei Antonio, ob es Neues gäbe von seinen Freunden und seiner Familie, und immer erhielt er dieselbe Antwort: Es ginge ihnen gut, sie würden ihn sicher vermissen, aber nun müsste er sich darauf konzentrieren, am Leben zu bleiben, um sie eines Tages wiedersehen zu können. Nando seufzte noch einmal. Was hätte er darum gegeben, jetzt zu Mara und Giovanni in die Küche gehen und ihnen beim Streiten zuhören zu können oder mit Luca am Ufer des Tibers zu sitzen und mit ihm über alles zu sprechen oder über nichts. Oft hatten sie das getan, früher, als sie noch klein gewesen waren, und selbst mit zunehmendem Alter war diese Tradition in ihrer Freundschaft erhalten geblieben. Nando erinnerte sich an Nächte, die sie bis in den Morgen verquatscht hatten, und an eine unliebsame Begegnung mit einigen Carabinieri, die es alles andere als amüsant fanden, zwei Halbwüchsige am Ufer des Tibers ein Lagerfeuer abbrennen zu sehen. Luca und Nando waren vor ihnen geflüchtet und hatten noch Tage später darüber gerätselt, ob die Polizisten sie tatsächlich nicht hatten einholen können oder angesichts der frisch gebrateten Lachse auf dem Feuer ihre Pläne geändert hatten. Nando lächelte, als er daran dachte, und strich über den roten Mohnstaub an seinem Finger. Was hätte er darum gegeben, Luca die Schattenwelt zeigen zu können.

Ausatmend griff er nach seiner Geige und fuhr mit der linken Hand sanft über das Instrument. Wie oft hatte Yrphramar wohl in seiner Gasse gesessen, einsam und verloren in der Welt, in die er geraten war, und wie Nando auf sein Instrument geschaut? Vielleicht hatte er aus diesem Grund begonnen, mit der Geige zu sprechen? Nando biss sich auf die Lippe, dann räusperte er sich.

»Hallo«, sagte er und kam sich sofort lächerlich vor. Er verdrehte die Augen vor sich selbst. Sicher würde Paolo einiges dafür geben, um ihn dabei beobachten zu können, wie er mit einer Geige sprach. Er lächelte ein wenig. »Vielleicht weißt du es schon«, fuhr er fort. »Aber ich bin Nando. Ich bin ein Nephilim, aber das habe ich erst vor Kurzem erfahren, und ich werde von allen möglichen Gestalten verfolgt, die mir ans Leben wollen. Man sagt, ich sei der Teufelssohn, und …« Er brach ab.

Was um alles in der Welt tat er da eigentlich? Waren das die ersten Anzeichen von Verrücktheit? Würde er sich etwa auch bald einen Hut aus Alufolie aufsetzen und damit durch die Stadt laufen? Er schüttelte den Kopf, aber sein Blick hing weiter an der Geige, als würde sie ihn aus reglosen Augen betrachten, abwartend und lautlos wie ein im Dickicht verborgenes Tier. »Ich habe von einer Welt wie dieser geträumt«, sagte er leise, und auf einmal schien es ihm, als würde ihm tatsächlich jemand zuhören, als wären seine Worte nicht verloren, solange er sie nur aussprach. »Ich meine nicht so geträumt, wie man es nachts tut – sondern geträumt, als wäre es Wirklichkeit. Ich habe meinen Nachfeierabendgästen gern zugehört, wenn sie von anderen

Welten und Phantasiewesen erzählten, und doch glaubte ich Antonio kein Wort, als er zu mir kam und von Bantoryn berichtete. Vielleicht wusste ich schon damals, dass er die Wahrheit sagte und dass es kein Zurück mehr geben würde, wenn ich erst einmal angefangen hätte, ihm wirklich zuzuhören.« Er wandte den Blick zum Fenster, zartroter Mohnstaub wehte ins Zimmer und tanzte über die Geige wie ein Schwarm winziger Elfen. »Und jetzt bin ich in meinem Traum gelandet, in meinem schrecklichen, schönen, wahren Traum, und frage mich: Was wird geschehen, wenn ich die Augen öffne und erwache? Was …«

Ein lautes Niesen unterbrach ihn und ließ ihn so heftig zusammenfahren, dass er beinahe die Geige fallen gelassen hätte. Fassungslos starrte er auf das Instrument, denn ohne jeden Zweifel war das Geräusch aus ihm entwichen. Kaum hatte diese Erkenntnis ihn vollends erfasst, schüttelte sich die Geige in seiner Hand und brachte ihn dazu, sie mit einem Schrei auf sein Bett zu werfen und aufzuspringen. Ein empörtes Zischen drang aus dem Instrument, und Nando glaubte, seinen Augen nicht zu trauen, als eine winzige pelzige Hand mit dünnen Fingern und schwarzen Nägeln sich aus einem der Schalllöcher schob.

Mit offenem Mund sah er zu, wie der Hand ein kleiner Körper folgte und schließlich der Kopf eines Wesens auftauchte, das einem Löwenäffchen ähnelte. Wie Nebel glitt sein Körper durch den Spalt. Sein Fell und seine buschige Mähne waren purpurfarben, und es hatte große, rapsfarbene Augen, deren Wimpern sich sanft nach oben bogen. Nando zog die Brauen zusammen. Diese Augen hatte er schon einmal gesehen, doch wo? Ein halb entrüstetes, halb amüsiertes Lächeln lag auf den Lippen des rätselhaften Wesens, das nun die Hände faltete, sich im Schneidersitz an den Hals der Geige lehnte und interessiert zu ihm aufsah.

»Wer bist du?«, fragte Nando, und obgleich ihm die Frage etwas albern erschien angesichts der spöttisch erhobenen Brauen seines Gegenübers, fiel ihm partout keine andere ein.

»Die Frage ist viel eher, *was* ich bin, wenn ich mir deinen wenig geistreichen Gesichtsausdruck gerade ansehe«, erwiderte das Wesen mit weiblicher Stimme und lachte keckernd. »Nun, vermutlich hast du geglaubt, dass wir alle aussehen wie die bezaubernde Jeannie, aber …

Was soll ich sagen? Du hast dich geirrt. Das kann vorkommen, nicht wahr?«

Nando sah zu, wie das Löwenaffenweibchen seine Zähne entblößte und auf eine so strahlende Art grinste, dass er lachen musste. »Du bist ein Dschinn?«, fragte er, und das Weibchen nickte.

»Mein Name ist Kaya«, erwiderte sie. »Ich bin der Geist der Geige, und da mein Meister sie dir sozusagen vermacht hat, gehören wir jetzt zusammen.«

Nando wusste von Antonio, dass es in der Schattenwelt nicht unüblich war, Instrumente mit Dschinns zu besitzen. Nur zu gut erinnerte er sich an die große Auswahl von beidem auf dem Aschemarkt. Doch er hätte niemals damit gerechnet, dass seine Geige von einem Dschinn als Heim auserkoren worden war – noch dazu von einem derart haarigen.

»Vermutlich kennst du dich mit Wesen meinesgleichen nicht besonders gut aus«, stellte Kaya fest und musterte Nando prüfend. »Das macht gar nichts. Mit der Zeit werden wir uns aneinander gewöhnen, da bin ich mir sicher, und …«

Nando hob beide Hände. »Warte«, sagte er und schüttelte den Kopf. »Du …«

»Ich entstamme dem Volk der Avontari«, erwiderte sie stolz. »Wir binden uns aus freien Stücken an einen Gegenstand der Künste und dienen dessen Träger in musischer Funktion. Nicht immer zeigen wir uns, und noch seltener gehen wir Beziehungen zum jeweiligen Träger ein, die über die Aufgabe der Muse hinausgehen. Du darfst dich also geehrt fühlen, dass ich mich entschlossen habe, mit dir zu sprechen. Aber ich denke, dass du es wert bist, ja, das könnte durchaus sein.«

Nando holte tief Atem, denn Kayas Worte hatten seine Verwirrung nicht gelöst. Ohne den Blick von ihr abzuwenden, ließ er sich auf das Bett fallen – und bereute es sofort. Tausend Messerstiche jagten seine Beine hinab und ließen ihn vor Schmerzen das Gesicht verziehen. Sofort erhob sich Kaya in die Luft. Ihr Körper war leicht durchscheinend, doch als sie vor Nandos Gesicht auf und ab schwebte und prüfend über seine Stirn wischte, fühlte er ihre Finger wie die Hand eines Äffchens auf seiner Haut.

»Du bist verletzt«, stellte sie mit detektivischer Miene fest. »Und du hast keine Ahnung, was man dagegen tun kann. Man sollte doch annehmen, dass die Bücher da drüben für mehr gut sind als für dekorative Zwecke, oder etwa nicht?« Nando setzte zu einer Entgegnung an, doch Kaya wischte ungeduldig durch die Luft. »Schon gut. Kannst ja nichts dafür, dass du bisher ein einfältiges und uninspiriertes Leben führen musstest. Zum Glück bin ich jetzt da und kann dir helfen. Aufstehen, bitte!«

Sie schwirrte in die Luft und machte eine Handbewegung, die Nando in Vollendung an Drengur denken ließ – oder an einen winzigen Äffchenfeldwebel mit energisch toupierter Löwenmähne.

Er verschränkte die Arme vor der Brust. »Einen Moment mal. Du bist ein Dschinn, du heißt Kaya, und du lebst in meiner Geige.«

»Falsch«, erwiderte Kaya und sprang aus der Luft auf den Spiegel, wo sie sich festkrallte und auf ihn niederschaute. »Ich lebe in *meiner* Geige. Sie hat nur zufällig beschlossen, bei dir zu bleiben, und da ich eine anständige Dschinniya bin, lasse ich sie selbstverständlich nicht allein. Dschinniya ist übrigens die weibliche Form eines Dschinns, und mein vollständiger Name lautet Kaya Amirah Feyza Al'Jawahil.«

Nando zog die Brauen zusammen. »Warum habe ich erst jetzt gemerkt, dass du da bist? Ich meine, die Geige ist nun schon eine ganze Weile bei mir und …«

Kaya zuckte die Achseln. »Das ist eine Angewohnheit von euch Wesen aus Fleisch und Blut, dass ihr nie und nimmer etwas begreift. Jedenfalls nichts von dem, was wirklich wichtig ist. Das ist schade, natürlich, aber eben nicht zu ändern.« Sie legte den Kopf schief und schenkte Nando einen bedauernden Blick, ehe sie fortfuhr: »Im Übrigen hast du mich sehr wohl schon bemerkt, beispielsweise auf der Flucht vor den Engeln. Hast du etwa vergessen, wie wir gemeinsam musiziert haben? Abgesehen davon, dass dies eine ganz besondere Geige ist, steht eines fest: Nur das Instrument eines Dschinns oder eines Besessenen kann solche Töne hervorbringen, das lass dir gesagt sein – und meistens ist das ohnehin das Gleiche.«

Nando hatte die Musik, die er auf der Flucht vor den Engel zustande gebracht hatte, nicht vergessen, und nun erinnerte er sich auch wieder an das Lachen und die Augen, die er hinter seinen geschlossenen Lidern erblickt hatte.

»Du warst das«, murmelte er. »Aber warum hast du dich dort nicht gezeigt? Und warum jetzt?«

Kaya sog so tief die Luft ein, dass sie für einen Augenblick aussah wie ein mit purpurfarbenem Plüsch überzogener Ballon. Unwillkürlich musste Nando an Giorgio denken und daran, dass dem Taxifahrer ein solches Accessoire für seinen Wagen sicher gefallen würde. Dann atmete Kaya aus und nickte langsam. »Eine Dschinniya, mein Herr, ist ein besonderes Wesen. Wie ich schon sagte, offenbart sie sich nicht jedem. Yrphramar und mich verband eine enge Freundschaft, sein Verlust war weder für die Geige noch für mich leicht hinzunehmen. Außerdem hast du gesehen, wie mein Zuhause zugerichtet wurde von diesem ... diesem ...« Kaya ballte die rechte Faust, ihre Augen traten vor Wut hervor, und sie sah aus, als würde sie Haselnüsse zwischen ihren Kiefern zermahlen. Gleich darauf schüttelte sie ihre Hand und öffnete den Mund, dass es knackte. Dann sah sie Nando an, zum ersten Mal vollkommen ernst. Ihre Augen leuchteten leicht in der Dämmerung seines Zimmers, und es schien ihm, als würde sie ihm mit sanfter Geste über die Wange streichen, obwohl sie noch immer auf dem Spiegel saß, weit über ihm und vollkommen regungslos.

»Nando«, sagte sie, und er meinte, die Klänge der Geige zu hören, die ihn wie warme Schleier umfingen. »Yrphramar war dein Freund, das weiß ich. Er war auch der meine. Er war ein Außenseiter in seinem eigenen Volk und ein Verhasster unter den Dämonen, er war ein Wanderer zwischen den Welten und ständig darum bemüht, das Gleichgewicht zu halten, innerlich wie äußerlich. Lange Jahre habe ich mit ihm in seiner Einsamkeit verbracht, in einer fremden, falschen Welt. Ich habe ein Gespür dafür entwickelt, welche Art von Kreaturen, Menschen wie andere Geschöpfe, es dort oben gibt, und eine Sorte ist mir besonders aufgefallen: Das waren die Sehnsuchtswesen. Sie haben eine Ruhelosigkeit in sich, eine Einsamkeit, die niemals ganz verschwindet, und damit sind sie mir in meinem tiefsten Inneren verwandt. Denn auch ein Dschinn wird niemals ganz irgendwo zu Hause sein, denn wir sind Geschöpfe der Luft, der Erde, des Feuers oder des Wassers, und wir sind wandelbar, frei und heimatlos. Ich wusste lange nicht, ob du auch zu diesen Wesen zählst, denn du bist nicht leicht zu knacken, schwerer als die meisten jedenfalls. Doch als du eben hereingekommen bist, über und über mit Wunden bedeckt, und ich deinen Blick sah, mit dem du das Mädchen angeschaut hast und ihren Bruder … Ich habe deine Sehnsucht nach der Musik gespürt, nach einem Wort, einem Ton nur von dieser Stadt. Ein Dschinn ist ein Begleiter für die Heimatlosen, Nando. Und ab heute bin ich die Begleiterin für dich.«

Mit diesen Worten flog sie zu ihm hinab, und als sie einen Zauber murmelte und ihre Finger auf seine Stirn legte, meinte er, Yrphramar in ihren Augen zu erkennen. Er stand auf der Straße im Regen, die Arme zu beiden Seiten erhoben, den Kopf in den Nacken gelegt – und er lachte aus vollem Hals, lachte so laut, dass Nando meinte, seine Stimme als prasselnde Freude in seinem Inneren widerhallen zu fühlen.

»Ich weiß nicht, ob ich der richtige Umgang bin für dich«, sagte er und stellte zu seiner Überraschung fest, dass seine Glieder auf einmal weit weniger heftig schmerzten als noch vor einem Moment. »Vor mir liegt eine gefährliche Reise, so viel ist sicher, und …«

»Ich bin eine Dschinniya und keine hilflose Puppe«, erwiderte Kaya und verzog den Mund zu einem schnippischen Lächeln. »Ich bin eine Kreuzung aus einem Luft-Dschinn und einer Feuer-Dschinniya, und Bhrorok hat nicht nur Jagd auf dich gemacht, vergiss das nicht. Er hat mir Yrphramar genommen, und er hat mein Zuhause zerstört. Auf der ganzen Welt wirst du keinen Dschinn von Ehre treffen, der das mit sich machen lässt.«

Nando lächelte ein wenig. Dann streckte er die Hand aus und ließ Kaya auf seinem Arm landen. Sie war schwerer, als er erwartet hatte, und sie lachte leise über sein erstauntes Gesicht.

»Wir werden uns gut verstehen«, sagte sie und kletterte auf seine Schulter, »solange du kein Wort über mein Gewicht verlierst.«

Nando lachte, doch ehe er etwas erwidern konnte, hörte er ein lautes Poltern vor seinem Fenster. Erschrocken schaute er hinaus und sah gleißende Raketen, die in die Dämmerung der Höhlendecke geschossen wurden. Zahlreiche Bewohner Bantoryns waren auf den Straßen, Brücken und Plätzen der Stadt unterwegs, und Nando dachte an Silas und Noemi, die gerade in diesem Moment irgendwo in der Menge standen und zu den funkensprühenden Farben hinaufschauten, um die Ritter der Garde zu feiern.

»Morgen ziehen sie wieder in die Oberwelt und die Gänge der

Schatten«, flüsterte Kaya an seinem Ohr, und Nando hörte die Traurigkeit in ihrer Stimme. »Morgen begegnen sie wieder Hass und Zorn.«

Mit raschem Sprung eilte sie auf die Geige zu und verschwand in dem Instrument, das sich gleich darauf in die Luft erhob. Zart flog der Bogen über die Saiten, doch erst als Nando sie in die Hände nahm und zu spielen begann, strömten die Töne hinaus in die Nacht und vermischten sich mit dem Prasseln des Feuerwerks und den freudigen Stimmen der Nephilim. Knisternd fielen die Funken auf die Dächer der Stadt nieder, Nando fühlte ihre Farben wie Schmetterlingsflügel auf seinem Gesicht. Jeder Schmerz war aus seinem Körper gewichen, seine linke Hand bewegte sich unter seinem Willen, als hätte sie nie etwas anderes getan. Zart und schwermütig zogen die Klänge seiner Musik durch die Straßen, und als die ersten Nephilim zu ihm hinaufschauten und für einen winzigen Moment nichts als Staunen auf ihren Gesichtern lag, da meinte er, ein Lachen aus der Geige zu hören – hell und klar wie fallender Regen auf Blütenblättern.

17

Die Laternen Bantoryns glommen in rötlichem Licht. Es war Abend in der Oberwelt, und auch in der Stadt der Nephilim hatte die ruhige Phase des Tages begonnen. In gemächlichem Tempo liefen die Bewohner durch die Straßen, erledigten Einkäufe oder saßen auf den öffentlichen Plätzen zusammen.

Nando schlenderte mit dem Geigenkasten auf dem Rücken und Kaya auf der Schulter am Ufer des Schwarzen Flusses entlang und bemühte sich, die stechenden Schmerzen der Prellungen und blauen Flecke zu ignorieren, die ihn seit seinem Kampf gegen die anderen Nephilim peinigten. Langsam bewegte er die Finger der linken Hand, und wieder fuhr ihm die Kälte der Hilflosigkeit in die Glieder, die er gefühlt hatte, als er aufgrund der Schwäche seines Armes das Schwert nicht hatte packen können, um die Angriffe der anderen abzuwehren. Antonio hatte recht gehabt, er konnte nicht gegen den Obersten Schergen des Teufels bestehen, wenn er mit seinem verletzten Arm nicht einmal ein Schwert umfassen konnte, von seiner Flugunfähigkeit ganz zu schweigen. Noch immer hingen seine Schwingen nutzlos von seinem Rücken herab und zogen den Spott der anderen Novizen auf sich, und er war froh gewesen, als er am Morgen eine Nachricht von Morpheus erhalten hatte mit der Aufforderung, zu ihm hinab ins Schlangenviertel zu kommen. Er hatte zwar keine Ahnung, wie Morpheus ihm helfen wollte, aber einen Versuch war es allemal wert.

Das Viertel lag in einer Kluft zwischen zwei pechschwarzen Stalagmiten im untersten Bezirk der Stadt. Je weiter Nando und Kaya sich vom Mal'vranon entfernten, desto finsterer wurden die Straßen. Nur vereinzelt standen noch Laternen, und immer wieder schoben sich zwielichtige Gestalten aus den Eingängen der Häuser, die sich zu den Seiten der Gassen erhoben wie versteinerte Trolle mit geneigten Köpfen. Und dennoch fühlte Nando keine Anspannung, während er durch die Straßen ging. Er war noch nie in einer orientalischen Stadt gewesen, aber so ähnlich stellte er sie sich vor. Die Gassen waren eng und verschlungen und ließen ihn an Genuas *caruggi* denken und an die geheimnisvolle Altstadt der ligurischen Metropole. Manche Gebäude schienen dem Verfall nahe zu sein, doch in den engen Gassen tummelten sich unzählige Straßenhändler. Nando folgte einem schmalen Nebenlauf des Schwarzen Flusses und ließ seinen Blick über die Kinder gleiten, die vereinzelt mit Netzen auf den Steinen im Wasser hockten. Mitunter zogen sie einen zappelnden Fisch mit fluoreszierenden Schuppen und großen, an Fühlern befindlichen Augen aus dem Wasser und freuten sich darüber, als hätten sie einen Schatz gefangen.

Kaya kicherte auf Nandos Schulter, wenn der Fisch sich mit heftigen Schlägen seiner Flosse wehrte und nicht selten von seinem erschrockenen Jäger umgehend in den Fluss zurückgeworfen wurde. Eine ruhige, fast alltägliche Gelassenheit lag über der Stadt, die Nando unweigerlich an die Abende auf den Straßen und Plätzen Roms denken ließ. Gerade im Sommer verbrachte er kaum einen Abend in der Wohnung, sondern traf sich mit Freunden oder seiner Tante und ihren Bekannten unter freiem Himmel, um gemeinsam zu essen oder einfach Zeit zusammen zu verbringen. Sein ganzes Leben lang war das so gewesen, und eine leise Wehmut stieg in ihm auf, als er seinen Blick über die zusammengestellten Tische und Bänke eines Restaurants am Straßenrand gleiten ließ, an denen einige Nephilim ausgelassen diskutierten. Ob er jemals wieder in einer solchen Runde sitzen würde, in Bantoryn oder der Oberwelt?

Gedankenverloren strich er mit der rechten Hand über seine Flügel. Er würde sie verlieren, wenn er sich für ein Leben jenseits der Schatten entschied, viel zu auffällig waren sie unter den Augen der Engel, und eigentlich war es nicht schade um sie, da er sie ja ohnehin nicht benutzen konnte. Noch vor Kurzem hätte er sich nichts Schöneres vorstellen können, als wieder ein normales Leben zu führen, doch nun … Er seufzte leise. Obwohl ihm nicht nur die Novizen, sondern auch andere Nephilim weiterhin mit Missachtung und Feindseligkeit begegneten, obgleich er noch so neu war in der Stadt, ein Außenseiter und Fremdkörper für die meisten, und ungeachtet dessen, dass kaum eine Stunde verging, in der er nicht mit stechendem Heimweh an Mara und seine Freunde dachte, fühlte er doch, dass der Zauber Bantoryns ihn durchwehte wie der rote Staub des Mohns die verschlungenen Gassen. Er sammelte die Geschichten, die diese Stadt erzählte, und mit jedem Wort schien es ihm, als würde er ihr Geheimnis mehr begreifen.

Er dachte daran, was Kaya ihm über Tolvin erzählt hatte, den mürrischen Brückenwärter mit dem vernarbten Gesicht, der keine Gelegenheit ausließ, um Nando mit Abscheu und Missachtung zu behandeln. *Yrphramar erzählte mir, dass Tolvin in jungen Jahren aufgrund seiner plötzlich erwachenden magischen Fähigkeiten von seiner Familie in der Oberwelt verstoßen wurde. Sie haben ihn davongejagt, und er wäre daran zerbrochen, hätte er nicht in dieser Stadt eine Zuflucht gefunden. Später geriet er in die Hände der Engel, doch er ertrug die schlimmste Folter, ehe es ihm gelang, sich zu befreien. Daher hat er die Narben im Gesicht. Niemals hätte er diese Stadt verraten. Er wäre für Bantoryn gestorben.* Noch immer spürte Nando einen schmerzhaften Stich in der Magengegend, wenn Tolvin vor ihm ausspuckte, doch sein Zorn und seine Verzweiflung verschwammen mehr und mehr, je stärker er sich auf die Bewohner der Stadt einließ. Noch konnte er Bantoryns Zauber nicht benennen, aber er durchdrang seine Gedanken und seine Träume und vertrieb immer wieder die Stimme des Teufels aus ihnen.

»Wir sind da«, raunte Kaya an seinem Ohr und krallte ihre Finger fester in Nandos Schulter. »Früher wurden hier Schlangen gezüchtet und verkauft. Eines Tages sind ein paar davon ausgebüxt und haben den einen oder anderen Nephilim umgebracht. Daraufhin wurden sie aus Bantoryn verbannt, jedenfalls in diesen Mengen. Früher gab es hier wirklich alles rund um diese Viecher, Schlangenhäute, Schlangenzähne, ihr Gift natürlich und sogar Schlangenaugen, die noch heute manche Hexe für unabdingbar hält bei gewissen Zaubertränken. Ich erinnere mich noch gut daran, wie dieses Viertel einmal aussah. Manche Nekromanten hielten sich Schlangen als Haustiere, sie krochen über die Straßen wie … Hunde ohne Beine, wenn du verstehst, was ich meine.«

Kaya schüttelte sich und machte ein angeekeltes Geräusch, das Nando zum Lachen brachte.

»Du magst Schlangen wohl nicht besonders«, stellte er fest.

Kaya zuckte mit den Schultern. »Nicht mögen ist zu viel gesagt. Ich lasse sie am Leben, solange sie sich mir nicht weiter nähern als … sagen wir … tausend Schritte. Beantwortet das deine Frage?« Sie schwieg kurz, ehe sie fortfuhr: »Eigentlich hat sich nichts verändert in diesem Viertel. Es ist noch ebenso düster und ungemütlich wie damals, bevor …« Sie stockte.

»Bevor was?«, fragte Nando und begriff bei einem Blick in Kayas betretenes Gesicht, was sie gemeint hatte. »Auch hier hat also das Feuer gewütet, das mein Vorgänger über die Stadt gebracht hat.«

»Man könnte sagen, dass er einen bleibenden Eindruck hinterlassen hat«, erwiderte Kaya mit düsterer Miene. »Aber ich mag es nicht, wenn du ihn als deinen Vorgänger bezeichnest. Du bist du, und er war er, und es gibt keine Verbindung zwischen euch außer …«

»… der Kraft des Teufels«, beendete Nando ihren Satz und stieß verächtlich die Luft aus. »Ist ja auch nur eine Kleinigkeit, schon klar.«

Kaya warf ihm einen wütenden Blick zu. »Das hat niemand behauptet. Aber du allein bist dafür verantwortlich, was du mit dieser *Kleinigkeit* tust. Es gibt keine Vorbestimmung für dich.«

Nando nickte und schwieg. Er ahnte, dass eine Diskussion mit Kaya an dieser Stelle zu nichts führte, und außerdem wäre ihm ohnehin nichts anderes übrig geblieben, als ihr zuzustimmen. Dennoch drückte die Vorstellung des einstigen Feuers auf seine Stimmung, und er bemühte sich, den Blick über die Gebäude schweifen zu lassen, um seine Gedanken zu zerstreuen.

Doch Kaya hatte noch in einem weiteren Punkt recht: Das Schlangenviertel war nicht gerade behaglich. Nur hin und wieder flackerte eine Laterne in versagendem Licht, dunkle Hinterhöfe lagen zwischen den heruntergekommenen Häusern, und häufig waberte roter oder grüner Nebel unter den Türen hindurch auf die Straße, wo er sich geisterhaft um Nandos Beine schlang, als wollte er ihn in eines der Häuser ziehen und hinab in die Tunnel unter der Stadt. Nekromanten lebten noch immer in diesem Viertel, ebenso wie Alchemisten und Hexen, und nicht nur einmal meinte Nando, das dunkle Murmeln von Beschwörungen zu hören, das durch die dünnen Fenster drang. Vereinzelt kamen ihnen finstere Gestalten entgegen oder tauchten so plötzlich hinter ihnen auf, dass sie erschrocken zusammenfuhren, doch während Kaya die Arme um den Körper zog und etwas näher an Nandos Hals heranrückte, fühlte Nando beinahe so etwas wie Abenteuerlust. Von Antonio hatte er bereits einiges über das Viertel der Schlangen gehört, von verbotenen Beschwörungen über düstere Séancen bis hin zu dem berüchtigten selbst gebrannten Olyg, einer Art Branntwein. Häufig waren ihm die düsteren Gestalten des Schlangenviertels bereits in der Oberstadt begegnet, und anders als die anderen Bewohner hatten sie ihn nie mit feindseligen Blicken gemustert. Stets hatte ein mehr oder minder verhangenes Interesse in ihren Augen gelegen, bisweilen auch eine kalte Neugier, die Nando einen Schauer über den Rücken gejagt hatte. Diese Wesen, so schien es ihm, hatten in Abgründe geblickt, die ihnen tiefer und dunkler erschienen als alles, was er, der Teufelssohn, bedeuten konnte, und dieser Umstand verschaffte ihm ein befreiteres Atmen als unter den feindlichen Augen der Oberstadt.

»Wo wohnt Morpheus denn genau?«, flüsterte Kaya fast unhörbar, als würde sie befürchten, die Aufmerksamkeit des ganzen Viertels zu erregen, wenn sie auch nur einen Deut lauter sprach.

Nando zuckte mit den Schultern. »Das hat er mir nicht gesagt. Ich denke, dass wir nach ihm fragen müssen.«

Kaya stieß die Luft aus. »Großartig. Ich erinnere mich noch daran, wie ich vor Ewigkeiten mit Yrphramar auf einem Markt hier unten herumgeirrt bin und von einer Ecke zur nächsten geschickt wurde, nur um ein paar lächerliche schwarze Schlangenzähne zu finden. Beinahe gefressen wurde ich dabei, jawohl, und zwar von einem Leguan von mindestens dieser Größe!«

Sie breitete die Arme aus, so weit sie konnte, und schlug Nando dabei gegen das Ohr.

Seufzend verdrehte er die Augen. »Wenn du dich fürchtest, kannst du dich gern in die Geige zurückziehen«, sagte er, doch sofort riss Kaya entrüstet die Augen auf.

»Glaubst du etwa, ich hätte Angst?«, rief sie und zuckte vor dem Widerhall ihrer Stimme an den finsteren Gebäuden zusammen. »Na gut, und wenn schon«, zischte sie missmutig. »Aber Ängste sind dafür da, dass man sich ihnen stellt, nicht wahr? Eine Dschinniya ist kein Wesen, das sich vor anderen fürchtet. So ist das.«

Den letzten Satz wiederholte sie noch einmal, als wollte sie ihn vor sich selbst bekräftigen, und nickte entschlossen. »Da drüben«, murmelte sie. »Vielleicht fragst du dort nach dem Weg.«

Sie deutete auf eine Kneipe in einem schiefen Gebäude, dessen Bleiglasfenster keinen Blick ins Innere erlaubten. Nur flackerndes rotes Licht warf sich dagegen, und raues Gelächter drang durch die halb geöffnete Tür auf die Straße. Nando holte Atem. Er roch den schweren, würzigen Geruch von Tabak und trat ein.

Die Kneipe war verwinkelt und so verraucht, dass Nando kaum zwei Schritte weit sehen konnte. Die Gäste waren nicht mehr als dunkle Schemen an den rustikalen Tischen, deren Gesichter sich im dichten Qualm verloren. Für einen Moment schien es ihm, als würden die Gespräche verstummen und unzählige unsichtbare Blicke sich aus dem Dunst auf ihn richten. Doch der Moment währte nur kurz. Kaya nieste lautstark, aber niemand schien ihnen mehr Beachtung zu schenken.

Nando schob sich zwischen einigen Gästen hindurch an den Tresen, wo der Rauch ein wenig schwächer war, und nickte dem Barmann, einem untersetzten Nephilim mit fleischigem Gesicht und vereinzelten braunen Haaren auf seinem ansonsten kahlen Schädel, freundlich zu. Er trug ein schwarzes, mit bronzenen Knöpfen versehenes Hemd und eine Schürze aus Leder über seinem runden Bauch. Für einen Moment kniff er die Augen zusammen und ließ seinen Blick über Nandos Gesicht wandern. Dann nickte er ohne jede Spur eines Lächelns und trat näher.

»Ich bin auf der Suche nach Morpheus«, sagte Nando und legte sieben Alvre auf den Tresen. Niemals hätte er gedacht, dass der Wirt sich so schnell bewegen könnte, doch dieser fuhr mit der Hand über die Fläche und ließ die Splitter in einen geöffneten schwarzen Beutel fallen, den er umgehend unter dem Tresen verstaute. Dann sah er Nando an, als hätte er überhaupt nichts getan, und schüttelte den Kopf.

»Keine Ahnung, wovon du sprichst«, sagte er und verschränkte die Arme vor der Brust. »Im Übrigen reicht es mir, dass Noemi mit ihrer Meute schon wieder meine Kneipe belagert und diese Akademie-Hanseln den ganzen Abend an einem einzigen Olyg nippen, weil sie mehr nicht vertragen. Da brauche ich nicht noch einen von der Sorte, der komische Fragen stellt und spionieren will.«

Nando folgte dem ärgerlichen Fingerzeig des Wirts mit dem Blick. Nicht weit von ihm entfernt saßen fünf Nephilim. Nando sah ihre Gesichter nicht, doch er erkannte das lange schwarze Haar und die ungewöhnlich bleichen Hände. Noemi. Noch ehe er sich abwenden konnte, fuhr sie herum und sah ihn an. Neben ihr saß Paolo, der ihr mit zusammengekniffenen Augen ins Ohr flüsterte, und Riccardo und die anderen ihrer Freunde wandten die Köpfe und starrten zu ihm herüber. Kaya stieß die Luft aus. Nando spürte, wie sie wütend die Fäuste ballte. Sein Arm schmerzte, er konnte keine Konfrontation mit Noemi und ihren Spießgesellen riskieren, schon gar nicht mitten in einer Kneipe im Schlangenviertel, deren Besuch Antonio sicherlich nicht billigen würde.

»Ich meine *Morphium* Morpheus«, raunte er dem Wirt zu und nickte vertraulich. »Sie kennen ihn doch?«

Ein Flackern ging durch den Blick des Wirts, ein listiges Funkeln wie bei einem Fuchs. Er nickte langsam. »Natürlich kenne ich ihn. Du findest ihn ein paar Gassen weiter, es ist das Haus mit der schwarzen Tür. Einfach die Straße runter und dann links, du kannst es nicht verfehlen.«

Nando bedankte sich schnell, denn er sah, wie Noemi und ihre Freunde die Stühle zurückschoben und auf ihn zukamen. Eilig nickte er dem Wirt zu und drängte sich durch die anderen Gäste Richtung Ausgang.

»Und sag ihm, dass er mir endlich mein Geld zurückgeben soll!«, rief der Wirt ihm nach. »Achtzehn Olyg stehen auf seinem Deckel, wenn er die nicht bezahlt, schreibe ich sie auf sein Grab, dass das klar ...«

Nando warf die Tür hinter sich zu und hörte ihn nicht mehr. Schnell ging er die Straße hinab. Er hatte bislang einen einigermaßen angenehmen Abend gehabt, den wollte er sich nicht von Noemi und ihren dämlichen Freunden kaputt machen lassen. Schon hörte er sie hinter sich aus der Kneipe stürmen. Sie liefen ihm nach.

»Wohin denn so eilig, Teufelsbrut?«, rief Noemi. Ihre Stimme traf ihn wie ein Hieb in den Nacken, doch noch ehe er seinen Schritt beschleunigen konnte, zischte eine Lichtpeitsche über die Straße, wickelte sich um seine Füße und brachte ihn zu Fall. Es gelang ihm nicht, seinen Sturz abzufangen. Mit voller Wucht schlug er mit der Stirn auf die Steine. Kaya stieß einen Fluch aus und schwirrte mit geballten Fäusten in die Luft. Nando rappelte sich auf. Er sah die Funken, die über Kayas Finger sprangen, und hielt sie zurück. Er wusste, dass seine Gefährtin zwar etliche Formeln und magische Findigkeiten kannte, doch sie verfügte über kein besonders hohes Potential und Nando zweifelte nicht daran, dass Noemi einen Angriff Kayas grausam vergelten würde.

»Ich hätte nicht gedacht, dass du mir nachläufst«, sagte er und bemühte sich, Noemis Blick an Überheblichkeit zu überbieten, was ihm augenscheinlich ganz gut gelang, denn sie schnaubte zornig. Wenige Schritte von ihm entfernt blieb sie stehen und musterte ihn mit verschränkten Armen. Er achtete nicht auf das Blut, das als feines Rinnsal über seine Schläfe lief. Mit aller Macht zwang er seinen Zorn in seinen Blick. »Und noch weniger wäre ich davon ausgegangen, dass du so leichtfertig deine Zulassung zur Prüfung aufs Spiel setzt. Es ist uns nicht gestattet, außerhalb der Akademie gegeneinander Magie anzuwenden, das solltest du wissen.«

Noemi hob mit täuschend echter Betroffenheit die Brauen. »Magie?«, fragte sie und legte bedauernd den Kopf schief. »Es mag dir so vorkommen, dass Zauberei im Spiel ist, wenn du über deine eigenen Füße stolperst. Ich kann das nachvollziehen bei jemandem, der nicht einmal seine Schwingen benutzen kann. Wer ist schon so ungeschickt und schlägt sich bei einem Sturz den Kopf an? Aber ich habe keine Magie benutzt, um dich zu Fall zu bringen – oder hat hier jemand etwas anderes beobachtet?«

Eifrig schüttelten ihre Freunde die Köpfe, und Nando stieß die Luft aus, als er Paolos feixendes Grinsen sah.

»Du sollst also stärker sein, als Drengur dachte«, sagte Noemi leise und mit einer Kälte in der Stimme, die Nando frösteln ließ. »Wollen wir doch mal sehen, wie stark du wirklich bist!«

Er kam nicht dazu, etwas zu erwidern. Rasend schnell stieß Noemi die Faust vor, und während er ihrem ersten Hitzeblitz mit einer raschen Drehung ausweichen konnte, traf ihn ihr anschließender Flammenwirbel mit voller Wucht. Er hörte Kaya schreien und fühlte, wie er durch die Luft geschleudert wurde. Dann krachte er gegen eine

Hauswand, der Schmerz explodierte in seinem Kopf. Er spürte den Aufprall auf dem Pflaster kaum, hörte nur die Schritte der anderen und Noemis Lachen, heiser und kalt. Um ihn herum glitten Schatten auf und nieder, der Schwindel packte seinen Magen mit übelkeitserregender Klaue, und da, ganz am Ende der Gasse, hinter Noemi und den anderen, die wie Schemen auf ihn zukamen, erhob sich eine dunkle, klar umrissene Gestalt. Ihre Schwingen ragten hoch hinter ihr auf, das goldene Haar fiel in sanften Wellen bis weit auf den Rücken hinab, und auf ihrem ebenmäßigen, vollkommenen Gesicht lag ein Lächeln.

Ich bin da, hörte Nando die Stimme des Teufels, und obwohl er einen Hieb Noemis in der Seite spürte, konnte er den Blick nicht abwenden. *Ich bin immer da, jenseits all dessen, was du die Wirklichkeit nennst. Komm zu mir, mein Sohn. Folge mir, und du wirst es nicht erleben, jemals von mir allein gelassen zu werden.*

Ein heftiger Schmerz zuckte durch Nandos Brust, als Noemi ihn mit beiden Händen in die Luft riss, doch sein Geist befand sich bereits auf halbem Weg in die Ohnmacht, und in dieser Zwischenwelt, in diesem Zustand zwischen Ahnen und Wissen, trat Luzifer näher auf ihn zu. In einiger Entfernung blieb er stehen und streckte die Hand aus. Zwischen seinen Fingern glomm ein schneeweißes Licht, und noch ehe er die Faust öffnete, wusste Nando, um was es sich handelte. Das Lächeln des Teufels verstärkte sich.

Ja, flüsterte er, und Nando hörte seine Stimme so deutlich, als würde er direkt neben ihm stehen. *Sie ist es – die Magie der höchsten Art.*

Mit diesen Worten öffnete Luzifer die Faust, und das Licht flutete die Gasse. Nando bekam keine Luft mehr. Die Schleier aus Helligkeit umflossen ihn, sie hoben ihn empor und nahmen ihm jeden Schmerz, jede Schwere und jede Traurigkeit. Dann wurde das Licht schwächer, der Teufel streckte langsam die andere Hand nach ihm aus. Seine Augen flammten golden. Konnte dieser Dämon, der Fürst der Hölle, die Augen eines Engels haben?

Noemis Hände waren kalt wie Eis an Nandos Schläfen, er fühlte, wie sie vergeblich versuchte, in seine Gedanken einzudringen, und er hörte den Zauber in der Alten Dämonensprache, der grollend über ihre Lippen kam. Glühende Hitze brandete durch ihre Finger in Nandos Schädel, und ein Schmerz durchzog ihn, der heftiger war als jede körperliche Pein, die er jemals erlebt hatte. Mit aller Kraft hielt er seinen Schutzwall aufrecht, doch Noemi rannte mit der Magie der Schatten dagegen an. Nando spürte ihren Zorn, und im selben Moment standen die Gesichter seiner Eltern vor seinen Augen, er hörte sie lachen, fühlte ihren Atem an seiner Stirn, hörte den letzten Todesschrei seiner Mutter, und er wollte nichts mehr, als diese Bilder vor Noemis Hass zu bewahren, sie zu schützen vor allem, was außen lag. Diese Erinnerungen, diese Gedanken und Gefühle gehörten nur ihm, und es schien ihm, als würde er ausgelöscht, wenn er zuließe, dass Noemi in sie eindrang. Kaum hatte er diese Erkenntnis gewonnen, wallte die Stimme Luzifers in ihm auf.

Du bist wie ich, raunte der Teufel in ihm. *Denn meine Macht ist es, die dich durchfließt!*

Und kaum dass die Worte verklungen waren, peitschten Nandos Empfindungen wie von einem fremden Willen geleitet auf. Übermächtig loderte der Zorn über die Feindschaft der anderen in ihm auf, ebenso wie die Verzweiflung, als der Wall vor seinen Gedanken unter Noemis Hieben erzitterte, und seine Gefühle rasten durch sein Inneres, vereinten sich in einem tosenden Sturm aus Finsternis und gingen auf in einem einzigen Wort: *Ja.* Er spürte es erst weit hinten in seiner Kehle, doch der Teufel hatte es gehört. Er trat einen Schritt vor, seine Stimme wurde lauter, als er Nando zu sich rief. Auf einmal stand er zugleich am Ende der Gasse und tief in Nandos Innerem, und dieser spürte, wie er fiel: die Gasse hinab und in sein eigenes Selbst, geradewegs auf das Licht zu. Flammend brach Luzifers Lächeln durch die Schatten, und die Finsternis flackerte durch das goldene Feuer seiner Augen, jene Dunkelheit, die wie tausend erstickte Schreie in seinem Inneren lag – ein unscheinbarer Moment war es, nicht mehr, und doch genügte er, um Nando den Blick von ihm fortreißen zu lassen.

Blind stieß er Noemi vor die Brust, die Schatten um ihn herum zerrissen mit ihrem Schrei. Er sah noch, wie sie durch die Luft flog und gegen die gegenüberliegende Hauswand schlug, dann rannte er die Straße hinab. Kaya landete rücklings auf seiner Schulter, mit hoher Stimme rief sie einen Zauber. Ein greller roter Blitz schoss über die Straße hinter ihnen, die Nephilim schrien geblendet auf.

»Schnell!«, rief Kaya und grub ihre Finger in Nandos Fleisch, dass er meinte, ein Stromschlag würde ihn treffen. Seine Füße flogen über das Pflaster, er hörte die Nephilim hinter sich, als er in eine Seitengasse einbog. Doch über allem stand das Bild Luzifers. Nando hörte ihn lachen, höhnisch und voller Grausamkeit, ein Scherbenlachen war es, das ihm ins Fleisch schnitt, und er wusste nicht, vor wem er davonlief: vor Noemi und ihren Schergen oder vor dieser reglosen, listig lächelnden Gestalt des gefallenen Engels mit dem Feuer der höheren Magie in seiner Hand.

Atemlos rannte er die Gassen hinab, getrieben von den Schreien der anderen, die ihm nacheilten, und erreichte ein großes Haus, das auf den ersten Blick einer Lagerhalle glich. Eine schwarze metallene Tür mit dem Abbild einer Schlafmohnkapsel führte ins Innere – dem Symbol des griechischen Gottes des Schlafes: Morpheus. Ohne zu zögern, drückte Nando die Klinke herunter, sprang in die Dunkelheit, die vor ihm lag, und warf die Tür hinter sich ins Schloss.

18

Um Nando herum war es kühl und vollkommen finster. Ein Klacken ging durch die Tür hinter ihm, als würden schwere Riegel vorgeschoben, und er fragte sich, ob er nun in Sicherheit war – oder ein Gefangener.

Kaya atmete schnell auf seiner Schulter. Sie zitterte noch immer von der Kraft ihres Zaubers. Lautlos erhob sie sich in die Luft und flog auf die Tür zu. Nando hörte, wie sie mit ihren Fingern über das Metall wischte und eine schmale, durch Schutzglas gesicherte Klappe aufschob, durch die das Licht der Straße brach. Er trat näher und sah Noemi und die anderen die Gasse heraufkommen. Vor der Tür blieben sie stehen, er konnte ihre Stimmen nicht hören, doch er sah, wie Noemi wütend die Luft ausstieß und sich zum Gehen wandte. Paolo hingegen spuckte aus, ballte die Faust und schleuderte einen Feuerzauber gegen die Tür. Die Flammen schlugen gegen das Glas, ein heiseres Stöhnen ging durch das Metall, ehe das Feuer erlosch. Nando sah noch, wie Noemi erschrocken herumfuhr. Dann klappte ein stählernes Rohr neben dem Fensterschlitz aus der Tür, und heraus schoss Wasser, das vor Kälte dampfte. Paolo wurde so heftig von dem Strahl getroffen, dass er auf seinem Allerwertesten landete, und Noemi und die anderen sahen aus wie begossene Pudel, als sie aus dem Wirkungskreis des Wassers flohen, die Straße hinaufeilten und verschwanden.

»Ha!«, rief Kaya und schlug die Hände zusammen, dass es ein leises, klatschendes Geräusch machte. »Paolo wird heute nichts mehr zu lachen haben, so viel ist sicher. Noemi wird ihm gehörig den Marsch blasen – sobald sie wieder trocken ist!«

Nando verzog den Mund zu einem Grinsen, doch sein Rücken schmerzte von den Schlägen, die ihm die anderen zugefügt hatten, und es fiel ihm nicht leicht, das Bild des Teufels loszuwerden, das mit gelassener Tücke hinter seiner Stirn stand. Ausatmend trat er einen Schritt zurück, um sich in Morpheus' Zuhause umzuschauen – und stieß gegen etwas Hartes. Sofort erklang ein ersticktes Surren, das rasch lauter wurde wie bei einer startenden Maschine. Nando stockte der Atem, mit einem Schlag wurde ihm eiskalt. Er kannte dieses Geräusch.

Langsam, als hätte ein Kältenebel ihn gelähmt, drehte er sich um. Im fahlen Schein des Lichtes erkannte er, dass er sich in einer großen Lagerhalle mit Türen zu beiden Seiten befand, von denen eine offen stand. Und in der Mitte, formiert zu einer beeindruckenden Armee, warteten mehrere Reihen jener metallenen Engel auf ihren Einsatz, die Noemi in der Arena zum Kampf gefordert hatten. Winzige Lichtfunken tauchten aus der Finsternis ihrer Pupillen auf und hüllten ihre Augen in grellrotes Licht.

»Verdammt«, flüsterte Kaya und fiel auf Nandos Schulter nieder, als könnte sie sich nicht länger in der Luft halten.

Da riss der vorderste Engel den Kopf herum, ein Flackern ging durch seinen Blick, als er Nando sah – und gleich darauf schoss ein Hitzestrahl aus seinen Augen und raste auf die Eindringlinge zu. Mit einem Schrei warf Nando sich zur Seite, krachend schlug der Zauber hinter ihm in die Tür ein und schmolz das Metall zu merkwürdigen Mustern. Der Engel streckte den Arm aus, seine Füße stampften über den Boden auf Nando zu, als wollte er den Beton unter ihnen zu Staub zermahlen. Keuchend kam Nando auf die Beine, die Faust des Engels hieb neben ihm auf den Boden. Steinsplitter flogen ihm um die Ohren, als er sich herumwarf und auf die offene Tür zurannte. Kaya kreischte auf seiner Schulter, dass sich ihre Stimme überschlug, und ihre Löwenmähne sträubte sich, als würden elektrische Impulse durch ihren Körper rasen. Atemlos wich Nando den glühenden Wurfscheiben aus, die der Engel ihnen nachschleuderte, und er hatte die Tür fast erreicht, als auch die anderen Engel die Köpfe wandten. Fünf von ihnen erhoben sich in die Luft und landeten direkt vor Nando. Mit knirschendem Geräusch stießen sie die Fäuste vor, Nando duckte sich – und fühlte das flirrende Netz aus Flammen, das sein Verfolger über ihn warf. Zischend senkte es sich auf ihn nieder, Nando barg Kaya in der Beuge seines Armes und legte einen Schutzzauber über sie. Gleich würden die Flammen sie erreichen, sie würden den Wall verbrennen und …

»Harendotes!«

Feine Ascheflocken fielen auf Nando nieder. Sie schwebten aus der Dämmerung der Hallendecke, vorbei an dem reglosen Gesicht seines Verfolgers, dessen Augenfunken mit einem ersterbenden Surren langsam zurück in die Finsternis fielen. Mühsam kam er auf die Beine und sah, wie Morpheus – gehüllt in einen seidenen roten Morgenmantel – in seinem Rollstuhl auf ihn zufuhr.

»*Der seinen Vater schützt*«, sagte dieser statt einer Begrüßung. »Oder auch: *Horus, der seinen Vater schützt*. Im Osirismythos erhält der junge Horus im Kampf gegen Seth diesen Titel, und er beschützt seinen Vater Osiris gegen jede Art von Anschlägen. Nun, da diese Engel meine Geschöpfe sind, erschien mir dieses Passwort recht treffend.«

Kaya stieß die Luft zwischen den Zähnen aus. »Als wenn es nicht schlimm genug wäre, beinahe von metallenen Engeln ins Jenseits befördert zu werden, müssen wir uns nun auch noch seltsames Geschwafel über Ägypten und Götter anhören?« Sie schüttelte den Kopf, dass Ascheflocken aus ihrer Mähne flogen, und stemmte beide Hände in die Hüfte. »Morpheus, es ist lange her, seit ich dich das letzte Mal sah – aber du hast dich kein bisschen verändert!«

Morpheus lachte auf, zwinkerte Nando zu wie ein spitzbübischer Junge mit dem Schalk im Nacken und hielt Kaya zur Begrüßung die Hand entgegen. »Meine Liebe, es freut mich außerordentlich, dich wiederzusehen. Wie ich sehe, hast du den Jungen trotz einiger Unannehmlichkeiten heil und gesund zu mir gebracht.« Kaya wollte etwas erwidern, doch Morpheus ließ sie nicht zu Wort kommen und wandte sich an Nando. »Du siehst furchtbar aus, vollkommen furchtbar. Kommt mit, ich warte schon eine ganze Weile auf euch, wird Zeit, dass wir mit der Arbeit beginnen.«

Nando wechselte mit Kaya einen Blick, während Morpheus ihnen voraus durch die Tür eilte.

»Arbeit?«, flüsterte er. »Das klingt so, als hätte er tatsächlich einen Plan, wie er mir helfen kann.«

»Was hast du denn gedacht?«, rief Morpheus und schnaubte verächtlich. »Glaubst du etwa, ich wäre so ein Quacksalber gewesen wie die meisten Ärzte der Oberwelt, die sich ihre Urlaube auf den Malediven mit dem Blut ihrer Patienten finanzieren? Ha – haha! Nein, mein Junge, da irrst du dich gewaltig. Meine Philosophie ist eine andere.«

Sie liefen durch einen breiten, steinernen Gang, an dessen Wänden allerlei Vitrinen standen. Menschliche Schädelknochen lagen darin, eingelegte Hände und Arme, aber auch Skelette von kleineren Tieren und freigelegte Muskelpartien. Außerdem befanden sich magisch betriebene Modelle in den Schaukästen, kompliziert anmutende Roboterteile und Funken, die über geschwungene Drähte liefen und sich zwischen zwei Metallstiften als flackernde Blitze entluden. Überall lagen Kapseln mit Laskantin in verschiedenster Form und Größe neben den Vitrinen und spendeten ein diffuses rötliches Licht, und in einer breiten Nische stand eine Art Flugkapsel mit Rotor und gewölbten Sicherheitsfenstern. Am Ende des Ganges befand sich eine Tür aus schwerem, schwarzen Stein. Verschiedenfarbige Lichtstrahlen flackerten hinter von Glas und Holz durchbrochenen, metallenen Intarsien und veränderten ihren Schein, kaum dass Morpheus näher kam. Leise surrend fuhren mehrere Strahlen über sein Gesicht, ehe ein Klacken erklang und sich die Tür lautlos in die Höhe schob.

Nando folgte ihm neugierig und fand sich in einem großen sechseckigen Raum wieder. Auf den ersten Blick ähnelte er einem historischen Laboratorium aus dem achtzehnten Jahrhundert. An den Wänden standen alte Holzschränke mit Pipetten, bauchigen Glasbehältern, Rundkolben, Kühlern, Bechergläsern, Destillationsbrücken, Mörsern aus Holz, Stein und Metall und Flaschen auf den Ablagen und hinter halb erblindetem Glas. Werkbänke und Tische mit zahllosen Schubladen verteilten sich über den Raum, Apparaturen aus Messing dienten den unterschiedlichsten Experimenten, Regale mit alten Büchern zierten die Wände, und mehrere langarmige Analysewaagen aus dunklem Holz und mit Schalen aus Kupfer oder Messing verliehen dem Raum eine historische, beinahe nostalgische Atmosphäre. Zugleich war jedoch auch hier der technische Fortschritt der Schattenwelt nicht zu übersehen.

An der Decke hingen Turbinen, an deren Seiten sich gläserne Behälter mit Laskantin befanden. Schläuche und Kabel liefen von diesen Speicherorten zu unterschiedlichsten Messgeräten, die neben den

Werkbänken, auf den Tischen oder an den Wänden zwischen den antiken Bücherregalen aufgestellt worden waren. Metallene Abzugshauben in Form von Kugeln glitten automatisch von der Decke herab und stülpten sich über in gläsernen Behältern brodelnde Flüssigkeiten, sogen die giftigen Dämpfe ein und kehrten mit nun schwarz verfärbtem Metall an ihren Ausgangspunkt zurück. Kaum war der Dampf neutralisiert, hatten sie wieder ihre gewöhnliche Farbe angenommen und entließen die Luft gereinigt in den Raum zurück. Vakuumapparaturen standen mit blinkenden Knöpfen aus Kupfer in der Nähe der Tür, und neben einer Lampe, die wie ein Planet frei im Zimmer schwebte und ein angenehmes Licht verbreitete, hingen verschiedene Leuchter an fingerdicken Metallarmen aus der Decke und bewegten sich wie tentakelähnliche Suchscheinwerfer durch den Raum.

Morpheus hatte sich zu einem Schreibtisch begeben, der über und über mit Büchern und Konstruktionszeichnungen auf Pergament und Papier beladen war. Winzige kleine Roboter liefen darüber hin, einige sahen aus wie metallene Spinnen mit Beinen aus Nägeln und Rümpfen aus gebürstetem Stahl, andere sprangen heuschreckenähnlich von Buch zu Buch, und manche kletterten an schräg lehnenden Pergamentrollen empor, als wären sie Mäuse. Viele trugen Kameras auf ihren Rücken wie winzige Drohnen. Andere verfügten über kleine Solarzellen oder hielten Laskantinkapseln in den filigran gestalteten Klauen, und wieder andere schienen sich ganz von selbst zu bewegen, als hätten sie einen eigenen Willen.

Fasziniert trat Nando näher und setzte sich auf einen hölzernen Schemel, den Morpheus ihm anbot. Kaya hockte sich auf eines der ledergebundenen Bücher und betrachtete mit misstrauischem Blick, aber nicht ohne Neugier die metallenen Wesen, die um sie herumturnten und sie mitunter aus plötzlich ausfahrenden Stielaugen begutachteten.

Morpheus griff hinter seinen Schreibtisch und beförderte eine hölzerne Kiste zutage, die er Nando entgegenhielt. Überrascht nahm dieser die Kiste entgegen und öffnete sie. Darin lag ein Brustharnisch aus schwarzem Metall, der sich jedoch unter Nandos Berührung anfühlte wie Seide und kaum mehr wog als dieser feine Stoff.

»Antonio erzählte mir von Problemen mit den Flügeln«, stellte Morpheus fest. »Mit diesem Harnisch wirst du fliegen können, solange du nicht aus eigener Kraft dazu in der Lage bist. Probiere ihn an, wenn du magst.«

Das ließ Nando sich nicht zweimal sagen. Eilig sprang er auf, legte den Harnisch an und spürte, wie das Metall an seinen Schwingen auseinanderglitt und sich seinem Körper anpasste, als würde es aus zahllosen kleinen Partikeln bestehen. Mit fast lautlosem Knirschen fügte sich der Harnisch wieder zusammen. Gleich darauf begannen feine Ziselierungen silbern zu schimmern, und Nando fühlte eine schwache Wärme, die von dem Metall ausging und sich über die Muskeln in Brust und Rücken bis in seine Schwingen fortsetzte. Es war, als würde eine massierende Hand über seine Flügel gleiten, er spürte, wie seine Kraft in sie hineinfloss, und als er sie mit klopfendem Herzen bewegte, überkam ihn ein Schauer. Seine Schwingen glitten wie von selbst durch den Raum. Sie fühlten sich viel leichter an als zuvor. Am liebsten hätte er sich sofort in die Luft erhoben, doch da schüttelte Morpheus den Kopf.

»Es werden sich noch genug Gelegenheiten ergeben, bei denen du den Harnisch testen kannst«, sagte er mit einem Lächeln. »Doch nun solltest du ihn ablegen, damit wir uns den wirklich wichtigen Dingen widmen können.«

Ein wenig enttäuscht streifte Nando den Harnisch ab, legte ihn zurück in die Kiste und ließ sich erneut auf den Schemel sinken, während Morpheus zwischen den Pergamenten auf dem Schreibtisch herumwühlte. Dabei beförderte er einige der winzigen Roboter auf den Boden, von wo aus sie umgehend an Nandos Beinen emporklommen, um auf den Tisch zurückzukehren, und fand schließlich ein Monokel, das an einer kupferfarbenen Kette hing.

»Nun«, sagte Morpheus, während er das Glas mit einem Ärmel seines Morgenrocks säuberte. »Dein Arm hat dir vermutlich bereits Probleme bereitet, seit du in Bantoryn bist, nicht wahr?«

Nando nickte. »Ich habe Schwierigkeiten damit gehabt im Kampf, und …«

Morpheus hob wissend die Brauen und klemmte sich dann das Monokel vor das rechte Auge. »Krempel deinen Ärmel nach oben und streck den Arm aus.«

Nando tat, wie ihm geheißen wurde, und sofort surrten mehrere der kleinen Roboter in die Luft, verformten ihre Gestalt und stützten seinen Arm, so dass er ihn ruhig ablegen konnte. Nervös warf er Kaya einen Blick zu, doch diese schaute so gebannt auf die winzigen Flugobjekte, dass sie es nicht zu bemerken schien. Morpheus zog einen dünnen metallenen Stab aus einer Schublade seines Schreibtisches und fuhr damit langsam vom Ellbogen aus über Nandos Arm bis hinab zu den Fingern. Unterschiedliche Farben flammten an der Spitze des Stabes auf, und Morpheus' Miene verfinsterte sich zusehends. Schließlich legte er ihn beiseite, ließ das Monokel in seine Hand fallen und seufzte tief.

»Mehrere Nerven, unter ihnen der Nervus medianus, der Mittelarmnerv, sind irreparabel geschädigt«, stellte er fest. »Für gewöhnlich führt diese Tatsache dazu, dass die Pronation und Beugung der Hand stark eingeschränkt sind, die ersten drei Finger können nicht mehr gebeugt werden, der Daumen ist zum Handrücken hin gebogen. Doch die Auswirkungen sind von Mensch zu Mensch verschieden, und da in dir darüber hinaus ja nun bekanntermaßen mehr steckt als in anderen Menschen, treten die Folgen der geschädigten Nerven bei dir nur sporadisch in Schüben auf – immer dann natürlich, wenn man sie gerade nicht brauchen kann. Denn besonders die Greifschwäche ist fatal, vor allem im Kampf, das hast du selbst festgestellt. Versuchst du während eines Schubs, die Finger zu beugen, ist der Zeigefinger gestreckt, der Mittelfinger leicht gebeugt, während Ring- und kleiner Finger gebeugt sind, da deren Beugemuskeln vom Nervus ulnaris innerviert werden, der offensichtlich nicht beschädigt ist. Außerdem verfügst du während des Schubs in den beiden daumenseitigen Handdritteln vermutlich weder über ein Schmerz- noch über ein Tastvermögen und besitzt dort keine Temperaturempfindung mehr. Dann wieder hast du starke Schmerzen, die wahrscheinlich besonders bei Berührungen ausgesprochen heftig werden können. Da der Nervus medianus unmittelbar oberhalb der Hand recht oberflächlich liegt, sind solche Schäden häufig bei Schnittverletzungen, beispielsweise durch einen Selbstmordversuch.«

Er kniff die Augen zusammen und betrachtete Nando prüfend. »Diese Narben zeugen nicht davon, dass deine Verletzungen von einem solchen Suizidversuch herrühren – es sei denn, du wärest ihn ausgesprochen stümperhaft angegangen.«

Nando schüttelte den Kopf. »Als ich acht Jahre alt war, hatten meine Eltern und ich einen Unfall. Ein Tier ist vor unser Auto gelaufen, mein Vater hat die Kontrolle über das Fahrzeug verloren, wir krachten gegen einen Baum. Ich wurde aus dem Wagen geschleudert, aber meine Eltern wurden darin eingeklemmt und …« Er stockte. Etliche Male hatte er nun schon von diesen Geschehnissen berichtet, bei Freunden, neuen Bekanntschaften oder Ärzten, und doch fiel es ihm auf einmal schwer, den Satz zu Ende zu bringen. Vielleicht lag es an dem ruhigen, durchdringenden Blick Morpheus', der ihn nicht drängte und in dessen Miene weder Betroffenheit noch Mitleid aufflammte, oder an dem Duft Bantoryns, der gerade in diesem Moment stärker wurde, als würde eine Schwade Mohnstaub durch das Labor ziehen. »Sie sind verbrannt«, sagte Nando kaum hörbar und schaute auf die Narben an seinem Arm wie auf die Bilder jener Nacht. »Ich habe sie schreien hören und eine Scheibe eingeschlagen, aber … Ich konnte sie nicht retten.«

Morpheus sah ihn an, unverwandt und mit einer Eindringlichkeit, die Nando den Blick heben ließ. Ein Lächeln lag auf den Lippen des Senators, kaum merklich zwar, doch erstmals, seit Nando ihn kannte, ohne jede Spur von Sarkasmus. »Retten, ja?«, fragte er leise und legte den Kopf schief, als wäre Nando ein Kind, das gerade unsinnigerweise mit einer Blume gesprochen hatte. »Retten wovor, Nando? Vor den Flammen, den Schmerzen? Oder vor dem Tod?«

Nando setzte zu einer Antwort an, doch etwas lag in Morpheus' Blick, das die Worte in seinem Mund in Asche verwandelte und ein bitteres Gefühl auf seiner Zunge hinterließ.

»Flammen und Schmerzen, ja«, sagte Morpheus und nickte langsam. »Beides ist es wert, dass man davor flieht oder gerettet wird. Aber der Tod … Ich habe nie verstanden, warum die Menschen ihn mit solcher Inbrunst fürchten, als wäre er ihr schlimmster Feind. Denn, um mit einem Philosophen unseres Volkes zu sprechen: *Niemand kennt den Tod, und niemand weiß, ob er für den Menschen nicht das allergrößte Glück ist.* Sokrates war ein kluger Mensch. Es gibt leider nicht viele von der Sorte.«

Nando sah Morpheus an, sah auch das Lächeln, das sich tief in seine Wangen grub, und konnte nicht anders, als es zu erwidern. Etwas

Seltsames haftete dem Senator an, etwas, das Nando nicht benennen konnte. Aber es verschaffte ihm ein Gefühl von Schwerelosigkeit inmitten seiner Trauer, und das hatte er noch nicht häufig erlebt. Morpheus presste sich kurz seine Atemmaske vor das Gesicht und nahm einen Zug, ehe er sich wieder über Nandos Arm beugte.

»Durch den Unfall wurde also der Mittelarmnerv geschädigt«, fuhr er fort. »Ebenso wie einige andere Nerven, was zu einem Sensibilitätsverlust an den Fingern führt und zu einem Funktionsverlust vieler kleiner Handmuskeln. Ich könnte noch mehr erzählen, aber …« Er hob den Blick und schüttelte den Kopf. »Ich glaube, es reicht, wenn ich an dieser Stelle aufhöre mit medizinischen Erklärungen. Du wirst selbst am besten wissen, was dir fehlt.«

Kaya seufzte inbrünstig. »Allerdings«, stellte sie fest und schob zum wiederholten Mal einen kleinen Roboter mit aufdringlich blinkenden Stielaugen von sich, der ihr immer wieder leise surrend näher kam.

»Die Ärzte der Oberwelt konnten nicht viel für mich tun«, sagte Nando und zuckte die Achseln. »Ich weiß nicht, ob …«

Morpheus lachte auf. »Ob ich dir helfen kann? Nun, das hängt ganz von dir ab.« Er rollte zu einem nahe gelegenen Schrank und nahm einen gläsernen Käfig von der Ablage, den er Nando entgegenhielt. »Sieh hin.«

In dem Käfig lief eine kleine weiße Ratte zwischen allerlei Obst und Gemüse herum und betrachtete Nando neugierig. Gerade wollte er den Blick von ihr abwenden, als er ihr linkes Hinterbein bemerkte. Es war ein Bein aus Metall. Erschrocken fuhr er zusammen, doch Morpheus hob beschwichtigend die Hände.

»Keine Sorge«, sagte er schnell. »Dein Arm ist, mit Ausnahme der Nerven, vollkommen in Ordnung. Eine Amputation ist nicht nötig, doch ich könnte dir helfen, ihn mit den Mitteln der Schattenwelt wieder vollkommen funktionsfähig zu machen – und mehr als das, wenn du magst.«

Nando wechselte mit Kaya einen Blick, die ihn mit so weit aufgerissenen Augen anstarrte, dass sie aussah wie ein Koboldmaki oder einer der Schattengnome aus den Brak' Az'ghur. Dann schaute er auf die Ratte in ihrem gläsernen Heim. »Ich soll einen Arm aus Metall bekommen?«, fragte er atemlos.

Morpheus nickte kaum merklich. »Zumindest teilweise, ja. Das würde eine Behebung der Lähmung bedeuten, die Risiken sind aufgrund der reichhaltigen Erfahrungen, die ich in den vergangenen Jahrzehnten sammeln durfte, sehr gering. Ich würde dir dringend zu diesem Schritt raten, und das nicht nur, weil ich mich bereits intensiv damit beschäftigt habe. Du wirst gegen den Obersten Schergen des Teufels bestehen müssen und zuvor womöglich gegen den einen oder anderen Engel. Und du weißt, dass das mit einem Arm wie deinem nicht möglich sein wird.«

Nando holte tief Atem. Ihm war bewusst, dass Morpheus recht hatte, und doch beschlich ihn ein mehr als mulmiges Gefühl, wenn er daran dachte, was der Senator ihm da anbot. Doch Antonio vertraute Morpheus, das stand außer Zweifel, und Nando hatte ihn vom ersten Augenblick an gemocht. »Dann wäre ich ein … Cyborg«, sagte er und konnte sich nicht gegen den Schauer wehren, der bei diesen Worten über seinen Rücken kroch.

Morpheus lachte spöttisch auf. »Ein Cyborg, höre sich einer das an!«, rief er sichtlich amüsiert und schlug sich auf den Oberschenkel. »Du sagst das in einem Tonfall, als hättest du zu viele Science-Fiction-Geschichten gelesen! In der modernen Biotechnologie der Oberwelt gibt es seit Langem Bestrebungen, biologische Materien mit technischen Elementen zu verbinden. Hast du noch nie etwas von Bioelektronik gehört, mein Freund? Diese Verwendung komplexer binnenkörperlicher Technologie ist längst nichts Neues mehr. N. Katherine Hayles schreibt im Cyborg Handbook: *Ungefähr zehn Prozent der aktuellen Bevölkerung der USA sind vermutlich im technischen Sinn Cyborgs*, und sie hat recht. Was sagst du zu Menschen mit Implantaten wie Herzschrittmachern oder Implantaten in Auge und Ohr? Auch sie sind nach dem Begriff bereits Cyborgs.« Er grinste kurz. Dann beugte er sich ein wenig vor und wurde ernst. »Ich verwandle dich nicht in eine Maschine, Nando. Wenn du wissen willst, wer du bist, geht es um mehr als ein wenig Metall im Körper. Diese Erfahrung habe ich am eigenen Leib gemacht.«

Mit diesen Worten knöpfte er sein Hemd auf und zog es über die linke Brust hinab. Nando hob überrascht die Brauen. Metallene Streben bildeten Morpheus' Schulter und hatten sich bis tief in seine Brust hineingeschoben.

»Ich war neunundzwanzig Jahre alt, hatte gerade meinen Doktor der Medizin erhalten und arbeitete als Chirurg in einem Krankenhaus der Oberwelt. Meine Freundin und ich waren verlobt, wir wohnten in einem schicken Penthouse in bester Lage, die Aussichten auf mein künftiges Leben waren glänzend. Und dann kamen die Engel.« Morpheus' Blick glitt ins Leere, Schatten tanzten durch seine Augen und verliehen seinem Gesicht eine ungewohnte Härte. »Sie kamen, um ein junges Mädchen zu holen. Sie war ein Nephilim, wie ich später erfuhr. Ich hatte Notdienst in jener Nacht, das Mädchen lag mit mittelschweren Verbrennungen an Händen und Armen auf meiner Station. Auf einmal drangen laute Stimmen aus ihrem Zimmer, ich sah drei Männer, die sie angriffen und etwas nach ihr warfen. Für mein menschliches Auge sah es aus wie ein Ziegelstein, in Wahrheit war es ein schwarzer Flammenwirbel, der ihr sofort den Schädel zerschlug. Die Angreifer flohen, einen von ihnen packte ich am Arm. Damit besiegelte ich mein Schicksal. Der Engel zertrümmerte mir die Schulter und trennte meinen Arm mit einem einzigen Hieb von meinem Körper. Als ich ihm unter Schock nachtaumelte, brach er mir das Rückgrat. Noch heute fühle ich die Welle aus Schmerz auf mich zurasen. Das Erste, das ich sah, als ich erwachte, war Antonios Gesicht.«

Erstaunt hob Nando die Brauen. Morpheus lächelte leicht. »Er war zu spät gekommen, um das Mädchen zu holen – doch er rettete mich. Er brachte mich in die Unterwelt Roms und schenkte mir ein neues Leben. Und so bin ich der geworden, der nun vor dir sitzt: Mensch und doch nicht nur Mensch, Maschine und doch mehr als das.«

Nando nickte und betrachtete nachdenklich seinen Arm. »Er erinnert mich jeden Tag an die Zeit vor alldem hier. Er erinnert mich daran, dass ich in die Oberwelt gehöre und ...«

Morpheus stieß leise die Luft aus. »Auch ich komme aus der Welt der Menschen, Nando, ebenso wie du. Doch mitunter stehen wir vor der Wahl, entweder unser altes Leben weiterzuführen, das möglicherweise nie das unsere war – oder neue Wege zu beschreiten. Dort oben, weißt du, ergeht es vielen Menschen wie mir. Ihnen wird ein solches Schicksal nicht durch einen Engel beschert, und doch führen viele von ihnen eine Existenz am Rande der menschlichen Gesellschaft. Sie sind *anders*, verstehst du? Dort oben wäre ich ein Krüppel geworden – und zwar nicht körperlich, nein, sondern innerlich, bis ganz tief hinein.« Er griff sich ans Herz, um seine Worte zu verdeutlichen, und verzog das Gesicht wie unter Schmerzen, ehe ein schwaches Lächeln über seine Lippen glitt. »Hier unten aber bin ich Morpheus, der Herr der Träume. Und ich bin dankbar für diese Möglichkeit. Vielleicht solltest auch du anfangen, dankbar für das zu sein, was du werden kannst.«

Nando spürte Kayas Blick auf sich, er wusste, dass sie lächelte. »Trägst du nicht genug Narben in dir?«, fragte sie leise. »Musst du sie wirklich jeden Tag sehen, wenn du dich betrachtest?«

Langsam strich Nando mit der rechten Hand über seinen verletzten Arm. Wie oft hatte er seine Unfähigkeit verflucht, die Finger beugen zu können, wie oft hatte er Schmerzen gehabt, wie oft war ihm ein Glas, ein Stift aus der Hand geglitten, wie oft hatte er sich dafür geschämt? Der Duft des Schlafmohns drang ihm in die Nase und ließ ihn den Blick heben. Langsam zog er seinen Arm zurück, die winzigen Roboter schwirrten auf den Tisch und schauten mit kleinen Scheinwerferaugen zu ihm auf.

»Ihr habt recht«, sagte er und war selbst erstaunt über den festen Klang in seiner Stimme. »Ich bin in Bantoryn, der Stadt der Helden. Es wird Zeit, dass ich meinen Weg weitergehe.«

Morpheus lächelte. »Und ich werde dir dabei helfen.« Mit diesen Worten drückte er auf einen Knopf an seinem Tisch. Lautlos öffneten sich zwei Bodenplatten, und eine hölzerne Liege mit kupfernen Beschlägen schob sich in den Raum. Mit leisem Klacken rastete sie ein. »Nimm Platz«, sagte Morpheus und rollte zu einem seiner Schränke, um allerlei Werkzeuge auf ein metallenes Tablett zu legen.

Nandos Kehle wurde trocken, als er sich auf die Liege legte – und er fühlte gleich darauf, wie sie sich seinen Konturen anpasste, um ihm das Liegen so angenehm wie möglich zu machen. Kaya schwirrte neugierig näher heran, doch als sie Nandos angespannten Blick bemerkte, ließ sie sich auf seiner Brust nieder und lächelte ihm aufmunternd zu.

»Ich werde dir nichts nehmen«, sagte Morpheus, als er zur Liege kam und sein Tablett auf einem kleinen Tisch abstellte. »Bis auf Schmerzen und Lähmung.«

Vorsichtig klappte er eine Schiene unter der Liege nach oben und legte Nandos Arm darauf. Surrend glitten die Tentakellampen von der

Decke und strahlten ihm ins Gesicht, bis er sie mit leisem Befehl auf den Arm richtete. Nando wandte den Blick und erkannte verschiedene Kabel, Drähte, Zahnrädchen und Metallstreifen unterschiedlichster Art auf dem Tablett. Schnell wandte er sich wieder ab. Ein seltsames Gefühl hob seinen Magen und ließ ihn Atem holen. Kaya schwirrte in die Luft, mitfühlend hockte sie sich an den Rand der Liege und griff mit ihren winzigen Fingern nach Nandos rechter Hand.

Morpheus reichte Nando eine Atemmaske, deren Schlauch in einer gläsernen Kapsel mit hellroten Lichtschleiern mündete. »Es wird ein bisschen wehtun«, sagte er und hielt Nando die Maske hin. »Wenn es zu schlimm wird, nimmst du einen Zug, alles klar? Darin ist die Kraft des Schlafmohns enthalten, den Antonio einst züchtete und der noch heute vor den Toren der Stadt wächst, Morphium, du verstehst, was ich meine. Die Dosierung ist nicht so stark, dass du das Bewusstsein verlierst, aber sie ist stark genug, um dir die Schmerzen zu nehmen. Ich kann dich natürlich auch in Vollnarkose versetzen, wenn ...«

Schnell schüttelte Nando den Kopf und griff nach der Atemmaske. Auf einmal erschien es ihm wagemutig genug, sich von einem etwas durchgedrehten Senator im Morgenmantel operieren zu lassen, da wollte er wenigstens mitbekommen, was mit ihm geschah.

Mit geschickten Bewegungen füllte Morpheus eine grellblaue Flüssigkeit in eine Spritze, die beinahe halb so groß war wie Kaya, und setzte sie an Nandos Vene. Zuerst spürte Nando nur einen kleinen Stich, doch gleich darauf zog die Lösung wie Feuer durch seine Adern und brachte ihn dazu, hektisch die Maske auf sein Gesicht zu pressen und Atem zu holen. Umgehend verwischte der Schmerz, wurde undeutlich und dumpf, als wäre es gar nicht Nando selbst, der ihn erleiden musste, sondern eine Figur in der Ferne einer Geschichte. Seine Haut kribbelte, und Farben zogen an seinen Augen vorüber, die selbst die grellen Scheinwerfer des Labors in sanftes Licht verwandelten. Ein warmer, tiefer Frieden legte sich auf seine Stirn, und als er erleichtert die Luft ausstieß, lachte Morpheus auf.

»Sieh zu, dass du nicht zu viel von dem Zeug inhalierst«, stellte er fest und griff nach einem dünnen Kupferdraht. »Ich habe jeden Tag mehrere Ladungen bekommen, die deine eben um einiges überstiegen – und du siehst, was aus mir geworden ist.«

Nando hörte ihn erneut lachen, aber er sah nicht mehr, wie Morpheus nach seinem Skalpell griff und es auf seine Haut setzte. Wie durch tausend Tücher fühlte er den Schnitt. Er hielt die Augen geschlossen, und noch während er den dumpfen Rausch des Morphiums fühlte, stiegen Bilder in ihm auf, verschwommen und schemenhaft wie vergessene Träume. Er sah eine Sommerwiese im sanften Wind, die Wellen eines Meeres, die glatt geschliffene Steine über den Strand spülten und sie immer ein Stück weiter mit hineinrissen in den Ozean, sah den Vollmond hinter einem Sturm aus Gewitterwolken im Herbst, und er wusste nicht, ob es seine eigenen Gedanken waren, die ihm zwischen Ahnen und Wachen begegneten. Er wusste nur, dass diese Empfindungen nicht vom Morphium herrührten, dass er auf einmal vollkommen ruhig wurde und in sich selbst hineinsank, ohne den Halt zu verlieren, und er empfand eine tiefe Stille und Geborgenheit, die jede Faser seines Körpers durchströmte. Er erinnerte sich nicht, jemals etwas Ähnliches empfunden zu haben, aber das Gefühl ließ ihn an die Sicherheit denken, die er früher in den Armen seiner Eltern empfunden hatte. Die Sehnsucht nach ihnen überkam ihn, aber auch sie war sanft und von einer Wärme durchzogen, die ihn inmitten der verwaschenen Bilder schweben ließ, ohne dass ein innerer oder äußerer Schmerz ihn hätte treffen können.

Er wusste nicht, wie lange er so gelegen hatte, als die Bilder schließlich blasser wurden und ein brennender Schmerz seinen Arm durchzog. Wie nach einem langen Schlaf öffnete er die Augen. Seine Finger fühlten sich an, als steckten sie in einem weichen Handschuh, und er spürte Metall auf seiner Haut bis hinauf zum Ellbogen. Sein Herz klopfte schnell in seiner Brust, als er den Blick wandte. Das Erste, was er sah, war Kayas Gesicht. Sie hatte seine Hand losgelassen und schwebte über ihm in der Luft, die Augen in haltlosem Staunen verklärt. Nando holte tief Atem und schaute hinab auf seinen Arm.

Winzige Zahnräder, kupferfarbene Metallschlingen und Bänder aus geschliffenem Stahl wanden sich um seinen Arm. Er fühlte keine offenen Wunden, keine Schnitte mehr, und doch war es, als wären Stahl und Kupfer mit seinem Arm verbunden, als wären sie ein Teil des Knochens geworden und würden sich nun in geschlungenen Streben bis hinauf zur Hand ziehen. Jeder seiner Finger war in durchbrochenes

Silber gehüllt, Nando erkannte kunstvolle Verzierungen darauf und filigrane Plättchen, die seine Haut durchschimmern ließen. Vorsichtig berührte er das Metall mit der rechten Hand. Es war warm wie von Blut durchflossen. Langsam hob er den Arm, er war kaum schwerer als zuvor, und bewegte die Finger.

Der Schreck kam so plötzlich, dass er aufschrie. Kaya erwiderte seinen Schrei, so sehr erschreckte sie sich, und Morpheus hüpfte ein ganzes Stück weit auf seinem Rollstuhl in die Höhe. Doch Nando bemerkte es kaum. Sein Blick hing an seiner neuen Hand, an den Fingern, die sich fest zur Faust geballt hatten, und er fühlte seinen Puls in den Fingerspitzen, sein Blut in den Adern und die Anstrengung, die es ihn kostete, diese Bewegung auszuführen. Seine Hand war befreit worden, kein Schmerz drohte mehr hinter jeder noch so kleinen Bewegung und auch keine Lähmung. Hingerissen betrachtete er seine Faust, streckte die Finger, krümmte sie wieder und konnte sich nicht sattsehen. Er beugte das Handgelenk ein wenig, streckte den Zeigefinger vor – und wurde im nächsten Augenblick von einem gewaltigen Rückstoß in die Liege gepresst. Er sah noch den Feuerball, der aus seinem Finger schoss und krachend in eine der Tentakellampen einschlug. Dann starrte er fassungslos auf seinen Arm.

Morpheus kicherte. »Freut mich, dass dir deine neue Hand gefällt. Wie ich es dir versprochen hatte: Sie kann mehr als vorher. Um deine Zauber zu verstärken, kannst du diese Kapseln verwenden.«

Er drückte unterhalb der Ellenbeuge auf ein winziges Stahlplättchen, das sich aufklappte und zwei kleine Energiekapseln sehen ließ, die wie Batterien nebeneinanderlagen. Dann begann er, Nando zahlreiche Funktionen zu erläutern, die sowohl dieser als auch Kaya mit staunenden Blicken verfolgten.

»Es gibt noch einige weitere Funktionen, die man dir besser erklären sollte«, stellte Morpheus nach einer ganzen Weile fest. Er nahm einen Zug aus seiner Atemmaske, dann wischte er sich die Haare aus der Stirn. »Am besten fragst du Antonio, er wird dich einweihen in die Wunder deiner neuen Hand. Oder komm bei mir vorbei – wenn du keine Angst vor meinen Engeln hast.«

Er lachte leise, doch Nando schaute noch immer auf die Energiekapseln an seinem Arm.

»Laskantin«, murmelte er nachdenklich, und es schien ihm, als würde allein der Name die Bilder heraufbeschwören, die er während der Operation gesehen hatte. »Antonio meinte, dass niemand genau sagen kann, was diese Kraft eigentlich ist.«

Morpheus lächelte ein wenig. »Und wie so oft hat unser beider Freund auch in diesem Punkt recht. Sie ist das, worum die Engel uns beneiden.«

»Die Engel beneiden uns?«, fragte Nando leise. »Warum sollten sie das tun?«

Morpheus' Blick hing an einem seiner metallenen Roboter, doch er schien ihn kaum wahrzunehmen. Seine Augen wurden eine Spur dunkler, und für einen Moment wirkte sein Gesicht bitter und von schmerzhaftem Zynismus zerfurcht. Dann fuhr er sich über die Augen, wie ein Schleier aus Schmutz fiel der Ausdruck von seinem Gesicht und ließ nichts als Müdigkeit zurück.

»Diese Kraft«, begann er und betrachtete Nando mit den Augen eines alten Mannes. »Sie ist das, was ihnen fehlt. Manche Legenden sagen, dass sie diese Stärke verloren haben, damals, als sie auf die Erde niederstürzten, andere behaupten, sie hätten sie nie besessen und nur in der Nähe Gottes an ihr teilhaben können. Luzifer, so berichten manche Schriften, beneidete die Menschen darum und erhöhte sich selbst, da er sich weigerte, vor ihnen die Knie zu beugen. Ich weiß nicht, ob Wahrheit in diesen Legenden steckt. Aber sieh sie dir an, die lichtdurchflutete Stadt der Engel, die glorreiche Festung Nhor' Kharadhin! Kaum ein Sklave des Lichts lebt dort oben, der nicht gleichzeitig Sklave des Laskantin ist, so viel ist sicher.«

Er schüttelte den Kopf und wollte sich abwenden, doch Nando hielt ihn zurück.

»Was ist sie?«, fragte er und spürte, wie sein Herz plötzlich schneller schlug. Antonio hatte ihm keine Antwort auf diese Frage gegeben, und nun, da er das Lächeln sah, das sich in Morpheus' Augen bildete wie eine flackernde Flamme, hatte er das Gefühl, einem Geheimnis auf die Spur gekommen zu sein, das sich nun lüften würde. Doch da schüttelte Morpheus den Kopf.

»Das wirst du erfahren«, erwiderte er mit plötzlichem Ernst. »So wie jedes Wesen diese Frage nur selbst für sich beantworten kann.«

Nando neigte den Kopf und erhob sich, angestrengt darum bemüht, sich nichts von seiner Enttäuschung anmerken zu lassen. Ein leichter Schwindel saß ihm im Nacken, aber er fühlte sich weder müde noch erschöpft. Schweigend begleitete Morpheus Kaya und ihn zum Ausgang, vorbei an den reglosen Engeln aus Metall. An der Tür blieb Nando stehen. Er öffnete den Mund, um etwas zu sagen, aber jedes seiner Worte erschien ihm so gering in Anbetracht dessen, was Morpheus für ihn getan hatte, dass er missmutig die Schultern hängen ließ.

»Ich möchte dir danken«, sagte er dennoch. »Ich weiß nicht, wie ich es wiedergutmachen kann, aber …«

Morpheus schüttelte den Kopf. »Lass dich nicht fangen«, sagte er leise. »Weder von den Dämonen der Hölle noch von den Engeln, diesen geflügelten Bastarden des Lichts.«

Nando nickte und trat hinaus auf die Straße. Kaya flog auf seine Schulter, roter Mohnstaub wehte in dichten Schwaden über das Pflaster. Er holte tief Atem, als die Schleier sanft über seinen linken Arm strichen.

Nando, hörte er da Morpheus' Stimme in seinem Kopf und wandte sich um. *Ich habe dir gern geholfen, Menschensohn. Und falls du üben möchtest – du bist jederzeit bei mir willkommen.*

19

Die Tage vergingen und wurden zu Wochen. Nando nutzte jeden freien Augenblick, um seine Fertigkeiten im Kampf und in der magischen Kunst zu schulen, sich in die Bücher zu vertiefen oder gemeinsam mit Kaya Morpheus zu besuchen, um dort mit wilder Entschlossenheit gegen die metallenen Engel zu kämpfen. Antonio gab ihm weiterhin Lektionen neben dem regulären Unterricht, und durch das Training bei Drengur begann auch sein Körper, sich zu verändern. Er wurde wendiger und kräftiger, sein Rücken schmerzte nicht mehr unter der Last seiner Schwingen, und er lernte schnell die Fähigkeiten seines neuen Arms zu schätzen, der ihm in Kämpfen ausgezeichnete Dienste leistete. Seit seinem ersten Flug über die Dächer der Stadt, den der Harnisch ihm ermöglicht hatte, war das Fliegen für ihn eine ebenso angenehme wie selbstverständliche Möglichkeit der Fortbewegung geworden, und je stärker er seine Kräfte ausbildete, desto weniger suchte der Teufel ihn in seinen Träumen heim. Doch mitunter, wenn Nando durch das harte Kampftraining jeden Muskel im Körper fühlte und sein Kopf zu schwer war von all den neuen Gedanken und Formeln, als dass er noch weitere Dinge hätte aufnehmen können, streifte er durch das Mohnfeld vor den Toren der Stadt und ließ die Sehnsucht aufbrechen, die er für gewöhnlich tief in sich vergrub – die Sehnsucht nach der Oberwelt.

Nicht nur seine Freunde und seine Familie fehlten ihm, sondern auch der Duft Roms und das Gefühl, durch die Straßen gehen zu können, ohne misstrauisch beobachtet zu werden. Denn auch, wenn es seit Noemis Übergriff im Schlangenviertel keine offenen Anfeindungen mehr gegeben hatte, fühlte Nando sie doch: die heimlichen Blicke, wenn er allein oder in Begleitung von Kaya, Antonio oder Morpheus durch die Stadt ging, das Wispern hinter seinem Rücken und die Kälte, die grausam und feindselig zwischen ihm und den anderen Nephilim lag. Besonders in den einsamen Nächten, in denen Kaya in ihrer Geige schlummerte, in denen Musik über die Dächer klang in dem ewigen Spiel aus Frage und Antwort, sehnte Nando sich nach der Welt der Menschen, und er stellte sich häufig den Mond vor, dieses schöne und zugleich so traurige Gestirn, das es unter der Erde trotz Sternen aus Feuer und Eis niemals geben konnte. Doch immer dann, wenn Nandos Heimweh nach der Oberwelt zu groß wurde und er glaubte, keine einzige Formel mehr lernen und keinen Schwerthieb mehr ausführen zu können, waren Morpheus und Kaya für ihn da und ganz besonders Antonio, dieser schweigsame Engel, der die Straßen Bantoryns durchschritt wie eine Legende aus lang vergangener Zeit. Oft brach er in Nandos tiefste Verzweiflung, legte seinem Novizen die Hand auf die Schulter und neigte kaum merklich den Kopf vor ihm. Dann floss ein Wärmeschauer durch Nandos Körper, und Antonio lächelte leicht, als hätte ein Schmetterlingsflügel seine Wange gestreift, ehe er Nando allein ließ. *Vergiss nicht, dass du stark bist*, sagte der Engel ihm oft während ihrer gemeinsamen Lektionen. *Vergiss nicht, dass das, was in dir ruht, eine Gabe ist – jedes einzelne Talent in deiner Brust, und dass es eine Sünde wäre, es nicht auszubilden. Keine Sünde vor Gott, ich weiß nichts von Gott, und auch keine Sünde vor mir oder einer anderen fremden Seele. Sondern eine Sünde vor dir selbst.*

Eines Abends rief Antonio seine Klasse zusammen und führte sie durch die Brak' Az'ghur hinauf in Richtung Oberwelt. Sie gelangten in die Priscilla-Katakomben unter der Villa Ada im Norden Roms. Mehrere Ritter der Garde begleiteten sie, um sie durch die meist stark von Engeln überwachten Gänge der Schatten zu führen. *Sie verhalten sich außergewöhnlich ruhig*, hatte einer der Ritter gesagt. *Fast so, als würden sie ihre gesamte Aufmerksamkeit gerade für etwas anderes benötigen.* Eine unheilvolle Stimmung hatte sich nach dieser Aussage über die Gruppe gelegt, doch sie waren keinen Engeln in den Gängen begegnet, und schließlich verlor sich die Anspannung in der kühlen Atmosphäre der Katakomben, die in vollkommener Stille dalagen. Jedes Geräusch wurde von den Grabnischen verschluckt, die zu beiden Seiten des Ganges in den Tuff geschlagen worden waren.

Nando hörte nichts als seinen eigenen Atem, die dumpfen Schritte der anderen Nephilim und das leichte Scharren, wenn jemand mit seinen Schwingen gegen die Wände stieß. Antonio trug eine Fackel, deren Lichtkranz auf seine Novizen fiel, doch außerhalb dieses Kreises herrschte schattenhafte Finsternis. Immer wieder flackerte der Schein der Fackel über die Grabnischen, und Nando bemerkte den feinen dunklen Staub in den Loculi als Überreste jener Menschen, die in den Katakomben ihre letzte Ruhe gefunden hatten. Vereinzelt sah er Wandgemälde, kunstvolle Mosaike und mit Fresken verzierte Bogengräber, und während er vorsichtig mit den Fingern über den kühlen Stein der Arcosolien strich, spürte er die Aufregung in seinen Adern wie schwelende Glut. Anfangs war er bei jedem plötzlichen Geräusch aus der Dunkelheit zusammengefahren, aber er lernte schnell, die Geräusche jenseits des Lichts richtig einzuordnen, und mit jedem Gang, den sie duchquerten, wich seine Anspannung vor der freudigen Erwartung, in die Welt der Menschen zurückzukehren – zum ersten Mal, seit er sie verlassen hatte. Es schien ihm, als würde er eine alte Freundin wiedersehen. In seinem früheren Leben war er häufig in den Katakomben Roms gewesen, aber nie hatte er etwas wie Ehrfurcht dabei empfunden wie in diesen Momenten. Schweigend ließ er den Blick durch die Cubicula schweifen, die sie passierten, und es schien ihm, als würde er aus den Grabkammern die flüsternden Stimmen der Verstorbenen hören, denen Wunder und Magie nicht fremd waren und die ihn als das wahrnahmen, was er war: ein Kind der Schatten, das sich nun durch die Eingeweide der Stadt zurück ins Licht schob.

Sie hielten inne, als Antonio die Hand hob und ein Portal öffnete, das sie in einen anderen Bereich der Katakomben führte. Kalte Luft wehte ihnen entgegen, und Nando zog die Arme um den Körper, als er den niedrigen Gang betrat, durch den Antonio sie führte.

In schneller Folge öffnete der Engel weitere Portale, ehe er vor einem flackernden Lichtkegel innehielt. »Ihr seid Krieger der Schatten«, raunte er seinen Novizen zu. »Doch nun begebt ihr euch ins Licht der Oberwelt. Vergesst eines niemals: Wenn die Menschen euch bemerken, werden die Engel euch finden. Verhaltet euch unauffällig. Erinnert euch, dass einige Engel gerade vor wenigen Tagen auf eine unserer Gruppen aufmerksam wurden, die an der Oberwelt trainierte, und die Verfolgten nur knapp dem Tod entgangen sind.«

Nando nickte nachdenklich. Er hatte von den Nephilim gehört, die bei einer Übung in der Nähe des Circo Massimo von Engeln entdeckt worden waren. Sie konnten zwar entkommen, doch zwei von ihnen lagen noch immer mit schweren Verletzungen im Hospital Bantoryns.

»Eure Prüfung zur höheren Magie nähert sich«, fuhr Antonio fort. »Ich weiß, dass ihr darüber rätselt, welche Aufgaben ihr erfüllen müsst, um sie zu bestehen. Doch das werdet ihr erst erfahren, wenn ihr ihnen begegnet. Denn auch jenseits der Ausbildung Naphratons weiß man nie, welche Prüfungen das Leben bereithält, und für eben diese sollt ihr gewappnet werden. Sicher ist, dass ihr während der Prüfung den Ovo gegenüberstehen werdet. Ihr Nebel wird euch vor den Engeln schützen, doch in ihm lauern andere Gefahren und Finsternisse, von denen ihr noch keine Vorstellung habt. Ihr müsst viel trainieren, um gegen sie bestehen zu können, und ihr müsst lernen, in der Oberwelt zurechtzukommen, wenn ihr euch nicht zeit eures Lebens in der Unterwelt verstecken wollt. Vergesst nicht, wer ihr seid: Krieger Bantoryns!«

Mit diesen Worten schritt er durch das Portal. Gesichert durch die Ritter folgten ihm seine Novizen. Nando spürte das flackernde Licht des Zaubers auf seinem Gesicht und fand sich in einem kleinen Tempel wieder. Die Statue des Asklepios erhob sich hoheitsvoll auf einem Sockel, und vier ionische Säulen ließen den Blick frei auf einen angrenzenden See, der von den Bäumen der Villa Borghese umkränzt wurde. Antonio trat ein wenig beiseite und gab den Rittern Instruktionen, die sich nacheinander in die Luft erhoben und den Park gegen mögliche Angriffe durch die Engel sicherten.

Nando bemerkte ihr Fortgehen kaum. Der Duft Roms zog in seine Lunge wie eine ferne Erinnerung und ließ ihn an die Zeit in Bantoryn denken, als wäre sie ein halb vergessener Traum. Nun glitt das fahle Licht des Mondes, der durch zerklüftete Wolken blickte, wie kühlende Schleier über seine Haut. Doch gleichzeitig war ihm die Welt fremd, in die er zurückgekehrt war, diese Oberwelt mit ihren grellen Leuchtreklamen, dem Lärm auf den Straßen, die den Park umgaben, und den Menschen, deren Stimmen wie prasselnde Hagelkörner auf Nando einschlugen, obgleich sie weit von ihm entfernt waren. Einerseits ließen sie ihn zurückweichen, erschrocken und vorsichtig wie ein scheues Tier, das mitten im Wald in einen grellen Lichtkegel gerät – und andererseits weckten sie die Sehnsucht in ihm, den Park zu verlassen und zu ihnen zu gehen, in ihrer Masse unterzutauchen und sich der Illusion hinzugeben, einer von ihnen zu sein. Mara huschte als wärmender Schemen durch seine Gedanken, ebenso wie Giovanni und Luca, die ihn in den vergangenen Wochen begleitet hatten wie Geister. Kein Tag war vergangen, an dem er nicht an sie gedacht hatte, und er musste langsam ausatmen, um den Drang zu unterdrücken, auf der Stelle zu ihnen zu fliegen. Er senkte den Blick und betrachtete seinen metallenen Arm. Er war kein Mensch mehr, das hatte er gelernt, zumindest so lange nicht, bis er Bhrorok abgeschüttelt und seine magischen Begabungen ebenso wie seine Schwingen abgelegt hatte. So lange war er ein Bewohner Bantoryns, ein Wanderer zwischen den Welten – so lange war er ein Nephilim.

Er holte Atem, und der kühle, vertraute Duft Roms füllte ihn erneut aus. Der Mond stand hoch am Himmel und ließ sein Licht wie winzige Elfen über das Wasser tanzen. Der Wind fuhr in die Wipfel der Bäume, Blätter wirbelten über den See, und irgendwo in der Ferne sang ein Vogel. Nando strich mit den Fingern über eine der Säulen, den Blick unverwandt auf den Mond gerichtet, und spürte, wie sich seine Kehle zusammenzog. In der Villa Borghese hatte er früher stets mit seiner Familie den Geburtstag seiner Mutter gefeiert. Sie hatten auf einer Wiese gepicknickt, waren auf dem See, an dem er nun stand, mit Booten herumgefahren, und hatten dem Rauschen der Bäume gelauscht, das in keinem anderen Park Roms so geheimnisvoll und verzaubert klang wie auf den Hängen des Pincio. Nando sog das Bild in sich auf, als würde er es zum letzten Mal betrachten. Er hatte die Sterne aus Feuer und Eis schätzen gelernt, die ihm unter der Erde den Nachthimmel der Oberwelt ersetzten, und er liebte das Rauschen des Schwarzen Flusses und die knarzenden Brücken in ihrem ewigen Auf und Ab. Der Duft des Schlafmohns war sein ständiger Begleiter und er konnte sich seine Tage nicht mehr vorstellen ohne das wispernde Säuseln des Windes, das durch Bantoryns Gassen strich. Ja, die Stadt jenseits des Lichts hatte sich in sein Innerstes geschlichen, und doch … Nie hätte er gedacht, dass ein Anblick wie dieser ihn so ausfüllen könnte wie in diesem Moment.

»Nun seht euch den an«, zischte es hinter ihm, und auch ohne dass er sich umdrehte, wusste Nando, dass es Paolo war, der Riccardo etwas ins Ohr raunte. »Wahrscheinlich fängt er gleich an zu heulen. Oder er setzt sich hin und schreibt ein Gedicht.«

Unterdrücktes Lachen drang durch die Reihen, doch da erhob sich der letzte Ritter in die Luft, und Antonio trat auf die Novizen zu, seine Hand ruhte auf seinem Säbel. Sofort verklang jedes Raunen, selbst Paolo wurde ernst. Mit strenger Miene ließ der Engel seinen Blick von einem zum anderen gleiten.

»Ich begrüße euch zu eurer heutigen Lektion in der Kunst der magischen Kräfte«, sagte er mit gedämpfter Stimme. »Sagt mir: Was ist das Erste, das man als Nephilim können muss, um zu überleben?«

Nando spürte seinen Blick auf sich und erwiderte unsicher: »Kämpfen?«

Die anderen nickten zustimmend, doch Antonio schüttelte den Kopf. Da reckten andere Novizen die Hände.

»Zaubern?«, fragte ein Mädchen namens Ilja mit langen blonden Haaren, doch wieder schüttelte Antonio den Kopf.

Ein leises Lächeln zog über seine Lippen, als er die Hände faltete, einen Schritt auf die Gruppe zutrat, als wollte er seinen Novizen ein Geheimnis verraten, und leise flüsterte: »Das Erste, was ein Nephilim können muss, ist: weglaufen!«

Gleich darauf pfiff er so laut durch die Zähne, dass die Gruppe zusammenschrak. Ein dunkles Grollen wie das Brüllen eines Löwen erklang in der Ferne und brachte den Boden zum Erzittern. Nando wusste, dass der Zoo Roms ganz in der Nähe lag, er wusste auch, dass es dort Löwen gab, und wich instinktiv zurück, ebenso wie die anderen Novizen, bis sie dicht vor dem Geländer rings um den Tempel standen. Schwere Pranken rannten über den Boden auf sie zu, Nando hielt den Atem an, als ein letztes Brüllen ihm wie ein Windstoß die Haare aus der Stirn fegte. Zuerst bemerkte er nichts als das leichte Flackern der Luft neben der Statue des Asklepios. Dann trat eine Gestalt hinter dem Sockel hervor – und ließ die Nephilim erschrocken aufschreien.

Vor ihnen stand ein Mantikor. Sein Löwenkörper war von rotem, flammenden Fell überzogen. Er besaß lederne Schwingen, seine Mähne stand in rauschendem Feuer, und sein Skorpionschwanz erhob sich zitternd in die Luft, als wartete er nur darauf zuzustechen. Sein Gesicht war das eines Mannes, die Haut vernarbt und faltig, die Augen weiß mit einer stechenden Pupille. Der Mund, der sich zu einem gierigen Grinsen verzog, ließ drei Reihen messerscharfer Zähne sehen. Nando spürte den Blick des Mantikors auf seinem Gesicht, er fühlte, wie der Geist dieses Wesens durch seine Haut und sein Fleisch drang, ohne dass er sich dagegen wehren konnte, und sich Stück für Stück durch seine Eingeweide wühlte, ehe er ihn mit einem Schnauben entließ und in die Gruppe starrte.

»Matradon haust in den Schatten«, raunte der Mantikor mit einer Stimme, die so tief war, dass Nando sie mehr fühlte als hörte. »Er jagt das erste Licht des Tages und verschlingt es mit den Sternen der Nacht. Seine Pranken zerfleischten den Koloss Babylons und jagten die Harpyien des indischen Dschungels in die ewige Verdammnis der eiskalten Steppe. Mantikor wird er genannt, und dieser Name bedeutet: Menschenfresser.«

Das letzte Wort kroch wie eine zischelnde Schlange auf die Gruppe zu, die wie ein Wesen zusammenfuhr. Nando jedoch konnte sich nicht abwenden. Er hatte die Stimme des Mantikors in seinen Gedanken gehört, und er sah in den Augen dieses Wesens dessen kühle Intelligenz. Diese Kreatur hatte mehr gesehen, als ein Mensch ertragen konnte, von Grausamkeiten bis zu höchstem Glück. Matradon hatte die Bilder der Folter und der Qual ebenso in der Kälte seines Geistes erstickt wie die Momente der Furcht. Niemals war Nando einem solchen Wesen begegnet, und als der Mantikor sich abwandte und Antonio ansah, staunte er nicht, als beide voreinander den Kopf neigten.

Sie schienen kurz in Gedanken miteinander zu sprechen, denn Antonio lächelte leicht, ehe er nickte und sich seinen Novizen zuwandte. »Eure Aufgabe für heute Nacht klingt denkbar einfach: Erreicht die Piazzale Napoleone, erlangt eine der Fackeln, die dort auf euch warten – und lasst euch nicht von Matradon fangen. Sein Gift ist schmerzhaft, und wenngleich er mein Freund ist, würde ich niemandem empfehlen, einen seiner Pfeile im Fleisch zu tragen. Diese Aufgabe ist schwerer zu bewältigen, als es den Anschein haben mag, doch sie ist nicht unlösbar. Behaltet euer Ziel im Auge, nur das ist wichtig, und dann werdet ihr es erreichen und euch hinterher fragen, warum es euch zuvor als so schwierig erschienen ist.«

Antonio trat neben den Mantikor, der mit geneigtem Kopf zu den Novizen hinüberschaute, und hob die rechte Hand. »Ihr habt fünf Sekunden Vorsprung. Traut eurer Stärke – und flieht!«

Wie von einem Schlag getroffen wichen die Nephilim zurück. Einige erhoben sich in die Luft, andere überzogen ihre Füße mit Eiszaubern und rasten über die Fläche des Sees davon. Nando breitete seine Schwingen aus und hatte gerade das andere Ufer erreicht, als das Brüllen Matradons den See aufwühlte und jedes Eis zerbrach. Kreischend landeten zwei Nephilim im Wasser, Nando warf einen Blick über die Schulter und sah, wie der Mantikor über sie kam. Blitzschnell bohrte sich sein Stachel in ihre Rücken, schwarze Adern überzogen ihre Körper, und sie schrien auf vor Schmerz, ehe sie mit einem Prankenhieb Matradons ans Ufer befördert wurden. Suchend glitt der Blick des Mantikors ins Unterholz, Nando spürte ihn wie eine brennende Lanze durch die Bäume brechen.

Schnell fuhr er herum und hastete durch den Park, die Schwingen eingezogen und halb geduckt. Matradon glitt über die Wipfel der Bäume und fing jene Nephilim, die sich schutzlos aus ihnen erhoben hatten und auf ihr Ziel zurasten. Ihre Schreie klangen dumpf an Nandos Ohr und trieben sein Blut noch schneller durch seine Adern. Atemlos rannte er weiter, verlor mehr als einmal beinahe das Gleichgewicht und konnte sich mitunter nur knapp vor einem lauten Fall ins Unterholz retten. In einiger Entfernung hastete Ilja durch den Park, dicht gefolgt von Riccardo, Paolo und zwei weiteren Nephilim. Sie hielten sich wie Nando in den Schatten, doch da rauschte es in den Wipfeln der Bäume, und Matradon brach durch die Zweige. Im letzten Moment rollte Nando sich unter einen Busch, die anderen drückten sich hinter den Sockel eines Monuments von Victor Hugo. Paolo, der das Versteck als Letzter erreichte, fand dort keinen Platz mehr, doch statt sich in die Luft zu erheben oder zu fliehen, blieb er einfach stehen. Panik stand in seinem Blick, als Matradon durchs Unterholz auf das Monument zuraste, doch Nando bemerkte auch die Furcht in den Augen der noch verborgenen Nephilim. Verflucht, warum floh Paolo nicht und lenkte die Aufmerksamkeit von den anderen ab? Nando ballte die Faust, dass ihm die Nägel ins Fleisch stachen. Matradon sprang durch die Bäume und verlor seine Eile von einem Augenblick zum anderen. Langsam trat er auf Paolo zu, der dastand wie ein Kaninchen vor der Schlange. Witternd sog er die Luft ein, und Nando wusste, dass er die Versteckten hinter dem Monument riechen würde, wenn er Paolo erst erreicht hatte. Er sah ihre bleichen Gesichter und fühlte die Furcht, die durch ihre Adern pulste.

Im nächsten Moment spürte er den Stein zwischen den Fingern, sah sich selbst, wie er aus seinem Versteck sprang, und hörte sich schreien: »Ein Menschenfresser magst du sein, aber das liegt nur daran, dass wir Nephilim zu schnell für dich sind!«

Mit voller Wucht schleuderte er den Stein und traf Matradon an der Schläfe. Schwarzes Blut schoss aus der Wunde, und ein Brüllen erklang, das die Blätter von den umstehenden Bäumen riss. Nando sah noch, wie Bewegung in die anderen Nephilim kam und sie sich in die Nacht erhoben. Dann jagte eine rot flammende Wolke aus Zorn auf ihn zu.

Nando breitete die Schwingen aus, im Zickzack raste er um die Bäume herum, doch Matradon war nicht weniger gewandt und setzte ihm in kraftvollen Sprüngen nach. Unzählige Pfeile schossen aus der Mähne des Mantikors. Sie verfehlten Nando nur knapp, schlugen krachend in den Stämmen der Bäume ein, verfärbten diese schwarz und entzündeten rote Flammen auf den Blättern. Fieberhaft dachte Nando an die Formeln, die er in den vergangenen Wochen gelernt hatte, dachte an alles, was Drengur, Morpheus und Antonio ihm beigebracht hatten, und wich wie in Trance den Pfeilen Matradons aus, deren Luftstrom er immer wieder auf der Haut spürte. Er wusste, dass die Piazzale Napoleone noch zu weit entfernt lag. Er musste den Mantikor aufhalten, irgendwie. Atemlos ballte er die Faust, warf sich im Flug auf den Rücken und streckte drei Finger seiner metallenen Hand in die Richtung seines Verfolgers.

»Khor' Rhastatum!«, rief er, spürte einen heftigen Rückstoß im Handgelenk und wurde durch die Luft geschleudert. Mit dem Rücken krachte er hart gegen einen Baum. Benommen kam er auf die Beine, ein Ziehen ging durch seine Brust, als er Atem holte, und die Kuppen seiner metallenen Finger waren von feinen Rußspuren überzogen. Nur wenige Schritte von ihm entfernt erhob sich zäher, gelber Nebel.

Nando spürte sein Herz in der Brust, als er sich in die Luft erhob und über die Bäume hinweg, so schnell er konnte, auf sein Ziel zuflog. Ihm war der Zauber geglückt. Er hatte Matradon in einen Irrnebel geschickt, der ihn in sich gefangen halten würde, bis …

Ein zorniges Brüllen wallte hinter ihm auf und fegte durch die Baumkronen wie ein Sturmwind. Nando fuhr herum, etwas brach durch die Äste, schon sah er die ledernen Schwingen des Mantikors. Lautlos fluchend ließ er sich fallen und landete im dichten Blätterdach eines Baumes. Matradon hatte seinen Zauber zerfetzt wie einen lächerlichen Scherz, und nun raste er wutschnaubend über den Park. Nando rührte sich nicht. Immer wieder hörte er, wie Matradon einen Nephilim fing, doch der Mantikor entfernte sich nie weit genug, als dass Nando unbemerkt aus seinem Versteck hätte fliehen können. Schließlich wurde der Flug Matradons ruhiger, die Nephilim schienen gefangen zu sein oder hatten ihr Ziel erreicht.

Grollend flog Matradon dicht über Nando hinweg auf die Piazzale Napoleone zu. Nando spähte durch das Blätterdach seines Verstecks und erkannte die anderen Novizen. Viele trugen Striemen am Körper, einige hockten mit schmerzverzerrten Gesichtern und geschwollenen Adern am Boden. Auch Paolo hielt sich die Glieder, offensichtlich war er ebenfalls gefangen worden, denn seine Haut hatte sich vom Gift des Mantikors grün verfärbt. Ilja, Riccardo und die anderen aus der Gruppe, die sich hinter dem Monument versteckt hatten, waren Matradon entkommen und hielten farbige Fackeln in den Händen. Eine einzige war noch übrig. Sie brannte mitten auf dem Platz, Antonio stand neben ihr und schaute aufmerksam in Richtung des Parks. Doch davor, hochaufgerichtet und mit weiß flackernden Augen, schritt Matradon auf und ab.

Nando biss sich auf die Lippe. Wenn er die Schwingen ausbreitete, würde der Mantikor es ebenso hören, als wenn er sich auf den Boden niederlassen und auf die Fackel zueilen würde. Angestrengt dachte er an das Eis, das einige Nephilim auf der Oberfläche des Sees gebildet hatten. Er wandte den Blick zum Mond, der wie ein guter Freund über der Piazzale Napoleone stand, und holte tief Atem. Mit klopfendem Herzen bog er die Zweige des Baumes beiseite und murmelte den Zauber. Kaum sichtbar bildete sich ein schmaler Kreis vor Nandos

Augen, der wie eine Scholle aus Raureif über dem Baum hing. Schnell schwang er sich hinauf. Er dachte daran, wie hoch er sich über dem Boden befand, sah die schwankenden Bäume unter sich und fühlte den Wind in seinem Haar, als er daran dachte, dass er fallen könnte. Der Harnisch hatte ihm das Fliegen ermöglicht. Doch nun hingen seine Schwingen erneut reglos von seinem Rücken. Sie würden ihm keine Hilfe sein. Dumpf klangen die Schritte Matradons zu ihm herauf. Er hielt den Park fest im Blick, das wusste Nando. Er würde einen anderen Weg gehen müssen als jenen, den der Mantikor erwartete.

Vorsichtig richtete er sich auf und setzte Schritt um Schritt von der Piazzale Napoleone fort. Matradon hatte ihm den Rücken zugekehrt, hochkonzentriert beobachtete er den Park und sprang bei jedem fallenden Blatt einen Satz nach vorn. Lautlos flüsterte Nando die Zauber, die die Luft unter ihm dazu brachten, ihn zu tragen. Die Häuser der Stadt lagen zu seiner Linken, er konnte sehen, wie ihre Lichter zu ihm heraufflammten. Noch wenige Schritte, dann würde er die Schwingen ausbreiten und …

Das schafft der nie.

Die Stimme Paolos zischte durch seinen Kopf, mit einem Schlag waren all seine Gedanken zerrissen. Er wandte den Blick hinab und sah, wie die Nephilim beisammenstanden, Paolo trotz seiner Verletzungen mit feixendem Grinsen in ihrer Mitte. Vor Matradon hatte er seine Gedanken verhüllt, um vor Antonio nicht in Ungnade zu fallen – doch er wusste, dass Nando ihn gehört hatte, das konnte man sehen. Hämisch verschränkte er die Arme vor der Brust, die Gesichter der anderen verzerrten sich zu höhnischen Fratzen. Krampfhaft versuchte Nando, sich auf seinen Zauber zu konzentrieren, doch auf einmal kam er sich selbst lächerlich vor, wie er mit hängenden Schwingen dastand. Schon fühlte er, wie seine Balance ins Wanken geriet, das kaum hörbare Lachen der anderen schnitt ihm ins Fleisch und schwächte seine Konzentration.

Seht ihr, er schwankt schon! Er kann ja nicht einmal seine Flügel gebrauchen, wenn er keine Rüstung trägt!

Nando riss den Blick von den anderen los, doch er schwankte merklich und konnte sich nur im letzten Moment mit einem weiteren Zauber in der Luft halten. Leise entwich die Formel seinem Mund – doch nicht lautlos. Sofort fuhr Matradon herum, die Mähne flammte auf, als er Nando mit seinem Blick erfasste. Grollend sprang der Mantikor auf ihn zu, die Luft erzitterte unter seinen Schwingenschlägen. Nando wich zurück, er verlor den Halt und fiel. Hilflos schlug er mit den Flügeln, doch es gelang ihm nicht, sich in die Luft zu erheben, es war, als wäre er in einen Sturm geraten, der die Welt um ihn herum verzerrte. Schon spürte er den glühenden Atem Matradons auf seiner Haut, die spöttisch verzogenen Gesichter der anderen Novizen brannten sich in sein Fleisch, und gleich darauf drang der Stachel des Mantikors tief in seine Schulter ein. Der Schmerz explodierte in seinem Körper, er wollte schreien, aber das Gift raste durch seine Venen und drückte ihm die Luft ab. Dumpf spürte er, wie er Äste und Zweige der Bäume zerschlug, doch noch ehe er auf dem Boden aufkam, flammte ein Augenpaar vor ihm auf, er fühlte das Feuer der höheren Magie auf seiner Stirn und hörte die flüsternde Stimme der Wüstenglut in seinen Gedanken.

Nimm sie, raunte der Teufel in der plötzlichen Stille der Benommenheit, in der Nandos Körper zusammengekrümmt auf dem Waldboden lag. Der Mantikor würde ihn holen, er würde ihn packen und zu den anderen bringen, und er würde vor ihnen liegen, armselig und besiegt.

Die höhere Magie wird dich heilen, sagte Luzifer, während Nando mit aller Kraft versuchte, sein Bewusstsein zurückzuerlangen. Er konzentrierte sich auf die Schmerzen seines Körpers, doch die Ohnmacht zog an ihm und ließ ihn nicht entkommen. Er meinte, eine schemenhafte Gestalt zu erkennen, die durch die Schatten des Unterholzes auf ihn zutrat, und er spürte die Hand des Teufels in seinem Nacken. Sie war kühl und linderte seine Schmerzen wie ein erfrischender Luftzug.

Fürchte dich nicht, fuhr Luzifer fort und die schneeweiße Flamme flackerte vor Nandos Augen. *Diese Magie wird den lächerlichen Gestalten, die über dich lachen, die dich verachten und beschimpfen, die Mäuler stopfen. Sie wird das Gift Matradons aus deinem Körper ziehen und …*

Nando hob den Arm und schlug in Richtung der Gestalt, doch seine Hand griff ins Leere. Die Flamme verschwand vor seinem Blick, stattdessen hörte er Matradon durch die Bäume brechen. Dumpf spürte er, wie der Mantikor ihn packte und sich mit ihm in die Luft erhob, und er hörte die Stimme des Teufels, als flüsterte dieser ihm ins Ohr.

Matradon ist einer der mächtigsten Dämonen, die mir einst gefolgt sind, raunte Luzifer. *Du bist nur ein Mensch, solange du dich gegen die Kraft wehrst, die du durch mich erlangen könntest, eine armselige, unwissende Kreatur, getrieben von Furcht und Zweifeln und von Dingen, die du niemals begreifen wirst. Warum glaubst du, dass du mir auf Dauer widerstehen kannst, wenn sogar er sich auf meine Seite stellte, er, ein Geschöpf des Feuers und der Ewigkeit?*

Nando keuchte, es fiel ihm schwer, zu Atem zu kommen. Matradon brach mit ihm durch die Baumkronen, er würde ihn zu den anderen tragen, schon sah er sie vor sich, die im Hohn verzerrten Fratzen und Antonios stilles und trauriges Gesicht. *Matradon hat sich von dir abgewandt*, erwiderte er in Gedanken und hörte umgehend das verächtliche Lachen des Teufels.

Ja, erwiderte dieser. *Er wandte sich von mir ab, von mir, der ich ihm ein Vater war, ein Freund und ein König. Doch er schloss einen Pakt mit mir, einen Pakt, der niemals endet, und noch immer wohnt meine Stimme in seinem Blut, wühlt seine Gedanken auf, peinigt ihn in jedem Augenblick seines Daseins. Meine Kraft fließt durch seine Adern.*

Nando zitterte. Matradons Gift spannte seine Muskeln zum Zerreißen, sein Herz raste, als wollte es seine Rippen durchschlagen, und die Pranken des Mantikors gruben sich in sein Fleisch. Luzifer war bei ihm, abwartend und lächelnd, und in seinen Händen hielt er die rettende Flamme der höchsten Magie. *Ich habe niemals einen Pakt mit dir geschlossen*, flüsterte Nando in Gedanken. *Aber auch ich trage deine Kraft in mir.*

Ja, sagte der Teufel beinahe sanft. *Das tust du.*

Für einen Moment spürte Nando nicht mehr den Wind auf seinem Körper. Er war wieder im Viertel der Schlangen, fühlte Zorn und Verzweiflung über die Feindschaft der anderen, spürte das Verlangen nach der Flamme und blickte noch einmal in die flackernde Finsternis in den Augen des Teufels. Davongelaufen war er vor dieser Dunkelheit, noch immer hallte das Scherbenlachen des Höllenfürsten in ihm wider, doch kaum, dass der erste Ton ihn durchdrang, ballte er die Fäuste. Die metallenen Kuppen seiner Finger bohrten sich in seine Handfläche, sie zerrissen die Benommenheit und drängten Zorn und Verzweiflung zurück. Er war nicht mehr der Menschenjunge, der hilflos in die Unterwelt gekommen war. Er war ein Nephilim, ein Krieger der Schatten. Und er würde sich nicht von seiner Verzweiflung mitreißen lassen, in deren Zwielicht *er* auf ihn wartete.

Entschlossen hob er den Kopf, doch er erblickte nicht die Nacht, die ihn umgab. Es schien ihm, als würde er den Teufel direkt ansehen. *Ich trage deine Kraft in mir*, wiederholte er. *Doch sie gehorcht mir!*

Mit diesen Worten stürzte er sich in die schwarze Flut aus Matradons Gift. Sie umtoste seine Gedanken, aber er ließ Licht aus seinen Händen brechen, gleißendes weißes Licht, das die Finsternis zerfetzte wie einen Schleier aus brüchiger Spitze. Der Schmerz wurde unerträglich, Nando hörte, wie der Teufel ihn rief, die Stimme zu einem Sturmwind aufgepeitscht, doch er ertrug das Brennen seiner Muskeln, die Glut in seinen Adern, bis sein Licht ihn geflutet hatte und jede Benommenheit verschwunden war.

Mit aller Kraft griff er nach Matradons Pranken und schickte einen Hitzeblitz durch seine metallene Hand. Der Mantikor brüllte, kurz löste sich seine Umklammerung. Nando entglitt seinem Griff, riss die Arme in die Luft und spannte seine Schwingen, um dicht über der Erde seinen Sturz abzufangen und sich in den Nachthimmel zu erheben. Matradon war ihm auf den Fersen, schon sauste der Stachel auf ihn nieder, doch er wich ihm aus, glitt an ihm vorbei und griff mit der linken Hand nach dem schuppigen Schwanz. Rasch überzog er seine metallenen Finger mit Eis und bohrte sie tief in den Panzer des Mantikors, der mit der Pranke nach ihm schlug und ihn mehrfach mit seinen ledernen Schwingen traf. Doch Nando ließ ihn nicht los. Unnachgiebig klammerte er sich an dem tödlichen Stachel fest, das schwarze Gift tropfte zischend auf seine Haut, doch es glitt von ihm ab wie Regen und verwundete ihn nicht. Seine Finger gruben sich in das Fell des Mantikors, für einen Moment fraßen sich dessen Flammen in sein Fleisch, doch dann umspielten sie ihn wie gezähmte Schlangen und zogen ihn wie von selbst auf Matradons Rücken. Entfesselt raste der Mantikor über den Himmel und schlug mit seinem Stachel nach Nando aus, doch er konnte ihn nicht verwunden, ohne sich selbst zu verletzen. Nando trafen die Erschütterungen und die Schläge durch Matradons Schwingen wie Stromstöße, aber er fühlte auch, dass die Gegenwehr des Mantikors nachließ und schließlich verklang. Lautlos flogen sie über die Dächer Roms dahin, die Nacht legte sich mit tausend Tüchern auf Nandos Gesicht.

Teufelssohn, fegte Matradons Stimme durch seine Gedanken. *Das bist du in der Tat! Lange spürte ich sie nicht mehr, die Magie des Höllenblutes, das auch das meine ist! Dämon, Engel, Nephilim – eins sind wir, die wir in den Schatten hausen und die Feuer der Welt in unseren Lungen tragen!*

Noch einmal brüllte der Mantikor, dass seine Stimme über die Dächer der Stadt hinwegspülte wie ein donnerndes Meer, dann zog er die Schwingen an den Körper und hielt auf die Nephilim zu, die mit offenen Mündern zu ihnen aufsahen. Mit heftigem Flügelschlag glitt Matradon durch ihre Mitte, sodass sie erschrocken auseinandersprangen, und hielt auf die letzte Fackel zu, die Nando mit einem Freudenschrei ergriff. Noch einmal rasten sie über den Himmel Roms, den Schein des Mondes wie Flammen aus Eis auf ihren Gesichtern. Dann verlangsamte Matradon seinen Flug und landete hoheitsvoll auf dem Platz.

Die Nephilim standen in einiger Entfernung, und als Nando von dem Rücken des Mantikors sprang, bemerkte er etwas wie Achtung und Erstaunen in manchem Augenpaar. Die Stimme Matradons klang in ihm wider, und sie vereinte sich mit den Worten Antonios, der nun zu ihm trat und ihm mit einem stolzen Lächeln die Hand auf die Schulter legte.

Diese Kraft steckt in dir, hörte Nando ihre Worte in seinem Kopf. *Und niemand als du selbst herrscht über sie. Vergiss das niemals.*

Nando konnte nicht antworten. Er spürte sein Herz in seiner Brust, fühlte das Licht der Fackel, das dem Schein des Mondes Antwort gab, und ließ den Blick über die Stadt schweifen, aus deren dunklem Häusermeer sich funkelnd und glimmend die Gebäude der Engel erhoben. Wie beim ersten Mal ergriff ihn eine seltsame Sehnsucht, als er zur Engelsstadt hinaufsah, und er grub seine Hand nachdenklich in Matradons Fell, während er seinen Blick in Licht und Schatten versenkte.

Hinter sich hörte er die Nephilim tuscheln, er spürte Paolos hasserfüllten Blick und vernahm die Worte Antonios, mit denen er den Unterricht für beendet erklärte. Die Ritter kehrten von ihren Posten zurück, sie begleiteten die Novizen zurück in ihre unterirdische Welt.

Nando wusste, dass er sich abwenden und ihnen folgen musste, aber er konnte es nicht. Sein Blick hing an dem neuen Rom, das sich vor ihm ausbreitete wie ein Teppich aus schwarzen und goldenen Lichtern, und nur mit Mühe gelang es ihm, die Hand aus Matradons Fell zu lösen und die Fackel im Sand des Pincio zu ersticken. Auch er würde zurückkehren in die Unterwelt, zurück nach Bantoryn.

Er schaute hinüber zur Engelsburg, die sich in strahlenden Kuppeln, Balustraden und Zinnen in die Nacht erhob und mit flammenden Strahlen die Stadt Nhor' Kharadhin über sich trug. Kaum hörbar trat Antonio neben ihn und folgte seinem Blick.

»Du lernst schnell«, sagte er leise. »Bald schon wirst du stark genug sein, um die größten Gefahren der Schattenwelt meistern zu können. Doch niemals, Nando, wirst du einen Schritt in die Stadt der Engel setzen. Niemals – versprich es mir.« Nando wandte den Blick, ein fast feierlicher Ernst lag in Antonios Stimme. »Dort, Sohn Bantoryns, liegt das Herz des Lichts, das Zentrum der Engelsmacht in dieser Welt. Es gibt keine Stadt, ob im Licht oder in den Schatten, die es an Schönheit mit Nhor' Kharadhin aufnehmen könnte, und niemals wird dein Auge je wieder Befriedigung finden, wenn du einmal durch diese Straßen gegangen bist. Und doch – dieser Ort bedeutet den Tod für alle Nephilim und königsfernen Engel. Er bedeutet das Ende unserer Welt.«

Nando nickte nachdenklich. Das Licht der Engelsburg flackerte auf, als würde sich in ihren Mauern etwas verbergen, das ihn zu sich rief, und doch sagte ihm jeder kristallene Funken, der über seine Haut tanzte, dass Antonio die Wahrheit sprach: Die Engelsburg war der Eingang nach Nhor' Kharadhin. Und diese Stadt bedeutete seinen Tod.

Noch einmal sog er das Bild des nächtlichen Roms in sich auf, wandte erneut den Blick zum Mond und spürte die Luft auf seiner Haut, die wie der Duft des Meeres roch. Dann wandte er sich ab von der Welt des hellen Scheins und folgte Antonio und Matradon. Sein Weg führte ihn in die Unterwelt. Sein Weg lag jenseits des Lichts.

20

Avartos stand auf der höchsten Ebene der Engelsburg und wartete darauf, zur Königin vorgelassen zu werden. Unverwandt und mit finsterem Trotz schaute er zu der Statue hinauf, die auf einem Podest aus gebrochenem Kristall über der Stadt der Menschen und unterhalb Nhor' Kharadhins thronte. Michael, der Erzengel, der kaum mehr war als eine Legende in den Annalen seines Volkes. Michael, der Bezwinger Satans, der den Leibhaftigen mit flammendem Schwert aus dem Himmelsreich warf. Michael, dessen Name als einziger unter den Namen der Erzengel eine Frage war: *Wer ist wie Gott?*

Avartos sog die Luft ein. Es gab Engel, die ihr Leben dieser Frage widmeten, einer Frage, die ihre Antwort bereits ausschloss, bevor sie überhaupt gedacht worden war, und die jedes unsterbliche Wesen an den Rand des Wahnsinns treiben konnte, wenn sie ihre ganze Kraft entfaltete. Avartos hatte nie an einen Gott geglaubt. Ohnehin war Glaube für ihn nichts, das ihm sonderlich zusagte, und er musste noch immer lachen, wenn er hörte, dass die Angehörigen seines Volkes nach den Schriften der Menschen nichts seien als Mittler, Boten jenes Höchsten, der es nicht für nötig befand, sich jemandem zu zeigen. Avartos schüttelte langsam den Kopf, als hätte man ihm eine Frage gestellt. Nein. Er war nur der Bote seines eigenen Willens. Das war mehr als genug.

Wie von einem Windhauch getrieben strich plötzliche Kälte über seinen Nacken. Ja, sein Wille war stark – und doch nicht stark genug, um jene zu retten, die die oberste Ebene der Engelsburg mit ihrem Tod in Frost und Eis verwandelten. Langsam wandte er sich zu den sieben Engeln um, die in einiger Entfernung von ihm wenige Fußbreit über dem Boden schwebten, die Augen geschlossen, die Schwingen durch stetigen Windzug in sanfter Bewegung gehalten, die Körper in leinene

Tücher gehüllt. Ein Flor aus weißen Blüten schmückte den Boden unter ihnen, ihre Haut schimmerte in versagendem Silberlicht, ihre Gesichter wirkten ruhig und wie schlafend. Avartos' Blick verfinsterte sich. Diese Engel gehörten zur ersten Hierarchie. Sie waren Throne. Und sie schliefen niemals.

Mit ehrerbietig geneigtem Kopf trat Avartos näher zu ihnen heran und spürte, wie die Kälte ihrer Körper die Luft vereiste und sich als Raureif auf sein Gesicht legte. Kein Leben steckte mehr in diesen Engeln, und ihre Schönheit war nichts mehr als der versagende Schein ihres einstigen Glanzes. Nach dem Glauben vieler Engel waren sie nach Andra Amyon gegangen, an jenen Ort, an dem die Zeit stillstand. Avartos hatte viele Legenden über dieses sagenhafte Reich gehört, doch er schenkte ihnen ebenso wenig Glauben wie anderen Dingen, die er nicht selbst erfahren hatte. Dennoch ergriff ihn tiefe Ehrfurcht, als er vor diesen Toten stand. Lautlos flüsterte er einen Zauber und ließ goldene Flammen zwischen ihnen aufsteigen, die ihr Licht wie zärtliche Berührungen auf ihre Haut legten. In den vergangenen Tagen hatten die Gänge der Schatten auf Avartos und einige seiner Truppen verzichten müssen. Auch die Oberwelt hatte befreit aufgeatmet, noch immer konnte er die Fährten der Nephilim riechen, die sich aufgrund der fehlenden Patrouillen viel zu dicht an die Stätten der Engel herangewagt hatten, ohne dafür mit dem Leben bezahlen zu müssen. Er ballte die rechte Hand zur Faust und ließ seine Knöchel knacken. Er hatte sich um Wichtigeres kümmern müssen.

Regungslos schaute er einen der Engel an, den ersten, den sie gefunden hatten. Die Wunde an seinem Hals hatte sich geschlossen, doch man sah auf seiner Brust noch die blassen Narben von den Klauen des Dämons, der ihm das Leben aus dem Leib gerissen hatte. Bhrorok. Avartos sog die Luft ein, eiskalt strömte sie in seine Lunge. Er war Bhrorok auf die Spur gekommen, es war ihm gelungen, die Morde aufzuklären, die die Gesellschaft der Engel erschüttert hatten. Sieben Opfer dieses Dämons hatte er gemeinsam mit seinen Truppen gefunden. In diesen Fällen hatten sie Bhrorok bei seinen Morden gestört und verhindert, dass er die Leichen fortschaffte. Doch niemand konnte wissen, wie viele er darüber hinaus noch niedergemetzelt hatte wie in einem grausamen Spiel, das keines war. Das Blut der Throne bereitete Bhroroks Weg, und er näherte sich Schritt für Schritt einem Ziel, das Avartos entgegen jeder Gewohnheit ein Frösteln über den Rücken schickte.

Er wandte den Blick ab und schaute in die Nacht Roms. Die Lichter der Menschen erschienen dunkel, wenn man sich am hellsten Ort der Stadt befand, und doch wärmten sie ihn mehr als jeder Funken der kristallenen Türme der Engelsburg. Immer schon war das so gewesen, und er schwieg darüber wie über alles, das seinen Verstand überstieg. Er kämpfte die Unruhe nieder, die seit dem Tod des ersten Engels hinter seiner Stirn nagte wie ein Wurm an einem faulenden Apfel, und stieß die Luft aus. Die Throne waren vernichtet worden durch eine Macht der Dunkelheit – und er hatte es nicht verhindert. Bhrorok war wie vom Erdboden verschluckt, ganz zu schweigen von dem Teufelssohn, nach dem er suchte. Er hatte den Auftrag der Königin ausgeführt, er hatte herausgefunden, wer die Morde an den Engeln begangen hatte – und aus welchem Grund. Wie stets hatte er ihr ausführlich Bericht erstattet, doch nun hatte sie ihn ohne jede Erklärung rufen lassen, noch dazu nicht in ihren Palast in Nhor' Kharadhin, sondern an diesen Ort zwischen den Welten. Aus welchem Grund? Um über sein Versagen zu lächeln?

Als hätte er seine Gedanken gelesen, trat in diesem Moment ein Engel aus der schmalen, mit silbernen Beschlägen versehenen Tür und bat ihn höflich, ihm zu folgen. In einigem Abstand ging Avartos ihm nach, die Hände auf dem Rücken verschränkt, und ließ den Blick durch die lichtgefluteten Korridore, Bibliotheken und Säle schweifen, die sie durchquerten. Ihnen begegneten zahlreiche Engel, einige in kostbaren Seidenroben, andere in der militärischen Uniform der Leibgarde der Königin, deren Silber mit Platten aus gebürstetem Stahl besetzt war und die sich den Bewegungen ihrer Träger anpasste wie Wasser einem berstenden Felsen. Kaskaden aus Licht stürzten vor den Fenstern in die Tiefe, und Avartos lauschte wie jedes Mal, obgleich er wusste, dass er nichts hören würde. Das Licht der Engel, das stellte er immer wieder fest, als wäre er ein ahnungsloser Mensch, hatte keine Stimme.

Schließlich blieben sie vor einer breiten Tür aus geschliffenem Glas stehen. Bunte Funken sprangen von innen dagegen und verwandelten sich in ein Feuerwerk aus Farben. Der Engel bedeutete Avartos, einzutreten. Ohne ein Wort folgte dieser dem Fingerzeig.

Wie immer war das Erste, das Avartos wahrnahm, die gläserne Kälte, durchzogen von farbigen Funken aus Licht. Mit zärtlicher und doch grausamer Kraft drang sie ihm in die Lunge, legte sich auf seine Stirn und bettete jedes Gefühl, jede hitzige Regung umgehend zur Ruhe. Ein Ort der Stille war es, an den er gekommen war, ein Ort wie eine Kirche oder ein Grab.

Eine kristallene Kuppel, getragen von sieben Säulen, wölbte sich über dem Mosaik aus goldenem Marmor, das den Boden bedeckte und eine weiße Sonne zeigte. Der Nachthimmel und die Umrisse Nhor' Kharadhins wirkten verzerrt unter der Kuppel, denn sie fing das Licht der Sterne ein und verwandelte es in Lanzen aus Silber, die nach einer Weile in glühende Funken zerbrachen und als farbige Kristalle durch die Luft flogen. Am Ende des Raumes stand ein Thron aus weißem Marmor, der auf den ersten Blick aussah wie ein kunstfertig geschaffener Herrschersitz aus Eis. Und darauf saß, die Hände gelassen auf den breiten Lehnen abgestützt, die Königin der Engel und schaute reglos zu Avartos herüber.

Sie trug eine Korsage aus dunkelblauem Samt, darüber einen Gehrock mit weiten Schößen und eine eng anliegende schwarze Hose. Hohe Stiefel reichten bis zu ihren Knien, ein breiter Gürtel lag um ihre Hüfte, und um ihren rechten Oberschenkel hatte sie ein Lederband geschlungen, an dem ein goldenes Messer hing. Um den Hals trug sie ein reich verziertes Collier, das sich ihrem Körper anpasste wie flüssiges Gold. Der obere Teil des linken Ärmels ihres Gehrocks fehlte, stattdessen wanden sich Schnüre aus schwarzem Stahl um ihr Fleisch und hielten den Dolch, den sie an ihrem Unterarm trug. Ihr helles Haar fiel bis auf ihre Knöchel hinab, seidenglatt strömte es über ihre Schultern. Ihre Haut war fast durchscheinend bleich, ihre Augen jedoch so dunkel, als hätte sie die Nacht darin gefangen. Erst auf den zweiten Blick verwandelte sich die Schwärze in tiefes, eiskaltes Gold. Sie hob die linke Hand, die in einem Handschuh aus schwarzem Leder steckte, und Avartos trat vor, ging respektvoll vor ihr in die Knie und neigte den Kopf.

»Königin Anlorya Marvenor Nhubys, Gebieterin über die Winde

Pharlaghons und die Feuer der Roten Steppe, Herrscherin über das Volk der Ewigen, empfangt meinen Gruß.«

Sie schwieg wie immer, wenn er zu ihr kam, und erwiderte erst nach einer Weile: »Erhebt Euch.«

Ihre Stimme war dunkel wie ein Sturmwind, und als Avartos den Blick hob und sie ansah, bemerkte er wie bereits etliche Male zuvor die Dunkelheit, die sich unter ihrer bleichen Haut entlangschob, die Schatten, die sie in einem einzigen ihrer seltenen Lächeln verbarg, und die Kraft, von der sie mehr in ihrem kleinen Finger hatte als Avartos nach jahrhundertelangem Training im ganzen Körper. Vor ihm saß der älteste Engel, den er kannte, und es fiel ihm nicht leicht, sich gegen das Gefühl der Ergebenheit zu wehren, das nun von ihm Besitz ergriff.

Sie betrachtete ihn ohne jede Regung, dann nickte sie, als hätte sie soeben eine Antwort auf eine Frage erhalten, die er nicht einmal gehört hatte. »Ihr tragt Schuld in Eurem Herzen«, sagte sie. »Aus welchem Grund?«

Avartos presste die Zähne aufeinander. Allzu gern verdrängte er, dass Anloryas Blick problemlos Fleisch und Knochen durchdringen konnte, wenn man sich nicht dagegen verwahrte. Ihr in die Augen zu schauen war, als erwiderte man den Blick eines Basilisken, doch er wandte sich nicht ab. »Ich habe Euren Auftrag erfüllt. Doch in der Zwischenzeit hat der oberste Dämon des Höllenfürsten uns schwere Verluste beigebracht, die ich nicht verhindern konnte. Ich habe mein Möglichstes getan, aber …«

Kaum merklich hob sie die Hand, doch er hatte früh gelernt, dass in ihrer Nähe auf jede ihrer Regungen zu achten war. Sofort verstummte er.

»Es ist nie genug, das Möglichste zu tun«, erwiderte sie, doch ihre Worte klangen weder herablassend noch tadelnd. Sie stellte nur fest, ohne zu urteilen, und umso schmerzhafter spürte er den Sinn ihrer Worte in sich widerhallen. »Wir sind Engel, Avartos, keine Menschen. Niemand verzeiht uns, wenn wir scheitern. Am wenigsten wir uns selbst.«

Avartos nickte leicht, und er bemerkte das Lächeln, das flüchtig auf ihre Lippen huschte und gleich darauf wieder erlosch.

»Der Dämon verhält sich ruhig«, fuhr sie fort. »Ich habe bereits

Anweisung an alle Throne gegeben, sich nicht außerhalb Nhor' Kharadhins aufzuhalten, bis er gefasst wurde. Doch Ihr wisst, wie die Throne sind. Sie lassen sich nicht einsperren und weder von Lockungen noch von Drohungen fangen. Viele werden sich an mein Gebot halten, doch andere werden weiterhin den freien Flug über den Dächern der Stadt genießen und die Bäder in den Seen, die von der Kraft des Laskantin durchzogen werden. Wir können sie nicht daran hindern, denn sie handeln, wie es in ihrer Natur liegt. Wir können uns nur bemühen, sie zu schützen, und das werden wir tun. Wir kennen die Ziele des Dämons, wir wissen, mit welchen Mitteln er den Teufelssohn finden will. Er steht kurz davor, seine Pläne umzusetzen, und uns bleibt nur eine Chance: Wir müssen ihm zuvorkommen.«

Avartos nickte kaum merklich, doch sie wandte ihren Blick ab und erhob sich. Ihre Schritte waren vollkommen lautlos. Nur ihr Haar raschelte leise, als sie sich bewegte, und ließ Avartos an das Geräusch der Wolken denken kurz vor einem erfrischenden Regenschauer. Sie trat auf die Wand zu und strich über eine winzige Kerbe im Stein, woraufhin sich eine Tür öffnete. Ohne einen Blick zurückzuwerfen, ging sie die Wendeltreppe hinab, die sich dahinter auftat. Avartos beeilte sich, ihr zu folgen. Die Stufen waren uneben, als wären sie schon seit langer Zeit in Benutzung, doch er hatte diesen Weg noch nie gesehen. Ohnehin erschien es ihm mitunter, als würde sich die Engelsburg ebenso wie der Palast der Königin in Nhor' Kharadhin nach ihrem Dafürhalten verändern, als würden sich Räume, Korridore und Türen verschieben, sobald sie nur daran dachte, und wären so Märchen, Labyrinth und Gefängnis in ewigem Licht. Niemand begegnete ihnen, während sie tiefer eilten. Sie liefen durch finstere Gänge und schmale Korridore, und gerade als Avartos das Wort ergreifen und fragen wollte, wohin sie gingen, hielt die Königin inne.

Sie standen vor einer steinernen Tür. Ein Luftzug drang durch den leicht gerissenen Rahmen in den Gang. Wie eine unsichtbare Klaue griff er nach Avartos' Haar und strich es ihm aus der Stirn. Unmerklich fuhr er zurück, doch Anlorya bemerkte es sofort. Kühler Spott legte sich auf ihr Gesicht, als sie die Klinke niederdrückte.

»Seht«, sagte sie leise, und ein kaum wahrnehmbares Lächeln flog über ihre Lippen. »Seht, wie wir den Teufelssohn fangen werden!«

Avartos zog die Brauen zusammen, denn ein unheimliches Flackern hatte sich in die Augen der Königin geschlichen, und trat durch die Tür. Im ersten Moment sah er nichts als das schwarzblaue Licht, das aus Scheinwerfern von der Decke einer Höhle fiel. Er stand auf einer Anhöhe, doch mehr konnte er nicht erkennen. Unwillig fuhr er sich über die Augen, hörte ein Scharren auf Stein – und sah im nächsten Moment unzählige Reihen gerüsteter Engel. Sie standen in Formation, die Blicke reglos zu ihm emporgerichtet, die Hände fest um Schwerter und Speere geschlossen. Geflügelte Pferde bildeten die Flanken, und dort, die Körper in schwarzem Feuer entbrannt, hoben Dutzende Chimären die Köpfe und schauten zu ihm auf.

»Ich rief sie«, flüsterte Anlorya an seinem Ohr. Ihr Atem war so kalt, dass die Luft erstarrte und wie frierendes Wasser zu knistern begann. »Mein Ruf eilte zu den Engeln der Wüste, den Engeln der Meere, den Engeln der Städte und fernen Provinzen, und sie schickten ihre besten Jäger, Späher und Krieger.«

Avartos hielt den Blick unverwandt auf die Truppen gerichtet. Es war ein Meer aus Leibern, das sich vor ihm erstreckte, und als er die Blicke sah und das flammende Gold in den Augen der Krieger, fühlte er sich wie von einer gewaltigen Woge emporgehoben. Da trat die Königin vor. Hoheitsvoll breitete sie die Arme aus und es wurde noch stiller in der Höhle, fast so, als hielten Engel, Pferde und Chimären den Atem an.

»Krieger des Lichts!«, rief Anlorya, und ihre Stimme donnerte über die Köpfe ihrer Zuhörer hinweg wie berstende Felsen. »Der Herr der Finsternis und des Chaos hat seinen Sohn entsandt, um seine Fesseln zu zerreißen und die Ketten zu sprengen, die wir ihm einst um die Klauen legten! Der Teufelssohn ist gekommen, und ich rief euch in all eurer Kraft! Denn wir dürfen nicht zulassen, dass die Mächte der Finsternis ihn bekommen, jene Mächte, die in unseren Reihen wüten, um ihre schrecklichen Ziele zu erreichen. Findet ihn zuerst, jagt ihn – und tötet ihn!«

Der Schlachtruf der Engel war ohrenbetäubend und brandete auf die Anhöhe zu wie ein entfesseltes Meer. Avartos holte Atem, die Stimmen der Krieger und die Schreie der Chimären drangen ihm ins Mark. Er hatte in zahllosen Schlachten gekämpft, doch niemals zuvor hatte er eine solche Übermacht im Kampf gegen einen einzelnen Nephilim befehligt. Er spürte den Drang, diese Kräfte zu entfesseln, sie durch die Gänge der Schatten brechen zu lassen wie einen todbringenden Strom aus Licht und Verderben, und für einen Moment gab er sich dieser Empfindung hin und ließ sich erneut von den Rufen der Krieger emporheben. Doch gleich darauf zwang er die Kälte hinter seine Stirn zurück. Er durfte die Ratten nicht in ihre Löcher treiben, er musste sie in Sicherheit wiegen, bis sie von ganz allein hinaus ins Licht krochen, und dann – dann würde er sie zerschmettern. Entschlossen erhob er seine Stimme im Chor der Armee, die vor ihm stand wie ein machtvoller eherner Leib, und ballte die Fäuste. Nicht allein die Mächte der Hölle jagten den Teufelssohn, auch er selbst, Avartos, war ihm auf den Fersen. Und mit dieser Armee würde er ihn finden.

21

Die modrigen Backsteine des Gewölbes fühlten sich feucht an unter Nandos Fingern. Er spürte jeden Muskel in seinem Körper, hörte jedes Geräusch, das durch den Bogen in der Mauer drang, und bewegte lautlos die linke Hand, deren metallene Streben im Halbdunkel des Atrium Vestae matt schimmerten.

Einige Tage waren seit seinem Ritt auf Matradons Rücken vergangen, Tage, in denen Drengur seine Novizen intensiv auf das Training im Forum Romanum vorbereitet hatte, das sie nun absolvierten, und in denen Nando vereinzelt leichte Veränderungen im Verhalten der anderen Novizen ihm gegenüber beobachtet hatte. Noch immer begegneten sie ihm mit kühler Zurückhaltung, aber hin und wieder bemerkte er, wie Einzelne ihn verstohlen beobachteten, wie sie über ihn sprachen, ohne dabei höhnisch das Gesicht zu verziehen, und wie sie sich bereitfanden, bei Partnerübungen ohne Murren mit ihm zusammenzuarbeiten. Der Ritt auf Matradons Rücken hatte ihm Respekt verschafft und es war, als würden die Novizen ihn mit anderen Augen sehen, je länger er als einer von ihnen in ihrer Stadt lebte und nicht dem Weg des einstigen Teufelssohnes folgte. Er wusste, dass dieser Prozess der Annäherung noch jung und überaus zerbrechlich war, doch es erfüllte ihn mit Stolz zu sehen, dass der Wall, den der Name *Teufelssohn* um ihn errichtet hatte, durch sein eigenes Handeln langsam bröckelte. Kaum merklich zitterte die Luft unter dem unsichtbaren Tarnzauber, der sich wie eine imposante Seifenblase über dem Forum spannte, um das Geschehen innerhalb der Ruinen vor menschlichen Augen und Ohren ebenso wie vor den Engeln zu verbergen. Nando spürte ein leichtes Ziehen in seinem Arm, als er in die Nacht schaute. Mit seiner Entscheidung, Antonio in die Unterwelt Roms zu folgen, hatte er mehr zurückgelassen als seine Familie und seine Freunde. Er hatte sich auch von etwas verabschiedet, das ihm nun, da er es nicht mehr besaß, auf seltsam befreiende Art bewusst wurde: den Irrglauben, dazuzugehören. Niemals, seit er denken konnte, hatte er einen Platz in der Welt gehabt, und erst nun, da Bantoryn ihm nah gekommen war, nun, da er verborgen von einem Zauber mitten in der Welt der Menschen stand, fühlte er sich ein wenig heimisch in ihr.

Ein Geräusch in der Nähe ließ ihn den Blick wenden. Die Ruinen waren mit vereinzelten Fackeln versehen worden und vom Haus der Vestalinnen aus gut zu überblicken, obgleich Nando selbst vollständig in den Schatten verschwunden war. Doch er wagte kaum zu atmen. Sein Blick glitt suchend über die Via Sacra und hinüber zu den Überresten der Basilica Aemilia, aber er bemerkte nichts Verdächtiges. Angespannt lauschte er, ob er einen der anderen Novizen in der Nähe ausmachen konnte. Drengur hatte mehrere Klassen in das Forum geführt und sie dort jeweils in zwei Gruppen eingeteilt: Die meisten hatten die Anweisung erhalten, sich im Forum zu verstecken. Drengur hatte ihre Magie gebannt und ihnen den Befehl gegeben, sich wie Schwerverletzte erst von der Stelle zu bewegen, wenn sie gefunden worden waren. Mit dieser Aufgabe waren die übrigen Novizen betraut worden: Als sogenannte Sucher sollten sie die scheinbar verwundeten Nephilim finden und sie sicher zum nächstgelegenen Portal zu Füßen des Triumphbogens des Septimus Severus bringen. Nando bewegte langsam die Finger seines metallenen Arms. In seiner Klasse war neben ihm selbst Paolo als Sucher ausgewählt worden. Grundsätzlich wäre diese Aufgabe kein Problem gewesen, wenn da nicht …

Weiter kam er nicht. Eine schwache Erschütterung ging durch die Luft. Gleich darauf erstarrte sein Gedanke wie gefrorener Rauch, und eine geisterhafte Gestalt trat hinter dem Rundtempel der Vesta hervor. Sie schwebte auf die Quelle der Juturna zu. Nando wartete einen Moment, ehe er Atem holte.

… wenn da nicht die Vestalinnen gewesen wären, die Priesterinnen des Heiligen Feuers, die vor langer Zeit in den Mauern des Forums gelebt und sie auch nach ihrem Tod nicht verlassen hatten. Ihre ebenmäßigen und makellosen Körper, die sie in Stolen gehüllt hatten, waren von durchscheinender Blässe, ihre Haare fielen in sechs Zöpfen auf ihre Rücken hinab. Nando hatte Bilder der Vestalinnen in seinen

Büchern gesehen, er wusste, dass sie innerhalb ihres Forums über große Macht verfügten, und nicht nur einmal hatte er die Nebelaugen der Geisterfrauen gesehen, die sich ganz plötzlich in funkelnde Scherben verwandeln konnten, um die Finsternis zu durchdringen und jedem Sterblichen die Gedanken zu Flocken aus Schnee zu zermahlen. Die Vestalinnen, so hatte Antonio es ihm erzählt, waren ruhelose Seelen, Heimatlose, die den Sturm der Ewigkeit ertrugen und ihn mit einem einzigen Blick ins tiefste Innere ihrer Opfer brechen lassen konnten, bis nichts mehr von ihnen übrig war als Asche und Staub.

Nando beobachtete, wie die Vestalin sich der Quelle näherte und dann in Richtung der Curia Iulia entfernte. Noch durfte er sein Versteck nicht verlassen. Die Vestalin war ihm zu nah, sie würde jede seiner Bewegungen fühlen. Doch er musste sich beeilen, um die scheinbar verwundeten und geschwächten Nephilim zu finden, ehe die Vestalinnen es taten. Denn diese standen zwar in ebenso enger Freundschaft zu Antonio wie Matradon, doch ihr Blick war, wenn auch nicht mit Tötungssabsicht eingesetzt, doch so schmerzhaft wie ein heftiger Schauer aus Nadeln auf nackter Haut, und nicht selten quälten die Opfer noch monatelang Albträume nach dem Blick in diese Augen. Mit finsterer Miene dachte Nando an den Schmerz, den Matradons Stachel ihm zugefügt hatte. Er konnte sich Angenehmeres vorstellen, als auch noch mit der Magie einer Vestalin in Berührung zu kommen. Zahlreiche Nephilim hatte er bereits gefunden und sicher zum Portal gebracht, doch noch weitere befanden sich im Verborgenen zwischen den Ruinen, und nun harrte er bereits seit einer gefühlten Ewigkeit in seinem Versteck aus, um eine Entdeckung durch die Vestalinnen zu vermeiden, die plötzlich hinter den Mauerstücken und Kuppeln auftauchten und ihre wachsamen Blicke über ihr Forum schickten.

Regungslos folgte er den fließenden Bewegungen der Vestalin, bis sie in der Dunkelheit der Curia Iulia verschwand. Gleich darauf bemerkte er ein schwaches Aufglimmen in einem der Rundbögen der Maxentiusbasilika, die sich düster und eindrucksvoll in die Nacht erhob. Eine einzelne Fackel ließ die Schatten in den Nischen dämonenhaft tanzen. Lautlos breitete Nando die Schwingen aus, glitt über die Statuen im Innenhof des Vestalinnenhauses hinweg und hielt auf die Basilika zu. Undeutlich erkannte er die Umrisse von Ilja, die zusammengekauert in einem der Bögen hockte und eine Scherbe in den Händen hielt, um mit Lichtreflexen auf sich aufmerksam zu machen.

Nando landete neben ihr in den Schatten. Ilja atmete angestrengt, sie war kreidebleich und hielt ihm wie verwirrt die Scherbe entgegen. Nando wusste aus eigener Erfahrung, dass der Bannzauber Drengurs schwer wie Blei auf ihren Gliedern lag. So leise wie möglich kniete er sich neben sie, ließ die Scherbe in seine Tasche gleiten und löste flüsternd den Zauber. Erleichtert nickte sie ihm zu, die Farbe kehrte in ihre Wangen zurück. Gerade wollte er ihr aufhelfen, als ein Flackern in der Luft ihn innehalten ließ. Ilja verharrte unbeweglich. Angespannt schauten sie die Via Sacra hinauf und sahen zwei Vestalinnen, die gerade das Forum des Vespasian verließen. Ihre Bewegungen wühlten die Luft auf und verzerrten die Umrisse der Ruinen dort, wo sie hinüberglitten, als würde man sie durch trübes Wasser betrachten.

Nando warf Ilja einen Blick zu. Ihre Kräfte kehrten rasch zu ihr zurück, doch es lag in seiner Verantwortung, sie auf sicheren Wegen zum Portal zu führen. Er durfte keinen Kampf gegen zwei Vestalinnen riskieren. Wortlos bedeutete er Ilja, sich nicht zu rühren, und schob sich ein Stück weit aus den Schatten. Er würde warten, bis die Vestalinnen den Titusbogen erreicht hätten, und sich dann mit Ilja in Richtung des Portals bewegen. Doch sie schienen es nicht eilig zu haben, und je näher sie kamen, desto fließender wurden ihre Bewegungen, und desto starrer wurde ihr Blick, den sie auf den Tempel des Romulus geheftet hatten, als würde dort etwas ihre Aufmerksamkeit erregen. Nando beugte sich ein wenig vor, kniff die Augen zusammen, um in der Dunkelheit besser sehen zu können – und fuhr erschrocken zurück.

Dort in den Schatten neben dem Tempel erkannte er die Umrisse von sechs Nephilim, unter ihnen Riccardo, die regungslos dicht bei dem Ziegelrundbau verharrten, und die Gestalt von Paolo, der zusammengekauert vor der linken Porphyrsäule hockte. Er schien die Vestalinnen, die sich unaufhaltsam näherten, noch nicht bemerkt zu haben, und die anderen Nephilim konnten ihre Gegenwart aufgrund des Tempels weder spüren noch sehen. Offensichtlich wollte Paolo so viele Nephilim wie möglich auf einmal zum Portal bringen, um Nando auszustechen.

Ein ersticktes Keuchen Iljas ließ Nando den Blick wenden. Sie hatte sich an der Wand emporgestemmt, kreidebleich streckte sie die Hand aus und deutete zur Regia hinüber, die dem Tempel des Romulus schräg gegenüberlag. Nando folgte ihrem Fingerzeig und sah zu seinem Schrecken noch eine Vestalin, die sich mit fließenden Bewegungen den anderen Nephilim näherte. Gleich darauf bemerkte er zwei weitere, die die Via Sacra hinaufkamen, und auch sie hatten das Gebäude, in dessen Schatten die Nephilim Schutz suchten, längst mit ihren Blicken erfasst.

Nando stieß einen lautlosen Fluch aus. Er konnte Paolos zitternde Finger bis in die Dunkelheit der Basilika erkennen. Dieser Feigling von einem Nephilim gefährdete nicht nur sich selbst durch den lächerlichen Kleinkrieg, den er führte. Eilig schob Nando sich bis an einen durchbrochenen Mauervorsprung heran und fixierte Paolo mit seinem Blick. Möglicherweise waren die Vestalinnen schon zu nah und würden seine Gedankenbrücke fühlen oder gar hören können, doch ihm blieb keine Wahl. Er musste die anderen warnen. Paolo zuckte merklich zusammen, als Nandos Worte ihn erreichten, wohingegen die Vestalinnen ihren Weg fortsetzten, ohne den Blick zu wenden.

Paolo, du bist ein Narr, raunte Nando und konnte nicht verhindern, dass seine Stimme vor Zorn zitterte. *Ihr seid entdeckt worden. Zwei Vestalinnen nähern sich jeweils von beiden Seiten der Via Sacra, eine weitere kommt von der Regia direkt auf euch zu. Sie haben euch längst entdeckt, euch bleibt nur die Flucht. Ihr müsst euch gegenseitig helfen, dann könnt ihr …*

Ein scharfes Zischen unterbrach Nando, und Paolo hob unwillig die Hand, als er ihn in den Schatten der Basilika entdeckte.

Ich glaube dir kein Wort, erwiderte Paolo, während die anderen Nephilim seinem Blick folgten. Unsicher schauten sie zu Nando herauf, doch Paolo schüttelte den Kopf. *Du hast sie nicht gefunden, sondern ich – weil du ein Versager bist oder weil du dich einen Dreck für uns gewöhnliche Nephilim interessierst. Deine eigene Haut willst du retten, wie es sich für einen Teufelssohn gehört, und …*

Weiter kam er nicht. Ein greller Blitz durchzuckte die Nacht, schoss auf ihn zu und schlug direkt vor seinen Füßen in den Boden ein. Panisch sprang Paolo auf die Beine, doch schon hatte die Vestalin, die in diesem Moment von der Regia kommend um die Ecke bog, ihn mit ihrem Blick erfasst. Gleißendes Licht brach aus ihren Augen und erhellte Paolos Gesicht so stark, dass Nando nichts mehr sah als seinen zum Schrei aufgerissenen Mund. Die Vestalin warf den Kopf in den Nacken und riss Paolo mit dieser Geste in die Luft. Nando spürte die elektrischen Impulse, die aus ihren Augen durch Paolos Körper strömten, und er wandte schaudernd den Blick von dem zuckenden Leib des Novizen ab. Eilig stellte er fest, dass die anderen Vestalinnen die Nephilim beinahe erreicht hatten, und bemerkte mit Schrecken die unzähligen weiteren Frauengestalten, die sich überall in der Nähe aus den Ruinen erhoben, als hätten sie nur darauf gewartet, durch das Licht einer ihrer Schwestern gerufen zu werden. Nando fixierte Riccardo mit seinem Blick. Er war der Stärkste unter ihnen mit dem größten magischen Potential – wenn es einer von ihnen schaffen würde, die Gruppe anzuführen, dann war er es.

Riccardo, rief Nando in Gedanken. Sofort wandte Riccardo den Blick und sah ihn an. Auf seinem Gesicht spiegelte sich keine Empfindung außer absoluter Konzentration. *Die Vestalinnen nähern sich von allen Seiten. Ihr habt keine Zeit mehr. Flieht zum Tempel der Faustina. Brecht durch die Tür und lauft bis zur hinteren Mauer, verbergt euch dort unter einem Schutzwall, dem stärksten, den ihr zustande bringen könnt.*

Riccardo zögerte keinen Augenblick. Mit der Zeichensprache, die sie bei Drengur gelernt hatten, floh er mit den anderen Nephilim in Richtung des Tempels. Doch die Vestalinnen hatten sie bereits entdeckt. Lanzen aus Licht zischten ihnen hinterher, bohrten sich in die Fassade des Romulustempels und glitten immer wieder nur knapp an den Körpern der Fliehenden vorbei. Peitschende Flammen rasten durch die Luft, zischend wickelten sie sich um das Bein eines Nephilim und rissen ihn zurück, bis er in den Armen einer Vestalin landete. Sofort ergoss sich gleißend helles Licht auf sein Gesicht, und während sie ihn wie einen Sterbenden in ihren Armen hielt, flackerte nichts als Entsetzen durch seine Augen. Nando hielt Ilja zurück, die instinktiv nach vorn treten wollte, um den anderen zu helfen, und zog sie in die Schatten.

Noch nicht, raunte er ihr in Gedanken zu. Sie zitterte am ganzen Leib und kämpfte mit den Tränen. *Wenn ich es dir sage, wirst du zum Triumphbogen fliegen, so schnell du kannst, hast du verstanden?*

Ilja riss die Augen auf und schüttelte den Kopf. *Ich kann das nicht!*

Meine Magie ist noch nicht stark genug, ich werde mich nicht verteidigen können! Sie werden mich fangen und …

Nando legte ihr beruhigend die Hand auf die Schulter. *Niemand wird dich fangen oder verletzen, das erlaube ich nicht. Aber du darfst nicht zurückschauen.* Lautlos schickte er einen Wärmezauber in ihren Körper, wie er es von Antonio gelernt hatte, und lächelte so zuversichtlich, wie es ihm möglich war. *Behalte dein Ziel im Auge, nur das ist wichtig, und dann wirst du es erreichen und dich hinterher fragen, warum es dir zuvor als so schwierig erschienen ist.*

Ein zaghaftes Lächeln flog über Iljas Gesicht, als sie die Worte Antonios erkannte, und Nando erwiderte diese Geste. Dann wandte er den Blick. Die Nephilim hatten das Tor des Faustina-Tempels durchbrochen, und die Vestalinnen strömten ihnen nach. Angespannt sah er die letzte Geisterfrau im Inneren des Tempels verschwinden und nickte Ilja zu.

Jetzt!

Furcht lag in ihrem Blick, aber sie breitete die Schwingen aus und flog, so schnell sie konnte, über die Ruinen auf den Triumphbogen zu, wo das rettende Portal auf sie wartete. Nando erhob sich ebenfalls in die Luft und folgte ihr. Plötzlich schoss eine Vestalin aus der Basilica Aemilia hervor und schleuderte eine grellgelbe Lichtpeitsche nach Ilja. Blitzschnell stieß Nando seine linke Faust vor und warf einen Schwarm schwarzer Flammen auf die Peitsche, der sie mit zischendem Geräusch auflöste. Die Vestalin fuhr herum, doch schon verwandelten die Flammen sich in ein Geflecht aus glühenden Fäden, das sich in rasender Geschwindigkeit um ihren Leib wickelte und tief in ihr Fleisch drang. Nando hörte sie schreien, es war ein Laut wie ächzende Bäume im Sturm. Ihr Gesicht war schmerzverzerrt, ehe sie ihren Körper in die Unsichtbarkeit zurückzwang und nichts als feiner Nebel zurückblieb.

Ilja hatte inzwischen das Portal erreicht, das sich als blau flackernde Säule aus Licht vor dem Triumphbogen des Septimus Severus in die Nacht erhob. Nando sah noch, wie sie sich zu ihm umdrehte, ehe sie darin verschwand. Dann legte er die Schwingen an den Körper und eilte auf den Faustina-Tempel zu. Die Fassade des Tempels wurde von sechs siebzehn Meter hohen Säulen aus Cipollino-Marmor dominiert, zwei weitere Säulen gab es an den Seiten, und die Cella zierte ein Relieffries aus Greifen und Pflanzenornamenten. Seit Nando zum ersten Mal im Forum Romanum gewesen war, hatte er diesen Tempel geliebt und ihn aufgrund seiner Größe und düsteren Schönheit bewundert. Flackerndes Licht flutete durch das aus den Angeln gebrochene Eingangstor, die Schreie der Nephilim hallten durch die Nacht, und mächtige magische Schübe brachten die Luft zum Erzittern. Nando schoss senkrecht in die Höhe, direkt auf den Mond zu, der kühl und reglos über dem Forum stand, und holte tief Atem. Ja, er hatte den Faustina-Tempel schon immer gemocht. Aber manchmal musste man Opfer bringen für das, was wirklich wichtig war. Er hielt inne, schwebte für einen winzigen Moment direkt über dem Tempel – und raste dann kopfüber und mit vorgestreckter linker Faust hinab.

Sein Schrei hallte wie Donner durch die Ruinen, und als er seine Faust mit einem gewaltigen Feuerzauber auf das Dach des Tempels niedersausen ließ, peitschte die Wucht des Schlags schmerzhaft durch seine Knochen. Gleichzeitig sprühten Funken in die Nacht, der Rauch berstender Gesteine hüllte Nando ein, das Tempeldach ächzte unter ihm. Noch einmal holte er mit der Faust aus und ließ sie niedersausen, und da brach das Dach mit Getöse ein und riss ihn mit sich. Atemlos breitete er die Schwingen aus und wäre trotz einiger Steinbrocken, die ihn trafen, wohl in die Nacht entkommen, wenn nicht plötzlich eine Geißel aus Licht durch den Rauch auf ihn zugeschossen wäre. Er sah noch das wutverzerrte Gesicht einer Vestalin, die am Boden kauerte, dann spürte er die Flammen ihrer Geißel um seinen Leib und den kräftigen Zug, mit dem sie ihn abwärtszerrte. Gleich darauf fiel ein Steinquader von der Decke und traf die Vestalin, deren Leib sich in tanzendem Nebel in die Luft erhob. Doch Nando sah es kaum. Unfähig, seine Schwingen zu bewegen, raste er auf den Boden zu. Im letzten Moment zerriss er die Fessel, doch es war schon zu spät. Hart schlug er auf den Trümmern auf, ein stechender Schmerz durchzuckte seine rechte Schulter. Schwer atmend errichtete er einen Schutzwall über sich, doch jeder Gesteinsbrocken, der davon abprallte, brachte dem Zauber knisternde Kratzer bei, und Nando fürchtete, dass er jeden Augenblick unter dem einstürzenden Dach bersten könnte.

Endlich verebbte der donnernde Lärm. Vereinzelt stürzten kleinere Steine durch Schwaden aus Rauch, das Mauerwerk des Tempels stöhnte wie berstende Gebirge. Hustend ließ Nando seinen Schutzzauber fallen und wollte sich gerade aufrappeln, als Gestalten durch den Rauch brachen – Frauen in langen Gewändern, die Haare zu Zöpfen gebunden und die Blicke in tödlichem Ernst auf ihn gerichtet. Knirschend schoben die Vestalinnen, die unter der Last des Daches begraben worden waren, die Steine von ihren Körpern oder lösten sich in feinen Nebel auf, nur um sich sofort wieder zusammenzufügen und lautlos auf Nando zuzugleiten.

Atemlos kam er auf die Beine. Der Schmerz in der rechten Schulter strömte wie glühendes Pech durch sein Fleisch. Seine Faust zitterte, als er einen Flammenzauber sprach und den Arm zur Verteidigung hob. Noch lagen die Augen der Vestalinnen in blindweißem Nebel, doch schon glomm ein heller Schimmer durch die Dämmerung – wie eine Pupille, aus Sonnenerz geschmiedet. Für einen Augenblick dachte Nando an die Nephilim, die ihren Schutzwall nun fallen lassen und fliehen konnten, solange er die Aufmerksamkeit der Vestalinnen auf sich lenkte. Sie würden durch den Rauch unbemerkt verschwinden können und das Portal erreichen, ja, sie würden sich retten können. Da brach das Licht aus den Augen der Vestalinnen, und noch ehe es Nandos Haut erreichte, brüllte er seinen Zauber, der donnernd aus seiner Faust schoss und sich als schwarzes Feuer der Helligkeit entgegenwarf. Krachend schlugen Licht und Schatten zusammen, und Nando wurde zu Boden gestoßen von der Druckwelle der Explosion, die sich in schwarzen und goldenen Funken im Tempel ergossen. Auch einige Vestalinnen wurden durch die Luft katapultiert, das Licht ihrer Augen erlosch, als sie rücklings gegen die Wände flogen und ihre Körper zu Nebel zerbarsten. Doch ihre Schwestern richteten ihre Blicke ruckartig wie ein gewaltiges Wesen mit zerstreuten Leibern und mehreren Köpfen auf Nando und traten näher zu ihm.

Er wollte aufstehen, doch da zischte ein Kältezauber heran und schlug ihm die Beine unter dem Körper weg. Er schrie auf vor Schmerz, es war, als hätte der Hieb ihm die Knochen zertrümmert. Mit zusammengepressten Zähnen grub er seine Finger in den Staub, schon fühlte er das Licht der Vestalinnen auf seiner Haut. Er durfte nicht aufgeben. Er musste sie aufhalten, so lange er konnte. Entschlossen stemmte er sich auf die Beine, doch gleich darauf traf ihn ein greller

Lichtstrahl vor die Brust und schleuderte ihn quer durch den Tempel, bis er auf einem geborstenen Gesteinsbrocken aufschlug. Ihm blieb die Luft weg, hustend drehte er sich auf die Seite und drängte die schwarzen Schlieren zurück, die an den Rändern seines Bewusstseins darauf warteten, ihn mit sich zu reißen. Eine Stimme flüsterte aus den Schatten, er kannte sie gut.

Du kannst nicht gewinnen gegen die Verkommenheit des Lichts, flüsterte der Teufel aus der Ohnmacht, die auf Nando wartete, und er lächelte dabei. *Du bist ein Narr, wenn du jene retten willst, die dich verfluchen werden. Und das werden sie, mein Sohn, früher oder später werden sie genau das tun. Sie werden dich ausstoßen, sie werden dich hassen, und sie werden dich wissen lassen, dass du nichts, gar nichts wert bist in einer Welt, die von jenen regiert wird, die sich all dem verschrieben haben, das sie das Licht nennen. In Wahrheit jedoch ist es finsterer als die tiefste Dunkelheit der Hölle. Das wirst du erfahren, bald, schon sehr bald. Und immer noch werde ich dann hier sein – hier in Schatten und Dämmerung, und auf dich warten.*

Das lächelnde Gesicht Luzifers flammte vor Nandos innerem Auge auf und brachte ihn dazu, sich trotz seiner Atemnot und Schmerzen herumzuwerfen. Er spürte, dass die Vestalinnen sich näherten, er konnte sich ihnen nicht länger entgegenstellen. Es war, als hätten die Worte des Teufels ihm die letzte Kraft geraubt, und doch … die Nephilim mussten es geschafft haben, das Portal zu erreichen. Sie waren in Sicherheit.

Er hob den Kopf, ein Schrecken flutete seinen Körper, als er die Vestalinnen nur noch wenige Schritte von sich entfernt sah, die Gesichter wachsbleich und eingefallen, als würden sie von grellem Schein durchstrahlt, die Augen in Licht gebrochen wie funkelnde Kristalle, und auf den Lippen das Versprechen, dass alles, was sie ihm antun würden, ebenso schmerzen würde wie das Brechen des Tempels, den er vernichtet hatte. Im nächsten Moment umfassten ihn unsichtbare Klauen, er spürte das Licht aus den Augen der ihm am nächsten stehenden Vestalin. Sein Kopf wurde zurückgerissen, ihm blieb keine Wahl, als in die gleißende Helligkeit zu schauen, doch er sah ihr Gesicht nicht mehr. Schleier aus Licht peitschten auf ihn zu, es war, als würden sie ihm die Haut in Fetzen vom Körper schneiden. Er wollte schreien, doch stattdessen drang etwas in ihn ein, es war der Schrei der Vestalin, der sich in sein Innerstes ergoss und alles in ihm in Flammen setzte. Bilder brandeten in dem Meer aus Feuer auf, Bilder von unbeschreiblicher Grausamkeit, er sah Ozeane aus menschlichen Leibern, die durch reglose Städte fluteten, welkende Blumen, bestäubt mit getrocknetem Blut, und Felder aus Knochen und Schädeln, die im Wind zu Asche und Staub zerfielen. *Ewigkeit*, hauchte es durch seine Gedanken, und dieses Wort schlang sich um seine Kehle, seinen Brustkorb, schnitt ihm ein Mal auf die Stirn und ließ ihn hilflos in der Finsternis, die das Licht der Vestalin war, wirbelnd und einsam wie ein Blatt im Sturm.

Wie von ferne hörte er einen Laut, eine vertraute und doch fast vergessene Stimme. Das Licht auf seinem Gesicht wurde schwächer, abrupt wichen die Klauen von seiner Kehle, und er stürzte in die Dunkelheit, rückwärts und ohne Halt. Keuchend kam er zu sich. Die Vestalinnen standen noch immer nur wenige Schritte von ihm entfernt, doch ihre Blicke hatten sich von ihm abgewandt. Stattdessen musterten sie die Gestalt, die direkt vor ihm stand und auf den ersten Blick wie ein junger Engel wirkte. Nando rappelte sich auf, er kniff die Augen zusammen. Nein, es war ein Nephilim.

Mit einem Schrei stieß Riccardo die Arme vor und schleuderte einen Blitzzauber gegen die Vestalinnen, die mit heiserem Kreischen zurückwichen. Da stürzten weitere Gestalten herbei, es waren die anderen Novizen, all jene, die Nando bereits in Sicherheit geglaubt hatte. Mit zornigen Gesichtern bauten sie sich vor und neben ihm auf, flammende Zauber schossen aus ihren Fäusten, und als Nando seinen linken Arm vorstreckte und Seite an Seite mit ihnen die Vestalinnen zurücktrieb, verschmolz seine Stimme so vollständig mit den ihren, dass er meinte, sie sprächen mit demselben Mund. Mit jedem Ruf der anderen kehrte die Kraft zu ihm zurück, es gab keine Unterschiede mehr zwischen ihnen, keinen Groll, keine Furcht. Sie alle waren Nephilim, und sie wehrten sich Seite an Seite gegen den gemeinsamen Feind.

Mehrere Novizen breiteten die Schwingen aus und sprangen hinter die Vestalinnen, wo sie Spiegelzauber errichteten. Schnell taten Nando und die anderen es ihnen gleich und begannen, einander Zauber zuzuspielen, die wie zischende Speere durch die Luft flogen und immer wieder die Körper der Vestalinnen trafen und sie zwangen, sich in Nebel aufzulösen. Nando spürte seinen Herzschlag im ganzen Körper, wie berauscht kämpfte er inmitten der anderen. Ohne Unterlass brüllten sie Zauber und wehrten die Angriffe ab, doch ihre Kräfte waren nicht unerschöpflich. Langsam wurden ihre Zauber schwächer, während die Vestalinnen scheinbar unermüdlich ihre Magie über ihnen entluden und mit aller Grausamkeit, die sie in sich trugen, nach den Kehlen der Nephilim griffen. Schon schrien einige Novizen auf, das Licht der Vestalinnen packte sie und hob sie empor, während die anderen hilflos versuchten, sie zu befreien. Nando schwankte, die Zauber hatten ihn viel Kraft gekostet. Schon hob eine Vestalin die Faust und warf ein glühendes Netz aus Feuer nach ihm aus. Da griff er in seine Tasche und riss die Scherbe von Ilja heraus. Donnernd kam sein Zauber über seine Lippen, flammendes Licht brach durch die Scherbe. Mit lautem Kreischen wichen die Vestalinnen zurück, als Nando auf die Beine sprang und das Netz seiner Angreiferin zu Asche verbrannte. Grell warf sich der Blendzauber auf die Augen der Vestalinnen, sie hoben die Hände und kreischten wie unter Schmerzen.

»Schnell!«, rief Nando gegen die Schreie an und eilte mit den anderen Nephilim durch die zerbrochene Tempeltür. Riccardo und zwei weitere brüllten einen Zauber und schickten Flammen in den Tempel. Im nächsten Moment flog Nando durch die Luft, die Scherbe entglitt seinen Händen. Hart schlug er auf, Gesteinsbrocken krachten neben ihm auf den Boden. Er hörte die Schreie der Vestalinnen, die von der Wucht der vereinten Zauber gepackt und davongeschleudert wurden, und wusste, dass er sich dennoch beeilen musste, das Portal zu erreichen. Schwer atmend krallte er seine metallene Hand in einen nahe liegenden Felsbrocken, doch er konnte sich nicht daran hochziehen. Die Erschöpfung pochte in seinen Schläfen. Er würde es niemals schaffen, das Portal zu erreichen, ehe die Vestalinnen zurückkehrten und ihn fanden, er …

»Komm.«

Wie durch einen Schleier hörte er dieses Wort. Halb benommen hob er den Blick und schaute auf die ausgestreckte Hand vor seinem Gesicht. Erst dann erkannte er, dass sie zu Riccardo gehörte, doch dessen Antlitz wirkte seltsam fremd. Wortlos ergriff Nando seine

Hand und kam mit Riccardos Hilfe auf die Beine. Sie sahen einander an, schweigend und ein wenig verlegen, und da wusste Nando, aus welchem Grund ihm das Gesicht des anderen so fremd erschien: Riccardo lächelte. Er tat es ohne Grausamkeit, ohne Hohn und Missachtung, selbst ohne Vorsicht und Kälte. Nando öffnete den Mund, um etwas zu sagen, irgendetwas, das diesen zerbrechlichen und doch so starken Moment nicht zerstören würde, doch noch ehe er ein Wort über die Lippen bringen konnte, drang ein Dröhnen durch die Nacht, das ihm das Blut aus dem Kopf zog. Riccardos Blick flog zum Himmel, und Nando hörte das Rauschen, das auf einmal über die Ruinen des Forums glitt wie ein mächtiger Vogelschwarm. Er wandte den Kopf – und fuhr zusammen, als hätte ihn ein Schlag getroffen.

Im ersten Moment glaubte er, dass es Wolken wären, die dort wie wütende Heere über den Himmel zogen, den Mond verdeckten und sich über dem Forum zu tosenden Wellen türmten. Doch dann sah er die Schwerter, sah Schwingen aus Licht und Finsternis, und er wusste: Es waren keine Wolken, die den Mond verdunkelten. Engel waren es, so viele, dass der Himmel durch ihre Körper schwarz wurde.

22

Die Engel glitten durch den Wall, der über dem Forum Romanum lag, ohne ihn auch nur zum Erzittern zu bringen, und stürzten in mächtigen Formationen auf die Nephilim nieder. Viele ritten auf geflügelten Pferden, andere trieben Chimären mit schwarz flammenden Körpern an Ketten vor sich her, landeten auf den Rundbögen der Maxentiusbasilika und ließen die Blicke kühl und suchend über die Ruinen gleiten, ehe sie die Ketten mit einem Blick zerbrachen und ihre Untiere sich mit lautem Geheul vorstürzten.

Erst das Heulen der Chimären riss Nando aus seiner Starre, doch es war schon zu spät. Ein Lichtblitz krachte direkt neben ihm in den Boden, er landete auf dem Rücken. Sofort rappelte er sich auf, Riccardo und die anderen waren aus seinem Blickfeld verschwunden. Er schaute nicht nach oben, er hörte sie genau, die kalten Schreie der Engel, die ihn jagten. Instinktiv duckte er sich und rannte auf die Ruine des Faustina-Tempels zu. Atemlos presste er sich gemeinsam mit anderen Novizen gegen eine halb eingestürzte Mauer und starrte zu den Engeln hinauf, die als gewaltige Schwärme durch die Luft fegten. Wenn bei einem Training an der Oberwelt Engel auftauchten, gab es für Nephilim in der Ausbildung nur ein Gesetz: fliehen und keinen Kampf riskieren. Schon eilten die Ritter Bantoryns heran, Nando sah Silas an vorderster Front. Mit eindrucksvollen Zaubern trieben sie Keile in die Scharen der Engel, packten hilflos zusammengebrochene Novizen und trugen sie geradewegs auf den Triumphbogen des Septimus Severus zu.

»Das Portal!«, rief Nando den anderen zu. »Es ist unsere einzige Chance!«

Gemeinsam wirkten sie einen Schutzwall, der sich als zitternde Blase über sie legte, und flogen, so schnell sie konnten, auf das Portal zu. Sie hielten sich dicht beieinander, die geschwächten Nephilim in ihrer Mitte, die Fäuste mit Abwehrzaubern in Richtung der Engel gestreckt. Nando eilte an der Spitze dahin, sein Blut rauschte in seinen Ohren. Dutzende Male hatten sie diese Situation geübt, waren in den Kampfräumen der Akademie vor den metallenen Engeln Morpheus' geflohen und hatten einander mit Leib und Leben geschützt. Doch nun, da er die reglosen Gesichter der Engel sah, die immer wieder auf sie niederstürzten und ihren Wall zum Beben brachten, nun, da er ihre Angriffe abwehrte und nicht bloß einmal nur mit Mühe einen Nephilim in seiner Nähe vor einem Sturz bewahren konnte, schien es ihm, als wäre er in keinster Weise auf eine solche Lage vorbereitet worden. Von einem Augenblick zum nächsten hatte das Forum sich in einen Schauplatz der Furcht verwandelt, einen Sog des Todes und des Zorns, aus dem es kein Entrinnen gab. Denn selbst wenn ihm die Flucht gelänge, würden die Bilder niemals mehr verschwinden: die kalten Gesichter der Engel, die Verwundeten und der Rauch, der aus den Ruinen aufstieg, gepaart mit den Schreien der Nephilim und dem grausamen Geruch von Blut, Metall und verbranntem Fleisch.

Nando warf eine Flammenpeitsche aus seiner linken Faust und hieb damit nach einer Chimäre, einem Untier mit einem Löwenkörper und drei Köpfen: dem eines Löwen, einer Schlange und einer Ziege. Die Kette lag ihr lose um den Hals, blaue Flammen schossen aus ihrem Schlund, als sie Nandos Hieb auswich. Fauchend schlug sie mit der Pranke nach dem Schutzwall, Nando schrie auf, als sie ihre Krallen tief hineingrub. Es war, als würde sie sein Fleisch zerreißen, und auch die anderen Nephilim keuchten vor Schmerzen. Zornig wirkte Nando einen Donnerzauber, der die Chimäre krachend gegen eine Mauer warf.

Endlich erreichten sie das Portal. Zahlreiche Ritter sicherten den Bereich ringsherum, und Drengur stand inmitten der flammenden Säule. Seine Gestalt wirkte wie brennend, seine Augen standen in schwarzer Glut, und er bewegte die Arme wie in Strömen aus Wasser, während er das Portal aufrechterhielt und mächtige Zauber als Schlingen aus Licht gegen die Engel schleuderte, die in monströsen Trauben auf die Säule niederschossen, um sie zum Einsturz zu bringen. Althos preschte als schwarze Flamme durch ihre Reihen, immer wieder packte er einzelne Engel an der Kehle und ließ ihre leblosen Körper auf die Ruinen niederstürzen. Nando und die anderen schoben die geschwächten Nephilim aus ihrer Mitte in das Licht, wo diese umgehend verschwanden. Heftige Erschütterungen gingen bei jedem Schlag durch die Säule, Nando spürte sie wie Hiebe in seinem Fleisch. Die letzten Novizen seines Bundes drängten sich durch das Portal, doch gerade als er selbst hineintreten wollte, zerfetzten Schreie die Luft.

Nando fuhr herum und sah ein Netz aus schwarzen Flammen, das von mehreren Engeln durch die Luft gezogen und über einer großen Gruppe von Nephilim fallen gelassen wurde, die in die Enge getrieben worden war und nun unter starkem Beschuss stand. Er erkannte Riccardo unter ihnen. Hilflos wehrten sie sich gegen die massiven Angriffe, Furcht und Entsetzen standen in ihren Gesichtern. Mehrere Novizen waren bereits verwundet, und das Netz würde jeden Kampf beenden. Es würde ihr Fleisch und ihre Knochen zerschneiden wie Butter, es würde sie zerfetzen, als wären sie aus Papier. Instinktiv breitete Nando die Schwingen aus und erhob sich in die Luft. Lautlos überzog er seine Haut mit einem Schutzzauber und streckte die linke Faust vor.

»Horr Fraton!«, brüllte er und ließ eine Feuersbrunst durch seine Finger schießen, die sich als Strom über ihn ergoss und ihn in flackerndes Licht hüllte. Er hörte den Donner, als er das Netz zerschlug, und das Peitschen der reißenden Maschen. Gleich darauf erloschen die Flammen um ihn herum. Zischend traf ihn eine der Streben mit solcher Wucht am Rücken, dass ihm der Atem stockte. Der Harnisch um seine Brust knarzte laut, seine Schwingen versagten ihren Dienst. Er raste auf die Erde zu, das zerbrochene Netz sank wie Nebel nieder, glitt an den Körpern der Nephilim ab und löste sich auf. Nando riss die Arme schützend vor den Kopf, krachend schlug er auf dem Boden auf. Ein heftiger Schmerz durchzuckte seinen Schädel, schwarze Schatten zogen vor seinen Augen vorüber, doch er zwang sich auf die Beine. Mehrere Ritter Bantoryns stürzten sich auf die Engel und trieben sie von den Novizen zurück, doch Nando nahm sie kaum wahr. Riccardo lag ganz in seiner Nähe, er hatte die Augen geschlossen. Schwarze Pfeile ragten aus seiner Schulter, in dunklen Strömen verbreitete sich ihr Gift unter der Haut. Nando fiel neben ihm auf die Knie, packte ihn an den Schläfen und schickte einen Heilungszauber durch seinen

Körper. Ein Stöhnen entwich Riccardos Lippen. Er war eiskalt, doch kaum merklich kehrte ein wenig Farbe in seine Wangen zurück.

Nando hob ihn so vorsichtig wie möglich hoch und übergab ihn an einen Ritter, der schwingenrauschend neben ihm landete. Gerade wollte Nando sich abwenden, als Riccardo die Augen öffnete und ihn mit einem Blick ansah, der ihm ins Mark fuhr. Da erhob sich der Ritter in die Luft und trug Riccardo zum Portal, während sich die unverwundeten Nephilim eilig um Nando scharten und eine Formation bildeten. Noch immer schützten einige Ritter die Gruppe, doch sie hielten den geballten Angriffen der Engel kaum stand. Nando brüllte so starke Zauber, dass seine Kraft wie Blut aus seinem Körper rann, aber er fühlte es kaum. Vor seinem inneren Auge stand Riccardos Gesicht. Kein Zorn hatte in dessen Blick gestanden und kein Hass, sondern nichts als eine dumpfe und haltlose Traurigkeit, ehe der Schleier aus Kälte auf seine Züge zurückgekehrt war und sie verdeckt hatte. Nando hörte die Schreie der Kämpfenden um sich herum, und es schien ihm, als würden sie sich zu Worten formen: *Deinetwegen geschieht dies alles. Du bist der Teufelssohn.*

Der Schlag kam unvermittelt und war so heftig, dass Nando kurz glaubte, mitten entzweigerissen worden zu sein. Er flog durch die Luft und krachte gegen eine Mauer. Nur mit Mühe kam er auf die Beine und erhielt seinen Schutzwall aufrecht. Die Ritter, die sie verteidigt hatten, kämpften hilflos gegen einzelne Engel an, die Novizen eilten zu Nando, einige waren verwundet, alle jedoch geschwächt, und vor ihnen, gewaltig wie ein Meer aus todbringenden Leibern, bauten sich Reihen aus Engeln auf, die beritten und mit mächtigen Zaubern in den Fäusten auf sie zustürmten. Die Reglosigkeit in ihren Gesichtern war grausamer als jeder Zorn. Sie bildeten einen schmalen Korridor, und Nando erkannte die Gestalt an ihrem Ende, noch ehe er sie sah.

Avartos.

Langsam trat der Engel näher, die Hand auf sein Schwert gelegt, ein grausames Lächeln auf den Lippen. Nando spürte die Furcht, die sich in seinen Nacken setzte. Avartos' Blick durchdrang ihn wie ein Schwerthieb, es war, als würde der Engel jeden seiner Gedanken zu Asche verbrennen. Er war gekommen, um Nando zu töten, das stand außer Zweifel, und als Avartos den Kopf neigte und ihn von unten herauf anstarrte wie ein Jäger, schloss sich eine eherne Klaue um Nandos Brustkorb, die ihm die Luft abdrückte. Dieses Wesen, das wusste er plötzlich, war nichts als eine Schreckgestalt aus Sehnsucht und Eis. Dieser Gedanke durchzuckte sein Hirn, und Avartos hob die Brauen, verwundert, beinahe erstaunt. Dann wurde sein Blick kalt, er packte den Knauf seines Schwertes.

Nando hob die Faust für einen Abwehrzauber, doch im selben Moment jagte eine Formation der Ritter Bantoryns heran. Mit donnernden Flammenwirbeln schlugen sie sich in die Reihen der Engel und entzogen Avartos seinem Blick. In rasender Geschwindigkeit bildeten sie einen brennenden Bannkreis um die Nephilim und trieben die Engel zurück, die vor den Flammen fortwichen wie vor tödlichen Schlangen. Über ihnen schwebte Silas, hochaufgerichtet und mit wirbelndem Schwert, die Augen auf die Nephilim gerichtet, die wie erstarrt zu ihm aufschauten. Doch der Bannkreis flackerte in versagendem Licht, schon drängten weitere Engel heran. In massiven Wellen stürmten sie auf die Ritter ein und drohten sie zu verschlingen. Schwingenrauschend landete Silas inmitten des Kreises, riss den Arm mit seinem Schwert in die Luft und brüllte einen Zauber, der sich als spektakulärer Schild hinter ihm erhob und Flammenströme als Tunnel aus Feuer bis hinauf zum Portal schoss. Silas umfasste jeden einzelnen Novizen mit seinem Blick.

»Flieht!«, rief er, und seine Stimme ließ die Flammen in gleißendem Licht auflodern.

Wie ein Schlag traf sie seine Stimme, Nando fühlte sich von ihr gepackt und setzte sich in Bewegung, als hätte Silas einen Zauber über ihn gelegt. Er raste durch den Tunnel aus Feuer auf das Portal zu, so schnell er konnte. Schemenhaft sah er die Ritter auf der anderen Seite der Flammen, hörte ihre Schreie, als sie die Engel von dem Schild zurücktrieben. Silas' Magie brachte die Luft zum Glühen, es musste ihn seine gesamte Kraft kosten, diesen Zauber aufrechtzuerhalten. Atemlos riss Nando den Kopf zurück. Silas stand allein vor seinem Schild, dessen Magie sich hinter ihm wölbte und sich in lodernden Schüben in die Nacht erhob, und er ließ die fliehenden Nephilim nicht aus den Augen, während die Körper seiner Feinde sich hinter ihm auftürmten wie eine tödliche Flutwelle.

Da begegnete Nando seinem Blick, und er wusste, dass dieser Moment sich für immer in ihn einbrennen würde: Silas' Gestalt inmitten der flammenden Finsternis, seine Faust, die das Schwert hoch emporhob – und das Lächeln, das nun auf seine Lippen huschte, flüchtig und schön wie ein Sonnenstrahl. *Es gibt Dinge, die man tun muss*, klang seine Stimme in Nando wider. *Sonst wäre man kein Nephilim, kein Mensch, kein Engel oder Dämon – sondern nichts als ein Haufen Dreck.* Und dann, kaum merklich, neigte Silas vor Nando den Kopf. Etwas stand in seinem Blick, das mehr war als ein Wort oder ein Versprechen, und es drückte Nando die Luft ab, als er es verstand.

Silas nahm Abschied von ihm.

Der Schrecken dieser Erkenntnis ließ ihn stolpern, und im selben Moment schlug ein geballter Angriff gegen den Schild. Der Boden erzitterte, einige Nephilim wurden von den Beinen gerissen, und Wurfsterne aus grellem Licht brachen durch die flackernden Flammen. Ehe Nando ausweichen konnte, traf ihn ein Geschoss mit donnernder Gewalt vor die Brust und schleuderte ihn den Weg zurück. Keuchend rang er nach Atem. Das Feuer rauschte um ihn herum wie wehende Tücher, unzählige Zauber durchschlugen es wie Lanzen aus Licht, und er sah verschwommen die anderen Nephilim, die in einiger Entfernung aufstanden und das Portal erreichten. Schwer atmend zwang er sich auf die Beine, doch da glitt ein Engel direkt vor ihm durch die Flammen und schlug ihm die Faust ins Gesicht. Nando taumelte rückwärts, der Schmerz explodierte in seinem Schädel, aber noch ehe der Engel seinen Donnerzauber aus seiner Faust entlassen und Nandos Körper zerschmettern konnte, zischte ein blauer Lichtpfeil durch die Luft und schlug krachend in seiner Brust ein. Der Engel röchelte, dann brach er zusammen und rührte sich nicht mehr. Fassungslos starrte Nando auf den Gefallenen, dann fuhr er herum. Blaues Licht züngelte um Silas' Schwert, doch sein Wall hielt den Angriffen nicht länger stand. Schon brachen drei Engel hinter ihm durch den Schild, hoben die Fäuste und zielten auf seinen Rücken. Mit einem Schrei riss Nando die Arme empor, verstärkte den Schild und ließ die Flammen hoch auflodern, dass die übrigen Engel zurückwichen. Dann stieß er die linke Faust vor und schleuderte mit letzter Kraft schwarze Flammen auf die drei Angreifer, doch er kam zu spät. Zwei von ihnen verbrannten auf der

Stelle zu Asche, doch aus der verkohlenden Faust des Dritten schoss eine gleißende Lanze aus Licht. Nando schrie auf – und im selben Augenblick durchschlug die Lanze Silas' Brust.

Gleich darauf war Nando bei ihm, Silas fiel zu Boden, sein Körper war zu schwer, als dass Nando ihn halten konnte. Seine Schwingen breiteten sich unter ihm aus wie ein Flor aus Seide. Zitternd tasteten seine Hände nach der Wunde in seiner Brust, Blut quoll in Schüben daraus hervor, und seine Haut wurde so durchscheinend, dass Nando kaum atmen konnte. Er riss ein Stück Stoff von seinem Ärmel ab und presste es auf die Verletzung, doch selbst mit einem Heilungszauber konnte er die Blutung nicht stoppen. Verzweifelt hielt er Silas' Kopf, fühlte die Kälte, die sich wie ein grausamer Feind über seine Glieder legte, und spürte den Tod, der in diesem Moment unaufhaltsam und mächtig in den versagenden Schutz aus Flammen trat.

Nando kannte diese Kälte, er begann zu zittern, hilflos und stumm. Doch Silas fror nicht. Ruhig tastete er nach seinem Schwert, und als Nando es ihm in die Hand legen wollte, schüttelte er kaum merklich den Kopf. *Da draußen*, hörte Nando seine Stimme und spürte, wie Silas den Knauf des Schwertes in seine linke Hand drückte, *gibt es wichtigere Dinge als Angst und Zweifel. Es sollte immer wichtigere Dinge geben als das.* Tränen liefen über Nandos Gesicht, doch Silas sah ihn ruhig an. *Du bist ein Nephilim,* flüsterte er, und Nando konnte hören, dass ihm selbst diese Worte in Gedanken schwerfielen. Wärme stand in seinen Augen, ein letzter Rest in der Kälte, die ihm das Leben aus dem Leib zog, und ein Lächeln huschte über seine Lippen. *Genau wie ich.*

Im selben Moment flammten die Zeichen unter seiner Haut auf, sie verfärbten sich schwarz wie die Flammen des Schildes, und mit einem lautlosen Zauber zerbrach der Wall in tausend Scherben. Wie in Zeitlupe sprengten sie auseinander und schlugen die ersten Reihen der Engel zurück, ehe der Schild endgültig zusammenbrach.

Nando hörte Silas' Worte in sich widerhallen, er wollte etwas erwidern, doch da brandete die Kälte um das flackernde Licht in Silas' Augen auf und riss es mit sich. Das Lächeln erstarrte auf seinen Lippen, wächserne Blässe überzog seine Wangen, und als seine Augen brachen, war es Nando, als würde ihm das Herz aus der Brust gerissen, so heftig war der Schmerz, der ihn durchfuhr.

Er sah nicht, wie die letzten Scherben des Schildes niederfielen, fühlte nicht die Angriffe der Engel, die ihn trafen, und auch nicht die Hände Drengurs, die ihn packten und auf Althos' Rücken mit sich rissen. Er spürte nichts mehr als die Leere in seinem Inneren, hörte nur den haltlosen Schrei, der in seiner Kehle wider- und widerhallte, und fühlte noch einmal, wie etwas seine Wange streifte – der Flügel des Todes mit seinem Duft aus Nacht und Einsamkeit.

23

Der Wind säuselte wie eine flüsternde Stimme durch das Mohnfeld. Nando war bis zu seinem Rand gegangen, bis zu dem Hang, der schroff abfiel und in die Ebene ohne Zeit mündete, diese trostlose Wüste aus steinernen Monumenten und silbernen Blumen wie aus Glas. Überall wuchsen sie, auf den Sarkophagen, die sich an den Seiten der schmalen Wege erhoben, den Statuen mit geneigten oder gebrochenen Flügeln oder den Grabsteinen, die schlicht und in dunklen Farben die Hügel bedeckten wie ein von einem Riesen aufgestelltes Dominospiel. So viele Nephilim waren als Bewohner Bantoryns gestorben, fern der Oberwelt, gefangen an einem Ort jenseits des Lichts, und die meisten von ihnen hatten keinen natürlichen Tod erlebt. Die Engel hatten sie getötet, hatten sie gejagt auf der Suche nach dem Teufelssohn, der nun mit seiner Geige in der Hand inmitten der wispernden Blumen stand und zu ihnen hinabsah wie auf eine schreckliche Erinnerung.

Kaya schwieg in der Geige, sie hatte es Nando versprochen. Die Sterne aus Feuer und Eis hatten die Bewohner Bantoryns zum Zeichen der Trauer verhüllt, schwarze und weiße Schleier bedeckten die Höhlendecke und bewegten sich geisterhaft im Wind, während unten ein nicht enden wollender Trauerzug über die einzige breite Straße der Ebene schritt. Die Ritter der Garde bildeten ein Ehrenspalier, ihre Schwerter hatten sie schwarz gefärbt, und sie flankierten die Straße bis hinauf zu dem prunkvoll hergerichteten, mit Brennholz bestückten Podest, das auf einem der höchsten Hügel stand. Seine Pfeiler trugen einen golden schimmernden Baldachin, sodass es wirkte, als hätte der Schein der Sonne sich daraufgelegt. Weitere Ritter standen als Totenwache ringsherum, und über ihm grub sich die Höhlendecke wie ein riesiges Schneckenhaus tief ins Gestein. Seidene Kissen bedeckten das Podest, und auf ihnen lag Silas, bleich wie eine Figur aus Wachs.

Er trug die schwarze Uniform der Garde, die silbernen Stiche schimmerten leicht. Sein Haar fiel seidig auf die Kissen, und es schien, als bräuchte er nur die Augen zu öffnen, um diese Zeremonie ad absurdum zu führen. Doch Nando spürte sie noch immer, die Kälte, die Silas das Leben geraubt und sich an seiner Stelle in seinem Körper eingenistet hatte, fühlte sie so deutlich, dass er immer wieder anfing zu zittern. Er sah zu, wie sich der Zug zu Füßen des Podestes spaltete und sich die Trauernden rings um den Hügel herum verteilten, sodass schon nach kurzer Zeit kaum ein Blick mehr möglich war auf die Grabsteine und silbernen Blumen. Silas war mehr gewesen als ein Offizier der Garde. Er war ein Sohn der Stadt, der für die Freiheit der Nephilim sein Leben gegeben hatte. Kein Bewohner Bantoryns wollte es versäumen, ihm die letzte Ehre zu erweisen.

Der Wind wurde plötzlich stärker. Er fuhr Nando ins Gesicht und verstärkte die Kälte, die er empfand. Wie gern wäre er Silas in diesen Augenblicken näher gewesen, hätte mit den anderen Nephilim dicht bei dem Podest gestanden und zu ihm hinaufgesehen inmitten der Gemeinschaft der Stadt. *Du bist ein Nephilim,* hörte er Silas flüstern. *Genau wie ich.* Doch Silas hatte sich geirrt. Nandos Platz war nicht dort unten bei den anderen, und wenn er in ihre Gesichter schaute, las er darin seine eigenen Gedanken – Gedanken, vor denen er fliehen musste, um nicht an ihnen zu zerbrechen.

Die Annäherung, die er in den vergangenen Tagen gespürt hatte, war eine Illusion gewesen, ein Tagtraum, aus dem er früher oder später hatte erwachen müssen. Silas' Tod hatte alle Beteiligten aufgeweckt und jede scheinbare Nähe zerrissen wie ein zartes Blütenblatt im Sturm. Denn jeder wusste, warum Silas gestorben war. Jeder wusste, dass die Engel den Teufelssohn gesucht hatten, jenen Nephilim, dessen Vorgänger einst ihre Stadt niedergebrannt hatte und aufgrund dessen schon so viele Bewohner Bantoryns verfolgt und ermordet worden waren. Mit geballter Kraft strömten die Engel durch die Unterwelt, schickten ihre Chimären durch die Gänge und vermehrten die Furcht der Nephilim, entdeckt zu werden – jene Furcht, die den Bewohnern der Stadt ebenso vertraut war wie den Menschen der Geruch von Sonne und Wind. Ja, jeder wusste, dass die Engel nach Nando gesucht hatten, dass Silas seinetwegen gestorben war, und auch wenn in der kurzen Zeit seit seinem Tod niemand außer Antonio, Kaya und Morpheus auch nur ein Wort zu Nando gesprochen hatte, standen doch Fragen in jedem Blick, der Nando begegnete, Fragen, die er sich selbst stellte und die wie ein Echo klangen auf das Gefühl, das sich damals vor dem brennenden Autowrack seiner Eltern in ihm gebildet hatte wie ein Geschwür: Warum hatte es ihn nicht getroffen? Warum hatte er überlebt? Warum hatte Silas sterben müssen, der treue Freund, der Bruder, der Offizier und Ritter Bantoryns, den die Stadt liebte und der für sein Ideal der Freiheit aller Nephilim jede Furcht in sich zurückgestellt hatte? Seit dem Moment, da er Silas' letzten Atemzug gehört und die Kälte des Todes auf seiner Haut gespürt hatte, stellte Nando sich diese Fragen. Er sah sie gespiegelt in den Augen der Nephilim, sie bestürmten ihn von allen Seiten, und doch wusste er keine Antwort darauf – wie damals.

In den Stunden nach Silas' Tod hatte er aus Bantoryn fliehen wollen, um weitere Übergriffe der Engel auf die Nephilim zu verhindern. Sein Tod würde die Jagd der Engel nicht unterbrechen, das wusste er, denn es gab andere Teufelskinder auf der Welt, die eines Tages erweckt werden könnten. Doch vielleicht würde er zumindest *diese* Nephilim retten können – wenn er sich den Engeln auslieferte. Dieser Gedanke hatte sich mit Widerhaken in seinem Hirn festgekrallt, und er hatte bereits seine Sachen gepackt, als er ans Fenster getreten war, um ein letztes Mal hinauszuschauen. Da war ihm Silas in den Sinn gekommen, wie er lachend mit Noemi über die Schwarze Brücke gegangen war. Silas hatte sein Leben für ihn gegeben. Durch seinen Tod hatte er Nando gerettet, und dieser durfte sich den Engeln nicht opfern und dieses Geschenk mit Füßen treten.

Die letzten Trauergäste hatten ihre Plätze zwischen den Gräbern eingenommen, und kaum dass sich die Stille kühl und lähmend auf die Köpfe senkte, traten neun der Totenwachen vor und hoben silberne Fanfaren an die Lippen. Ihr gläserner Klang durchzog die Luft und begrüßte den Chor aus jungen Nephilim, der in diesem Augenblick die Straße hinaufkam. Sie waren kaum älter als zehn oder elf Jahre, Kinder, die in Bantoryn geboren und aufgewachsen waren, und als sie zu singen begannen, schien es Nando, als würden die Stimmen ihrer Vorfahren in jedem Ton mitklingen. Sie sangen in der Alten Sprache, die vor dem Bruch zwischen Engeln und Dämonen vor langer Zeit die Völker der Schattenwelt geeint hatte. Sie wurde Lhar Helvr'ion genannt – die Sprache aller. Nando kannte einzelne Zauberformeln in dieser Sprache und hatte sie Antonio einige Male sprechen hören. Es hatte seltsam geklungen, die Worte waren weich und verschlungen über seine Lippen gekommen und hatten das Alter des Engels erahnen lassen wie ein kühler Windhauch, der die träge, staubige Luft einer bislang verschlossenen Gruft aufwühlt und ans Licht trägt.

Stolz lag in den Stimmen der jungen Nephilim, und obgleich Nando nicht jedes Wort verstand, wusste er doch, dass sie von der Geschichte ihres Volkes sangen, von dem Leben in ständiger Furcht vor Entdeckung, von Bantoryn, ihrer Stadt jenseits des Lichts, von ihren Kämpfen und Niederlagen und von der Sehnsucht nach Freiheit, die unerschütterlich in jedem von ihnen brannte. Die Gesänge vermischten sich mit dem Wind, der die Mohnblüten durchfuhr, und die Klänge durchdrangen Nando und trübten seinen Blick, als nun, da der Chor das Podest erreichte und sich an seiner Seite aufstellte, eine Gestalt am Ende der Straße erschien.

Sie war klein und ganz in Schwarz gekleidet. Ein Schleier verhüllte ihr Gesicht, doch Nando wusste, dass es Noemi war, die ohne Begleitung den Weg zum Grab ihres Bruders antrat. Er hätte es auch gewusst, wenn er nicht ihr langes Haar gesehen hätte, das wie ein Stück Nachthimmel bis weit auf ihren Rücken hinabfiel, oder ihre schmale Hand, mit der sie eine weiß flammende Fackel trug. Er erkannte sie an ihrer Haltung, an der Art, wie sie die Straße hinabschritt, den Kopf hocherhoben wie eine Königin, den Blick unverwandt auf Silas gerichtet, und an ihren Schritten, die wie schwache Morsezeichen auf dem Angesicht der Welt verkündeten, dass niemand sie brechen würde – selbst der Tod nicht. Aber Nando wusste, was es bedeutete, seine Familie zu Grabe zu tragen, und kurz meinte er, Noemi schwanken zu sehen, als sie die Treppe zum Podest hinaufgestiegen war und dicht bei Silas innehielt. Gleich darauf stand sie regungslos, der Chor der Nephilim beendete seinen Gesang. Und dann kam sie, die Stille.

Nando hatte schon einmal Bekanntschaft mit ihr geschlossen, war schon einmal beinahe erdrückt worden von ihrer Last. Noch immer hörte er das Knirschen der Seile, als die Särge seiner Eltern in die regennasse Erde hinabgelassen worden waren, roch noch immer den Wind, der ihn wispernd umschlichen hatte wie ein boshaftes Tier, und er wusste, dass Noemi in diesem Augenblick in ihre eigene Finsternis stürzte, eine Finsternis, die sie niemals wieder vollständig verlassen würde. In diesem Moment war Noemi vollkommen allein und doch schien es Nando, als würde er an ihrer Seite stehen, mehr noch: als wäre er es, der seinen Bruder ein letztes Mal ansah, sein bleiches Gesicht, sein schimmerndes Haar und das Lächeln auf seinen Lippen, das seltsam fremd erschien, weil es einst einem Lebenden gehört hatte und nun das Lächeln eines Toten war.

Langsam hob Noemi ihren Schleier. Ihr Gesicht war ebenso bleich wie das ihres Bruders. Sie weinte nicht, doch ihre Augen waren schwarz geworden, und als sie sich niederbeugte und Silas auf die Stirn küsste, fiel eine einzelne Träne auf seine Wange, sodass es aussah, als wäre sie aus seinem Auge geflossen. Noemi richtete sich auf, sie schloss die Augen, als wollte sie in Gedanken zu Silas sprechen. Dann hob sie die Fackel und legte sie wie ein Gesteck aus Rosen an das Fußende, ehe sie ihren Schleier wieder über ihr Gesicht zog, die Treppe hinabschritt und sich in einiger Entfernung zu dem Feuer umdrehte, das sich in weißen Flammen auf dem Podest erhob.

Die Ritter traten vor und salutierten, und einige hoben die Fäuste und gaben flammende Salutschüsse ab, die donnernd über dem Baldachin in tausend Funken zerbarsten. Ihr Widerhall schlug Nando ins Gesicht, wieder sah er Silas vor sich, wie er von der Lanze getroffen wurde, wie er zusammenbrach und wie seine Flügel unter ihm aussahen wie Lachen aus Blut. Er wich zurück, ohne den Blick von den rasch um sich greifenden Flammen abzuwenden. Wie unter einem Bannzauber fixierte er Silas' Gesicht, und erst als das Feuer dessen Gestalt einhüllte, konnte er sich losreißen.

Er flog nicht, er rannte durch das Mohnfeld. Der Blütenstaub wirbelte durch die Luft und legte sich als samtener Schatten auf seine Haut. Die Salutschüsse eilten ihm nach, doch sie übertönten nicht Silas' Stimme. *Du bist ein Nephilim. Ein Nephilim. Genau wie ich.* Nando stolperte mehrfach, bis er endlich den Nebel der Ovo erreichte. Er eilte darauf zu, er musste fort von der Stadt, fort von den Gesichtern der anderen, ihren Fragen, die auch die seinen waren, und Silas' Stimme, die sanft und ohne jeden Zorn in ihm widerklang und ihm die Kehle zuschnürte, bis er kaum noch Luft bekam. Er hatte Silas nicht retten können, er war da gewesen und hatte ihm nicht geholfen. Silas hatte sein Leben für ihn gegeben, für ihn, den Teufelssohn, und er selbst hatte nichts tun können, als seinen Kopf zu halten, während er starb.

Dicht vor dem Nebel blieb er stehen. Zarte Kälte strömte von ihm aus, doch Nando nahm sie kaum wahr. Er fühlte die Flammen, hörte sich verbiegendes Metall, roch den Gestank von verbrennendem Fleisch und spürte die Schreie seiner Mutter in sich widerhallen, gepaart mit Silas' Stimme, bis sie gemeinsam seinen Namen riefen, so liebevoll, als wäre er ein leibhaftiges Wunder und kein Halbmensch, der sie nicht hatte retten können. Er wünschte, dass er noch einmal mit ihnen sprechen könnte, einmal nur. Er würde sie um Vergebung bitten für all das, was sie in ihm gesehen hatten und was er nicht war.

Schmerzende Hitze trat in seine Wangen, er wusste, dass er schreien musste, auf der Stelle, sonst würde er auseinanderbrechen, doch als er den Mund öffnete, kam nichts als ein heiseres Krächzen aus seiner Kehle. Der Nebel vor ihm war undurchdringlich, er sog seinen Blick auf. Nando hob die Geige und zog den Bogen über die Saiten wie ein Messer, das über die zarte Haut eines Unterarms gleitet. Doch kaum dass der erste Ton dem Instrument entwich, strömte die erstickende Finsternis aus seinem Inneren, bäumte sich auf und floss durch seine Finger in die Geige, wo sie sich in Töne verwandelte. Nando hielt die Augen geschlossen. Er sah schwarze Rosenknospen, halb von Stein überzogen, die sich aus der Dunkelheit ins Licht schoben. Er sah seine Eltern, wie sie ihm zulächelten, wie sein Vater durch sein Haar strich und seine Mutter ihn in den Armen hielt, damals, als er noch klein gewesen und nachts von Albträumen erwacht war. Und er sah Silas, hörte seine ruhige, sanfte Stimme, die wie Gesang die Klänge der Geige begleitete, und ging noch einmal mit ihm durch die Gassen Bantoryns.

Nando tauchte ein in die Musik, die ihn als gewaltige Welle emporhob, er vernahm Yrphramars Lachen, als würden sie gerade in der Schwarzen Gasse sitzen, und er wusste, dass er nicht nur ein Requiem für Silas spielte, das ihn auf dem Weg begleiten sollte, auf dem er sich nun, da sein Körper zu Feuer und Asche geworden war, vielleicht befand. Er spielte auch für das Licht, das Silas in seinem Blick getragen hatte, für die Hoffnung, für die er gestorben war und die sein Gesicht so weich gemacht hatte und sein Lächeln so traurig. Er spielte für all das, was Silas gewesen war. Er fiel auf die Knie und weinte, doch es kümmerte ihn nicht. Nichts, nichts kümmerte ihn mehr als diese Musik. Und während er spielte, schien es ihm, als würde Silas tatsächlich da sein, als würde er ihm Dinge erzählen, für die es keine Worte gab. Die Musik brach sich ihren Weg, sie zeigte Nando Räume, in denen Silas ihn erwartete, zeigte Silas als jungen Novizen, als Sohn, der am Grab seiner Eltern stand und dessen Augen schwarz geworden waren wie die Noemis, und als Ritter, der sein Leben der Freiheit der Nephilim gewidmet hatte. Er sah ihn im Kampf, sah ihn zornig, traurig, glücklich, sah ihn auch verzweifelt, in dunklen Gassen und auf nächtlichen Feldern allein mit sich. Und er sah den Bruder, der seine Schwester vor dem leeren Bett ihrer verstorbenen Eltern fand, wo sie zusammengekrümmt auf dem Fußboden schlief, und sie vorsichtig zurück in ihr Zimmer trug.

Fast hätte Nando innegehalten, als dieses Bild in ihm aufflammte: die große, vom fahlen Licht der Straßenlaternen beschienene Gestalt von Silas, der Noemi aufhob und mit ihr in dem dunklen Zimmer stand. Ihr Kopf lehnte an seiner Brust, sie sah friedlich aus in seinen Armen, und über seinen gerade noch zornig verzogenen Mund legte sich ein Lächeln – *sein* Lächeln, das Nando einen Schauer über den Rücken schickte. Silas hatte denselben Zorn in sich gehabt wie Noemi, dieselbe Wut, denselben Hass, doch er hatte sich für etwas entschieden, das auch in ihm lebte, schwach vielleicht und unscheinbar im Angesicht der finsteren Verzweiflung, die ihn anfüllte, aber dennoch mächtiger als sie. Silas hatte sich nicht aus Verzweiflung dafür entschieden, sein Leben für die Nephilim zu geben. Er hatte es aus Liebe getan.

Der letzte Ton flammte über die Saiten der Geige, und als Nando den Bogen sinken ließ und sich mit dem Handrücken über die Augen fuhr, fühlte er sich so leer und blind, wie der Nebel es war, der vor ihm lag. Niemals hatte er so voller Hingabe gespielt wie in den vergangenen Augenblicken, es war, als hätte er einen Teil seines Selbst zu Silas in die Flammen geschickt, um es nun erneuert und fremd zurückzunehmen. Wie selten zuvor, seit er in die Unterwelt gekommen war, sehnte er sich danach, mit jemandem sprechen zu können – nicht mit Kaya oder

Morpheus, auch nicht mit Antonio – nein, sondern mit jemandem wie ihm, einem Nephilim, der diesen Zwiespalt zwischen Mensch und Engel oder Dämon begreifen oder zumindest empfinden konnte. Die Geige zog seine Hand nieder, die Lider wurden ihm schwer, doch gerade als er sie schließen wollte, hörte er ein Geräusch.

Auf der Stelle war er wieder hellwach. Er riss die Augen auf – und erschrak. Vor ihm, gerade noch von Nebelschwaden umwölkt, stand ein pechschwarzer Hirsch mit einem Fell wie schwerer Samt und einem ebenso schwarzen Geweih. Knisternde Glut loderte in seinem Schlund, doch seine Augen waren nachtblau, und darin entfachten sich Flammen wie goldene Sterne. Vor ihm stand Olvryon, der Herrscher der Ovo und Gebieter über die Ströme der Nacht und die Hügel des Zorns. Und langsam, kaum merklich, neigte Olvryon den Kopf und hauchte seinen Atem durch die Luft.

Er zog aus dem Nebel zu Nando herüber, ein Flüstern war es wie aus einer anderen Welt. Nando spürte ihn eiskalt an seinen Wangen, ein leises Klirren drang an sein Ohr. Überrascht hob er den Arm und ließ seine Tränen, die sich in Kristalle aus Glas und Nebel verwandelt hatten, in seine metallene Hand fallen. Olvryon sah ihn an, schweigend und wie erstarrt, und Nando erwiderte den Blick in diese Augen, die nichts waren als Nacht und Sterne. Der Nebel verwandelte sich, es wurde Nacht wie an der Oberwelt, und heller Tag mit Sonnenstrahlen, die über Nandos Haut huschten, er hörte das Donnern von Gewitterwolken, roch den Wind des Meeres und spürte die Frische eines Regenschauers auf seiner Haut. Und doch sah er nichts als die Dunkelheit in Olvryons Blick, dieselbe Schwärze, die er wie einen Abgrund in sich selbst trug, diese Finsternis aus Sehnsucht und Einsamkeit, und er begriff, dass er darin Olvryon verwandt war. Denn diese flirrende Kluft tief in ihrem Inneren, die sie unwiderstehlich anzog, nur um sich mit geschmeidiger Bewegung wieder zu entziehen, atmete dieselbe Finsternis. Kein Nephilim würde das je begreifen, sondern nur ein Wesen, das Nando in diesem Punkt vollkommen glich – ein Wesen wie Olvryon. Der Herrscher der Ovo wusste, was diese besondere Art der Einsamkeit bedeutete, und Nando wusste es auch. In diesem Moment, da Nando auf den Knien lag und Olvryon auf ihn herabsah, ohne dass einer von ihnen den Blick geneigt hätte, kannten sie einander durch und durch.

Lautlos zog Olvryon sich in den Nebel zurück, und als Nando sich umwandte, sah er die Lichter Bantoryns zu sich herüberflammen. Langsam ging er darauf zu, um dann noch einmal innezuhalten. Zum ersten Mal, seit er in Bantoryn angekommen war, begriff er, dass er immer außen stehen würde, so wie Olvryon es tat, beobachtend aus den Schatten, im Zwielicht wartend, wie es für Heimatlose üblich war.

Kaya verhielt sich noch immer vollkommen still in der Geige, aber Nando wusste, dass sie in Gedanken bei ihm war, und er meinte, ihre Worte zu hören, leise und flüsternd: *Ich bin die Begleiterin der Heimatlosen. Und von nun an begleite ich dich.* Ein wärmendes Gefühl zog über Nandos Rücken, doch es währte nur kurz. Die Lichter Bantoryns glommen zu ihm herüber, und unwillkürlich musste er an Yrphramar denken und daran, wie dieser allein durch Rom gegangen war, die Geige auf seinem Rücken und den Blick zu den hellen Fenstern der Menschen erhoben, und er fühlte die Sehnsucht, von der Yrphramar oft gesprochen hatte, ohne sie genau zu benennen. Sie hatte in jedem Ton gelegen, den er seiner Geige entlockt hatte, und ein brennendes Nagen in Nandos Brust gepflanzt. Es war die Sehnsucht nach Heimat gewesen, nach Ankommen und Zufriedensein – eine Sehnsucht mit der Gewissheit, dass sie unstillbar war. Niemals, das wusste Nando jetzt, würde er ein Teil Bantoryns werden, wie Antonio oder Morpheus es waren, niemals würde er zu den Nephilim gehören oder zu den Menschen, die ihm so sehr fehlten, dass er nachts mit körperlichen Schmerzen erwachte. Er war ein Mensch, aber nicht nur – er war ein Nephilim und doch mehr als das. Er war der Teufelssohn, Gejagter und Jäger zugleich, gefürchtet, gehasst und verfolgt. Er würde in die trügerische Gelassenheit der Menschenwelt zurückkehren können, doch er würde niemals eine Heimat finden in ihr, denn er gehörte nicht dazu.

Er holte tief Atem, der Duft des Mohns strömte in seine Lunge, und er wusste, dass er diesen Moment niemals vergessen würde: den hilflosen und einsamen Augenblick, in dem die Gewissheit in ihm keimte, zwischen den Welten zu Hause zu sein – oder nirgends. Und weit hinten in seiner Erinnerung, halb gedämpft von seiner Furcht, ihr zuzuhören, flüsterte eine Stimme zu ihm, eine Stimme aus Asche und Wüstenglut. *An meiner Seite wärest du niemals wieder … allein …*

24

Avartos hockte in der Finsternis der Katakomben und rührte sich nicht. Jede Bewegung brachte die Luft zum Erzittern und wühlte die Stille auf, die ihn als fühlbares Wesen umdrängte und jeden seiner seltenen Herzschläge mit gierigem Griff in die finsteren Grabnischen zog. In dieser Dunkelheit ruhten die sterblichen Überreste von Tausenden von Menschen. Avartos sah ihre Leiber auferstehen und wieder zerfallen, je länger er in die Loculi starrte, und er konnte sie spüren: den Staub ihrer Knochen, der in seine Lunge drang, die Kühle zwischen den Mauern aus Marmor und Tuffstein, und die atemlose, gaffende Dunkelheit, aus der heraus ihn die Toten zu beobachten schienen, als würden sie etwas wissen, das ihm verborgen blieb.

Mit finsterer Miene streckte er sich, kam dabei gegen die Wand und verursachte ein scharrendes Geräusch, das ihn zusammenfahren ließ. Ärgerlich stieß er die Luft aus. Er hatte schon an anderen Orten ausgeharrt, doch nun, da er tief unter der Via Appia in den Totengängen der Menschen hockte, fiel es ihm schwer, die Unruhe in sich klein zu halten. Die Via Appia, die schon in der Antike den Beinamen Regina Viarum trug – die Königin der Straßen, da sie in früheren Zeiten eine der wichtigsten Handelsstraßen Italiens und des Römischen Reiches gewesen war. Unzählige historische Bauten und Grabmäler befanden sich noch immer am Rand dieser Straße, und nicht nur die menschliche Geschichte hatte dort ihre Spuren hinterlassen. Ein Wispern kroch durch den schmalen Gang, in dem Avartos sich niedergelassen hatte, und er schaute angestrengt durch die Dunkelheit, ohne mehr als Schatten und Schemen ausmachen zu können. Er widerstand nur mühsam dem Impuls, seine Fackel zu entzünden.

Kein Licht, hatte die Anweisung gelautet, die ihm die Königin übermittelt hatte. *Keine Worte. Jene dulden beides nicht.* Erneut sah Avartos das Lächeln in den Augen der Königin, als sie ihm den Auftrag erteilt hatte, dieses Glimmen aus Spott und Kälte, und er zog die Brauen zusammen. Wie lange hockte er nun schon auf diesem Vorsprung aus Stein, wie lange starrte er schon hilflos wie ein Mensch in die Dunkelheit, wie lange schon drängte er jeden Gedanken an *jene* zurück? Er war niemals einem von ihnen begegnet, kannte nur die Legenden, die über sie in den uralten Schriften existierten. Es gab keinen Engel Nhor' Kharadhins, der nicht beim Klang ihres Namens erschauderte, und auch Avartos konnte sich nicht gegen die Anspannung wehren, die sich in dieser Finsternis auf seine kalte Haut legte. Instinktiv umfasste er seinen Bogen und strich mit den Fingern über die glatten Federn eines Pfeils, auch wenn er wusste, dass ihm keine Waffe der Welt gegen jene Kreaturen beistehen würde, auf die er wartete, jene rätselhaften und überaus mächtigen Brüder des Lichts.

Er drängte den Schauer beiseite, der bei dem Gedanken an diesen Namen über ihn kommen wollte, zwang ihn hinab in die kalte Stille seines Inneren und griff in seine Tasche, um einen blutigen Stofffetzen daraus hervorzuholen. Umgehend kehrte die Kühle vollends hinter seine Stirn zurück und die klare Konzentration des Jägers. Der Teufelssohn war ihm entkommen, wieder einmal, und obwohl die besten Krieger, Jäger und Späher seines Volkes die Oberwelt ebenso durchsuchten wie die Gänge der Schatten, hatten sie bislang keine Spur von ihm gefunden.

Die Zeit rann ihnen durch die Finger, Bhrorok näherte sich dem Teufelssohn unaufhaltsam, und obgleich Avartos ihm zum Greifen nah gekommen war, hatte er ihn doch nicht packen können. Aber der Teufelssohn hatte etwas zurückgelassen, das ihn auf seine Fährte führen würde. Sein Duft wurde vom Blut des anderen Nephilim überdeckt, doch er hing noch immer fein und deutlich in dem Gewebe. Kein Engel konnte ihn wahrnehmen. Es brauchte eine besondere Nase, um die Spur aufzunehmen, es brauchte eine Kreatur, die ... Ein plötzlicher Windstoß fuhr Avartos ins Gesicht, er sprang auf und hieb ins Leere. Eilig stopfte er den Stofffetzen zurück in seine Tasche und schickte einen Flammenzauber in seine Hand. *Kein Licht* hin oder her, er würde nicht in dieser Dunkelheit sitzen und sich zum Narren halten lassen. Er atmete nicht, während er sich langsam um sich selbst drehte, den Blick in scharfer Konzentration in die Dunkelheit gerichtet. Er würde seinen Zauber entfachen, sobald …

Weiter kam er nicht. Er spürte noch die Berührung in seinem Nacken, kaum mehr war es als der feine Kratzer eines spitzen Fingernagels, dicht gefolgt von lähmender Eiseskälte, die seine Adern flutete. Dann verlor er die Kontrolle über seinen Körper. Er sackte auf die Knie, seine Arme und Beine zuckten in heftigen Krämpfen, seine Eingeweide wurden zusammengepresst, und er sah gleich darauf das Licht, das aus seinem Inneren aufstieg und in gleißender Helligkeit in seinem Schädel explodierte. Der Schmerz war so stark, dass Avartos zusammenbrach. Kopfüber stürzte er in dieses Licht, es bohrte sich in ihn hinein und riss ihn mit grausamer Stille in Fetzen. Er wollte schreien, um zu wissen, dass er noch da war, doch er konnte seine Stimme nicht hören, er spürte gar nichts mehr bis auf die Kälte, die soeben in seinen Körper gefahren war und als überirdisches Licht vor seinem inneren Auge stand. Hilflos starrte er hinein, doch gerade als er den Anblick nicht mehr ertrug, verschwand das Licht und ließ nichts zurück als samtene Finsternis.

Schwer atmend lag Avartos am Boden. Sein Haar klebte an seiner Stirn, jeder Muskel seines Körpers brannte wie Feuer, und seine Hände hatten sich derartig verkrampft, dass sie tiefe Kerben in den Tuffstein geschlagen hatten. Er brauchte einen Moment, bis er seinen Körper wieder unter Kontrolle hatte. Dann hob er den Kopf und hörte auf zu atmen.

Kaum wenige Schritte von ihm entfernt stand eine Gestalt in einer bodenlangen Kutte, das Gesicht unter einer Kapuze verborgen, die pechschwarzen Schwingen als gewaltige Schemen hinter sich aufragend. Die Schatten der Katakomben umtosten sie als lautloser Sturmwind, und noch während die Gestalt den Kopf hob, spürte Avartos ihre Präsenz mit eisigen Klingen über seine Haut streichen. Kaum dass er in die Finsternis unter der Kapuze starrte, packte ihn eine unsichtbare Klaue an der Kehle und riss ihn empor. Keuchend griff er ins Leere, um sich von dem Griff zu befreien, doch erneut drang lähmende Kälte in ihn ein und ließ ihn hilflos in der Luft hängen.

Kind, drang eine raue, männliche Stimme durch seine Gedanken, und er verstand erst nach einem Augenblick, dass er getadelt worden war. Dann zog sich die Klaue zurück. Avartos landete auf den Füßen und hielt leicht schwankend das Gleichgewicht. Hustend neigte er den Kopf und legte ehrerbietig die Hand auf die Brust. Etliche Male hatte er sich auf diese Begegnung vorbereitet, und was tat er, als es so weit war? Er benahm sich wie ein unfähiger Rekrut in der Grundausbildung! Der Blick des Fremden strich über seine Haut, und er ertrug die Kälte, die ihn als Fessel umgab. Dann hob der Fremde den Arm. Seine Kutte glitt ein Stück zurück und gab den Blick frei auf durchscheinend weiße Hände mit schwarzen, eingerissenen Nägeln. Avartos starrte auf diese Hände, er wusste, dass sie noch niemals das Tageslicht gefühlt hatten oder den Schein des Mondes. Diese Hände waren dem Licht geweiht, das aus der Finsternis entsprang, und allein ihr Anblick ließ ihn frösteln.

Eilig griff er in seine Tasche und zog den blutigen Fetzen hervor. Der Fremde hielt ihm die Hand entgegen, kurz berührten sich ihre Finger. Avartos erschrak, er konnte nichts dagegen tun. Die Hand des Fremden war kalt, doch nicht so wie die eines Toten, sondern wie die Hand eines Wesens, das niemals im Besitz warmen Blutes gewesen war. Frost zog über Avartos' Finger hin, es schien ihm, als würde die Kälte des Fremden durch diese Berührung erneut in ihn eindringen, und er starrte in die Finsternis der Kapuze, in der er nichts erblickte als undurchdringliche Schwärze. Der Fremde ergriff den Fetzen, seine Finger glitten darüber wie über das weiche Haar eines Menschen, und eine so grausame Sehnsucht und Zärtlichkeit lag in dieser Geste, dass Avartos schaudernd die Hand zurückzog. Gleich darauf spürte er einen Windzug im Gesicht und sah mehrere Kreaturen, die sich an dem Bruder des Lichts vorbeischoben, um dicht neben ihm innezuhalten. Auf den ersten Blick sahen sie aus wie Hyänen mit stumpfem schwarzen Fell, das sich im Nacken sträubte, und scharfen Krallen. Erst bei näherem Hinsehen erkannte Avartos, dass die Wesen an mehreren Stellen Brandnarben hatten, und ihre Augen waren mit groben Stichen zugenäht. Schaudernd wich er zurück, als die Hyänen die Lefzen hoben und gierig witterten. Es schien ihm, als sögen sie seinen eigenen Geruch in sich auf, als würden sie ihm einen Teil von sich rauben, der nun auf ewig in der blinden Finsternis ihrer Körper widerhallte.

Der Fremde ließ die Hand sinken, reglos schauten die Hyänen

zu ihm auf, bis er den Fetzen in ihre Mitte warf. Sofort schnellten sie vor, zerrissen den Stoff und verschlangen jeweils ein Stück. Kurz starrten sie Avartos aus ihren blinden Augen an, dann neigten sie die Köpfe, während ihre Körper sich zusehends den Schatten um sie her anpassten. Avartos konnte sich einer gewissen Faszination nicht erwehren, als die Tiere nichts mehr waren als schemenhafte Umrisse in der Dunkelheit des Ganges. In einer plötzlichen Bewegung riss der Bruder des Lichts die Hand empor. Die Hyänen warfen sich herum, wie entfesselt sprangen sie in die Finsternis und heulten so markerschütternd, dass ihre Stimmen den Gang zum Erzittern brachten. Steine fielen von der Decke, Avartos wich vor ihnen zurück. Er sah noch, wie die Hyänen in der Dunkelheit verschwanden, erkannte auch den Fremden, der vollkommen reglos dastand und ihn aus der Nacht seiner Kapuze heraus anstarrte. Dann stob ihm erneut der Windstoß ins Gesicht, härter dieses Mal und mit schmerzhafter Kälte. Kurz meinte er, den Bruder lachen zu hören, es war ein Laut voller Verachtung. Dann flammte die Finsternis vor ihm auf, und noch ehe er einen weiteren Blick auf den Fremden hätte werfen können, war dieser in den Schatten verschwunden.

25

Sieben Tage dauerte die Zeit der Trauer, in der ganz Bantoryn Silas gedachte. Der Trauerflor um die Sterne aus Feuer und Eis war geöffnet worden und hing nun wie in Fäden aus schwarzem Nebel bis auf die höchsten Türme der Stadt hinab. Schwarze Fackeln ersetzten die Laternen, und jeder Unterricht der Akademie unterblieb. Viele Novizen zogen für diese Zeit zu ihren Eltern, zu Freunden oder Verwandten, und als Nando am dritten Abend durch die Akademie ging, kam er sich vor wie der letzte Überlebende in einem Geisterschloss.

Die vergangenen Abende hatte er gemeinsam mit Kaya und Antonio bei Morpheus verbracht. Sie hatten zusammengesessen, die meiste Zeit schweigend, in das Feuer des Kamins gestarrt und Perr getrunken, einen sehr starken Branntwein, der jeden Olyg übertraf und den Morpheus höchstpersönlich destillierte. Kaya war bereits vom Geruch des Alkohols schwindlig geworden und bald darauf eingeschlafen, und Morpheus schien wie ein Fass ohne Boden zu sein, denn er trank und trank, ohne dass er einen gewissen Grad an Betrunkenheit jemals überschritt. Nando blieb stets bei einem halben Glas, denn er wollte seinen Schmerz über Silas'Tod nicht betäuben. Es wäre ihm wie eine Feigheit erschienen, eine Schwäche, derer er sich nicht schuldig bekennen wollte.

Antonio hielt für gewöhnlich nicht viel von Alkohol. Nando konnte sich nicht erinnern, ihn jemals berauscht oder auch nur ansatzweise mit schwindender Kontrolle gesehen zu haben, und auch an diesen Abenden hatte der Branntwein keine sichtbaren Auswirkungen auf den Engel. Doch allein die Tatsache, dass er Perr trank, verursachte ein angespanntes Ziehen in Nandos Magengegend, und immer wenn er in Antonios schwarzgoldene Augen sah, wusste er, dass er in diesen Tagen mit den Gedanken weit fort war. Er hatte Bantoryn mit seinen eigenen Händen erbaut, er hatte die Nephilim in die Stadt geholt, und auch wenn diese Aufgabe für ihn allein nicht zu bewerkstelligen war und er das wusste, sah er sich doch in der Pflicht, jeden Einzelnen von ihnen zu beschützen. *Sie alle sind wie Räume in meinem Inneren*, hatte er Nando einmal nach einer ihrer abendlichen Übungsstunden gesagt. *Und wenn einer von ihnen stirbt, schlägt die Tür zu seinem Raum für immer zu und hinterlässt eine schwarze, wunde Stelle in mir, die ich nicht begreifen und nicht erfühlen kann. Doch ich bin ein Engel, Nando, ein Geschöpf der Ewigkeit, dem einst genommen wurde, was du noch besitzt. Ich kann nur erahnen, was der Tod eines sterblichen Wesens einem Nephilim wie dir bedeutet.* In diesen Tagen dachte Nando oft an diese Worte, und es schmerzte ihn, seinen Mentor reglos in dem Sessel nahe beim Kamin sitzen zu sehen, zusammengesunken, als würde er frieren, und mit diesem schwarzen, verhangenen Blick, der wie ein Abgrund war, in den man stürzte, ohne jemals aufzuschlagen. Vielleicht war es das, was die wahrhaft alten Engel und Dämonen von den Nephilim unterschied: Vielleicht waren sie alle nichts als Abgründe, in die sie selbst fielen, ohne jemals den Boden zu erreichen.

Die Brak' Az'ghur waren in den vergangenen Tagen wenig von Engeln frequentiert worden, und so wagten sich manche Nephilim für Streifzüge hinaus. Viele gingen auch in die Schatten, um zu trauern. Nando hatte das hin und wieder ebenfalls getan, aber die Stille in der Dunkelheit erdrückte ihn zunehmend, und so war er lieber mit Antonio und Kaya zu Morpheus gegangen. Auch an diesem Abend hätte er sich ins Schlangenviertel begeben können, doch er war es leid, den Blicken der anderen Nephilim zu begegnen. Er konnte das Tuscheln hinter seinem Rücken nicht mehr ertragen, und er wollte sie nicht hören, die wie beifällig direkt neben ihm fallen gelassenen Bemerkungen über den Teufelssohn, der die Stadt wie schon einmal ins Unglück stürzte. So war er in der Akademie geblieben. Kaya schlief oben in seinem Zimmer, die durchzechten Nächte hatten ihr die Kraft geraubt, sagte sie, obgleich sie von ihnen nur wenig mitbekommen hatte. Nando hingegen vermutete, dass ihr die Trauer der Stadt nahe-ging, wie es für eine Dschinniya üblich war. Ihm war es recht, denn ihm stand nicht der Sinn nach Gesprächen. Seine Gedanken wogen zu schwer, als dass er sie auf seine Zunge hätte hieven können. Und so lief er durch die Korridore, weil sein Zimmer ihm mit dem immer gleichen Ausblick auf die Schwarze Brücke zu eng geworden war, hörte auf das leise Knarzen der Holzböden und lauschte auf das Echo, das seine Schritte in den verlassenen Gängen verursachten.

Vor einigen Jahren war auch Silas durch diese Korridore gelaufen, hatte in den Räumen der Kellergewölbe bei Drengur Unterricht gehabt und sich den Prüfungen unterziehen müssen, die jeder Novize der Akademie bestehen musste. Nachdenklich betrat Nando den Essenssaal, in dem er Silas zum ersten Mal begegnet war, und ließ den Blick über die Tische gleiten, die vom fahlen Licht einer einzelnen Fackel erhellt wurden. Dort im Durchgang zur Küche hatte Silas gestanden, hatte Nando von Noemi und ihren Freunden befreit und sich seiner angenommen.

Gerade wollte Nando einen Schritt in den Raum hineintun, als ein eisiger Atemzug seine Wange streifte. Er fuhr herum – und schaute in das wachsbleiche Gesicht Noemis. Hinter ihr erkannte er Paolo und fünfzehn weitere Nephilim. Sie hatten die Arme vor der Brust verschränkt, in ihren Gesichtern stand keine Regung. Nando spürte den Schauer, der seinen Rücken hinabglitt. Irgendetwas stimmte hier nicht.

»Ich wusste, dass ich dich hier finden würde, früher oder später«, sagte Noemi, doch ihre Stimme klang seltsam fremd, als wäre sie lange nicht benutzt worden. Nando wollte etwas erwidern, aber Noemi ließ ihn nicht zu Wort kommen. Sie gab ihm einen Stoß vor die Brust, der ihn rückwärts in den Raum trieb. Er warf den anderen Nephilim einen Blick zu, die ihnen im Gleichschritt folgten, und da sah er, was nicht stimmte: Riccardo war nicht unter ihnen. Nando erinnerte sich an den Blick des Novizen, mit dem er ihn im Forum Romanum betrachtet hatte, und an den Schleier aus Kälte, der sich gleich darauf über seine Züge gelegt hatte. Doch er hatte Noemi nicht hierher begleitet. Was sie auch vorhatte: Riccardo hatte sich dagegen verwahrt.

Noemis Augen waren noch immer pechschwarz, ihr Gesicht war bleich und ausgezehrt wie nach einer langen Krankheit, und Kälte drängte von den Rändern ihrer Augen in die Schwärze hinein und ließ sie zu Eis erstarren.

»Silas ist tot«, flüsterte sie so leise, dass Nando sie kaum verstehen konnte, doch ihre Worte durchschnitten die Luft wie unsichtbare

Messer und hinterließen drei blutige Kratzer in seiner rechten Wange. Er spürte den brennenden Schmerz und das Blut, das als feines Rinnsal seinen Hals hinablief. Instinktiv errichtete er einen Schutzwall um sich, doch Noemi lachte hart auf.

»Narr von einem Nephilim!«, rief sie und hob beide Arme in seine Richtung. Flammen liefen über ihre Fäuste, Nando erkannte schuppige Leiber darin und scharfe, flackernde Zähne, die gleich darauf wieder mit dem Feuer verwuchsen, das Noemi aus ihrem Inneren rief. Die Zeichen unter ihrer Haut begannen zu glühen. »Deinetwegen ist Silas ermordet worden! Und du hast noch nicht einmal versucht, ihn zu retten, du, der große Teufelssohn!«

Da trat Nando einen Schritt vor. »Doch, das habe ich«, erwiderte er, so ruhig er es vermochte. »Ich habe getan, was ich konnte, aber ...«

»Aber du warst zu schwach!«, unterbrach sie ihn. »So ist es gewesen, und wegen deiner Schwäche hat mein Bruder sein Leben verloren! Du warst da! Du hättest ihm helfen müssen! Aber du hast es nicht getan, du hast ihn im Stich gelassen, und jetzt ist er tot! Weißt du, was das bedeutet? Weißt du, was es heißt, wenn man seinen Bruder verliert?« Ihre Stimme war leise geworden bei ihren letzten Worten, fast zerbrechlich klang sie und hielt jede Erwiderung hinter Nandos Lippen zurück. »Du weißt es nicht«, flüsterte sie, während sich eine einzelne Träne in ihrem linken Auge sammelte. »Aber du wirst erfahren, was Silas erdulden musste – und mehr als das!«

»Was willst du tun?«, fragte Nando und erschrak von dem tonlosen Klang seiner Stimme. »Willst du mich umbringen?«

Noemi schob das Kinn vor, sie sah ihn von oben herab an, obwohl sie kleiner war als er. »Nein«, erwiderte sie kaum hörbar. »Ich will, dass du die Schmerzen fühlst, die ich fühle – die Schmerzen, die meine Mutter ertragen musste, als sie von den Engeln erschlagen wurde, und die meines Vaters, als er in den Flammen des einstigen Teufelssohns den Tod fand – die Qualen, die Silas erlitt, allein und ohne Hilfe! Ich will, dass du begreifst, was das heißt: voller Schmerz zu sein, so sehr, dass man sich den Tod wünscht, da es keine größere Grausamkeit gibt, als am Leben zu bleiben!«

Mit diesen Worten öffnete sie die Fäuste und entließ das Feuer, das sich gerade noch wie lebendige Schlangenleiber um ihre Arme gewunden hatte. In der Luft formte es sich zu einem gewaltigen Schlangenkopf, grünes Feuer loderte aus den flackernden Augen, als er auf Nando zuschoss. Eilig schleuderte dieser einen grellen Speer aus Licht mitten in den Rachen der Schlange, doch noch während er deren Schädel durchschlug, grub das Untier seine Zähne in Nandos Schutzwall. Ätzendes Gift schoss aus ihnen hervor, der Schild brach wie berstendes Glas. Zischend fraß sich das Gift in den Boden und hätte auch Nando getroffen, wäre er nicht vor dem fallenden Schlangenkopf beiseitegesprungen, der donnernd aufschlug und in flammende Funken zerbrach.

Nando riss sein Schwert empor und wehrte den Eiszauber ab, der in Gestalt eines zuckenden Blitzes auf ihn niederprasselte. Noemi sprang durch die Luft auf ihn zu, sie hielt ihre Messer in beiden Händen und schoss blaue Lanzen aus Flammen daraus, während ihre Schergen Nando umkreisten und nur darauf warteten, in den Kampf einzugreifen. Doch das war nicht nötig. Noemi wirkte mächtige Zauber gegen ihren Feind, sie nutzte die höchste Magie mit all ihrem Zorn. In rasender Geschwindigkeit schossen die Lanzen auf Nando zu, eine davon traf ihn an der Hüfte. Nur mit Mühe vermochte er sich im letzten Moment hinter einem der Tische zu ducken, ehe die anderen ihn durchbohren konnten. Krachend raste ein flammender Wirbel durch das Holz, Nando sprang auf und landete auf einer anderen Tafel. Mit aller Kraft warf er Abwehrzauber hinter sich, ein Drache erstand aus den Flammen seiner linken Hand und baute sich vor Noemi auf, doch sie hielt nicht inne in ihrem Lauf. Mit einem Schrei erhob sie sich in die Luft, glitt durch den blau flammenden Atem des Drachen und stieß ihm ihre Messer in den Hals.

Der Schmerz traf Nando, als wäre er selbst verwundet worden. Keuchend sah er zu, wie sein Zauber in sich zusammenfiel und Noemi auf der Tafel landete, das Haar als wirbelnde Wolke hinter sich, die Augen schwarz wie die Gräber auf der Ebene ohne Zeit. Er hatte schon seine Hand gehoben, um sie mit einem Donnerschlag abzuwehren, als er den Riss in ihren Augen bemerkte und die Verzweiflung, die sich durch diese Kluft ihren Weg brach.

Atemlos ließ er die Hand sinken. Er kam auf die Beine, doch er wirkte keinen Schutzzauber. Er hätte keine Waffe gegen sie richten können in diesem Augenblick, selbst für seine eigene Verteidigung nicht.

Ich wünschte, du hättest recht, sagte er in Gedanken, als sie die Faust hob und knisternde Blitze über ihre Finger zuckten. Sie zog die Brauen zusammen, doch Nando sprach weiter. *Ich wünschte, du könntest mir deinen Schmerz zufügen und alle Schuld, die du jemandem am Tod deiner Eltern und deines Bruders geben willst, damit fortwischen und mit ihr alle Traurigkeit, alle Verzweiflung, alle Einsamkeit. Aber es wird dir nicht gelingen. Deine Eltern und Silas sind tot, und die Ohnmacht, die du fühlst, wirst du nicht durchbrechen, indem du mich folterst. Im Gegenteil, du wirst sie verstärken, denn danach wirst du sehen, dass du allein bist mit deiner Trauer und nichts, gar nichts sie dir nehmen kann, nicht einmal dein Zorn!*

Noemi stand regungslos. Ihre Schergen hatten den Tisch umringt, die Hände vor sich ausgestreckt und bereit, Nando bei einer falschen Bewegung von den Füßen zu reißen.

Du irrst dich, erwiderte sie tonlos, und undurchdringliche Schwärze flammte durch den Riss in ihren Augen und verschloss ihn. *Dein Schmerz wird die Stimme sein für den Schrei in mir, der mich erstickt. Dein Schmerz wird mir Linderung geben und mir Genugtuung verschaffen in den Stunden der Nacht, in die Silas' Tod mich geworfen hat, sein Tod, der durch deine Schuld geschah – Teufelssohn!*

Noemi brüllte einen Zauber in der Alten Dämonensprache und stieß die Faust vor. Ein scharlachroter Blitz traf Nando in die Brust, er wollte schreien, aber er brachte keinen Ton über die Lippen. Unnennbarer Schmerz durchzuckte seinen Körper, während der Blitz ihn einhüllte und emporhob. Er hörte die Zauber der anderen Nephilim, jeder schickte einen Blitz in seinen Körper, es war, als würden sie ihm tausend Messer in den Leib stechen, doch es war Noemis Schattenmagie, die ihm den Atem nahm. Glühend drang sie in sein Innerstes vor, peitschte durch seine Adern und stürzte ihn in Finsternisse, die ihn in Stücke rissen. Er sah nichts mehr als zuckende Lichter, seine Muskeln waren zum Zerreißen gespannt. Er spürte die Hitze in heftigen Schüben über seine Stirn rasen, dicht gefolgt von einer Kälte, die von innen durch sein Fleisch stach und es ihm unmöglich machte zu atmen. Wie aus weiter Ferne hörte er Noemi schreien, fühlte, wie der Blitz ihn entließ und er durch die Luft flog. Ohne die Möglichkeit, sich zu schützen, krachte er gegen die Wände des Saals. Der Schmerz explodierte in seinem Schädel, er landete auf dem Boden, doch gleich darauf umfing ihn wieder der Blitz und presste ihn gegen die Steine wie unter einer Tonnenlast. Hilflos versuchte er, seine Gedanken zu sammeln, einen Zauber zu wirken, doch er konnte es nicht. Gegen Noemis Magie der Schatten war er machtlos.

Keuchend lag er da, die Ohnmacht riss ihn mit sich. Doch auch in ihr konnte er sich nicht rühren. Er lag noch immer auf dem Fußboden des Saals, aber er spürte einen Windzug, als hätte jemand ein Fenster geöffnet, durch das frische Luft über seinen Körper spülte. Mit aller Kraft ballte Nando die Finger seiner linken Hand zur Faust. Er musste aufwachen. Er war im Speisesaal der Akademie. Hier gab es keine Fenster.

Kaum hatte er das gedacht, hörte er Schritte näher kommen. Eine Gestalt ging neben ihm in die Knie, Nando spürte ihre Präsenz wie einen erfrischenden Regenschauer nach einem zu heißen Tag. Er wandte halb den Blick, doch er sah nichts als den Widerschein von goldenem Haar und eine weiße, beinahe zarte Hand, die sich zur Faust geschlossen hatte. Nun näherte sie sich ihm, helles Licht brach zwischen ihren Fingern hindurch, und als er die Funken auf seinem Gesicht spürte, wusste er, wer zu ihm gekommen war.

Du bist mein Sohn, sagte Luzifer sanft. *Du sollst wissen, dass ich mein Wort niemals breche. Wenn du mir folgst, werde ich dir beistehen, und schon jetzt bin ich da und warte auf dich.*

Langsam öffnete er die Faust. Strahlendes Licht fiel auf Nandos Gesicht und drängte jede Abwehr in die Finsternis. Hingegeben schaute er in den Schein der höchsten Magie – jene Kraft, die ihn mit einem Schlag von seinen Angreifern befreien konnte. Nando hob die Hand, auf einmal war es ganz leicht. Die Flamme warf ihren Schein gegen die metallenen Streben seiner Finger. Gleichzeitig wurden die Schmerzen in seinem Körper stärker, und er hörte Silas' Stimme in seinen Gedanken. *Bantoryn ist mehr als eine Zuflucht. Sie ist die Heimat von uns allen. Sie ist ein Gedanke, eine Idee aus Licht und Freiheit, und dafür kämpfe ich.* Er hörte auch die Stimmen der anderen Nephilim, hörte selbst Noemis hasserfüllte Gedanken, und Wut stieg in ihm auf, als er ihre Gesichter sah. Von Anfang an hatte Noemi ihn verabscheut, hatte ihm das Leben schwer gemacht und ihn für etwas verurteilt, das er nicht verschuldet hatte. Sie hasste ihn, und zum ersten Mal, seit er ihr begegnet war, spürte Nando, wie dieser Hass in seiner eigenen Brust erblühte und zu einer giftigen Blume namens Zorn wurde.

Silas war für das Ideal der Freiheit gestorben, er hatte dafür gekämpft, dass Bantoryn eine Heimat sein konnte – und nun wurde sein Erbe in den Schmutz gezogen von jenen, die verblendet waren und nichts begriffen.

Sie fürchten dich, flüsterte der Teufel und beugte sich ein wenig zu ihm herab, sodass sein goldenes Haar Nandos Wange streifte. Es war kühl wie ein Schmetterlingsflügel auf seiner Haut und ließ eine seltsame Gelassenheit tief in ihn hineinsinken, wo gerade noch nichts als Schmerz und Traurigkeit gewesen waren. *Doch sie kennen dich nicht. Sie werden niemals begreifen, welche Macht in dir liegt. Du brauchst nur zuzustimmen. Du konntest deine Eltern nicht vor dem Tod bewahren, du konntest auch den jungen Ritter Bantoryns nicht vor den Engeln retten. Noch nicht einmal dich selbst kannst du schützen. Doch mit mir könnten diese Zeiten vorbei sein – die Zeiten der Hilflosigkeit, der Ohnmacht, der Einsamkeit. Nutze die Kraft, die auf dich wartet, und ich werde dir helfen, sie zu beherrschen.*

Nando richtete sich auf, er streckte die Hand nach der Flamme aus, doch er sah sie nicht. Alles, was er wahrnahm, war Noemis Gesicht, das verzerrt vor Hass zu ihm herunterstarrte, und in diesem Moment wurde der Schmerz seines Körpers so übermächtig, dass er nicht länger widerstand. Er fühlte schon die Formel des Zaubers über seine Lippen rollen, spürte die Hitze der höchsten Magie, die über seine Fingerspitzen leckte und in deren Glanz Luzifer darauf wartete, Nando zu leiten, als erneut der Riss durch Noemis Blick ging. Es war, als würde sich für einen winzigen Moment der Vorhang ihrer Augen heben, und in dem Grün, das dahinterlag, sah er sie am Boden vor Silas' Bett liegen, zusammengekrümmt und unfähig zu weinen, den Mund zu einem lautlosen Schrei verzerrt. Doch für Nando war es kein stummer Schrei. Er hörte ihn, nicht äußerlich, sondern in seinem eigenen Inneren, ohrenbetäubend und donnernd fegte er durch seine Glieder und ließ ihn die Hand vor der Flamme zurückreißen, die der Teufel ihm entgegenhielt. Im selben Moment zerbarst die Ohnmacht, in die er gefallen war, und der letzte Teil der Formel glitt über seine Lippen.

Gleich darauf fand er sich in dem Saal wieder. Er sah noch, wie ein gewaltiger Flammenwirbel aus seiner linken Faust auf Noemi zuschoss. Donnernd zerschlug er die Blitze, die Nandos Körper umfingen, zerschmetterte die Tische und färbte die Wände schwarz, als er entfesselt durch den Raum raste. Die anderen Nephilim wurden von der Wucht ihrer plötzlich entlassenen Zauber zurückgeschleudert. Noemi taumelte, sie fiel auf den Rücken. Der Flammenwirbel schoss auf sie zu, für jede Abwehr war es zu spät. Fast hatte er sie erreicht, doch da brüllte Nando einen Zauber.

Die Stille, die darauf folgte, war vollkommen. Die Nephilim waren im ganzen Saal verstreut, Noemi lag halb aufgerichtet auf dem Rücken – und vor ihren Augen, ein drohender Wirbel, der ihr den Kopf vom Hals getrennt hätte, flammte Nandos Zauber und drehte sich lautlos im Kreis. Nando kam auf die Beine, langsam und schwankend. Er hatte keine höhere Magie gewirkt, noch nicht. Aber er war kurz davor gewesen, ganz kurz davor, dem Teufel und seinen Verführungen zu verfallen und die Flamme zu ergreifen – jenes Licht, in dem er selbst jede Kontrolle verloren hätte.

Noemi rührte sich nicht. Nur ihre Augen wanderten zu Nando herüber. Er sah deutlich den Schrecken in ihrem Gesicht und die Furcht, noch immer halb verdeckt von der Maske des Zorns, die sie selbst in diesem Moment auf ihre Züge zwang. Er holte aus und schlug den flammenden Wirbel gegen die Wand. Funkensprühend zerbrach er, einige Novizen sprangen erschrocken auf die Beine.

»War es das, was ihr wolltet?«, rief Nando außer sich. »Ich hätte euch alle töten können!« Er trat einen Schritt auf Noemi zu, die schreckensstarr zu ihm aufsah. »Ich weiß, was es bedeutet, wenn man die Wesen verliert, die man am meisten liebt auf der Welt, mehr als sich selbst! Ich weiß, wie es ist, mitten in der Nacht aufzuwachen und sich zu fragen, warum man noch atmet, warum man diesen Schmerz ertragen kann, warum man nicht tot ist an ihrer Stelle! Ich weiß, was das heißt, und ich wünschte, ich hätte Silas retten können, doch ich konnte es nicht! Mit dieser Schuld muss ich leben, nicht du, und ich schlafe ein mit dem Gefühl des Todes, der nach mir greifen wollte und dem Silas sich in den Weg stellte – für mich! Um mich zu retten, mich, der ihm nicht helfen konnte!«

Er spürte die Blicke der anderen, doch sie drangen zu ihm wie durch eine dicke Wand, die niemand wahrnahm außer ihm selbst. »Es hätte jeden von euch treffen können, ist euch das eigentlich klar? Jeder von euch könnte jetzt an meiner Stelle sein! Ich habe mir mein Schicksal nicht ausgesucht! Aber ihr wisst nicht, wie das ist, seine Stimme in eurem Kopf zu haben!«

Und als würde er noch immer in den Klauen der Ohnmacht liegen, brandete in diesem Augenblick das Lachen des Teufels in ihm auf. Es schlug gegen die Mauer, die ihn von den anderen trennte, prallte dagegen wie seine Worte zuvor und raste tausendfach so stark zu ihm zurück. Nando griff sich an die Brust, kurz schien es ihm, als würde er selbst lachen, doch er hatte kaum noch genug Luft in der Lunge, um bei Bewusstsein zu bleiben. Er sah die Mauer, durch die die anderen ihn anstarrten, sah auch Noemi, wie sie langsam auf die Beine kam und etwas sagte, doch er wollte ihre Worte nicht hören. Atemlos fuhr er herum und rannte aus dem Saal, mit der Stimme des Teufels in seinem Kopf.

26

Die Kette mit dem silbernen Drudenfuß hing schwer um Nandos Hals. Das Amulett hinderte ihn daran, seine magischen Kräfte zu nutzen, und als er sich auf seine Schaufel stützte und innehielt, spürte er deutlich, wie sehr sie ihm fehlten. Schwer atmend wischte er sich den Schweiß von der Stirn. Er befand sich auf einem weitläufigen, einsam gelegenen Platz am äußeren Stadtrand. In früheren Zeiten hatten die Bewohner Bantoryns Steckrüben und Kartoffeln auf ihm angebaut, doch er lag bereits seit einigen Jahren brach und die Erde war so verkrustet, dass sie sich unter Nandos Füßen anfühlte wie harter Stein. Er war damit beschäftigt, den Boden aufzulockern und sechseckige Steinplatten darauf zu verlegen, sodass künftig Trainingseinheiten der Akademie auf diesem Platz stattfinden konnten. Es stand ihm frei, das Ganze mit einem Mosaik aus rotem Marmor zu verzieren, dessen Form und Gestalt er frei wählen konnte, doch bislang hatte er allein mehrere Stunden damit verbracht, die Erde für die Platten vorzubereiten. Seit seiner Ankunft in Bantoryn hatte er zahlreiche anstrengende und schmerzhafte Trainingseinheiten absolvieren müssen, doch die Arbeit auf diesem Platz brachte ihn an den Rand seiner Kräfte. Fast war es, als triebe die Erde ihm die Gedanken durch die Glieder, die er verdrängen wollte, und verlangsamte so jede seiner Bewegungen, als befände er sich unter Wasser.

Er verrichtete diese Arbeit allein, wie es bei Strafarbeiten üblich war. Nur Kaya hatte ihn mitsamt der Geige begleiten dürfen, doch sie hockte schweigend auf dem Instrument, lehnte an einer der Steinplatten und warf Nando immer wieder kopfschüttelnd Blicke zu. Sie zeigte keinerlei Verständnis dafür, dass er Noemi und die anderen nicht verraten hatte, als Antonio ihn wegen der Vorkommnisse im Speisesaal zur Rede gestellt hatte. Es wäre leicht gewesen, seinem

Mentor zu berichten, dass er an den Ereignissen keine Schuld trug, dass er sich lediglich gewehrt hatte und nicht gegen die Regeln der Akademie verstoßen wollte. Zu Beginn hatte Nando sich davor gefürchtet, dem Engel unter die Augen zu treten. Er hatte den Speisesaal in Schutt und Asche gelegt, er hatte ein Feuer entfacht, das sich leicht hätte ausbreiten können, wäre er nicht vor der höchsten Magie zurückgeschreckt. Ohne jeden Zweifel hatte Antonio an den einstigen Teufelssohn gedacht, an die Feuersbrunst Bantoryns, als er von den Vorkommnissen erfahren hatte, da war Nando sich sicher, und es war alles andere als einfach gewesen, Antonio gegenüberzutreten. Doch im Blick des Engels hatte kein Zorn gelegen, kein Misstrauen, keine Furcht. Ruhig hatte er Nando angesehen, und diese Gelassenheit und tiefe Unerschütterlichkeit hatte diesem einen Schauer über den Rücken geschickt. Antonio kannte ihn gut, besser als er sich selbst, so schien es ihm manchmal, und es hatte nicht mehr gebraucht als einen flüchtigen Blickwechsel, um eines ganz klarzumachen: Antonio wusste alles. Er wusste, dass Noemi und ihre Freunde Nando angegriffen hatten, wusste auch, dass er dabei beinahe dem Teufel verfallen wäre, und vermutlich wusste er sogar etwas von dem Entschluss, den Nando in dem Moment getroffen hatte, da er seinem Mentor gegenübergetreten war und dieser ihn gefragt hatte, was geschehen sei. Nando hatte ihn nicht angelogen, aber er erzählte auch nicht die ganze Wahrheit. Hätte er das getan, wäre es zu einer Sitzung des Senats gekommen, die Verantwortlichen hätten sich rechtfertigen müssen und wären vermutlich zu heftigen Strafen verurteilt worden. Ohne Frage hätten sie das verdient, das war Nando klar, und dennoch … Noemis Blick stand ihm vor Augen, ihre hilflose Wut und die Ohnmacht, mit der sie ihn angesehen hatte, als wäre er nichts als eine durchsichtige Wand, hinter der ihre eigenen Dämonen lauerten. Er dachte an ihre Verzweiflung und fühlte wieder seine eigene Dunkelheit, die ihn seit dem Tod seiner Eltern erfüllte und immer wieder wie ein gefräßiges Untier aufbegehrte und sich Gehör verschaffte. Dieselbe Finsternis lag nun in Noemi, Nando hatte ihre grausame Kälte gefühlt. Er wusste, dass Noemi ihn für sein Handeln auslachen würde, aber er konnte sie nicht verraten. Und so hatte Antonio langsam genickt und war zu seinem Schreibtisch zurückgekehrt, um Nando wie den anderen eine Strafarbeit zuzuweisen. Mit geneigtem Kopf war Nando aus dem Zimmer geschlichen und hatte einen verstohlenen Blick zu Antonio zurückgeworfen. Sein Mentor hatte sich auf dem Stuhl hinter seinem Schreibtisch niedergelassen und die Hände vor dem Mund gefaltet, und Nando hatte nichts gesehen als ein kaum merkliches Flackern in seinen Augen wie das plötzliche Flügelschlagen eines Raben, dessen heiserer Schrei einem Lachen glich.

Nando war dankbar gewesen für diesen Funken, und doch hatte ihn eine seltsame Scham überkommen angesichts des Vertrauens und der Zuneigung, die Antonio ihm entgegenbrachte, obgleich ihm dies aufgrund seiner Erfahrungen mit dem einstigen Teufelssohn nicht leichtfallen konnte. Doch Nando selbst hatte dieses Vertrauen in sich nicht. In der vergangenen Nacht hatte er einen Brief an seinen Mentor verfasst, einen Antrag auf Freistellung vom Unterricht für die nächste Zeit. Noch immer spürte er die Flammen der höchsten Magie an seinen Fingerspitzen und sah sich am Boden liegen zu Füßen des Teufels. Es hätte nicht viel gefehlt, und er hätte dessen Angebot angenommen. Er dachte an die Bilder vom Feuer Bantoryns, die er einst in Antonios Augen gesehen hatte, hörte die Schreie der sterbenden Nephilim und spürte selbst den Schmerz Noemis und Salados', die nur zwei Beispiele waren für all das Leid, das der einstige Teufelssohn über die Stadt gebracht hatte. Und nun war Nando selbst so kurz davor gewesen, der Stimme Luzifers zu folgen. Allein der Gedanke daran machte es ihm unmöglich, mit dem Training fortzufahren – ein Umstand, der ihm wie ein Faustschlag in Antonios Richtung erschien. Sein Mentor hatte ihn gefunden, ihm das Leben gerettet, ihn nach Bantoryn gebracht, er hörte ihm zu, erteilte ihm Ratschläge, wenn es nötig war, und war innerhalb so kurzer Zeit fast so etwas wie ein Vater für ihn geworden. Entgegen Nandos Erwartungen war er nicht wütend geworden, er hatte noch nicht einmal enttäuscht gewirkt. Nein, er schaute Nando nur weiter mit diesem ruhigen Blick voller Geduld an. Beim Verlassen des Zimmers hatte Nandos Brust geschmerzt, so sehr hatte er sich bemühen müssen, nicht zu schreien. Und nun lag der Antrag auf Antonios Schreibtisch, vermutlich hatte er ihn bereits gelesen und dachte darüber nach, wie er sich so in ihm hatte täuschen können.

Nando umfasste den Griff seiner Schaufel und trug weiter Erde ab, deren dunkle Sandwolken ihm ins Gesicht fuhren und seine Wimpern verklebten wie Mehlstaub. Er erinnerte sich noch gut an seine ersten Tage in Bantoryn, ebenso wie an sein großes Ziel: die Prüfung zur höheren Magie zu bestehen. Er wollte Antonio zeigen, dass er sich nicht irrte in seinem Glauben an den Teufelssohn, den er in die Stadt geholt hatte, er wollte ihm beweisen, dass er die Prüfung bestehen, dass er Luzifer widerstehen konnte, dass Antonio recht hatte mit seinem Vertrauen – aber er konnte es nicht, hatte es von Anfang an nicht gekonnt, und nun, da Silas tot war, nun, da die Stadt der Nephilim ihre Kälte strafend auf Nandos Stirn legte und er dem Teufel näher gekommen war als jemals zuvor, schien ihm sein Ziel so unerreichbar wie noch nie.

»Würdest du so langsam kämpfen, wie du gräbst, könnte selbst eine an eine Geige gefesselte Dschinniya dich windelweich schlagen!«

Nando richtete sich auf und schaute zu Kaya hinüber, doch sie war es nicht gewesen, die diese Worte über den Platz gerufen hatte. Mit zusammengekniffenen Augen blickte er an ihr vorbei und hob die Brauen. Über die schmale Gasse, die aus den belebteren Vierteln der Stadt hinab zum Platz führte, kam eine hochaufgerichtete Gestalt mit pechschwarzer Haut und hellblauen Augen auf ihn zu. Es war Drengur. Er trug seine lederne Uniform, in stiller Gelassenheit kam er den Weg entlang, und Althos schritt neben ihm her, den Blick wie beiläufig auf Nando gerichtet. Instinktiv umfasste dieser die Schaufel fester und nahm Haltung an.

»Es fällt dir schon schwer genug, die Schaufel nicht loszulassen«, sagte Drengur mit einem Lächeln, das nicht ganz den kühlen Spott vermissen ließ, der ihm sonst anhaftete. Doch seine Stimme klang ruhig, beinahe freundlich. »Am besten stehst du bequem.«

Er ging an Nando vorbei, der ein wenig unschlüssig die Schaufel in die Erde bohrte und einen Blick mit Kaya wechselte, während Althos vollkommen lautlos auf einen Plattenstapel sprang und sich majestätisch darauf niederließ. Die Dschinniya hatte die Arme vor der Brust verschränkt. Sie kannte Drengur seit langer Zeit, und obgleich sie niemals ein Wort über ihn verlor *(Dschinns sprechen nicht mehr als nötig über ihre Vergangenheit, sie sprechen auch nicht über die Wesen, die sie kennen, wenn es nicht wichtig ist – Dschinns sind Wesen von Ehre, anders als Engel, Dämonen, Nephilim oder Menschen*, pflegte sie zu sagen), wusste Nando, dass sie seine arrogante Art nicht sonderlich schätzte. Und nun hatte Drengur mit seiner abfälligen Bemerkung über kämpfende Geigendschinniyas nicht gerade zur Völkerverständigung beigetragen. Doch das schien ihn nicht zu interessieren. Er streckte sich und breitete die Arme aus, als hätte er lange in einem zu kleinen Käfig gesessen, während er über die Weite des Platzes blickte und die Luft einsog. Auch hier verteilte der Mohn seinen Blütenstaub, der samten auf der steinharten Erde lag. Nando zog die Brauen zusammen. Für gewöhnlich legte Drengur keinen Wert darauf, außerhalb des Unterrichts mit ihm zu sprechen, und es gab angenehmere Orte in Bantoryn als diesen verlassenen Platz.

»In früheren Tagen bin ich häufig hier gewesen«, sagte Drengur, als hätte er Nandos Gedanken gehört. »Wir trainierten hier Luftübungen und Kämpfe auf unebenem Terrain, aber wir durften keine kräftigen Zauber wirken. Fühlst du die Wärme der Erde? Unter ihr liegen die Leitungen des Laskantin, die zu den Silos führen. Hier ist die Energie hochkonzentriert. Ich habe als junger Dämon einmal eine Ladung abbekommen, als ich mich unvorsichtigerweise zu nahe an eine Speicherstation in Or'lok heranwagte, ich kann dir sagen – ich bin nur knapp dem Tod entronnen.«

Er hielt inne, dann sog er die Luft ein und zog etwas aus seiner Tasche. Nando erschrak, als er seinen Brief erkannte, den er Antonio am Morgen unter der Tür seines Arbeitszimmers hindurchgeschoben hatte. Den Brief, in dem er darum bat, dem Unterricht vorerst fernbleiben zu dürfen. »Es liegt mir nicht besonders, um den heißen Brei herumzureden«, stellte Drengur fest, während er das Schriftstück wieder in seine Tasche steckte. »Antonio hat mir deinen Antrag gegeben mit der Bitte, mit dir über deinen Wunsch zu sprechen.«

Nando spürte seinen Pulsschlag in den Fingerspitzen. »Wie hat er reagiert?«

Drengur stieß verächtlich die Luft aus. »Antonio ist der Erste Vorsitzende der Akademie, er ist der Gründer dieser Stadt und einer der mächtigsten Engel. Glaubst du allen Ernstes, dass er mir gegenüber auch nur den Hauch einer Reaktion auf diesen Brief gezeigt hätte – und selbst wenn es so wäre, dass ich, sein Erster Berater und Stellvertreter, sie dir verraten würde?« Er schüttelte den Kopf. »Du hast den

Antrag auf Freistellung vom Training nicht ohne Grund gestellt. Man sollte annehmen, dass du nicht in einer Position bist, in der du deine Prüfung aufschieben solltest. Warum also willst du das tun? Gibst du auf?«

Der Dämon wandte den Blick, ruckartig und so schnell, dass Nando der Atem stockte. Unsicher hob er die Schultern, öffnete den Mund, ohne etwas zu sagen, und schloss ihn gleich wieder. Dann fuhr er sich über die Augen und senkte den Blick.

»Silas ist tot«, erwiderte er leise. »Ich kann nicht einfach weitermachen wie bisher.«

Drengurs Blick bohrte sich in sein Fleisch, doch Nando sah ihn nicht an, er konnte es nicht. Eine Weile war es still. Drengur wandte sich ab, er schaute erneut über den Platz, und dann, als würden ihm die Worte schwerfallen, sagte er: »Silas war mein Novize, hast du das gewusst?«

Nando schüttelte den Kopf.

»Nach dem Tod seiner Mutter kam er zu mir.« Drengur nickte gedankenverloren und setzte sich neben Kaya auf eine so dicht benachbarte Steinplatte, dass sie empört zu ihm aufsah. »Er wollte unbedingt ein Ritter der Garde werden. Ich wusste, aus welchem Grund. Silas wollte sich verteidigen können gegen das Unvermeidliche – und wenn das nicht zu packen war, so wollte er wenigstens gegen die Engel kämpfen. Das kam natürlich nicht in Frage ohne Ausbildung, doch ich hätte ihn beinahe wieder fortgeschickt. Er war zu jung, einen Kopf kleiner als alle anderen Novizen und halb so breit, aber er hatte diesen Blick … Zornig zu Beginn, aber mit den Jahren konzentrierter, kühler – und klar. Ja, Silas hatte einen sehr klaren Blick auf alles. Er wusste genau, was er tat.«

Nando wandte sich ab, als Drengur den Kopf hob und ihn direkt ansah. Er wusste, dass sein Lehrer recht hatte. Silas hatte für seine Ideale gekämpft. Und er war für sie gestorben.

»Noemi hat die Wahrheit gesagt«, erwiderte Nando leise und erschrak im ersten Moment, da er merkte, dass er seinen Gedanken laut ausgesprochen hatte. Doch dann spürte er, wie sich die Fessel um seine Brust etwas löste, dieser Reif, der ihm das Atmen schwer machte, und er sah Drengur an. »Ich trage die Schuld an seinem Tod.«

Er wusste nicht genau, mit welcher Reaktion er gerechnet hatte, wusste nicht einmal, warum er Drengur das erzählte, ausgerechnet ihm, der ihn von Anfang an mit Härte behandelt und misstrauisch beäugt hatte. Und doch spürte er nun, da sie einander ansahen, dass es richtig war, mit Drengur zu sprechen. Der Dämon mochte ihn nicht besonders, er setzte kein Vertrauen in ihn, er würde nicht von ihm enttäuscht sein. Und so war er vielleicht der Einzige, mit dem Nando in dieser Situation wirklich reden konnte.

»Du sprichst von Schuld, als würdest du etwas davon verstehen«, erwiderte Drengur und verschränkte die Arme vor der Brust, sodass er für einen Augenblick in derselben Pose dasaß wie Kaya. Entrüstet riss die Dschinniya die Arme hinunter, als sie es bemerkte, und verdrehte die Augen.

Nando umfasste den Griff seiner Schaufel fester. »Ich bin der Sohn des Teufels«, erwiderte er nicht ohne Bitterkeit. »Nur meinetwegen jagen die Engel die Nephilim. Nur meinetwegen ist Silas getötet worden.«

Da lachte Drengur laut auf. »Da meldet sich wohl das Menschenblut, das in deinen Adern fließt, was? Ich kann mir denken, was im Speisesaal passiert ist, und ich sage dir: Du nimmst dich viel zu wichtig. Noemi hat in Trauer und Wut gehandelt, noch dazu trägt sie Dämonenblut in den Adern und ist leicht zu leidenschaftlichem Tun verführbar. Ihre Worte solltest du in diesen Tagen nicht allzu ernst nehmen. Darüber hinaus werden die Nephilim seit Jahrhunderten von den Engeln verfolgt und getötet. Wärest du nicht in dieser Stadt, würdest du kein Teufelsblut in dir tragen, wäre dein Schicksal vielleicht über ein anderes Höllenkind hereingebrochen und mit ihm der Tod vieler Ritter und Novizen, die den Engeln zum Opfer fallen. Du bist nicht das erste Teufelskind, Nando. Das alles wird erst ein Ende haben, wenn Luzifer nicht mehr existiert.«

Nando nickte langsam, doch er sah Drengur nicht an. Vor seinem inneren Auge fiel Silas in den Staub, legte Nandos Hand auf den Knauf seines Schwertes und lächelte ein letztes Mal, ehe er starb. Nando schüttelte den Kopf, um die Bilder aus seinem Kopf zu vertreiben, und setzte sich auf den Boden. Schweigend grub er seine Finger in die trockene Erde, sie fühlte sich warm und staubig an und verströmte einen dunklen, schwermütigen Geruch. Für einen Augenblick schien es ihm, als wäre nicht er es, der diesen Duft empfand, sondern jemand anders, der seinen Körper nutzte, um mit seinen Sinnen wahrnehmen zu können. Doch der Moment währte nur kurz und hinterließ nichts als eine grausame Gewissheit. Silas würde diesen Geruch niemals mehr empfinden können.

»Ich habe versucht, ihn zu retten«, sagte Nando kaum hörbar. »Aber ich konnte es nicht. Ich bin zu spät gekommen.«

Drengur nickte langsam, aber nicht so, als würde er Nando zustimmen, sondern als hätte er dessen Worte vorausgeahnt und sie nun erstmals aus seinem Mund vernommen. »Silas war ein Ritter Bantoryns«, erwiderte er ruhig. »Er hat sein Leben dem Schutz der Nephilim verschrieben, und er hat drei Klassen der Akademie vor dem Tod bewahrt, indem er sich selbst opferte. Du solltest sein Andenken nicht mit Gedanken wie Schuld beschmutzen, sondern es ehren, indem du seiner Tapferkeit und Stärke gedenkst.«

Nando wusste von Antonio, dass auch Drengur so etwas wie ein Ritter gewesen war – früher, noch ehe er nach Bantoryn gekommen war. Er hatte nie erfahren, wo sein Lehrer gedient hatte, doch nun, da er auf diese Weise von Schuld und Mut sprach, konnte Nando das Ehrgefühl erahnen, das er bereits in Silas' Worten gespürt hatte, und er senkte den Blick.

»Ich kann nicht weitermachen wie bisher«, wiederholte er. »Deswegen habe ich den Brief geschrieben.«

Drengur rührte sich nicht. »Du hast Angst«, sagte er und verbarg nicht im Mindesten die Geringschätzung in seiner Stimme.

»Ja«, erwiderte Nando und hob den Blick. Zorn flammte hinter seiner Stirn, er bemühte sich, ihn zurückzuhalten, doch es wollte ihm nicht vollkommen gelingen. »Ich habe Angst davor, mit meiner Ausbildung fortzufahren, und ist das so schwer zu begreifen?« Er hielt kurz inne, und leise, fast flüsternd, setzte er hinzu: »Schon einmal hat ein Teufelssohn die halbe Stadt in Schutt und Asche gelegt, und ich … ich hätte Noemi beinahe umgebracht.«

Drengur nickte langsam. »Ja«, sagte er. »Das hättest du. Du wärest fast seiner Stimme gefolgt, nicht wahr?«

Nando wollte etwas erwidern, aber auf einmal war sein Mund trocken wie die Erde, auf der er saß. Drengur musterte ihn schweigend. Seine Augen waren kalt, beinahe meinte Nando, ihre eisige Glut auf seiner Haut spüren zu können.

»Im Gegensatz zu Antonio habe ich dir von Anfang an misstraut. Ich wusste, dass du schnell lernen und stärker werden musst, um der Kraft gewachsen zu sein, die in dir ruht. Denn Luzifer hat nur dann Macht über dich, wenn du seinen Lockrufen folgst, und du folgst ihnen nur dann, wenn du dich selbst schwach fühlst. Aus diesem Grund war ich hart zu dir: um dich stark zu machen gegen seine Stimme. Nun hast du deine Grenzen kennengelernt im Kampf mit Noemi. Und hinter ihnen, das hast du erfahren, wartet der Teufel auf dich. Seine Stimme flüstert in deinen Gedanken, es fällt dir nicht leicht, ihr zu widerstehen.«

Nando zog die Brauen zusammen. »Ja, aber woher ...«

»Woher ich das weiß?«, fragte Drengur ruhig. »Nun, ich weiß, was es bedeutet, den Teufel in sich zu tragen, und wie mächtig seine Stimme werden kann. Aus diesem Grund misstraue ich dir – wie ich mir misstraue.«

Mit diesen Worten griff er nach der Geige, und obgleich Kaya verächtlich schnaubte, hielt sie ihn nicht davon ab. Schweigend zog sie sich ins Innere des Instruments zurück, während Drengur sich ein wenig vorsetzte und sanft mit dem Bogen über die Saiten strich. Er schloss die Augen, und Nando spürte, wie der betörende, klagende Ton, den Drengur dem Instrument entlockte, auch seine Lider schwer machte. Es war, als erklänge eine Melodie aus lang vergangener Zeit, ein Märchen von trauriger Schönheit, das man nur in der Stille und Dunkelheit der Nacht oder mit geschlossenen Augen auf einem einsamen Platz begreifen konnte. Drengur führte den Bogen mit zärtlicher Geste über die Saiten, er spielte, als hätte er nie ein Schwert in den Händen gehalten, nie jemanden zum Kampf gefordert, verwundet oder getötet. Und doch war Drengur ein Krieger, noch und für immer, er hatte den Tod bedeutet für zahlreiche Wesen und trug noch immer eine Grausamkeit in seinem Blick, die Nando schaudern ließ. Seine Musik war wie ein Tanz der Extreme, immer leidenschaftlicher spielte er auf, und schließlich riss er den Bogen kreischend über die Saiten und brach sein Spiel ab. Er war außer Atem, als er die Geige beiseitelegte.

Vorsichtig steckte Kaya den Kopf aus dem Instrument, die Augen tellergroß und staunend auf Drengur gerichtet, die Haare zerzaust, als hätte man sie im Inneren der Geige hin und her geschüttelt.

»Yrphramar war immer besser als ich«, sagte Drengur leise, und ein Lächeln stahl sich auf seine Lippen, das sein Gesicht ungewohnt weich erschienen ließ. »In ihm lagen Licht und Schatten in ewigem Kampf, doch keine Seite überwog dauerhaft. Bei mir ist dies anders.« Er holte tief Atem. »Mein Name ist Drengur Aphion Herkron, einst Hoher General der Spiegelstadt, Erbe des Schwarzen Feuers und der Glut des Ophaistos, Kind des Pan. Ich bin ein Dämon, Nando, ein Dämon des Neunten Kreises, und ein einstiger Gefährte des Höchsten Höllenfürsten. Ich diente in seiner Ersten Legion und war sein engster Vertrauter, bis …« Er stockte.

Später hätte Nando nicht mehr sagen können, aus welchem Grund er auf einmal atemlos gewesen war, warum er sich aufsetzte und Drengurs Blick suchte, aber er erinnerte sich genau an die Bilder, die nun in den Augen seines Lehrers auftauchten. Zuerst sah er nur die Flammen, doch dann erkannte er Gebäude, die wie Schattenrisse zwischen ihnen auftauchten, er hörte das Schnauben und Wiehern panischer Pferde und roch den Duft von verbrennendem Holz. Dann hörte er die Schreie, es waren menschliche Stimmen, die gleich darauf von einer Reihe starker Magieschübe zerfetzt wurden. Nando nahm den metallischen Geruch von Blut wahr und erkannte schattenhafte Gestalten zwischen Rauch und Feuer, Dämonen, die durch die Luft rasten, fliehende Menschen packten und in die Flammen ihrer brennenden Häuser warfen. Mit lauten Stimmen trieben sie die Kinder der Menschen zusammen, erschlugen jeden, der sie davon abhalten wollte, und umschlossen den Platz mit den Kindern mit einem Bannkreis aus Feuer. Nando konnte keines ihrer Gesichter erkennen, er sah nur die Flammen, die wie Teufelsfratzen aufwallten und unter den grausamen Stimmen der Dämonen die Klauen nach den Kindern ausstreckten. Er hörte die Kinder schreien, vor Schmerz, vor Angst im Angesicht des Todes, der nun nach ihnen griff, und er starrte in die Flammen in Drengurs Augen und fühlte die Schreie dieser Kinder in seinem Inneren widerhallen wie verlorene Hilferufe aus der Finsternis. Da senkte Drengur den Blick, abrupt brachen die Schreie in sich zusammen, doch

Nando schien es, als würden sie dennoch in ihm weiterklingen, als wären sie durch den einen flüchtigen Blick ein Teil von ihm geworden, den er niemals vergessen durfte.

»Auf dem Höhepunkt des Krieges zwischen Dämonen und Engeln wurden die Menschen zwischen den Fronten zerrieben«, sagte Drengur heiser, als wäre er ein sehr alter Mann. Nando betrachtete ihn schweigend, und auf einmal sah er tatsächlich das Alter hinter Drengurs junger Haut, bemerkte die Kälte eines langen Lebens in seinen Augen und meinte, eine tiefe Müdigkeit in jeder seiner Bewegungen zu erkennen wie bei einem König, dessen Finger von Gicht erstarrt waren und das Schwert nicht mehr halten konnten. »Der Fürst gierte danach, endgültig die Macht an sich zu bringen, und er war erfüllt von Zorn und Hass, der sich gegen jene richtete, die er für seinen Sturz verantwortlich machte. Lange schon hatte er hin und wieder Truppen in menschliche Dörfer geschickt, um Einzelne auf seine Seite zu bringen, um sie zu verführen oder zur Abschreckung zu töten. Oft war ich dabei, und wie alle anderen Dämonen tanzte ich mit den Flammen. Ich gab mich allem hin, ich lebte den Rausch, und ich glaubte, frei zu sein – bis zu jener Nacht, die ich dir gerade zeigte. Wir trieben die Kinder zusammen wie Vieh, doch als ich hörte, wie sie bei lebendigem Leib verbrannten, brach etwas in mir auf, das ich mit aller Macht zu überdecken versucht hatte und das mir eines plötzlich klarmachte: Ich bin nicht frei gewesen. Ich war auf der Flucht. Diese Erkenntnis trieb mich über meine Grenzen hinaus, ich stürzte in die Schreie der Kinder und bin sie bis heute nicht losgeworden, nicht nachts, wenn ich schlafe, nicht tagsüber, nicht einmal jetzt, da wir uns unterhalten. Sie sind wie mein Herzschlag geworden, und sie erinnern mich an einen Schwur, den ich in der Morgendämmerung des kommenden Tages auf ihrer Asche leistete: Ich bin ein Dämon, ein Kind der Hölle, ich werde die Finsternis niemals verlassen können. Aber ich werde kein Teil des Verderbens werden, das meinesgleichen unter der Faust des Höllenfürsten über die Welt hereinbrechen lassen will, ich werde keine Unschuld erschlagen, die ich niemals bekommen kann. So kam es, dass ich mich von meinem Fürsten abwandte. Ich war es, der ihn verriet und ihm das Schwert Bhalvris entwendete. Doch eine Abkehr von ihm ist alles andere als leicht. Ich lebte lange auf Wanderschaft, ehe ich mich mit falscher Identität in Or'lok niederließ, der größten freien Dämonenstadt, die es in dieser Welt noch gibt. Doch nicht alle Dämonen, die dort leben, haben den Teufel hinter sich gelassen. Einige sind ihm noch immer treu. Ich lebte in ständiger Furcht, von ihnen entdeckt zu werden. Doch stattdessen fand mich Bhrorok – und er hätte mich für meinen Verrat getötet, wenn Yrphramar mich nicht gerettet hätte. Yrphramar, der Jäger meines Volkes, den auch ich einst fürchtete – er kam mir zu Hilfe. Er schleuderte Bhrorok in die Dämmerung Ambyons, das Reich meines Volkes zwischen Leben und Tod, und brachte mich nach Bantoryn. In Or'lok war ich nicht länger sicher, und so fand ich nach der Heilung meiner schweren Wunden in der Stadt jenseits des Lichts eine Heimat – vielleicht die erste, die ich jemals hatte. Die Verfolgung durch äußere Dämonen war somit beendet, doch … Nicht nur sie haben mir die Abkehr vom Teufel schwer gemacht. Denn jeder Dämon, der einen Pakt mit ihm eingeht, zahlt einen hohen Preis. Ich wurde ein Teil seiner Stärke und er wurde ein Teil von mir. Bis heute vermag er es, mit mir in Kontakt zu treten, und bis heute kämpfe ich jeden Tag gegen seine Stimme. Es fällt mir nicht leicht – es ist ebenso schwer für mich wie das harmonische Spiel auf dieser Geige. Doch die Stimmen der Kinder erinnern mich an meinen Schwur, und sie halten mich aufrecht in der Finsternis.«

Nando nickte nachdenklich. »Du bist der Dämon, der Luzifer verriet«, sagte er leise. »Du bist ein Krieger, ein Dämon des Neunten Kreises, und selbst du hast Probleme damit, dich gegen ihn zu wehren. Ich bin nur ein Nephilim, noch dazu einer aus der Oberwelt, ich …«

»Nein«, erwiderte Drengur, und er tat es mit einer Schärfe, die Nando auf der Stelle innehalten ließ. »Du bist der Teufelssohn.«

Nando lachte bitter. »Es hat schon einmal einen Teufelssohn in dieser Stadt gegeben, einen Nephilim wie mich, der Bantoryn in Schutt und Asche legte und unendliches Leid über die Bewohner brachte.«

Drengur sah ihn an, etwas wie Spott flackerte über sein Gesicht. »Wem willst du etwas über den Teufelssohn erzählen?«, fragte er kalt. »Ich kannte ihn gut. Und ich weiß um die Kämpfe, die er ausfechten musste in dieser Stadt. Manches ist anders, als es auf den ersten Blick scheint, Nando, wenigstens das solltest du inzwischen gelernt haben.«

Nando zog die Brauen zusammen. »Ich weiß, was der Teufelssohn getan hat. Und eines kann ich ganz sicher sagen: Ich würde mir nicht vertrauen! Gerade du solltest ernst nehmen, was ich sage, gerade du, der gesehen hat, was der Teufelssohn getan hat, du, der weiß, wie stark die Stimme Luzifers sein kann!«

»Oh ja, das weiß ich«, erwiderte Drengur ruhig. »Und ich beobachte dich, dessen sei dir gewiss. Aber es wäre schlimm um die Welt der Schatten bestellt, wenn wir für die Vergangenheit verurteilt werden würden – noch dazu für eine, die wir nicht verursacht haben und über die wir viel zu wenig wissen. Darüber hinaus bist du mehr als das Blut in deinen Adern. Du bist immer noch ein Mensch, das solltest du nicht vergessen. Denn das ist es, was dich von ihm unterscheidet – er war niemals ein Mensch.«

»Und was, wenn ich diesem Kampf nicht gewachsen bin?«, fragte Nando kaum hörbar. »Was, wenn ich wieder in eine Situation komme, in der ich an meine Grenzen getrieben werde? Was, wenn der Teufel es dann schafft, mich auf seine Seite zu ziehen?«

Drengur hob leicht die Achseln. »Dann wird er die Macht über dich ergreifen und sich mit deiner Hilfe befreien.«

Nando stieß die Luft aus. »Großartig, das ist mir bewusst. Aber seine Worte sind anders als das, was ich gerade in deinen Augen gesehen habe. Sie sind verführerisch. Ich glaube nicht, dass er mich anlügt, obwohl ich es vielleicht lieber glauben sollte, denn …«

»Nein.« Drengur schüttelte den Kopf. »Luzifer lügt nicht. Er ist ein Verführer, ein Trugbild hinter tausend Masken, aber lügen, nein … das hat er nicht nötig. Ich habe es nur selten erlebt, dass er nicht bekam, was er sich wünschte – sehr selten, um genau zu sein. Jetzt bist du sein Ziel geworden, und er wird alles tun, um dich auf seine Seite zu bringen.« Er betrachtete die Geige, in der Kaya noch immer regungslos zu ihm aufschaute. »Yrphramar war ein kluger Engel, einer von den besten. Nicht umsonst wurde er in all den Jahren zu einem meiner Freunde, und davon habe ich nicht viele. Er hat dir die Geige nicht grundlos überlassen. Hast du dich nie gefragt, warum du so hervorragend auf ihr spielen kannst? Nein, das hat mit Kaya und eurer Freundschaft nichts zu tun. Dieses Instrument ist eine Teufelsgeige. Sie wurde aus dem Holz der Arponen gefertigt, jenen Bäumen, die der

Sage nach am Evron wachsen, dem Fluss, der die Unterwelt durchzieht und das Reich der Engel vom Herrschaftsgebiet der Dämonen trennt. Nur ein Wesen, das Magie in seinen Adern trägt, vermag es, auf ihr zu spielen – doch zur Vollkommenheit bringen es nur wenige: Man nennt sie die Teufelsgeiger, jene Musiker, die der Macht des Instruments gewachsen sind.«

Nando konnte sich einer gewissen Ehrfurcht nicht erwehren, als er den Blick über die Violine schweifen ließ. »Teufelsgeiger«, wiederholte er. »Was bedeutet das?«

»*Es ist, als würde man auf einem Drahtseil stehen*«, erwiderte Drengur, und für einen Moment drang Yrphramars Stimme durch seine Worte, so deutlich und klar, dass Nando überrascht den Kopf hob. Wie oft hatte sein alter Freund dies zu ihm gesagt, wie oft hatte er dabei gelächelt, traurig und glücklich zugleich. Drengur nickte, als hätte er Nandos Gedanken gelesen, und fuhr dann fort: »Yrphramar sagte einmal zu mir: *Ich trage eine große Dunkelheit in mir, die Finsternisse all jener, die ich vernichtete. Ich kämpfe und jage im Dienst der Freiheit – nicht im Dienst der Furcht. Deren Dunkelheit ist nichts als Schuld, ich weigere mich, sie zu tragen.* Und das hat er getan. Dennoch stand er als Dämonenjäger nicht nur auf der Seite des Lichts. Er kannte die Finsternis gut. Wie die Klänge dieses Instruments steht auch ein Teufelsgeiger für immer zwischen Licht und Schatten, ohne dass eine Seite dauerhaft überwiegen würde. Er kennt das Licht ebenso wie die Dunkelheit und er vermag es, beides zu beherrschen, da er beidem gehört. Du bist der Sohn des Teufels, Sohn eines Engels, der vom Himmel fiel, Sohn Luzifers, des Lichtbringers, der nun im tiefsten Schlund der Hölle residiert und das Licht in sich selbst in schwärzeste Finsternis gehüllt hat. Doch vernichten kann er es nicht, ohne sich selbst zu zerstören, ebenso wenig, wie er den Schatten in seinem Inneren zerreißen kann. Er steht dazwischen – genauso wie du.«

Nando betrachtete seine Geige, und auf einmal hörte er die Melodie, die er vor dem Nebel der Ovo gespielt hatte, durch seine Gedanken wehen. »Je stärker ich werde, desto größer wird auch die Gefahr, die von mir ausgeht«, sagte er leise. »Das bin ich doch, nicht wahr? Eine Gefahr.«

Drengur nickte langsam. »Ja, das bist du, wie jedes Wesen, das über große Macht gebietet. Du wirst zeit deines Lebens zwischen Licht und Finsternis stehen. Du wirst zwischen den Welten stehen, immer, und stets Auge in Auge mit der Gefahr, in die Dunkelheit zu stürzen oder vom Licht verzehrt zu werden. Dein Weg wird von Einsamkeit bestimmt sein, der Einsamkeit jener Wesen, die wahrhaft einzigartig sind auf der Welt. Mit dieser Einsamkeit wirst du leben, in ihrer Stille wachsen oder an ihr verzweifeln, aber sie ist ein Teil von dir, von nun an bis zu deinem Tod.«

Nando wandte den Blick, und auch wenn er den Nebel der Ovo nicht sehen konnte, tauchte vor seinem inneren Auge doch die Gestalt Olvryons auf und das Geräusch gefrierender Tränen. Er wusste, dass Drengur recht hatte mit allem, was er sagte, und eine seltsame Ruhe breitete sich über seine Stirn wie ein gebrochener Flügel.

»Ich weiß, wovon ich spreche, Nando. Es gibt nicht viele Dämonen, die in Freiheit leben und sich von ihrem einstigen Herrn losgesagt haben, und noch weniger, die ihm so nah gekommen sind wie ich. Die meisten, die ihm einmal leibhaftig gegenüberstanden, haben seinen Weg niemals mehr verlassen. Er versteht es, seine Jünger an sich zu binden, denn er weiß, wo er sie packen muss. Aus deiner Einsamkeit kannst du große Stärke gewinnen, aber du darfst nicht vergessen, dass auch der Teufel weiß, was Einsamkeit bedeutet – und er weiß, dass er dir im Wesen verwandt ist. Er kennt deine Schwächen, er weiß, wie hilflos und schwach du dich oft fühlst. Und wenn er dir verspricht, dir all das zu nehmen, lügt er nicht, denn das vermag er – doch sein Preis dafür ist hoch. Das darfst du niemals vergessen.« Nando holte Atem, doch noch ehe er etwas sagen konnte, schüttelte Drengur den Kopf. »Du bist ein Seiltänzer zwischen Licht und Schatten. Es ist deine Aufgabe, die Balance zu halten, wie du es im Spiel auf der Geige bereits meisterlich beherrschst – und nicht nur dort. Im Kampf gegen Noemi hast du bewiesen, dass du fähig bist, Luzifer selbst in scheinbar aussichtslosen Situationen zu widerstehen. Du warst stark genug, ihn zurückzuweisen, obgleich er sich dir ganz gewiss als der einzige Ausweg präsentierte, und du wirst auch stark genug sein, deine Einsamkeit zu tragen. Du fürchtest dich zu Recht: Jederzeit kannst du wieder in eine Situation wie diese geraten. Doch mit jeder Entscheidung, die du gegen den Teufel triffst, wirst du stärker werden und seine Macht über dich schwächen. Das ist keine Kleinigkeit, Nando. Du musst den Weg eines Kriegers der Schatten gehen, um siegen zu können. Versagst du, wirst du in die Finsternis stürzen. So einfach ist das.«

Drengur neigte den Kopf, fast wie bei einer Verbeugung. Mühelos riss er den Schutzwall um Nandos Gedanken nieder, doch dieser wehrte sich nicht dagegen. Vor ihm saß ein Geschöpf der Finsternis, das sich für das Licht entschieden hatte und dafür ein Leben in der Dämmerung in Kauf nahm. Nacht für Nacht trat dieser Dämon sich selbst entgegen, Tag für Tag entschied er diesen Kampf für sich und seinen Willen.

Da öffnete sich ein winziger Spalt in der Mauer vor Drengurs Gedanken, und Nando konnte einen Blick hineinwerfen. Niemals, das stand außer Zweifel, hatte der Dämon einem anderen Wesen außer Luzifer, seinem einstigen Herrn, diese Ehre erwiesen. Drengur misstraute Nando, wie er sich selbst misstraute, und doch glaubte er an ihn mit einer Kraft, die Nando den Atem stocken ließ. *Du hast dich dem Fürsten der Hölle widersetzt*, hörte er Drengurs Stimme in seinem Kopf. *Und daher ist eines ohne Zweifel sicher: Du bist stärker, als du denkst. Es wird Zeit, dass du das begreifst.*

Mit diesen Worten errichtete er die Mauer um seine Gedanken neu. Das geschah so schnell, dass Nando zurückgeworfen wurde wie von einem unsichtbaren Schlag getroffen. Atemlos rappelte er sich auf. Althos war von den Platten heruntergesprungen, regungslos saß er da und schaute Nando aus seinen rätselhaften Augen an. Drengur trat auf Nando zu und legte ihm die Hand auf die Schulter. Ein schwaches, kaum merkliches Lächeln trat auf seine Lippen, während er einen Zauber sprach. Dann nickte er, als hätte er soeben ein Versprechen von Nando erhalten, hob die Hand und schnippte mit dem Finger. Gleich darauf ging eine Erschütterung durch den Boden. Ein heftiges Beben riss die Erde auf, die Krusten wurden gesprengt, und als würden titanische Riesen den Platz hin und her schütteln, begradigte sich das Feld. Es dröhnte ohrenbetäubend, wie von Geisterhand erhoben sich die Steinplatten in die Luft. Nando griff nach der Geige, warf sich zu Boden und zog den Kopf ein, um nicht von einem der Steine getroffen zu werden. Um sich herum hörte er donnerndes Ächzen, als die Steine sich in den Boden senkten. Augenblicke später war es still.

Nando kam auf die Beine. Fassungslos ließ er seinen Blick über den gepflasterten Platz gleiten. Sorgfältig reihte sich Stein an Stein, und in der Mitte prangte das rote Mosaik. Es war ein Drache, der den Blick ruhig auf den Betrachter gerichtet hatte, und in seiner linken Klaue hielt er einen zarten, fast zerbrechlichen Gegenstand – es war die Geige Yrphramars.

Ein Lachen kam über Nandos Lippen, zart wie ein Schmetterlingsflügel, und es sprengte den ehernen Reif um seinen Brustkorb, der ihm das Atmen schwer gemacht hatte. Er wandte sich um, doch Drengur war verschwunden.

Ich bin ein Dämon, hörte er die Stimme seines Lehrers in seinem Kopf. *Szenen der Rührung und Sentimentalitäten gehören nicht in mein Metier. Vergiss das nicht.*

Nando kniff die Augen zusammen, er erkannte Drengur mit seinem Panther auf der Gasse hinauf in die oberen Viertel der Stadt – und er konnte hören, dass sein Lehrer lächelte.

27

Zwei Tage nachdem die Schleier von den Sternen aus Feuer und Eis gelöst worden und lautlos auf die Dächer Bantoryns herabgeschwebt waren, kehrte das Leben in die Akademie zurück. Es war ein anderes Leben als zuvor. Nando spürte die Veränderung überall, in den Blicken der Novizen, wenn sie an Silas' Porträt vorübergingen, in dem Raunen, das die Gruppen der Nephilim überflog, wenn von den Rittern Bantoryns gesprochen wurde, oder in dem Wispern, das wie ein lebendiges Wesen durch die Straßen zog, fühlbar und gleichzeitig kaum wahrzunehmen, ein Hauch nur zwischen Ahnen und Hoffen und doch deutlich genug, um den Schauer auf der Haut zu spüren, wenn man für einen Moment innehielt und darauf lauschte. Nando hörte ihn oft, diesen Ton, der ihn an die Stille einsamer Friedhöfe erinnerte, an das atemlose Warten der verlassenen Plätze Roms auf die Rückkehr des Lebens am Morgen und an die reglose, kühle Luft in alten Klöstern und Kathedralen, die von Vergangenem erzählte, ohne auch nur ein Wort dafür zu gebrauchen, und den, der ihren Duft wahrnahm, für immer verzauberte mit dem Geruch uralter Gesteine. Mit der Zeit würde es schwerer werden, diesen Laut zu hören, aber er würde immer da sein, bereit, den Lauschenden an jenen Nephilim zu erinnern, der sein Leben für die Freiheit Bantoryns gegeben hatte.

Doch Nando spürte die Veränderung auch in sich selbst. Seit dem Gespräch mit Drengur trug er eine Klarheit in sich, die er zuvor nicht gekannt hatte, eine Ruhe, die ihm half, die kalten Blicke der anderen Novizen zu ertragen und erhobenen Hauptes an ihnen vorüberzugehen. Silas' Bild stand ihm vor Augen, und er hörte Drengurs Worte in sich widerhallen, wenn er zu zweifeln begann. Er konnte nicht davor fliehen, der zu werden, der er war. *Aber du kannst kämpfen für das, was du sein willst.* Drengur hatte das getan, er hatte sich vom Weg des

Teufels abgewandt. Antonio tat es in jedem Augenblick, in dem er sich gegen sein eigenes Volk stellte und ein Leben in den Schatten einer Existenz im Licht vorzog. Und Silas hatte so gehandelt, indem er für die Kraft eines Gedankens sein Leben gegeben hatte. Nando hatte sich entschieden, diesen Weg ebenfalls zu gehen – den Weg der Entschlossenheit, nicht den Weg der Furcht.

So kam es, dass er am Abend des zweiten Tages nach dem Fall der Schleier mit Antonio und zahlreichen anderen Novizen in die Tunnel unterhalb Bantoryns hinabstieg. Der Engel führte sie hinein in die Gänge der Schatten. Noch immer wurden nur mitunter einige wenige Engel in den Brak' Az'ghur gesichtet, und so hatte Antonio zugestimmt, dass jene Novizen, die in naher Zukunft die nächste Stufe ihrer Ausbildung erreichen wollten, sich den Nektar der Purpurblüte besorgen durften, den sie zur Bewältigung der letzten Trainingseinheit vor ihrer Prüfung brauchten.

Nando trug eine noch nicht entflammte Fackel in der Hand und ging schweigend am Rand der Gruppe durch die Dunkelheit. Noch immer wusste keiner der Novizen, welche Aufgaben sie während der Prüfung erfüllen, welche Gefahren sie bestehen mussten, doch Antonio hatte ihr Ziel für diese letzte Einheit klar benannt: Sie sollten das Garn der Schatten stehlen, das sich in den Sümpfen der Schatten befand – jenem Bereich der Brak' Az'ghur, der in etlichen Gängen vom Schwarzen Fluss abzweigte und dessen Finsternis kein Nephilimauge durchdringen konnte. Nando dachte an all die Bilder, die er von dem sagenhaften Schrecken gesehen hatte, der in diesen Gängen leben sollte, schattenhafte Zeichnungen mit gewaltigen Zähnen und wahnsinnigen Augen, deren Blick sich durch das Papier zu brennen schien, jedes Mal, wenn er sie betrachtete, und von den Klauen, aus denen Pfeile schossen, kaum sichtbar und dünn wie Nadeln, aber innerhalb von wenigen Wimpernschlägen tödlich. Brachte man Licht in die Sümpfe der Schatten, war man des Todes, so viel war sicher. Heimlich musste man sich hineinschleichen, lautlos durch die Dunkelheit gleiten – und sehen können in der Finsternis. Nur ein Mittel verhalf zur Sicht durch die Nacht jenes Ungeheuers, in dessen Reich sie eindringen mussten: der Nektar der Purpurblüte, die nur in wenigen Bereichen der Unterwelt wuchs und die sie nun auszogen zu finden.

Sämtliche Novizen folgten Antonio schweigend. Auch Noemi war unter ihnen, doch Nando vermied es, sie anzusehen, und auch sie schien nicht sonderlich erpicht darauf zu sein, in seine Nähe zu kommen. Mitunter sah er ihren dunklen Haarschopf weit vorn unter den anderen Nephilim aufflammen, und jedes Mal stand wieder ihr zornverzerrtes Gesicht vor seinen Augen, er hörte die Stimme des Teufels wie von ferne und wandte sich ab wie nach einem Schlag.

Er holte tief Atem. Gern hätte er Kaya mitgenommen, aber die Ernte der Purpurblüte war ein Ritus, zu dem ausschließlich Nephilim zugelassen waren, denen eine Prüfung bevorstand. Seit dem Anbeginn der Stadt hatten unzählige Novizen sich auf diesen Weg gemacht, waren in sich gegangen, hatten sich geprüft, um dann mit gefestigtem Entschluss den Nektar der Purpurblüte in einem bronzenen Behälter zu fangen. Nando dachte daran, dass auch Silas diesen Weg gegangen war, und mit diesem Gedanken nahm er die erhabene, feierliche Stimmung wahr, die ihn in den dunklen Tunneln umfloss.

Immer wieder blieb Antonio vor schmalen Türen stehen und schickte einige Nephilim wortlos hindurch. Er mischte die Klassenstufen, bis am Ende neben Nando nur noch vier Novizen übrig waren: Riccardo, Ilja, Noemi und Paolo. Nando seufzte leise, als er den verkniffenen Gesichtsausdruck Paolos bemerkte. Er konnte sich selbst auch Angenehmeres vorstellen, als in der jetzigen Situation ausgerechnet in dieser Konstellation auf Blütensuche zu gehen. Antonio öffnete eine Tür, und die anderen eilten hindurch. Noemis Haar streifte im Vorübergehen seinen Arm, wie ein kühler Hauch zog ein Frösteln über seine Haut. Für einen Moment war er versucht aufzusehen, um zu erfahren, wie sie ihn ansah, doch dann heftete er seinen Blick auf den Boden. Er hatte sie häufig gesehen in den vergangenen Nächten, da der Wind kalt und unbarmherzig durch die Stadt gefegt war. Sie hatte auf den Dächern und besonders auf der Schwarzen Brücke gestanden und zum Fluss hinabgeschaut, und er erinnerte sich daran, wie reglos sie dagestanden hatte, beide Hände auf das Geländer gelegt, das Haar als dunkles Tuch um sich wehend. Über diese Brücke war sie mit Silas gegangen, und nicht nur einmal glaubte Nando, ein Zittern über ihren Körper laufen zu sehen, während sie in der Dunkelheit stand. Er ahnte, wie sie ihn anschaute, er kannte ihren Zorn, und er musste nicht in einem ehrwürdigen Moment wie diesem an die Geschehnisse im Speisesaal erinnert werden.

Er warf Antonio einen Blick zu. Ein kaum merkliches Lächeln flammte in dessen Augen auf, doch Nando sah es nur, weil er inzwischen Übung darin hatte, die Mimik seines Mentors zu lesen. Für jeden anderen musste das Gesicht des Engels erscheinen wie ein Antlitz aus Glas und Stein. Nando neigte leicht den Kopf. Dann trat er durch die Tür.

Kaum hatte er den Tunnel verlassen, schlug die Tür hinter ihm ins Schloss, und eisiger Wind fuhr ihm ins Gesicht. Die gerade noch feierliche Stimmung war wie weggewischt, und stattdessen senkte sich Unruhe auf seine Schultern, eine atemlose Anspannung, die ihn die Hand um den Knauf seines Schwertes legen ließ. Die anderen standen einige Schritt weit entfernt in einer kleinen Höhle, aus der verschiedene Korridore hinausführten. Nando vermutete, dass sie ihn am liebsten stehen gelassen hätten, aber sie hatten Anweisung, nur gemeinsam nach den Blüten zu suchen und erst in den Tunnel zurückzukehren, wenn sie alle eine solche gefunden hatten. Schweigend trat er zu ihnen und entzündete seine Fackel. Noemi hielt sich ein wenig abseits. Flüchtig schaute Nando sie an, ihr Gesicht war noch schmaler und bleicher geworden, und ihr Blick hing an einem Punkt in der Dunkelheit, als würde sie niemanden um sich herum wahrnehmen.

»Also«, sagte Ilja, deren Miene ein kühler Schatten überzog, sobald sie in Nandos Richtung schaute. »Wo wollen wir suchen? Ein paar Gänge weiter gibt es eine schmale Kluft, auf deren Grund die Purpurblüten wachsen, wir könnten …«

Paolo riss die Augen auf. »Eine Kluft?«, fragte er, und Nando konnte die Angst in seiner Stimme hören. Er wusste, dass Paolo sich vor Dunkelheit und engen Räumen fürchtete und nie im Leben freiwillig an einem Seil bis hinab auf den Boden des Abgrunds geklettert wäre. Er irrte sich nicht. »Das ist keine gute Idee. Wer kann schon wissen, was in so einer Kluft alles lauert?«

Nando verzog das Gesicht zu einer Grimasse. »Paolo hat recht«, sagte er zu der Decke über sich. »Sicher gibt es dort unten Ungeheuer, die mit Vorliebe Nephilim mit Klaustrophobie und Angstschweiß auf der Stirn fressen, die es wagen, sich dort hinabzulassen.«

Ilja entfuhr ein Lachen, und obwohl Paolo ihr einen wütenden Blick zuwarf, behielt sie ein Grinsen auf den Lippen.

»Die Kluft ist zwar ein Stück weit von hier entfernt«, stellte Riccardo fest und schaute den Korridor hinab, in den Ilja gewiesen hatte. »Aber ich kenne sie, besonders tief ist sie nicht, und der Weg dorthin ist zwar uneben und sehr finster, aber geradlinig, so dass man sich nicht verlaufen kann. Ich schlage vor …«

»Und was ist mit der Varja-Siedlung?« Paolo fragte das so aufgeregt, dass alle ihn erstaunt ansahen, und räusperte sich schnell. »Nun, soweit ich weiß, ist sie nur zwei Tunnel von hier entfernt, dann geht es durch eine Höhle, und …«

»Meine Ahnen haben dort gelebt«, sagte Noemi leise. »Doch die Sklaven des Lichts haben sie vernichtet. Immer schon haben sie sich vor jedem Dazwischen gefürchtet.«

»Ja, ja«, sagte Paolo eilig. »Also, warum gehen wir nicht dorthin?«

Noemi warf ihm einen Blick zu. »Wenn es dich nicht stört, dass das Gerücht umgeht, dass es dort spukt, seit die Siedlung zerstört wurde …«

Paolo hob die Brauen und hatte schon den Mund geöffnet, als Riccardo zustimmend nickte. »Keiner von uns fürchtet sich vor Geistern«, stellte er fest. Er schaute zu Nando herüber, als würde ihm gerade bewusst werden, dass er ihn nicht ausgeschlossen hatte, dann zuckte er mit den Achseln. »Wenn dies der kürzeste Weg ist, sollten wir ihn gehen.«

Auch Ilja war einverstanden, und nachdem Paolo offensichtlich beschlossen hatte, seine Furcht vor Geistern für sich zu behalten, machten sie sich auf den Weg. Riccardo ging voraus, dicht gefolgt von Paolo, der ihm beinahe in die Hacken trat, so eifrig war er bemüht, nicht allein in den Schatten zu sein, und Ilja, die sich immer wieder zu Noemi umwandte. Nando bildete das Schlusslicht. Er vermied es, auf Noemis Haar zu achten, das ihr geistergleich hinterherglitt, beobachtete das Licht der Fackeln, das sich gespenstisch gegen die Wände warf, und lauschte auf die angespannte Stille inmitten des Gesteins. Die Tunnel, durch die sie gingen, waren schmal und teilweise von Spinnweben überzogen, ein Umstand, der in den Tiefen, in denen sie sich befanden, merkwürdig anmutete. Nando hatte wenig Insekten gesehen, seit er in der Unterwelt lebte, und als er das Feuer seiner Fackel näher an die

Netze hielt, kam es ihm fast so vor, als betrachtete er die Kunstwerke einer anderen Welt. Und doch verharrte die Anspannung auf seinen Schultern. Sie befanden sich nicht länger im Schutz Bantoryns. In den Gängen der Schatten gab es einige Wesen, die mit Vorliebe Jagd auf Nephilim machten – und Engel waren nur eine Sorte davon.

Nach kurzer Zeit gelangten sie in eine Höhle, und dort nahm Nando zum ersten Mal den würzigen Duft von Kräutern und Rauch wahr, der ihn an trockenen Waldboden und Lagerfeuer denken ließ. Eine Kolonie von Fledermäusen bevölkerte die Decke, Nando hörte sie miteinander kommunizieren. Vereinzelt flogen sie mit zackigen Bewegungen durch die Luft, und ihre ledrigen Flügel verursachten ein flatterndes Geräusch, das tausendfach gebrochen von den Wänden widerhallte. Ein Lächeln stahl sich auf Nandos Lippen, als sie die Höhle durchschritten, und er gab sich der Illusion hin, dass er in Wahrheit nicht im Inneren der Erde war, sondern einen Wald durchwanderte, in dem die Tiere der Nacht gerade erwacht waren und ihn mit heiserem Ruf willkommen hießen.

Sie folgten Noemi, die nun voranging, durch den einzigen Tunnel, der abgesehen von ihrem Hinweg aus der Höhle hinausführte. Die Decke hing ein wenig zu tief, Nando musste sich ducken, während er den anderen folgte, und nahm verstärkt den Duft des Waldes wahr. Noemi brannte mit ihrer Fackel ein großes Spinnennetz nieder, das zischend in Flammen aufging, und trat mit den anderen aus dem Tunnel. Sie befanden sich am Grund einer Höhle, und vor ihnen lag die Varja-Siedlung.

Zu beiden Seiten der breiten, mit Katzenkopfpflaster bedeckten Straße waren Wohnungen in die Wände geschlagen worden. Unweigerlich musste Nando an die Höhlensiedlungen Sassi di Matera denken, die an den steilen Felshängen des zerklüfteten Flusstales der Stadt Matera lagen und die Carlo Levi einst mit der trichterförmigen Hölle Dantes verglichen hatte. Nando hatte die Sassi einmal mit der Schule besucht und war fasziniert durch die Höhlenwohnungen gestreift. In der Varja-Siedlung vermittelte die breite Straße, über die ein herrenloser Wind Ascheflocken trieb, den Eindruck einer verlassenen Westernstadt, und überall wuchsen fluoreszierende Pflanzen, die – von Glühwürmchen umschwirrt – alles in bläuliches Licht hüllten. Vereinzelt lagen Vorbauten mit Dächern aus Holz oder dünnen Ziegeln vor den eigentlichen Wohnungen im Fels. Jede Behausung verfügte über Fenster aus Glas, die mitunter ein wenig schief im Stein der Höhle saßen, und gemauerte Schornsteine ragten aus den mit Moos und Flechten überwucherten Vorbauten. Es war ein Ort der Verwunschenheit, ohne jede Frage, und doch spürte Nando, kaum dass er einen Schritt auf der Straße getan hatte, einen Schatten, der sich über sie legte, einen kühlen Hauch, der ihm über die Wangen strich und keinen Zweifel daran ließ, dass ihre Ankunft bemerkt worden war. Er warf Riccardo einen Blick zu, dessen angespannte Haltung verriet, dass auch er die Veränderung in der Luft bemerkt hatte, und auch Ilja und Paolo hatten die Hände auf ihre Waffen gelegt und schauten sich wachsam um. Nur Noemi ging ruhig und gelassen die Straße hinab, beide Handflächen nach vorn gedreht, als würde sie die Energien ihrer Umgebung erspüren wollen.

»Die Varja waren nicht nur mächtige Hexen und Heiler«, sagte sie leise. »Sie haben auch Beschwörungen durchgeführt, wenn es nötig war, sie konnten starke Zauber wirken …« Sie hielt inne, doch Nando konnte sich auch so denken, was sie sagen wollte: Manchmal waren die Objekte dieser Rituale nicht wieder verschwunden.

Er umfasste den Knauf seines Schwertes so fest, dass er seinen Pulsschlag in den Fingern fühlte, und bewegte seine metallene Hand. Etwas zog sich über den Dächern der Vorbauten zusammen. Es war, als würde unsichtbarer Dunst aus den Ritzen und Nischen der Felswände dringen und sich hinter den Besuchern dieser vergessenen Siedlung zu giftigen Wolken türmen. Nando bemühte sich, ruhig zu atmen, doch immer wieder fuhr ihm ein plötzlicher Windstoß in den Nacken, etwas griff nach seinem Haar, und in der Ferne meinte er, ein Lachen zu hören, heiser und krächzend wie der Schrei einer uralten Krähe. Er wandte den Blick zu den Wohnungen und sah vereinzelt ein Flackern hinter den Scheiben, als würden sich die Farben von Nordlichtern darin brechen. Und dann hörte er ein Scharren, laut und deutlich und direkt hinter ihnen.

Sie blieben stehen wie erstarrt, doch noch ehe einer von ihnen auch nur den Blick gewandt hatte, sagte Noemi: »Dreht euch nicht um!«

Mit ihrer Stiefelspitze holte sie ein wenig Erde zwischen den Steinen hervor, zog das Knie an den Körper und ergriff die Erde mit der Hand, ohne sich zu bücken. Lautlos führte sie die Faust zum Mund und flüsterte einen Zauber. Dann fuhr sie mit fließender Bewegung herum und warf die Erde vor sich.

Nando riss erstaunt die Augen auf. Dort, wo gerade noch nichts als die verlassene Straße gewesen war, prasselte die Erde nun gegen eine bisher unsichtbare Gestalt und blieb an ihr haften. Der Körper einer kleinen Frau zeichnete sich ab, in feinen Rinnsalen fiel die Erde an ihrem Gewand hinunter und malte dessen Falten nach. Sie hatte ein rundes, freundliches Gesicht, ihre Haare fielen weit auf ihren Rücken hinab, und Nando meinte, ihr Lachen zu hören, rau und sanft.

Noemi neigte demütig den Kopf und flüsterte dunkle, verschlungene Worte in der Alten Dämonensprache

Fleisch von meinem Fleisch. Blut von meinem Blut.

Erstaunt hob Nando die Brauen, als er begriff, dass sie einer Ahnin Noemis gegenüberstanden. Die Fremde streckte die mit hauchdünnen Erdpartikeln bedeckte Hand aus und fuhr Noemi durchs Haar wie ein Windhauch. Sie lächelte ein wenig, als Noemi ihren Blick erwiderte, neigte ebenfalls den Kopf und schritt an ihnen vorüber. Nando meinte, das metallene Klingeln ihrer Glöckchenbänder zu hören, als sie sich abwartend zu ihnen umdrehte.

Paolo schluckte hörbar. »Sie ist ein Geist«, sagte er und wischte sich über die Stirn.

Noemi drängte die Verzauberung, die ihre Züge gerade noch ganz weich gemacht hatte, zurück und bedachte ihn mit einem abfälligen Blick. »Viele Varja haben ihrer Seele mit mächtigen Zaubern schon zu Lebzeiten diesen Ort eingebrannt«, sagte sie und folgte ihrer Ahnin, die ihren Weg umgehend fortsetzte. Nando und die anderen beeilten sich, ihr nachzugehen.

»Nach ihrem Tod konnten sie so hierher zurückkehren«, fuhr Noemi fort. »Sie sind noch immer ein Teil dieser Siedlung, in die sie einst gehörten und aus der die Engel sie vertrieben. Sie sind Geister, nicht mehr, aber sie sind frei.«

Vor einer Wohnung mit kleinem Vorgarten blieb ihre Ahnin stehen, wandte sich noch einmal zu der Gruppe um, hob zum Abschied die Hand und löste sich auf. Die Erde fiel zu Boden.

»Hier hat sie gewohnt«, sagte Noemi und ließ den Blick wie über ein geliebtes Wesen schweifen, das sie lange nicht gesehen und sehr vermisst hatte.

Ein niedriger Zaun trennte den Garten von der Straße, während sich ein Steinwall wie der Arm eines Gebirgsriesen um einen kleinen, vorgelagerten Schuppen schlang, und zwischen diesem Gebäude und dem Garten führte ein schmaler Weg zur Eingangstür der Wohnung. Neben dem Weg, umrahmt von schwarzen und weißen Steinen, sprudelte eine heiße Quelle, und sie wurde umringt von Blumen mit schwarzen Stängeln und langen, tropfenförmigen Blütenblättern in einer durchdringenden Farbe.

»Purpurblüten!«, rief Paolo. Eilig schob er das Gatter auf und stürzte zu der Quelle. Die anderen folgten ihm und zogen die silbernen Messer, die sie allein zu diesem Zweck bekommen hatten. Nur Noemi würdigte die Blüten keines Blickes. Schweigend trat sie auf das Haus zu, öffnete die Tür und verschwand darin.

»Verdammt!« Paolo fuhr zusammen und stieß wütend die Luft aus. Er hielt sich die Hand, eine Brandblase zierte seinen Daumen, von der feiner grauer Rauch aufstieg.

Riccardo bedachte ihn mit einem abschätzigen Blick. »Das Mark der Purpurblüten ist glühend heiß«, stellte er fest, als hätte Paolo das nicht gerade selbst festgestellt. »Es braucht seine Zeit, um abzukühlen. Bis dahin sollten wir vorsichtig damit sein.«

Paolo zog die Brauen zusammen, der Zorn färbte seine Wangen rot, doch er erwiderte nichts. Wütend schnitt er mehrere Blüten ab und warf sie in seinen Behälter, ehe er sich um seine verletzte Hand kümmerte.

Nando berührte vorsichtig eine der Blüten mit seinem Messer und lauschte auf den Klang, der den Stängel der Blume hinaufeilte und sich in ihrer Blüte zu einem hellen Säuseln entfachte. Ein Riss ging durch eines der Blütenblätter, goldenes Mark quoll daraus hervor wie Blut aus einer Wunde. Schnell fing Nando die Tropfen mit seinem Behälter auf, ehe sich der Riss wieder schloss. Er lächelte, als der säuselnde Ton noch einmal anschwoll und schließlich erstarb. Dann verschloss er den Behälter und hängte ihn wieder an seinen Gürtel. Während Riccardo und Ilja noch dabei waren, auf ihre Art an das Mark der Blüten zu gelangen, fiel Nandos Blick auf die halb geöffnete Tür der Höhlenwohnung. Schnell wiederholte er das Ritual mit einer anderen Blüte, fing die Tropfen in einem transparenten Zauber auf, der wenige Fingerbreit über seiner Hand stehen blieb, und trat auf die Tür zu. Rechts und links des Weges waren massive Holzbohlen auf Steinvorsprüngen angebracht worden, sodass sie Bänken ähnelten. Ein winziges Fenster neben der Tür bestand aus Holz und Glas und war von innen mit farbigen Vorhängen versehen. Vorsichtig schob Nando die Tür ein Stück weiter auf, das Knistern von Spinnenweben durchzog die Stille, als er eintrat. Er befand sich in einer Wohnstube mit Küchennische. Der Herd bestand aus Ziegelsteinen und ähnelte einer Garküche aus lang vergangenen Zeiten. Mehrere dicke Äste waren darauf gestellt worden. Sie reichten bis zur Decke, und an den gekürzten Zweigen hingen Becher, Tassen und kleine Töpfe. Die Raumhöhe betrug gut zwei Meter. Nando bemerkte den Staub auf der Arbeitsfläche des kleinen Holztisches und die getrockneten Kräuter, die noch immer über dem Herd in der Ecke hingen. Eine weitere Tür führte aus dem Zimmer, sie stand halb offen, und Nando sah ein schmales Bett und einen Kamin in dem Raum, der offensichtlich als Schlafkammer genutzt worden war. Und davor, direkt neben der Küche auf einem kleinen Schemel, saß Noemi und schaute hinaus in den Garten.

»Früher soll es hier Kobolde gegeben haben«, sagte sie, ohne Nando anzusehen. »Kannst du dir das vorstellen? Selbst in der Schattenwelt sind sie selten geworden, mir sind sogar schon Nephilim begegnet, die ihre Existenz bezweifeln.«

Nando erschien es unwirklich, Noemi zu ihm sprechen zu hören, ohne Zorn und mit dieser Leere in der Stimme, während tiefer Schmerz in ihren Augen stand. Es war fast, als wäre er in einen Traum geraten, ohne es zu merken, doch er schob diesen Gedanken beiseite, lehnte sich seitlich gegen einen Balken, an dem allerlei Töpfe und Pfannen hingen, und nickte. »Manchmal ist es leichter zu zweifeln, als einer Ahnung zu vertrauen, die man nicht mit Händen greifen kann. Die Menschen der Oberwelt gehen schon seit sehr langer Zeit diesen Weg. Ich habe das lange nicht gewusst. Ich habe ja selbst nichts von der Schattenwelt und ihren Bewohnern geahnt, und jetzt …«

Noemi wandte sich ihm zu, prüfend ließ sie ihren Blick über sein Gesicht gleiten. »Jetzt denkst du, dass du zu ihr gehörst?«

Ihre Stimme hatte tonlos geklungen, und doch wusste Nando plötzlich, dass ihre Ahnin die Zukunft voraussagen konnte, damals, als ihre Stimme noch diese Räume durchdrungen hatte wie helles Licht. Er zuckte die Achseln, doch Noemi schien gar keine Antwort zu erwarten.

»Dieser Ort ist etwas Besonderes«, sagte sie und strich über die steinerne Wand. »Die Varja entsprangen dem Volk der Ra'fhi, Dämonen, deren Ursprung niemand mehr kennt, so alt waren sie. Dies hier war ihre letzte Siedlung. Die Ra'fhi lebten im Einklang mit der Welt, ähnlich den indigenen Völkern der Menschen. Meine Mutter hat viel von ihnen gesprochen, sie spürten die Ströme der Zeit, hat sie immer gesagt. Und wenn die Cor Wanoy, die uralten Engel aus den Annalen der Ersten Zeit, der Atem der Welt sind, so waren die Ra'fhi das Blut in ihren Venen. Doch sie wurden vernichtet, sie alle.«

Ein Windhauch strich in plötzlicher Kälte über Nandos Wangen, Noemis Haar wehte in seinem Zug. »Was ist mit ihnen passiert?«, fragte er leise, doch Noemi hob so abrupt den Kopf, dass er zusammenfuhr. Sie schob den Stuhl zurück und trat auf ihn zu. Das blaue Licht der fluoreszierenden Pflanzen tanzte auf ihren pechschwarzen Haaren, und ihre Finger waren warm, als sie den Zauber von seiner Hand nahm und das Mark der Purpurblüte in ihrem Behälter verstaute. Sie fing seinen Blick, er spiegelte sich in der Finsternis ihrer Augen und kam sich auf einmal vor wie ein Kind, das nichts verstand.

»Die Engel fanden diese Siedlung«, flüsterte sie. »Es geschah mitten in den Teufelskriegen, damals, als es nur Schwarz oder Weiß gab, und sie töteten sie alle.«

Für einen Moment flammte der Zorn in Noemis Augen auf, jener Hass, der ihr Gesicht stets in eine Maske der Kälte verwandelte, doch gleich darauf kehrte der Schmerz in ihren Blick zurück. »In diesem Volk liegen meine Wurzeln. Ich habe nie viel darauf gegeben, aber in letzter Zeit meine ich manchmal, die Stimmen meiner Ahnen im Nebel der Ovo zu hören. Ich fühle die Klänge ihrer Lieder und den Wind der Welt in meinen Haaren. Die Ra'fhi wurden vernichtet, aber sie waren frei. Mein Vater sagte immer, dass sie das Herz der Welt in sich getragen haben. Und es gab eine Zeit, da es keine Kriege gab, keinen Zorn und keine Furcht. Mein Vater hat mir oft von dieser Zeit erzählt, obgleich er sie selbst niemals kennenlernte. Es muss schön gewesen sein, damals gelebt zu haben – meinst du das nicht auch?«

Nando nickte kaum merklich. »Vielleicht kann es wieder so werden. Eines Tages.«

Sie sah ihn an, forschend und mit einer angedeuteten Falte zwischen den Brauen, doch gerade als sie den Mund öffnete, um etwas zu erwidern, stob ein heftiger Windstoß durch die Tür auf Noemi zu und ließ sie kreidebleich werden.

Eilig lief sie aus dem Haus, Nando folgte ihr auf die Straße. Die anderen hockten noch immer bei der Quelle, doch Nando sah deutlich die Umrisse von Noemis Ahnin, die nun langsam verschwanden. Er folgte dem Fingerzeig der Geisterfrau und erkannte am Ende der Straße ein leichtes Flackern in der Luft. Er zog die Brauen zusammen, langsam trat er an Noemi vorbei, die wie angewurzelt stehen geblieben war, und glaubte im ersten Moment, einem weiteren Geist gegenüberzustehen. Er wollte gerade Erde vom Boden aufheben und sein Gegenüber in eine Gestalt zwingen, als sich die Luft am Ende der Straße veränderte. Es war, als würde Wasser über einen Schemen fließen, als würde sich die Gestalt aus der Luft selbst ins Sichtbare schieben. Es war eine Hyäne, so viel konnte Nando erkennen, und die flirrende Luft verwandelte sich um sie herum in borstiges schwarzes Fell. Schaudernd stellte er fest, dass die Augen der Hyäne mit groben Stichen zugenäht worden waren, und doch stierte die Kreatur zu ihnen herüber, den Kopf tief geneigt, und sog witternd die Luft ein. Er spürte den Atemzug der Hyäne auf seiner Haut, als stünde er direkt vor ihr, und in diesem Augenblick wusste er, dass dieses Tier die anderen Nephilim nur halbherzig bemerkte. Es konzentrierte sich auf Nando, jeder Atemzug trug ihm dessen Geruch zu. Nando wich zurück, es schien ihm, als saugte die Hyäne ihm das Leben aus den Gliedern, doch da riss das Tier den Kopf zurück und heulte. Der Klang zerriss die Stille über der Siedlung der Varja, die glimmenden Pflanzen verloren ihr Licht, und Gesteinsbrocken fielen von der Decke. Nando presste sich die Hände gegen die Ohren, noch niemals zuvor hatte er einen solchen Ton gehört. Es schien ihm, als würde er ihm das Innere aus dem Leib reißen.

Da glitt ein Schatten an ihm vorüber. Es war Noemi, die mit gezücktem Messer auf die Hyäne zusprang. Geschickt wich sie den fallenden Steinen aus, riss die Faust empor und ließ sie mit einem Schrei auf das Tier niederrasen. Grünes Blut schoss diesem aus der Flanke, als es im letzten Moment zurücksprang, und es traf Noemi an der Schulter. Sie schrie auf, zischend grub sich das Blut in ihr Fleisch, doch sie umfasste ihr Messer und warf es der Kreatur nach, die eilig davonlief. Knirschend schob sich die Waffe zwischen die Schulterblätter der Hyäne, und als sie jaulend zusammenbrach, klang mehrstimmiges Heulen aus der Ferne herüber.

»Was zum Henker …«, begann Riccardo, doch schon drang ein lautes Dröhnen durch die Siedlung – der Klang eines Engelshorns.

Nando wich das Blut aus dem Kopf, und er sah seine Empfindung gespiegelt in den Gesichtern der anderen.

»Er hat sie zu uns geführt!«, kreischte Paolo, der sich als Erster wieder fing, und stach mit dem Finger in Nandos Richtung. »Diese Hyäne war ein Blutjäger, ihr kennt die Geschichten, sie sind Sklaven der Engel und finden alles und jeden, wenn sie nur seinen Duft kennen! Seinetwegen werden wir alle sterben, wir …«

Riccardos Schlag vor die Brust kam so unerwartet, dass Paolo rückwärts taumelte und ihm jedes Wort in der Kehle stecken blieb.

»Ins Haus, sofort!«, zischte Noemi. Während zwei Hörner der Engel dem ersten Ruf Antwort gaben, eilten sie in die Wohnung und schlugen die Tür zu.

Instinktiv liefen sie bis zur hintersten Ecke, aber es gab keinen Fluchtweg, und die Klänge der Engelshörner wurden rasch lauter. Nando war mit rasendem Herzen in der Mitte des Raumes stehen geblieben. Die Engel. Sie kamen.

»Wir müssen hier weg!«, rief Ilja mit zitternder Stimme und sah Riccardo an, als würde sie durch ihren flehenden Blick eine Lösung aus ihm herauspressen können. »Sie werden uns fangen, sie werden uns foltern, um herauszufinden, wo Bantoryn liegt, und dann werden sie uns töten!«

Noemi presste eine Hand auf die Verletzung an ihrer Schulter und wirkte einen Heilungszauber.

»Noch sind sie nicht da. Wir …«, begann sie, doch Paolo ließ sie nicht aussprechen.

»Aber Ilja hat recht«, zischte er und stierte Nando an. »Liefern wir den da aus, werfen wir ihn auf die Straße! Er ist es doch, den sie wollen! Sie werden schon wieder gehen, wenn sie ihn haben, und dann können wir fliehen!«

Die anderen standen da wie erstarrt, doch Noemi beachtete ihn nicht. Rasch eilte sie zur Küche und begann, die Steine unterhalb des Herdes abzuklopfen. Ihre dumpfen Schläge drangen wie von ferne an Nandos Ohr, er spürte die Blicke der anderen auf seiner Haut, als würden sie mit Lanzen nach ihm stechen.

»Er wird schreien«, fuhr Paolo fort. »Betäuben wir ihn, dann kann er ihnen nicht verraten, wo wir sind. Werfen wir ihn hinaus, bevor sie ...«

»Hört zu!«

Noemi hatte nicht laut gesprochen, doch ihre Stimme war wie ein Peitschenhieb über Paolos Wange gezischt und ließ ihn zurückfahren. Eilig begann sie, die Ziegelsteine unter dem Herd beiseitezuräumen. »Die Varja wurden über lange Zeit von den Engeln verfolgt«, sagte sie, ohne die Gruppe aus den Augen zu lassen. »Häufig wurde die Siedlung geplündert und ausgebrannt mit dem Ziel, die Varja zu vertreiben. Deshalb gibt es eine Menge Geheimwege, die aus der Stadt hinausführen und die einzelnen Gebäude miteinander verbinden. Niemand kennt sie, denn die Varja hüten die Geheimnisse, die sie selbst erschaffen haben. Aber ich trage ihr Blut in mir – ihre Pfade werden zu mir sprechen.«

Riccardo nickte entschlossen. »Ich werde die Steine mit einem Zauber belegen, damit sie sich wieder schließen, sobald wir fort sind. Die Engel werden uns so nicht mehr finden. Unter diesen Steinen liegt unsere Rettung! Lasst sie uns fortschaffen! So können wir fliehen!«

Ohne zu zögern, begannen sie, die Steine beiseitezuräumen. Tatsächlich lag darunter ein schmaler Schacht, an dessen Wand eine metallene Treppe abwärts führte.

»Die Hyäne war nicht allein«, sagte Paolo, der auf Nando zutrat und ihn aus zusammengekniffenen Augen anstarrte. »Solange wir den da dabeihaben, werden die anderen Blutjäger uns auf die Spur kommen. Er ist es, den sie wollen, bald werden sie kommen, wir ...«

Da zerriss das Rauschen von Schwingen die Luft. Es war weit entfernt, kaum mehr als ein Flüstern noch, aber doch deutlich genug, um alle im Raum innehalten zu lassen. Nando erwiderte Paolos Blick, er sah die Furcht in dessen Augen und spürte nichts mehr als Verachtung.

»Nein«, erwiderte er leise, aber so scharf, dass Paolo nichts entgegnete. Es war, als hätte Nando ihm mit diesem einen Wort die Kehle zugedrückt. »Sie sind schon da.«

Er schaute zu Riccardo hinüber, der sichtlich bemüht war, die Steine so schnell wie möglich fortzuschaffen. Ilja war außer sich vor Angst, und Noemi schaute ihn aus pechschwarzen Augen an.

»Ich lasse niemanden zurück«, sagte sie kaum hörbar.

Nando lächelte ein wenig. »Ich bin der Teufelssohn«, erwiderte er, wohl wissend, dass dies zweierlei bedeuten konnte: Zum einen, dass er es nicht wert war, gerettet zu werden – zum anderen, dass er stark genug sein konnte, um den Engeln entgegenzutreten. Noemi nickte langsam, als würde sie seine Gedanken lesen, doch es gelang ihm nicht zu erahnen, welche Position die ihre war.

»Der Kamin im Schlafzimmer führt in die Wohnung auf der anderen Straßenseite«, raunte sie. »Aber dort gibt es keinen geheimen Weg mehr hinaus.«

Nando nickte, noch einmal sah er von einem zum anderen, es schien ihm, als müsste er diesen Anblick im Gedächtnis behalten. Er sah den stillen Ernst in Riccardos Blick, die Furcht in Iljas Augen, spürte den Hass, den Paolo aus jeder Pore ausströmte, und spiegelte sich selbst in Noemis schwarzen Augen, deren Ausdruck er nicht deuten konnte. Hinter ihm strömte Licht durch das Fenster, und er musste an den Engel in der einsamen Gasse denken, den Engel, vor dem er sich einst gefürchtet hatte – den Engel, der er war. Kaum merklich neigte er vor den anderen den Kopf, wandte sich ab und eilte ins andere Zimmer.

Mit raschen Bewegungen schob er die steinerne Platte unter dem Kamin beiseite, sprang in den Schacht und ließ sie mit einem Zauber wieder über die Öffnung gleiten. Dann entfachte er ein schwaches Licht in seiner Faust und eilte, so schnell er konnte, einen schmalen Tunnel entlang. Er meinte, die Schritte der Engel über sich zu hören, aber schon erreichte er das Ende des Ganges. Schnell schob er auch dort eine Steinplatte beiseite und lief in dem kleinen Raum, der abgesehen von einem hölzernen Tisch mit drei Beinen vollkommen leer war, ans Fenster.

Er kniff die Augen zusammen, um durch die verkratzte Scheibe etwas erkennen zu können – und wäre beinahe vor Schreck zurückgefahren. Drei Engel schritten die Straße hinauf, zwei Krieger, die Nando noch nie gesehen hatte, und vor ihnen, die Faust fest um den Knauf seines Schwertes geschlossen, ging Avartos.

Wie ein Blitzlichtgewitter gingen die Bilder ihrer letzten Begegnung auf Nando nieder. Er spürte die Furcht, die ihn beim Anblick von Avartos wie eine steinerne Fessel umschlossen hatte, auch jetzt auf seinen Schultern, und wie sie langsam ihre Kruste abwärtsschickte. Er sah Silas tödlich getroffen zu Boden sinken, auch der Kampf mit Noemi flackerte in ihm auf, er erinnerte sich an seine Hilflosigkeit, an die Flammen des Teufels auf seiner Stirn und die Ohnmacht, in der er die Hand gehoben und nach der höheren Magie gegriffen hatte. *Du fürchtest dich zu Recht,* klang Drengurs Stimme durch seinen Kopf. *Jederzeit kannst du wieder in eine Situation wie diese geraten.*

Nando atmete schwer, er fixierte Avartos mit seinem Blick. Mehrere Hyänen schlichen lautlos wie Schatten hinter den Engeln her, es schien, als hätte Avartos ihnen den Befehl gegeben, sich zurückzuhalten. Dies war seine Jagd, das konnte Nando sehen. Suchend schaute der Engel von rechts nach links, nur noch wenige Schritte, und er würde das Haus entdecken, in das die Nephilim geflohen waren. Die Tür war verschlossen, doch es stand außer Zweifel, dass er die Geräusche der Fliehenden hören würde, sobald er näher kam.

Es gibt Dinge, die man tun muss, flüsterte Silas' Stimme neben Nandos Ohr, so klar und deutlich, als wäre sie wirklich da. Nando hob den Kopf, als hätten diese Worte ihm einen Schlag versetzt, und sprengte den Panzer aus Furcht, der sich mit lähmender Kälte um seine Schultern schließen wollte.

Da draußen, erwiderte er in Gedanken, *gibt es wichtigere Dinge als Angst und Zweifel. Es sollte immer wichtigere Dinge geben als das.*

Damit stieß er sich vom Fenster ab und trat durch die Tür. Mit ruhigen Schritten ging er hinaus auf die Straße, legte die rechte Hand auf sein Schwert und schaute den Engeln entgegen. Sein Atem ging stoßweise, es kostete ihn seine gesamte Kraft, den Blick nicht abzuwenden. Wieder spürte er die Furcht, die sich in seinen Nacken setzen wollte, aber er hob den Blick und erlaubte ihr nicht, sich niederzulassen.

Schritt für Schritt kam Avartos näher, doch Nando zwang Silas' Worte in seine Gedanken zurück, und er hörte auch Drengur, der mit ruhiger Stimme zu ihm sprach. *Du hast dich dem Fürsten der Hölle widersetzt. Du bist stärker, als du denkst. Es wird Zeit, dass du das begreifst.* Er ballte die metallene Faust und trat einen Schritt vor. Niemals würde er vor diesem Wesen auf die Knie fallen, vor dieser Schreckgestalt aus Sehnsucht und Eis. Kaum hatte er diesen Schritt getan, blieb Avartos stehen. Kurz maßen sie einander mit den Blicken, dann hob Avartos die Hand und schickte einen der Engel die Straße hinab, den anderen in einen langgezogenen Wohnungskomplex, der zu seiner Rechten lag. Nando bemühte sich nach Kräften, sich nichts anmerken zu lassen. Wenn alles gut gegangen war, mussten Noemi und die anderen nun bereits in einem Tunnel sein, der sie aus der Siedlung hinausführen würde. Doch noch waren sie nicht in Sicherheit.

Avartos ließ seinen Blick über Nando gleiten, vom Kopf bis zur Sohle, und lächelte voller Hohn. »Du siehst noch genauso mickrig und verweichlicht aus wie bei unserer ersten Begegnung«, stellte er fest und trommelte leicht mit den Fingern auf das Heft seines Schwertes. »Es erwächst weder Ruhm noch Ehre aus der Tatsache, einen Schwächling wie dich erlegt zu haben, ganz gleich, ob du dich Teufelssohn schimpfst oder nicht.«

»Ich wusste nicht, dass ein Engel eine Vorstellung hat von Ruhm oder Ehre«, erwiderte Nando und stellte zu seiner Befriedigung fest, dass er zwar einen Großteil seiner Kraft brauchte, um seine rechte Hand am Zittern zu hindern, aber gleichzeitig mit einer Verachtung in der Stimme sprechen konnte, die eine Falte zwischen Avartos' Brauen verursachte. »Bisher kam es mir so vor, als wäret ihr nichts als Maschinen, ohne Emotionen und vor allem ohne Gewissen.«

Avartos hob abschätzig die Brauen. »Ein armseliger Halbmensch, wie du es bist, wird niemals begreifen, welche Sphären wir Engel in jedem Augenblick unseres Daseins durchschreiten – Ebenen höchsten Glanzes, in denen dein Gefühl und deine Moral wie Trugbilder erscheinen angesichts dessen, was wir sind. Denn wir, Teufelssohn, sind das Licht, wir sind die Sonne und der Morgen.«

Nando verzog das Gesicht zu einer Grimasse. »Das klingt nach erheblicher Selbstüberschätzung. Stehe ich einem Engel gegenüber, der Gott verloren hat? Oder seid Ihr ein Engel, der Gott nie kannte?«

Ein Schatten legte sich auf Avartos' Gesicht und versteinerte seine Züge, doch als er sprach, hörte Nando den Zorn in seiner Stimme. »Du bist es nicht wert, dass ich mit dir über dergleichen Dinge spreche. Um genau zu sein, bist du es nicht einmal wert, dass ich *überhaupt* mit dir rede. Doch seien wir ehrlich: Du willst nicht sterben. Du klammerst dich an deine armselige Existenz, krallst deine Finger in ihr vermoderndes Fleisch und weinst bittere Tränen, je mehr sie dir entgleitet. Ich habe dich gefangen, ich werde dich töten, wie es dein Schicksal ist als Sohn des Teufels, der du bist. Oder …« Er hielt inne, und Nando konnte nicht verhindern, dass sein Herz ein wenig schneller schlug. »Oder du kannst weiterleben. Ich werde deine Magie bannen, selbstverständlich, und dich in die Welt der Menschen zurückschicken als das, was du bist: ein armseliger, belangloser Wurm. Alles, was du tun musst, ist eine Kleinigkeit. Nennen wir es eine Gefälligkeit für die Großzügigkeit meinerseits, dich am Leben zu lassen.«

Nando umfasste den Griff seines Schwertes fester, als er aus den Wohnungen zu seiner Linken das Poltern von Möbeln hörte. Einer der Engel suchte nach den Novizen, doch er würde sie nicht finden.

»Du warst nicht allein hier unten«, fuhr Avartos fort. »Das wissen wir. Und du weißt, dass wir seit langer Zeit nach denjenigen suchen, die unsere Existenz gefährden, da jederzeit ein neuer Spross deinesgleichen aus ihrer Mitte erwachsen kann. Wir jagen die Nephilim, und du wirst uns zu ihnen führen. Tu es, Teufelssohn – und du wirst frei sein. Weigere dich – und dich erwartet der Tod.«

Avartos neigte den Kopf wie im Forum Romanum, und Nando fühlte sein Herz in der Brust rasen, als ihm bewusst wurde, dass der Engel die Wahrheit sagte. Er konnte sich befreien, indem er die anderen verriet, und er würde sterben, wenn er sich weigerte. Wieder saß er neben Silas, hielt dessen Kopf, während er starb, und fühlte die Kälte des Todes auf seiner Stirn.

»Ich weiß, wer stets danach trachtete, die Menschen zu verführen«, flüsterte er. »Er war ein Engel – wie Ihr!«

Nando sah den Zorn in Avartos' Augen aufflackern, und ehe der Engel zu einer Entgegnung ansetzen konnte, packte er sein Schwert mit der linken Hand, schoss schwarz flammende Blitze aus seiner metallenen Faust und traf Avartos mit seinem Zauber vor die Brust. Der Engel wurde zurückgeschleudert, krachend landete er auf dem Rücken.

Nando stand da wie erstarrt. Er sammelte einen Abwehrzauber in seiner Faust und legte mehrere Schutzwälle um sich, doch da hob Avartos den Blick. Langsam kam er auf die Beine, den Kopf tief geneigt. Einzelne Strähnen hingen ihm ins Gesicht, und keine Maske der Welt konnte die Wut verbergen, die nun in ihm aufloderte. Lautlos wurden die Augen des Engels gleißend hell. Nando hörte den Zauber, den Avartos brüllte, und sah im nächsten Moment eine Wand aus blauen Flammen auf sich zurasen. Mit einem Schrei warf er sich zu Boden, der Zauber verbrannte seine Schutzwälle zu Asche und wurde nur durch seinen Abwehrzauber im letzten Augenblick abgelenkt, ehe er in eine nahe stehende Hauswand einschlug.

Nando sprang auf die Füße, atemlos schoss er mehrere Lichtlanzen auf Avartos, doch der parierte sie mit seinem Schwert wie trudelnde Mücken, streckte die Faust aus und schlug einen Donnerzauber direkt vor Nandos Füße, der ihn zu Fall brachte. Gleich darauf glitt ein Messer durch das Feuer, Nando wich keuchend aus, doch die Waffe durchbohrte seinen rechten Arm und drang knirschend in das Pflaster der Straße ein. Er schrie auf, der Schmerz pulste in machtvollen Wellen durch seinen Körper. Es gelang ihm noch, einen Schutzwall vor dem Eiswirbel zu errichten, den Avartos auf ihn zurasen ließ, doch der Strudel zerschmetterte ihn wie zu dünnes Glas. Nando fühlte einen heftigen Schlag am Kopf, und alles wurde schwarz. Er spürte die Schnitte des Eiszaubers wie unter Betäubung in seinem Fleisch. Seine Magie rann aus jeder Wunde, bald würde er keine Luft mehr bekommen, schon jetzt schmerzte ihn jeder Atemzug, als würde er unter einer Tonnenlast begraben liegen.

Du bist mein Sohn.

Verzweifelt versuchte Nando, sich selbst ins Bewusstsein zurückzuschicken, doch es gelang ihm nicht. Stattdessen sah er die Umrisse des Teufels. Schattenhaft kniete er neben ihm, die goldenen Locken erhellten das schöne, ebenmäßige Gesicht, und als Luzifer den Blick hob und ihn ansah, war jeder Schmerz wie fortgewischt.

Du kannst dich mir nicht widersetzen, fuhr der Teufel mit ruhiger, sanfter Stimme fort. *Und wenn du es doch tust, wird es nur zu deinem Schaden sein. Denn ich durchdringe dich. Am Ende wirst du mir gehören, und du weißt, dass es so ist. Nur dein Menschentum fürchtet sich vor mir – und das ist schwach.*

Luzifer wandte sich ab, und die Schmerzen kehrten zurück, als wäre ein Schutz von Nando genommen worden. Er hörte seinen eigenen Schrei, aber er klang dumpf und wie aus weiter Ferne, obgleich er ihm den Atem raubte und ihn vollkommen erschöpfte. Der Blick des Teufels umfing ihn erneut, doch er konnte ihm nicht standhalten. Von allen Seiten drängte die Dunkelheit sich um ihn, er spürte eine Kälte, die er bereits kannte, und er begann zu zittern, als sich ihr Name durch seine Erinnerung grub.

Spürst du die Impulse in deiner Brust, die dumpfen Schläge in deinen Schläfen? Das ist dein Herz. Du bist sterblich, mein Sohn. Und sterben wirst du, wenn du jenem Engel nicht verbietest, dich zu töten. Du fürchtest den Tod, ich kann es fühlen, fürchtest ihn so sehr, dass du kaum atmen kannst. Dein Herz flattert wie ein verwundeter Vogel. Siehst du nicht die Dunkelheit, die von allen Seiten herbeiströmt? Sie wird dich verschlingen, ja – der Tod wird kommen. Du kannst ihn bereits fühlen.

Und als hätte die Stimme des Teufels einen Schleier über ihm zerrissen, spürte Nando sie mit aller Macht, die grausame Kälte des Todes, die schon einmal nach ihm gegriffen hatte und die nun, da er ihr so nah war, mit gierigen Fingern über ihn hinwegglitt. Er sah sich vor dem brennenden Auto seiner Eltern, fühlte wieder Silas' letzten Atemzug. Beinahe zärtlich strich die Kälte über seine Wange, doch die Berührung verursachte eine Furcht in ihm, die er noch nie zuvor gespürt hatte, und er begann am ganzen Leib zu zittern.

Ich kann dich retten, flüsterte Luzifer durch tausend Winde an seinem Ohr. *Durchbrich den Widerstand, der dich das Leben kosten wird! Denn du bist mein Sohn – mehr nicht!*

Die Dunkelheit um Nando herum wallte auf wie ein gewaltiges Meer, und er fühlte gleichzeitig das Licht hinter sich, das die Kälte von seinem Körper brannte. Atemlos starrte er in die Finsternis, die auf ihn zuraste, unfähig, den Blick von ihr abzuwenden. Er konnte das Nahen des Todes nicht ertragen, konnte die Dunkelheit nicht begreifen, die ihn mit ihren Wellen aus Nacht um den Verstand bringen würde. Er sog keuchend die Luft ein und spürte gleichzeitig, wie er sich langsam, unendlich langsam zu dem Licht in seinem Rücken umdrehte. Doch gerade als er die Strahlen sanft und flammend auf seinem Gesicht fühlte, zerriss ein greller Blitz die Szene.

Avartos stand einige Schritte von ihm entfernt – und vor ihm, hochaufgerichtet vor Nandos reglosem Körper, erhob sich Antonio, breitete seine Schwingen aus und erstrahlte für einen Moment in silbernem Licht. Avartos wich zurück, Nando hörte das metallene Geräusch eines Schwertes, das durch die Luft glitt. Antonio sprang vor, schnell und gleitend. Sein Säbel blitzte auf, Avartos wehrte den Schlag ab – doch Antonio zerschlug dessen Waffe und zog sein Schwert quer über seine Brust. Fassungslos starrte Avartos auf die Wunde in seinem Leib, Blut quoll aus seinem Mund. Dann fiel er auf die Knie und sank auf die Straße.

Nando konnte sich nicht rühren, seine Kraft war vollkommen verbraucht. Doch schon war Antonio bei ihm und legte die Hände auf seine Schläfen. Schmerzende Wärmeschauer fluteten seinen Körper, während der Engel ihm fest in die Augen sah, und er las von dem Vorwurf, den sein Mentor ihm machte.

Du kennst die Gesetze, hörte er Antonios Stimme in seinem Kopf. *Du kennst die Regeln für den Fall, dass Engel auftauchen – Flucht und kein Kampf!*

Nando sah den Zorn in seinen Augen, ungewohnt war er und ließ das Gesicht seines Mentors hart und weich zugleich wirken. Er richtete sich auf.

»Die Nephilim sterben, weil ich existiere«, erwiderte er angestrengt. »Da ist es doch meine verdammte Pflicht, alles zu tun, was in meiner Macht steht, um sie zu verteidigen, wenn ihr Leben bedroht wird – oder etwa nicht? Ich werde nicht fliehen, niemals – ich werde sie nicht allein lassen! Das ist es doch, was du mich gelehrt hast! Oder gilt das nur in den Büchern, die ich lesen soll, oder für Nephilim, die wahre Helden sind? Silas hatte recht! Einige Dinge muss man tun, sonst ist man nichts als ein Haufen Dreck!«

Er schaute in das goldene Feuer von Antonios Augen und meinte, etwas wie Stolz darin aufflackern zu sehen. »Menschenkind«, sagte der

Engel leise und schüttelte den Kopf, während er mit der rechten Hand Nandos Nacken umfasste und ihn näher zu sich heranzog. Lautlos legte sich der Zauber auf Nandos Stirn, als Antonios Finger kühl darüber hinstrichen. »Du hast die Hyänen auf deine Fährte gelockt. Mein Zauber wird sie verwirren, doch du darfst nicht noch einmal so nachlässig sein – niemals wieder, hast du das verstanden?«

Antonio sah ihn an, regungslos wie zuvor, und doch ging in diesem Moment ein Riss durch seinen Blick, der Nando den Atem stocken ließ. Antonio, der Engel, schalt ihn nicht als Oberster Senator Bantoryns, nicht als sein Lehrer oder sein Mentor und auch nicht als Erster Vorsitzender der Akademie der Nephilim. Er sprach mit ihm wie mit einem Kind, das in Todesgefahr gewesen und nur im letzten Moment gerettet worden war. Er sprach mit ihm nicht wie mit dem Teufelskind, dem Novizen, dem Nephilim – er sprach mit ihm wie mit einem Sohn.

Ein Scharren ließ Nando zusammenfahren. Zwei Novizen kamen mit den anderen beiden Engeln die Straße herunter, die sie mit Bannschnüren gefesselt und geknebelt hatten.

»Warum töten wir sie nicht?«, fragte der eine und stieß einen der halb bewusstlosen Engel vor sich in den Staub. Sein Blick fiel auf Avartos, der keuchend zu sich kam. Mehrere Heilungszauber fluteten dessen Leib, und seine Wunde begann sich langsam zu schließen.

Stöhnend kam Antonio auf die Beine, erst jetzt sah Nando, dass auch er eine schwere Wunde erlitten hatte. Blut sickerte durch sein Wams, doch er winkte ab, als Nando ihm helfen wollte. »Wir sind keine Mörder ohne Gewissen«, sagte Antonio. »Im Gegensatz zu ihnen.«

Mit diesen Worten wandte er sich ab und ging langsam die Straße hinunter. Nando folgte ihm und auch die anderen Nephilim eilten ihm nach.

»Narr von einem Engel!«, rief Avartos da so laut, dass sie herumfuhren. Er versuchte vergebens aufzustehen, erneut strömte Blut aus der Wunde in seiner Brust, und es gelang ihm nicht, ihnen einen Zauber hinterherzuschicken. Nichts als eine taumelnde Feuerspirale schlug einige Schritte entfernt vor Antonios Füßen ein.

»Du hast dir Teufelsbrut ins Haus geholt!«, rief Avartos mit vor Zorn bebender Stimme und streckte die Faust nach Antonio aus. »Bald schon wird er auf der Seite Luzifers stehen! Einst warst du einer der mächtigsten Engelskrieger, einst warst du wie ich, Antonio Narrentum, und du weißt es! Du erinnerst dich gut daran! Aber du hast deinen Weg verloren, du folgst den Pfaden jener, die sich um den Fürsten der Hölle scharen, weil du dich vor dem Abgrund fürchtest, der in dir liegt! Doch das ist kein Abgrund, das sind wir – Geschöpfe der Ewigkeit jenseits der Dunkelheit!«

Nando konnte sich nicht von Avartos abwenden, und er schauderte, als er den Engel mit vor Erschöpfung und Wut zitternder Faust sah. Ein Schatten lag in seinen Augen, etwas wie Sehnsucht und Hilflosigkeit.

Antonio trat einen Schritt auf Avartos zu, langsam und behutsam, als näherte er sich einem verwundeten Tier. Er erschuf einen Bogen in seiner Hand und legte einen Pfeil aus weißem Licht an die Sehne.

»Es gab eine Zeit, da war ich wie du«, erwiderte er ruhig. »Und ich erinnere mich tatsächlich gut daran. Doch frage dich, Engel höchsten Ranges, was in dir ist es, das dir diesen Rang verleiht? Was ist es, das dich von jenen in der Hölle unterscheidet? Was ist es, das dich am Leben hält in den dunklen Nächten in der Kälte deines Geistes? Warum beschützt du die Menschen? Weil sie dir Antwort geben, dir oder dem jämmerlichen Rest jener Wahrheit, die du in dir verbirgst, weil sie alles vernichten könnte, was du bist. Eines Tages, das steht außer Zweifel, wirst du sie erkennen, und du wirst sehen, dass dein größter Wert mehr ist als die Kälte deines Geistes und Augen aus Gold und Farben.«

Lautlos glitt Antonios Pfeil durch die Luft. Nando sah noch den staunenden Ausdruck in Avartos' Blick, dann durchbohrte die Waffe dessen Brust. Der Betäubungszauber wirkte sofort. Avartos' Augen drehten sich nach oben, er sackte zur Seite und blieb reglos liegen.

Gemeinsam verließen sie die Siedlung der Varja, schweigend und in Gedanken versunken. Antonio stützte sich auf Nandos Schulter wie ein alter Mann, während die anderen Nephilim vorausgingen. Immer wieder hielt Antonio inne, seine Finger schlossen sich um Nandos Schulter, als hätte er Schmerzen. Schließlich nickte er wie in Gedanken und zog seine Hand zurück, um seinen Weg allein fortzusetzen. Nando betrachtete ihn von der Seite. Erstmals, seit sie sich kannten, fühlte er Antonios wahres Alter, und er spürte die Einsamkeit, die in diesen Momenten aus den Augen des Engels strömte und von niemandem zu durchdringen war, nicht einmal von seinem eigenen Willen. Es war die Einsamkeit eines Kriegers, der unzählige Schlachten geschlagen hatte, die Einsamkeit eines Unsterblichen im ewigen Wandel der Zeit und die Einsamkeit eines Engels, der jenseits seines Volkes leben musste und sich danach sehnte, es in der Dunkelheit erreichen zu können – wohl ahnend, dass dies unmöglich war.

28

Den Ereignissen in der Siedlung der Varja folgten einige Tage ohne Trainingseinheiten und Unterricht. Sämtliche Prüfungsanwärter hatten von Antonio speziell auf sie abgestimmte Formelsammlungen zu wichtigen Teilgebieten der magischen Künste bekommen, und die Tische und ledernen Sofas in der Bibliothek der Akademie wurden von lernwilligen Novizen bevölkert. Nando hatte während seiner gesamten Ausbildung bislang stets in seinem Zimmer gelernt, da er die feindlichen Blicke der anderen Nephilim nicht ertragen wollte. Doch die Kunde von seinem Kampf gegen Avartos hatte sich wie ein Lauffeuer verbreitet, und es schien ihm, als hätte dieser mehr bewirkt als die Rettung einiger Novizen. Noch war es ein Ahnen, ein Flüstern hinter vorgehaltenen Händen, doch der Schleier aus Kälte zog sich von den Gesichtern der anderen Schüler zurück, und auch wenn er noch immer allein an seinem Tisch saß, schien sich niemand daran zu stören, dass er es gewagt hatte, der Stille seines Zimmers zu entfliehen und wie die anderen in der Bibliothek zu lernen. Nur Noemi sah Nando in all der Zeit, da er sich unter den Novizen aufhielt, kein einziges Mal.

Antonio hatte ihm einen dicken Ordner mit Formeln zusammengestellt, und nur allzu häufig fühlten sich seine Augen nach einem Tag des Lernens an wie Walnüsse. Sein Nacken schmerzte, als würden sich Drahtseile durch sein Fleisch ziehen, und schon nach wenigen Tagen begann er, von den Formeln zu träumen, die er tagsüber vor sich sah. Sie formten sich zu imposanten Drachen aus Flammen und wollten ihn fressen, oder sie fielen in sich zusammen wie Figuren aus Sand, während er verzweifelt versuchte sie festzuhalten. Doch trotz des hohen Lernpensums genoss Nando die Tage in der Bibliothek. Er übte seine Formeln, las Legenden vom Donner der Ersten Zeit, der Gebirge aus dem Boden gestampft und Kontinente auseinandergerissen haben sollte, lernte mehr über die Geschichte der Nephilim und die glanzvollen Ritter Bantoryns und vertiefte sich in die Heldengeschichten von Hadros, dem mächtigsten Engelskrieger und Dämonenjäger aller Zeiten, der einst den grausamen Hexenmeister Askramar bezwang und zahlreiche Engel vor dem sicheren Fall in die Finsternis bewahrte. Kaya tat ihr Bestes, um Nando während seiner Pausen mit kleinen Späßen zu unterhalten, und mitunter schaute Morpheus vorbei, blickte mit angewidertem Gesicht auf die Reihen aus Büchern und schüttelte den Kopf angesichts all des unnützen Krams, den Antonio für die Prüfung von seinen Schützlingen verlangte.

Vereinzelt hörte Nando von den Geschehnissen außerhalb Bantoryns, besonders von der zunehmenden Präsenz der Engel, die immer verzweifelter nach dem Teufelssohn zu suchen schienen, der sich vor ihnen verbarg. Mitunter setzte Antonio sich zu ihm und sprach mit ihm über verwundete Ritter und Nephilim, die beinahe den Engeln in die Hände gefallen wären. Es war eine gefährliche Zeit für alle Bewohner Bantoryns, das wusste Nando, und er wusste auch, dass sich daran kaum etwas ändern würde, wenn er Bhrorok erst besiegt hätte und ohne seine magischen Kräfte in die Oberwelt zurückgekehrt wäre. Die Nephilim würden für immer verfolgt und getötet werden, das stand außer Zweifel, und mitunter, wenn Nando mit Antonio darüber sprach, verschleierte sich der Blick des Engels, und er sah Nando auf eine Weise an, als würde er in ihm zu lesen versuchen wie in einem Buch, das in einer ihm fremden Sprache geschrieben war. In diesen Momenten schien es Nando oft, als würde Antonio kurz davorstehen, ihm ein Geheimnis anzuvertrauen, etwas, das er bislang für sich behalten hatte und das nur auf den richtigen Zeitpunkt wartete, um enthüllt zu werden. Doch stets holte Antonio im letzten Augenblick tief Atem, schickte ein Lächeln in seine schwarzgoldenen Augen und schüttelte langsam und nachdenklich den Kopf.

So vergingen die Tage, bis eines Morgens Unruhe unter den Novizen ausbrach. Am Abend, so lautete das Gerücht, das sich wie ein Lauffeuer unter ihnen verbreitete, würde sie beginnen: die Fahrt in die Sümpfe der Schatten.

Nando bemühte sich in den folgenden Stunden vergeblich, sich auf seine Formeln zu konzentrieren, und war beinahe erleichtert, als

Antonio mit Drengur in die Bibliothek kam und sämtliche Novizen aufforderte, ihnen hinab zum Schwarzen Fluss zu folgen.

Dort hatten sich bereits etliche Novizen versammelt, und Nando meinte, das pechschwarze Haar Noemis in der Menge aufflammen zu sehen. Doch gleich darauf wurde seine Aufmerksamkeit von den Sumpfbooten abgelenkt, die nun den Fluss hinaufkamen. Mehrere Ritter der Garde steuerten die Amphibienfahrzeuge. Sie bestanden aus dunkelbraunem Holz, nur die heckseitig montierten Luftpropeller und die für deren Antrieb nötigen, daruntersitzenden Laskantinkapseln wurden von glänzendem Kupfer eingefasst. Der für gewöhnlich ohrenbetäubende Lärm der Propeller war mit Bannzaubern gedämpft worden, sodass nur noch ein unwirkliches Säuseln zu hören war. Nacheinander legten die Boote an, die Ritter sprangen an Land und sahen mit leichtem Lächeln zu den Novizen herüber. Nando stand neben den anderen Nephilim seiner Stufe und bemühte sich vergebens, ruhig zu atmen.

»Krieger Bantoryns«, rief Antonio und verstärkte mit der Feierlichkeit in seiner Stimme die allgemeine Aufregung. »Die vergangenen Tage habt ihr genutzt, um eure Fähigkeiten zu stärken, um eure körperlichen Wunden, so sie aus der letzten Trainingseinheit vorhanden waren, heilen zu lassen, und um euch vorzubereiten auf das, was euch jetzt erwarten wird.« Er hielt inne. Nando konnte sich nicht erinnern, eine derartige Menge von Novizen jemals in so vollendeter Stille erlebt zu haben. »Ihr habt das Mark der Purpurblüten gewonnen. Ihr habt fleißig gelernt und hart trainiert, ihr habt alle Voraussetzungen geschaffen, um auf die nahende Prüfung vorbereitet zu sein – fast alle. Lange habt ihr darüber gerätselt, welche Aufgabe ihr erfüllen, welche Gefahren ihr meistern müsst, um die Prüfung zu bestehen, und nun ist es an der Zeit, dass ihr es erfahrt. Nicht umsonst sollt ihr das Garn der Schatten erlangen – denn ihr werdet es brauchen. Ziel eurer Prüfung wird es sein, einen Ovo zu fangen.«

Eifriges Flüstern zog durch die Reihen, und während Nando die teils verwirrten, teils erleichterten Gesichter der anderen sah, beschlich ihn selbst ein ungutes Gefühl. Er dachte an Olvryon, an die betörenden Gesänge der Ovo. *Sie waren vor den Engeln da, vor den Dämonen und vor den Menschen,* klang Antonios Stimme in seinen Gedanken wider.

Berührst du einen Ovo gegen seinen Willen, wird diese Berührung dich töten.

Antonio wartete, bis die Unruhe sich gelegt hatte.

»Nun kennt ihr also den Gegenstand eurer Prüfung«, sagte er dann. »Und wie, das frage ich euch, fängt man ein solches Geschöpf, ein Wesen aus Licht und Nebel, das niemandem gehorcht außer dem Herzschlag, der diese Welt durchpulst?«

Er hielt erneut inne, und selbst wenn seine Novizen die Antwort wussten, öffnete keiner den Mund, um sie zu geben. Es herrschte eine atemlose, fast andächtige Stille.

»Ein solches Licht wie einen Ovo vermag nur ein ihm ebenbürtiger Schatten zu fangen«, sagte Antonio, schaute von einem zum anderen und fügte ein Wort hinzu. Er tat es in Gedanken, geisterhaft und flüsternd. *Galkry.*

Nando schauderte, als der Name die Bilder der Schreckgestalten in ihm heraufbeschwor, die er in den Lehrbüchern gesehen hatte, und Antonios Stimme ließ die Nephilim näher zusammenrücken.

»Sind die Ovo Ordnung und Licht, bedeuten die Galkry Chaos und Dunkelheit. Sie sind durchtrieben, wo die Ovo rein sind, atmen Glut und Flammen, wo die Ovo von Nebel und Eis durchflossen werden, und kennen die ewige Gier, die in ihnen wütet wie ein bösartiges Geschwür, während ein Ovo die Ruhe atmet, die er ist. Und doch entspringen sie demselben Prinzip, sind beide Licht, beide Dunkelheit – auf ihre Art, die sie einander so ähnlich und doch so verschieden macht wie zwei Seiten einer Münze. Und wenn ihr genau hinhört, könnt ihr bei beiden den Herzschlag hören – den Herzschlag der Welt.« Für einen Augenblick sah Antonio Nando direkt an, dann wandte er sich wieder an alle. »Sie hausen in den zerfressenen Höhlen der Unterwelt, in jenen Bereichen, die das Gift mancher Quellen inzwischen verlassen hat, sie lauern in den modrigen Gängen und in den Stollen, die der Schwarze Fluss mit seinem Wasser nur noch halb durchzieht. Finster ist es dort, so finster, dass kein Lichtzauber der Welt dagegen etwas ausrichten könnte. Denn was den Ovo der Nebel, ist den Galkry die ewige Dunkelheit, und um für eine kurze Zeit die Augen eines Galkry zu bekommen, braucht ihr das Mark der Purpurblüten. Träufelt euch sieben Tropfen in jedes Auge, die Formel kennt ihr gut, ich habe sie jeden von euch wieder und wieder gelehrt, um euch vor Blindheit zu bewahren.«

Ein nervöses Raunen ging durch die Reihen, das jedoch nach einem strengen Blick Antonios umgehend verstummte. Nando zog die gläserne Pipette, die er am Morgen wie alle anderen unter Antonios Anweisung vorbereitet hatte, aus seiner Tasche, legte den Kopf zurück und öffnete die Augen. Das Mark der Purpurblüte hatte sich dunkel verfärbt, langsam quoll der erste Tropfen aus der Pipette. Nando hielt sein Lid mit dem Finger fest, um nicht zu zucken, und ertrug die unangenehme Kälte, als der Tropfen sein Auge traf. Mit stockendem Atem zählte er jeweils sieben Tropfen in seine Augen, sprach die Formel und unterdrückte den Schwindel, der gleich darauf von ihm Besitz ergriff. Er fuhr sich über die Augen und fühlte einen kurzen und stechenden Schmerz. Es würde eine Weile dauern, ehe sich seine Sehfähigkeiten veränderten, und doch spürte er deutlich, dass er nun nicht mehr zurückkonnte. Die Reise in die Sümpfe der Schatten hatte begonnen.

»Ihr werdet diese Boote besteigen«, sagte Antonio und deutete hinter sich auf die Amphibienfahrzeuge, die wie Konstrukte aus Morpheus' Werkstatt auf dem Wasser hockten (und genau das waren sie vermutlich). »Ihr werdet euch in Gruppen zusammenfinden, die Aufgaben verteilen und in das Gebiet der Galkry vordringen, lautlos und schattenhaft, wie ich es euch lehrte. Dort werdet ihr einander schützen, ihr werdet eines der Nester finden, in denen ein Galkry schläft – und dort schneidet ihr eine Strähne des Garns ab, aus der ihr die Schlinge für die Ovo fertigen werdet. Anschließend kehrt ihr, so schnell wie ihr könnt, in eure Boote zurück.«

Auf der Stelle begann der Tumult, die Gruppen fanden sich zusammen. Nando bewegte langsam die Finger seiner linken Hand. Er ahnte, dass er wieder einmal als Letzter übrig bleiben und dann von Antonio einer Gruppe zugeordnet werden musste, und auch wenn er möglicherweise nicht mehr sofort von den Novizen fortgeschickt werden würde, wollte er doch nicht das Risiko eingehen, einen Schritt zu viel auf sie zuzugehen und sie hinter ihre Mauern zurückzutreiben. Er schaute über ihre Köpfe hinweg. Ein Stück weiter den Fluss hinauf sprach Drengur gerade mit einigen Novizen der höheren Klassen. Sie würden ebenfalls die Fahrt über den Schwarzen Fluss antreten. Für einen Moment dachte Nando an Noemi und daran, dass sie ihrem Ziel, in die Garde Bantoryns aufgenommen zu werden, damit wieder einen Schritt näher war. Er konnte sie sich gut vorstellen in einer Reihe mit den stolzen Rittern der Stadt, in der auch ihr Bruder einst gestanden hatte.

»Nando«, sagte eine Stimme, die unwillkürlich Abscheu in ihm erregte, und zerriss seine Gedanken. Unwillig schaute er auf und blickte in das unsicher lächelnde Gesicht von Paolo. Hinter ihm standen Ilja und Riccardo, die beiden sahen schweigend zu ihnen herüber.

»Wie wäre es, wenn du zu uns in die Gruppe kommen würdest?«, fragte Paolo vorsichtig. Er tat das so ernst und ohne jeden Anflug von Ironie, dass Nando die Luft wegblieb. Paolo zuckte verlegen mit den Schultern und lächelte schief. »Nicht, dass wir erwarten, dass du uns wieder das Leben rettest. Aber wir dachten, dass es Zeit wird, die Vergangenheit ruhen zu lassen. Zeit dafür, einen neuen Anfang zu machen.«

Nando zog die Brauen zusammen, er bemerkte die verlegene Röte, die in Paolos Wangen stieg, und das angespannte, erwartungsvolle Schweigen der anderen. Kurz glaubte er, dass sie gleich darauf in schallendes Gelächter ausbrechen würden, doch Ilja lächelte ein wenig, und Riccardo stimmte Paolos Worten mit vorsichtigem Nicken zu.

»In Ordnung«, erwiderte Nando etwas unsicher, doch kaum dass diese Worte über seine Lippen gekommen waren, fiel die Anspannung von den anderen ab, und sie lachten erleichtert.

»Wir werden das zusammen schaffen«, sagte Paolo und klopfte Nando auf den Rücken, während sie das Sumpfboot betraten. »Was die Formation betrifft, die wir in den Sümpfen einnehmen müssen, wird es am besten sein, wenn ich vorangehe. Riccardo und Ilja schützen uns in der Mitte. Hast du etwas dagegen, wenn du uns den Rücken freihältst? Ich glaube, dass du dieser Aufgabe mehr als gerecht werden kannst, oder was meint ihr?«

Die anderen nickten, und Nando nahm die Position an. Paolo schwang sich auf den erhöhten Steuermannsitz, von dem aus die Sicht über möglichen Bewuchs und Steine in sumpfigem Gelände gewährleistet war, und klatschte ein paarmal in die Hände. »Ich werde euch führen, wenn ihr nichts dagegen habt. Mit Noemi bin ich schon ein paarmal in den Sümpfen unterwegs gewesen, ich kann euch sagen: Am Anfang hatte ich ganz schön Angst. Aber mit der Zeit findet man sich dort gut zurecht.«

Nando warf Paolo einen Blick zu, denn er hörte den nervösen Klang in dessen Stimme genau. Aber auch er selbst konnte sich der Aufregung nicht erwehren, die nun, da Paolo das Boot wendete, von ihm Besitz ergriff. Er schaute sich noch einmal nach Antonio um, der mit reglosem Gesicht am Ufer stand und ihm nachsah, dann bogen sie um die nächste Kurve und glitten in rasch zunehmender Fahrt den Fluss hinab. Die Häuser Bantoryns zogen an ihnen vorüber, vereinzelt begleiteten fluoreszierende Fische ihren Weg aus der Stadt hinaus, ehe sie in den Nebel der Ovo gerieten und schließlich vom Tunnel in der Felswand verschluckt wurden.

Der Nebel zerriss nach kurzer Zeit, und sofort umgab sie tiefste Finsternis. Instinktiv hielt Nando sich an seinem Sitz fest, doch gleich darauf zog eine angenehme Kühle durch seine Augen. Die Dunkelheit lichtete sich, ihre Schleier wandelten sich von Schwarz zu Grau. Das Boot glitt hindurch, überwand mehrere Stromschnellen und fuhr an Seitenarmen des Flusses vorüber, um im Haupttunnel zu bleiben. Paolo steuerte das Boot mit ruhiger Hand durch das Gewässer und lenkte es erst nach einer Weile in einen breiteren Seitentunnel. Von nun an hörte Nando nicht länger die Stimmen der anderen Novizen, die sich weiter auf dem Hauptarm befanden, sondern nahm die Geräusche des Schattenreichs wahr, in das sie eintauchten.

Von der Decke hoch über ihren Köpfen hingen nadelfeine Stalaktiten herab, und immer wieder hörte man aus einem weit entfernten Tunnel einen Wassertropfen auf die Oberfläche fallen, dessen Klang tausendfach gebrochen noch lange in den ungezählten Verästelungen des Steinreichs widerhallte. Sie durchquerten Tropfsteinhöhlen, auf deren Grund nur eine dünne Wasserschicht in blauem Licht erstrahlte, mussten in besonders niedrigen Gängen die Köpfe einziehen und bestaunten die schimmernden Steine, die aus sich selbst heraus leuchteten und bisweilen tief unten in den Abgründen mancher Kluft lagen und zu ihnen heraufglommen wie gesunkene Schätze. Immer wieder bemerkte Nando merkwürdige Tiere, Tintenfische mit grün leuchtenden Augen, Krabben, die über zwölf und mehr Scheren und Beine verfügten, und Schwärme von Fischen, die das Wasser in flirrende Farben hüllten. Für eine Weile schien es ihm, als wäre er in einer geheimen Unterwasserwelt gelandet, in der das gesprochene Wort keine Macht hatte, in der Licht Zerstörung und Tod bringen konnte und die nur in Stille und Finsternis zu dem hatte werden können, was sie war: ein verborgener, in sich geschlossener Kosmos voller Wunder und Gefahren.

Erst als die Fische hinter ihrem Boot zurückblieben, die farbigen Gesteine an Wänden und Decke sich in ein mattes Schwarz verwandelten und es Nando selbst mit seinen verzauberten Augen schwerfiel, die einzelnen Schattierungen der Dunkelheit zu durchdringen, spürte er die Kälte, die wie zäher Nebel über die Wasseroberfläche trieb. Lautlos legte sie sich auf das Boot, überzog Holz und Kupfer mit einer dünnen Eisschicht und ließ ihn fröstelnd die Schultern anziehen.

Sie glitten tiefer in die Erde hinunter, über Spiralen, die abwärts führten, oder kleine Wasserfälle, die sie mit ihrem Boot überwanden, und je weiter es hinabging, desto stärker wurde die Anspannung, die sich über die Gruppe legte. Die Wände waren zunehmend von klebrigen braunen Algen überwuchert, modrige Wasserlöcher lagen in zahlreichen Gängen, und das Boot ächzte bei jedem Sprung, den es darüber hinweg tat. Schwarz glimmende Bäume erhoben sich wie Mangroven mit eindrucksvollen Stelzwurzeln in den Höhlen, und immer wieder meinte Nando, ein tückisches Augenpaar oder das Gleiten großer schuppengepanzerter Reptilienkörper zwischen ihnen zu erkennen. Paolo fuhr schnell, als könnte er es nicht erwarten, noch weiter in die Dunkelheit vorzudringen, und schließlich gelangten sie in eine Höhle, in der das Wasser sich ausgebreitet hatte wie erkaltete Lava und ebenso reglos dalag. Nur die Wellen des Bootes wühlten seine Oberfläche auf, und als es leise plätschernd gegen die Wände schlug, hörte Nando ein Stöhnen durch das Gestein gehen, dröhnend und machtvoll, als wäre gerade ein Riese aus dem Schlaf erwacht und würde sich strecken. Sie legten an einem kiesbedeckten Ufer an, von dem ein finsterer, ungefluteter Tunnel abging. Knirschend schrammte das Boot über den Untergrund, das Geräusch schmerzte in den Ohren und ließ die darauf folgende Stille noch lähmender erscheinen.

Für einen Moment blieben sie sitzen, wo sie waren. Nando musste sich zwingen, den Blick auf den Eingang des Tunnels zu richten. Die Schwärze darin war wie eine Mauer aus Obsidian.

»Ich habe Geschichten gelesen«, sagte Ilja kaum hörbar. »In einem alten Buch, das mein Bruder mir gab. Darin wurde beschrieben, was die Galkry ihren Opfern antun. Sie lähmen sie mit ihrem Gift und fressen sie von innen her auf. Dabei halten sie ihr Opfer bei Bewusstsein, weil sie sich an seinem Schmerz und seiner Todesfurcht weiden. Es waren auch Bilder in dem Buch von den Opfern, die gefunden worden sind. Ihre Gliedmaßen waren unnatürlich verdreht, ihre Haut hing wie ein zerrissenes Tuch um ihre Körper, und ihre Augen – es war, als wären sie zerbrochen wie Glas.«

»Es ist nicht gerade hilfreich, uns jetzt solche Geschichten zu erzählen«, stellte Riccardo fest, doch auch er starrte reglos auf den Tunnel.

Gerade wollte Nando sich aufsetzen und die Furcht von seinen Schultern schütteln, als Paolo das Boot mit einem Sprung verließ. »Wir sind Krieger Bantoryns«, sagte er, und obgleich seine Stimme ein wenig zitterte, wandte er den Blick nicht dem Tunnel zu, sondern schaute zu seinen Gefährten hinauf. »Die Galkry sind sehr gefährlich, sie werden uns töten, wenn wir es ihnen erlauben, aber wenn wir uns vorsehen, dann können wir ihnen entkommen.« Er warf Nando einen Blick zu, kurz nur und flüchtig, und fügte hinzu: »Ich habe mich mein Leben lang gefürchtet, das wisst ihr. Aber ich habe gemerkt, dass man nicht immer Angst haben darf. Oder dass man Dinge eben trotzdem erledigen muss. So, wie Nando es getan hat.«

Nando spürte die Blicke der anderen, verlegen hob er die Achseln. »Antonio hat jeden von uns für würdig befunden, sich dieser Gefahr zu stellen«, erwiderte er und sprang ans Ufer. »Gemeinsam werden wir es schon schaffen.«

Er trat näher an den Tunnel heran, hörte, wie die anderen das Boot verließen, und schaute in die starre Finsternis, aus der die Kälte strömte.

»Ich werde vorausgehen, wie wir es besprochen haben«, raunte Paolo und legte die Hand auf den Knauf seines Schwertes. »Wenn jeder von uns seine Aufgabe erfüllt, wird uns nichts passieren.«

Mit diesen Worten trat er in die Dunkelheit. Nando wartete, bis die anderen ihm gefolgt waren, und ging ihnen nach. Er brauchte einen

Augenblick, um sich an die Finsternis zu gewöhnen, doch wie zuvor konnte er nach kurzer Zeit die Umrisse des Tunnels erkennen. Die Decke hing niedrig, sodass sie ein wenig geduckt gehen mussten. Auf dem Boden lagen festgetretene Rollsteine, die Wände waren von einem flechtenartigen Pilz bedeckt und wiesen unregelmäßige Nischen und Gänge auf, die sich in der Dunkelheit verloren. Vereinzelt hörte Nando ein Scharren wie von sich lösenden Felsbrocken, die in einem benachbarten Gang in die Tiefe fielen, und während er anfangs noch jedes Mal zusammenfuhr, lernte er schnell, sich in den Schatten zurechtzufinden. Es schien ihm, als wären sie in den Körper eines gigantischen Tieres eingedrungen und müssten nun die Geräusche erdulden, die dessen Eingeweide zustande brachten. Nur der Wind, der immer wieder mit plötzlich zunehmender Kälte nach seinem Haar griff und ihm ins Gesicht fuhr, erschreckte ihn jedes Mal aufs Neue.

Sie waren schon eine ganze Weile durch die Dunkelheit geschlichen, als Nando meinte, einen Laut zu hören, kaum mehr als ein Flüstern vielleicht, und doch drang ihm der Ton ins Mark und ließ ihn erschaudern. Er klang wie das leise Wimmern eines sterbenden Tieres oder der hilflose, schon halb erstickte Schrei nach einer Hilfe, die nicht kommen wird. Abrupt blieb Nando stehen. Er hatte diesen Laut schon einmal gehört.

Wartet.

Die anderen reagierten umgehend auf seinen Gedankenbefehl. Paolo ging in Angriffshaltung, Ilja errichtete einen Schutzwall um die Gruppe, und Riccardo sicherte sie zu den Seiten hin ab. Nando hatte längst einen Flammenzauber in seine linke Faust geschickt, doch er wunderte sich nicht darüber, in der Finsternis des Ganges hinter ihnen keine Kreatur der Schatten erkennen zu können. Er hatte diese Gesänge, die aus einiger Entfernung zu ihnen drangen, schon einmal vernommen, und er erinnerte sich gut daran, wie er neben Antonio durch den Nebel der Ovo gegangen und von den Klängen dieser Wesen verzaubert worden war. Er hatte viel über die Gräueltaten der Galkry gelesen, er kannte die Bücher, von denen Ilja gesprochen hatte, doch nun, da er den Gesängen lauschte, die durch die Finsternis klangen, wusste er, dass er keine Ahnung gehabt hatte von dem, was in diesen Schatten hauste.

Im ersten Moment klangen sie wie die Gesänge der Ovo, doch bereits nach wenigen Tönen wallte die Dunkelheit durch jeden Laut, bäumte sich wie ein fühlbares Wesen vor Nando auf und griff ihm mit eisigen Klauen ins Haar. Er hörte die Stimmen der Galkry, sie durchdrangen ihn bis ins Mark, doch die Wehmut, die ihn wie bei den Gesängen der Ovo auch nun ergriff, war nicht sehnsuchtsvoll und sanft, sondern zornig, aufbrausend, eine Faust in der Dämmerung, die Türme aus Glas zu Staub zerschlug. Hatte er bei den Klängen der Ovo eine tiefe Gelassenheit gespürt, fühlte er nun nichts mehr als wütende Empörung darüber, dass er diese Gesänge niemals ganz verstehen würde. Mit eiskaltem Zorn rauschten sie durch seine Adern, und wieder war es, als würde er am Ufer eines Meeres stehen und sich nach dem Horizont sehnen, wohl wissend, dass er ihn niemals erreichen konnte – aber dieses Mal wollte er nicht dastehen und ruhig sein. Er wollte die Faust in die Wogen des Meeres schlagen, wollte es ausbrennen mit seinem Blick und dorthin gehen, wo der Horizont war, um ihn niederzureißen dafür, dass er sich ihm nicht geöffnet hatte.

Es war ein Sturm, der über Nando hereinbrach, ein Schlag, der ihn in seine eigenen Abgründe schleuderte, und im selben Moment, da er auf diese Weise empfand, drängte sich die Dunkelheit näher zu ihm her, streifte über seine Haut, griff nach seiner Kehle. Antonios Worte gingen ihm durch den Kopf, die Erklärungen seines Mentors über den Nebel, der die Ovo schützte, für jedes andere Wesen jedoch tödlich sein konnte, und er begriff, dass auch die Dunkelheit der Galkry den Tod bedeutete, wenn man sich darin verlor und es zuließ, dass sie tiefer drang. Er ballte die Faust, dass die metallenen Streben seiner Finger knirschten, und drängte die Dunkelheit um sich zurück. Gleich darauf hörte er Paolos Stimme, die wie durch tausend Schleier zu ihm drang.

Hört nicht auf ihre Gesänge!, sagte dieser, und Nando spürte, wie sich ein Abwehrzauber über die Gruppe legte, der die Klänge auf ein erträgliches Maß reduzierte. Ilja stieß erleichtert die Luft aus, dann setzten sie ihren Weg fort. Vereinzelt durchzog ein scharrendes Geräusch die gedämpften Gesänge, als würde etwas Schweres über nackten Fels gezogen, und jedes Mal, wenn dies geschah, nahm die Kälte zu. Immer wieder hob Paolo die Faust, um sie innehalten zu lassen, und einige Male sah Nando einen dunklen Schatten ohne klare Konturen, der in einiger Entfernung durch einen Gang glitt, ehe er wieder verschwand. Schließlich blieb Paolo vor einem niedrigen Durchbruch stehen und deutete auf die Wand daneben. Fingertiefe Kratzer liefen darüber hin, als hätte ein gewaltiges Untier seine Klauen hineingegraben.

Die Galkry kennzeichnen ihr Revier, flüsterte Paolo in Gedanken und deutete auf die gekreuzten Spitzen zweier Linien. *Sie geben einander Zeichen, teilweise als Hilfe, meist jedoch als Warnung. Dieses Zeichen bedeutet: Jedem, der diesen Gang betritt, geht es an den Kragen. Noemi hat mir erklärt, dass es nur einen Grund gibt, aus dem ein Galkry ein solches Zeichen in den Stein gräbt: Entweder hat es sich hierher zurückgezogen, um in Ruhe zu sterben – oder dort liegt seine Höhle.*

Riccardo nickte. Vorsichtig fuhr Ilja mit den Fingern über die tiefen Kerben und starrte in die Finsternis des Ganges, als würde ihnen jeden Moment ein Galkry daraus entgegenkommen. Nando holte tief Atem, er spürte die Dunkelheit, die in seine Lunge strömte, und verwahrte sich gegen die Gesänge, die augenblicklich wieder stärker in ihm widerhallten.

Wir brauchen das Garn für die Schlinge, sagte er und bemühte sich, seiner Stimme die Unruhe in seinem Inneren nicht anmerken zu lassen. *Die Gesänge haben sich von uns entfernt. Wir sollten nicht zögern.*

Paolo nickte zustimmend. Er zog sein Schwert und trat in geduckter Haltung in den Gang. Nando und die anderen folgten ihm. Die Anspannung war fühlbar, mit jedem Schritt wuchs die Erwartung, einem Galkry zu begegnen, denn die Kälte, die aus den Poren des Gesteins zu dringen schien, nahm unaufhörlich zu. Nando ging seitwärts, um die Dunkelheit in seinem Rücken im Auge zu behalten, und er fuhr zusammen, als sie um eine Kurve bogen und plötzlich schwarz glimmendes Licht vom Ende des Ganges her über die Wände flackerte. Irgendetwas wartete dort auf sie.

Nando bemerkte, wie sich die anderen ebenso wie er selbst sämtliche Ermahnungen Drengurs ins Gedächtnis riefen. Sie erhöhten die Konzentration, ihre Schritte waren beinahe lautlos, ihr Atem ging flach, und sie waren bereit, jederzeit in alle Richtungen auszuweichen und zugleich die Gruppe zu schützen, wie sie es gelernt hatten. Und doch fühlte er sich in diesem Moment, als würde er sich als hilfloser Welpe in die Höhle des Löwen wagen. Mit aller Macht drängte er diesen Gedanken beiseite. Das Licht glitt über die Körper seiner Gefährten und schließlich auch über seine Haut. Er hielt den Atem an, als Paolo um die Kurve bog, folgte den anderen in den schwarzen Schein – und stieß erleichtert die Luft aus.

Die Höhle vor ihnen lag in düsterem Zwielicht. Die Decke wurde von schuppigen Säulen aus Stein gehalten, und zwischen ihnen, auf dem Boden und auf den Felsvorsprüngen, die überall aus den Wänden ragten, erhoben sich tiefschwarze Glutbäume. Im ersten Moment wirkten sie wie Schatten, die über die Wände zitterten, oder wie wehende Tücher in dem plötzlich stärker werdenden Wind. Sie waren prunkvoller als die Bäume des Aschemarktes oder Bantoryns, die Nando kannte. Ihre kristallbesetzten Stämme schoben sich aus dem harten Fels, und ihre Kronen streckten sich wie ein funkelnder Himmel in die Höhe. Ihre Blätter verbrannten nicht zu Asche, sondern wurden zu dichter, schattenhafter Dunkelheit. Dicke Wurzeln zogen sich als schwarz schimmernde Adern über den Boden, aus dem Astwerk hingen Lianen herab, die sich im stetigen Wind leicht bewegten, und dort, ein wenig erhöht auf einem geschliffenen, von glitschigem Moos überwachsenen Felsvorsprung, lag das Nest des Galkry. Feine Strähnen in mattem Gold zogen sich wie Lebensringe über das Gestein, verzierten die Wand hinter dem Vorsprung und glommen in Finsternis und Kälte.

Vorsichtig näherten sie sich dem Nest und erklommen den Felsvorsprung. Mehrfach glitten ihre Füße an dem Moos ab, doch schließlich hatten sie es geschafft und knieten sich neben den seidenen Fäden nieder. Gleichzeitig zogen sie ihre Messer und sahen einander kurz in die Augen. Es war ein Moment der Gemeinschaft, den Nando erstmals in dieser Stärke empfand. Er nickte kaum merklich. Dann ergriff jeder von ihnen eine Strähne aus goldener Dunkelheit und trieb sein Messer hindurch. Augenblicklich verwandelten sie sich von schattenhaften Strähnen in feste, leicht ölige Seile. Erleichterung breitete sich in Nando aus, als er mit den anderen vom Felsvorsprung hinabkletterte, und er sah nur aus dem Augenwinkel, wie Paolo den Halt verlor. Erschrocken griff Riccardo, der ihm am nächsten war, nach seinem Arm, doch Paolo stolperte, stieß lautstark gegen eine Wurzel und schlug der Länge nach am Boden auf. Die Stille, die darauf folgte, währte nur kurz.

Später wusste Nando nicht mehr, was er zuerst wahrnahm: das Bersten ihres Abwehrzaubers, die aus der Ferne zu ihnen dringenden Gesänge oder den markerschütternden Schrei des Galkry, das sich ganz in der Nähe herumwarf und mit donnernden Klauen durch den schmalen Tunnel zu seinem Nest raste – den einzigen Weg, der aus der Höhle hinausführte. Er erinnerte sich nur noch an seinen Atem, der plötzlich in der Luft gefror, und an die erschrockenen Gesichter der anderen.

Instinktiv packte er Riccardo und Ilja an den Armen und riss sie hinter Paolo unter einen der Glutbäume, dessen Zweige wie bei einer Trauerweide weit hinabreichten. Sie standen da wie erstarrt, die Augen weit aufgerissen, fühlten den Boden unter den Tritten des Galkry erbeben – und sahen es schließlich aus dem Schlund des Tunnels brechen. Die Kälte, die von ihm ausging, schlug ihnen entgegen. Nur mit Mühe konnte Nando einen Laut unterdrücken, als sich seine Brust unter dem Hieb zusammenzog. Es bewegte sich rasend schnell, und erst als es sein Nest erreicht hatte und stehen blieb, konnten sie seine wahre Gestalt erkennen.

Auf den ersten Blick ähnelte das Galkry einem mächtigen Keiler mit pechschwarzem Fell und Hauern, die weit über seine Schnauze ragten. Doch an Stelle der Hufe besaß die Kreatur Klauen mit langen, gebogenen Krallen, und acht Augen saßen spinnengleich über seinem Nasenbein wie blinde weiße Spiegel. Ein tiefes Grollen drang aus seiner Kehle, als es die abgeschnittenen Strähnen bemerkte und seine Schnauze tief in sein Nest grub.

Paolo gab den anderen ein Zeichen. Eilig und so leise wie möglich schlichen sie auf den Tunnel zu. Nando schickte einen dreifachen Schutzzauber in seine Faust, unverwandt hielt er den Blick auf das Galkry gerichtet. Sie hatten den Tunnel gerade erreicht, als es den Kopf halb zurückwandte. Schwarzer Nebel kroch aus seinem Schlund, als es witterte, und Nando sah mit Schrecken, wie der Dunst über den Boden auf sie zukroch.

Mit einem Schrei schoss Riccardo einen flammenden Pfeil auf das Galkry, ehe sie sich herumwarfen und den Tunnel hinabrasten. Nando riss den Schutzwall in die Höhe. Er sah noch, wie die Kreatur dem Pfeil auswich, als hätte sie ihn durch die Dunkelheit kommen gefühlt, sich im Sprung um die eigene Achse drehte und ein Brüllen ausstieß, ehe sie die Verfolgung aufnahm. Donnernd schlug eine Feuersbrunst gegen den Schutzwall, Nando spürte die Erschütterung in sich widerhallen wie einen Schlag ins Gesicht. Ilja verstärkte seinen Zauber, während Riccardo sich nach Kräften bemühte, die messerscharfen Pfeile abzuwehren, die aus dem Fell des Galkry schossen und den Wall an vielen Stellen durchdrangen wie Nebel.

»Hier entlang!«, rief Paolo, der mit gestrecktem Schwert voranlief, und bog in einen Gang ab, der zu schmal war, als dass das Galkry ihnen hätte folgen können. Mit einem zornigen Schrei brach es sich seinen Weg durch die Wand und jagte in einem parallel verlaufenden Tunnel dahin. Mit aller Kraft versuchte Nando, den Schutzwall aufrechtzuerhalten, doch das Galkry warf sich gegen die Wand und brachte einen Teil der Decke zum Einsturz. Gerade noch rechtzeitig wich Nando vor einem Felsbrocken zurück. Sein Wall war zerbrochen.

»Lauft weiter!«, rief er, als die anderen auf der anderen Seite der Trümmer innehielten, und begann, über die Steine zu klettern. Er würde sie einholen, sie durften nicht riskieren, von fallenden Felsen getroffen zu werden. Ilja und Riccardo schüttelten wie auf Kommando die Köpfe, doch da raste ein großer Felsklumpen von der Decke auf sie zu. Nur knapp konnten sie vor ihm zurückspringen.

»Macht schon!«, rief Nando. »Wartet am Ende des Tunnels, hier könnt ihr nichts tun! Beeilt euch, haltet die Decke aufrecht, ich bin gleich wieder bei euch!«

Nach kurzem Zögern errichtete Ilja einen Schutzwall um sie, und sie setzten ihren Weg fort. Nando stolperte über die Felsen, er schlug sich die Knie auf, aber er spürte es kaum. Immer wieder erbebte die Erde von den Angriffen des Galkry, das wie von Sinnen die Wand des Tunnels attackierte, immer wieder musste er herabstürzenden Steinen ausweichen.

»Warum hast du nicht besser aufgepasst?«, hörte er Ilja rufen und wusste, dass sie Paolo meinte. »Du wusstest doch, wie glatt der Felsvorsprung war, wie konntest du nur über deine eigenen Füße stolpern!«

Nando sprang vor einem herabfallenden Stalaktiten zur Seite, endlich hatte er die Trümmer überwunden. So schnell er konnte, rannte er den Tunnel hinab, schemenhaft erkannte er die anderen an seinem

Ende. Riccardo und Ilja sicherten die Wände der Höhle, in der sie sich befanden, vor den Angriffen des Galkry, während Paolo die Decke des Tunnels mit einem Zauber vor dem Einsturz bewahrte. Sein Gesicht war vor Anstrengung verzerrt.

»Ich habe das Gleichgewicht verloren«, rief er gegen die donnernden Schläge des Galkry an. »Ihr habt selbst gemerkt, wie glatt der Felsen war! Es tut mir leid!«

In diesem Moment schaute er den Tunnel herab, und in seinem Blick lag etwas, das Nando zurückstieß, etwas, das ihm die Luft abdrückte wie eine Klaue aus Eis. Donnernd schlug ein Teil der Decke hinter ihm ein, Gesteinssplitter flogen durch die Luft und rasten an seinen Wangen vorbei. Er stürzte, doch er ließ Paolo nicht aus den Augen, der langsam die Hände sinken ließ. Die anderen sahen ihn nicht an, sie waren zu sehr damit beschäftigt, ihren eigenen Zauber aufrechtzuerhalten, und bemerkten nicht, wie Paolo seinen Schutzwall fallen ließ.

»Beeil dich, Nando«, rief Paolo, und seine Stimme klang so ehrlich, so wahrhaftig besorgt, dass Nando der Atem stockte, als er ihm ins Gesicht sah. Ruhig schaute Paolo auf ihn herab, mit flackerndem Hass in den Augen, der auf der Stelle jede Maske von seinen Zügen fegte, und er lächelte mit hinterlistiger Grausamkeit.

Die Erkenntnis flutete Nando wie ein Guss aus Eiswasser. Paolo hatte alles geplant. Deswegen hatte er ihn in seine Gruppe geholt, sich selbst als Anführer angeboten und Nando als Nachhut vorgeschlagen. Er hatte nicht aus Versehen das Gleichgewicht verloren. Er hatte es mit Absicht getan.

Nando kam auf die Beine, doch da hob Paolo kaum merklich die Hand und warf einen Donnerzauber auf ihn zu. »Ich kann die Decke nicht mehr halten!«, rief er und trat aus dem Tunnel zurück. »Nando, du musst …«

Im nächsten Moment explodierte der Donnerzauber wenige Schritte von Nando entfernt und riss große Teile der Decke mit sich. Atemlos hob er einen Schutzwall über sich und warf sich zu Boden. Er ertrug kaum die Erschütterungen, die bei jedem Schlag auf seinen Körper einwirkten, und doch sah er nichts anderes vor sich als das Gesicht Paolos, diese Fratze aus Falschheit und Hass, und den Willen in dessen Augen, ihn sterben zu sehen.

Reglos ertrug Nando die Schläge der Steine, fühlte, wie ein besonders schwerer Felsen auf dem Wall dicht über seinem rechten Bein aufschlug und den Knochen anbrach, doch er schrie nicht, er gab keinen Laut von sich. Es war, als wäre er in eine Kapsel aus Stille gefallen, deren Luft sich in seine Lunge schob und alles in ihm erstickte bis auf das Gefühl des freien Falls. Niemals zuvor, das wusste er, hatte er einen solchen Ausdruck in einem Augenpaar gesehen, nicht einmal in den Augen Bhroroks, und er spürte die Kälte, die sich in ihm ausbreitete wie lähmendes Gift. Paolo hasste ihn nicht, weil er der Teufelssohn war. Er hasste ihn nicht wegen der Verfolgung der Nephilim durch die Engel und auch nicht für das, was der einstige Teufelssohn getan hatte. Paolo hasste ihn, weil Nando sein Spiegel war. Er hasste ihn aus Neid. Diese Erkenntnis pulste durch Nandos Schläfen, während er den Einsturz des Ganges erlebte, und als endlich die letzten Steinbrocken niedergefallen waren und sich der Rauch langsam lichtete, konnte er sich kaum noch rühren, so starr und kalt fühlte er sich.

Mühsam bewegte er die Finger seiner linken Hand. Der Schutzwall hatte die Brocken der Decke zum größten Teil abgleiten lassen, sodass Nando sich mit dem Rücken an der Wand emporschieben konnte. Er holte Atem, seine Lunge schmerzte, als wäre sie gequetscht worden. Paolos Donnerzauber hatte ein Loch in die gegenüberliegende Wand gerissen. Stöhnend kroch Nando über die Trümmer auf die Öffnung zu und hatte sie fast erreicht, als er schwere Tritte hörte, dicht gefolgt von einem grollenden Brüllen. Das Galkry näherte sich aus dem anderen Tunnel, es kam direkt auf ihn zu.

Eilig rappelte er sich auf, sein rechtes Bein schmerzte so sehr, dass er kaum auftreten konnte, und schleppte sich durch das Loch in der Wand den Tunnel hinab, fort, nur fort von der Kreatur, die ihn zerreißen wollte. Wieder hörte er die Gesänge der Galkry, er konnte nicht sagen, ob sie tatsächlich da waren oder nur in seiner Erinnerung widerhallten, aber gleich darauf sah er erneut Paolos Gesicht, und als hätte dessen Lächeln ihm einen Schlag versetzt, stolperte er über eine Unebenheit im Boden. Er versuchte noch, seinen Sturz abzufangen, doch es gelang ihm nicht. Er schlug aufs Gesicht, der Schmerz explodierte in seinem Schädel. Keuchend fuhr er herum und kroch rücklings weiter den Tunnel hinauf, doch schon brach das Galkry aus den

Schatten, donnernd wie eine Welle aus Dunkelheit. Mit einem Brüllen riss es sein Maul auf und hielt inne, um langsam, quälend langsam auf Nando zuzutreten.

Er sah in die weißen Augen des Untiers. Eine tiefe Narbe lief über dessen Stirn wie von einem lang vergangenen Kampf. Er wusste, dass es ihn töten würde, wusste es mit so klarer Unausweichlichkeit, dass er auf der Stelle jeden weiteren Fluchtversuch unterließ. Der Schutzwall, der ihm das Leben gerettet hatte in dem einstürzenden Tunnel, hatte zugleich seine gesamte Kraft verzehrt, er war nicht einmal mehr fähig, einen leichten Abwehrzauber zu wirken. Reglos blieb er liegen, wo er war, und schaute dem Galkry entgegen.

Jeder, der einen Ovo gegen dessen Willen berührte, war des Todes – und nichts anderes war es mit den Galkry. Nandos Kehle zog sich zusammen, als sein Blick auf die Strähne fiel, die er noch immer umklammerte, als könnte er sein Leben damit festhalten. Er hatte viel mehr getan, als dieses Galkry zu berühren. Er hatte ihm einen Teil seines Besitzes geraubt – ein Besitz, der offensichtlich noch immer mit ihm verbunden war.

Nando spürte die Flammen des Galkry auf seinem Gesicht, und mit einem Brüllen, das ihm die Luft aus der Lunge presste, bäumte es sich auf und holte zum Schlag aus. Instinktiv hob Nando die Arme, er hörte, wie etwas an seiner Faust vorbeiraste – und sah im nächsten Moment einen gleißenden Blitz. Stöhnend fuhr er sich mit den Händen über die Augen, es war, als hätte man ihm zwei Lanzen in den Schädel gebohrt. Doch das Galkry wich mit einem Keuchen vor dem Feuerzauber zurück, der knisternd vor Nandos Füßen brannte, und gleich darauf schlug ein glühendes Messer in den Flammen ein. Funken sprühten in die Luft, das Galkry warf sich herum und verschwand mit heiserem Schrei in der Finsternis seines Reiches.

Nando wandte den Blick, denn nun näherten sich Schritte. Mit zusammengekniffenen Augen starrte er in die Dunkelheit, als sein Retter neben ihm stehen blieb und das Messer aus den Flammen nahm, ohne sich zu verbrennen. Er sah die feingliedrige weiße Hand, die die Waffe umschloss, und das lange schwarze Haar. Ein Name durchzuckte seine Gedanken, und noch ehe er sich auf seinen Lippen geformt hatte, erhellte der Schein des Messers das Gesicht seines

Gegenübers. Vor ihm, die Augen pechschwarz und das Kinn stolz erhoben, stand Noemi.

Wortlos ließ sie sich neben ihm nieder, fuhr wenige Fingerbreit über seinem verwundeten Bein durch die Luft und wirkte lautlos einen Heilungszauber. Vorsichtig half sie ihm auf die Beine. Für einen Moment schaute sie ihn an, schweigend und ohne zu lächeln, ehe sie einige Schritte zurücktrat und wartete, bis er ihr folgte. Dann drehte sie sich um und ging den Gang hinauf, mit erhobenem Kopf wie eine Königin.

29

Nando lag mit offenen Augen in seinem Bett in der Akademie und starrte in die Finsternis. Es war mitten in der Nacht, er hatte die Vorhänge zugezogen. Nur schwach glitt das silbrigschwarze Licht Bantoryns unter ihnen hindurch in den Raum. Die Stadt schlief. Nando lauschte auf das leise Knarzen der beweglichen Brücken, das ihm schon so vertraut war wie der Wind vor seinem Fenster in Maras Wohnung, und dachte darüber nach, ob er Antonio von den Vorkommnissen in den Sümpfen der Schatten erzählen sollte. Einige Tage waren vergangen, seit er zusammen mit Noemi ans Ufer des Schwarzen Flusses gesprungen war. Schweigend waren sie durch die Schatten gelaufen, hatten das Sumpfboot Noemis bestiegen und waren damit nach Bantoryn zurückgekehrt, wo die anderen Novizen bereits versammelt waren. Nando erinnerte sich genau an die erstaunten Gesichter, an Riccardo und Ilja, die vor Erleichterung die Hände zusammenschlugen – und an Paolo. Nur für einen flüchtigen Moment war ein Schatten über dessen Gesicht geglitten, und Nando hatte die widerwärtige Scheinheiligkeit kaum ertragen, als Paolo ihm auf die Schulter geklopft und versichert hatte, dass er sich über die Maßen freuen würde, ihn zu sehen. Am liebsten hätte Nando ihm mit seiner metallenen Faust die Schneidezähne ausgeschlagen und ihn kopfüber in den Fluss geworfen. Doch er wusste, dass er damit nichts erreichen würde, außer das mühsam erarbeitete Vertrauen der anderen Nephilim aufs Spiel zu setzen. Also hatte er sich zusammengerissen und am Abend für Stunden auf der Geige gespielt, während Kaya neben ihm einen Furientanz vollführt hatte, um ihrem Zorn auf Paolo Luft zu machen.

Er holte tief Atem. Direkt nach seiner Rückkehr hatte Antonio ihn gemustert, prüfend und durchdringend, als hätte er gespürt, dass mehr hinter Nandos Verletzungen steckte als die Jagd durch ein Galkry.

Doch Nando hatte gelächelt, eine Maske auf sein Gesicht gezwungen und begonnen, Belanglosigkeiten von der Fahrt mit dem Sumpfboot und dem Fell des Galkry zu erzählen, während er die Strähne zwischen den Fingern gedreht hatte, um seine Aufregung zu verbergen. Er wusste, dass es niemandem half, wenn er Antonio die Wahrheit über Paolo erzählen würde. Es gab keine Zeugen, denn weder Riccardo oder Ilja noch Noemi hatten gesehen, wie Paolo seinen perfiden Plan in die Tat umgesetzt hatte. Vor einigen Stunden nun war Antonio gemeinsam mit Drengur und Althos in die Oberwelt gereist, um sich mit eigenen Augen von der zunehmenden Präsenz der Engel zu überzeugen, und Nando beschloss, ihm auch nach seiner Rückkehr nichts von den Geschehnissen zu berichten.

Seufzend schlug er die Decke zurück und trat ans Fenster. Dichte Schwaden aus rotem Mohnstaub wehten durch die verlassenen Straßen, dass es fast aussah, als wäre Bantoryn eine Geisterstadt, und tatsächlich kam es ihm so vor, als steckte ein Eigenleben in diesen Mauern, mit dem Atem des Mohns, den Muskeln der stählernen Brücken und dem Blut ihrer Bewohner, die nun geschützt vom Nebel der Ovo in ihren Eingeweiden schliefen.

Nando lehnte sich gegen die Scheibe. Die Kälte des Glases milderte den Kopfschmerz, der hinter seiner Stirn puckerte. Mehrere Stunden hatte er nach seiner Rückkehr aus den Sümpfen auf der Krankenstation der Akademie verbracht, war bei jedem Türenschlagen zusammengefahren, weil er damit gerechnet hatte, dass es Paolo war, der kam, um seinen Plan zu vollenden, und hatte seinen Verstand erst nach einer ganzen Weile davon überzeugen können, dass dieser Feigling nichts dergleichen tun würde. Er war ein hinterhältiger Täuscher, der nur im Geheimen agieren konnte – dort, wo es niemand sah, der ihn dafür zur Rechenschaft ziehen konnte. Nando war sich bewusst, dass er in Zukunft auf der Hut sein musste, doch auf der Krankenstation hatte er nichts zu befürchten, dorthin würde sich Paolo nicht wagen. Stattdessen kamen ihn Riccardo und Ilja besuchen. Ein wenig verlegen standen sie an seinem Bett, während der Heilungszauber sein Bein in blauen Nebel hüllte, doch je länger sie blieben, desto entspannter wurden ihre Gespräche, und als sie nach einer Weile gingen, verabschiedeten sie sich mit einem Lächeln. Auch mit ihnen sprach Nando nicht über

Paolo, aber als er kurz darauf vollends genesen war, kamen sie vorbei, um ihn zu einem Abend im Flammenviertel mitzunehmen. Gemeinsam liefen sie über die Schwarze Brücke, Ilja hakte sich bei ihm unter, Riccardo erklärte ihnen den komplizierten Mechanismus der Schrauben und Zahnräder mancher Schwebebrücken, und sie kauften an einem Stand geröstete Kastanien und teilten sie miteinander. Sie begegneten Tolvin, dem Brückenwärter, der sie mürrisch betrachtete, doch auch jenseits der Akademie hatte die Kunde von Nandos Kampf gegen Avartos sich verbreitet und kratzte zusammen mit dem Zauber der aufkeimenden Freundschaft zwischen den beiden anderen und ihm selbst an der Mauer, welche die Bewohner Bantoryns ihm gegenüber errichtet hatten. In letzter Zeit war es immer wieder vorgekommen, dass sie ihn bei Besorgungen in der Stadt mit beinahe freundlichen Gesichtern betrachtet hatten, und in der Bar des Flammenviertels hatte der Wirt ihn mit seinem Namen angesprochen – *Guten Abend, Nando*, hatte er gesagt, und nicht wie zuvor, wenn er ihn auf der Straße getroffen hatte: *Teufelssohn*.

Nando erinnerte sich daran, dass er nach dem ersten gemeinsamen Abend im Flammenviertel ans offene Fenster seines Zimmers getreten war und für Riccardo und Ilja auf der Geige gespielt hatte – doch nicht nur für sie, sondern auch für den Wind, den Mohn, den Duft Bantoryns, für die Sterne aus Feuer und Eis, für den Schwarzen Fluss und die Brücken in ihrem ewigen Tanz aus Schwere und Metall – und für all die anderen Bewohner dieser Stadt, für ihre Angst, für ihren Zorn, aber auch für ihre Sanftmut, ihre Stärke und jedes vorsichtige Lächeln. Und er erinnerte sich daran, wie ihm der Ruf einer Klarinette geantwortet hatte, es war Riccardo gewesen, der seinem Spiel seit jenem Abend Antwort gab, ihre Musik war über die Dächer Bantoryns geflogen, und der letzte Ton hatte sich noch lange in der Luft gehalten, als wollte er sich weigern, zu verklingen.

Nando fuhr sich über die Augen. Auch an diesem Abend war er mit Riccardo und Ilja ins Flammenviertel gegangen. Es war schön gewesen, mit ihnen zusammen zu sein, in einer Bar herumzusitzen, ein wenig Tischfußball zu spielen und über alles und nichts zu reden, und doch war er schweigsam geworden, als das Gespräch auf die Prüfung gekommen war, die in genau sieben Tagen stattfinden würde.

Die anderen hatten geglaubt, dass er sich vor ihr fürchtete, und sicher spielte auch das eine Rolle, aber der wahre Grund für sein Schweigen hatte woanders gelegen. Die Prüfung brachte ihn seinem Ziel einen Schritt näher. Er würde Bhrorok bezwingen – und dann würde er Bantoryn verlassen und mit ihm jedes Wesen, das ihm in dieser Stadt ans Herz gewachsen war. Natürlich vermisste er seine Tante, Giovanni und seine Freunde aus der Oberwelt mehr, als er sagen konnte. Aber dennoch beschlich ihn immer häufiger ein seltsames Gefühl, wenn er daran dachte, in das Leben desjenigen zurückzukehren, der er früher einmal gewesen war.

Nando zog die Vorhänge zu. Er stand in der Dunkelheit, Bantoryns Lichter flammten hinter dem Stoff wie farbige Feuer, und er musste wieder an Yrphramar denken wie in den Augenblicken kurz nach Silas' Tod, als er auf dem Mohnfeld der Stadt gestanden hatte. Erneut spürte er die Sehnsucht in sich aufflammen, von der Yrphramar oft gesprochen hatte, die Sehnsucht nach einer Heimat, die unstillbar war. Was würde geschehen, wenn er aus dem Kampf gegen Bhrorok siegreich hervorging? Was sollte dann aus ihm werden? Konnte er ein normales Leben in der Welt der Menschen führen, wie er es noch vor kurzer Zeit vorgehabt hatte? Konnte er alles zurücklassen, was er in der Unterwelt gefunden hatte, vermochte er es, sich von seinen Schwingen zu trennen und nie wieder Magie anzuwenden? Oder sollte er in Bantoryn bleiben, im Verborgenen, sollte er ein Leben weit fort von seiner Familie und seinen Freunden führen – ein Leben als Krieger der Schatten? Und konnte er wirklich in der Stadt jenseits des Lichts bleiben, mit der Macht des Teufels in seiner Brust, die ihn zeit seines Lebens begleiten würde? Oder wäre es ratsamer, in die Oberwelt zurückzukehren, äußerlich scheinbar ein Mensch, aber doch verstümmelt und unerkannt?

Diese Fragen trieben ihn um, und je länger er darüber nachdachte, desto schwerer fiel es ihm, Antworten zu finden. Nur mitunter, wenn er den Duft des Mohns einsog und den Blick hinüberschweifen ließ zum Nebel der Ovo, spürte er tief in sich die Gewissheit, dass er sich seinen eigenen Platz suchen musste, seinen Platz zwischen den Welten, wie Yrphramar es getan hatte, und der Gedanke daran schickte ein Gefühl der Unsicherheit und Kälte in seine Glieder.

Die Müdigkeit machte ihm das Stehen schwer, und er kehrte zurück in sein Bett. Trotz dieser Gedanken hatte er so ausgiebig wie möglich für die bevorstehende Prüfung gelernt. Er spürte die Erschöpfung deutlich in seinen Knochen – und dennoch fand er keinen Schlaf. Seufzend drehte er sich auf die Seite, starrte gegen die Finsternis seiner Wand und dachte für einen Moment an Noemi. Sie hatten kein einziges Wort miteinander gewechselt, seit sie ihn gerettet hatte, und als er sich am Ufer des Schwarzen Flusses nach seiner Begrüßung durch die anderen zu ihr umgedreht hatte, war sie verschwunden gewesen. Vermutlich lernte sie ebenso wie er selbst intensiv für die Prüfung. Noch einmal flammte ihr Bild in ihm auf, wie sie dastand mit dem noch glühenden Messer in ihrer Hand und mit undurchsichtigem Blick zu ihm herabsah. *Und es gab eine Zeit, da es keine Kriege gab, keinen Zorn und keine Furcht. Es muss schön gewesen sein, damals gelebt zu haben – meinst du das nicht auch?* Der Schlaf spülte als dunkle Welle über ihn hinweg. Dann umgab ihn nichts mehr als samtene Dunkelheit.

Augenblicke später, so schien es ihm, wurde er von aufgeregten Stimmen geweckt. Er setzte sich auf, noch immer glomm das silbrigschwarze Licht der Laternen ins Zimmer. Es war also noch mitten in der Nacht, doch vor seinem Zimmer liefen Novizen über den Flur. Er hörte sie miteinander sprechen, leise und flüsternd, und er spürte die Anspannung in der Luft, die ihn aus dem Bett trieb und jede Müdigkeit von seinen Schultern riss. Irgendetwas war geschehen.

Eilig schlüpfte er in seine Kleider und Schuhe, schob die Geige, in der Kaya schlief, unter sein Bett, und verließ das Zimmer. Er lief Ilja beinahe in die Arme.

»Was …«, begann er, doch sie schüttelte den Kopf.

»Ich weiß es nicht«, erwiderte sie und zog ihn im Strom der anderen Novizen den Flur hinab. »Irgendjemand hat gesagt, dass Engel gefunden wurden – tote Engel, in einem der Gänge nicht weit entfernt von der Stadt. Sie liegen auf dem Markt der Zwölf, und weil niemand weiß, was geschehen ist, machen sich nun alle auf den Weg.«

Sie sagte noch mehr, aber ihre Stimme ging im allgemeinen Lärm unter, als die Novizen aus der Akademie stürmten. Die Luft war kühl, sie schlug Nando mit ungewohnter Härte ins Gesicht, und selbst der Mohnstaub, der sich wie ein Teppich aus Blut auf das Pflaster der

Straßen legte, konnte die Anspannung nicht fortwischen, die sich mit jedem Schritt stärker in seinem Nacken festkrallte. Er spürte die Grabeskälte, die auf einmal durch die Gassen strich, meinte sogar, schwere Schritte zu hören, die ihm folgten, doch jedes Mal, wenn er sich umwandte, sah er nichts als die aufgeregten Gesichter der Nephilim.

Die ganze Stadt war auf den Beinen, so schien es, dicht an dicht drängten die Bewohner Bantoryns dahin, die Luft schwirrte von ihren Schwingenschlägen. Nando schnappte Gesprächsfetzen auf, aber sie verrieten nicht mehr als das, was er schon wusste. Er zog die Schultern an. Noch nie war ihm zwischen den Häusern der Stadt so kalt gewesen.

Schließlich erreichten sie den Markt der Zwölf. Er war bereits gut besucht, aber Ilja drängte sich mit Nando im Schlepptau zwischen den Nephilim hindurch auf den Hauptsitz der Garde zu. Ein flammender Kreis vor dem Gebäude ließ sie innehalten. Nando schaute zu dem Podest hinüber, auf dem die Senatoren mitunter ihre Reden hielten, wenn es darum ging, die Bewohner Bantoryns für bestimmte Dinge zu begeistern oder sie dagegen aufzubringen, er bemerkte Morpheus und Salados, die hitzig miteinander diskutierten, während Salados ein halb zerrissenes Stück Pergament in der Hand schwenkte, doch er sah all das wie durch einen Schleier. Sein Blick glitt hinab auf das Podest, und da erblickte er den Grund für die nächtliche Zusammenkunft.

Drei Engel lagen auf den Steinen. Ihre Körper schienen aus flüssigem Silber zu bestehen, mit nichts bekleidet als einfachen Leinentüchern. Feingliedrige Adern liefen über ihre Schwingen wie ein Geflecht aus kostbarem Kristall. Langes, weiß schimmerndes Haar ergoss sich über ihre Schultern, und auf ihren schmalen Gesichtern lag ein erhabenes Lächeln. Nando spürte den Anflug der Sehnsucht, die einst in diesen Geschöpfen gelebt hatte, fühlte sie wie den letzten Atemzug der Engel über seine Schwingen streifen.

»Throne«, flüsterte Ilja neben ihm.

Sofort wurde der Name von Umstehenden aufgegriffen und pulste als unheimliches Flüstern über den Platz. Nando wusste, dass Throne einst Engel der ersten Hierarchie waren, dass sie als Räder des Lichtwagens Gottes galten und zu den ätherischsten und schönsten aller Engel zählen sollten. Doch diese Engel, das konnte jeder sehen, waren tot. Ihre Körper fielen in sich zusammen, schon jetzt waren sie kaum mehr als Trugbilder ihres einstigen Glanzes, und Nando kam das Bild eines Schmetterlings in den Sinn, der mit zerfetzten Flügeln am Rand einer viel befahrenen Straße lag. Jemand hatte diese Engel nicht einfach nur getötet – jemand hatte sie in der Luft zerrissen, außer sich vor Zorn, da er ihre wahre Schönheit nicht hatte vernichten können.

Nando zog die Arme um den Körper. Die Stimmen der Nephilim um ihn herum klangen seltsam dumpf an sein Ohr, als wäre er auf einmal weit von ihnen entfernt. Langsam hob er den Blick und sah, dass es kein Pergament war, das Salados in den Händen hielt. Es war ein blutiges, halb zerrissenes Stück Haut mit in schwarzen Strichen hineingeritzten Zeichen. Der Schreck raste wie eine Faust auf ihn zu, und als er zurückwich, fuhr ihm der Wind mit eisiger Hand in den Nacken. Es war nicht der Atem Bantoryns, der da nach ihm griff, es war ein Sturm, der aus diesen schwarzen Buchstaben kam, ein todbringender Orkan, der einmal über die Köpfe der Nephilim hinwegflog und niemanden berührte außer Nando. Er sah nicht mehr Salados, der düster zu ihm hersah, auch nicht die langsam dahinwelkenden Körper der Engel. Er war sich nicht einmal mehr sicher, dass er sich überhaupt noch in Bantoryn befand. Es schien ihm, als stünde er wieder in der Sackgasse in Rom, die Augen angstvoll aufgerissen, und als spürte er die starre Totenhand, die sich langsam um seine Kehle schloss. Vor sich, so nah, dass er den kalten Atem auf seinen Wangen fühlen konnte, sah er ein kalkweißes Gesicht mit Augen, deren Finsternis sich zu einem nadelfeinen Punkt zusammengezogen hatte. Der breite Mund war nichts als eine blasse Narbe und verzog sich nun zu einem boshaften Lächeln. Bhrorok.

Nando keuchte und stieß mit dem Rücken gegen einen Nephilim, der ihn unsanft von sich schob. Ilja legte ihm die Hand auf den Arm, sie sah ihn fragend an, doch da riss Salados sich mit herrischer Geste von Morpheus los, der ihn zurückhalten wollte, und sprang auf das Podest. Alle Blicke wandten sich ihm zu, Schweigen senkte sich über den Platz. Nando starrte auf das blutige Stück Haut, das Salados nun emporhob.

»Vor wenigen Stunden«, begann Salados und ließ seinen Blick wie eine brennende Fackel über die Köpfe der Anwesenden fliegen,

»fanden zwei Ritter der Garde die Leichen dieser Engel in den Brak' Az'ghur.«

Ein Raunen ging durch die Menge, und Nando wich das Blut aus dem Kopf. Er war dankbar, als Ilja seinen Arm fester umgriff.

»Sie fanden sie genau so, wie ihr sie jetzt vor euch seht«, fuhr Salados fort. »Äußerlich scheinbar unversehrt, doch innerlich zerfressen, ausgehöhlt von Kreaturen der Finsternis, die in der Schattenwelt seit langer Zeit nicht mehr gesehen wurden. Sie stammen aus den tiefsten Regionen der Dunkelheit, aus Reichen, die selbst ich nur vom Hörensagen kenne, und sie dienen einem Dämon, der mächtiger ist als so mancher Engel, der neben dem Thron der Königin steht.« Er hielt inne, sein Blick umfing Nando mit kalter Gewalt. »Bhrorok«, raunte Salados, doch seine Stimme raste über den Platz wie ein Schwerthieb. »Erstanden aus dem Zorn des Donners, als Himmel und Hölle zerbarsten, genährt von den Tränen der Welt, verdorben in den Ruinen ihres faulenden Fleisches. Erwachsen zum Krieger des Zorns und zum Schatten der Gier, der alles verschlingt, was sein Meister sich anbefiehlt. Einst zerrissen von der Hand eines Jägers, doch wiedergekehrt in Kälte, Blut und Finsternis – wie in den lang vergangenen Tagen, damals vor dem Ersten Frost.«

Ängstliche Rufe hallten über den Platz, Iljas Finger schlossen sich fester um Nandos Arm. Salados wandte den Blick nicht von ihm ab.

»Wir alle wissen, dass Bhrorok von seinem Herrn ausgeschickt wurde«, fuhr er fort und hob die freie Hand, um lauter werdende Schreckensschreie zu unterdrücken. »Wir wissen, dass er geschickt wurde, um jenen zu finden, der die Macht in sich trägt, den König der Finsternis aus seinem Gefängnis zu befreien. Wir wissen, dass Bhrorok den Teufelssohn sucht – den Nephilim, der sich bei uns versteckt hält!«

Er deutete auf Nando, und augenblicklich wandten sich alle Köpfe zu ihm um. Selbst Ilja starrte ihn an, er fühlte es wie eine Ohrfeige, und obgleich sie seinen Arm nicht losließ, schien es ihm doch, als würde sie in diesem Moment begreifen, wer da vor ihr stand, oder als würde sie sich an etwas erinnern – etwas, das sie beiseitegedrängt hatte und das nun mit aller Macht seinen Platz zurückforderte.

»Wir haben uns dagegen entschieden, den Teufelssohn auszuliefern, damals, als er uns um Schutz ersuchte«, stellte Salados fest, und obgleich die Nephilim sich ihm wieder zuwandten, spürte Nando noch immer ihre Blicke wie Lanzenstiche in seinem Fleisch. »Doch nun liegen die Dinge anders. Bhrorok weiß, dass er bei uns ist. Er hat diese Engel nicht umsonst getötet, er wird seine Beute fangen, bald schon – sehr bald! Es gibt nichts, was wir dagegen tun können. Doch er ließ uns eine Nachricht zukommen, eine Botschaft, die uns vor die Wahl stellt zwischen Tod und Freiheit!«

Er wandte den Blick ab, um die Zeilen zu verlesen, die auf dem Hautfetzen standen. Doch es war nicht seine eigene Stimme, die aus seinem Mund kam, sondern die Stimme Bhroroks, die sich wie mit einem dunklen Zauber die Stimmbänder von Salados zunutze machte. Der Senator riss erschrocken die Augen auf, doch er sprach weiter, als hätte er die Kontrolle über seinen Körper verloren.

»Ihr, die ihr in den Schatten wohnt, aus denen ich komme«, grollte Bhroroks Stimme über den Platz und ließ die Nephilim zusammenfahren wie unter Peitschenhieben. »Ihr, die ihr euch versteckt vor jenen, die ich jage: Seid keine Narren! Stellt euch auf die Seite meines Herrn, und er wird sich für euch an jenen gütlich tun, die euch eine Existenz jenseits jeder Würde antun – jenen, die im Licht wohnen, während sie andere in die Dunkelheit drücken und sie knechten für das, was sie sind! Jene, die sich Engel nennen!«

Die Nephilim begannen zu flüstern, erschrocken fuhr Nando zusammen und hob die Hand an seine Kehle.

»Wir werden uns an ihnen rächen«, rief Salados mit Bhroroks Stimme. »Und wir werden euch ein Leben in Freiheit verschaffen, wie ihr es verdient! Gebt mir den Jungen! Ich bekomme ihn sowieso, und ihr wisst das! Seht sie an, die Engel, die ich euch zu Füßen lege! Seht sie an, und ihr erkennt, wen aus der Schar der gefallenen Dämonen ich rufen werde, um den Sohn des Teufels zu bekommen!«

Nando hörte den Namen, der über den Platz flüsterte, knisternd und kalt wie fallender Schnee, und es lief ihm eisig den Rücken hinunter.

Harkramar.

»Niemals«, fuhr Salados mit Bhroroks Stimme fort, »hat dieser Dämon eines seiner Opfer verfehlt: Harkramar, der Vielgesichtige! Er, einst ein Thron ersten Ranges, der in den Chroniken meines Volkes auch als *Der Sucher* bezeichnet wird. Aufgewachsen unter den

Gorgonen der Anden, genährt vom Gift ihrer Schlangenhaare, war er selbst ein Geschöpf ohne Lebenssaft. Nichts als das Schlangengift, so sagen es die Legenden, war durch seine Adern geflossen. Doch er vermochte es zeit seines Lebens, jedes atmende Geschöpf der Welt aufzuspüren, wenn er nur einen Blutstropfen von ihm in seine Nüstern sog. Im Kampf mit Alvys, der neunköpfigen Harpyie Konstantinopels, ist er gefallen – doch das Blut der Throne bringt ihn mir zurück! Und mit ihm werde ich den Teufelssohn finden!« Er hielt kurz inne. »Noch habt ihr die Wahl! Liefert ihn mir bei Neumond auf dem Aschemarkt aus, belegt ihn mit einem Bann, sodass er nicht fliehen kann – und mein Herr wird euch befreien! Euch – alle!«

Grollend stob das letzte Wort über die Köpfe der Zuhörer hinweg, riss an ihren Haaren und brach dann in sich zusammen wie ein plötzlich endender Sturm.

Salados griff sich an die Kehle. Schweißperlen standen auf seiner Stirn, er hustete. Morpheus bewegte sich auf das Podest zu, doch sofort wurde er von mehreren Rittern gepackt und zurück in die Menge geschoben. Nando hörte seine Flüche und die Furcht, die in seiner Stimme lag. Doch stärker noch als all das vernahm er die Stille. Sie strömte aus den Poren der Nephilim, die ihn umstanden, und glitt mit eiskalten Fingern über sein Gesicht, als sie ihn anschauten. Er sah die Sehnsucht nach Freiheit in ihren Augen, sah auch die keimende Furcht vor den Folgen, die auf sie zukommen würden, wenn sie dem Teufel nicht gehorchen würden. Keiner von ihnen rührte sich, es war, als würden sie auf einem schmalen Seil über einem gewaltigen Abgrund stehen und in Reglosigkeit verharren müssen, um nicht abzustürzen.

Da drang ein Keuchen über den Platz. Es kam aus Salados' Kehle, der Senator lachte heiser, doch erneut war es nicht seine Stimme, die über seine Lippen kroch. Nando stockte der Atem, als er sie hörte, diese Stimme aus Kälte und Wüstenglut. Die Nephilim um ihn her schrien auf.

Salados streckte die Hand mit dem zerrissenen Pergament empor, Nando meinte, einen goldenen Glanz in seinen Augen zu erkennen. »Habt ihr vergessen«, glitt die Stimme des Teufels über seine Lippen und fuhr in die Menge wie eine Schar unsichtbarer Schlangen, »dass ich schon einmal bei euch gewesen bin? Habt ihr vergessen, was damals geschah – habt ihr vergessen, dass ich es bin, der in ihm steckt?«

Salados starrte in die Menge. Seine Augen waren blutunterlaufen, seine Hand mit dem Pergament zitterte heftig. Man konnte sehen, dass er gegen die Macht aufbegehrte, die sich seines Körpers bediente, und für einen Moment entwich sein eigener Schrei seiner Kehle, markerschütternd und schrecklich. Gleich darauf krümmte er sich zusammen, und gerade als Nando glaubte, er hätte den Teufel und Bhrorok aus seinem Leib verbannt, verzerrte sich sein Schrei zu einem Lachen, so grausam und kalt, dass etliche Nephilim zusammenfuhren.

»Ihr habt es vergessen«, zischte der Teufel. »So werde ich euch daran erinnern!«

Da riss Salados die Arme in die Luft, das Pergament flog aus seiner Hand und zerbarst über den Köpfen der Nephilim in tausend flammende Funken. In rasender Geschwindigkeit formten sie sich zu einer Gestalt, einem jungen Nephilim mit wehenden Haaren und hellen Augen.

Nando keuchte, als er sich selbst erkannte. Als Trugbild der Flammen sprang er über die Köpfe der anderen hinweg, doch sein Gesicht hatte sich zu einer Fratze verzerrt, seine Augen brannten, und er lachte wie wahnsinnig, während er Feuerbälle zwischen seinen Händen drehte. Die Gesichter der Nephilim waren starr vor Entsetzen, doch gleich darauf schlug der flammende Nando seine Feuerzauber auf sie nieder, erschuf weitere Gestalten in der Luft, brennende Nephilim, die vor ihm flohen, schreiende Kinder, die in seinen Flammen zusammenbrachen, und er riss sein Schwert empor und schleuderte Peitschen aus Licht über die Köpfe der Zuschauer. Schreiend wichen sie zurück, stürzten übereinander, als die Funken der Zauber auf sie niederfielen, und merkten nicht, dass das Feuer der Illusion sie nicht verbrennen konnte. Panik lag in ihren Gesichtern, und als der Nando aus Flammen den Kopf zurücklehnte und lachte, brach eine andere Gestalt aus seiner Brust und verzehrte ihn.

Hochaufgerichtet erhob sich der Teufel über den Köpfen der Nephilim, die Schwingen in schwarzem Feuer erblühend, die Haare lodernd wie brennende Fackeln, und die goldenen Augen mit grausamer Kälte auf die gerichtet, die schreckensstarr zu ihm aufsahen.

Ich bin es, hallte seine Stimme über den Platz, und er breitete die Arme aus und schwebte hoch hinauf zu den Sternen aus Feuer und Eis. *Ich bin der, den ihr fürchten solltet, und nun bin ich zurück – und stehe mitten unter euch!*

Damit schlug er die Hände zusammen, stürzte kopfüber zu den Nephilim herab und verwandelte sich noch im Fallen in einen gewaltigen Drachen, dessen Schlund aufriss und die Schreie der Verbannten über sie ergoss. Der Drache zerbrach über ihren Köpfen, doch sie schrien in Panik auf, und durch ihre Schreie hörte Nando plötzlich Worte, eine düstere Losung, die ihm den Atem stocken ließ.

»Liefern wir ihn aus!«

Zuerst klangen nur vereinzelte Stimmen über den Platz, aber schnell wurden die Worte aufgegriffen und in beängstigendem Gleichklang wiederholt, leise und wie in Trance. Es war ein Flüstern der Grausamkeit, das sich um Nandos Kehle legte und ihm die Luft abdrückte. Auf einmal flohen die Nephilim nicht mehr. Sie wandten die Köpfe und starrten zu ihm herüber.

Er wich zurück, Ilja wollte sich vor ihn stellen, um ihn zu schützen, doch schon schob sie ein breitschultriger Nephilim beiseite und sie wurde von der Menge verschluckt – jener Menge, deren gerade noch so vertraute Körper wie aus dem Nichts in einen todbringenden Mob verwandelt worden waren. Mit geneigten Köpfen traten immer mehr Nephilim auf Nando zu. Andere blieben stehen und widersetzten sich, doch sie wurden von der Masse verschluckt wie Blätter, die von Steinen zermahlen wurden. Nando stolperte rückwärts. Er sah den ersten Hieb kommen und wich ihm aus, doch gleich darauf traf ihn ein Schlag an der Schläfe. Er ging zu Boden, Tritte trafen seinen Magen, und er hörte kaum das Schwingenrauschen, das mit einem Mal das gespenstische Flüstern zerriss und die Nephilim, die auf ihn einschlugen, mit einem Donnerzauber auseinandersprengte.

Benommen hob er den Blick, er erkannte Drengur, der ihn am Arm packte und ihm auf die Beine half, Althos, der mit peitschendem Schwanz und nach vorn gedrehten Ohren neben ihm stand – und Antonio, der seinen Säbel auf die Umstehenden richtete. Sie starrten ihn an, einige, als würden sie aus einer Trance erwachen, aber Nando spürte, dass sie nicht Antonio anblickten. Sie betrachteten ihn, den

Teufelssohn, und er sah in ihren Augen, dass er von einem Moment zum anderen nichts anderes mehr für sie war als dies. Er spürte die Verzweiflung über die Kälte in ihren Blicken, über die geballten Fäuste und den Schmerz in seinem Magen, und riss seinen Blick von ihnen los.

Antonio stand reglos, nur sein Säbel glitt vor ihm durch die Luft. Nando wusste, dass er sich noch niemals zuvor gegen die Bewohner dieser Stadt gestellt hatte. Er stand dort als der Beschützer aller Nephilim – und als der Freund, der er für Nando geworden war. Seine Augen standen in goldenem Feuer, helles Licht strahlte aus seiner Haut und blendete die Umstehenden. Er würde nicht zögern, jeden Angreifer niederzustrecken, das fühlte jeder auf dem Platz.

»Was ist hier geschehen?«, rief der Engel, und seine Stimme rollte über die Leiber der Nephilim wie der Donner der Ersten Zeit. »Was seid ihr, Bewohner Bantoryns? Seid ihr Wölfe, die über ein Lamm herfallen, sobald seine Herde sich entfernt? Seid ihr hinabgestiegen zu den Dämonen der Hölle, um mit ihnen zu paktieren?«

Die Nephilim wichen zurück, doch noch immer stand die Kälte in ihren Blicken, und Nando sah noch etwas anderes darin: das rücksichtslose, schwarze Feuer einer Hoffnung, die lange genährt worden war und nun nicht mehr anders konnte, als entfesselt zu werden. Sie würden nicht weichen, nicht in dieser Nacht, da ihre Freiheit zum Greifen nah war. Antonio trat einen Schritt vor, doch da flog Salados auf sie zu.

»Genug!«, rief er und landete vor Antonio. Er hob beide Hände zum Zeichen, dass er unbewaffnet war, aber in seinem Blick lag weder Reue noch Demut. »Das Volk Bantoryns hat entschieden«, begann er, doch Antonio stieß die Luft aus.

»Das Volk Bantoryns ist keine wilde Meute!«, rief er und die Erde erbebte unter seiner Stimme. »Das Volk Bantoryns ist kein willenloses Tier, das sich verhetzen und benutzen lässt! Das Volk Bantoryns, so haben wir es beschlossen, ist frei!«

Da lachte Salados auf. »Freiheit wird ihm geboten, noch heute Nacht, wenn wir den ausliefern, der uns alle vernichten könnte! Der Teufel steckt in ihm! Er hat uns schon einmal beinahe vernichtet – gerade habe ich selbst erlebt, welch eine Macht er hat! Wir können ihm entkommen, wenn …«

»Wenn wir einen Pakt mit ihm eingehen«, beendete Antonio seinen Satz. Auf einmal sprach er ruhig, doch in jedem Ton lag eine Kälte, die Nando bis ins Mark erschütterte. Er sah, wie die Nephilim die Fäuste sinken ließen.

Antonio wandte den Blick halb zu Nando um. Für einen Moment wurden seine Augen schwarz, und ein Ausdruck lag darin, der Nando ans Herz griff.

»Der Senat wird zusammenkommen, gleich morgen Abend«, sagte Antonio.

»Warum warten?«, rief ein Nephilim aus der Menge und deutete auf Nando. »Er ist nur der Teufelssohn, was ...«

»Der Senat ist die Grundlage unserer Stadt«, unterbrach ihn ein anderer. »Wir alle haben ihn gewählt. Er wird entscheiden!«

Noch einmal maß Antonio die Umstehenden mit seinem Blick, dann drehte er sich um und legte Nando die Hand auf die Schulter. Doch ehe sie durch die Menge gehen konnten, trat Salados vor.

»Der Teufelssohn wird die Stunden bis zur Zusammenkunft des Senats im Gefängnis der Garde verbringen«, sagte er. Er hatte ruhig gesprochen, doch Nando sah die Flammen, die umgehend wieder aus Antonios Augen loderten und Salados dennoch nicht dazu bringen konnten, sich abzuwenden. »Dort wird er sicher sein vor Übergriffen – und ein möglicher Fluchtversuch wird verhindert werden. Ich treffe diesen Beschluss als General der Garde.«

Nando wurde eiskalt. Er wusste, dass Salados diese Entscheidung auch gegen Antonios Willen treffen konnte, und hoffte doch inständig, dass sein Mentor ihn davon abbringen würde. Hilflos hob er den Blick. Antonio schaute ihn an, Wärme strömte durch seine Hand in Nandos Körper, ehe er den Arm zurückzog.

Sofort legten sich eiskalte Fesseln um Nandos Handgelenke, doch da riss Antonio beide Fäuste vor. Flammen strömten aus seinen Fingern und rasten auf die Menge zu. Kreischend wichen die Nephilim zurück und machten einen von Antonios Feuer flankierten Gang frei, der bis hinauf zur Garde führte.

Nando warf dem Engel einen letzten Blick zu, ehe Salados ihn am Kragen packte und abführte. Er wusste, dass unzählige feindliche Blicke sich in diesem Moment in seinen Rücken bohrten. Und doch sah er es nicht. Vor seinem inneren Auge stand Antonio, und obgleich er sich Schritt für Schritt von dem Engel entfernte, erschien es ihm für diesen Moment, als wären sie ganz allein. Auf einmal sah er sich mit Antonio in dessen Arbeitszimmer am Feuer sitzen, ging noch einmal mit ihm durch den Nebel der Ovo und spürte erneut seine Hand auf seiner Schulter. Hinter ihm, die Augen unverwandt auf ihn gerichtet, stand Alvoron Melechai Di Heposotam, siebzehnter Gesandter des Höchsten Rates, Träger der Schwarzen Flammen zum Zeichen des Rittertums. Er war sein Lehrer, sein Mentor und sein Freund – und er würde es immer sein.

30

In Nandos Zelle gab es keine Fenster. Sie war gerade groß genug, um einer Pritsche, einem Stuhl und einem kleinen Tisch Platz zu bieten. Nur das schwache Licht einer Fackel neben der mehrfach gesicherten Metalltür flackerte über die kargen Wände. Hin und wieder klangen Schritte über die Korridore, die sich als gewaltiges Netzwerk im Keller der Garde erstreckten, doch sie waren nicht mehr als leise Klopfzeichen aus einer Welt, die auf der anderen Seite der Tür begann.

Nando nahm sie kaum wahr. Er hockte in der Ecke der Zelle auf seiner Pritsche. Sein Kopf lehnte an der Wand, sein rechter Fuß steckte in einer schweren Eisenfessel, deren Kette mit dem Boden verankert worden war, und ein Bannzauber lag auf seiner Stirn, der es ihm kaum möglich machte, die Augen zu öffnen, so stark hatte Salados ihn gewirkt. Immer wieder stieg Übelkeit in ihm auf, wenn die Magie des Senators sich um seine eigene Zauberkraft zog. Er hatte schrecklichen Durst, aber das Wasser, das auf dem Tisch neben der Tür stand, erschien ihm meilenweit entfernt. Er wusste nicht, wie lange er bereits in der Zelle saß, es konnten Stunden sein oder bereits Tage. Immer wieder dämmerte er ein, versank in ruhelosen Träumen, in denen die Schreckensbilder vom Markt der Zwölf ihn verfolgten und eine ihm nur zu bekannte Stimme zu ihm sprach.

Mühsam öffnete er die Augen, das Zimmer drehte sich um ihn, die Wände verformten sich unter der Gewalt des Schwindels. Dennoch hielt er die Augen geöffnet. Er durfte nicht einschlafen, nicht schon wieder, er würde es nicht ertragen, noch einmal dieser Stimme zuzuhören und die Fratzen der Nephilim zu sehen, die ihn in ihrer Panik an Bhrorok ausgeliefert hätten. Stöhnend hob er den Kopf und zwang sich, das Wasserglas auf dem Tisch zu fixieren. Unendlich langsam drückte er sich von der Wand fort und kroch über die Pritsche darauf zu. An ihrem Rand blieb er sitzen und kämpfte die Übelkeit nieder, die seinen Magen auf Erbsengröße zusammenzog und den Tisch vor seinen Augen tanzen ließ. Seine Hand zitterte, als seine Finger sich um das Glas schlossen. Er hustete nach den ersten Schlucken und spürte dann die angenehme Kühle, die sich in seiner Kehle und seinem Magen ausbreitete wie Regen in ausgedörrter Erde.

Rücklings fiel er auf die Pritsche, das Licht der Fackel flammte über sein Gesicht. Er schloss die Augen, auf einmal brandete die Müdigkeit in ihm auf und machte es ihm sehr schwer, ihr nicht zu folgen. Mit aller Kraft wehrte er sich gegen die Dunkelheit, die auf ihn zudrängte, doch die Kälte des Bannzaubers pochte hinter seiner Stirn, und als der Schwindel in seine Schläfen zurückkehrte, widerstand er nicht länger. Die Finsternis griff nach ihm, sie zog ihn mit sich, und kaum dass sie sich mit lähmender Gleichgültigkeit über ihn legte, hörte er ein Flüstern aus den Schatten.

Doch der Teufel sprach nicht zu ihm. Stattdessen peitschte eine Losung durch die Finsternis, Worte wie aus metallenen Kehlen, und noch während die Dunkelheit um Nando in sich zusammenfiel wie berstendes Glas, verstand er die Rufe: *Liefert ihn aus!* Der Schreck raste durch seine Glieder, er wollte aufwachen, doch im nächsten Moment schlug ihm eine Faust ins Gesicht, und er ging zu Boden. Instinktiv krümmte er sich zusammen, er wusste, dass er sich auf dem Markt der Zwölf befand, und während er versuchte, seinen Kopf vor den Tritten der Nephilim zu schützen, flackerten ihre Gesichter zwischen seinen Armen hindurch. Es waren hass- und furchtverzerrte Fratzen, deren Zorn und Panik sich in Salven aus Beschimpfungen über ihm entluden. Blut lief ihm über die Stirn, er wollte schreien, doch er bekam kaum noch Luft, und er nahm umso deutlicher den lindernden Windhauch wahr, der in diesem Augenblick über seine Stirn strich.

Mein Sohn, raunte der Teufel. *Sieh, wohin dein Weg dich gebracht hat. Wie andere vor dir wurdest auch du verraten von jenen, die dich schützen sollten – ist es nicht so? Ein Possenspiel hat genügt, um Panik und Hass in ihnen wachzurufen, jene Götter, die sie sich erkoren haben. Sie haben beschlossen, dich auszuliefern. Sie haben beschlossen, dich zu töten. Willst du ihnen das erlauben? Willst du zulassen, dass sie über dich richten, dass sie dir befehlen, wie du sterben wirst? Willst du für immer dort unten liegen, ver-*

abscheut, bespuckt und getreten? Sie wollen dich vernichten, sie hassen und sie fürchten dich für das, was du bist. Und sie wollen dich zu dem machen, was sie sind. Aber dazu haben sie kein Recht!

Ein harter Tritt traf Nando in die Nieren, er schrie auf, doch seine Stimme ging im Brüllen der Nephilim unter. Er wusste, dass Luzifer recht hatte, mit jedem Schlag, mit jedem Tritt drang diese Erkenntnis tiefer in ihn: Die Nephilim hassten ihn. Er erinnerte sich an die Gesänge der Ovo, dachte an den Geruch des Mohns und seine Sehnsucht, ein Teil Bantoryns zu werden, und er spürte den Schmerz in seiner Brust, die Verzweiflung darüber, dass er in den Schmutz gestoßen wurde, mehr noch: dass er sterben sollte für das, was er war.

Du bist mein Sohn, darin hatten die Nephilim recht. Aber sie wissen nicht, was das bedeuten kann. Du hingegen … du ahnst es. Nicht wahr? Steh auf, Nando! Steh auf und sei, der du bist! Sei der, den sie fürchten!

Und als hätte die Stimme des Teufels ihm die Kraft dazu gegeben, stieß Nando mit seiner metallenen Faust zwei Nephilim zurück, die ihn zu Boden drückten, und sprang auf die Beine. Er sah keine Gesichter mehr um sich herum außer einem: das hassverzerrte Antlitz Paolos, seine Tücke, seine Verschlagenheit, als er mit scheinbar verzweifelter Stimme mit den anderen sprach und Nando im gleichen Moment mit einem einzigen Blick sagte, dass er ihn sterben sehen wollte.

Nando riss die Fäuste in die Luft, er schlug einen Donnerzauber vor sich auf den Boden und trieb die Nephilim zurück. Viele wurden durch die Druckwelle von den Füßen gerissen, einige sprangen beiseite und hoben drohend die Fäuste. Nando starrte ihnen ins Gesicht, er ließ ihren Hass, ihren Zorn durch seine Adern fließen und vermehrte beides durch seine eigene Verzweiflung, bis er glaubte, er müsse innerlich zerrissen werden von der Dunkelheit, die er in sich trug. Das Gesicht des Teufels tauchte vor ihm auf, die goldenen Augen wurden von Finsternis geflutet, aber Nando fürchtete sich nicht mehr, in diese Dunkelheit zu stürzen. Luzifer legte den Kopf in den Nacken und lachte, und mit einem Schrei, der den Boden zum Erzittern brachte, stieß Nando die linke Faust in die Luft. Krachend schoss ein Drache aus seinem Arm, er stand in gleißenden Flammen. Goldenes Feuer schoss aus seinen Augen auf die Nephilim zu.

Nando hörte sie schreien, als sein Feuer sie traf. Sie taumelten durch die Flammen und verbrannten, doch er rührte sich nicht. Regungslos stand er mit erhobener Faust da, ließ ihre Schreie durch sich hindurchgleiten, ließ sich emporheben von ihrer Todesfurcht, von Panik und Chaos, das er geschaffen hatte, und als der letzte Schrei verklungen war, schloss er die Augen und sog die knisternde Stille in sich auf, die den Markt der Zwölf erfüllte.

Jemand trat auf ihn zu, er hörte es an dem Bersten der Schädel unter den Tritten. Langsam ließ er die Faust sinken und öffnete die Augen. Er stand auf einem Feld aus Asche, und vor ihm, die Arme auf dem Rücken verschränkt, stand der Teufel. Ascheflocken verfingen sich in seinem goldenen Haar, ein seltsamer Sturm kam auf und zog peitschend über die verbrannten Körper der Nephilim. Luzifer lächelte nicht, Nando schien es, als hätte er sein Gesicht noch nie zuvor ohne diese Maske gesehen, und zum ersten Mal empfand er keine Furcht, keinen Abscheu, keinen Zorn. Er sah dem Teufel in die Augen, sie waren golden. Nando sah auch die tanzende Finsternis darin, die jederzeit das Licht durchbrechen konnte, und er sah sich selbst, wie er reglos dastand inmitten der Leichen jener, die er getötet hatte. Kurz schien es, als sähe er ein Spiegelbild des Teufels, doch auch dies erschreckte ihn nicht.

Nun, sagte Luzifer und betrachtete ihn prüfend. *Fühlst du dich besser? Besser als unter fallenden Steinen in den Schatten der Welt, die dich erschlagen sollen, besser als am Boden zu ihren Füßen?*

Nando ließ den Blick über das Aschefeld gleiten, noch einmal wallte der Zorn in ihm auf, doch er beruhigte sich schnell inmitten der Stille, die ihn nun umgab. Er sah den Teufel an und nickte.

Luzifer trat einen Schritt auf ihn zu, und Nando schaute in das Gesicht eines Engels mit weichem goldenen Haar und zugleich in das Gesicht des Höllenfürsten mit aller Grausamkeit der Welt in den Augen. Es war ein Zwiespalt, ein Abgrund und ein Schrei, der in dem Teufel widerhallte und der etwas in Nando Antwort gab – etwas, das Befriedigung fand inmitten der Leichen seiner Feinde.

Du träumst, sagte Luzifer zu ihm in Gedanken. *In Wahrheit liegst du noch immer im Kerker jener, die dich töten wollen. Sie werden dich ausliefern. Sie werden dich an meinen Diener übergeben, und wenn du dich weiterhin weigerst, mir zu folgen, dann, mein Sohn … dann wird er dich töten. Aber es muss nicht so kommen.*

Nando erwiderte seinen Blick regungslos. *Du wirst die Welt der Menschen vernichten*, erwiderte er leise. *Und du wirst deine Pläne für niemanden ändern, nicht einmal für deinen Sohn.*

Der Teufel lächelte ein wenig, doch es war ein Lächeln ohne Spott. *Das ist wahr*, entgegnete er. *Jeder Mensch wird die Möglichkeit erhalten, mir zu folgen, jeder von ihnen wird die Wahl haben – wie du. Wenn sie diese Gelegenheit nicht nutzen, werden sie die Folgen dieser Entscheidung tragen. Sie werden sich mir unterwerfen – oder sie werden sterben, ja, das ist die Wahrheit. Doch was interessieren dich diese Menschen? Jene Menschen, die nichts von all dem begreifen, was du bist? Jene Menschen, die nichts ahnen von der Schattenwelt, und wenn sie es täten – was denkst du, was sie damit tun würden? Sie würden versuchen, sie zu vernichten, wie alles, was sie nicht verstehen. Diese Menschen sind es nicht wert, dass du deine Zeit mit ihnen verschwendest. Du solltest aufhören, nach Gut und Böse zu fragen. Was sollten Begriffe wie diese einem Geschöpf wie dir bedeuten?* Er hielt inne, forschend glitt sein Blick über Nandos Gesicht. *Gemeinsam könnten wir über die Welt der Menschen herrschen. Du könntest sie geraderücken, du könntest eine freie Welt errichten. Du hast eine Ahnung davon bekommen, was das bedeutet, nicht wahr? Frei zu sein – alles tun zu können. Wenn du mir folgst, wirst du keine Grenzen mehr kennen. Denn in meiner Welt gibt es nur ein Gesetz: Tu, was du willst!*

Mit diesen Worten hob der Teufel seine linke Hand. Ohne dass ein Zauber über seine Lippen gekommen wäre, lief ein tiefer Schnitt über seine Handfläche, als würde er von einem unsichtbaren Messer gezogen. Das Blut Luzifers war rot wie das eines Menschen. Schweigend hielt er Nando seine Hand hin.

Was hält dich zurück?, fragte er, nachdem Nando reglos stehen blieb, und dieser wandte den Blick ab.

Er wusste es nicht. Noch vor Kurzem hätte er dem Teufel vor die Füße gespuckt, hätte seinen Worten unter keinen Umständen zugehört. Doch nun war alles anders. Noch immer pochte die Dunkelheit hinter seiner Stirn, die er empfunden hatte, als er seinen Drachen über die Nephilim gebracht hatte. Sie hatten alles zerstört, sie hatten ihn an diesen Punkt getrieben, und wieder spürte er den Zorn in sich aufwallen. Er würde sterben, wenn er den Pakt mit dem Teufel verweigerte, das wusste er. Die Nephilim würden ihn ausliefern, denn selbst Antonio konnte sich nicht gegen den Willen und die Furcht Bantoryns zur Wehr setzen. Möglicherweise würde ihm die Flucht gelingen, aber es war nur eine Frage der Zeit, bis Bhrorok ihn finden würde. Und neben diesen Tatsachen, die Nando in seinen Gedanken hin und her drehte, standen die Worte Luzifers und die bestechende Lockung, diesem Ruf zu folgen. *Tu, was du willst!* Nando holte Atem, Ascheflocken wehten in seinen Mund. Sie schmeckten bitter, doch er merkte es kaum. Er war der Sohn des Teufels. Was hielt ihn zurück, seinem Vater zu folgen?

Wie aus weiter Ferne drang Gesang an sein Ohr, der Gesang der Ovo und der Galkry, und blutroter Mohnstaub breitete sich langsam über der schwarzen Asche aus. *Sei, der du bist!* Er ging in die Knie, nachdenklich grub er seine Finger in die Asche – und als hätte ihn ein elektrischer Schlag getroffen, schoss ein Bild durch seine Faust bis in seinen Kopf, wo es so gleißend und deutlich erschien, dass er nichts anderes mehr wahrnahm als dies: Er sah einen Nephilim, er erinnerte sich an ihn, es war einer von jenen, die ihn hatten ausliefern wollen. Nando sah ihn kniend am Ufer eines Meeres, er hielt einen Sterbenden in seinen Armen, Nando wusste, dass es sein Sohn war. Der Nephilim hatte den Mund zu einem lautlosen Schrei aufgerissen, sein Sohn atmete pfeifend in seinen Armen, seine Haut wurde bleich, er wollte Luft holen, doch seine Lunge versagte. Im selben Moment wandte er den Blick und schaute Nando an, und wie in einem plötzlichen Gewitter sah Nando Silas vor sich, sah ein junges Mädchen mit flachsblondem Haar, sah Männer und Frauen und Kinder, alle, die seit der Verfolgung der Nephilim durch die Engel gestorben waren, alle, die die Finsternis der Unterwelt nicht mehr ertragen hatten, alle, die an der Einsamkeit ihrer Flucht zerbrochen waren. Er sah in ihre Gesichter im Moment ihres Todes, und mit jedem Blick, mit jedem letzten Atemzug zerbrach eine der Masken aus Panik und Hass, die er in seiner Erinnerung vor den Gesichtern der Nephilim auf dem Markt der Zwölf sah. Schmerz lag dahinter, Trauer und Sehnsucht, und die Augen, in die er nun schaute, waren gezeichnet von Dunkelheit. Nando kannte diese Finsternis, er hatte sie selbst erlebt, jedes Mal, wenn er an seine Eltern dachte, jedes Mal, wenn er sich in eine Welt zurücksehnte, die es für ihn nicht mehr gab, und obgleich er ihren Anblick kaum ertrug, wandte er sich nicht ab. Atemlos ließ er den Rausch der Bilder über sich ergehen, und erst als das letzte Gesicht in die Finsternis fiel, schloss er die Augen.

Er hörte die Gesänge der tausend Stimmen nicht mehr, und er spürte nicht den Wind, der über das Feld aus Asche glitt. Alles, was er wahrnahm, war der Duft des Mohns, samten und verzweifelt, und er sog sich die Lunge voll mit diesem Geruch, bis er sicher war, ihn niemals wieder zu vergessen. Dann öffnete er die Augen und erhob sich.

Luzifer stand unverändert da, sein Blut lief in feinem Rinnsal über seine Hand und tropfte in die Asche zu seinen Füßen.

Du hast dem Teufelssohn ein Angebot unterbreitet, sagte Nando leise. *Du hast ihm die Wahrheit gesagt, du hast nicht versucht, ihn mit Finten und Lügen zu übertölpeln. Dein Angebot ist gut, es mag sogar wie die einzige Wahl erscheinen, die der Teufelssohn jetzt noch hat. Und doch muss ich es ausschlagen, denn dies …* Er hob die Arme und blickte über das Feld aus Asche. *Dies bin ich nicht.*

Luzifer zog die Brauen zusammen. *Warum denkst du das?*

Nando lächelte kaum merklich und erwiderte leise: *Weil ich es nicht will.*

Etwas wie Erstaunen flammte über das Gesicht des Teufels und machte seine Züge ganz jung.

Dann, mein Sohn, raunte er, und ein Ausdruck wie Traurigkeit lag in seiner Stimme, *wirst du sterben.*

Gleich darauf brach die Dunkelheit durch das Gold seiner Augen, sein Gesicht wurde hart und kalt. Er ballte die Faust und riss sie empor, und der Traum um Nando herum zerbrach. Asche flog durch die Luft. Sie verschluckte die Gestalt des Teufels und drang in Nandos Lunge, bis er hustend die Augen aufschlug.

Schwer atmend kam er zu sich. Er lag auf dem Fußboden vor der Pritsche. Noch immer schmeckte er die Ascheflocken auf seiner Zunge, sah die verbrennenden Nephilim und hörte ihre Schreie in Todesfurcht, während ihre Bilder durch sein Innerstes rasten und ihn zittern ließen. Ein heftiger Schmerz durchzog seine Brust, er krümmte sich zusammen und schlang die Arme um seinen Leib, und dann, lautlos und einsam in der Dunkelheit, weinte er.

31

Nando hielt den Kopf gesenkt, während er von Salados in das Rund des Amphitheaters geführt wurde. Erst das Raunen ließ ihn aufsehen, das wie eine Welle aus Gift aus den Rängen zu ihm herabbrandete. Die Senatoren wirkten in ihren Kutten zwischen den Glutbäumen wie Raben und Krähen. Er spürte ihre Blicke, als würden sie sich an seine Beine klammern und ihm jede Bewegung schwerer machen, und obgleich er sich bemühte, nicht auf ihre Worte zu achten, hörte er doch die Anspannung darin, als würde er jeden Augenblick die Faust heben und sie alle vernichten. Er drängte die Erinnerungen an seinen Traum zurück, doch die Kälte blieb in seinem Magen und wurde verstärkt durch die Übelkeit, die der Bannzauber auf seiner Stirn verursachte. Er wusste, dass Salados nichts Unrechtes tat, wenn er seine Kräfte unter diesen Umständen bannte, und doch meinte er, ein selbstgerechtes Lächeln in den Augen des Senators erkannt zu haben, als er seinen Zauber mit Anbruch des Abends erneuert hatte.

Nando wandte den Blick und sah, dass sich die Bewohner Bantoryns nicht nur auf dem Sternenplatz vor dem Mal'vranon und den Plattformen der umliegenden Türme versammelt hatten. Auch in den Gassen rings um die Akademie hatten sich unzählige Nephilim zusammengefunden, um der Entscheidung des Senats beizuwohnen. Auf schwebenden Leinwänden wurden sie über alle Ereignisse im Theater informiert. Fackeln und Laternen erhellten die Orchestra, auf der ein Podest aus schwarzem Holz errichtet worden war. Mehrere Stühle standen dort, auch diese Plätze waren bereits besetzt, und Nandos Herz machte einen Sprung, als er Antonio in ihrer Mitte bemerkte. Sein Mentor sah ihm entgegen, ein schwaches Lächeln lag auf seinen Lippen, doch seine Wangen waren eingefallen wie nach einer langen Krankheit, und seine Augen schienen gänzlich schwarz geworden zu sein. Vollkommen regungslos saß Antonio auf seinem Platz, von den Stimmen und Gesten der Senatoren umtost wie ein verwitterter Felsen im Sturm, und schaute Nando an, als könnte er auf diese Weise seine Gedanken erahnen. Nando erwiderte sein Lächeln, aber es verrutschte auf seinen Lippen.

Schweigend ließ er sich von Salados zu einem Stuhl vor dem Podest bringen und nahm darauf Platz, dicht bei dem grünen, leicht glimmenden Stein, der sich noch immer wie ein Dorn aus dem Mosaik der Spielfläche erhob. Salados betrat das Podest, wortlos ließ er sich neben Antonio nieder und begann, leise mit ihm zu sprechen. Nandos Blick glitt auf die Dächer Bantoryns hinab, die sich unter ihm ausbreiteten wie ein Meer aus Licht und Dunkelheit. Vor nicht allzu langer Zeit waren die Funken des Drachen auf diese Dächer hinabgefallen, der ihm in seinem Traum erschienen war und auch einen Platz in der Stadt zierte. Dieser Drache war ein Sinnbild dessen, was die Engel jagten, der Teufel begehrte, die Nephilim fürchteten – er war das Zeichen des Teufelssohns, der er war.

Er wandte sich ab, doch die Bilder seines Traums kehrten zurück, sie flackerten hinter seiner Stirn, und er bemühte sich vergebens, ruhig zu atmen. Er suchte Antonios Blick, doch der Engel war in ein Gespräch mit Drengur vertieft, der zum Podest getreten war. Da bemerkte Nando Morpheus, der in seinem Rollstuhl nahe dem Eingang saß und freundlich zu ihm herüberschaute. Er neigte kaum merklich den Kopf, ein flüchtiges Lächeln huschte über seine Lippen und verlieh seinem Gesicht für einen Moment den schalkhaften Ausdruck eines Kobolds, der lieber Streiche und andere Teufeleien aushecken würde, als in einem staubigen Theater herumzusitzen. Nando erwiderte das Lächeln, und im selben Moment zerbrachen die Erinnerungen an seinen Traum und zogen sich als geisterhafte Schemen an den Rand seines Bewusstseins zurück.

Da ging ein Raunen durch die Reihen, das Gemurmel auf dem Sternenplatz und auf den umliegenden Türmen verstummte. Hoheitsvoll erhob sich Antonio und trat in die Mitte des Podestes.

»Senatoren Bantoryns«, rief er und breitete die Arme aus. »Hüter der Gemeinschaft und Krieger der Schatten! Ihr alle wisst, aus welchen Gründen wir uns in dieser Stunde hier zusammenfinden. Ihr alle habt die Leichen der Engel gesehen, ihr alle habt die Botschaft des Dämons gehört, der einen aus unserer Mitte fordert und uns dafür die Freiheit unter der Herrschaft seines Meisters verspricht. Morgen um Mitternacht endet sein Angebot – und wir sind hier, um darüber zu entscheiden, ob wir es annehmen sollen oder nicht.« Er hielt kurz inne. »Da ich mich als Nandos Mentor mit dem Vorwurf der Befangenheit konfrontiert sehe, übergebe ich den Vorsitz dieser Sitzung an meinen Stellvertreter.«

Überrascht hob Nando die Brauen. Er wäre jede Wette eingegangen, dass in erster Linie Salados einen Antrag wegen Befangenheit gestellt hatte – vermutlich gleich nachdem er Nando den Bannzauber in dreifach höherer Stärke als notwendig auf die Stirn gelegt hatte. Antonio nahm Platz. Seit ihrer ersten Begegnung hatte Nando ihn nie in einem Moment der Schwäche erlebt, auch jetzt wirkte der Engel erhaben und ruhig wie ein Wesen von großer innerer Kraft – und doch bemerkte Nando die Schatten, die sein Gesicht herber wirken ließen, als es war, die Furchen in seiner Stirn und den angespannten Ausdruck auf seinen Lippen, der sein Antlitz vollends in das eines Kriegers verwandelte – eines Engels, der jede Regung so tief in sich selbst verbarg, dass seine Züge wirkten wie aus Eis erschaffen. Nando dachte daran, dass er einmal den Gedanken gehabt hatte, dass alle Engel nichts als Abgründe seien. In diesem Augenblick, das fühlte er, schaute Antonio auf etwas, das diesen Abgrund erhellen konnte, und auch wenn Nando nicht wusste, was es war, sah er doch, dass sein Mentor sich mit aller Kraft daran festhielt.

Drengur betrat das Podest und trat in die Mitte, um einem hektisch gestikulierenden Senator mit flachsblondem langen Haar das Wort zu erteilen.

»Ich verstehe nicht, warum wir hier überhaupt zusammenkommen müssen!«, rief er und schüttelte den Kopf, als hätte er diese Worte in den vergangenen Stunden wieder und wieder ausgesprochen. »Wir alle wissen, wen dieser Dämon namens Bhrorok mit dem Blut der Throne beschwören wird, und wir wissen auch, dass er den Teufelssohn auf diese Weise sowieso findet, ganz gleich, wo dieser sich versteckt! Warum sollen wir dann nicht davon profitieren? Wieso müssen wir lang und breit darüber diskutieren, ob wir ihn ausliefern? Wir …«

Ehe er weitersprechen konnte, schnitt Drengur ihm das Wort ab. »Weil unser Leben hier unten auf Gesetzen basiert und nicht auf Willkür und Ignoranz«, erwiderte er ungerührt und warf dem Redner einen so abschätzigen Blick zu, dass dieser die Luft einsog. »Darüber hinaus ist Nando durch meine Schule gegangen, und wenn ich eines genau weiß, dann dies: Nando ist Bhrorok und jedem seiner Schergen gewachsen! Er hat keinen Grund, vor seinen Feinden davonzulaufen! Er kann sich ihnen entgegenstellen und obsiegen!«

Er schaute in die Runde, und für einen Moment erbat niemand mehr das Wort. Dann hob ein untersetzter Nephilim mit mehreren Ohrringen aus Stahl die Hand. Nando kannte ihn, sein Name war Krayfon, ein Wirt aus dem Flammenviertel, der ihn stets mit abfälligen Blicken gemustert hatte.

»Ich habe es satt, Nephilim durch Engelshand sterben zu sehen«, sagte Krayfon düster. »Sie sterben zu sehen für den Sohn des Teufels. Es schert mich nicht, ob er diesen Dämon namens Bhrorok bezwingt oder nicht. Es schert mich auch nicht, ob er seine Prüfung besteht. Mich interessiert die Zukunft Bantoryns, die Zukunft meines Volkes, und ich sehe, dass wir keine Zukunft haben werden, wenn wir sie uns nicht nehmen!«

»Ja!«, rief ein anderer, fing sich einen tadelnden Blick Drengurs ein, da er ohne Erlaubnis das Wort ergriffen hatte, und fuhr trotzdem fort: »Liefern wir ihn an seinen Vater aus, und unsere Probleme werden gelöst sein! So könnten wir Freiheit erlangen nach all der Zeit in den Schatten!«

Da erhob sich ein weiterer Senator. Ayus war sein Name, und Nando kannte ihn als bedachten Nephilim, der ihm seit seiner Aufnahme in die Stadt mit zurückhaltender Freundlichkeit begegnet war. »Habt ihr vergessen, wie sich das anfühlt?«, fragte Ayus, und etwas lag in seiner Stimme, das Nando einen Schauer über den Rücken schickte. Wovon auch immer dieser Nephilim sprechen wollte, er selbst hatte darum gekämpft, es in seinen Gedanken zu bewahren, das spürte er. »Habt ihr vergessen, wie es sich anfühlt, einen menschenleeren Platz in Rom zu betreten, am helllichten Tag, das Gesicht der Sonne zugewandt und ohne Furcht, im nächsten Augenblick das Schwert ziehen und euer Leben gegen einen Engel verteidigen zu müssen? Wisst ihr nicht mehr, wie es ist, Gras unter den Füßen zu spüren und über eine Sommerwiese zu laufen, unbesorgt und frei? Habt ihr vergessen, dass viele von euch nicht immer hier unten gelebt haben? Erinnert ihr euch an euer altes Leben, ihr, die ihr einst Menschen wart, und wie wertvoll das war, was ihr verloren habt?« Er wandte den Blick, um jeden Einzelnen zu betrachten, schweigend und mit dieser Sehnsucht in den Augen, die jedes seiner Worte schimmern ließ wie unter dem Einfall von Sonnenstrahlen. »Ist es schon so weit gekommen, dass ihr glückliche Sklaven der Nacht geworden seid?« Er schüttelte den Kopf, als sein Blick auf Nando fiel, und ein sanftes, trauriges Lächeln glitt über seine Lippen. »Verzeih mir, Teufelssohn, wenn ich das Leben dieser vielen über dein einzelnes stelle«, sagte er leise. »Es mag nicht gerecht sein, doch seit unserer letzten Zusammenkunft in diesem Rund haben sich die Dinge geändert. Dein Tod wäre nun unsere Freiheit.«

Ein verächtliches Zischen flog über die Reihen und schlug Ayus beinahe körperlich ins Gesicht. »Und was für eine Freiheit soll das sein?«, rief Morpheus, und obgleich Ayus einige Reihen über ihm saß, schien es, als würde er auf diesen herabschauen. »Freiheit gegründet auf Tod und Verderben in einer Welt des Teufels? Denn beides wird jeden treffen, der ihm nicht folgen wird, sobald die Hölle entfesselt ist! Halleluja!« Er schüttelte den Kopf und schaute mit aufeinandergepressten Zähnen von einem zum anderen. Selten hatte Nando ihn im Zorn erlebt, und noch nie hatte er diesen Schatten auf seiner Stirn gesehen, der sich Enttäuschung nannte. »Ich sagte es schon damals«, fuhr Morpheus fort, und ein boshaftes Lächeln stahl sich auf seine in bitterem Spott verzogenen Lippen, »und ich wiederhole es gern: Ihr seid allesamt Idioten.« Empörtes Raunen flog durch die Reihen, doch Morpheus ließ sich nicht beeindrucken. »Nando ist ein Nephilim!«, rief er gegen den Tumult an und brachte ihn zum Schweigen. »Er ist ein Teil Bantoryns, und wenn ihr ihn an den Feind ausliefert, tut ihr damit nur eines: Ihr werdet das zerstören, was unsere Stadt begründet hat, nämlich den Zusammenhalt gegen den gemeinsamen Feind! Hat euch euer Zorn so weit gebracht, dass ihr mit dem Teufel paktieren wollt, um die Herrschaft der Engel zu beenden? Ihr macht unserem Bund Schande, das meine ich ernst, und ich, der sich noch nie für irgendetwas geschämt hat, sage euch: Ich schäme mich für euch!«

Bedrückendes Schweigen breitete sich in dem Theater aus, doch noch ehe die ersten betroffen die Blicke senkten, erhob ein weiterer Nephilim mit langem, roten Bart die Stimme. »Und wer schämt sich für die tausend und abertausend Opfer, die dieser Krieg bis heute gefordert hat? Es wird Zeit, dass er beendet wird, und wenn das bedeutet, dass der Teufel herrscht, dann soll es mir recht sein! Was könnte er tun, das schlimmer wäre als das, was wir jetzt erleben? Seht euch die Engel an, ihre Herrschaft aus Gewalt und Ignoranz, die der Machtausübung der Menschen über die Welt in nichts nachsteht! Es wird Zeit, dass neue Kräfte das Zepter ergreifen, Mächte, die es besser machen können und die es leid sind, sich in den Schatten zu verstecken!«

Beifall brandete auf, und Krayfon hob die Faust. »Die Zeit des Umbruchs ist gekommen, nutzen wir sie jetzt! Alles, was wir tun müssen, ist ein Opfer zu bringen, das keines ist! Bringen wir den Teufelssohn zu seinem Vater! Er hat die Wahl, ihm zu folgen – wie wir!«

»Wie könnt ihr so reden!«, rief Morpheus zornig. »Viele von euch kommen aus der Welt der Menschen, ebenso wie Nando, habt ihr Ayus nicht zugehört, als er gerade von euch sprach? Habt ihr bedacht, was aus euren Familien dort oben werden wird, aus euren einstigen Freunden? Der Teufel hat nie einen Hehl daraus gemacht, was er mit den Menschen tun wird, wenn er die Herrschaft über die Welt erlangt und sie sich weigern, ihm zu folgen! Wollt ihr an seiner Seite stehen in dem Krieg, den er führen wird, und eure Freiheit auf Blut und Verderben gründen? Krakeelt ihr nicht in jeder Nacht im Flammenviertel herum, warum ihr die Engel verabscheut, wie gering ihr sie achtet? Und jetzt wollt ihr schlimmer sein als sie alle zusammen?«

»Mich kümmern die Menschen nicht!«, erwiderte der Nephilim mit dem roten Bart. »Sie würden sich auch nicht um uns scheren, wenn sie an unserer Stelle wären, das sage ich euch! Ich habe es satt, verfolgt zu werden und meine Kinder sterben zu sehen in einem Krieg, den sie nicht begonnen haben und dessen Sinn ich nicht verstehe! Aber ich verstehe den Zorn des Teufels! Ich weiß, was es bedeutet, in Schatten und Finsternis geworfen zu werden und mit dem Licht der Sonne nichts mehr zu verbinden als die Furcht vor Entdeckung und die Erinnerung an das, was einst mir gehörte! Ich sehe Tausende Nephilim in dieser Stadt, Tausende, die nach Freiheit gieren, und wenn es ein Opfer geben muss, so soll es der Teufelssohn sein!«

Ohrenbetäubender Beifall brandete von den Reihen und Türmen und schlug von dem Sternenplatz und aus den Gassen bis zu Nando herauf. Für einen Moment stand er wieder auf dem Feld aus Asche und spürte die Bilder der Nephilim, ihren Zorn, ihre Trauer, ihre Verzweiflung durch seine Adern rasen. Er wartete darauf, Furcht oder Wut zu empfinden bei den Klängen ihres Applauses, doch stattdessen fühlte er nur die Kälte einer Erkenntnis, die in diesen Augenblicken in ihm wuchs: Die Nephilim würden keine Freiheit finden, wenn sie den Kreislauf aus Hass und Tod nicht durchbrachen, sie würden sich mehr und mehr selbst verlieren und dabei vergessen, wer sie einmal waren. Reglos schaute Nando zu ihnen auf, zu jenen, die ihm den Tod wünschten, und empfand nichts für sie als Mitgefühl.

Da zog ein Windhauch durch die Reihen, so eisig und klar, dass die Senatoren zusammenfuhren. Instinktiv wandte Nando den Blick zu Antonio, der langsam aufstand. Eine Kälte strömte von ihm aus, die jedes Gespräch auf den Reihen des Theaters augenblicklich erstickte. »An diesem Ort wurde Bantoryn gegründet«, sagte er, und Nando hörte wie damals bei ihrem ersten gemeinsamen Besuch dieses Ortes die Ehrfurcht in seiner Stimme. »Hier war es, dass die Ersten der Stadt ihren Eid ablegten, und noch heute tritt jeder Nephilim vor den Senat, um in die Gemeinschaft aufgenommen zu werden. Auch Nando tat dies, um ein Teil der Schattenwelt zu werden – jener Teil, der er immer schon war. Ich erinnere mich gut an unser erstes Gespräch in diesem Rund. Nando sagte damals: *Ich bin ein Tellerwäscher unter Engeln, Magiern und Rittern. Ich bin kein Teil der Schattenwelt.* Viele von euch werden sich daran erinnern, wie sie selbst hier unten standen, wie sie den Eid sprachen und so ein vollwertiges Mitglied unserer Gemeinschaft wurden. Doch nur wenige von euch haben eine Bürde zu tragen wie dieser junge Mann. Denn er ist nicht nur ein Nephilim. Er ist der Sohn des Teufels.« Er hielt inne und ließ den Blick durch die Ränge schweifen. »Ihr fürchtet ihn«, sagte er leise. »Und diese Furcht ist es, die euch so sprechen lässt. Sie war es, die euch dazu brachte, auf dem Markt der Zwölf dem Weg des Teufels zu folgen, denn nichts anderes habt ihr dort getan. Ihr seid zu Sklaven des Höllenfürsten geworden.«

Ein unruhiges Raunen flammte auf, doch Antonio hob den Blick, und es verstummte sofort. Regungslos schauten die Senatoren ihn an, als würde das Schwarz seiner Augen sie mit Grabeskälte überziehen. »Nando trägt den Teufel in sich«, fuhr Antonio fort. »Er hört seine Stimme, wenn er die Augen schließt, um zu schlafen, der Fürst der Hölle spricht zu ihm, sobald er sein Bewusstsein verliert – und dennoch war Nando bis jetzt immer stärker als ihr, denn im Gegensatz zu euch ist er dieser Stimme nicht gefolgt. Er ist der Teufelssohn, und er lebt mit diesem Namen, mit diesem Schicksal, wie wenige von euch es könnten. Er tat es von dem ersten Tag an, da er in unsere Stadt kam. Er zweifelte an sich, doch er verzweifelte nie, er kämpfte gegen sich selbst, gegen die Anforderungen, die die Akademie an einen jungen Krieger in der Ausbildung stellt. Viele Herausforderungen stellten sich ihm in den Weg. Er meisterte sie alle. Niemals hat er einen von euch enttäuscht, niemals eines der Vorurteile bestätigt, die ihm von Beginn an mit Kälte und Feindschaft entgegenschlugen, und er gab euch nie Anlass zur Furcht.« Er holte tief Atem. »In diesem Rund leistete Nando seinen Eid. Wir alle haben ihn in unsere Mitte aufgenommen, und somit untersteht er den Gesetzen, die wir für diese Stadt beschlossen haben, und ihren Rechten. Und zu diesen Rechten gehört es, dass kein Mitglied der Gemeinschaft dem Feind übergeben wird – niemals. Fragt euch, ob ihr mit einem eurer Kinder dasselbe tun würdet, wie ihr es nun mit ihm vorhabt auf der Grundlage eines Namens, den er weder gesucht noch gewollt hat.«

Eine atemlose Stille senkte sich auf das Theater nieder. Viele Senatoren betrachteten Nando wie zum ersten Mal, ihre Blicke glitten forschend über sein Gesicht, als würden sie sich fragen, wo genau der Teufel in ihm sich eigentlich verbarg.

»Ist das so?« Salados erhob sich von seinem Stuhl und sah Antonio an, ehe er sich an alle wandte. »Versteht mich nicht falsch. Beinahe alles, was Antonio sagt, ist wahr. Ich weiß, wie leicht man im Zorn spricht, wenn man Freunde und Familie durch die Engel oder den einstigen Teufelssohn verloren hat, und ich fügte mich der Entscheidung des Senats, als er beschloss, Nando Baldini in unsere Reihen aufzunehmen. Doch schon damals wies ich auf die Gefahren hin, die dadurch über uns hereingebrochen sind: Die Engel jagen uns mit einem Aufgebot, wie es selten zuvor zur Anwendung kam, kaum einer von uns wagte es, die Stadt in den vergangenen Wochen zu verlassen, es gab zahlreiche Verletzte – und wir beklagen einen Toten. Silas, Offizier der Garde, der noch leben würde, wäre der Teufelssohn nicht in unsere Stadt gekommen.«

Nando fuhr zusammen, er sah Silas' sterbendes Gesicht vor sich und hörte wie durch Watte Morpheus' Stimme: »Besitzt du seit Neustem die Gabe der Voraussicht, Salados? Du beschmutzt Silas' Andenken, indem du seinen Tod für deine Zwecke missbrauchst, ist dir das klar?« Er wandte den Blick. »Ist es euch klar?«

Angespanntes Murmeln brandete auf, doch Salados fuhr rasch fort, ohne auf Morpheus' Worte einzugehen: »Ich stimmte dem Entschluss zu, Nando Baldini in die Stadt aufzunehmen, doch ich habe meine Zweifel niemals abgelegt – die Zweifel daran, ob es klug ist, einen Teufelssohn in unserer Stadt zu haben. Wir haben schon einmal erlebt, was ein Nephilim mit dieser Kraft anrichten kann – wir alle! Gestern erst haben wir gesehen, über welche Macht der Teufel selbst aus seiner Verbannung heraus gebietet, und er ließ uns teilhaben an dem, was kommen mag, wenn wir ihm seine Stärke nicht zurückgeben!« Er hielt kurz inne und fixierte Nando mit seinem Blick. »Ich hielt mich an meinen Schwur«, sagte er kalt. »Ich beobachtete den Teufelssohn, wie ich es in unserer Sitzung damals versprach. Und Antonio hat recht: Selbstverständlich kann ein Nephilim, ein Mitglied unserer Gemeinschaft und unseres Rechtssystems, nicht an den Feind verraten werden. Doch gehört Nando Baldini zu uns? Oder ist er nichts als der Teufelssohn, der unsere Gemeinschaft von Anfang an gefährdet hat?«

Antonios Gesicht versteinerte, und Nando nahm im selben Moment den listigen Funken wahr, der in Salados' Augen auf und ab sprang. Der Senator griff sich an die Kehle. Ein heiseres Krächzen drang über seine Lippen, er wurde kreidebleich. »Ich habe die Stimme des Teufels in meinen Gedanken gehört«, fuhr er fort, während Schatten über sein Gesicht glitten wie zerrissene Tücher. »Nie zuvor spürte ich eine solche Macht, und ich sage euch: Wenn Nando Baldini bei uns bleibt, dann wird er uns alle vernichten, er wird uns töten, wie sein Vorgänger es einst versuchte. Und er gefährdet unsere Gemeinschaft nicht nur durch seine bloße Anwesenheit. Ich hörte von einem Kampf zwischen ihm und einigen Novizen – einem Kampf, bei dem es um Leben und Tod ging, glaubt man dem Bild der Zerstörung, das der Speisesaal anschließend bot. Entgegen meiner Empfehlung kam es nicht zu einer näheren Untersuchung des Falls, doch nun stehen die Dinge anders, daher werde ich ansprechen, was damals niemand sagen wollte: Du hast uns den Teufel selbst in die Stadt geholt, Antonio, ich sagte es dir von Anfang an!«

Da hob Antonio den Blick, ein Donnern zog durch den Grund des Theaters und ließ Salados schwanken, während der Engel ihn mit den Schatten in seinen Augen umfasste. Doch Salados ließ sich nicht zum Schweigen bringen.

»Viel hätte nicht gefehlt, und er hätte Bantoryn zu Asche verbrannt«, brachte er hervor, und ein erschrockenes Raunen ging durch die Reihen. »Genau so, wie der letzte Teufelssohn es getan hat. Er ist kein Mitglied unserer Gemeinschaft! Er war es nie und würde es niemals werden. Er ist der Teufelssohn, und als solcher kann er nicht behandelt werden wie jeder andere Nephilim, zumal dann nicht, wenn uns die Freiheit in Aussicht steht – die Freiheit, die wir seit Jahrhunderten verdienen! Dieser Junge ist eine Gefahr, nur mit Glück sind wir ihr bisher entronnen, und umso dringlicher ersuche ich den Senat, heute die Entscheidung über seine Auslieferung zu fällen und ihn aus unseren Reihen zu verbannen. Wach auf, Antonio! Warum hältst du weiter an ihm fest?«

Nando hielt den Atem an, denn er sah das Flackern in Antonios Blick, als der Engel für einen Moment zu ihm herüberschaute. Wie oft hatte Nando selbst sich diese Frage gestellt, wie oft war er kurz davor gewesen, sie an Antonio zu richten, und doch im letzten Augenblick davor zurückgeschreckt, da der Engel ihn auf diese Weise angesehen hatte?

»Ich halte an Nando fest«, erwiderte Antonio, und ein Licht entfachte sich in der Schwärze seiner Augen, das wie ein Stern flammte, der in die Finsternis stürzt. »Ich halte an ihm fest, weil ich seine Stärke sehe.«

»Das hast du bei dem letzten Sohn des Teufels auch getan«, erwiderte Salados kalt, doch Antonio schüttelte den Kopf.

Noch immer sah er Nando an. Schmerz lag in seinem Blick, eine haltlose Verzweiflung und Einsamkeit, doch er wandte sich nicht ab. »Nein«, erwiderte er kaum hörbar. »Das habe ich nicht.«

Nando spürte das Licht des Sterns auf seinem Gesicht, und für einen Moment lang war er mit Antonio allein. Sie standen auf einem Feld aus Asche, auf grollenden Wellen, umweht vom roten Staub des Mohns, die Blicke in den Sturm gerichtet, der sie umtoste – doch sie rührten sich nicht. Sie standen Seite an Seite, der Engel und der Nephilim, und obwohl sie kein Wort miteinander sprachen, waren sie sich in diesem Augenblick ganz nah. Nando spürte Antonios Dunkelheit um sich herum, fühlte auch das Licht und die Einsamkeit, und er wusste, dass sein Mentor ihm ein Geheimnis verraten hatte, einen Hauch dessen, was seit seinem ersten Gang vor den Senat unausgesprochen zwischen ihnen stand. Niemals hatte Nando ihn auf den ersten Teufelssohn angesprochen, obgleich er sich dieselben Fragen stellte wie Salados, obgleich er nicht verstand, warum gerade Antonio ihm vertraute – ausgerechnet er, der doch allen Grund gehabt hätte, ihn wie die anderen zu verachten und auszuschließen nach allem, was er einst erlebt hatte. Immer wieder, wenn Nando kurz davor gewesen war, diese Fragen auszusprechen, hatte er eindringlich gespürt, dass er mit ihnen eine Grenze überschreiten würde, die nur von einer Seite übertreten werden durfte. Nun hatte Antonio den ersten Schritt getan. Keiner der Anwesenden war sich dessen bewusst – außer Nando.

Sein Name war Aldros, sagte Antonio in Gedanken, und etwas Sanftes, beinahe Zärtliches schwang in seiner Stimme mit. *Keiner hier ahnt etwas von der Stärke, die er in sich trug. Sie sind blind, Nando. Aber sie wissen es nicht besser …*

Nando wollte etwas erwidern, doch da erhob Salados erneut die Stimme. »Wie ich sehe, kommen wir so nicht weiter. Ich ahnte das bereits und habe deswegen einen Nephilim gebeten, hier vor dem Senat zu sprechen – einen Nephilim, der wie ich von Anfang an Probleme mit Nando Baldini hatte und der seine Kräfte am eigenen Leib kennenlernte. Danach könnt ihr entscheiden, ob ihr es hier mit jemandem zu tun habt, für den die Gesetze dieser Stadt gelten – oder mit etwas anderem, das man entfernen sollte, solange man noch die Möglichkeit dazu hat.«

Nando fuhr zusammen, als er den Nephilim sah, der nun in das angespannte Schweigen des Theaters trat, mit erhobenem Kopf, den Blick reglos auf das Podest gerichtet. Es war ein Mädchen etwa in seinem Alter, ihr pechschwarzes Haar fiel weit auf ihren Rücken hinab und umrahmte ihr schmales, ungewöhnlich bleiches Gesicht. Ihre Schwingen erhoben sich hoheitsvoll hinter ihr, und ihre Augen waren grün wie bei einer Katze.

Noemi, flüsterte er in Gedanken.

Nando bemerkte die Anspannung auf Antonios Zügen und die Sicherheit in Salados' Blick, als sie das Podest betrat. Sie sah Nando nicht an, als sie den Kopf hob und den Blick über die Reihen der Senatoren schweifen ließ. Ruhig tat sie das, als wollte sie sich ihre Gesichter einprägen, und dann nickte sie langsam, als wäre sie gerade in einer Erkenntnis bestätigt worden, die sie vor einer Weile gewonnen hatte.

»Mein Name ist Noemi Rathvira Skramur«, begann sie mit klarer Stimme. »Ich wurde in dieser Stadt geboren, ich erhalte meine Ausbildung in der Akademie, ich strebe eine Laufbahn zur Offizierin an. Es war mein Bruder, der von den Engeln erschlagen wurde, während er dem Teufelssohn das Leben rettete. Salados bat mich, hier vor euch zu sprechen – als Silas' Schwester, als Kind dieser Stadt und als Verbündete von euch allen, die meine Trauer und meinen Schmerz begreifen, da sie ihn selbst tragen müssen.«

Nando spürte, wie ihn die Kälte angriff, die aus Noemis Augen das Theater flutete. Er dachte daran, dass sie ihn vor dem Galkry gerettet hatte, an ihren undurchsichtigen Blick im Schein des glühenden Messers, den Ausdruck in ihren Augen in der Siedlung der Varja – und er wusste auf einmal, dass nichts von alledem jetzt noch von Wert war. Wie eine Figur aus Eis stand Noemi inmitten des Theaters, und allein durch die Art, wie sie den Kopf neigte und bei Silas' Namen leicht zitterte, öffneten sich die gerade noch verschlossenen Gesichter der Senatoren und ließen diese auf ihren Sitzen vorrutschen.

»Silas ist tot«, fuhr sie fort. »Er starb für Nando Baldini, den Teufelssohn, der eine Macht in sich trägt, die er bislang weder begreift noch vollständig beherrscht. Schon einmal brachte diese Kraft unendliches Leid über unsere Stadt. Mein Vater ist in den Flammen des einstigen Teufelssohns verbrannt, und ich weiß aus eigener Erfahrung, dass es immer wieder Situationen gab, in denen auch Nando kurz davorstand, den falschen Weg zu gehen. Ohne jede Frage ist der Teufelssohn eine Gefahr für jeden von uns.«

Nando senkte den Blick. Er spürte, dass Noemi ihn ansah, aber er wollte ihr nicht die Genugtuung gönnen, dass ihre Worte ihn verletzten – dass sie ihn härter trafen als alles, was die Senatoren zuvor gesagt hatten.

»Er ist eine Gefahr für uns«, fuhr sie fort, und ihre Stimme klang ungewohnt sanft, »weil er unser Spiegel ist.«

Überrascht sah Nando auf, doch Noemi hatte den Blick bereits abgewandt und ließ ihn hinaufgleiten zu den Senatoren, die reglos und wie gebannt zu ihr hinabschauten.

»Seht euch an«, sagte sie leise. »Seht, mit welcher Furcht ihr euch zusammenfindet, ihr, die ihr alle einst Krieger wart und es noch immer seid. Nephilim wie mein Bruder sind für das Ideal dieser Stadt gestorben, und was tut ihr? Seht hin! Ihr tretet es mit Füßen.« Sie schüttelte den Kopf, Spott trat auf ihre Züge und verhärtete sie. »Da sitzt ihr nun und wollt von mir die Wahrheit hören«, sagte sie und schaute durch die Reihen der Senatoren, als spräche sie mit begriffsstutzigen Novizen. »Aber was ist die Wahrheit? Das, was ich soeben sagte, jedes Wort davon, ist wahr. Silas starb für den Teufelssohn. Aber ebenso entspricht es der Wahrheit, dass mein Bruder nicht nur Nando das Leben rettete. Er starb im Einsatz für siebenundzwanzig weitere Nephilim, deren Schutz er sein Leben widmete. Ebenso ist es wahr, dass der, den ihr den Teufelssohn nennt, immer wieder sein Leben riskierte für das Leben der Nephilim – jener Nephilim, die ihn beschimpften, ihn demütigten, ihn fürchteten, ausschlossen und peinigten. Ja, er stand oft kurz davor, den falschen Weg zu gehen. Aber ebenso wahr ist es, dass er ihn nie gegangen ist, nicht ein einziges Mal, selbst dann nicht, wenn es für viele von uns keinen anderen Ausweg mehr gegeben hätte. Er trug Silas' Erbe weiter, im Gegensatz zu mir, seiner Schwester. Er nahm den eigenen Tod in Kauf und rettete jene, die ihn verachteten.« Noemi senkte den Blick, etwas wie Demut legte sich auf ihre Züge, als sie fortfuhr: »Er hätte mich töten können, damals im Speisesaal, und ich hätte es verdient gehabt. Ich trieb ihn an seine Grenzen, doch er überschritt sie nicht. Er trägt eine Kraft in sich, die ihn davon abhielt, und diese Kraft ist stärker als alles, was ihr an ihm fürchtet oder hasst. Sie ist der Grund, aus dem er der Stimme des Teufels, die in ihm tobt, bis heute widerstanden hat. Denn er ist mehr als nur sein Sohn, viel mehr.«

Sie wandte den Blick und sah zu Salados hinüber, der bleich und zusammengesunken auf seinem Stuhl saß. »Ich stehe vor euch als Kind dieser Stadt«, sagte sie sanft, »als Verbündete von euch allen. Wenn ihr Nando ausliefert, als Teufelssohn oder nicht, werdet ihr niemals das zurückerlangen, worauf diese Stadt begründet wurde. Er mag den Teufel in sich tragen, doch fragt euch eines: Wie steht es mit euren eigenen Dämonen? Was flüstern sie euch zu, nachts, wenn niemand die Stille in euch übertönt? Ihr selbst habt erfahren, wie es sich anfühlt, die Stimme des Teufels in sich zu tragen, Salados, und Ihr seid fast daran zerbrochen. Wollt Ihr, will einer der hier Anwesenden wirklich sagen, dass er mehr wert ist als Nando? Mit welchem Maß wollt ihr das messen? Vergesst nicht, wer wir sind, Bewohner Bantoryns! Wir sind mehr als Verfolgte, mehr als Ermordete und Unterdrückte. Wir sind die Krieger der Schatten, und wir unterwerfen uns niemandem außer unserem eigenen Willen!« Sie hielt inne, und für einen winzigen Moment schaute sie Nando an. »Er ist ein Nephilim«, sagte sie leise. »Genau wie ich.«

Und kaum dass sie diese Worte gesprochen hatte, applaudierte jemand auf dem Sternenplatz. Nando wandte den Blick und sah, dass es Riccardo war, der außer sich die Hände zusammenschlug, und der Beifall setzte sich über Ilja fort und ergriff in rasender Geschwindigkeit den gesamten Platz, ehe er sich über die Türme und Gassen ausbreitete.

Nur mit Mühe gelang es Drengur, die Ruhe wiederherzustellen und die Abstimmung durchzuführen. Angespannte Stille herrschte, als er die Frage stellte, wer sich gegen die Auslieferung aussprach, und Nando stockte der Atem, als sich eine Hand nach der anderen hob. Salados schaute zu ihm herüber. Der Senator saß noch immer zusammengesunken auf seinem Stuhl, reglos und wie aus Wachs gegossen. Seine Augen flammten in schwarzem Feuer, es schien Nando, als würde er ihm in sein Innerstes fahren, doch er wandte sich nicht ab. Regungslos erwiderte er Salados' Blick. Und dann, langsam und kaum merklich, nickte dieser und hob die Hand.

Nando hörte das Ergebnis der Abstimmung wie durch tausend

wehende Tücher. Er sah lachende Gesichter auf sich zukommen, sah Morpheus und Drengur unter ihnen und spürte Antonios Hand auf seiner Schulter, während die anderen Senatoren das Theater verließen. Doch sein Blick ruhte auf einer Gestalt, die einsam auf dem Podest zurückgeblieben war.

Noemi schaute ihn an. Noch immer war ihr Gesicht nichts als eine Maske aus Eis, aber etwas Flüchtiges huschte durch ihre Augen wie in dem Moment, da sie im Speisesaal vor ihm zurückgewichen war. Nando hatte ihn schon einmal gesehen, damals, als sie mit Silas über die Brücke gegangen war, diesen leichten Schimmer, der Noemis Gesicht so sanft machte, und er wusste, dass er diesen Moment niemals vergessen würde. Umdrängt von den Bewohnern Bantoryns standen sie weit voneinander entfernt, sie rührten sich nicht, sie sahen einander nur an. Und Noemi lächelte.

32

Die Flammen tanzten über Bhroroks Gesicht, als er aus den Schatten ans Feuer trat. Er hörte sie flackern wie unter plötzlich aufkommendem Wind, aber er wusste, dass es die Kälte seines Körpers war, die das Feuer zum Erzittern brachte. Raureif hatte die Wände der Höhle überzogen, er knirschte unter Bhroroks Schritten und ließ das armselige Geschöpf ohne Haut neben ihm unsicher taumeln und schlittern. Bhrorok holte Atem, die Flammen wichen vor ihm zurück, als fürchteten sie, in seine Finsternis gesogen zu werden. Langsam wandte er den Kopf zu seinem Wolf. Ein Blick genügte, und das Tier sprang lautlos hinter das Netzwerk aus weißen Kreidestrichen zurück, das Bhrorok auf den Boden rings um das Feuer gezeichnet hatte.

Er hatte lange gewartet auf dem Aschemarkt, jenem Ort, der zur Übergabe des Jungen vorgesehen gewesen war. Er hatte dort gestanden, regungslos und den Blick in die Schatten gerichtet, und er war ohne nennenswerte Emotion fortgegangen, nachdem niemand gekommen war. Nur leise pochte der Zorn hinter seiner Stirn, doch er war zu einem so stetigen Begleiter geworden, dass Bhrorok ihn kaum noch wahrnahm. Die Nephilim weigerten sich, den Sohn des Teufels herauszugeben. Sie schlugen das Angebot aus, das Bhroroks Herr ihnen so großzügig unterbreitet hatte, und Bhrorok verstand sie nicht, aber er bemühte sich auch nicht darum. Er hatte seinen Auftrag erfüllt. Er hatte geahnt, dass die Nephilim sich in Dummheit und Furcht verlieren würden. Sollten sie den Teufelssohn umklammern – lange würde es ihnen nicht mehr gelingen. Bhrorok würde ihn bekommen, bald, sehr bald schon.

»Herr, ich …«, begann die Kreatur neben ihm, doch Bhrorok stieß so unwillig die Luft aus, dass sie verstummte.

»Verschwinde!«, grollte er düster. »Verkriech dich hinter der Kreide! Bleib dort, bis das Feuer erloschen ist! Sonst wird es dir übel ergehen.«

Er sah aus dem Augenwinkel, wie das Wesen demütig den Kopf neigte und an den Rand der Höhle rutschte, wo es sich zusammenkauerte und mit großen Augen zum Feuer herübersah.

Bhrorok starrte in die Flammen, lauschte auf ihren Klang, ihre Gier und ihre Lockungen. Er schloss die Augen, und da, leise und höhnisch, hörte er ein Lachen aus der Glut, ein Lachen wie ein Schlag ins Gesicht. Der Zorn hinter seiner Stirn nahm zu. Er ballte die Hände zu Fäusten. Langsam trat er drei Schritte zurück, bis er inmitten eines schwarzen Kreidekreises stehen blieb. Dort streifte er seinen Mantel von seinem Leib. Die Flammen tanzten über seinen nackten Oberkörper, während er sich auf die Knie sinken ließ und ein Messer aus seinem Stiefel zog. Die Klinge war schwarz, Raureif lief von seinen Fingern über die Waffe. Drei Mal atmete er tief ein und aus. Dann hob er das Messer und begann, verschlungene Zeichen auf seinen Oberkörper zu ritzen. Sein Blut drang aus den Wunden, er wusste, dass es in schwarzen Rinnsalen über seine Brust lief, und er spürte die Fühler und die schuppigen Leiber, die sich von innen gegen die feinen Schnitte drängten. Grollend sprach er seinen Zauber, fühlte die schweren Worte auf seinen Lippen und warf das Messer in die Luft. Blitzschnell stieß er die Fäuste vor, dicht beieinander – und spürte, wie die Klinge ihm die Arme zerschnitt.

Mit einem Brüllen, das die Flammen aufwühlte, sprang er auf die Beine. Er riss die Augen auf, gleißendes schwarzes Licht brach aus ihnen hervor, und als er die Arme ausstreckte und die letzte Formel des Zaubers rief, schoss sein Blut aus all seinen Wunden auf das Feuer zu. Donnernd schlug es mit den Flammen zusammen. Bhrorok schien es, als würde sein Leib in Brand gesetzt, doch er wandte sich nicht ab. Regungslos und mit nichts als seinem Schrei auf den Lippen starrte er in die Dunkelheit, die sich um ihn herum aufbäumte. Er sah, wie er aus sich selbst herausgerissen wurde, und während sein Körper und ein Bruchteil seines Geistes die Brücke zur Welt der Lebenden aufrechterhielt, stürzte der Rest von ihm sich vor in die Flammen.

Im ersten Moment fühlte er nichts als die eisige Dunkelheit auf seiner Haut, als hätte er seinen Körper nicht zurückgelassen, als wäre er noch immer mehr als ein Auswurf an Gier und Finsternis. Er spürte festen Grund unter seinen Füßen und stellte fest, dass sein Leib durchscheinend war wie grauer Nebel, ohne dass sich jedoch das Geringste an seinen Empfindungen geändert hätte. Säulen aus Stein ragten vor ihm auf, die sich im Nirgendwo verloren. Ein schwarzer Himmel ohne Sterne thronte über ihnen, und darunter klaffte ein Abgrund von solcher Tiefe, dass Bhrorok schwankte bei einem Blick hinein. Orlus, der Sturz der Schatten, wurde er genannt, dieser Abgrund vollendeter Finsternis, der jeden Dämon nach seinem Ableben in sich aufnahm und ihn schweben ließ ihn ewiger Ruhe und Dunkelheit. Tanzende Nebel bewegten sich durch die Finsternis wie schwarze Schleier, manche weit entfernt, andere näher, und manchmal zuckte etwas in ihnen auf, etwas wie eine Fratze oder ein Schrei, nur um gleich darauf wieder zu erlöschen. Bhrorok hörte Irmlon, den Sturmwind der Ewigen Hallen, und er spürte die nächtlichen Schleier des Orlus auf seiner Haut, die ihn forttrugen und die Unruhe, die ihn zeit seines Lebens innerlich zerfraß, mit schattenhaften Klauen erstickten. Im letzten Moment riss er sich selbst vor dem Abgrund zurück. Er sog die Luft ein, die mit tausend winzigen Ascheleibern in seine Lunge drang.

»Harkramar!«, brüllte er, dass die Schwärze des Abgrunds sich vor ihm aufbäumte wie ein wehendes Tuch. »Ich rufe dich aus der Schar jener, die gefallen sind! Harkramar, der Vielgesichtige, Harkramar, einst Thron ersten Ranges, Harkramar, der Sucher! Den Gorgonen entsprungen, genährt vom Gift der Schlangen, bist du es, den ich zu mir befehle – du, der du selbst keinen Lebenssaft in dir trägst! Gefallen im Kampf mit Alvys, der Harpyie von Konstantinopel, nun schwebend und frei in den Hallen des Ewigen Sturms. Harkramar, ich stieg hinab nach Razkanthur, um dir zu befehlen! Antworte mir!«

Ein Raunen ging durch die Finsternis des Abgrunds, Bhrorok meinte Schatten auseinandergleiten zu sehen, und gleich darauf brach ein gewaltiger Sturm los. Schlingen aus Nacht peitschten über den Felsen, auf dem Bhrorok stand, Böen aus Dunkelheit brachten ihn zu Fall und hinterließen tiefe Kratzer in seinem Fleisch. Unter zusammengekniffenen Augen sah er, wie sich in der Mitte des Abgrunds ein Wirbel bildete, der sämtliche Schatten an den Rand der Höhle drückte, und dann, mit einem mächtigen Knall, entfachten sich schwarze

Feuer auf den steinernen Säulen. Sie glitten darüber hin wie die Körper geisterhafter Schlangen, und dort, inmitten peitschender Dunkelheit, erhob sich eine Gestalt. Sie wurde von mehreren schwarzseidenen Nebeln bedeckt, die wie Tücher im Sturm um sie herumflatterten und die Umrisse eines beinahe menschlichen Körpers abzeichneten. Doch lange Klauen drückten sich gegen die Dunkelheit wie gegen ein Gefängnis, ein schuppiger Schweif schlug in Bhroroks Richtung, er verfehlte ihn nur fast. Und als die Gestalt das Wort ergriff, sog sie die Nebel in ihren Mund.

»Bastard von einem Dämon!«, rief Harkramar. »Was erlaubst du dir, meine Ruhe zu stören, du, dessen Name so jung ist, dass ein Mensch ihn fortwischen könnte!«

Bhrorok kam auf die Beine. Er spürte die Kälte seines Körpers, angenehm kühl lähmte sie seinen Zorn. »Niemand kennt meinen wahren Namen«, erwiderte er. »Im Gegensatz zu deinem. Ich werde niemals hilflos und ohne Körper über diesem Abgrund hängen und abgepflückt werden von einem Dämon aus der Welt der Lebenden. Niemals wird mir jemand außer meinem Herrn befehlen.«

Harkramar hob die Arme, Wellen aus Schatten stürzten auf Bhrorok zu und verschlangen ihn für einen Augenblick. Doch als sie wie das Wasser des Meeres zurückwichen, stand er noch immer da, reglos und unverändert. Er hob leicht den Kopf und schickte ein boshaftes Lächeln auf seine Lippen, das jeder Dämon Razkanthurs fühlen konnte, da war er sich sicher.

»Mir befehlen willst du?«, grollte Harkramar und lachte so schallend, dass Gesteinsbrocken von den Säulen absplitterten. »Mir, der Alvys bezwang und Hefriton, die Schwarze Nixe des Nils, mir, der seit Äonen die Schatten der Welt bereiste und die Luft der Hölle atmete, als das Pandämonium noch nicht mehr war als ein Samen im Geist seines Erbauers? Mir, Kind von einem Dämon, willst du befehlen?«

Bhrorok schaute reglos in das Gesicht hinter den Tüchern, starrte in die dunklen Augenhöhlen, in die die Schatten hineinglitten, als würden sie von unsichtbaren Klauen gezogen, und nickte langsam.

»Ja«, erwiderte er nur.

Im nächsten Moment zog er eine gläserne Phiole aus seiner Tasche. Er hörte noch, wie Harkramar einen Laut ausstieß, der wie ein

Keuchen oder ein Ächzen klang. Dann verschlang er die Phiole im Ganzen, zerbrach das Glas mit seiner Zunge und trank das Blut der Throne, das er darin gesammelt hatte. Noch ehe Harkramar in den Abgrund hinabstürzen und sich in den Schatten verbergen konnte, riss Bhrorok die Arme über seinen Kopf und schrie. Doch es war nicht seine Stimme, die aus seiner Kehle drang. Es waren die letzten Atemzüge der Throne, ihre Schreie, ihre Gesänge, und sie brachen als heller Lichtschein aus seinem Mund, aus den Schnitten an seinen Armen und auf seiner Brust, und sie malten die verschlungenen Zeichen des Zaubers in die Finsternis Razkanthurs, sodass die Schatten anfingen zu knistern wie brennendes Papier.

Mit einer einzigen Handbewegung riss Bhrorok die Schwaden und Zeichen aus Licht zu sich heran und ließ sie auf Harkramar zustürmen, ehe sie sich zu gleißenden Schnüren verbanden. Harkramar wich zurück, doch schon legten sich Fesseln um seinen Leib, die Tücher um ihn herum verkohlten und zerstoben wie Gebilde aus Asche, und so erging es der gesamten Dunkelheit, die ihn umgab. Das Licht verbrannte die Finsternis, und sie fiel in sich zusammen, stürzte den Abgrund hinab und drohte Bhrorok von den Füßen zu reißen.

»Frran Turras!«, brüllte er, umfasste die Schnüre Harkramars und sprang vornüber in den Abgrund, die Hände zu Fäusten geballt. Krachend schlug er auf dem Höhlenboden vor dem Feuer auf. Er hörte seinen Wolf wimmern, eine unbeholfene Knochenhand griff nach seinem Arm.

»Herr …«

Doch ehe die Kreatur auch nur ein Wort mehr sagen konnte, schleuderte Bhrorok sie zurück an ihren Platz. »Sagte ich nicht, dass du hinter der Kreide warten sollst?«, grollte er und schaute in das schreckensstarre Gesicht des Wesens. Doch es sah nicht ihn an. Es fixierte das Feuer.

Langsam wandte Bhrorok sich um. Eine zusammengekrümmte Gestalt hockte inmitten der Flammen. Sie war nackt, Striemen der Fesseln aus Licht zogen sich als rote Brandnarben über den menschenähnlichen Leib. Ein langer Schweif lag wie der nackte Schwanz einer Ratte um die Kreatur herum, spitze Krallenhände hatten sich um die Knie gelegt. Langsam hob Harkramar den Kopf. Dicke, vernarbte Wulste zogen sich über seinen kahlen Schädel, er besaß keine Ohren, und am Hals war seine Haut ledrig wie uralte Schlangenhaut. Sein Gesicht war verbrannt, schmale Lippen bedeckten nur halb die schwarzen, spitzen Zähne, und dort, wo seine Augen hätten sein sollen, klafften zwei blutige Wunden in seinem Schädel. Es sah aus, als hätte man ihm an dieser Stelle die Haut abgezogen, und darunter lag nichts als rohes Fleisch.

»Bastard«, zischte Harkramar und spuckte seinen Speichel auf den Boden, der sich zischend in den Stein grub.

Bhrorok schüttelte den Kopf. »Du solltest nicht auf diese Art mit deinem Meister sprechen«, stellte er fest, beschwor die Gedanken an die Laute der Throne und deren Licht herauf – und sah zu, wie allein die Erinnerung sich mit stechender Grausamkeit in das Fleisch Harkramars fraß, wo gerade noch die Fesseln gewesen waren.

Harkramar schrie auf, keuchend stützte er sich am Boden ab. »Ist gut!«, rief er und wischte sich den Speichel vom Mund, der an seinem Kinn hinabtroff. »Sag, was du verlangst, ich werde deinem Befehl Folge leisten! Was bleibt mir anderes übrig?«

Bhrorok fixierte ihn mit seinem Blick. »Das Feuer, in dem du kniest, bewahrt einen Duft. Du wirst seinen Träger finden und ihn zu mir bringen. Das ist alles.«

Harkramar nickte düster. »Wie gesagt«, zischte er leise. »Ich werde deinem Befehl gehorchen. Doch vergiss nicht, Bastard der Hölle, dass auch du einst in das Reich Razkanthurs einkehren wirst. Und dort, mein Freund – dort wirst du *mir* dienen!«

Mit diesen Worten sprang er auf die Beine, sperrte den Mund auf, der sich auf unnatürliche Weise vergrößerte, bis er sein halbes Gesicht einnahm, und sog die Flammen in sich auf, die ihn soeben noch umdrängt hatten. Knisternd ergossen sie sich in seine Lunge, und sein Körper verwandelte sich. Seine Haut zog sich zusammen, Klumpen seines Fleisches schoben sich daraus hervor. Sie zerteilten seinen Leib und bildeten schuppige Fliegen, Wespen und Käfer, die sich wie blutige Fetzen in die Luft erhoben. Mit einem Schrei, der das Feuer erstickte, brach der Körper Harkramars endgültig auseinander, doch noch ehe sein Fleisch den Boden berührte, verwandelte es sich vollständig in knisternde Insektenleiber. Rasselnd fügten sie sich zu einer riesigen

Gottesanbeterin zusammen. Harkramar starrte zu Bhrorok herüber. Seine Augen sahen aus wie die Kieferklauen einer Spinne, hinter denen sich die Augäpfel in einem weißen Nest verbargen.

»Nun«, zischte er, doch seine Stimme klang, als würde sie aus tausend Mäulern entweichen. »Entlasse mich, und ich beschaffe dir den, den du suchst!«

Bhrorok wandte den Blick nicht ab. Mit einer Geste seiner linken Hand durchtrennte er die weiße Kreidelinie, die Harkramar in seinem Kreis gefangen hielt. Surrend erhob sich die Gottesanbeterin in die Luft, verwandelte sich in einen knisternden Schwarm – und raste direkt auf den Wolf zu.

Bhrorok stand regungslos, doch plötzlich durchzog ein Brennen seine Brust, und er musste an den Jungen denken, dessen Blick diese Regung erstmals in ihm entfacht hatte. Schmerzhaft pulste sie durch seinen Leib, es war wie eine Erinnerung hinter tausend Tüchern an etwas, das immer stärker aus seiner Finsternis drängte und das er umso entschlossener niederzwang. Er hörte auf zu atmen und wurde erst ruhig und dann kalt. Sein Wolf heulte auf, hilflos schaute er zu seinem Herrn, doch er rührte sich nicht von der Stelle, auch nicht, als Harkramar auf ihn niederstürzte. Knisternd schoss der Schwarm durch den Schlund des Wolfs, zerbrach dessen Kiefer und brachte mehrere Knochen zum Bersten, während der Wolfskörper sich rasend schnell verwandelte. Die Hinterbeine wurden länger, die Vorderläufe knickten ein, das gesamte Wesen richtete sich auf, während die Schnauze sich vorschob und schwarze Zähne aus dem Kiefer brachen. Jaulend warf das Wesen den Kopf in den Nacken, Bhrorok ballte die Fäuste, als er die Stimme seines Wolfs inmitten der schnarrenden Insekten hörte.

Dann wandte Harkramar, der jetzt völlig vom Körper des Wolfs Besitz ergriffen hatte, den Blick. Suchend irrte er durch den Raum, Speichel troff aus seinem Maul, als er die Kreatur ohne Haut entdeckte. Mit angstverzerrtem Gesicht schrie sie auf, doch schon sprang Harkramar in seiner neuen Gestalt auf sie los, packte sie mit den insektenhaften Vorderbeinen und riss sie in der Mitte durch. Gierig verschlang er sein Opfer, dann schaute er aus dem klebrigen Nest seiner Augen zu Bhrorok herüber.

Bhrorok erwiderte seinen Blick. Für einen Moment flammten die

Schatten Razkanthurs über Harkramars Gesicht wie ein grausames Versprechen. Dann neigte Bhrorok den Kopf, ohne ihn aus den Augen zu lassen.

»Geh«, grollte er düster. »Finde den Teufelssohn, wie ich es dir befahl.«

Harkramar gab ein schnarrendes Geräusch von sich, ehe er in langen Sätzen davonsprang.

Bhrorok wartete einen Augenblick, genau so lange, bis er die Schwärze Razkanthurs aus seinen Gedanken vertrieben hatte. Dann hob er seinen Mantel vom Boden auf, zog ihn sich über und ging Harkramar in ruhigen Schritten nach.

33

Der Aschemarkt lag verlassen. Nur vereinzelt standen noch die improvisierten Stände der Händler herum, deren Planken, Holzkisten und Bleche im stetigen Wind klapperten. Säuselnd strich er um den Glutbaum in der Mitte der Höhle und trieb die Asche der verbrennenden Blätter in Schwaden über den Platz. Nando wusste, dass die Bewohner der Schatten sich zurzeit an anderen Orten der Unterwelt zusammenfanden, um ihre Märkte abzuhalten, er wusste auch, dass sie an diesen Platz zurückkehren würden, sobald die Engel nicht länger mit so großem Aufgebot in die Schatten hinabstiegen. Und doch schien es ihm, als wäre der Aschemarkt ein Relikt aus lange vergangener Zeit wie ein verlassener Jahrmarkt, auf dem sich das verrostete Riesenrad noch dreht, während die Zirkuspferde auf dem Karussell mit ausgewaschenen Augen ins Leere starren.

»Ein sehr angenehmer Ort«, stellte Kaya fest und warf ihm einen säuerlichen Blick zu. Sie hatte die Arme vor der Brust verschränkt und schwebte neben seiner Schulter, während sie sehr genau darauf achtete, dass ihr Gesicht jede Nuance der Unzufriedenheit wiedergab, die sich ihrer bemächtigt hatte. »Kannst du mir mal sagen, was wir hier wollen? Du solltest im Bett liegen, hast du verstanden, und nicht hier draußen herumstehen aus Gründen, die du selbst nicht kennst!«

Nando seufzte und drehte gedankenverloren die kleine bronzene Trillerpfeife in seiner Hand. Es war spät am Abend, seine Glieder schmerzten von dem letzten intensiven Training, das er am Nachmittag bei Drengur absolviert hatte, und sein Kopf war schwer von all den Formeln, die er in den vergangenen Tagen seit der Entscheidung des Senats in sein Hirn gepresst hatte. Morgen würde die Prüfung stattfinden. Dann würde Nando beweisen müssen, dass er würdig war, in höherer Magie unterwiesen zu werden. Er spürte die Müdigkeit in seinen Knochen, und er wusste, dass Kaya recht hatte. Er sollte längst im Bett liegen, sich ausruhen und nicht allein auf dem Aschemarkt herumstehen. Ja, er sollte sich sofort in Bewegung setzen und nach Bantoryn zurückkehren – doch er rührte sich nicht. Die Gesichter der Nephilim flammten in ihm auf, er fühlte wieder ihre Hände auf seinen Schultern, als die Entscheidung des Senats gefallen war, und er sah Antonio und Drengur und Morpheus vor sich, ebenso wie Noemi, Riccardo, Ilja und all die anderen, die ihn endgültig als einen der ihren akzeptiert hatten. Lange war er an diesem Abend durch Bantoryns Straßen gelaufen, unruhig und nachdenklich. Auf der einen Seite hoben ihn diese Umstände empor und wärmten ihn im Inneren, doch andererseits war ihm die Stadt auf einmal seltsam beengt erschienen und der Duft des Mohns, der mit samtener Kühle in seine Lunge glitt, hatte ihm das Atmen schwer gemacht. Diese Unruhe war es gewesen, die ihn aus der Stadt getrieben hatte. Gemeinsam mit Kaya, die zunächst außer sich geraten war und alles getan hatte, um ihn zur Umkehr zu bewegen, war er durch die Gänge der Schatten geschlichen, um den Aschemarkt zu erreichen. Nun stand er da, reglos und mit dieser Unruhe im Magen, die ihn kaum atmen ließ, und wartete darauf, dass …

»Du solltest tun, was Antonio dir gesagt hat«, stellte Kaya fest und unterbrach seinen Gedanken. »Oh ja, das solltest du tun. Es wird anstrengend genug werden, wenn du dich der Prüfung stellst, da kann es nicht schaden, einmal richtig auszuschlafen. Und auch wenn ich es dir in den letzten Stunden schon tausendmal gesagt habe: Es ist dir verboten, Bantoryn ohne Erlaubnis von Antonio zu verlassen. Willst du dich doch noch fangen lassen, von Engeln oder Dämonen, ach was, am besten gleich von beiden? Oder willst du von der Prüfung ausgeschlossen werden, jetzt, da du so kurz davorstehst? Du leidest doch wohl nicht unter Prüfungsangst, oder doch? Man könnte meinen, dass du bislang Schlimmeres überstehen musstest als das, aber man weiß ja nie, was …« Empört zog sie die Brauen zusammen. »Sag mal, hörst du mir überhaupt zu?«

Sie stemmte die Fäuste in die Hüfte, doch Nando sah sie nicht einmal an. Sein Blick ruhte auf einem der Gänge, die ihm schräg gegenüberlagen. Dunkelheit quoll aus ihm hervor, langsam und träge.

Nando hatte etwas gehört, ein Scharren, ein Flattern, und als hätte dieses Geräusch einen Namen zu ihm getragen, flüsterte er leise: »Harkramar.«

Kaya fuhr so heftig zusammen, dass sich ihr Fell aufstellte, und starrte fassungslos in den Gang, doch gleich darauf hörte Nando ein ihm vertrautes Geräusch. Ein Taxi schoss aus der Dunkelheit des Ganges, eine orangefarbene Plastikkuh prangte auf der Kühlerhaube und raste direkt auf ihn zu. Erleichtert stieß Nando die Luft aus, während Kaya mit einem Satz in ihrer Geige verschwand. Mit quietschenden Reifen hielt das Taxi an, nur wenige Fingerbreit von Nandos Beinen entfernt. Die Fahrertür flog auf, und heraus sprang Giorgio. Er trug ein leuchtend gelbes Hemd und wild gemusterte Bermudas, und als er Nando erblickte, strahlte er von einem Ohr zum anderen.

»Nando!«, rief er und umarmte ihn stürmisch, woraufhin sie beide in eine Wolke aus Räucherstäbchenaroma gehüllt wurden. »Ich hab es dir ja gesagt: Ein Pfiff genügt, und ich eile zu dir! Ich habe so oft an dich gedacht! Wie geht es dir, wie kann ich dir helfen?«

Nando lächelte. Giorgio hatte sich überhaupt nicht verändert, und für einen Augenblick zog ein angenehmes Gefühl der Vertrautheit über seinen Rücken. Doch sofort kehrte seine Anspannung zurück. Unruhig sah er sich um. »Lass uns fahren«, sagte er leise. »Hier ist es nicht sicher.«

Giorgio nickte schnell, sein Grinsen verschwand von seinem Gesicht. »Nun«, sagte er, nachdem sie im Taxi Platz genommen hatten. Es sah aus wie neu, weicher grüner Plüsch zierte die Sitze, und eine winzige Diskokugel hing zwischen Fahrer- und Beifahrersitz von der Decke. »Wo soll es hingehen?«

Nando holte tief Atem. »In die Oberwelt«, erwiderte er und hörte ein aufgeregtes Husten aus dem Inneren seiner Geige. »Ich muss fort aus dieser Stadt, in der mich auf einmal alle bei meinem richtigen Namen nennen – so, als wäre ich immer schon ein Teil von ihr gewesen, als hätte es nie etwas anderes gegeben als das hier: ein Leben in den Schatten, ein Leben in den Gassen Bantoryns.« Er schüttelte den Kopf. »Aber es hat ein anderes Leben gegeben. Ein Leben an der Oberwelt, ein Leben im Licht und unter Menschen, die mir nah waren. Ich will sie nur sehen, verstehst du, nur kurz, ich will nur wissen, ob es ihnen gut geht und ob sie mich schon vergessen haben. Ich will sehen, ob …« Er hielt inne. »Ob ich dort oben noch ein Leben habe.«

Zum ersten Mal, seit sie sich kannten, war Giorgios Gesicht vollkommen ernst. Der Taxifahrer fragte ihn nichts, er bedrängte ihn nicht. Er sah ihn nur an, ruhig und abwartend, und erwiderte schließlich: »Ich hätte gedacht, du rufst mich früher.« Dann lächelte er auf diese ernste und wärmende Art und fuhr los. Beinahe lautlos glitten sie durch die Brak' Az'ghur. Sie sprachen kaum miteinander, denn immer wieder hörten sie Patrouillen der Engel, und einmal sahen sie sie sogar, als sie in einiger Entfernung durch einen breiten Gang vor ihnen um die Ecke bogen, ohne sie zu bemerken. Hin und wieder begegneten ihnen auch Schattengnome, die sich von außen auf das Taxi setzten und neugierig hereinstierten, doch Kaya schlüpfte immer wieder aus ihrer Geige, funkelte sie mit bösartigem Leuchten in den Augen an und trieb sie in die Flucht. Es war ein langer Weg, den sie zurücklegen mussten, und doch erschien er Nando kaum länger als ein Gang ins Flammenviertel. Die Unruhe pulste durch seine Adern, und als sie endlich einen der geheimen Aufzüge erreichten, erschien es ihm, als würde er durch eine Tür in ein anderes Universum eintreten. Sie fuhren hinauf und landeten in einer kleinen Autowerkstatt mitten in der Stadt. Nando hörte den Lärm von der Straße und sah das Licht, das durch ein metallenes Tor fiel.

»Ich danke dir«, sagte er leise. »Aber ich glaube, dass ich den Rest des Weges allein gehen muss.«

Giorgio nickte. »Behalte die Pfeife, Menschensohn. Wann immer du mich rufst, werde ich da sein.«

Für einen Moment schien es Nando, als säße er einem alten Mann gegenüber, einem Freund, einem Bruder – und als Giorgio den Kopf neigte und lächelte, wusste er, dass es genau so war. Giorgio war all dies vom ersten Augenblick an gewesen, da er Nando gesehen hatte. Nicht umsonst hatte er ihm seine Pfeife gegeben, nicht umsonst hatte er für ihn sein Leben riskiert. Er war ein Wanderer, wie Nando es war, ein Heimatloser und Suchender in der Welt der Menschen, und er gehörte zu jenen, die einen Bund bildeten mit allen anderen Verfolgten. Schweigend nickten sie einander zu. Dann öffnete Nando die Tür und verließ das Taxi.

Bereits während der Übungseinheiten in der Oberwelt war er bisweilen von dem Lärm zusammengefahren, der in der Welt der Menschen herrschte. Doch nun, da er allein hierher zurückgekehrt war, nun, da er sich durch das Metalltor der Autowerkstatt schob und auf die Straße trat, nahm er die menschliche Zivilisation tausendfach verstärkt wahr. Er wurde geblendet von den grellen Lichtern der Leuchtreklamen, erschrak vom donnernden Verkehr und schaute wie träumend in den Nachthimmel, der nie wirklich dunkel wurde und über den Scheinwerfer und Flugzeuge flogen.

Er wusste, dass Kaya in diesem Augenblick in Gedanken bei ihm war, wusste, dass sie sich vor dem Licht der Menschenwelt fürchtete und dass sie bedeutend lieber in den Schatten geblieben wäre. Aber er war dankbar dafür, dass sie mit ihm durch diese Welt ging, dass sie ihm keine Fragen mehr stellte und dass er ihren Herzschlag durch das Holz seiner Geige hören konnte, als er die ersten Schritte in der Welt tat, die er verlassen hatte.

Im Schatten der Häuser eilte er vorwärts. Er trug seinen Mantel, den er vorn an der Brust zusammenhielt, um seine ungewöhnliche Kleidung etwas zu verbergen, doch die wenigen Menschen, die ihm begegneten, beachteten ihn nicht. Nur wenn er an einer Kreuzung gezwungenermaßen ins Licht treten musste, trafen ihn ihre Blicke, aber sie glitten von ihm ab wie von einer öligen Schicht, sie drangen nicht tiefer als bis zu seinen schmutzverkrusteten Schuhen und dem Geigenkasten auf seinem Rücken. Und als Nando ihre Blicke fühlte, musste er an Yrphramar denken, daran, wie sein alter Freund auf der Spanischen Treppe gesessen und musiziert hatte, und die Einsamkeit, die Yrphramar ausgestrahlt hatte, legte sich mit kühlen Fingern um seine Schultern. Nando erinnerte sich daran, wie er Morpheus gefragt hatte, ob er eines Tages zurückgehen wollte an die Oberwelt. Morpheus hatte gelacht, herzhaft und nicht ohne Bitterkeit, sein Blick war für einen Moment ins Leere geglitten. Dann hatte er den Kopf geschüttelt, langsam und nachdenklich, und gesagt: *Nein, Nando. Wer einmal in die Schatten kam und dort gelebt hat, der ist ein für alle Mal verloren für die Welt der Menschen.*

Nando spürte die Lichter aus den Wohnungen auf seinem Gesicht. Er hatte geglaubt, dass dieser Zustand, von dem Morpheus gesprochen hatte, aus den Betroffenen selbst entsprang, dass es eine Mauer und eine Entscheidung war, die sie selbst errichteten, doch nun wurde ihm bewusst, dass auch die Menschen das Fremde erkannten, das sich unter sie mischen wollte und es nicht konnte. Sie sprachen kein Wort, ihre Blicke spiegelten nichts, als sie Nando betrachteten – und doch sagten sie ihm deutlich, dass er für sie nichts war, nicht einmal ein Obdachloser, dessen Tod kaum mehr als eine kleine Schlagzeile wert war. Er musste an die Fähigkeit der Transparenz denken, jene Gabe, die Antonio ihm in mühevoller Arbeit beigebracht hatte und die dazu diente, bestimmte Zauber und äußere Angriffe durch den eigenen Körper hindurchfließen zu lassen, ohne dass sie größeren Schaden anrichten konnten. Nando war es schwergefallen, diese Fähigkeit auszubilden, und sie konnte auch nur bei sehr wenigen und sehr speziellen Angriffen eingesetzt werden. Und doch fühlte er sich nun, da er lautlos durch die Straßen Roms hastete, genauso wie während seiner Trainingssequenzen. Die Menschen begegneten ihm, sie schauten ihn an – aber sie sahen ihn nicht. Er war einfach nicht mehr da.

Sein Puls erhöhte sich, je näher er der Wohnung seiner Tante kam, und als er sein Viertel durchquerte und den vertrauten, ein wenig heruntergekommenen Geruch wahrnahm, der seit seiner Kindheit über diesen Gassen lag, da verstummte der Verkehr um ihn herum und er nahm die wenigen Menschen, die ihm begegneten, kaum noch wahr. Mit klopfendem Herzen bog er in seine Straße ein und sah beinahe augenblicklich das erleuchtete Wohnzimmerfenster Maras. Unauffällig schaute er sich um, lauschte, ob Engel oder patrouillierende Ritter der Garde in der Nähe waren, und breitete die Schwingen aus, um über das Dach hinweg in den Hinterhof zu fliegen. Die vertrockneten Blätter der Blumen in den Kästen knisterten leise, als er sich auf dem Balkongeländer seiner Tante niederließ. Er erinnerte sich gut daran, wie sie diese Blumen vor einigen Jahren gepflanzt hatte, um endlich auch einmal ein wenig Natur auf dem Balkon zu haben. Nach wenigen Wochen waren sie aus ungeklärter Ursache vertrocknet, und auf Giovannis Frage, ob Mara nicht wieder einmal Blumen pflanzen wollte, antwortete sie stets, dass Blumen in den Wald oder den Garten gehörten und nicht in einen winzigen Kasten auf einem Balkon. *E basta.*

Vorsichtig glitt Nando näher an das Fenster heran, spähte an dem zerrissenen Vorhang vorbei, der die halbe Tür bedeckte – und fuhr so heftig zusammen, dass er fast rücklings vom Balkon gestürzt wäre.

Mara war allein. Sie saß auf dem schmalen Hocker, trug ihre Malerschürze und hielt eine Zigarette in der Hand, an der sie seit Minuten nicht gezogen hatte. Nando konnte die Glut beinahe hören, die den Ascherest immer länger machte, und er schaute in das Gesicht seiner Tante. Sie hielt die Augen geschlossen, sicher hatte sie wieder ohne Pause gearbeitet und war erschöpft. Ihre Finger waren mit Farbe bedeckt, ihre Wangen waren bleich und eingefallen, und um ihren Mund lag ein harter Zug, den Nando noch nie an ihr bemerkt hatte. Ihre Haare hatte sie mit einem Pinsel zusammengedreht und hochgesteckt, einzelne Strähnen hatten sich gelöst und fielen ihr in die Stirn. Oft hatte Nando seine Tante so dasitzen sehen, und doch erschien es ihm nun, da er sie durch das Fenster ihres Balkons betrachtete, als sähe er sie zum ersten Mal. Er erinnerte sich an die Nachricht, die er ihr zu Beginn seiner Reise in die Unterwelt hatte zukommen lassen und in der er geschrieben hatte, dass sie sowohl sich selbst als auch ihn in Lebensgefahr bringen würde, wenn sie nach ihm suchen ließe. Sie hatte nicht nach ihm gesucht, und nun, da Nando ihr Gesicht sah, wusste er, was sie dies gekostet hatte. Sie hatte jede Nacht um Nando geweint – und Mara weinte nie.

Auf einmal flammte das Gesicht seiner Mutter hinter ihrem Antlitz auf, das Gesicht seines Vaters, er hörte seine Eltern lachen, hörte sie weinen, und er wusste, dass es Mara in all den Jahren, da Nando bei ihr gelebt hatte, immer nur um eines gegangen war: so zu lachen, so zu weinen, wie es seine Eltern getan hätten, ihm Geschichten zu erzählen wie sein Vater und ihm durchs Haar zu streichen wie seine Mutter. Mara war keine Geschichtenerzählerin, sie war Malerin, und sie war auch nicht so sanft wie ihre Schwester – und doch stand sie keinem der beiden nach. Sie war es gewesen, die neben Nando am Grab seiner Eltern gestanden hatte, sie, die seinen Schlaf bewacht hatte, damals, als er nach ihrem Tod krank geworden war, und sie war es, die noch heute regelmäßig Blumen zu ihnen brachte, obwohl sie Friedhöfe hasste. Mara hatte sich nie Kinder gewünscht, sie hatte keine Geduld für Kinder, hatte sie immer gesagt – aber sie hatte immer Geduld für Nando gehabt.

Er spürte Kayas Herzschlag an seiner Wange, als sie die Geige verließ und sich auf seine Schulter setzte. Lautlos schwang er sich auf den Balkon und lehnte einen Brief von außen gegen die Tür. Er hatte ihn in den einsamen Nächten Bantoryns geschrieben, ihn bei sich getragen, um ihn in freien Augenblicken weiterzuschreiben, und obgleich es bei schweren Strafen verboten war, vor der bestandenen Prüfung Kontakt zu jenen aufzunehmen, die man als neu entdeckter Nephilim verlassen musste, hatte Nando schon vor einiger Zeit beschlossen, Mara diesen Brief zukommen zu lassen. Ursprünglich hatte er Antonio fragen wollen, doch nun konnte er ihn ihr selbst dalassen.

Er hob den Blick. Mara konnte ihn nicht erkennen, dafür war es in der Wohnung zu hell, und doch öffnete sie in diesem Moment die Augen und sah ihn an. Kaya zuckte zusammen, erschrocken krallte sie sich an seiner Schulter fest, doch Nando stand regungslos. Er sah zu, wie Mara aufstand, wie die Asche ihrer Zigarette auf den Boden fiel, ohne dass sie es bemerkte, und wie sie dicht vor dem Fenster stehen blieb. Sie musste sich selbst ins Gesicht schauen, und doch glitt etwas über ihre Züge, als hätte sie in der Dunkelheit vor ihrem Fenster etwas erkannt, das jede Härte von ihr nahm. Nandos Kehle zog sich zusammen, dass er kaum atmen konnte. Er suchte nach Verzweiflung in ihren Augen, nach Kälte, nach Bitterkeit, vielleicht auch nach Vorwürfen, nach Zorn oder Trauer. Aber er fand nichts dergleichen darin. Alles, was er sah, war seine Tante Mara, ihre Wärme, ihre Sprödigkeit, und er sah sich selbst auf ihrem Schoß, das Gesicht mit Farbklecksen übersät, während er das erste Bild seines Lebens malte, einen leuchtend roten Punkt auf goldenem Hintergrund. Keines ihrer eigenen Bilder hatte Mara je aufgehängt. Doch Nandos erster Versuch hing über ihrem Bett, und darunter stand der Titel: *Für immer.*

Kaya sog die Luft ein, als Mara die Hand hob, und auch Nando fuhr zusammen, als er sah, wie seine Tante die Finger auf den Türknauf legte. Eine Bewegung bloß, eine flüchtige Regung, und sie würde vor ihm auf dem Balkon stehen. Er rührte sich nicht, doch innerlich wich er vor ihr zurück und wollte im gleichen Moment selbst die Tür öffnen. Nichts, gar nichts wünschte er sich mehr, als sie in die Arme zu nehmen. Doch er wusste, was das bedeutete. Sie würde Fragen stellen, er musste ihr Antworten geben, und jedes Wort, das sie wechselten, jeder Funke an Wissen, den Mara über die Welt der Schatten gewann, brachte sie in Gefahr. Er kannte sie gut genug, um sich darüber klar zu sein, dass sie ihn nicht wieder gehen lassen würde, wenn diese Tür sich öffnete, und er *musste* gehen – er musste zurückkehren in die Unterwelt.

Er sah sie an, und als hätte sie seine Gedanken wahrgenommen, nahm sie die Hand von der Klinke. Sie öffnete die Tür nicht. Vielleicht hatte sie seine Gedanken tatsächlich gehört, vielleicht hatte sie Angst vor dem, was dahinter liegen könnte – Angst davor, dass er nicht da wäre. Stattdessen legte sie die Finger auf das Glas der Tür. So stand sie da, die Hand wie zum Gruß erhoben, und Nando zögerte nicht. Langsam hob er die Hand, seine metallene Menschenhand, und legte sie von der anderen Seite dagegen. Mara wandte nicht den Blick. Forschend schaute sie in die Dunkelheit ihrer eigenen Pupillen, und vielleicht sah sie Nandos Gesicht, denn Tränen sammelten sich in ihren Augen, und Nando merkte, dass ihr das ruhige Atmen schwerfiel. Er lächelte, als könnte sie diese Regung sehen, und er wusste, dass sie den Wärmeschauer spürte, den er ihr in diesem Moment schickte. Dann wandte er sich ab, breitete die Schwingen aus und erhob sich in die Nacht.

Kaya musste sich mit aller Kraft an seiner Schulter festhalten, so schnell raste er dahin, aber er hatte das Gefühl, zerspringen zu müssen, wenn er dem Druck in seinem Inneren nicht nachgab. Es war ihm schwergefallen, so unendlich schwer, nicht zu Mara ins Licht treten zu können, und er wusste, dass er es getan hätte, wäre er nur einen Augenblick länger geblieben.

Die Kälte der Nacht strich über seine Wangen, und gerade als er beschlossen hatte, den gefährlichen Luftraum über der Stadt zu verlassen und in die Schatten der Straßen zurückzukehren, fiel sein Blick auf den Tiber, der als seidiggrünes Band durch Rom dahinglitt. Ein Lächeln flog über sein Gesicht, als er daran dachte, wie viele Abende er gemeinsam mit Luca an diesem Fluss verbracht hatte, und als ihm ihr Erlebnis mit den Carabinieri einfiel, die lieber ihre Lachse verkostet hatten, als ihnen nachzulaufen und sie für unerlaubtes Grillen zu belangen.

Schwingenrauschend landete Nando auf dem Stückchen Ufer, auf dem er früher so viel Zeit mit Luca verbracht hatte, und ließ sich auf dem breiten Stein nieder, der direkt am Wasser lag. Er hätte gern auf der Geige gespielt, um den Gefühlen Ausdruck zu verleihen, die ihn in diesem Augenblick aufwühlten, doch er wagte es nicht. Es war schon leichtsinnig genug gewesen, über die Dächer Roms hinwegzufliegen, da musste er die Engel nicht durch Musik auf seine Fährte locken. Vermutlich war es ohnehin nichts als Glück gewesen, dass er ihnen bislang entkommen war, und …

Ein leises Scharren hinter ihm unterbrach seine Gedanken. Augenblicklich huschte Kaya in die Geige – Nando hatte ihr bereits vor einiger Zeit das Einverständnis abgenommen, bei möglichen Kämpfen den Kopf aus der Schusslinie zu bringen –, während er selbst dasaß wie erstarrt. Lautlos sandte er einen Betäubungszauber in seine linke Faust und setzte das Metall in schwarze Flammen. Der Engel, der es wagte, sich hinterrücks anzuschleichen, würde die nächsten Tage brauchen, um aus der Ohnmacht zu erwachen, in die Nando ihn schicken würde, so viel war sicher. Wieder hörte er das Knirschen, jeder Muskel seines Körpers spannte sich an. Noch ein wenig näher, dann würde er …

»Nando?«

Er schrak so heftig zusammen, dass er seinen Zauber beinahe mitten auf den Tiber geschleudert hätte. Im letzten Moment entkräftete er ihn, fuhr herum – und erstarrte. Eine Gestalt schob sich aus den Schatten, eine kleine, schmächtige Gestalt in einem zerknitterten Anzug, eine Gestalt mit wirren braunen Locken und einem vorsichtigen Lächeln.

»Luca!«

Für einen kurzen Moment standen sie sich gegenüber, den Blick forschend auf dem Gesicht des anderen. Luca betrachtete die fremdartige Kleidung, die Geige auf Nandos Rücken und die metallenen Streben in dessen Hand. Nando sah das Erstaunen in den Augen seines besten Freundes, und er glaubte für einen Moment, dass Luca sich abwenden und davonlaufen würde. Doch da breitete sich ein Grinsen auf dessen Gesicht aus, und im selben Augenblick stürzten sie vor und fielen einander in die Arme. Lachend begannen sie, aufeinander einzureden, sich Fragen zu stellen, die sie in den vergangenen Wochen mit sich herumgetragen hatten, ohne sie loswerden zu können, und als sie merkten, dass sie einander dieselben Fragen gestellt hatten, lachten sie noch mehr. Nando dachte nicht mehr an die Engel, nicht an die bevorstehende Prüfung, nicht an Bhrorok oder den Teufel. Alles, was jetzt zählte, war sein bester Freund und die Tatsache, dass er mit einem Schlag wieder sechs Jahre alt sein konnte, solange Luca nur da war.

Sie setzten sich nebeneinander auf ihren Stein, Nando erfuhr, dass es Giovanni und Mara den Umständen entsprechend gut ging, dass sie ihn vermissten und pausenlos von ihm sprachen und sich nebenher stritten wie eh und je. Luca erzählte in knappen Worten, dass er mit seiner Ausbildung begonnen und dass ihn an diesem Abend wie so oft in den Wochen zuvor ein unbestimmtes Gefühl zum Tiber hinausgetrieben hatte. Und dann war Nando da gewesen, wie ein Wunder. Sie lachten, und als Luca ihn fragte, wo er gewesen sei, da fing Nando an zu erzählen. Er wusste, dass es streng untersagt war, einem Menschen von der Schattenwelt zu berichten, aber in diesem Moment brach alles aus ihm heraus, was er in den vergangenen Wochen erlebt hatte. Er erzählte Luca alles, angefangen von Yrphramars Tod über seine Ankunft und Ausbildung in Bantoryn bis hin zu seinem Verfolger Bhrorok und der Prüfung, die er in wenigen Stunden ablegen würde, um sich von ihm zu befreien. Auch von den Engeln erzählte er, von Antonio, Morpheus und Drengur und von den anderen Nephilim, von Noemi, Riccardo und Ilja, aber auch von Paolo, von Salados, vom Duft des Mohns und dem Nebel der Ovo. Er berichtete von den stählernen Brücken Bantoryns, vom Aschemarkt und den Bewohnern der Schattenwelt, und als er schließlich endete, sah Luca ihn mit sehnsüchtigen Augen und einem Lächeln auf den Lippen an, als hätte er gerade einem der Geschichtenerzähler auf der Piazza Navona zugehört.

Beeindruckt deutete Luca auf seine metallene Hand und grinste. »Ein bißchen Anakin Skywalker, nicht wahr?«, fragte er, zeigte sich aber beeindruckt, als Nando aus seiner Faust eine kleine Rauchrakete ins Unterholz schleuderte. Luca legte nachdenklich den Kopf schief. »Das klingt wie ein Märchen«, sagte er. »Wie ein düsteres Märchen zwar, aber … der Sohn des Teufels, Nando! Ich kann es kaum glauben.«

Nando seufzte. »Ich habe es anfangs auch nicht glauben wollen. Aber dann … Nun ja.« Lautlos brachte er den Zauber über die Lippen, sodass Luca seine Schwingen sehen konnte. Atemlos riss sein Freund die Augen auf wie ein kleines Kind beim Anblick einer Fee. Fasziniert strich er über Nandos Flügel und ließ sich nur mit dem Hinweis auf die Engel von der Bitte abbringen, dass Nando eine Runde über dem Tiber drehen sollte.

Sie saßen lange zusammen, erzählten einander und hörten sich zu, und wenn Nando nicht hin und wieder einen Blick auf seinen metallenen Arm geworfen oder das Gewicht seiner Schwingen gespürt hätte, dann hätte er vielleicht vergessen, dass er kein Mensch mehr war, sondern ein Nephilim, der in die Schatten gehörte und nicht länger ins Licht dieser Welt. Luca hingegen betrachtete ihn in keinem Augenblick anders als früher, vielleicht abgesehen von der Bewunderung und Faszination, wenn er über das samtene Schwarz der Schwingen strich oder sich die Tricks von Nandos linkem Arm erklären ließ. Es war, als wäre er niemals fort gewesen, als hätten sie die vergangenen Monate einfach ausgelassen und könnten nun dort weitermachen, wo sie aufgehört hatten: bei der Freundschaft, die sie miteinander verband. Nando musste lächeln, als er daran dachte, wie er noch vor Kurzem angenommen hatte, dass sich alles änderte. Vielleicht traf das zu. Aber dennoch gab es Dinge, die dem entsprachen, was unter dem Bild stand, das er einst für seine Tante gemalt hatte: *Für immer*.

»Morgen werde ich die Prüfung ablegen«, sagte Nando, nachdem sie eine Weile schweigend auf die Wellen des Tibers geschaut hatten. »Anschließend werde ich lernen, höhere Magie zu wirken, und dann werde ich Bhrorok bezwingen – oder er mich.«

Luca sah ihn von der Seite an. »Hast du keine Angst?«

Nando hatte sich diese Frage in den vergangenen Wochen oft gestellt, doch erst jetzt, da er mit seinem besten Freund am Ufer des Tibers saß, brachte er die Antwort dazu über die Lippen. »Doch«, erwiderte er ruhig. »Ich habe eine Scheißangst. Aber es gibt Dinge, die man tun muss, auch wenn man Angst hat.«

Luca nickte, als würde er das ganz genauso sehen. »Wer sagt das?«, fragte er dennoch. »Dein Mentor, der Engel? Mensch, den würde ich gern mal sehen.«

»Nein«, erwiderte Nando nachdenklich. »Ein Freund.«

Er dachte an Silas, für einen Moment schien es, als würde er zu ihnen ans Ufer treten und mit einem Lächeln zu ihnen herüberschauen, ehe er den Kopf vor ihnen neigte und wieder in den Schatten verschwand. Luca betrachtete Nando, er schien zu spüren, dass traurige

Gedanken in dessen Kopf vorgingen, und schwieg eine Weile. »Und was wirst du danach tun?«, fragte er schließlich. »Ich meine …«

»Ich weiß, was du meinst«, erwiderte Nando. »Bis vor Kurzem dachte ich, dass ich zurückkehren würde in die Menschenwelt, zu Mara, Giovanni, zu dir … Aber jetzt …« Er holte tief Atem. »Ich bin heute Nacht hierherauf gekommen, ohne genau zu wissen, aus welchem Grund. Ich wollte eine Gewissheit für mich finden, vor der ich lange davongelaufen bin.« Er wandte den Blick und sah seinen Freund direkt an, doch auf eine seltsame Weise schien es ihm, als würde er auch sich selbst ins Gesicht schauen – einem anderen Ich, das noch immer als Mensch auf diesem Stein saß und ihn staunend betrachtete. »Ich bin dort unten nicht zu Hause. Aber dennoch gehöre ich in die Schattenwelt, und das auf eine Art, wie ich es nie für möglich gehalten hätte. Dort unten bin ich mehr als nur der Teufelssohn, mehr als nur der Mensch. Ich bin einfach ich – auch wenn ich noch nicht weiß, wer das sein oder werden soll.«

Luca nickte. »Das klingt so, wie es sich jeder Mensch wünscht. Aber du scheinst nicht damit zufrieden zu sein.«

Nando stieß die Luft aus. »Zufrieden! Ich lebe versteckt in den Schatten, Luca, verfolgt von Engeln und Dämonen, und ich fürchte mich vor dem, was ich bin, vor dem, was ich werden könnte. Ich habe viele Kämpfe ausgefochten in den vergangenen Wochen, viele habe ich gemeistert, aber manchmal …« Er hielt inne und schaute zu den Häusern hinüber, die sich auf der anderen Seite des Flusses mit erleuchteten Fenstern in die Nacht erhoben. Er dachte an Yrphramar und dessen Worte über das Licht, das immer warm und golden zu dem einsamen Wanderer auf der Straße herausbricht, und er dachte daran, wie eben dieses Licht ihn gerade auf seinem Weg durch Rom berührt hatte. »Manchmal möchte ich einfach ein ganz normaler Mensch sein. Ein normaler Mensch mit einem normalen Leben. Verstehst du?«

Luca nickte, aber etwas Düsteres hatte sich in seine Augen geschlichen, und er verschränkte die Arme vor der Brust. »Du solltest dich reden hören«, sagte er, und obgleich seine Stimme noch immer sanft klang, hörte Nando doch den Zorn, der aus ihr sprach. »Wer bekommt schon eine solche Chance, Nando? Und wer wäre so dumm und würde sie ausschlagen in Anbetracht dessen, was ihn hier erwarten würde?«

Nando zog die Brauen zusammen. »Was …«, begann er, doch Luca schüttelte den Kopf.

»Sieh dich an! Nicht jeder erhält die Möglichkeit, ein neues Leben anzufangen, Flügel zu bekommen, einen Superheldenarm und Magie. Ja, Nando, so sehe ich das – du hast eine Chance bekommen, die andere niemals kriegen werden. Ich zum Beispiel werde morgen wieder in die Bank gehen, dort werde ich arbeiten, bis ich alt und grau bin, und sicher, es gibt viel Schlechteres, aber …« Luca griff nach Nandos Arm, wie früher, wenn er einen verrückten Einfall zu einem Streich gehabt hatte und ihn mit seinem Freund teilen wollte. Er schaute auf seine Hand, die auf den metallenen Streben ruhte, doch er zog sie nicht zurück. »Du hast die Möglichkeit, mehr zu werden als all das, was diese Welt aus dir gemacht hätte«, sagte er eindringlich. »Dort unten scheinen andere Regeln zu gelten als hier, dort könntest du ein Held sein, ist dir das eigentlich klar?«

Ein Lächeln zog über Nandos Gesicht. »Ein Held«, erwiderte er mit leichtem Spott in der Stimme. »Was soll das sein, Luca? Wir sind keine Kinder mehr.«

»Ein Held ist jemand, der seinen eigenen Weg geht«, unterbrach Luca ihn, und in seinen Augen brannte ein Feuer, das Nando selten zuvor an ihm bemerkt hatte. »Niemals hättest du den in dieser Welt gefunden, das weiß ich, denn du bist nicht so wie ich. Du hättest niemals der werden können, der du bist, aber jetzt, Nando – jetzt kannst du es.«

Nando sah Luca an, die Worte seines Freundes sanken wie glatte Steine in sein Inneres, und in diesem Moment, da sie schweigend am Ufer des Tibers saßen, Luca in seinem zerknitterten Anzug und er selbst mit seinen Schwingen und der Faust aus Metall, da fasste Nando einen Entschluss. Eines Tages, wenn sie beide zu Helden geworden waren – der eine in den Schatten und der andere in der Menschenwelt, dort, wo man verlernt hatte, die wahren Helden zu erkennen –, dann würde er Luca mit hinabnehmen. Er würde seinen Freund durch den Nebel führen, und gemeinsam würden sie durch Bantoryns Gassen gehen, über sich die Sterne aus Feuer und Eis, und den Duft des Mohns wahrnehmen, diesen Geruch der Sehnsucht in der Welt jenseits des Lichts.

34

In düsterer Schönheit glitt der Mond durch seinen Himmel aus zerfetzten Wolken und warf seinen Schein auf den Nebel der Ovo, der langsam die Hügelkuppen des Palatins hinaufkroch wie ein Meer aus weißen Tüchern. Der Dunst flog über die Ruinen der einstigen Tempel und Paläste, umschlang die Stämme der Bäume mit lautlosem Griff und hüllte Gräser und Büsche in seinen geisterhaften Schleier, bis er an den Rändern des freien Platzes innehielt, auf dem die Novizen sich versammelt hatten. Die Geräusche der Stadt drangen nur gedämpft zu ihnen herüber und wurden von dem säuselnden, fast in verständlichen Worten flüsternden Wind übertönt, der mit dem Nebel gekommen war und die Prüflinge in ihren langen grauen Mänteln frieren ließ.

Langsam strich Nando über die Fasern seiner Schlinge. Neben ihm standen Riccardo und Ilja, aus dem Augenwinkel bemerkte er Paolo und ignorierte ihn, soweit es ihm möglich war. Noemi stand in einiger Entfernung. Sie hatte einen Punkt im Nirgendwo fixiert, und etwas in der stillen Dunkelheit ihrer Augen verstärkte die Anspannung in Nandos Nacken. Schweigend schaute er in den Nebel, der nicht grundlos aus den Tiefen der Unterwelt heraufgekommen war und sich in dichten Schwaden durch Roms Straßen zog. Seit jeher war er die Deckung der Nephilim – doch in dieser Nacht würde er mehr sein als das. In dieser Nacht würde er prüfen, wer es wert war, unter seinem Schutz zu stehen. Antonios Schritte knirschten auf dem unebenen Boden, als er aus dem Nebel tauchte wie eine Gestalt aus einer anderen Zeit. Er trug eine Uniform aus rostbraunem Leder. Die Schulterklappen, die Schließen und die Beschläge an Hüfte und Knien waren aus mattem Kupfer gefertigt. In verschlungenen Zeichen zogen sich Bruchstücke aus Grimorien über Arme und Schultern, und in der Hand trug er seinen Säbel. Die Nephilim traten beiseite. Schweigend sahen sie zu ihm hinüber, und als er den Blick hob und jeden Einzelnen von ihnen anschaute, da war es, als würde er ein kurzes Zwiegespräch mit ihnen führen. Nando hielt den Atem an. Er erwartete, Antonios Stimme in seinem Kopf zu hören, als dessen Blick ihn traf. Doch er sah nur das Lächeln, das sich auf die Lippen seines Mentors stahl, ehe dieser sich abwandte. Es war ein Lächeln voller Zuversicht, das ein wärmendes Gefühl über Nandos Rücken schickte.

»Die Sonne stieg flammender schon zur Mitte der Himmelswölbung«, sagte Antonio feierlich, *»als sie die Mauern der Burg und Dächer einzelner Häuser von ferne erblickten, die jetzt römische Macht zum Himmel emporgebaut hat; damals noch herrschte in dem ärmlichen Reich Evander.«* Er hielt kurz inne und lächelte über die ratlosen Gesichter seiner Novizen. »Diese Zeilen stammen von Vergil. So beschreibt er die Ankunft des aus Troja geflohenen Aeneas an der Stelle, an der später Rom gegründet wurde – und dies ist weit mehr als eine Legende. Seit Jahrhunderten lebten die Menschen dauerhaft auf dem Palatin, und lange schon dient er als Ausgangspunkt für das, was nun auf euch wartet.« Er holte Atem und umfasste seinen Säbel fester. »Novizen der Schatten! Ihr seid hier zusammengekommen, um euch der Prüfung zur nächsten Stufe eurer Ausbildung zu stellen – der Prüfung der Schattenwelt, die seit jeher an diesem Ort ihren Anfang genommen hat. Jeder Ritter Bantoryns hat einst dort gestanden, wo ihr euch nun befindet, und jeder von ihnen hat die Aufregung gefühlt, die Anspannung und möglicherweise auch die Furcht angesichts dessen, was im Nebel der Ovo auf ihn oder sie warten mochte. Was das sein mag, weiß niemand genau außer jenen, die den Nebel erzeugen – jenen Nebel, der unsere Existenz vor dem Abgrund bewahrt, in den die Mächte des Lichts sie stürzen wollen.«

Wie gebannt schaute Nando in die weißen Schleier. Kurz schienen sich Gestalten daraus zu bilden, geisterhafte Geschöpfe, die miteinander tanzten und wachsame Blicke zu den Novizen hinüberwarfen, ehe sie wieder im Nebel verschwanden. *Tu'voy Ovo.*

»Ihr alle kennt eure Aufgabe«, fuhr Antonio fort und brachte das Raunen zum Verstummen, das die Schemen heraufbeschworen hatten. »Sie klingt einfach und ist doch alles andere als dies: Fangt einen Ovo, der euch auswählt. Fangt ihn, ohne ihn zu verwunden, bedenkt, dass bereits eine Berührung dieses Wesens euch töten kann. Stellt es mit all den Fähigkeiten, die ihr in Bantoryn erlernt habt, und wehrt alles ab, was euch daran hindern mag. Vergesst nicht, dass die Engel an den Rändern des Nebels auf euch warten werden, dass sie darauf lauern, euch zu fangen, und seid euch dieser Gefahr stets bewusst. Gibt es jemanden, der sich dieser Prüfung nicht gewachsen sieht?«

Niemand meldete sich, und Antonio nickte langsam. Wortlos bedeutete er den Novizen vorzutreten und schwenkte über jedem Einzelnen seinen Säbel in der Luft, woraufhin rote Funken auf den Prüfling niederfielen. Nando hörte sie knistern, als sie auf sein Haar sanken, und er spürte die gelassene Kühle, die augenblicklich durch seinen Körper zog. Als der letzte Novize die Weihe erhalten hatte, ließ Antonio seine Waffe sinken und schaute jedem für einen Moment in die Augen.

»So seid ihr nun bereit«, sagte er feierlich. »Erfüllt eure Aufgabe, stellt euch der Prüfung. Und vergesst nicht …« Er hielt inne, als er Nandos Blick traf. »Seid nie zu sicher, Jäger oder Gejagter zu sein in diesem Spiel.«

Mit diesen Worten trat er zurück und gab den Weg in den Nebel frei. Nando stand da wie gelähmt. Er sah zu, wie die ersten Novizen vom Nebel verschluckt wurden, und er spürte die Kälte des Windes auf seiner Haut. Er wandte sich zu den anderen um, fing einen ermutigenden Blick von Riccardo auf und ein Lächeln von Ilja. Dann holte er tief Atem, fixierte das undurchdringliche Weiß und tat einen Schritt hinein.

Augenblicklich war es totenstill um ihn herum. Er griff nach seinem Schwert und umfasste die Schlinge in seiner Hand fester. Er hörte seinen eigenen Atem, seinen Herzschlag, und als er einen Schritt vortrat, fuhr er zusammen, so laut erschien ihm jede seiner Bewegungen. Um ihn herum jedoch lauerte die Stille, und Nando fühlte, dass ihn etwas beobachtete, das sich in den Schleiern verbarg und ihm nachkroch, kaum dass er seinen Weg fortsetzte. Er kniff die Augen zusammen und versuchte, die Nebelschwaden mit seinem Blick zu durchdringen, doch er konnte nur wenige Armlängen weit sehen, und noch während er gegen den Dunst anstarrte, begann der Boden zu zittern. Sofort blieb er stehen, jeder Muskel seines Körpers war angespannt. Er sammelte einen Flammenzauber für den Fall, dass er sich verteidigen musste, und ergriff mit der anderen Hand sein Schwert. Regungslos stand er da. Er fühlte die Kälte, die sich näherte, und als ihm eisiger Atem in den Nacken blies, konnte er nur im letzten Moment einen Schrei unterdrücken.

Er fuhr herum und sah, dass ein Ovo durch den Nebel auf ihn zutrat. Die Schleier glitten vor ihm zurück, als würden sich Tücher aus Geisterhaar über seinen Körper ziehen, doch Nando bemerkte es kaum. Vor ihm stand der Herrscher der Ovo und Gebieter über die Ströme der Nacht und die Hügel des Zorns. Olvryon betrachtete ihn schweigend und wie erstarrt, und Nando erwiderte den Blick in diese Augen, die nichts waren als Nacht und Sterne. Die Erkenntnis flutete ihn wie eisiges Wasser: *Olvryon hat mich ausgesucht. Ihn werde ich jagen und stellen müssen, wenn ich diese Prüfung bestehen will.* Doch noch ehe Nando die Hand mit der Schlinge heben konnte, schnaubte Olvryon – es war ein Laut tiefster Verachtung –, riss den Kopf herum und tauchte im Nebel unter.

Nando stieß einen Fluch aus. Was war er, ein kleines Kind, das noch nie etwas von der Macht eines Ovo gehört hatte und es anstaunte, anstatt es zu fangen? Ärgerlich sandte er einen Fährtenzauber aus und stellte zu seiner Erleichterung fest, dass Olvryons Spur sich wie ein zartes Band durch den Nebel zog. Sein Zauber legte sich auf die Fährte und brachte sie kaum merklich zum Schimmern. Gerade wollte er der Spur folgen, als ein plötzlicher Windzug über seine Wangen strich, boshaft und wispernd. Er hielt inne, kurz meinte er, ein Lauern zu empfinden, das über den Palatin hinwegzog, ein Wittern und Grollen aus der Tiefe. Er setzte sich in Bewegung und folgte Olvryons Fährte, doch als er den Abhang des Hügels erreicht hatte und seine Schwingen ausbreiten wollte, glitt ein Schatten an ihm vorüber. Erschrocken fuhr er herum, denn er hatte die Kälte gespürt, die von dem fremden Körper ausgegangen war. Rasch spannte er die Flügel und verließ den Palatin. Wer oder was auch immer ihn verfolgte – er durfte keinen unnötigen Kampf riskieren. Er musste Olvryon finden. Er musste den Ovo fangen, um die Prüfung zu bestehen.

Lautlos landete er in einer dunklen Gasse. Olvryons Spur führte ihn wie ein Band aus schwach glimmenden Kristallen weiter, doch der Fährtenzauber verlor bereits an Kraft, und als Nando versuchte, ihn zu erneuern, zerstob seine Magie wie zerrissenes Papier. Er seufzte leise. Olvryon hatte seine Spur geschützt. Er musste sich beeilen. Rasch erhob er sich wieder in die Luft. Vereinzelt begegneten ihm Menschen, sie liefen über die Straßen wie Schlafende, und in der Tat wirkte der Nebel der Ovo auf sie wie ein Traum, der sie gefangen hielt. Mit verklärtem Lächeln schauten sie Nando an, den Blick glasig verhangen, und wunderten sich nicht darüber, dass er dicht über der Erde dahinflog. Unter gewöhnlichen Umständen hätte er die Menschen betrachtet, hätte sich an der Sanftheit, die auf einmal in ihren Gesichtern lag, erfreut, und sie vielleicht mit einem kleinen Funkenzauber zum Lachen gebracht. Aber nun hatte er dafür keinen Sinn, und das nicht nur, weil er sich mitten in seiner Prüfung zur nächsten Stufe der Magie befand. Nicht grundlos hatte er sich trotz des dichten Nebels und der immer wieder plötzlich aus den Schleiern auftauchenden Häuserecken und Straßenlaternen entschieden zu fliegen. Er fühlte, dass ihm jemand nacheilte, jemand – oder etwas.

Schatten glitten im Inneren von verlassenen Häusern vorüber, sie drückten sich wie Fratzen gegen dunkle Fenster und bäumten sich in Hinterhöfen zu unheimlichen Schemen auf. Nando wusste, dass in dem Nebel zahlreiche Schreckgestalten lauern konnten, um den Novizen ihre Aufgabe zu erschweren, und er bemühte sich nach Kräften, die Gelassenheit und ruhige Konzentration, die Drengur und Antonio ihn gelehrt hatten, in seine Glieder einkehren zu lassen. Doch die vollkommene Stille um ihn herum, die Rastlosigkeit der Kälte, die ihm nachglitt, und die atemlose Dunkelheit der Schatten, die bisweilen zwischen zwei Häusern aufflammten wie Schemen aus einer anderen Welt, schickten ihm eisige Schauer über den Rücken.

Wachsam folgte er der Spur Olvryons, und während der Nebel um ihn herum sich etwas lichtete, erreichte er die Piazza della Repubblica mit ihrem Najadenbrunnen, der auch zu dieser späten Stunde rauschendes Wasser in den Himmel spie. Flüchtig ließ Nando seinen Blick über die Nymphen und Meeresungeheuer schweifen – und bemerkte den Schatten, der hinter dem Brunnen über den Platz schritt. Olvryon.

Der Blick des Ovo glitt ruhig über die Piazza, doch Nando verbarg sich hinter dem Brunnen, sodass Olvryon ihn nicht bemerkte. Er verdrängte die Furcht, die der Nebel in ihm heraufbeschwor, schob die

Trugbilder und Schemen beiseite, die ihn umdrängten, und konzentrierte sich ganz auf den Herrscher der Ovo. Dieser schien nicht damit zu rechnen, dass Nando sich ihm so lautlos nähern konnte, und er begann, den Nebel zu seinen Füßen in geräuschloser Geste abzuzupfen und sich einzuverleiben. Mit jedem Bissen glitt ein schwarzer Schatten über Olvryons Fell. Nando griff nach seinem Seil. Langsam schob er sich dichter heran, das Wasser des Brunnens war kalt an seinen Beinen, als er hineintrat. Er würde Olvryon fangen, er würde die Prüfung bestehen, jetzt gleich. Vorsichtig hob er das Seil – und im selben Moment wandte Olvryon den Blick. Ein Funkeln ging durch seine Augen, das einem Lachen glich, und noch ehe Nando etwas hätte tun können, fiel ein Wassertropfen auf seine rechte Hand.

Der Klang des Aufpralls war tausendfach verstärkt. Er ließ Nando zusammenfahren, doch gleich darauf hob dieser den Blick und schaute direkt in das Gesicht einer steinernen Najade. Nebel und Schatten glitten auf sie zu, züngelnd wie Schlangenleiber strömten sie in ihren Mund, und kaum dass sie in sie eindrangen, verwandelte sich der steinerne Körper der Najade in einen beweglichen Leib. Ihre Haut schimmerte, als wäre sie von tausend zarten Schuppen überzogen, ein Fangnetz bedeckte ihre Glieder nur flüchtig, und ihr Haar umspielte ihre Schultern, als würde es von den Wellen des Meeres bewegt. Langsam veränderten sich auch ihre Augen. Sie wurden zu zwei schwarzen Perlen, und kaum dass Nando in diese Finsternis blickte, fühlte er sich von eisigen Klauen gepackt. Irgendwo hatte er eine solche Dunkelheit schon einmal gesehen. Kälte wallte in ihm auf, die Erinnerung an eine Finsternis, die ihn einst mit eherner Faust gepackt und nur im letzten Augenblick wieder entlassen hatte, doch er konnte das Bild nicht festhalten, es entglitt ihm, ehe er diesen Schrecken zuordnen konnte. Denn in in diesem Moment wandte die Najade den Blick und sah ihn direkt an.

Erschrocken wich er zurück, während sie mit den Beinen über den Leib ihres Reihers glitt, der wie alle anderen Statuen des Brunnens langsam zum Leben erwachte. Auch ihre Augen wurden schwarz, und sie alle wandten Nando ihren Blick zu, abrupt und wie auf einen lautlosen, tödlichen Befehl hin. Die Najaden duckten sich wie zum Sprung bereit, sie lächelten verführerisch und grausam zugleich, und als Nando aus dem Becken stolperte, streckten sie die Arme nach ihm aus und begannen zu singen.

Ihre Stimmen wühlten den Nebel auf, sie klangen wie die Gesänge der Ovo auf dem Grund eines Ozeans. Schnell legte Nando einen Abwehrzauber über sich, um sich vor den Lockrufen der Najaden zu schützen. Er wandte sich suchend nach Olvryon um und sah gerade noch, wie der Ovo mit einem Satz im Nebel verschwand. Nando wollte ihm nacheilen, doch da entwand sich der riesige Fisch, den die Statue eines Mannes in der Mitte des Brunnens gepackt hielt, und schoss auf ihn zu. Nando stieß die Faust vor, ein funkensprühender Flammenzauber traf den Fisch und katapultierte ihn ein ganzes Stück weit über den Platz, ehe er reglos liegen blieb. Doch gleich darauf schwangen sich die Najaden auf ihre Meeresungeheuer und jagten durch den Nebel wie durch Wasser auf Nando zu.

Er wirkte einen Eiszauber, dessen Splitter zwei Najaden verwundeten, und rannte die Via Vittorio Emanuele Orlando hinauf. Hinter sich hörte er die zornigen Schreie seiner Verfolger und wich den Tentakeln aus, die plötzlich aus dem Nebel glitten und nach ihm griffen. Er durfte sich nicht zu weit von Olvryons Fährte entfernen, um den Ovo nicht zu verlieren, doch gerade jagte ihm eine Najade auf einem gewaltigen Fisch nach und schoss Speere aus Eis hinter ihm her. Atemlos drückte er sich in eine Häusernische und warf einen funkensprühenden Feuerball hinter sich. Er sah noch, wie die Najade den Mund zu einem Schrei verzog und leblos von ihrem Reittier glitt, doch hinter ihr stürmten die anderen Verfolger heran. Nando wich einem Fangnetz mit glühenden Streben aus, das eine Najade sich vom Leib gerissen hatte, und eilte die Via Barberini hinunter. Leise murmelte er den Zauber, breitete seine Schwingen aus und erhob sich in die Luft. Dann drehte er sich auf den Rücken und raste die Straße hinab, ohne die Najaden aus den Augen zu verlieren. Mit gestreckten Fäusten, aus denen unentwegt Speere und Bannzauber flogen, jagten sie ihm nach. In rasanten Manövern wich er den Geschossen aus und schleuderte einen Pfeilhagel nach ihnen, der sie von ihren Ungeheuern riss und im Nebel versinken ließ.

Nur eine einzige Najade war noch übrig. Außer sich verfolgte sie Nando auf einem Hippokampos. Ihr langes Haar, das Nebel und

Schatten in weiche Tücher verwandelt hatten, flatterte hinter ihr im Wind, ihre Augen loderten in schwarzem Feuer und entfachten jene Dunkelheit, die Nando bekannt vorkam. In der Faust der Najade erstand ein Dreizack aus wirbelndem Dunst. Er zerfetzte den Nebel, rasend schnell eilte er auf Nando zu, der ihm immer wieder auswich. Im Zickzack ging es dahin, doch die Waffe holte rasch auf. Da warf Nando sich herum, hielt auf den Tritonenbrunnen zu und schoss im letzten Augenblick direkt vor dem Monument senkrecht in die Höhe. Krachend schlug der Dreizack in die Flanke des steinernen Tritons ein, Nando landete schwer atmend auf dem Asphalt. Die Najade preschte heran, doch gerade als ihr Eiszauber Nando in einer brachialen Welle zerquetschen wollte, sprang er hoch, riss den Dreizack aus dem Brunnen und schleuderte ihn auf seine Gegnerin. Er traf sie in die Brust, sie wurde vom Rücken ihres Hippokampos gerissen und schlug hart auf dem Boden auf. Das Tier fuhr herum, doch es stürzte aufgrund der Geschwindigkeit und überschlug sich, bis es mit gebrochenem Hals liegen blieb.

Die Najade atmete heftig. Vorsichtig trat Nando auf sie zu, er wusste, dass sie im Sterben lag. Ihre schwarzen Augen umfassten ihn mit ihrem Blick, noch einmal griff die Dunkelheit darin nach ihm, und kurz meinte er, ein Grollen zu hören von solcher Tiefe, dass es seinen Herzschlag für einen Moment aussetzen ließ. Er zog die Brauen zusammen, er kannte diesen Ton, und doch schien es ihm, als würde sich die Erinnerung vor ihm verbergen, als würde sie sich ihm entziehen, jedes Mal, wenn er kurz davorstand, sie zu packen. Die Najade lächelte, es war ein Lächeln ohne Zorn und Spott. Gleich darauf fühlte Nando ihren letzten Atemzug. Da versteinerte ihr Körper und zerbrach in Nebel und Schatten. Nando holte Atem. Er wusste, dass sie bereits wieder starr und steinern auf ihrem Brunnen stand, und dennoch – in ihren Augen hatte er den Tod gesehen. Er hatte die Furcht darin erblickt und die Kälte gefühlt, die er mit sich brachte. Vielleicht, so dachte er, war der Tod immer real – ob man ihn in der wirklichen Welt erlebte oder ob man ihn träumte, mehr noch: Vielleicht war der Tod immer ein Traum, der jede Wirklichkeit übertraf.

Ein Windhauch wie der letzte Atemzug der Najade streifte Nandos Wange, und er sah wieder die Schatten, die sich in den Gassen sammelten. Eiliger taten sie das, sie formten sich zu gierigen Mäulern und Klauen, die nach ihm griffen, doch gleich darauf lag die Finsternis so regungslos und gewöhnlich da, dass Nando zurückwich. Verlor er den Verstand? Er war in eine Traumwelt geraten, in ein Zwischenreich, in dem die Gesetze der Menschen keinen Bestand hatten. Er durfte es nicht riskieren, sich in Panik und Anspannung zu verlieren. Er zwang sich, tief Luft zu holen, und richtete seine Gedanken erneut auf sein Ziel. Er hatte Olvryons Spur verloren. Der Ovo würde ihm entkommen, wenn er ihn nicht bald stellte, das stand außer Frage. Er musste ihn finden – sofort.

Eilig breitete er seine Schwingen aus, erhob sich in die Luft und stürmte über die Häuser dahin, ehe er auf der Kuppel des Pantheons landete. Er schaute über die Dächer, soweit es ihm möglich war. Überall zogen sich Nebelbahnen durch die Straßen, ganze Viertel waren komplett in weißen Dunst gehüllt. Nando hörte nur mitunter die dumpfen Schreie einzelner Novizen. Leise sog er die Luft ein. Der Nebel drang in seine Lunge, und er schloss die Augen. In Gedanken ging er wieder durch den Nebel Bantoryns, hörte die Gesänge der tausend Stimmen, sah die Ovo zum ersten Mal tanzen, und er nahm Olvryon wahr, wie er zu ihm sprach, ein einziges Wort nur, aber genug, um den Klang seiner Stimme niemals mehr zu vergessen. Nando saß regungslos, doch er spürte, wie der Nebel ihn innerlich aufwühlte, wie er sich mit ihm verband und wie seine Sinne suchend und tastend durch den geisterhaften Dunst glitten auf der Suche nach jenem Wesen, das sich vor ihm verbarg. Im Geist tauchte er in die Stadt ein, eilte durch die Straßen, die Stimme Olvryons in jedem seiner Sinne, und als er die Spur fand, tat sein Herz einen Sprung. Er folgte ihr, so schnell er konnte, und da, witternd und unruhig, sah er Olvryon in der Nähe des Campo de' Fiori. Gerade wollte Nando die Augen öffnen und seinen Geist in seinen Körper zurückzwingen, als der Ovo den Kopf hob und ihn direkt ansah. Ein Flackern ging durch seinen Blick, es spiegelte Erstaunen – und Kälte. Denn im selben Moment klang ein Dröhnen durch die Erde, Nando sah die Schatten, die sich um Olvryon auftürmten und auf ihn zustürzten, und er hörte ein Keuchen in einiger Entfernung und gleich darauf das dumpfe Beben eines schweren Körpers, der über Häuserdächer eilte.

Für einen Moment ließ der Schreck Nando die Kontrolle verlieren. Er hörte das Grollen erneut, das tiefe Dröhnen, das er beim Blick in die schwarzen Augen der Najade empfunden hatte, und während die Erkenntnis in ihm sich ihren Weg brach, raste er im Geist dem Wesen entgegen, das auf seinen Körper auf dem Pantheon zueilte. Die Häuserzeilen verschwammen zu Tunneln aus flirrenden Lichtern, der Nebel strömte in Bahnen aus weißen Schleiern an ihm vorbei, und als er den Schatten endlich vor sich auftauchen sah, diese pechschwarze, riesige Gestalt, da stockte Nando der Atem. Dicht vor der Kreatur endete sein Flug, er fühlte ihren Atem auf seinem Gesicht, starrte in ihre weißen Augen – und die Erkenntnis kam mit einem Namen, der donnernd in seinem Hirn explodierte.

Galkry.

Mit einem Brüllen sprang das Galkry aus den Schatten, die es umgaben. Nando sah noch die Borsten auf seinem Rücken, die Klauen, mit denen es nach ihm ausschlug, und die Narbe auf seiner Stirn. Dann schrie er so laut, dass es ihn augenblicklich in seinen Körper zurücktrug. Er riss die Augen auf, gleichzeitig kam er auf die Beine und schwankte, doch er zögerte nicht. Ein Galkry war in den Nebel gekommen, das Galkry, das Nando bestohlen hatte – und es würde keine Gnade zeigen, wenn es ihn zu fassen bekam.

Schon spürte er die Erschütterung des schweren Leibes auf den Straßen ganz in der Nähe, der Nebel verfärbte sich an mehreren Stellen schwarz. Die Finsternis schützte das Galkry, sie brachte Blindheit und Hilflosigkeit über jeden, der hineingeriet. Nando zögerte nicht länger. Eilig erhob er sich in die Luft. Er musste Olvryon fangen, um der Rache des Galkry zu entkommen. Für einen kurzen Moment streckte er seine Sinne nach Olvryon aus, denn noch war das Band, das er gerade im Geist zu ihm geknüpft hatte, nicht zerrissen. Der König entfernte sich vom Campo de' Fiori, er hatte es eilig, er floh. Nando ballte die Hände zu Fäusten. Er würde Olvryon nicht entkommen lassen.

Er näherte sich dem Campo de' Fiori und überflog die Gassen, bis er Olvryon auf einem kleinen Platz stehen sah. Der Ovo bewegte sich nicht, als er hinter ihm auf einem der Dächer landete. Grollend hörte Nando das Galkry näher kommen, er vernahm auch die leisen Stimmen anderer Novizen ganz in der Nähe, die dort gemeinsam versuchten, einen Ovo zu fangen. Er erkannte Riccardo unter ihnen und meinte, auch Noemis Stimme zu hören, doch er blendete sie rasch aus und konzentrierte sich auf Olvryon. Flüsternd sprach er den Zauber und schickte einen Funken über den Ovo hinweg. Mit einem Knall explodierte der Zauber zu einer Wand aus Flammen.

Olvryon fuhr herum, sofort galoppierte er in Nandos Richtung, doch wieder schickte dieser einen Flammenzauber in eine Gasse, um dem Ovo den Fluchtweg zu versperren. Lautlos sprang er hinab auf die Straße. Er würde Olvryon in eine Sackgasse treiben, und ... Weiter kam er nicht. Denn in diesem Moment bäumte der Ovo sich auf, fixierte Nando mit der Schwärze seines Blicks und schrie. Noch nie zuvor hatte Nando einen Ton dieser Art gehört, einen Laut von solcher Tiefe und Zerrissenheit, dass er die Luft zum Erzittern brachte und ihm wie eine Klinge ins Fleisch fuhr. Der Schmerz peitschte durch seinen Körper, er fiel auf die Knie und konnte kaum atmen. Er sah Olvryon vor sich, der Ovo lähmte ihn, er verwandelte ihn in ein wehrloses Bündel aus Fleisch und Knochen, ehe er in Nebel und Schatten verschwand.

Nando keuchte, mit Gewalt sog er Luft in seine Lunge und stieß sie wieder aus. Der Bannzauber des Ovo presste seinen Brustkorb zusammen, doch er zwang sich, nicht auf den Schmerz zu achten. Er musste aufstehen, er musste Olvryon folgen, es gab keinen anderen Weg. Sein Puls raste in seinen Schläfen, als er sich mit beiden Händen auf dem Asphalt abstützte und sich in die Höhe stemmte. Die Finger seiner linken Hand hinterließen tiefe Kratzspuren im Boden, und noch während er sich aufrichtete, fielen die ersten Schatten auf ihn. Kalt waren sie, so kalt, dass Raureif über seine Finger zog, und der Boden bebte, als würde sich der Straßenbelag heben und senken. Das Galkry hatte seinen Lauf verlangsamt, doch die Schatten eilten ihm voraus. Geistergleich krochen sie die Gasse hinauf, strichen über die Fassaden der Häuser und hüllten jede Straßenlaterne, jedes Auto und jeden Pflasterstein in undurchdringliche Finsternis. Nando spürte sie auf seiner Haut, sie waren wie tausend Ameisen, die über seinen Körper liefen, und sie legten sich als schwarze Tücher über seine Augen. Er drängte die Panik angesichts der plötzlichen Blindheit zurück und verschloss sich vor ihnen, doch als er das Schnauben des Galkry am Ende der Gasse hörte, glitt ein Schauer über seinen Rücken.

Steh auf, sagte er sich in Gedanken und wiederholte die Worte wie eine Losung, die ihn auf die Beine zwang: *Steh auf.*

Mit aller Kraft rief er seine Magie, doch der Bann Olvryons wich nur langsam aus seinen Gliedern. Schon spürte er den Atem des Galkry in seinem Haar, hörte, wie die Kreatur ihren Lauf beschleunigte und auf ihn zupreschte, und musste all seine Konzentration aufwenden, um vollkommen reglos stehen zu bleiben. Das Brüllen des Galkry fegte ihm die Haare aus der Stirn, doch gerade als das Wesen die Klaue auf ihn niedersausen ließ, stieß er die linke Faust vor. Krachend schoss ein Donnerzauber aus seinen Fingern. Er traf das Galkry vor die Brust und schleuderte es rücklings die Straße hinab. Im selben Moment warf Nando sich herum. Er ignorierte seine Beine, die sich seltsam taub anfühlten unter Olvryons Magie, und sandte einen Echozauber aus, dessen Wellen von den Wänden, von Laternen, Steinen, Mülltonnen und anderen Gegenständen als Reflexionen zu ihm zurückgeworfen wurden und sich vor seinen Augen zu einem Netzwerk aus rötlich leuchtenden Schnüren formten, die die Umrisse der Szene nachbildeten. So schnell er konnte, raste Nando die Straße hinab, doch schon sprang das Galkry ihm nach. Mehrfach warf er Speere aus Licht zurück und jubelte innerlich, als das Galkry einen Schrei ausstieß und von den Füßen gerissen wurde. Krachend landete die Kreatur auf dem Asphalt.

Nando hatte nur wenige Augenblicke gewonnen, er musste sie nutzen. Atemlos hielt er inne, spreizte die Finger und schickte Splitter aus Eis rechts und links an die Wände der umstehenden Häuser. Schon rappelte das Galkry sich auf, es sprang die Gasse hinauf, den Schlund zu einem wütenden Schrei aufgerissen. Nando wich zurück, streckte die Faust vor und brüllte seinen Zauber. Knisternd verbanden sich die Splitter an den Hauswänden und bildeten ein Netz aus messerscharfen Kristallen. Nando hörte das Galkry keuchen, doch es konnte nicht mehr bremsen. Krachend schlug es gegen den Zauber, die Splitter zerschnitten ihm das Fleisch. Ein Schmerzensschrei entwich seiner Kehle, der Nando das Blut aus dem Kopf zog, und er sah mit stockendem Atem, wie die Kreatur auf dem Asphalt aufschlug und reglos liegen blieb.

Für einen Moment blieb Nando stehen, wo er war. Die Dunkelheit um ihn herum nahm ab, die Schatten krochen auf den Leib des Galkry zu, als wollten sie ihm etwas von ihrer Stärke abgeben. Doch das Wesen rührte sich nicht mehr.

Nando wusste, dass er verschwinden sollte. Er musste Olvryon finden, denn seine Kraft war fast vollständig verbraucht. Aber er wandte sich nicht ab. Stattdessen trat er auf das Galkry zu, auf dieses Wesen, das selbst jetzt noch eine Macht und Finsternis ausstrahlte, die eine erhabene Ehrfurcht in Nando entfachte. Er schaute in die Dunkelheit des schwarzen Fells, und im selben Moment wusste er, dass auch die Galkry Geister waren, wie die Ovo erschaffen aus den ersten Träumen und Sehnsüchten der Welt. Auch sie waren vor den Engeln da gewesen, vor den Dämonen und vor den Menschen und lange vor jeder Art von Krieg. Auch sie waren die Seele der Schattenwelt. Und als hätte es seine Gedanken gehört, hob das Galkry in diesem Moment den Kopf und sah ihn an.

Erschrocken fuhr Nando zurück, und im selben Augenblick traf ihn ein Schlag, dass er gegen die Wand flog. Sein Kopf krachte gegen die Steine, er ging zu Boden. Heftiger Schmerz raste durch seine Schläfen und ließ ihm den Atem stocken. Blut rann ihm über die Stirn, es verschleierte ihm die Sicht. Das Galkry kam auf die Beine, mit tief geneigtem Kopf trat es auf ihn zu, und er wusste ohne jeden Zweifel, dass dieses Wesen ihn umbringen würde. Er wartete auf den Schrecken, auf das Entsetzen, das auf diese Erkenntnis folgen musste, doch als das Galkry langsam näher trat, als es die Klaue hob und das schwarze Gift von seinen Klauen tropfte, das sein Opfer töten würde, dachte Nando nur eines: Antonio hatte recht gehabt. Ovo und Galkry waren eins.

Nando hob nicht die Hand, um den Angriff abzuwehren, der jeden Augenblick auf ihn niederfahren würde. Er konnte es nicht, denn in diesem Moment spürte er, wie etwas durch die Erde ging, ein lautloses Dröhnen, ein Beben, das zugleich äußerlich und innerlich war. Es war der Herzschlag der Welt, den er fühlte, und kaum dass dieser Gedanke ihn durchzuckte, spürte er, wie der Herzschlag des Galkry sich mit seinem eigenen verband und in das fulminante Donnern der Tiefe einstimmte. Er schaute dem Wesen in die Augen, mit jedem Herzschlag flammten Bilder in ihnen auf. Nando sah Menschen, die in Kriegen ermordet wurden, entfesselte Natur, die über Fabrikschlote fegte und sie mit sich riss, verhungernde Kinder und Gesichter aus Neid und Gier, und da ihre Herzen im Gleichklang schlugen, spürte er, dass das Galkry jedes dieser Bilder gesehen hatte, dass es davon durchdrungen wurde und nur deswegen in Nacht und Finsternis lebte: um nicht von ihrer kreischenden Helligkeit zerrissen zu werden. In diesem Moment, da Nando dem Galkry entgegenblickte, spürte er, was dieses Wesen empfand, mehr als das: Er wurde selbst zu einem Galkry, zu einem Ovo, zu Licht und zu Schatten, und er verstand bis ins tiefste Innere seines Selbst, dass die Welt ein gewaltiges Konstrukt war aus widerstreitenden Kräften, ein Kunstwerk, das nur funktionierte, solange diese Mächte sich gegenseitig auf ihren Bahnen hielten und sich als das akzeptierten, was sie waren. Die Welt brach auseinander, wenn das Gleichgewicht zwischen diesen Polen nicht gewahrt wurde. Nicht nur die äußere Welt, die unter der Gier der Menschen, dem Zorn der Dämonen, der Furcht der Engel zerrieben wurde, sondern auch jede einzelne innere Welt, jeder Kosmos in jedem lebendigen Geschöpf, der nur dann in Gesundheit und Frieden existieren konnte, wenn er es nicht verlernte, diesen Klang zu hören, der Nando nun bis in die letzten Fasern seines Körpers durchdrang und ihn mit der Welt verschmolz. *Manchmal,* so hatte ihm Antonio gesagt, *kannst du diesen Herzschlag fühlen. Und immer, wenn das geschieht, ist ein Ovo in deiner Nähe.* Nando schaute in die Augen des Galkry, das milchige Weiß wich einem tiefen Blau, und er fügte in Gedanken hinzu: *Oder sein Zwilling aus Dunkelheit.*

Das Galkry sah ihn an, schweigend und wie erstarrt, und Nando erwiderte den Blick in diese Augen, die nichts mehr waren als Nacht und Sterne. Niemals, das wusste er, würde er die Hand erheben gegen dieses Geschöpf. In diesem Moment, da Nando am Boden lag und das Galkry auf ihn herabsah, ohne dass einer von ihnen den Blick geneigt hätte, kannten sie einander durch und durch. Und als würde ein Schleier von der Gestalt des Galkry fallen, glitt der Schatten zu Boden, die Finsternis verschwand – und vor Nando, genau dort, wo gerade noch das Wesen aus Schatten und Dunkelheit gestanden hatte, erhob sich Olvryon, der Herr der Ovo.

Nando spürte, wie dieser mit einem einzigen Wimpernschlag in seine Gedanken eindrang, und zugleich schien es ihm, als würde auch er einen Blick in Olvryons Träume werfen können, in seine Gedanken, seine Wünsche. Er erkannte, dass die Schattenwelt der Schwarze Fluss war in Bantoryn, die goldenen Lichter der Engelsstadt Nhor' Kharadhin über den Dächern von Rom und die Gesänge der Ovo, und er sah, dass sie noch mehr war: Die Schattenwelt war alles. Sie war Mara, sie war Giovanni und Luca, ihre Träume, ihre Freude, die Sonne auf den Plätzen Roms, die Sterne in der Nacht, und Nando war jetzt und für immer ein Teil von ihr. Alles, was er ihr antat, tat er sich selbst an, ebenso wie Mara und Giovanni und Luca und den Sternen aus Feuer und Eis. Staunend schaute er zu Olvryon auf, während dieser seinen Blick ruhig über sein Gesicht gleiten ließ, und er wusste, dass der Herrscher der Ovo sein Gegenstück in sich trug.

Olvryon trat näher, und Nando fühlte die Kälte, die von diesem Wesen ausströmte wie erkaltete Asche. Es stand nur da und schaute auf ihn herab, und als Nando seinen Blick erwiderte, stürzte er in die Finsternis von Olvryons Augen. Wie im Traum fand er sich in einer mondbeschienenen Gasse wieder. Der junge Mann mit den Flügeln hockte nicht weit von ihm entfernt. Ohne zu zögern, verschmolz Nando mit ihm, und als er sich in die Luft erhob und durch die Nacht dahinraste, da hörte er Olvryons Stimme in seinem Kopf. Sie durchdrang ihn in einem mächtigen Chor aus tausend Zungen, wurde zu Gesang, zu Freude, zu Freiheit, und sie wirbelte ihn durch die Luft und hielt ihn schwebend zwischen Licht und Schatten. Olvryon sprach zu ihm in Gedanken, Nando wusste, dass er ihm aus dem Nebel folgen würde, und er würde keine Schlinge dafür brauchen. Er hatte die Prüfung bestanden, die Prüfung der Ovo.

Später wusste Nando nicht mehr, was er zuerst wahrnahm, als er sich schließlich vor dem Ovo wiederfand: das kaum merkliche Flackern in den Augen Olvryons, das von Gefahr kündete – oder das Zischen des Dolchs, der dicht an Nando vorbei auf den Ovo zuraste und mit einem knirschenden Geräusch in seine Kehle eindrang. Er erinnerte sich daran, wie Kälte seinen Körper flutete, und er erinnerte sich an seinen Schrei, als Olvryon zusammenbrach.

Nando fuhr herum, doch er sah niemanden. Eilig kniete er sich neben Olvryon, hielt die Hand über die Wunde, um den Grad der Verletzung abschätzen zu können, und umfasste den Dolch. Sofort spürte er das Gift des Ovo, das über die Waffe in seinen Körper drang, doch er ließ sie nicht los. Mit einem Ruck zog er sie aus Olvryons Fleisch, klirrend glitt sie zu Boden. Mit zitternder Stimme sprach Nando eine Formel und presste zwei Finger der linken Hand auf die Wunde. Sein Heilungszauber sprang als blaue Flamme aus seiner Hand, knisternd legte sie sich über Olvryons Kehle. Der Ovo röchelte, es war ein ersticktes, hilfloses Geräusch voller Schwäche, das ihm das Atmen schwer machte. Sein Herz zog sich zusammen, es begann zu rasen. Panisch griff er sich an die Brust, unnennbarer Schmerz durchzog ihn, ehe Olvryon seinen eigenen Herzschlag von dem Nandos trennte und dessen Puls sich beruhigen konnte. Doch Nando spürte keine Erleichterung. Er hatte den Herzschlag der Welt verloren. Die Kälte ergriff ihn, Olvryons Körper wurde zunehmend blasser. Er spürte seine Fingerspitzen nicht mehr, aber er strich dem Ovo über sein Fell, das sich rasch in Nebel verwandelte. Sein Bild verschwamm vor seinem Blick, seine Tränen fielen auf das Fell des Ovo, für einen Moment färbten sie es silbern. Da öffnete Olvryon die Augen. Die Finsternis in ihnen hatte jeden Stern verschlungen. Eine Träne sammelte sich im Augenwinkel des Ovo, Nando hörte noch einmal den Gesang der tausend Stimmen, und er spürte die Wärme, die auf einmal durch seine Finger flammte und jedes Gift neutralisierte. Olvryon tröstete ihn, er weinte um ihn. Knisternd gefror die Träne und wurde von Nando gefangen, ehe sie auf dem Boden aufschlagen konnte. Sie trug ein Bild in sich, während sie langsam etwas anwuchs und von glitzernden Kristallen umgeben wurde, ein Bild, das Nando im Flug zeigte – oder im Fall. Es erinnerte ihn an das Bild, das Antonio ihm damals vor seinem Weg in die Unterwelt gezeigt hatte: Das Bild des fallenden Teufels. *Unsere Entscheidungen machen uns zu dem, was wir sind*, hörte er Olvryons Stimme in seinen Gedanken. Nando hob den Blick, doch Olvryons Augen waren schneeweiß geworden. Vor ihm lag nur mehr der sich zunehmend in Nebel verwandelnde Körper des Ovo. Schon wurde der Nebel um Olvryon herum in rasender Geschwindigkeit dünner. Bald würde er ganz zusammenbrechen. Nando wusste, dass er aufstehen musste. Er musste zu den anderen Ovo zurückkehren, um im Schutz des Nebels unterzutauchen und vor den Engeln sicher zu sein, die an den Rändern lauerten. Doch er rührte sich nicht. Atemlos lauschte er auf die Geräusche hinter sich, auf das Atemholen und das Scharren auf dem Dach eines benachbarten Hauses.

»Was hast du getan?«

Die Stimme ließ Nando herumfahren, und Paolo landete sichtlich betroffen vor ihm in der Gasse. Mit stockendem Atem deutete er auf Olvryons zerbrechenden Leib. »Du hast ihn umgebracht, Teufelssohn, was ist nur in dich gefahren! Damit hast du dein Schicksal besiegelt! Bantoryns Tore werden dir verschlossen sein und davor ...« Er hielt inne, die Maske der Betroffenheit zerbrach vor seinem Gesicht, und dahinter flammte eine Fratze aus Hass auf. »Davor wird der Scherge des Teufels dich finden!«

Nandos Zorn wurde übermächtig. Er wollte Paolo an der Kehle packen und alle Gesänge Olvryons, alle Bilder des Galkry in dessen winziges Gehirn schicken mit aller Macht, die er in sich trug. Doch er sah Paolo nur an, regungslos und mit kaltem Ausdruck auf den Zügen.

»Du bist ein Feigling und ein Lügner«, sagte er ruhig. »Du hasst mich, weil ich all das bin, was du niemals sein wirst. Du begehrst die Macht, die ich in mir trage, doch stärker noch neidest du mir die Kraft, der Versuchung bisher nicht erlegen zu sein. Mit jedem Tag, den ich in Bantoryn verbringe, bin ich ein Spiegel für dich, der dies niemals geschafft hätte. Du bist das Mittelmaß, Paolo, und schlimmer noch: Du verachtest dich selbst dafür. Doch statt den Blick in den Spiegel zu ertragen, willst du ihn vernichten. Aber du erreichst mich nicht mit deinem Zorn – du wirst mich niemals erreichen in deiner Kleinheit und Verdorbenheit.«

Da stieß Paolo einen Schrei aus, doch noch ehe er sich auf Nando stürzen konnte, traf ihn ein Flammenzauber an der Schulter. Erschrocken kam Nando auf die Beine und sah Noemi, Riccardo, Ilja und andere Novizen die Straße heraufkommen. Noemi hielt einen weiteren Zauber im Handgelenk, ihr Gesicht war nichts mehr als eine Maske der Ablehnung.

Paolo wich kreidebleich zurück, Blut rann aus der Wunde in seiner Schulter. »Was soll das?«, kreischte er außer sich. »Ist der Teufelssohn auf einmal dein bester Freund? Hast du vergessen, dass du ihn am liebsten umgebracht hättest, ja, dass du sogar schon kurz davorstandest? Hast du vergessen, dass sein Vorgänger deinen Vater umgebracht hat, dass seinetwegen die Nephilim verfolgt werden und Silas gestorben ist, dass wir alle frei sein könnten, wenn …«

»Hör auf«, sagte Noemi, und ihre Stimme war so kalt, dass Paolo tatsächlich verstummte. »Du hast nichts begriffen, Paolo, gar nichts. Ich war erfüllt von Zorn und Trauer, und ich bin es noch. Aber ich habe viel gelernt in den vergangenen Wochen. Ich habe gelernt, dass mein Weg der falsche war – und du solltest das auch erkennen!«

Paolo stierte sie an, dann glitt sein Blick über die anderen Novizen, die sich neben Nando aufbauten.

»Ihr seid Narren«, brachte er hervor. »Bhrorok hat uns ein Angebot gemacht, keiner von uns war klug genug, es anzunehmen! Aber ihr werdet sehen, wohin der Teufelssohn euch bringen wird, und dann werdet ihr bereuen, dass ihr so blind wart!«

»Ich werde Antonio alles erzählen«, erwiderte Noemi mit frostiger Ruhe. »Und dann werden wir sehen, wer Reue zeigen wird.«

Paolo rührte sich nicht. Es war, als hätten diese Worte ihm die Luft abgedrückt. Er starrte Noemi an, Schmerz und Zorn flammten über sein Gesicht. Dann wandte er sich Nando zu, seine Augen verengten sich zu Schlitzen. Gleich darauf warf er sich herum, breitete die Schwingen aus und verschwand, ehe ihn jemand hätte aufhalten können.

Riccardo ballte die Fäuste. »So einfach entkommst du mir nicht«, murmelte er und glitt Paolo lautlos nach.

Noemi atmete aus. »Er war …«, begann sie, doch da packte Nando ihren Arm und brachte sie zum Schweigen. Instinktiv hatte er das getan, aufgrund einer Regung in der Luft, einer kaum merklichen Trübung des immer lichter werdenden Nebels. Angespannt ließ er seinen Blick über die Gasse schweifen und schaute hinauf zu den Dächern.

»Wir müssen verschwinden«, sagte er leise. »Ich …«

Weiter kam er nicht. Im nächsten Moment ertönte ein Geräusch wie der Schrei eines verwundeten Tieres. Durchdringend und klar hallte er über die Dächer, sein Ursprung war ganz in der Nähe. Nando spürte Noemis Blick, atemlos fuhr er herum.

»Schnell!«, raunte er und breitete die Schwingen aus. »Flieht, so schnell ihr könnt!«

Ohne ein Wort folgten ihm die anderen, und kaum dass sie über die Straße hinwegglitten, erklang erneut der Schrei, der Nando das Blut in den Adern gefrieren ließ.

Es war der todbringende, grausame Ruf eines Wolfs.

35

Avartos ließ seinen Bogen sinken. Das Heulen des Wolfs umtoste ihn wie sturmgepeitschte Wellen, doch er rührte sich nicht. Regungslos wie eine steinerne Statue hockte er auf dem Schornstein eines heruntergekommenen Hauses und sah zu, wie der Körper des Ovo langsam zerfiel.

Die Nephilim waren ihm entkommen, wieder einmal. Dabei war sein Plan gut gewesen. Er hatte den Nebel der Ovo überwachen lassen, jenen Dunst, den kein Engel ohne Gefahr für sein Leben betreten durfte, und er hatte mit Interesse beobachtet, wie ein Ausläufer dieses Nebels bis hinauf zum Blumenmarkt gekrochen war. Lautlos war er dem Instinkt des Jägers gefolgt, hatte sich am Rand dieses Nebelstücks niedergelassen und darauf gewartet, dass ein Nephilim in seine Nähe kam. Das war bereits bei früheren Prüfungen ein paarmal vorgekommen, und mitunter war es seinen Rekruten gelungen, sie mit plötzlichen Donnerzaubern aus dem Nebel herauszujagen. Doch stattdessen hatte er das lächerliche Gespräch zwischen dem Teufelssohn und dem Nephilim mit den Schweinsaugen mit anhören müssen und darauf gewartet, dass der Nebel vollständig verschwinden und ihm einen Zugriff erlauben würde. Dieser verfluchte Nebel der Ovo, dieser Geister der Vergangenheit, hatte alles zunichtegemacht. In früheren Tagen hätte kein Engel Schwierigkeiten damit gehabt, den Nebel zu betreten, im Gegenteil. Sämtliche Engel hatten sich einst per Blutsbund mit den Ovo verbunden als Zeichen für ihre gemeinsamen Ziele: Frieden zwischen den Völkern und eine Welt in Gleichgewicht und Balance. Avartos erinnerte sich schemenhaft an seine Zeit als junger Engel, daran, wie er mit seinem Vater durch den Nebel gegangen war und wie sie in der Ferne wundersame Gestalten hatten tanzen sehen. Doch diese Zeiten waren endgültig vorbei. Denn als die Verfolgung der Nephilim begonnen hatte, hatten die Ovo dies als

Abfall der Engel von diesen Zielen gesehen und sie nicht nur aus ihrer Mitte ausgestoßen, sondern ihren Nebel auch für immer vor ihnen und ihrem Willen verschlossen. Kein königstreuer Engel würde es heutzutage überleben, durch einen Nebelstreif der Ovo zu wandern, und er könnte keinen Pfeil durch diesen Dunst schicken, ohne dass er sein Ziel verfehlen würde. *Denn der Wille der Engel ist nicht länger der Wille der Ovo, und dort, wo einst Eintracht und Frieden herrschten, stehen nun Entzweiung und Zorn.*

Avartos spürte Letzteren in sich aufwallen, als er den zerbrechenden Körper Olvryons betrachtete, doch er fühlte noch etwas anderes, etwas, das so ungewohnt war, dass er erst nach einem Moment das richtige Wort dafür fand, ein Wort, das wie ein Flüstern durch sein Hirn zog. *He'vechray.* Er zog die Brauen zusammen. Heimat. Warum kam ihm dieser Gedanke in den Sinn, während er auf den schwindenden Nebel der Ovo schaute, warum fiel ihm auf einmal das Atmen so schwer? Die Welt der Engel war seine Heimat, noch niemals hatte er diese Tatsache in Zweifel gezogen. Er stieß die Luft aus, um das leise geflüsterte Wort aus seinen Gedanken zu verbannen. Er hatte weder Zeit noch Interesse, sich mit Trivialitäten zu beschäftigen, die er sich nicht erklären konnte.

Rasch wandte er den Blick von den letzten Fetzen ab, die Olvryons Körper bildeten, und sah zu, wie der Nebel der Gasse endgültig zerbrach. Der Teufelssohn war ihm nah gewesen, er hatte ihn sprechen hören, hatte seinen Geruch wahrgenommen und schon den Pfeil seines Bogens auf sein Herz gerichtet, um es mit einem einzigen Treffer zu zerreißen. Doch im letzten Moment war ihm jemand dazwischengekommen.

Avartos erhob sich langsam. Der Ruf des Wolfs peitschte über die Dächer, doch die Bestie war längst im Nebel verschwunden. Sollte sie den Teufelssohn fangen … Avartos ballte die Faust, um diesen Gedanken abzuschneiden. Er fixierte den Nebel mit seinem Blick, jenen Nebel, der ihn ausschloss, und erstmals, seit er den Teufelssohn jagte, sprach er in Gedanken zu ihm.

Flieht nach Norden, flüsterte er. *Flieht, um der Macht der Hölle zu entkommen, auf dass ich dich fangen werde – ich, Teufelssohn, der Krieger des Lichts.*

36

Nando fuhr zusammen, als er Avartos' Stimme in seinen Gedanken hörte, doch er handelte sofort. »Nach Norden!«, raunte er den anderen zu, die dicht hinter ihm waren. »Wenn wir unseren Weg zum Palatin fortsetzen, laufen wir ihm direkt in die Arme! Wir müssen das Portal auf dem Palazzo Montecitorio erreichen!«

Eilig machten sie kehrt. Der Nebel der Ovo verbarg sie vor den Augen der Menschen und schützte sie vor möglichen Übergriffen durch die Engel, doch Nando hörte es deutlich: das keuchende, gierige Hecheln des Wolfs, der ihnen auf den Fersen war, und die Worte Bhroroks klangen in seinen Gedanken wider: *Niemals hat dieser Dämon eines seiner Opfer verfehlt: Harkramar, der Vielgesichtige!*

»Was hat das zu bedeuten?«, fragte Ilja und warf einen Blick über die Schulter zurück. »Ist das der Dämon, der nach dir sucht?«

Ehe Nando antworten konnte, stieß der Wolf einen Schrei aus, so laut und durchdringend, dass eine Bestätigung dieser Vermutung sich erübrigte. Gleich darauf brach der Ruf in sich zusammen, das Hecheln verstummte, als würde der Wolf den Atem anhalten.

»Er jagt mich«, erwiderte Nando fast flüsternd. »Er wird mich töten, wenn er mich bekommt – und jeden, der sich ihm in den Weg stellt.«

Beinahe lautlos glitten sie dahin, Nando vorneweg, links neben ihm Noemi, zu seiner Rechten Ilja. Die anderen Novizen hatten sich in Formation begeben, um einen möglichen Angriff abwehren zu können, doch plötzlich hörten sie einen Laut wie das Brechen von Knochen, dicht gefolgt von dem knisternden Geräusch schuppiger Leiber, die sich aneinander rieben. Nando sah noch die Wirbel, die sich in der Straßenschlucht vor ihnen auftaten, rief in Gedanken den Befehl zur Umkehr – doch es war schon zu spät. Ein Schatten erhob sich aus der Kluft, es war ein Wolf mit borstigem schwarzen Fell, gekrümmten

Gliedmaßen und langen, messerscharfen Zähnen, doch aus seinem Rücken brachen Flügel hervor, die aus unzähligen Insektenleibern bestanden, und seine Augen sahen aus wie die Kieferklauen einer Spinne, hinter denen sich die Augäpfel in einem weißen Nest verbargen.

Ich habe dich gesucht, hörte Nando die Stimme des Dämons wie das Knistern von Asseln in seinem Kopf. *Ich habe deinen Duft gefühlt, Teufelssohn, in jeder Faser dieses fremden Körpers, und in jedem Leib, den ich erschuf. Und jetzt habe ich dich gefunden!*

Nando starrte den Dämon an, der die Luft einsog, und es schien ihm, als hätte sich ein Strick um seinen Hals gelegt, der ihn unweigerlich in Harkramars Klauen zog. Da traf ihn ein heftiger Hieb vor die Brust und brachte ihn zur Besinnung.

»Schnell!«, rief Noemi und riss ihn mit sich. »Es ist nicht mehr weit!«

Ilja und zwei weitere Novizen schlugen Harkramar blaue Feuerzauber entgegen, dann folgten sie den anderen. Nando schaute über die Schulter, mit einem Schrei wie aus tausend Kehlen brach Harkramar durch die Flammen. Sie tanzten über das Fell des Wolfs, verkohlten es an manchen Stellen bis aufs Fleisch, doch der Dämon kümmerte sich nicht darum. In zackigem Flug raste er ihnen nach, den Schlund zu einem Schrei geöffnet, und Nando hörte das gierige Surren der Insekten in seiner Kehle.

Noemi warf sich auf den Rücken, in rascher Folge schickte sie sieben flammende Messer in Harkramars Richtung. Doch der Dämon wich ihnen aus, so schnell, dass Nando seinen Bewegungen kaum folgen konnte. Nur ein Messer traf seine rechte Schwinge, aber kaum dass es die schwarzen Leiber berührte, wichen sie auseinander, ließen die Waffe zu Boden fallen und schlossen sich wieder zusammen. Ilja ließ Blendzauber durch ihre Hände brechen, doch Harkramar zerschmetterte sie mit wütendem Schrei, und als Nando ihm einen Schauer aus Eisscherben entgegenwarf, verwandelte er sie mit dem Hauch seines Atems in tote Fliegen. Mit aller Macht versuchten sie, ihn zurückzuschlagen, doch er holte beständig auf, und als sie das Dach des Palazzo Montecitorio fast erreicht hatten, riss er sich mit einer Klaue den Wanst auf. Fünf faustdicke Tentakel glitten heraus und auf Nando zu. Mit einem Schutzzauber schleuderte er die anderen Nephilim von sich fort, riss das Schwert in die Luft und hieb nach einem Tentakel, der sich schnarrend zurückzog. Atemlos landete er auf dem Dach, die anderen kamen näher, doch er hielt sie zurück und spreizte drei Finger seiner rechten Hand. Ohne ein Wort hatten sie begriffen. Ilja und ein anderer Nephilim erhoben sich in die Luft, Noemi landete direkt neben Nando, die anderen nahmen schräg hinter ihnen Position ein. Harkramar hielt auf sie zu, die Tentakel schlugen zischend durch die Luft. Nando hörte die anderen ihre Zauber sprechen, die Luft begann zu vibrieren. Da setzte Harkramar auf dem Dach auf, und kaum dass seine Klauen festen Grund gefasst hatten, stieß Nando die Faust vor. Eine gleißende Flamme schoss aus seinen Fingern, flackernde Blitze rasten daraus auf die Feuer der anderen zu, kreuzten sich untereinander und verbanden sich in rasender Geschwindigkeit zu einem funkensprühenden Netz.

»Al'vridon!«, brüllte Nando, und da stob das Netz auf Harkramar zu, umschloss ihn mit seinen Schnüren und grub die Streben tief in sein Fleisch.

Harkramar schrie auf, die Wucht des Aufpralls riss ihn vom Dach hinunter. Nando hörte ihn fallen. Eilig fuhr er herum und raste mit den Nephilim auf das Portal zu, das sich im Schutz eines Dachaufstiegs im hinteren Teil des Gebäudes befand. Er konnte bereits das grün flammende Licht sehen, als er einen Luftzug im Nacken spürte. Instinktiv warf er einen Blick zurück und sah einen riesigen Tentakel, der über das Dach auf sie zuschoss. Doch ehe er etwas hätte tun können, griff dieser nach Noemi, die ihm am nächsten war, und zog sie mit sich. Verzweifelt schickte sie einen Flammenzauber in den Greifarm, doch sie konnte sich nicht befreien. Nando stieß einen Fluch aus, und während die anderen ihm Deckung gaben, eilte er Noemi nach. Kurz vor dem Rand des Daches hatte er sie eingeholt. Mit einem Schrei riss er das Schwert in die Luft, überzog es mit schwarzen Flammen und hieb auf den Tentakel ein, bis er durchtrennt war. Er zerbrach in schwarze Asseln, die eilig die Hauswand hinunterkrochen.

Nando fiel neben Noemi auf die Knie. Das Gift Harkramars raubte ihr bereits die Kraft. Ein Netz aus schwarzen Adern zog über ihre Wangen, Nando wusste, dass sie sterben würde, sobald das Gift des Dämons ihr Herz erreichte. Schnell wurde sie blasser, ihre Lippen liefen blau an, sie begann zu zittern, doch sie hielt Nandos Blick fest. Eilig schickte er einen Heilungszauber in ihren Körper, um den Prozess zu verlangsamen, und sah erleichtert, dass sie gleich darauf ruhiger atmen konnte. Rasch hob er sie hoch und trug sie über das Dach auf das Portal zu.

»Du hast mir das Leben gerettet«, flüsterte sie, als ihr Kopf an seine Schulter sank und ihr die Augen zufielen. »Das hat noch keiner zustande gebracht.«

Nando musste lächeln über den Anflug von Empörung, der in ihrer Stimme mitschwang. Gerade wollte er etwas erwidern, als er das Knirschen von Beton hörte und das leise, keuchende Hecheln hinter sich. Das Blut wich ihm aus dem Kopf. Er breitete die Schwingen aus und raste auf die anderen zu, doch schon hörte er die flammenden Wirbel, die ihm nacheilten.

»Ich bin Harkramar«, brüllte der Dämon hinter ihm, und seine Stimme fegte über das Dach wie ein Sturmwind. »Ich werde euch zerschmettern, ihr jämmerlichen Halbwesen, ich werde euch in der Luft zerreißen, euch, die ihr es gewagt habt, mir entgegenzutreten!«

Im selben Moment stob eine schwarze Wolke über den Rand des Daches auf die Gruppe zu. Nando hörte das Surren der Insekten, er wusste, dass sie ihnen binnen weniger Augenblicke das Fleisch von den Knochen fressen würden. Er landete vor den anderen und legte Noemi in die Arme eines Novizen.

»Flieht!«, rief er, während er herumfuhr und einen Schutzwall gegen die Insekten errichtete, der sich als leicht flimmernde Mauer zwischen Harkramar und den Nephilim erhob. »Er wird euch alle töten, wenn ihr bleibt!«

Wie zur Bestätigung stieß Harkramar ein fürchterliches Heulen aus, das Dach erbebte unter seinen Hieben gegen die Hauswand, mit denen er seine Klauen in den Beton bohrte und sich höher zog. Nando warf einen Blick über die Schulter, er fühlte die Erschütterung, als die Insekten gegen seinen Schutzwall flogen und ihre Körper knackend zerbrachen. Angespannt sah er die Novizen auf das Portal zueilen, doch im nächsten Moment fühlte er sich von einem heftigen Schlag getroffen.

Sein Zauber zerbrach. Beinahe wäre er gefallen, doch schon sah er den Tentakel auf sich niederrasen und wich ihm im letzten Augenblick aus. Er riss sein Schwert herum und trennte den Greifarm vom Leib des Dämons. Ein heiseres Keuchen drang zu ihm herüber, näher nun – viel näher. Schon glitt die rechte Klaue des Wolfs über den Rand des Daches. Die Krallen gruben sich in den Beton, und dann, mit einem Brüllen, das Nando das Haar aus der Stirn fegte, sprang Harkramar zurück auf das Dach. Die Streben des Netzes hatten tiefe Wunden in seinem Fleisch hinterlassen, und nur langsam schloss sich der Wanst und verbarg die verstümmelten Tentakel hinter blutigem schwarzen Fell.

»Du«, zischte Harkramar, und seine Stimme erfüllte die Luft wie das Schwirren zahlloser Hornissen. »Du willst mich wohl zum Narren halten, mich, den Schrecken Razkanthurs! Du bist nichts als ein Mensch, ein Wurm, den ich zerquetschen kann! Ich werde mein Gift durch deinen Körper jagen, ich werde dich in Albträumen versinken lassen, ehe jener dich bekommen wird, der mich beschwor – ich werde dich töten, Teufelssohn, noch ehe er deinen Leib in die Verwesung deines zerrütteten Geistes folgen lässt! Und eines verspreche ich dir: Der Tod, den ich dir schenke, wird schlimmer sein als jede Qual deines Körpers!«

Nando hielt das Schwert umfasst, ein Flammenzauber pulste in seiner linken Faust. Er sah sich von außen, klein und verwundbar vor dem riesigen Wolf, doch er ließ das Bild keine Macht über sich gewinnen. »Uralter Dämon«, erwiderte er und schickte ein Lächeln über seine Lippen, das jeder Kälte Bhroroks Konkurrenz gemacht hätte. »Das bist du doch, nicht wahr?«

Harkramar duckte sich ein wenig, er schlich seitlich um Nando herum, den Kopf tief geneigt, die vorderen Klauen insektenhaft erhoben. »In der Tat«, zischte er. »Das bin ich!«

»Ja«, sagte Nando verständnisvoll. »Du bist nicht nur alt, sondern sicher auch ziemlich gebrechlich.« Er hob leicht die Brauen und hörte, wie Harkramar zornig die Luft einsog. Dann musterte er den Dämon, als sähe er ihn zum ersten Mal. »Armselige Existenz«, sagte er wie in Gedanken. »Nicht einmal einen eigenen Körper hat er dir gegeben. Aber das darfst du wohl nicht mehr erwarten, nicht wahr? Schließlich bist du nichts mehr als der Sklave eines Dieners.«

Mit einem Schrei sprang Harkramar vor. Nando wich seinem Hieb aus, doch der Wolf war schnell, drehte sich um die eigene Achse und schlug seine Zähne tief in seinen rechten Oberarm. Nando schrie auf, das Schwert entglitt ihm, doch er packte den Wolf mit der linken Hand, grub seine metallenen Finger in dessen Lefzen, bis er Blut fühlte, und schickte einen Flammensturm in den Körper des Dämons. Laut sprach er den Fluchzauber, der sich mit dem Feuer vermengte, und grüne Blitze stürzten sich in den Schlund des Wolfs und zuckten knisternd durch dessen Leib.

Taumelnd ließ Harkramar von Nando ab, die Spinnennetze in seinen Augen verkohlten zu klebrigen schwarzen Klumpen. Die Blitze suchten sich den Weg durch sein Fleisch ins Freie, sie zerbrachen seine Rippen, und der Wolf riss den Kopf in den Nacken und jaulte so markerschütternd, dass Nando meinte, er müsse innerlich zerrissen werden. Dieser Schrei war nichts mehr als das Heulen eines Wolfs, das Surren der Insekten ertrank darin, und als das Tier zusammenbrach, war es für einen Moment vollkommen still.

Nando hörte nichts als seinen eigenen Herzschlag. Das Gift Harkramars strömte durch seine Adern, zusehends ergriff es von ihm Besitz. Er schickte einen starken Heilungszauber durch seine Glieder, während er mit der linken Hand das Schwert packte, doch noch ehe er den Dämon erreicht hatte, zuckte der Wolf zusammen. Es schien, als wäre eine unsichtbare Klaue durch seine Glieder gefahren, er sperrte das Maul auf, und eine gewaltige Welle aus Insektenleibern ergoss sich auf das Dach. Nando wich zurück, eilig zog er einen Schutzwall über sich. Die Heuschrecken und Fliegen, die Moskitos, Käfer und Schnaken fügten sich zu dem Leib einer riesenhaften Kobra zusammen, die in rasender Geschwindigkeit herumfuhr und ihre Zähne in Nandos Schutzwall grub. Sofort verfärbte sich der Zauber wie ein welkendes Blatt und zerbrach. Nando wich einem zweiten Biss aus, donnernd schlugen die Schlangenzähne in das Dach ein. Betonsplitter flogen durch die Luft. Nandos rechter Arm hing nutzlos von seinem Körper herab, er spürte das Gift des Dämons mit kalter Gewalt durch seine Adern pulsen, doch er packte das Schwert mit der linken Hand und erhob sich in die Luft. Im Sturzflug raste er auf die Schlange nieder und stach seine Waffe zwischen die Augen, doch kaum dass seine

Klinge das Untier berührte, glitten die Insekten auseinander wie zuvor bei der Schwinge des Wolfs und fügten sich neu zusammen. Außer sich hieb Nando auf die Schlange ein, nur knapp entging er jedes Mal ihrem Biss und wurde schließlich von herabtropfendem Gift am Bein getroffen. Zischend grub es sich durch seine Hose und verätzte seine Haut. Schon spürte er, wie sein Bein taub wurde und seine Schwingen ihren Dienst versagten. Schwer atmend landete er auf dem Dach und schleppte sich von der Schlange fort, ehe er zusammenbrach. Er hörte, wie Harkramar sich näherte, dessen Leib wie knisterndes Papier über den Beton glitt, hörte auch das Lachen, das in dem Schlangenkörper widerhallte, und vernahm die Stimme des Dämons in seinem Kopf: *Mensch*, flüsterte er und schickte seinen eiskalten Atem über das Dach. *Du bist tot, fühlst du es nicht? Tot bist du – tot!*

Nando holte Atem, er sah den Schatten des Nackenschildes über seinen Körper fallen – und fuhr herum. Mit einem Schrei hob er die Faust. »Nein!«, rief er gegen die Flammen an, die nun aus seinen Fingern brachen wie ein Sturm aus Feuer. »Noch nicht!«

Sein Zauber stürzte sich in schwarzer Glut auf die Schlange, die sich zischelnd aufbäumte, doch Nando schickte zwei weitere Wellen aus Feuer hinterher und vereitelte jede Flucht. Regungslos sah er zu, wie der Leib der Schlange zu glühen begann, kurz im Nebel stehen blieb – und dann in sich zusammenbrach wie ein Konstrukt aus Asche. Die verkohlten Körper der Insekten fielen zu Boden, sie sahen aus wie schwarzer Schnee.

Nando stützte sich auf sein Schwert. Sein Herz raste in seiner Brust. Er musste das Portal erreichen, ehe er das Bewusstsein verlor. Schwer atmend tat er den ersten Schritt, doch da hörte er ein Scharren hinter sich. Atemlos wandte er sich um – und schaute in das Gesicht des Wolfs. Das Untier stand direkt vor ihm, weiße Spinnenfäden wanden sich um seine verkohlten Augen, und tief in seinem Schlund hörte er Harkramars Stimme. Ein Wort nur sagte der Dämon zu ihm, ein einziges Wort, und doch traf es Nando wie ein Schlag vor die Brust.

Narr.

Und noch ehe Nando das Schwert hätte heben können, stürzte der Wolf sich vor und grub seine Zähne in seine Schulter. Nando rang nach Atem, er spürte den Schmerz, der auf ihn zuraste, und rief mit aller Macht seine Magie. Er musste sich befreien, er musste Harkramar entkommen, doch die Dunkelheit der nahenden Ohnmacht umfing ihn mit betörendem Griff, und als er die Gestalt sah, die dicht neben ihm stand, da spürte er den Schreck kaum noch.

Harkramar spricht die Wahrheit, flüsterte Luzifer an seinem Ohr. Seine Stimme war warm und weich, und Nando fiel es schwer, gegen die Dunkelheit anzukämpfen, die sich um ihn aufbäumte und ihn mit sich reißen wollte. Er fühlte goldenes Licht neben sich aufflammen, er wollte sich nicht umwenden, aber er tat es dennoch. Es war, als würde ihn ein fremder Wille dazu zwingen, eine Gewalt, die mit dem Gift Harkramars durch seine Glieder peitschte und mit jedem Tropfen größere Macht über ihn gewann. Langsam hob er den Blick und sah eine Säule aus Licht inmitten der Dunkelheit, ein Spiel aus Silber, Gold und flammendem Weiß, das ihn unwiderstehlich anzog, und in der Mitte dieser Pracht stand der Teufel, bewegte wie ein Dirigent die Finger durch die Strahlen und lächelte.

Du wirst sterben, mein Sohn, fuhr Luzifer fort. *Du wirst den Wolf Bhroroks, du wirst den Schatten Harkramars nicht bezwingen, solange du dich nicht in dieses Licht begibst. Komme zu mir, stürze dich in die Macht der höheren Magie, und du wirst stärker sein als jemals zuvor – an meiner Seite!*

Der Teufel streckte die Hand aus, eine gleißende Flamme brannte darin, es war, als würde jedes Licht um sie herum in ihrem Glanz erblassen. Nando sah sich darauf zutreten, Schritt für Schritt. Dicht vor dem Licht blieb er stehen, er konnte die Funken auf seinem Gesicht fühlen. Atemlos schaute er auf die Flamme. Er brauchte nur die Hand auszustrecken und sie zu ergreifen, dann würde er den Wolf mit höherer Magie von sich stoßen und sein Leben retten können.

Luzifer trat näher, so nah, dass Nando seinen Atem durch das flammende Licht auf seinem Gesicht fühlen konnte. *Rette dein Leben!*, sagte er eindringlich. *Du hilfst niemandem, wenn du auf diesem Dach stirbst. Bhrorok nähert sich, bald schon wird er dich töten, und zuvor wird Harkramar deine Gedanken zu Asche verbrennen. Befreie dich mit der Kraft, die ich dir gab! Du bist mein Sohn! Du wirst mir folgen, früher oder später, das ist unausweichlich!*

Widerwillen stieg in Nando auf, als er diese Worte hörte, und er schüttelte den Kopf. *Ich habe die Wahl,* brachte er hervor, doch Luzifer lachte hell und klar.

Aber du wählst falsch!, erwiderte er. *Das Menschenblut in deinen Adern macht dich schwach, sieh, wohin es dich gebracht hat! Wärest du geflohen, hätte Harkramar dich nicht gefangen! Entscheide dich für den richtigen Weg, mein Sohn, den einzigen Weg, den es für dich gibt!*

Die Flammen der höheren Magie glitten über Nandos Gesicht, er spürte ihre Wärme und fühlte gleichzeitig die Kälte des Todes, die sich um ihn her in der Finsternis auftürmte und ihn zittern ließ. Die Worte des Teufels klangen laut in ihm wider, doch in dem Moment, da die Kälte nach ihm griff und er die Dunkelheit der Ewigkeit vor sich aufflammen sah wie ein Meer aus schwarzen Lichtern, erschien Maras Gesicht vor seinem inneren Auge. Er dachte auch an Giovanni und an Luca, dachte daran, wie er selbst verzweifelt am Grab seiner Eltern gestanden hatte und an den Riss, der ihn innerlich zerbrochen hatte und dessen Wunde bis zum heutigen Tag nicht wieder verheilt war. Er fühlte die Verzweiflung, die sein Tod in sie pflanzen würde, und doch schrie etwas auf in ihm, als er die Hand nach der Flamme ausstreckte, etwas, für das er keine Worte hatte und das ihn doch in jeder Faser seines Körpers durchdrang. Das Lachen seiner Tante lag in diesem Schrei, das wärmende Lächeln Giovannis, Lucas Ideen für Streiche aus Kindheitstagen, doch Nando sah auch die Gesichter von Yrphramar und Ellie, sah sich selbst im Regen, den Kopf in den Nacken gelegt, und er wusste, dass er diesen Schrei nicht zum Verstummen bringen durfte. Ohne ihn, das spürte er deutlich, würde er alles verraten, was er war.

Was denkst du, wie lange du mir noch widerstehen kannst?, fragte Luzifer sanft. *Harkramars Gift hat dich beinahe vollständig gelähmt, gleich wird es vorbei sein. Ich habe deine Machtgelüste gespürt, deine Furcht vor dem Tod – du bist nichts als ein schwacher Mensch, wenn du weiter vor mir fliehst, und in dieser Schwäche wirst du scheitern und versagen.*

Nando spürte das Gift Harkramars durch seine Glieder ziehen, er wusste, dass der Teufel recht hatte. Überall um ihn herum war Finsternis, der Dämon hatte ihn gelähmt – beinahe. Noemis Stimme klang in ihm wider. *Er trägt eine Kraft in sich, die ihn zu solchen Taten treibt – und diese Kraft ist stärker als alles, was ihr an ihm fürchtet oder hasst!* Und mit diesen Worten tauchten Bilder in ihm auf, die Gesichter der Nephilim während der Versammlung, das Lächeln Noemis, selbst Salados, der langsam die Hand hob. Im selben Moment riss er seinen Blick von der Flamme los und schaute dem Teufel in die Augen. Er ertrug die Schönheit des Goldes, die tanzende Finsternis dahinter und die Kälte in dessen Blick, und er beschwor die Gesänge der Ovo in sich herauf und die Nacht in den Augen der Galkry. Olvryon hatte weitaus mehr getan, als Nando die Prüfung abzunehmen. Er hatte ihn kopfüber in die Welt geworfen, und Nando hatte Berge erklommen und Meere durchschwommen auf dem Pulsschlag, der alles miteinander verband. Er hatte sich in der Welt und die Welt in sich entdeckt, er war in sich selbst eingekehrt, in seine Finsternis, in seine Schatten, aber auch in sein Licht, und er spürte den Herzschlag der Drachen, der seinen Atem ruhiger werden ließ und seinen Schritt auf dem Seil hielt zwischen den Extremen, die er sein konnte. Er schaute dem Teufel in die Augen und er erkannte, aus welchem Grund das Gold dieser Augen so kalt war, warum dahinter die Finsternis so grausam loderte und nach ihm griff: In den Augen Luzifers lag nichts als er selbst. Er kannte den Herzschlag der Welt, doch er fühlte ihn nicht mehr. Er hatte sich von ihm abgewandt, für ihn gab es nur noch eines: sich selbst. Er war zerrissen, er fiel, ohne jemals aufzuschlagen, und er raste mit rauschenden Schwingen durch die Dunkelheit seines Inneren, die Augen in flammenden Farben aufgerissen. Nando spürte den Wind in seinem Haar, er jagte mit dem Teufel durch die Finsternis, er spürte die Euphorie, fühlte sich frei und grenzenlos, doch gleich darauf folgte die Leere, die mit plötzlicher Kälte über ihm zusammenschlug und nichts als Stille hinterließ – absolute Stille. Nando starrte Luzifer an, so erschrocken, dass ein schmerzhaftes Ziehen durch seine Brust ging. Er erkannte, dass diese Stille auf ihn wartete, wenn er dem Weg des Teufels folgen würde. Der Herzschlag der Welt war verstummt.

Unsere Entscheidungen machen uns zu dem, was wir sind. Olvryon war es, der zu ihm sprach, und mit jedem Ton dieser Stimme fühlte Nando, wie die Finsternis um ihn herum sich lichtete und wie der Herzschlag der Welt sich aus der Stille erhob, wie er ihn durchdrang und wie er von diesem Ton zwischen Licht und Schatten gehalten wurde – ohne Furcht und Bitterkeit.

Regungslos sah er Luzifer in die Augen. *Nein*, erwiderte er und schüttelte den Kopf. *Nicht alles in mir will dir folgen, nicht alles in mir gibt dir recht – und wenn es nur ein kleiner Rest ist, der mich davon abhält, wie du zu sein: Ich will ihm immer mehr vertrauen als dir. Lieber würde ich den eigenen Tod in Kauf nehmen, als deinem Ruf zu folgen, der mich in deine Finsternis zieht, in deine Leere und Einsamkeit, in der nichts anderes mehr existiert als deine eigene Stimme. Ja, ich fürchte den Tod, doch ich weiche nicht länger vor ihm zurück. Denn deine Stille schreckt mich noch mehr – und dennoch lasse ich mich nicht weiter schwächen von dieser Furcht. Denn ich bin mehr, als du denkst – viel mehr!*

Er sah noch, wie Erstaunen über das Gesicht des Teufels flammte. Dann schloss Nando die Augen, er stürzte in die Finsternis, die Harkramars Gift in ihm gesät hatte, und fand tief in sich einen winzigen Schleier aus Licht. Dort kauerte er sich nieder und rief seine Magie, jeden Funken, der noch in ihm war. In langen Schweifen aus kristallenem Feuer schossen sie aus der Dunkelheit auf ihn zu, er rief den Zauber, der ihn mit roten Schleiern umtoste, und riss die Augen auf. Ohne zu schwanken, stand er vor der Grenze zur höheren Magie, die Arme weit von sich gestreckt, und schaute in das reglose Gesicht des Teufels. Für einen Moment schien es ihm, als blickte Luzifer ihn erstmals direkt an.

Ein heftiger Schmerz in seiner Schulter brachte ihn ins Bewusstsein zurück. Er fühlte noch, wie der Wolf vor ihm zurückwich, keuchend vor dem Flammenzauber, den er in dessen Schlund geschickt hatte, doch Nando ließ ihn nicht zu Atem kommen. Außer sich sprang er vor, packte sein Schwert und trieb es durch die Kehle des Wolfs. Seine linke Faust hob er in die Luft und stieß sie durch den Brustkorb, umfasste das noch zuckende Herz des Untiers und riss es aus dessen Leib. Da brachen Insekten aus dessen Körper, Nando meinte, Harkramars Stimme zu hören, doch als die winzigen Leiber auf ihn niedersausten, zerbarsten sie auf seiner Haut zu schwarzem Nebel.

Schwer atmend brach Nando neben der Leiche des Wolfs zusammen und hörte kaum die Schritte, die langsam über das Dach traten. Erst als er die Eisblumen sah, die das Fell des Wolfs überzogen, begriff er, wer sich ihm näherte. Er wusste, dass er fliehen musste, aber sein Körper rührte sich nicht. Atemlos hob er den Kopf und sah eine

Gestalt in einem langen schwarzen Mantel, das Gesicht kalkweiß, den Mund zu einem grausamen Lächeln verzerrt. Bhrorok.

»Du hast meinen Wolf getötet«, sagte der Dämon, und Nando sah den Zorn, der in Bhroroks Augen aufflammte. »Du bist vor mir geflohen. Jetzt ist es genug mit dieser Jagd.«

Nando schloss die Augen und umfasste sein Schwert. Er würde nicht kampflos aufgeben, niemals. Er hörte, wie Bhrorok einen Zauber murmelte, schon spürte er den Schatten des Dämons auf seinem Gesicht. Mit letzter Kraft sprang er auf die Beine.

»Dein räudiger Köter war erst der Anfang!«, rief er und riss sein Schwert in die Höhe.

Er traf Bhrorok quer über die Wange. Wutentbrannt wich der Dämon zurück, schwarzes Blut rann aus der Wunde. Noch niemals, das wusste Nando, war er von einem halben Menschen auf diese Art behandelt worden – das konnte Bhrorok nicht dulden. Mit einem Schrei stürzte er sich vor, doch noch ehe er Nando erreicht hatte, traf ihn ein Flammenzauber vor die Brust und schleuderte ihn quer über das Dach.

Nando fuhr herum – und sah in die Gesichter der anderen Novizen. Eilig griff Ilja nach seinem Arm, die anderen schickten weitere Flammenzauber in Bhroroks Richtung, der brüllend auf die Beine kam und auf sie zuraste. Gemeinsam schoben sie sich in das Portal, das grüne Licht flirrte auf ihren Gesichtern. Bhrorok erreichte das Portal, seine Faust schlug durch das Licht, doch er traf niemanden mehr. Nando spürte den Zauber auf seiner Haut, der sie in die Unterwelt trug, fühlte den Atem der anderen auf seinem Gesicht und wusste, dass er diesen Moment niemals vergessen würde. Die Nephilim waren nicht geflohen. Sie waren zurückgekehrt – zu ihm, dem Sohn des Teufels.

37

Bantoryn war ein Meer aus Lichtern. Rote und gelbe Lampions hingen über den Straßen, die Fassaden der Häuser waren mit fluoreszierenden Pflanzen geschmückt worden, und Schwärme aus Glühwürmchen schwirrten durch die Luft, die die Nephilim in den Brak' Az'ghur gesammelt hatten. Das Herz dieses Glanzes war der Mal'vranon, über dessen Fassade farbige Funken glitten, und das Theater der Akademie. Die steinernen Ränge, die Plattformen der Türme ringsherum, der Sternenplatz und die nahe gelegenen Gassen waren voll besetzt. Etliche Bewohner Bantoryns waren gekommen, um der Zeremonie Naphratons beizuwohnen.

In der Orchestra standen mehrere gläserne Sessel in einem Halbkreis, unter denen blaue Lichter glommen. Die Bäume waren über und über mit Lichtern behängt, dass es aussah, als hätten sich winzige Sterne in ihren Kronen verfangen, Fackeln erhellten die Sitzreihen, und die fliegenden Roboter von Morpheus zogen mit leuchtenden Glaszylindern in unzähligen Farben über dem Theater ihre Kreise und schickten bunte Lichtreflexe über die Reihen.

Nando saß neben Ilja und Riccardo in der untersten Reihe. Sein rechter Arm hing in einer Schlinge, und wenn er die Finger bewegte, spürte er einen stechenden Schmerz in der Schulter, als hätten sich die Zähne des Wolfs in seinem Fleisch festgesetzt und würden sich langsam tiefer graben. Er erinnerte sich nicht an die Stunden nach seinem Kampf. Noch während das Flimmerlicht des Portals über sein Gesicht gezuckt war, hatte er das Bewusstsein verloren und war erst auf dem Operationstisch bei Morpheus wieder zu sich gekommen. Jeder Muskel hatte so sehr geschmerzt, als wollte er zerreißen, die Lichter hatten Lanzen in seine Augen gestochen, und jeder Laut, jede Berührung hatte ihm unsagbare Schmerzen zugefügt. Kurz hatte er

Kaya gesehen, die Augen sorgenvoll geweitet, und dann Morpheus, der sich mit unberührter Miene über ihn gebeugt und ihm eine Infusion in den Arm gerammt hatte. Die Betäubung hatte so schnell gewirkt, dass Nando sein Schrei auf der Zunge verendet war, und als er nach mehreren Stunden wieder erwacht war, hatte er noch immer nichts als die Betäubung in seinen Gliedern gespürt. Morpheus hatte ihn vollständig vom Gift des Dämons befreit, er hatte seine Wunden verarztet und nebenher noch einige Verbesserungen an seinem metallenen Arm vorgenommen, sodass dieser nun noch schneller auf magische Impulse reagieren konnte. Nando erinnerte sich an den Durst, den er nach der Operation gehabt hatte, und daran, dass Antonio zu ihm gekommen war, um ihm die Lippen zu befeuchten. Schweigend hatte er an seinem Bett gesessen, ihn mit rätselhaftem Ausdruck betrachtet und zugesehen, wie er eingeschlafen war. Nando waren die Augen zugefallen, doch er hatte noch Antonios Hand auf seinem Haar gefühlt, ehe er eingeschlafen war – eine Berührung wie ein geflüstertes Wort, sanft und beruhigend. Als er zum zweiten Mal erwacht war, hatte er die Auswirkungen des Kampfes gegen den Wolf gespürt, die sich inzwischen bis auf die Schmerzen in seiner Schulter zu einer tiefen Erschöpfung zusammengezogen hatten. Diese war von einer seltsamen Ruhe erfüllt wie ein See in den Tiefen des Waldes, unberührt und reglos, und Nando ließ sich in ihrem Wasser treiben, das Gesicht den Sternen zugewandt – den Sternen aus Feuer und Eis.

Hinter ihm saßen nicht nur die Senatoren der Stadt, sondern auch sämtliche Novizen der Akademie, die die Prüfung im Nebel der Ovo erfolgreich abgeschlossen hatten. Nando bemerkte schräg hinter sich Noemi, die Morpheus vollständig geheilt hatte, und als ihre Blicke sich begegneten, lächelte sie ihm zu. Sie hatten noch kein Wort gewechselt seit dem Kampf gegen den Wolf, und doch schien es ihm, als wären sie seitdem auf eine seltsame Weise verbunden, als hätten sie einen Pakt geschlossen, indem sie einander das Leben retteten. Er konnte es sich nicht erklären, aber er musste an Noemis Worte denken, als er in der Varja-Siedlung mit ihr gesprochen hatte, und daran, dass ihre Wurzeln im Volk der Ra'fhi lagen. *Und wenn die Cor Wanoy, die uralten Engel aus den Annalen der Ersten Zeit, der Atem der Welt sind, so waren die Ra'fhi das Blut in ihren Venen.* Nando dachte an ihren Blick, nachdem er sie vor Harkramar gerettet hatte, dachte auch an den Ausdruck in ihren Augen, ehe das Feuer ihres Messers in den Sümpfen der Schatten erloschen war, und er wusste, dass sie bereits dort etwas getan hatte, dessen Bedeutung er nur erahnen konnte. Vielleicht, so dachte er, würde er sie fragen können – eines Tages.

Er legte den Kopf in den Nacken und hörte die Stimmen der anderen Novizen, das leise, aufgeregte Murmeln, das ihn an die Abschlussfeiern seiner alten Schule denken ließ, wenn es Zeugnisse gab und die Schüler in die Ferien verabschiedet wurden. In Bantoryn würde es keine Ferien geben. Doch auch die Stadt jenseits des Lichts feierte und würdigte all jene, die sie zum Strahlen brachten. Bis auf eine Ausnahme hatten alle die Prüfung bestanden.

Riccardo war es nicht gelungen, Paolo im Nebel der Ovo aufzuspüren, und dieser war auch nicht von allein nach Bantoryn zurückgekehrt. Noemi und einige andere Novizen hatten Antonio von den Vorkommnissen berichtet, woraufhin der Engel umgehend mehrere Suchtrupps entsandt hatte, um Paolo ausfindig zu machen. Für einen Novizen war es gefährlich, sich allein in der Oberwelt herumzutreiben. Das Risiko war groß, dass Paolo von den Engeln aufgespürt wurde, und wenn sie ihn nicht sofort töteten, so konnten sie unter Umständen herausfinden, wo Bantoryn sich befand. Zwar hatte Paolo die Trainingseinheiten, in denen die Novizen lernten, sich gegen Folter zu verwahren, erfolgreich absolviert, doch sah er sich momentan allein und ausgestoßen aus der Gemeinschaft und war möglicherweise bereit, die Nephilim an die Engel zu verraten. Nando erinnerte sich an den Zorn, der Paolos Gesicht zu einer Fratze aus Hass verzerrt hatte. Andererseits zweifelte er daran, ob dieser tatsächlich sein Leben aufs Spiel setzen würde, um Rache zu üben. Er hasste Nando, das stand außer Frage, doch er war auch ein Feigling, dem es in erster Linie um seinen eigenen Vorteil ging. Einen Pakt zwischen Nephilim und Engeln würde es nicht geben, das musste Paolo klar sein, und er stand auch weiterhin unter dem Schutz der Stadt – so lange, bis ihm der Prozess gemacht wurde. Dann würde er sich vor dem Senat verantworten müssen. Im schlimmsten Fall drohte ihm eine Verurteilung wegen Eidbruchs und damit ein Ausschluss aus der Gemeinschaft. Möglicherweise würde er sich rehabilitieren dürfen, doch dieser Weg war lang und steinig.

Nando holte tief Atem und schob die Gedanken an Paolo beiseite. Er wollte sich diesen Abend nicht von negativen Gefühlen verderben lassen. Er sah sich um und schaute in die Gesichter der Nephilim, die sich der Prüfung als würdig erwiesen hatten. Einige würden in die nächste Stufe ihrer Ausbildung versetzt, andere konnten hochrangige Aufgaben in der Garde übernehmen, und manche wollten sich aufgrund besonderer Begabung oder herausragender Leistungen für eine andere Spezialisierung wie die Heilkunst, das Fährtensuchen oder die Alchemie entscheiden. In jedem Fall würden sich die Novizen erneut zu Bantoryn bekennen – und über ihre weitere Rolle innerhalb der Stadt entscheiden.

Da erklangen die Töne silberner Fanfaren. Mit gemessenen Schritten trat der Chor der Stadt in das Theater und flankierte Antonio, Drengur, Salados, sämtliche Lehrer und einige ranghohe Ritter der Garde, hochangesehene Heiler und Nephilim aus den anderen Fachgebieten, die sich auf den gläsernen Sesseln niederließen. Nando sah in die Gesichter der Offiziere, und für einen Moment meinte er, Silas in ihrer Reihe zu erblicken. Vorsichtig wandte er sich zu Noemi um. Ihr Gesicht war regungslos, doch ein kaum merklicher Glanz ließ ihre Augen wirken wie zwei tiefe schwarzgrüne Seen. Die Gespräche in den Reihen und auf den Plätzen verstummten, und als Antonio sich erhob und hoheitsvoll vortrat, ging ein Raunen durch die Menge.

Er trug eine filigran gefertigte Uniform aus Silber mit feinen Ziselierungen und einem nachtblauen Umhang, aus dem seine Schwingen wie gewaltige Schatten aufragten. Er sah aus wie ein Geschöpf der Nacht, welches das Licht am Körper trug, oder wie ein Wesen des Lichts, das die Nacht in sich vereinte. Erhaben wirkte er, wie er regungslos in die Menge schaute, und als sich das Lächeln auf seine Lippen legte, das sein Gesicht ganz weich machte, spürte Nando den Stolz darauf, von diesem Engel unterrichtet zu werden und ihn als Mentor bezeichnen zu dürfen. Antonio breitete leicht die Arme aus und ließ seinen Blick über die Reihen seiner Zuhörer schweifen.

»Bewohner Bantoryns«, begann er, und seine Stimme klang voll und kräftig an jedes Ohr. »Dieses Theater wurde häufig Zeuge von Prozessen, Verurteilungen, Disputen und Verleumdungen. Es empfing jeden neuen Bewohner Bantoryns, es verabschiedete jeden, der gehen wollte, und es sah zu, wie einige von euch und ich selbst diese Stadt Stein für Stein errichteten. Es ist das Zentrum Bantoryns – und heute soll es ein Ort der Freude sein, ein Quell der Zuversicht und der Stärke, die ich in jedem Novizen, der sich vor einigen Tagen der Prüfung im Nebel der Ovo stellte, erkenne. Heute, meine Freunde, sind wir hier, um zu feiern!«

Freudiger Applaus brandete über die Reihen, und Nando rutschte wie zahlreiche andere Nephilim auf seinem Platz in die Höhe, als Antonio ein Schriftstück entrollte und die Namen der Novizen der dritten Klasse verlas. Leiser Tumult entstand in den Reihen, als sie nach vorn traten. Antonio verlieh jedem von ihnen ein silbernes Emblem zum Zeichen der bestandenen Prüfung und befragte sie nach ihren weiteren Zielen. Einige Nephilim wollten ihre erlernten Berufe in Bantoryns Sinne ausüben, andere hatten vor, sich in weiteren Bereichen zu spezialisieren. Stolz sprachen sie den Ehrencodex ihrer jeweiligen Richtung. Anschließend erhielten sie eine neue, ihrer Disziplin entsprechende Waffe, leisteten den Eid Bantoryns und bekannten sich erneut zu ihrer Stadt. Nachdem sie auf ihre Plätze zurückgekehrt waren, folgten die Novizen der zweiten Klassenstufe. Noemi war die Erste. Hocherhobenen Kopfes trat sie in den Halbkreis und ging wie die anderen Novizen vor Antonio und den anderen in die Knie. Atemlos sah Nando zu, wie Antonio auch ihr die Auszeichnung verlieh und sie fragte, ob sie ihre Ausbildung fortsetzen wolle. Entschlossen bejahte Noemi dies und äußerte auf Antonios Frage nach ihren weiteren Zielen, ohne zu zögern, den Wunsch, in die Garde Bantoryns aufgenommen zu werden. Nacheinander stimmten alle Vorsitzenden der Akademie ihrem Wunsch zu. Langsam neigte sie den Kopf und sprach den Ehrencodex nach, den Salados ihr vorgab. Sie erhob sich, und als sie ein Schwert der Garde mit einem funkelnden Smaragd und einer stilisierten Mohnblüte im Knauf erhielt, glitt ein Lächeln über ihr Gesicht – dasselbe Lächeln wie damals, als sie mit Silas über die Schwarze Brücke gegangen war. Auf Geheiß Antonios legte sie das Schwert mit der rechten Hand an die linke Brust und leistete den Eid, ehe sie auf ihren Platz zurückkehrte.

Es folgten die anderen Novizen, einer nach dem anderen erhielt seine Auszeichnung, beantwortete die Frage nach seinen weiteren

Zielen, empfing ein prunkvolleres Schwert und leistete seinen Eid, und als Nando endlich seinen Namen hörte, schlug sein Herz schneller. Er bemühte sich, ruhig zu atmen, und trat hinter Riccardo nach vorn. Er war als letzter Novize in die Stadt gekommen, aus diesem Grund kam er zuletzt an die Reihe. Sein Mund war trocken, als er sich auf die Knie niederließ. Er spürte die Blicke der Nephilim auf sich, auch die Blicke von Drengur, Morpheus und Antonio, er dachte daran, wie viel er in diesem Theater bereits erlebt hatte, und fühlte für einen kleinen Moment noch einmal das kalte, dumpfe Gefühl, das ihn im Gefängnis der Garde heimgesucht und gelähmt hatte. Doch dann holte er Atem. *Nein*, sagte er sich in Gedanken. *Diese Zeiten sind vorbei.*

Er hob den Blick und bemerkte, dass Antonio mit seinen Augen lächelte, als er ihm das Emblem zur bestandenen Prüfung ansteckte. »Nando Baldini«, sagte sein Mentor. »Nun kniest du vor mir und vor der ganzen Stadt. Du kniest hier wie unzählige Novizen vor dir, und wie sie frage ich nun auch dich: Willst du deine Ausbildung in der Akademie Bantoryns fortsetzen?«

»Ja, das ist mein Wunsch«, erwiderte Nando mit fester Stimme. Er hob leicht den Kopf und sah zu seinem Erstaunen, wie Antonio sich abwandte, um ihm ein neues Schwert zu überreichen. »Ich ...«, begann Nando, denn er hatte damit gerechnet, zuvor dieselben Fragen wie alle anderen beantworten zu müssen, doch Antonio sah ihn erstaunt an. »Werde ich denn nicht nach meinen weiteren Zielen befragt?«, fragte Nando unsicher und spürte, wie seine Zunge vor Aufregung an seinem Gaumen festklebte.

Drengur und Morpheus wechselten einen Blick, und Antonio hob sichtlich erstaunt die Brauen. »Selbstverständlich ist die Fortsetzung deiner Ausbildung dein Ziel«, sagte er ernst. »Du wirst lernen, dich gegen Bhrorok zu verteidigen, gegen die Engel, und ...«

Nando schüttelte den Kopf. »Ich sprach von meinen Zielen – meinen Zielen hier in Bantoryn.«

Antonio hielt inne, sein Blick glitt prüfend über Nandos Gesicht. »Du hast einen langen Weg hinter dir«, sagte der Engel schließlich. »Doch es bestand nie ein Zweifel daran, dass du nach deinem Sieg über Bhrorok wieder in die Welt der Menschen zurückkehren möchtest. Ist es nicht so?«

Verlegen hob Nando die Schultern und nickte. »So ist es«, erwiderte er.

»Und nun hat sich dies geändert?«, fragte Antonio ruhig.

Nando musste sich zwingen, den Blick zu heben, und nickte. »Ja«, sagte er entschlossen. »Ich möchte ein Teil der Garde werden und diese Stadt verteidigen.«

Es war nur ein Satz, eine Aneinanderreihung von Buchstaben und Wörtern, und doch schien es Nando nun, da er es aussprach, als würde er eine eherne Fessel um seinen Brustkorb sprengen. Er hielt dem Blick Salados' stand, der ihn eindringlich musterte. Dieser hatte die Brauen so sehr zusammengezogen, dass seine Augen nicht mehr waren als pechschwarze Kohlen. »Warum?«, fragte er.

Angespannte Stille senkte sich über das Theater und die umliegenden Plätze und Straßenzüge. Nando konnte fühlen, wie sie sich um seine Kehle legen wollte. Er wusste, wie Riccardo und Ilja ihn ansahen, spürte auch den Blick Noemis und all der anderen, und noch ehe die Stille nach ihm greifen konnte, sagte er: »Weil sie ein Wunder ist.« Erstaunen flammte in Salados' Blick auf, und Nando fuhr schnell fort: »Bis vor Kurzem dachte ich noch, ich sei nichts als ein Tellerwäscher, ein Versager und Tunichtgut, einer, der durchs Leben gespült wird ohne Sinn und Verstand. Dann wurde ich von Dämonen und Engeln verfolgt, ich wurde mehrfach beinahe getötet – und dann kam ich an diesen Ort. Hierher nach Bantoryn, in die Stadt der Nephilim, zum Nebel der Ovo, zu den Sternen aus Feuer und Eis, zum Duft des Mohns, und auch wenn ich lange dafür gebraucht habe … jetzt weiß ich, dass ich mehr bin als der Sohn des Teufels, den viele von euch fürchten. Ich bin ein Teil der Schattenwelt, ich bin ein Nephilim. Und deshalb will ich für unsere Stadt kämpfen – für die Stadt, die meine Heimat geworden ist.«

Er war außer Atem, für einen Moment war es totenstill. Dann begannen die Zuschauer zu klatschen, irgendwo weit unten in der Stadt, und der Applaus setzte sich über den Sternenplatz und die Plattformen der Türme fort, bis er die Reihen des Theaters ergriff. Es war kein tosender, kein lauter Beifall, er hörte sich an wie das leise Pochen von Regentropfen auf Fensterglas, und für einen Moment stand Nando wieder im *Obolus* und schaute hinaus in die Nacht. Wie viel mehr lag mitunter hinter einer Finsternis, die man fürchtete, wie viel mehr gäbe es zu entdecken, wenn man es nur wagen würde, genauer hinzuschauen.

Salados nickte langsam, und zum ersten Mal, seit Nando ihn kannte, stahl sich etwas wie Wärme in seine dunklen Augen. Antonio wandte sich erneut zu dem Schwert um, das für Nando bestimmt war, doch da klang eine Stimme durch das Theater und ließ ihn innehalten.

»Wartet!«

Noemi kletterte aus den Reihen hinab. Sie hielt einen mit einem blauen Tuch umwickelten Gegenstand in den Händen, den sie Antonio überreichte. Kurz schienen sie sich in Gedanken zu unterhalten. Dann wandte sie sich ab. Neben Nando blieb sie für einen Moment stehen.

»Es hat meinem Bruder gehört«, sagte sie leise. »Es gehört in die Hand eines Kriegers.«

Mit diesen Worten trat sie beiseite. Antonio zog das Tuch fort, und darunter kam ein reich verziertes, mit einem Rubin geadeltes Schwert zum Vorschein – das Schwert von Silas.

Wie im Traum nahm Nando die Waffe in Empfang, und als Antonio ihm den Eid vorsprach, da hörte er nicht die Stimme des Engels. Vor ihm stand Silas, nicht schemenhaft und unwirklich, sondern klar und so deutlich, dass Nando sicher war, nur die Hand ausstrecken zu brauchen, um ihn berühren zu können. Er hörte seine Stimme, die ihm die Worte vorgab, und er spürte Silas' Hand auf seiner Schulter, kurz nur und flüchtig, aber doch so deutlich, dass es Nando die Kehle zusammenzog.

»Ich schwöre bei meinem Leben«, sagte er und hörte, wie seine Stimme den Eid über die Reihen trug, »Bantoryn und die Nephilim dieser Stadt zu schützen, Hilfesuchenden Hilfe zu gewähren und ihnen Zuflucht zu bieten vor allem, was sie verfolgt. Hiermit bekräftige ich diesen Eid und bekenne mich erneut zu dieser Stadt, denn ich bin ein Bruder des Zwielichts, ein Krieger der Schatten – und all jene sollen mich fürchten, die Unheil bringen über mich und meine Gefährten oder die Freiheit bedrohen – die Freiheit Bantoryns!«

Kaum dass er die letzten Worte gesprochen hatte, explodierte ein Feuerwerk über den Dächern Bantoryns, Funken sprühten, und Gestalten entstanden aus den Flammen. Nando sah einen Bären, Riccardos Seelentier, einen Hasen, der ihn an Ilja denken ließ – und einen roten Drachen. Und erstmals, seit er sich selbst in diesem Bild erkannte, spürte er keine Furcht, keine Dunkelheit mehr in sich. Er hörte den Jubel der Nephilim, die in die Orchestra des Theaters strömten, bemerkte Morpheus' kleine Flugmaschinen, die ein gewaltiges Laken über den Köpfen der Zuschauer durch die Luft zogen, und er sah einen wirbelnden Roboter mit winzigem Messer heranzischen, der das Tuch einmal längs zerschnitt. Mohnblüten quollen hervor und fielen wie purpurfarbener Schnee auf die Nephilim nieder. Musik drang durch die Straßen, und von den Plätzen stiegen glimmende Ballons in den Himmel der Höhle.

Nando ließ sich treiben, gemeinsam mit den anderen, die in einem jubelnden Umzug in die Stadt hinabzogen. Er wusste, dass sie die ganze Nacht über feiern würden, und er lief mitten unter ihnen, die Funken seines Drachen auf dem Gesicht, die Sterne aus Feuer und Eis über sich – und die Hand auf Silas' Schwert gelegt.

38

Der Keller war feucht und modrig. Nur durch das eingeschlagene Fenster fiel das fahle Licht einer Straßenlaterne auf den mit Unrat bedeckten Boden, verrottete Regale und provisorisch aufeinandergestapelte Obstkisten für einen schnellen Ein- und Ausstieg aus dem faulenden Loch. In der Ecke des Raums stand ein Spiegel, halb zerbrochen und angelaufen, und er reflektierte Bhroroks Gesicht. Die Haut kalkweiß, die Lippen kaum mehr als ein blasser Schnitt in seinem Fleisch, und die Hände, die blutig waren vom Kampf gegen den verfluchten Sohn des Teufels.

Das Heulen des Wolfs klang in ihm wider wie ein nicht enden wollendes Echo der Verdammnis, ein Riss in den Schatten, der ihn schaudern ließ. Seine Knochen knackten, als er die Faust ballte. Der Teufelssohn war ihm entkommen – doch nicht für lange. Er hockte in der Ecke schräg gegenüber vom Fenster und ließ seinen Blick durch den Raum gleiten. Neben den Regalen war der Unrat beiseitegeräumt worden. Geleerte Büchsen standen unter dem Fenster. In der Ecke Erbrochenes und Exkremente. Und in der Luft der Geruch des Gejagten – sein stockender Atem, sein unterdrückter Schrei, seine beißende Angst. Es war der Geruch eines Verräters.

Seit mindestens zwei Tagen hauste er hier, jener Nephilim, der vor seinesgleichen geflohen war. Er durfte es kaum wagen, nach draußen zu gehen. Die Engel machten Jagd auf ihn, ebenso wie die Nephilim. Ihm blieb keine Wahl. Er musste warten, bis die Luft für ihn rein war. Dann würde er in den Untergrund gehen, heimlich und versteckt, er würde sich von einem zwielichtigen Magier ein Mittel besorgen, das seine Magie unterdrückte, und er würde sich seiner Flügel entledigen. Vermutlich würde er sie sich auf einem unsauberen Schwarzmarkt amputieren lassen, um ein Leben im Verborgenen zu führen, gehetzt von den Engeln, verfolgt von seinem eigenen Volk, das Verrat und Rache fürchtete. Doch der Gejagte war ein Feigling, man konnte es riechen, wenn man seinen Duft in sich aufnahm, wenn man seine Worte gehört hatte durch den Nebel hindurch, als man dem Teufelssohn gefolgt war. Niemals würde dieser Kerl zu den Engeln gehen, um einen Paktschluss mit ihnen zu erwirken. Dafür klammerte er sich zu sehr an sein erbärmliches Leben. Nein. Er würde an diesen Ort zurückkehren. Er war auf der Flucht, er ging davon aus, dass seine Verfolger ihn aufspüren und einsperren oder töten würden. Doch niemals würde er damit rechnen, einen Dämon in seinem Versteck anzutreffen.

Für einen Moment flammten die schwarzen Augen Bhroroks im fahlen Schein des Spiegels auf. Er war der Spur des Gejagten gefolgt, hatte all seine Sinne nach ihm ausgestreckt, und nun, da er seit Stunden regungslos darauf gewartet hatte, dass er zurückkehrte, traf ihn das Geräusch vor dem Fenster wie ein Schlag. Er hörte auf zu atmen. Regungslos hockte er in den Schatten, verschmolz mit ihnen, bis nur noch die Umrisse seines kalkweißen Gesichts aus der Finsternis starrten.

Etwas flog durch das Fenster, es war eine Dose mit Bohnen. Mit dumpfem Geräusch landete sie auf den feuchten Steinen. Gleich darauf schob sich eine Gestalt in den Raum, es war ein Nephilim mit halb zerrissener Hose und schmutzverkrusteten Schwingen, die schlaff von seinem Rücken hingen. Keuchend landete er auf den Obstkisten und sprang auf den Boden, um gierig nach der Dose zu greifen. Doch kaum dass seine Finger seinen Fang berührten, schien er den Schatten zu bemerken, der sich in sein Versteck geschlichen hatte. Er hob den Kopf, ein Schreckenslaut entwich seiner Kehle, als er in Bhroroks Gesicht starrte. Schweißperlen bildeten sich auf seiner Stirn, seine Augen weiteten sich. Für einen Moment sah es aus, als würde er losheulen.

»Was willst du von mir?«, fragte er mit hoher Stimme, die unangenehm in den Gewölben des Kellers widerklang, und streckte zitternd die Hand für einen Zauber nach seinem Gegenüber aus.

»Ich bin nicht dein Feind«, erwiderte dieser und schob sich aus den Schatten auf den Verräter zu, der unter dem Klang von Bhroroks Stimme zusammenfuhr. »Ich habe euch im Nebel gehört. Ich habe gehört, was du zu ihm sagtest. Ich bin dir gefolgt, denn wir haben dasselbe Ziel. Du willst, dass er verschwindet. Nicht wahr?«

Er sah, wie der Nephilim ihn anstarrte, vollkommen fassungslos, und für einen Moment stieg Übelkeit in ihm auf, als er das gierige Flackern in dessen Augen bemerkte, diese kriecherische Feigheit, die sich danach sehnte, etwas Böses zu tun, ohne sich dabei die Finger schmutzig zu machen. Er hatte für Verräter dieser Art noch nie etwas übriggehabt.

»Ich kann dir helfen«, fuhr er dennoch fort, denn er wusste, dass er keine andere Wahl mehr hatte. »Mein Herr verlangt nach seiner Kraft. Ich kann sie ihm wiedergeben, wenn ich den Jungen in die Finger bekomme. Jener, der ihn finden sollte, wurde vernichtet, doch früher oder später werde ich den Sohn des Teufels aufspüren. Und dann presse ich ihm das Leben aus dem Leib und verschaffe meinem Herrn das, was ihm gebührt: die Macht über die Welt!« Er hielt kurz inne und ließ seinen Blick über die zitternde Gestalt des Verräters gleiten. »Ich kann ihn aus dem Nest reißen, in das er sich gesetzt hat, den Bastard, den wir beide hassen. Ich kann ihn das fühlen lassen, was du nun fühlst. Ich kann ihn leiden lassen – wenn du mir hilfst.«

Er spürte die Worte wie Feuer auf seiner Zunge. Es fiel ihm schwer, das widerwärtige Glotzen des Nephilim zu ertragen, der nun langsam die Hand mit dem lächerlichen Zauber sinken ließ.

»Was muss ich tun?«, fragte der Verräter atemlos. Er schien seine Furcht vergessen zu haben. Noch immer glänzte der Schweiß auf seiner Stirn, doch der Zorn flammte in seinen Augen auf und überdeckte jedes andere Gefühl.

»Es scheint doch noch Nephilim mit Verstand zu geben.« Bhroroks Stimme strich grollend durch den Raum wie ein Wolf, dem es nicht mehr möglich war, Gestalt anzunehmen. »Sag mir, wo der Junge ist – zeige mir den Weg nach Bantoryn.«

Er sah den Verräter schwanken. Ablehnung legte sich auf dessen Gesicht, plötzlicher Stolz flammte über seine Züge, er adelte ihn – doch er war nicht von Dauer. Die Augen des Nephilim hingen an Bhroroks Lippen, als sich das bleiche Gesicht näher zu ihm heranschob und sein Gegenüber flüsterte: »Schon einmal habe ich den Nephilim ein Angebot gemacht. Doch sie haben es abgelehnt. Das war dumm – ausgesprochen dumm sogar.« Er sah, wie sich Zustimmung in die Augen des Verräters mischte, wie der Zorn zurückkehrte. Er wartete, bis der

Nephilim kaum merklich genickt hatte, dann fuhr er fort: »Doch du scheinst klüger zu sein als die meisten anderen deines Volkes. Du weißt, wo die richtige Seite ist in diesem Krieg. Daher reiche ich dir die Hand. Du musst kein Leben im Verborgenen führen, kein Leben in einem verstümmelten Leib und auf den magielosen Wegen lächerlicher Menschen. Entscheide dich für den Weg meines Herrn, und du wirst über jene befehlen, die nun mit Waffengewalt nach dir suchen.«

Der Verräter nickte wie in Trance. »Ist es wahr, dass dein Herr die Nephilim befreien wird, wenn ich dir sage, wo der Teufelssohn ist? Dann wäre ich derjenige, der ihre Fesseln gesprengt hätte. Das werden sie schon erkennen und zu schätzen wissen, wenn die Engel vernichtet wurden und wir alle wie Fürsten über die Welt herrschen! Und ich – ich werde der mächtigste unter den Nephilim sein! So ist es doch, nicht wahr?« Er brauchte nicht das Nicken seines Gegenübers. Seine Augen waren nichts mehr als farblose Spiegel, und sie zeigten nur noch eines: die klebrige Fratze der Gier nach Rache und Macht. Atemlos trat der Verräter einen Schritt näher, flüsternd gab er den Weg in die Stadt der Nephilim preis.

Ein Lächeln lag auf seinen Lippen, als er in das weiße Gesicht Bhroroks schaute – und es erstarrte zur Maske, als sein Gegenüber das Lächeln erwiderte. Die Blässe wich von dessen Wangen, langes Haar fiel auf seine Schultern hinab, und die gerade noch pechschwarzen Augen verwandelten sich in Augen aus Gold.

Der Verräter wich zurück, namenlose Furcht verzerrte sein Gesicht, doch schon wurde er am Kragen gepackt. Das Zischen eines Schwertes durchzog die Luft, dicht gefolgt vom knirschenden Geräusch von Knochen, Metall und reißendem Fleisch. Blut lief dem Nephilim aus dem Mund, während das Schwert durch seine Brust glitt wie durch weiche Butter, doch seine Augen starrten noch immer in das Antlitz, das soeben seine Maske hatte fallen lassen.

»Ich bin nicht dein Feind«, flüsterte Avartos, ohne sein Lächeln einzubüßen. »Denn vor Feinden hat man Achtung.«

Dann riss er das Schwert quer durch den Leib des Verräters. Ein gurgelnder Laut drang aus dessen Kehle. Gleich darauf brach er zusammen und rührte sich nicht mehr.

Avartos wandte sich ab. Seine Stille verschlang das Bild des toten

Nephilim, doch etwas pulste in ihr, das die sonst so beruhigende Leere in seinem Inneren durchdrang und wie eine Antwort war oder eine Frage. Unerklärliche Unruhe wallte plötzlich in ihm auf, es kostete ihn Kraft, die Übelkeit niederzukämpfen, die ihn auf einmal bei dem Geruch des Blutes befiel. Doch als er sein Schwert mit einem Tuch gesäubert hatte, war die Kälte in seine Glieder zurückgekehrt und ließ ihn Atem holen. Nun hatte er erreicht, wovon die Engel seit so langer Zeit träumten, wonach sich die Krieger der Königin sehnten und woran sie immer wieder gescheitert waren. Nun würde die Zeit der Nephilim enden, die Zeit der Teufelskinder und die mögliche Rückkehr des größten Feindes allen Lichts. Nun kannte er den Weg nach Bantoryn.

39

Die Lichter Bantoryns glommen zu Nando herüber wie Leuchtfeuer in Silber und Gold. Er hatte sich auf dem höchsten Hügel des Mohnfeldes niedergelassen, den Blick auf die Stadt der Nephilim gerichtet, und spielte auf seiner Geige. Kaya hockte auf seinem Knie, die Töne fuhren durch ihr Fell wie winzige Klauen, sie wühlten auch das Mohnfeld auf und spielten mit dem Wind, der Nandos Haare zerzauste und mit leisem Heulen in die Musik einfiel.

Wenige Tage waren seit der Zeremonie vergangen, und Nandos Verletzungen waren vollständig verheilt. Nur ein leichtes Ziehen in der Schulter erinnerte ihn bei unbedachten Bewegungen an die scharfen Zähne des Wolfs, und mitunter tauchte Bhroroks Gesicht in ihm auf, plötzlich und unerwartet wie die Erinnerung an einen Albtraum. Eines Tages, vielleicht bald schon, würde Nando sich ihm entgegenstellen und ihn bezwingen, und danach würde er ihn aus seinen Gedanken verbannen – für immer.

Sanft zog Nando den Bogen über die Saiten. Die Musik brandete in Wellen zur Stadt hinüber, und er wusste, dass die Nephilim sie hören konnten, und als er das Instrument sinken ließ und tief Luft holte, hörte er die ersten Takte eines Triumphmarsches erklingen. Kaya warf ihm einen Blick zu. Sie nickte vielsagend, und Nando lächelte. Die Melodie, die Riccardo seiner Klarinette entlockte, wehte zu ihm herüber wie ein Lachen unter Freunden. Gedankenverloren strich er über die Blätter einer Mohnblume und betrachtete den Blütenstaub, der rot wie Blut an seinen Fingern haften blieb. Wie oft hatte er sich nach einem seiner einsamen Spiele am Fenster seines Zimmers gewünscht, dass ein anderer Nephilim ihm antworten möge, wie oft war er eingeschlafen mit den Klängen ihrer Instrumente, die wie Frage und Antwort über Bantoryns Dächer geweht waren, und wie glücklich war er gewesen, als er erstmals eine Erwiderung erhalten hatte. Es war ein langer Weg gewesen, das Vertrauen Bantoryns zu erlangen. Nun war sein Spiel ein Teil dieser Stadt geworden, und ihre Bewohner antworteten ihm, dem Teufelsgeiger, wie selbstverständlich auf seine Musik. Ein Lächeln hatte sich auf seine Lippen gelegt, als Kaya ihn anstieß.

»Sieh mal«, flüsterte sie und deutete den schmalen Weg hinab, der von den Toren der Stadt zum Mohnfeld führte.

Nando folgte ihrem Blick und stellte zu seinem Erstaunen fest, dass Antonio den Weg hinaufkam. Er hielt den Blick gesenkt und ging leicht gebeugt, als trüge er eine schwere Last auf den Schultern.

»Am besten ziehst du dich zurück«, raunte Nando zurück, denn es war nicht zu übersehen, dass sein Mentor nicht zum Vergnügen hierherauf kam.

Kaya verdrehte die Augen. »Aber du kannst Gift darauf nehmen, dass ich lauschen werde«, zischte sie und verschwand in der Geige.

Vorsichtig verstaute Nando das Instrument in seinem Geigenkasten und schaute Antonio entgegen, der in diesem Moment den Hügel erreichte. Ein Lächeln legte sich auf das Gesicht des Engels, als er auf Nando zutrat.

»Du hast dir einen schönen Platz ausgesucht für dein Spiel«, sagte er und ließ sich neben ihm nieder. Die Mohnblüten neigten sich vor ihm zur Seite, fast schien es, als würden sie ehrfürchtig die Köpfe senken, als er in ihrer Mitte Platz nahm.

»Ich mag den Duft des Mohns«, erwiderte Nando. »Wenn man es genau nimmt, war dieser Duft das Erste, das ich von der Schattenwelt kennenlernte – mal abgesehen von dir.«

Antonio lachte auf. »Nun, ich scheine dich ja nicht sonderlich beeindruckt zu haben. Du hast mich fortgeschickt, erinnerst du dich? Vermutlich hieltest du mich für einen Verrückten.«

»Allerdings«, stimmte Nando ihm zu und grinste. »Manchmal frage ich mich, ob sich daran so viel geändert hat.«

Antonio hob die Brauen. »In der Tat«, erwiderte er und lachte leise. »Manche Dinge ändern sich nie … andere hingegen sehr wohl.« Er schaute zur Stadt hinüber, schweigend nun und ernst. »Ich liebe diesen Ort«, sagte er wie in Gedanken. »Ich liebe ihn mehr als jeden Stein dieser Stadt. Hier stand ich, als ich den Entschluss fasste, Bantoryn zu erbauen, und ich kam oft hierher, während ich das tat, saß inmitten meines Mohns und flog mit dem Wind und meinen Gedanken davon. Hier kann man ihn besonders deutlich hören, nicht wahr? Den Herzschlag der Welt.«

Er legte beide Hände flach auf die Erde und schloss die Augen. Jedes Lächeln zog sich von seinem Gesicht zurück und verwandelte es in eine Maske aus Stein. Nando betrachtete ihn schweigend. Wieder einmal überkam ihn ein Gefühl von Ehrfurcht und Demut, als er die Kälte des Alters hinter seinen Wangen spürte, und wie immer war er versucht, die Hand auszustrecken, um herauszufinden, ob Antonios Haut weich war oder ob sie in Wahrheit aus Marmor und Eis bestand.

»Es gibt Orte, die wie das Innere eines Engels sind«, sagte Antonio und öffnete die Augen. »Nicht eines Engels, wie ich es bin, sondern eines wirklichen, eines wahren Engels. Dieser Ort ist die Sehnsucht und der Tod, aber er ist auch das Leben. Dieser Ort ist die Ewigkeit, und er wird es bleiben – für immer.«

Nando erwiderte nichts, denn er war sich nicht sicher, ob er die Worte verstanden hatte, die Antonio zu ihm sprach. Eine tiefe Traurigkeit lag in ihnen, eine Wehmut, die er sich nicht erklären konnte, und er war froh, als Antonio den Blick wandte und sein Gesicht jede Maske verlor.

»Als Tellerwäscher bist du in diese Stadt gekommen«, sagte sein Mentor. »Dir schlug Hass entgegen, Missgunst und Verachtung, du musstest hart kämpfen, um deine Ziele zu erreichen, und oft warst du dir dabei selbst der größte Feind. Du bist ein Teil Bantoryns geworden, ein Teil der Schattenwelt, der du immer schon warst.«

Nando nickte, denn Antonio schaute ihn an, als erwartete er eine Bestätigung seiner Worte. Das Gold in den Augen des Engels glomm in schwachem Feuer.

»Ich war lange Zeit nicht mehr an diesem Ort«, fuhr Antonio fort. »Es kommt mir vor wie eine Ewigkeit. Ich denke, dass hier der richtige Platz ist, um …« Er stockte.

Nando zog die Brauen zusammen. Konnte es sein, dass Antonio, der Engel, der Erbauer Bantoryns und Beschützer der Nephilim, nach Worten suchte? Eine seltsame Unruhe überkam ihn bei diesem Gedanken, und als Antonio langsam nickte, wusste er, dass dieses Gefühl begründet war.

»Was ist los?«, fragte Nando. »Warum bist du gekommen?«

Offensichtlich war er nicht der Einzige, der eine Antwort auf diese Fragen erwartete, denn es polterte hörbar im Geigenkasten. Antonio hob kaum merklich die Brauen. Dann streckte er die Hand aus und legte einen Dämmzauber über den Koffer, sodass keine neugierige Dschinniya im Inneren etwas von dem mitbekam, über das er sprechen wollte. Nando hörte ein empörtes Schnauben Kayas, doch noch ehe er eine Bemerkung dazu hätte abgeben können, wandte Antonio den Blick.

Der Engel sah ihn an, sehr direkt nun und ohne einen Lidschlag, und während Nando in das taumelnde Gold seiner Augen schaute, versank alles außer seinem Gegenüber in einem Meer aus schwarzen Tüchern. Antonio sog die Luft ein, als wollte er seine Worte über seine Lippen treiben. »Ich habe oft kurz davorgestanden, dir das zu erzählen, was du erfahren solltest, und immer bin ich im letzten Augenblick davor zurückgeschreckt. Doch nun, da du dich zu Bantoryn bekannt hast, nun, da du deine Fähigkeiten und deinen Weg in den Schatten anerkennst, ist es an der Zeit, dass du die Wahrheit hörst, die Wahrheit einer Geschichte, die kein anderer Nephilim Bantoryns jemals erfahren hat – außer Aldros, dem ersten Teufelssohn, den ich in meine Obhut nahm.«

Nandos Herz schlug schneller. Niemals zuvor hatte Antonio den Namen seines Vorgängers laut ausgesprochen, und nun, da er ihn über die Lippen brachte, glitt ein Schmerz über seine Züge, den Nando nicht deuten konnte. Für einen Moment schien es, als würde er nicht Nando ansehen, sondern einen anderen Nephilim, einen jungen Mann mit dunklen Augen, der sich in den Augen des Engels spiegelte. Langsam strich Antonio den Staub des Mohns von seinen Händen.

»Ich war dabei, damals, als der Teufel in die Verbannung geschickt wurde«, sagte er, und obwohl er Nando noch immer ansah, schien es, als würde er in eine weite Ferne schauen und dort Dinge erblicken, die lang vergangen waren und ihm doch noch so lebhaft vor Augen standen, als wären sie gerade erst passiert. »Ich war dabei in der Schlacht vor Bhrakanthos, der Festung aus Feuer und Finsternis. Luzifer hatte den Plan gefasst, mit einem gewaltigen Heer in die Oberwelt zu ziehen und Menschen wie Engel in eine blutige Schlacht zu verwickeln. Er wollte Chaos, Verzweiflung, Tod, er wollte seinen Fußabdruck auf der Welt hinterlassen, ehe er sie in den Abgrund stoßen würde. Doch die Engelskönigin erfuhr von seinen Plänen, denn einer seiner einstigen Schergen kehrte ihm den Rücken.«

Nando nickte angespannt. »Drengur«, flüsterte er.

»Ja«, erwiderte Antonio. »Einst Erster Vertrauter des Teufels, wandte Drengur sich von seinem Herrn ab und berichtete der Engelskönigin von dessen Plänen. Sie schickte ihre Truppen hinab in die Schluchten der Hölle. Dort, vor den Toren Bhrakanthos', kam es zur Schlacht zwischen Engeln und Dämonen, und wir hätten alle mit dem Leben dafür bezahlt, in Luzifers Reich hinabgestiegen zu sein, wenn Drengur seinem einstigen Herrn nicht rechtzeitig vor einer Niederlage das Schwert Bhalvris geraubt und Hadros übergeben hätte. Diesem gelang es, den Teufel zu verwunden. So stahl er ihm einen Teil seiner Kraft, wodurch es ihm unmöglich wurde, die Höllenkreise einzureißen, die wir nun während unserer Flucht verschließen und versiegeln konnten. Bis zu diesem Punkt kennst du die Geschichte in ihren Grundzügen, nicht wahr?«

Nando nickte erneut. Antonio holte Atem, es schien ihm nicht leichtzufallen fortzufahren. »Nach der Verbannung des Teufels, am selben Abend noch, zitierte mich die Königin zu sich und übertrug mir eine Aufgabe, die …« Er hielt inne und griff sich an die Brust, um einige Knöpfe seines Hemdes zu öffnen. Nando erschrak, als er die tiefen Narben sah, die sich über Antonios Haut zogen, und das Licht, das aus der Brust seines Mentors heraus langsam heller wurde, ehe es in einem tiefroten Glimmen verharrte. »Dieses Licht ist ein Schlüssel«, sagte Antonio leise. »Und ich, Nando … Ich bin der Erste Pfortenengel der Hölle.«

»Aber du sagtest …«, begann Nando, doch sein Mentor hob abwehrend die Hand.

»Dass sie nichts als Legenden seien?«, fragte er und gab sich selbst die Antwort: »Ja. Das sagte ich dir, denn so steht es in den Schriften meines Volkes. Es dient unserem Schutz, verstehst du? Niemand durfte wissen, wer wir sind, denn mit diesem Schlüssel, Nando, verfüge ich über die Macht, die ersten vier Höllenkreise zu öffnen. Es existieren nicht mehr viele teufelstreue Dämonen, die jenseits der Hölle leben, doch es gibt sie – und sie würden viel darum geben, mich in die Finger zu bekommen. Bislang ist es ihnen nicht geglückt.« Er lächelte ein wenig, dann wurde er wieder ernst. »Die Königin der Engel übertrug mir die Aufgabe des Ersten Pfortenengels. Die des Zweiten gab sie an Hadros. Zu Beginn dachte ich, dass es leichtsinnig von ihr sein mochte, uns voneinander wissen zu lassen, doch mit der Zeit begriff ich, dass wir einander ohnehin erkannt hätten. Es ist eine Bürde, die unter meiner Haut liegt. Und je länger man diese Last trägt, desto deutlicher erkennt man jene, die ebenfalls unter ihr leiden. Ich erinnere mich gut daran, wie wir zu dritt beisammenstanden und den Eid unserer Bürde leisteten – und wie die Königin beiseitetrat und den Blick freigab auf einen Tisch, über den sie ein nachtblaues Tuch gebreitet hatte.« Er streckte die Hand aus, mit geschmeidiger Bewegung fuhr er durch die Luft, und unter seinen Fingern entstand ein Hologramm dieses Tisches, so klar und deutlich, dass Nando glaubte, er könnte ihn berühren. »Die Königin zog das Tuch fort, und für die nächsten Augenblicke vergaß ich die Zeit. Ich rührte mich nicht. Ich senkte nicht meine Lider. Ich stand nur da und schaute auf das, was da vor mir lag.«

Kaum merklich bewegte er die Finger, das Tuch glitt mit fließender Bewegung beiseite, und vor ihnen auf dem Tisch lag ein Schwert, gebettet auf schwarze Seide. Nando hielt den Atem an, doch es schien ihm, als wäre sein Körper auf einmal von seinem Geist getrennt, denn Letzterer befand sich auf einem Sturzflug hinab in das Licht, das in tausend schwarzen Flammen über die Klinge des Schwertes glitt. Flüssiges Gold bildete die filigranen Streben des Korbs, und aus dem Griff formte sich das Motiv eines Drachen, der seine Klauen fest um die Waffe wand und dessen aufgerissener Schlund den Knauf bildete. Seine Augen schienen in Flammen zu stehen, Nando hörte das Prasseln des Feuers in der offenen Kehle, und er meinte, die Bewegung der einzelnen Krallen zu sehen, als er sich näher zum Schwert hinabbeugte. Noch niemals hatte er eine solche Waffe gesehen, und je länger er den Drachen betrachtete, desto weniger konnte er sagen, ob ihn Licht oder Finsternis aus diesem Wesen anstarrte.

»Bhalvris«, flüsterte er und erschrak, als er seine eigene Stimme hörte, denn er hatte diesen Namen nicht laut aussprechen wollen. Das Schwert Michaels, das zum Schwert des Teufels geworden war.

»Ja«, raunte Antonio kaum hörbar. »Luzifer hat dieses Schwert zu einer Waffe der Finsternis gemacht. Er hat ihre Magie, die einst eine Frage war, nach dem teuflischen Prinzip ins Gegenteil verkehrt. So wurde die Frage *Wer ist wie Gott?* zu einer Antwort: *Ich – ich bin wie Gott.*«

Nando starrte in die Augen des Drachen, die in diesem Moment aufflammten, und er meinte, ein Lachen zu hören – ein Scherbenlachen aus der Dunkelheit.

»Hadros hat dieses Schwert gegen den Teufel geführt«, fuhr Antonio fort. »Ich ahnte von seiner Macht und seiner Tücke, doch erst als ich es vor mir liegen sah und mich nur mit aller Kraft davon abhalten konnte, es zu ergreifen, wusste ich, dass es vernichtet werden musste. Ich wehrte mich dagegen, aber sie war stark – diese leise, lockende Stimme, die mich dazu drängte, das Schwert zu berühren, nur ein einziges Mal.«

Nando schaute auf seine Hände, die verkrampft in seinem Schoß lagen, und er wusste, dass er schon längst die Finger durch das Hologramm gezogen hätte, würden sie sich nicht ineinander verschlingen.

»Ich erinnere mich an das Gesicht der Königin«, sagte Antonio. »Ich weiß noch, dass in ihren Augen ein seltsamer Schimmer lag. Nie wieder habe ich diesen Glanz in ihrem Blick gesehen, er machte sie wunderschön, noch schöner, als sie ohnehin schon ist – doch mehr noch als dies verursachte er mir Angst.« Er holte tief Atem, ehe er fortfuhr: »Wir beschlossen, das Schwert zu vernichten, doch wir mussten feststellen, dass es nicht zu zerstören war. In ihm wohnte eine Macht, die nicht von dieser Welt stammte, und so bekam Hadros den Auftrag, die Waffe an sich zu nehmen und mit all seinen Fähigkeiten zu schützen. Niemals, das wussten wir, durfte ein Scherge des Teufels in ihren Besitz kommen und so ihre Kräfte um ein Vielfaches vermehren mit etwas, das sein Herr verdorben hatte.«

Nando nickte nachdenklich. Dann hob er den Blick. »Ich habe von Hadros viel gelesen«, sagte er leise. »Es heißt, dass er der größte Dämonenjäger und Krieger im Volk der Engel war.«

Antonio lächelte ein wenig. »Ja, das war er. Und er zögerte nicht, seine Aufgabe anzunehmen. Furchtlos überzog er das Schwert mit einem Tarnzauber und brachte zahlreichen noch frei herumstreifenden teufelstreuen Dämonen damit den Tod. Denn auch seine Macht steigerte diese Waffe um ein Vielfaches, und wenn er zuvor bereits der beste Krieger gewesen war, so erlangte er nun einen Rang, den ihm niemand mehr streitig machen konnte. Eines Tages zog er sich in die Einsamkeit zurück. Niemand weiß genau, aus welchem Grund. Manche sagen, dass er des Krieges müde war. Das Schwert nahm er mit sich.«

Nando starrte auf das Hologramm der Waffe, das vor ihm in der Luft stand, und er erschrak, als seine Finger den Schleier berührten und das Bild leicht zitterte. Er hatte nicht gemerkt, wie sie sich aus ihrer Verkrampfung befreit hatten, denn der Sinn von Antonios Worten drang in sein Bewusstsein vor und erschütterte ihn innerlich, als hätte ihn ein Schlag getroffen.

»Die Legenden sind also wahr«, flüsterte er. »Bhalvris wurde nicht vernichtet. Die einzige Waffe, mit der Luzifer jemals verwundet wurde, sie …« Er stockte und riss den Blick von dem Schwert los, als die Konsequenzen dieser Umstände sich über ihm entluden.

Antonio nickte langsam. »Ja, Nando. Mit diesem Schwert wurde dem Teufel ein Teil seiner Macht geraubt, doch selbst einem mächtigen Engel wie Hadros konnte es nicht gelingen, ihn zu vernichten. Dies vermag nur ein Wesen, das der Macht dieses Schwertes gewachsen ist, eine Kreatur, die ihr eigenes Ich zur Vollkommenheit mit dieser Waffe verbinden und so ihre Kraft vollends für sich nutzen kann – ein Geschöpf, das die Magie des Teufels in sich trägt. Dieses Wesen könnte das Schwert nicht nur führen. Es könnte Luzifer mit ihm in die Knie zwingen, mehr noch: Es könnte den Fürsten der Hölle vernichten.«

Das Gold von Antonios Augen bohrte sich in Nandos Gedanken, er fühlte die Flammen des Schwertes und hörte das Scherbenlachen, das in diesem Moment schrill und schmerzhaft durch seine Gedanken zog. Atemlos sprang er auf und zerriss den Ton mit einem Schlag. Stolpernd geriet er in das Hologramm, die Farben wirbelten durcheinander, dann zerbrach es zu feinem Staub.

»Ich«, begann Nando und sah sich fahrig nach Antonio um. »Ich soll den Teufel vernichten?« Er spürte sein Herz im ganzen Körper, sah Bilder in sich aufflammen, Luzifer über den brennenden Körpern der Nephilim, Bhrorok, der Wolf und Harkramar, er hörte tausend flüsternde Worte und hustete, als sich eine eiskalte Klaue um seinen Brustkorb schlang. Eine Hand legte sich schwer auf seine Schulter. Wärme drang aus Antonios Fingern in seinen Körper, seine Atmung beruhigte sich, und die Bilder verschwanden aus seinen Gedanken.

»Ich weiß um deine Zweifel«, sagte Antonio ruhig und brachte ihn dazu, sich wieder zu setzen. »Ich habe dein Gefühl der Schwäche selbst gespürt, jedes Mal, wenn es dich gelähmt und gequält hat. Aus diesem Grund habe ich dir das alles erst jetzt erzählt, auch wenn es mich immer wieder drängte, nicht länger zu warten. Doch ich wollte dir Zeit geben. Du musstest erst Wurzeln schlagen in dieser Welt, ehe du für sie hättest kämpfen können.«

Nando schüttelte den Kopf. »Aber ich bin nur ein Nephilim. Einer, der gerade erst beinahe von Bhroroks Wolf getötet worden wäre. Wie soll ich gegen den Teufel bestehen, ausgerechnet ich, der ihn kaum aus seinen Gedanken fernhalten kann? Hast du vergessen, was Aldros getan hat? Er war genauso schwach wie ich!«

Da legte sich ein Schatten auf Antonios Gesicht. Seine Augen wurden teerschwarz, und eine Kälte strömte von ihm aus, die Nando frösteln ließ. »Er war nicht so schwach, wie du denkst«, erwiderte der Engel mit plötzlicher Härte. »Er hatte eine Stärke in sich, die ...«

Nando stieß die Luft aus, er konnte nicht anders. Die brennenden Körper der Nephilim standen ihm vor Augen, die Finsternis in Noemis Blick, als sie ihm von ihrem Vater erzählt hatte, der im Feuer des Teufelssohns umgekommen war, und er schüttelte abwehrend den Kopf. »Er war nicht stark genug. Sonst wäre das alles nicht geschehen.«

Antonio sah ihn an, die Härte wich aus seinen Zügen, und er öffnete den Mund, um etwas zu sagen – etwas, das schon seit sehr langer Zeit in seinen finsteren Abgründen lag und danach drängte, ins Licht zu treten. Forschend glitt Antonios Blick über Nandos Gesicht, und dieser sah, wie der Engel vor der Kälte und Abwehr in seinen Augen zurückwich, wie er die Worte in die Dunkelheit zurückdrängte und langsam den Kopf schüttelte. Eine tiefe Traurigkeit ging von Antonio aus, eine Einsamkeit, die Nando kaum ertragen konnte, und doch brachte er kein Wort über die Lippen, um sie zu durchbrechen.

Schweigend sah er seinen Mentor an, suchte angestrengt nach etwas, das er sagen konnte, aber es schien ihm, als würden sie jeweils auf der anderen Seite einer tiefen Schlucht stehen, und keiner von ihnen war imstande, über sie hinwegzufliegen.

Antonio erwiderte seinen Blick regungslos. »Du bist mehr als der Sohn des Teufels, Nando, das hast du selbst erkannt. Du trägst eine Macht in dir, die jede seiner Stärken übersteigt. Du kannst ihn besiegen. Du kannst das Volk der Nephilim von Verfolgung und Tod befreien – du kannst sie retten, wenn du ihn bezwingst.«

Nando fiel es schwer, sich nicht abzuwenden. Noch niemals zuvor hatte er diese Eindringlichkeit in Antonios Augen gesehen, diese Verzweiflung und Hingabe, die nur scheinbar von der Maske aus Gleichgültigkeit überdeckt wurde, und er wünschte sich nichts mehr, als den Kopf zu neigen und dem Weg des Engels zu folgen. Aber er konnte es nicht.

»Ich bin kein Held«, sagte er und hörte selbst, dass seine Stimme zitterte. »Du denkst, dass ich den Tellerwäscher hinter mir gelassen habe, aber er steht noch immer vor dir. Ich habe Kämpfe bestanden, ja – aber nicht gegen *ihn*, nicht leibhaftig. Niemals würde ich ihm Auge in Auge gegenübertreten können, ohne zu versagen. Hast du mir nicht beigebracht, dass man nur die Dinge unternehmen soll, von denen man überzeugt ist? *Sobald du damit beginnst, etwas zu versuchen*, so sagtest du zu mir, *kannst du es gleich sein lassen. Du musst etwas tun. Tu es! Und versuche es nicht.* Aber um das zu tun, muss ich Vertrauen haben, und das habe ich nicht. Und wenn ich es dennoch tue und dann scheitere, wie Aldros an ihm gescheitert ist – wenn ich in die Hölle hinabsteige und er mich tötet – was geschieht dann?« Er hielt inne, denn er sah, wie etwas in Antonios Augen sich zusammenzog wie unter einem Schlag. »Dann wird er sich befreien«, fuhr Nando kaum hörbar fort. »Er wird sich befreien – und er wird die Welt in den Abgrund stoßen.«

Antonio nickte unmerklich, doch es schien Nando, als hätte er seine Worte kaum gehört. Er zog seine Hand zurück, ein Frösteln glitt über Nandos Rücken, als er das tat. »Ich habe dir gesagt, was du wissen musst«, sagte der Engel, doch seine Stimme war rau und heiser, als hätte er keine Kraft mehr, um seinen Worten Klang zu geben. »Es ist deine Entscheidung, nur du allein kannst sie treffen. Jedes deiner

Worte ist wahr, jedes einzelne, und doch sage ich dir eines: Ich glaube an dich. Vom ersten Moment an glaubte ich an dich, und es gibt nichts, gar nichts, was du gegen diesen Glauben tun kannst. Du kannst Luzifer vernichten, Nando – du ganz allein. Und eines Tages wirst du dies selbst erkennen.«

Noch einmal legte er seinem Novizen die Hand auf die Schulter, und obwohl kein Lächeln über sein Gesicht flammte, sah Nando deutlich den Funken, der seine Augen für einen Moment in helles Licht tauchte. Seine Kehle zog sich zusammen, denn er fühlte die Enttäuschung, die er in Antonio gepflanzt hatte – ausgerechnet in ihn, seinen Mentor, jenes Wesen, das ihn gerettet hatte und das er um nichts in der Welt jemals hatte enttäuschen wollen.

Da wandte Antonio sich ab. Die Mohnblumen neigten die Köpfe vor ihm, roter Blütenstaub wirbelte um ihn herum auf, während er den Weg zur Stadt hinabschritt, wortlos und schattenhaft, ohne sich noch einmal umzudrehen.

40

Bhrorok stand in den Schatten und betrachtete das Licht, das aus der Wohnung fiel. Golden brach es durch die gläserne Tür und zeichnete Muster in die Dunkelheit wie Worte aus einer anderen Zeit. Harkramar, dieser nutzlose Dämon, hatte ihm einen Hinweis gegeben, ehe er vom Teufelssohn in die Finsternis Razkanthurs zurückgeschleudert worden war, einen Hinweis, der die Wende bedeutete bei dieser bisher erfolglosen Jagd. Wenige Schritte nur und Bhrorok würde am Ziel sein – doch er rührte sich nicht. Wie benommen verharrte er in der Finsternis und starrte ins Licht, dieses lockende Feuer, das ihn zu gleichen Teilen anzog und abstieß. Dieses Licht hatte eine Stimme. Bhrorok hörte es flüstern, er hörte es lachen und schreien, und obwohl er die Sprache nicht verstand, wusste er, dass es mit ihm sprach und dass der Abgrund in ihm jeden Ton verzehrte. Es hatte auch einen Geruch, den er nicht kannte und der ihm doch so vertraut schien, als würde er seiner todkalten Haut entströmen, und er fühlte die Hand dieses Lichts nach ihm greifen, die Klaue, die sich gleich zur Faust ballen und ihn zurückschlagen konnte. Er kannte dieses Licht, das auf seltsame Weise in ihm widerklang, in ihm, einer Kreatur der Finsternis. Er hätte es hassen müssen wie die meisten Dinge in dieser falschen Welt, doch er tat es nicht, und das verwirrte ihn und erregte seinen Zorn. Die Jagd nach dem Teufelssohn nagte an seinem Verstand. Er musste sie schnellstens beenden. Die vertrockneten Blätter der Blumen in den Setzkästen knisterten leise, als er sich bewegte. Er wandte den Blick nicht ab, als er in das Licht trat, und er ließ seinen Zorn auflodern und ihn jede Stimme, jeden Duft und jede mögliche Berührung niederbrüllen. Lautlos trat er zur Tür hinüber, spähte durch den zerrissenen Vorhang – und fuhr so heftig zusammen, dass er beinahe zurück in die Schatten getreten wäre.

Eine Frau saß auf einem schmalen Hocker. Sie war allein und hielt eine Zigarette in der Hand, an der sie seit Minuten nicht gezogen hatte. Bhrorok konnte die Glut hören, die den Ascherest immer länger machte. Ihre Haare hatte sie mit einem Pinsel zusammengedreht und hochgesteckt, einzelne Strähnen hatten sich gelöst und fielen ihr in die Stirn. Sie hielt die Augen geschlossen, und doch kam es Bhrorok so vor, als würde sie ihn durch ihre Lider hindurch ansehen. Sie wartete auf etwas, das konnte er sehen, und in der Art, wie sie ihre Zigarette hielt, wie sie auf dem Hocker saß und die Asche zu Boden fallen ließ, lag etwas, das jedes äußere Licht, jede Helligkeit, vor der er gerade noch zurückgewichen war, übertraf. Plötzlich schien es ihm, als würde das Gold der Wohnung in Wahrheit aus dieser Frau kommen, und noch während er angewidert von diesem Glanz das Gesicht verziehen wollte, trat er wie von selbst einen Schritt vor. Entsetzt blieb er stehen, eine Stimme aus Glut und Feuer raste durch seine Gedanken und verbrannte sie, doch er konnte den Blick nicht von der Frau abwenden. Es war, als würde sich der Abgrund in ihm nach ihr verzehren, als wollte er von ihrem Licht geflutet werden, um sich endlich daran zu erinnern, was er einmal war. Etwas brüllte in seinem Inneren, als er die Hand hob und sie von außen gegen die Scheibe legte, und noch ehe er wusste, ob es seine eigene Stimme war, die er da hörte, öffnete die Frau die Augen.

Sie schaute zur Tür herüber, mehr noch, sie sah Bhrorok direkt an. Kurz schien sie zu glauben, den vor sich zu sehen, auf den sie wartete, und für diesen einen Moment wurde der Glanz ihrer Gestalt unerträglich. Ein Lächeln zog über ihr Gesicht und flutete jede Faser ihres Körpers mit einem Licht, das Bhrorok das Blut in den Adern gefrieren ließ vor Entsetzen und – Sehnsucht? Das Wort peitschte als Schrei durch den Abgrund in seinem Inneren, das Glas unter seiner Hand verfärbte sich schwarz und fiel in Ascheflocken zu Boden. Im nächsten Augenblick sprang die Frau auf die Beine. Furcht flammte über ihr Gesicht und nahm jedes Licht mit sich. Bhrorok fühlte dessen Schlag kaum, als es ihn verließ. Er spürte nur, dass er zur Besinnung kam und namenlose Kälte jede Regung erstickte. Er trat auf die Frau zu, sie war ein Mensch, nicht mehr. Wortlos hob er die Hand, und als er sie packte und mit sich riss, hörte er nichts als ein Lachen in seiner Finsternis widerklingen – ein Lachen wie aus tausend Scherben.

41

Der Wind fegte mit ungewöhnlicher Kälte über die Schwarze Brücke. Böen aus Mohnstaub stoben vorüber, legten sich für Augenblicke auf das Geländer, nur um gleich darauf in einem blutroten Wirbel zum Fluss hinabzustürzen. Es war spät am Abend, und kaum ein Nephilim war auf die Idee gekommen, bei dem ungemütlichen Wind vor die Tür zu treten. Die Lichter der Wohnungen glommen schwach durch die Staubschwaden und verliehen der Stadt eine düstere, unheilvolle Atmosphäre.

Nando lehnte am Geländer der Brücke und schaute zum Fluss hinab, ohne ihn zu sehen. Er hatte den Kragen seines Mantels aufgestellt, aber dennoch glitt der Wind seinen Nacken hinab und ließ ihn frösteln. Ohnehin fror er, denn er hatte in der vergangenen Nacht kaum geschlafen. Immer wieder war Antonio in seinen Gedanken aufgetaucht, hatte sich mit langsamen Schritten von ihm entfernt und ihn mit einem puckernden Kopfschmerz zurückgelassen. *Ich glaube an dich. Vom ersten Moment an glaubte ich an dich, und es gibt nichts, gar nichts, was du gegen diesen Glauben tun kannst.* Eine kalte Schwere legte sich auf Nandos Schultern, als er die Worte in sich widerklingen fühlte. Vielleicht war es dieser Glaube, den er nicht ertrug, diese wissende und doch für ihn so unbegreifliche Zuversicht, mit der Antonio ihn betrachtete und in der sich eine tiefe Traurigkeit verbarg, die er sich nicht erklären konnte. Er vermutete, dass sie etwas mit Aldros zu tun hatte, und es schien, als würde Antonio etwas wissen, das Nando noch verschlossen blieb, etwas, das ihrer beider Leben in den Grundfesten erschüttern und verändern würde. *Du kannst Luzifer vernichten, Nando – du ganz allein. Und eines Tages wirst du dies selbst erkennen.*

Vereinzelte Stimmen drangen aus dem Flammenviertel zu ihm herüber, Gelächter und Schritte auf dem Asphalt, die sich entfernten. Er hätte gern mit Kaya über seine Gedanken gesprochen. Immer wieder hatte sie ihn in der vergangenen Nacht abwartend angesehen, als würde sie spüren, mit welchen Dingen er sich herumschlug. Doch Antonio hatte seine Worte nicht umsonst vor der Dschinniya verborgen, und Nando spürte, dass er erst seine Gedanken ordnen und einen Weg für sich finden musste, mit diesen Geheimnissen umzugehen, ehe er Kaya einweihte. Dennoch dachte er an sie, wusste, dass sie auch nun, da er sie in seinem Zimmer zurückgelassen hatte, in Gedanken bei ihm war und dass sie ihm sein Schweigen niemals vorwerfen würde. Er dachte auch an seine Freunde, an Riccardo und Ilja, auch an Noemi und all die anderen Bewohner der Stadt, die ihn in ihre Gemeinschaft aufgenommen hatten. Es würde schwer werden, mit diesem Geheimnis zu leben und mit dem Bewusstsein, ihnen nicht helfen zu können. Gerade hatte er einen Platz unter ihnen gefunden, doch nun war ein Schatten auf ihn gefallen, der ihn von den anderen trennte. Er würde Zeit brauchen, um sich mit seiner Einsamkeit abzufinden, mit dem Stachel, der sich immer dann ein wenig tiefer in sein Fleisch schob, wenn ihm bewusst wurde, dass er niemals wirkliche Freunde in dieser Welt finden würde. Denn für eine Freundschaft brauchte man Vertrauen, und ihn umgab von nun an ein Geheimnis, das er mit niemandem teilen konnte, ohne auf Enttäuschung und Unverständnis zu stoßen.

Langsam bewegte er die Träne Olvryons zwischen seinen Fingern. Für gewöhnlich trug er sie an einer Kette um den Hals, doch nun hatte er sie die ganze Nacht über in den Händen gehalten und das Bild betrachtet, das sie zeigte: ihn selbst, fliegend oder fallend. Er hatte seine Entscheidung getroffen, eine Entscheidung, die keine war. Er konnte den Teufel nicht bezwingen, ganz gleich, mit welcher Wunderwaffe er zu ihm hinab in die Hölle steigen würde, und er durfte nicht das Risiko eingehen, die Welt in den Abgrund zu reißen, wenn er – was unvermeidlich war – scheitern sollte. Aldros' Gesicht stand ihm vor Augen, dieses freundliche, sanfte Gesicht mit den dunklen Augen, und er sah wieder die Feuersbrunst, die der einstige Teufelssohn über Bantoryn gebracht hatte.

»Genießt du die Aussicht?«

Nando schrak so heftig zusammen, dass er sich den Arm am Brückengeländer stieß. Er hatte niemanden kommen hören, doch Noemi stand so dicht neben ihm, dass ihr Haar seine Hand streifte, als der Wind ihr in den Nacken fuhr. Sie stützte sich neben ihn auf die Brüstung, die Andeutung eines Lächelns lag auf ihren Lippen. »Und ich dachte, dass ich die Einzige wäre, die bei diesem Wetter auf Dächern und Brücken herumsteht.«

Nando öffnete den Mund, um etwas zu sagen, doch auf einmal war sein Kopf wie leergefegt. Er zuckte die Schultern, aber Noemi schien gar keine andere Reaktion zu erwarten. Sie lehnte sich weit über das Geländer, ihr Haar peitschte wie ein flatterndes Tuch über ihren Rücken. Für einen Moment musste Nando an einen Raben mit seltsamen Augen denken, als er sie ansah, und er hätte sich kaum gewundert, wenn sie auf einmal die Gestalt gewechselt und davongeflogen wäre. Eine samtene Röte war in ihre Wangen gestiegen, als sie sich ihm wieder zuwandte und ihr Blick auf Olvryons Träne fiel.

»Trägst du sie immer bei dir?«, fragte sie ernst, und er nickte.

Langsam drehte er die Träne zwischen seinen Fingern und spürte wieder die Dunkelheit, die ihn während seiner Prüfung beim Blick in die Augen des Ovo umfangen hatte – und die tiefe Ruhe und Freude, als er zwischen den Extremen gehalten wurde durch den Herzschlag der Welt.

Noemi sah ihn an, ruhig und unverwandt, und in ihrem Schweigen lag etwas, das ihn Atem holen ließ. »Eines frage ich mich immer wieder«, sagte er leise. »Dachte Olvryon, dass ich ihn verwundet habe? Der Dolch ist direkt an mir vorbeigeflogen, möglicherweise hat er Paolo gar nicht wahrgenommen. Hat er geglaubt, dass ich es war, der ihn getötet hat?«

Ein kaum merkliches Lächeln huschte über Noemis Gesicht. »Du bist eben doch noch ein Oberweltler«, erwiderte sie sanft. »Der Tod ist etwas, das du niemals begreifen wirst. Und der Tod eines Ovo ist es noch mehr. Du hast um einen Ovo geweint, du hast geweint um die Seele der Schattenwelt. Und Ovo fühlen unsere Tränen. Olvryon wird wissen, dass du es nicht gewesen bist.«

Nando zog die Brauen zusammen. »Ich glaube nicht, dass er jetzt noch etwas wissen kann. Schließlich ist er …«

Doch Noemi schüttelte den Kopf. »Nein. Olvryon ist nicht tot.« Nando fuhr zusammen, so überrascht war er, und Noemi lachte leise.

»Diese Träne ist ein Symbol für das Band, das ihr geknüpft habt. Du hast ihm das Leben gerettet, Nando, denn du hast um ihn geweint. Eines Tages wird er dir dafür danken, dessen kannst du gewiss sein. Es ist nicht leicht, die Freundschaft eines Ovo zu erlangen.«

Nandos Blick fiel auf die Träne in seinen Händen, und er musste tief Atem holen, so stark durchströmte ihn das Glücksgefühl bei dem Gedanken daran, dass Olvryon noch lebte.

»Ja«, sagte Noemi und betrachtete ihn nachdenklich. »Du bist ein Oberwelter. Aber gleichzeitig bist du ein Teil der Schattenwelt geworden, vielleicht stärker, als es dir bewusst ist.«

Nando nickte und betrachtete sich selbst in Olvryons Träne. Der Herrscher der Ovo hatte in seine Seele geschaut, er hatte ihn in der Schattenwelt willkommen geheißen. Ob auch er die Hoffnung gehabt hatte, dass der Teufelssohn die Verfolgung der Nephilim ein für alle Mal beenden würde?

»Du bist nicht grundlos hierheraus gekommen«, stellte sie fest, und als er den Kopf wandte und sie ansah, wusste er, dass er sie nicht belügen konnte. Ihr Blick glitt durch ihn hindurch wie der Wind durch seinen Mantel und vereitelte jede Flucht sofort.

»Antonio hat mir etwas erzählt«, sagte er kaum hörbar. »Ich darf nicht darüber sprechen, aber ... Das, was er mir sagte, verändert alles. Ich stehe vor einer Aufgabe, die nur ich erfüllen könnte, aber ich weiß, dass ich es nicht schaffen werde, ganz gleich, wie sehr ich es auch versuche, und ...« Er brach ab, denn ein Lächeln legte sich auf Noemis Lippen, das jedes Wort von seiner Zunge wischte wie ein vertrocknetes Insekt.

Er hat dir von dem Schwert erzählt, sagte sie in Gedanken, und obgleich ihre Worte kaum wahrnehmbar gewesen waren, taumelte Nando rückwärts, als hätte ihn ein Schlag getroffen. *Er hat dir gesagt, dass du die Möglichkeit hast, Luzifer zu vernichten und die Nephilim in die Freiheit zu führen. Nicht wahr?*

Er bewegte die Lippen, erst im letzten Moment zwang er die Worte in seine Gedanken und sprach sie nicht laut aus. *Woher weißt du das? Ich dachte, das alles wäre ein Geheimnis.*

Das ist es. Niemand weiß mehr etwas davon außer Antonio, Drengur – und mir. Sie holte Atem, ihre Hände ruhten auf dem Brückengeländer, und Nando hörte, wie das Metall unter ihnen leise ächzte wie ein müder Saurier.

»Mein Vater wurde nicht hier unten geboren«, sagte Noemi leise. Nando musste näher zu ihr treten, um ihre Stimme im Tosen des Windes zu verstehen, doch sie stand regungslos und hatte den Blick auf einen Punkt in der Ferne gerichtet, als würde sie die Kälte nicht spüren. »Im Gegensatz zu meiner Mutter war er ein Oberweltler, der sich erst nach und nach hier unten zurechtfand. Er sagte immer, dass er erst heimisch geworden sei in Bantoryn, nachdem er meine Mutter getroffen hatte, und ich glaube, dass das die Wahrheit ist. Er verfügte über die Gabe der Heilkunst. Das ging so weit, dass er, nachdem seine Magie erweckt worden war, Krankheiten vollkommen fremder Wesen spüren konnte, ohne sie zu berühren. Er konnte Verletzungen mit der Kraft seiner Gedanken heilen und vermochte es, stets die richtigen Arzneien zusammenzustellen, um einem Kranken zu helfen. Häufig begleitete er Sterbende in den Tod, denn seine Anwesenheit wirkte beruhigend auf sie, und nicht selten gelang es ihm, einen bereits Todkranken zu retten. So kam es, dass er im Hospital der Stadt Arbeit fand und dort gemeinsam mit den besten Heilern Bantoryns Verwundete und Kranke betreute. Er arbeitete lange Jahre dort, und er war glücklich, wir alle waren das, bis …« Sie stockte, ihre Finger schlossen sich fester um das Geländer. »Bis meine Mutter kurz vor meinem sechsten Geburtstag von den Engeln getötet wurde. Sie war auf dem Weg in die Oberwelt gewesen, um ein Geschenk für mich zu besorgen. Sie kam niemals zu uns zurück. Von diesem Tag an war mein Vater wie ein Schatten, ja, ich erinnere mich daran, wie ich eines Abends zu Silas sagte: *Sieh nur, sie haben ihn auch mit sich genommen. Jetzt ist er nur noch ein Schatten wie wir alle.*« Sie hielt kurz inne, ehe sie fortfuhr: »Eines Tages brachte Yrphramar einen schwer verwundeten Dämon ins Hospital. Antonio schickte alle Heiler aus dem Zimmer. Nur mein Vater durfte bleiben und ihm dabei helfen, den Dämon am Leben zu erhalten.«

»Drengur«, murmelte Nando.

Noemi nickte, ohne ihn anzusehen. »Er sprach im Wahn, als würde er mit dem Teufel selbst reden, so schilderte es mein Vater später. Und er wiederholte immer dieselben Worte: *Ich nicht mehr – aber dein Kind wird das Schwert holen und dich vernichten, Fürst der Hölle!* Mein Vater begriff augenblicklich, was das bedeuten konnte: die Freiheit aller Nephilim, sobald Luzifer bezwungen würde. Er geriet außer sich vor Aufregung und wollte auf der Stelle Nachforschungen anstellen, sodass Antonio nichts anderes übrig blieb, als ihm die Worte des Dämons zu bestätigen und ihm gleichzeitig das Versprechen abzunehmen, dass er unter keinen Umständen mit irgendwem außer seinen engsten Vertrauten darüber sprechen würde, um die sagenumwobene Waffe und ihren Träger nicht in Gefahr zu bringen. Mein Vater sprach mit niemandem darüber außer mit Silas und mir, und von diesem Tag an glaubte er voller Hoffnung an das Schwert und das Kind des Teufels, das uns eines Tages retten würde. Nun, das Kind des Teufels kam zu uns, wie du weißt.«

Nando sah sie von der Seite an, er bemerkte den Schatten, der sich auf ihre Züge legte. »Kanntest du ihn? Aldros, meine ich?«

»Ja«, erwiderte sie kalt. »Ich war noch ein Kind, aber ich erinnere mich an ihn. Ich erinnere mich daran, wie er uns besuchte, gemeinsam mit Antonio, ich erinnere mich an einen ruhigen, schweigsamen jungen Mann, und ...«

»War er mir ähnlich?«, Nando sah sie nicht an, als er das fragte, aber er spürte ihren Blick wie Flammen auf seiner Haut.

»Ja«, sagte sie in einem Tonfall, der rätselhaft zwischen Kälte und Sanftmut verklang. »Das war er.«

Nando hob den Blick, für einen Moment noch sah er, wie Wärme über Noemis Gesicht glitt wie der Schatten eines Flügels. Doch sofort wandte sie sich ab.

»Ganz besonders erinnere ich mich an den Blick meines Vaters«, fuhr sie fort. »Niemals hat er jemanden auf diese Weise angesehen wie Aldros. Er setzte solche Hoffnung in ihn, und er hat diese Hoffnung mit ins Grab genommen, so dachte ich lange, bis ich sie in Silas wiederfand ... und nun auch in mir.« Überrascht sah Nando sie an, und Noemi lächelte. Sanft strich sie über das Brückengeländer wie über die Haut eines Drachen. »Diese Brücke ist die älteste Brücke der Stadt, hast du das gewusst? In gewisser Weise ist sie ein Symbol für mich geworden für die Stärke und die Unnachgiebigkeit unseres Volkes, für den Willen, Abgründe und Grenzen zu überwinden, und für die

Sehnsucht nach dem, was auf der anderen Seite liegt – was es auch sein mag. Jeder Nephilim in dieser Stadt wird schon einmal über diese Brücke gegangen sein, und wenn die Akademie Bantoryns Gehirn ist und die Garde Bantoryns Faust, so ist diese Brücke Bantoryns Herz. In ihren Streben stecken die Sehnsüchte aller Nephilim, die jemals in dieser Stadt gelebt haben, und vor jedem anderen Gefühl steht die Sehnsucht nach Freiheit, nach einem selbstbestimmten Leben, danach, in die Sonne und ins Licht treten zu können, ohne Furcht vor den Engeln haben zu müssen. Als ich dich kennenlernte, empfand ich nichts als Zorn, Trauer und Verzweiflung. Ich habe dich gehasst dafür, dass meine Mutter ermordet wurde, ich habe dich für den Tod meines Vaters gehasst und später dafür, dass Silas mir genommen wurde. Und mehr noch habe ich dich für ihre Hoffnung gehasst – dafür, dass sie an eine Rettung geglaubt haben, die ihnen nicht mehr zuteilwurde.« Für einen Moment flammte wieder die alte Finsternis in ihren Augen auf, doch ihr Gesicht wurde nicht mehr kalt und abweisend. »Doch nun weiß ich, dass sie recht hatten. Nun, da ich hinter die Dinge geschaut habe, weiß ich, dass es besser ist, ein Leben der Hoffnung zu widmen als dem Zorn – oder der Furcht.« Bei dem letzten Wort wurden ihre Augen eine Spur dunkler, Nando wusste, dass es ihm galt. »Du könntest uns Frieden bringen. Ist dir das bewusst? Du könntest die jahrhundertelange Knechtschaft und Verfolgung beenden und dem Volk der Nephilim die Freiheit schenken.«

Nando schaute hinunter zum Lauf des Schwarzen Flusses und schüttelte den Kopf. »Ich kenne den Teufel gut genug, um zu wissen, dass ich gegen ihn nicht bestehen würde. Aldros ist an seiner Macht zerbrochen, und ich … ich würde ebenfalls scheitern, auch wenn du das nicht glauben willst. Und dann wird der Teufel über die Welt gebieten und Krieg über uns alle bringen.«

Da stieß Noemi die Luft aus, schneidend und kalt. »Bantoryn ist meine Heimat, und doch ist diese Stadt ein Gefängnis. Nur wenige von uns wagen sich überhaupt aus ihr hinaus, hast du das nicht gewusst? Ich wuchs mit der Sehnsucht nach dem Sonnenlicht auf, mit den Erzählungen von der Oberwelt, von den Menschen, den Engeln, selbst den Dämonen, die in Freiheit leben und sterben können. Bantoryn ist ein Kerker in den Schatten, der mich vor denen bewahrt, die mich vernichten wollen, vor jenen, die mein Volk seit langer Zeit verfolgen und töten.« Sie sah ihn an, ihr Blick war wie eine Ohrfeige, obgleich sich etwas wie Mitleid in ihre Augen stahl – ein Ausdruck, der ihr Gesicht seltsam weich machte. »Du lebst noch nicht lange hier in Bantoryn, doch ich kenne nichts anderes. Ich habe Kinder in den Gängen der Schatten sterben sehen, ich hielt die Hand meines besten Freundes im Todeskampf, als ich vier Jahre alt war und wir beim Spielen von den Engeln überrascht worden sind. Er wurde von drei Pfeilen in die Brust getroffen, es dauerte neunzehn Stunden, bis er starb. Ich habe gesehen, wie Nephilim freiwillig in den Tod gingen, wie sie von dieser Brücke in den Fluss sprangen, die Schwingen mit Bannzaubern an ihren Leib gefesselt, weil sie ein Leben hier unten nicht mehr ertrugen. Ich habe meine Mutter verloren, ich habe meinen Vater und meinen Bruder auf der Ebene ohne Zeit zu Grabe getragen, ebenso wie viele meiner Freunde, weil sie ermordet wurden für das, was sie waren. Du weißt nicht, wovon du sprichst, Nando, wenn du dich vor dem Krieg fürchtest, der vielleicht hereinbricht, wenn du scheiterst. Mein Volk befindet sich seit Jahrhunderten im Krieg, einem Krieg, den es nicht begonnen hat und der nicht enden wird, solange der Teufel existiert.«

Nando schwieg für einen Moment. »Warum glaubst du an mich?«, fragte er dann kaum hörbar.

»Ich glaube an dich«, erwiderte sie ebenso leise, »weil ich dich angesehen habe – damals, als du mich hättest töten können, und von da an immer wieder. Ich habe gesehen, dass du nicht die Stimme des Teufels bist, die dich verlocken will, und ich habe gesehen, dass du in deinen Gedanken gegen den mächtigsten Dämon der Welt bestanden hast. Aldros ist den falschen Weg gegangen, doch du bist nicht an sein Schicksal gebunden, und oft genug hast du bereits deine Stärke bewiesen. Nichts spricht gegen dich, Nando, gar nichts – außer du selbst.« Sie hielt kurz inne. »Mein Vater starb in den Flammen desjenigen, der sein Retter hätte sein können. Wie viele Nephilim sollen noch vernichtet werden, weil du es nicht versuchen willst?«

Sie fragte das leise, doch ihre Worte waren so eindringlich, dass Nando den Blick abwandte. Er schaute auf Olvryons Träne und drehte sie zwischen den Fingern. »Du setzt deine Hoffnung in mich. Aber woher willst du wissen, dass ich es wert bin? Ganz unabhängig davon, dass ich niemals gegen den Teufel bestehen würde – was, wenn ich ihm außerdem ähnlicher bin, als du denkst? Ich würde meine Stärke vollständig ausbilden müssen, um mich ihm stellen zu können. Doch was würde aus mir werden, wenn ich diesen Weg ginge?« Er legte die Träne des Ovo auf seine ausgestreckte Hand und hielt sie Noemi hin. »Diese Träne erinnert mich immer daran, dass es nur ein feiner Unterschied ist zwischen Fliegen und Fallen. Ich drehe das Bild, doch ich weiß nicht, welche Seite die richtige ist.«

Noemi streckte die Hand aus, für einen Augenblick flackerte ein Schatten über ihr Gesicht, der Nando so fremd an ihr erschien, dass er erst erkannte, was er war, als sich ihre Finger auf seine Hand legten: Es war Furcht. Doch gleich darauf verschwand der Schatten von Noemis Gesicht. Sie schloss seine Finger fest über der Träne Olvryons und sah ihn an, ohne ihre Hand zurückzuziehen.

»Beide sind richtig«, flüsterte sie. »Beide Seiten sind ein Teil von dir. Du wirst lernen, damit zu leben, Nando – wie alle, die zwischen Licht und Finsternis stehen.«

Nando wollte sich abwenden, aber sie ließ seinen Blick nicht los. Er erinnerte sich an das Gefühl des Schwebens in Olvryons Finsternis, aber er spürte auch den Schrecken, der ihn durchfahren hatte, als er nicht mehr gewusst hatte, ob er flog oder fiel. »Was, wenn du dich irrst?«, fragte er unwillig. »Was, wenn ich die andere Seite der Münze bin, Noemi, und nur sie? Was dann?«

Da verstärkte sie den Druck ihrer Hand, und ein Kälteschauer flutete seinen Körper, der sich hinter seine Stirn legte und jeden Kopfschmerz mit sich nahm.

»Dann wirst du fallen«, erwiderte sie, und er fühlte, wie das Grün ihrer Augen ihn umfloss. »Und ich mit dir.«

Ihr Haar umrahmte ihr Gesicht, der Wind verfing sich darin, und sie stand reglos da, die Hand auf seine Faust gelegt und mit diesem Ausdruck in den Augen, der rätselhaft und wärmend zugleich war und der ihm ein Gefühl gab, das er seit ewiger Zeit nicht mehr empfunden hatte. Ihr Haar berührte seine Wange, es war zart und kühl wie der Nebel Olvryons, und er nahm die Erschütterung kaum wahr, die auf einmal die Brücke zum Beben brachte. Doch plötzlich hörte er den Donner, es war ein Tosen, als würde die Welt auseinanderbrechen.

Noemi schrie auf, Nando folgte ihrem Blick und sah, wie sich ein gewaltiger Riss durch die Decke zog, ein Riss wie ein Abgrund, und aus ihm stürzte eine Armee aus Engeln. Auf geflügelten Pferden, gerüstet mit prunkvollen Harnischen, rasten sie auf die Stadt zu, die Schwerter zum Angriff gestreckt, und als Nando ihre Gesichter sah, reglos und mit flammender Verachtung in den Augen, da wusste er, dass er nicht träumte. Die Engel hatten Bantoryn gefunden.

42

Ein Flammenwirbel schlug direkt neben Nando ein und riss Noemi und ihn von den Füßen. Eilig rappelten sie sich auf und legten einen Schutzwall über sich. Die Brücke bebte unter den Einschlägen mächtiger Zauber, nur mit Mühe konnten sie sich am Geländer festhalten, und doch wehrte sich alles in Nando dagegen, dieses Szenario als real zu begreifen.

Als Meer aus silbernen Leibern strömten die Engelsscharen auf die Stadt zu. Die ersten hatten die Dächer des Flammenviertels fast erreicht, als die Sirenen Bantoryns mit voller Kraft ertönten, heulend und durchdringend wie ein gigantisches Wolfsrudel. Grollend nahmen die Generatoren ihren Dienst auf und errichteten mehrere Schutzwälle, die in schwarzen, grünen und roten Flammen zur Decke hinaufschossen und sich als schützende Kuppeln über die Stadt legten. Sämtliche Engel, die durch den Riss nachdrängten, prallten gegen den Wall, warfen Zauber dagegen und ließen den Schutz ächzen wie dünnes Glas kurz vor dem Zerspringen. Doch zahlreiche Angreifer hatten es bereits in die Stadt geschafft. Sie stürzten sich auf die Nephilim, die aus ihren Häusern gekommen waren und auf die Portale zueilten, die wie blaue Fontänen überall in der Stadt aufflammten. Lodernde Feuer überzogen den Mal'vranon und verwandelten ihn in das stärkste Portal Bantoryns. Sein Licht würde die Nephilim in die Gänge der Schatten tragen – fort von den Engeln, fort aus ihrer Stadt, die vom Feind gefunden worden war. Doch die Angreifer schleuderten Zauber gegen die Portale und formierten sich zu einem mächtigen Wirbel, der auf den Mal'vranon zuschoss. Nando stieß einen Schrei aus, er wusste, dass sie ihn zum Einsturz bringen wollten – und mit ihm alle Schutzwälle der Stadt. Schon stellten sich ihnen Nephilim entgegen, doch Nando sah sie kaum. Er starrte auf den Wirbel der Engel, sah nur noch die zu

Fratzen verzerrten Gesichter, Masken mit goldenen Augen, in denen nichts mehr lag als tödliche Kälte. Es war, als würde ein gewaltiges Ungeheuer auf die Stadt der Nephilim niederstürzen, das Maul zum alles vernichtenden Biss weit aufgesperrt.

Nando breitete die Schwingen aus. Er wusste, dass er fliehen musste, so schnell er nur konnte. Ausschließlich die Ritter der Garde hatten die Pflicht, Bantoryn im Ernstfall zu verteidigen. Doch Nando konnte nicht fliehen, er würde die Stadt der Nephilim nicht den Engeln überlassen, unter keinen Umständen. Er musste den Mal'vranon verteidigen. Noemi machte sich ebenfalls zum Abflug bereit, doch noch ehe sie sich dem Monstrum entgegenstellen konnten, schoss ein gleißendes Licht aus dem Haupttor der Akademie. Lodernd wie ein Strahl aus Flammen warf es sich den Engeln entgegen, und da sah Nando eine Gestalt inmitten des Scheins, eine Gestalt mit pechschwarzen Flügeln und einer Uniform aus Stahl und Silber. Ihr Haar flatterte hinter ihr her, so schnell raste sie durch die Luft, ihr Säbel flammte in weißem Feuer, und ihre Augen schienen schwarz zu sein wie die Gänge der Schatten. Den Mund hatte die Gestalt geöffnet, und ein Schrei drang aus ihrer Kehle, so laut und markerschütternd, dass Nando auf die Knie fiel und die Türme ringsum erschüttert wurden wie bei einem heftigen Beben. Nie zuvor hatte er einen solchen Laut gehört, einen Schrei, der wider- und widerhallte und dem etwas in ihm Antwort gab, von dem er niemals geglaubt hätte, dass er es besitzen würde. Antonio war es, der da inmitten des Lichts auf die Engel zuraste, und als er dicht vor dem Mal'vranon in der Luft stehen blieb und den Säbel vorstieß, sodass weißes Feuer aus seiner Waffe schoss, da teilte sich der Wirbel seiner Feinde und katapultierte ihre Leiber über die Dächer der Stadt, als hätten sie von einem Moment zum anderen die Kontrolle über ihren Zauber verloren. Mehrere Angreifer fuhren herum und stürzten sich auf Antonio, doch der Engel schlug ihnen Zauber aus Erz und Sturm entgegen, er riss seine Waffe durch die Luft, dass Nando nichts mehr sah als flirrendes Licht, und bewegte sich so schnell, dass jede Regung seiner Angreifer dagegen wirkte wie unter Wasser ausgeführt.

Nando spürte jeden Schlag der Engel, der den Mal'vranon traf, als massive Erschütterung durch die Stadt pulsen. Die Schutzwälle knackten hörbar, doch im selben Moment brandete eine Welle aus den Häuserschluchten herauf, die ihm den Atem stocken ließ. Die Ritter der Garde waren es, die unter Salados' Führung auf die Engel zustürmten. In rasender Geschwindigkeit schlugen sie Breschen in die Reihen ihrer Gegner, nahmen neben Antonio Aufstellung und trieben die Engel vom Mal'vranon zurück. Krachend schlugen ihre Zauber ineinander, die Funken ihrer flammenden Schwerter fielen auf die Häuser nieder, doch schon eilten weitere Engel herbei und trieben tiefe Keile in die Kompanien der Garde. Die Ritter schrien, einige von ihnen wurden mit gebrochenen Flügeln durch die Luft geschleudert und schlugen in den Straßen auf. Gleich darauf prasselten Pfeilhagel auf die Schwarze Brücke, unzählige Nephilim landeten verwundet auf dem stählernen Koloss. Nando riss den Kopf in den Nacken und sah die riesige Wolke aus Engelsleibern, die Frostzauber in ihre Richtung schickten, um das Bauwerk zum Bersten zu bringen. Unentwegt rasten unterdessen Pfeile über sie hinweg und machten eine Flucht umöglich. Mit aller Kraft erhielt Nando den Schutzwall aufrecht, während Noemi in rascher Folge Pfeile mit Spiegelzaubern zu den Engeln zurückschickte. Sie erwischte mehrere Angreifer, doch sofort drängten weitere nach, und Nando hörte die Nephilim um ihn herum schreien. Immer wieder brachen ihre Schutzwälle unter den Angriffen zusammen, viele gingen tödlich verwundet zu Boden oder fielen über das Geländer der Brücke in die Tiefe. Da ging ein Rauschen durch die Luft. Nando fuhr herum und sah die metallenen Krieger von Morpheus, die sich wie ein monströser Vogelschwarm aus dem Schlangenviertel erhoben. Die meisten stürzten sich auf die Angreifer, die beim Mal'vranon die Ritter der Garde in Bedrängnis brachten. Die übrigen schossen hinauf zur Höhlendecke und jagten den Engeln nach, die sich auf Nephilim und Portale stürzten, und zugleich raste ein weiterer Schwarm unter der Führung eines Dämons auf einem schwarzen Panther auf die Brücke zu. Drengur wirbelte sein Schwert durch die Luft, er traf Engel im Flug und riss seine Waffe durch ihre Leiber. Brüllend trieb er die Angreifer mit Althos von der Brücke zurück. Da brach der Flug der Pfeile zusammen, die Nephilim, die noch fliegen konnten, erhoben sich in die Luft. Mit zischenden Schwingen stürzten sie auf das flackernde Licht des Mal'vranons zu. Nando schützte sie, so gut er es vermochte, als Noemi plötzlich seinen Arm packte. »Dort unten!«, rief sie und deutete hinab zum Ufer des Flusses. Drei Engel trieben eine Gruppe von Kindern mit flammenden Peitschen auf das Wasser zu, während sie lähmende Bannzauber um die Schwingen ihrer Opfer wickelten. Schon stolperten die ersten Kinder auf den Steinen des Flusses, dessen Wellen sie ertränken sollten. Nando zögerte nicht. Mit Schwung sprang er über das Geländer, legte die Schwingen an den Körper und raste auf die Gruppe zu. Blitzschnell entwand er einem der Engel die Peitsche und wickelte sie ihm um den Leib, ehe er ihn rücklings in die Fluten stieß. Gleich darauf riss er einen weiteren Engel mit dessen Peitsche zu sich heran und schlug ihm seine metallene Faust mit solcher Wucht ins Gesicht, dass sein Gegner zusammensackte und reglos liegen blieb. Noemi war ihm gefolgt, mit einem Schrei warf sie dem letzten Engel einen Sturmzauber vor die Brust und katapultierte ihn über mehrere Dächer hinweg gegen einen Stalagmiten, von dem er bewusstlos zur Straße hinabfiel.

Eilig lief Nando zu den Kindern, die starr vor Schreck dastanden, löste die Bannzauber um ihre Schwingen und deutete eine schmale Gasse hinauf. »Schnell!«, rief er und packte zwei von ihnen an den Armen, um Bewegung in die Gruppe zu bekommen. »Dort liegt ein Portal, beeilt euch!«

Als hätten seine Worte sie aus ihrer Starre gerissen, setzten die Kinder sich in Bewegung. Noemi legte einen Schutzwall über sie und eilte vorne weg, Nando sicherte die Gruppe von hinten. Die Engel hatten den Nebel der Ovo mit Bannzaubern verschlossen und so eine Flucht der Nephilim in diese Richtung vereitelt. Es blieben nur noch die Portale der Stadt. Immer wieder stießen Engel auf sie herab, doch Noemi warf ihnen mächtige Zauber entgegen, und als das Portal am Ende der Gasse auftauchte, ging ein Schrei der Erleichterung durch die Gruppe der Kinder.

Doch im selben Moment zerriss ein Kreischen die Luft, dicht gefolgt vom Zischen ledriger Schwingen. Nando fuhr herum und sah zu seinem Schrecken zwei Dutzend Harpyien, die ihnen in rasendem Tempo nacheilten.

»Bring die Kinder in Sicherheit!«, rief er Noemi zu. »Ich werde sie aufhalten!«

Noemi sah ihn an, ein Schatten huschte über ihr Gesicht, als sie die

Schwärme der Harpyien erblickte. Dann nickte sie und eilte mit den Kindern weiter die Gasse hinauf. Nando bekam kaum noch Luft, doch er stand regungslos, während die schwarzen Leiber seiner Verfolger sich in der schmalen Gasse zu einer Wolke aus klebriger Dunkelheit vereinten. Er rief sich die Gesichter der Kinder in Erinnerung, die Furcht in ihren Augen, er meinte, ihre Füße auf dem Asphalt zu hören und ihre Schwingen in der Luft, als sie auf das Portal zustürzten. Langsam holte er Atem und fixierte die Harpyien mit seinem Blick. Keines dieser Kinder würde ihnen zum Opfer fallen.

Die Schwingen der Untiere kratzten mit schrillem Geräusch über die Häuserwände, aus ihren Kehlen drangen heisere Schreie. Nando wartete, bis er die Kälte ihrer Körper auf seinem Gesicht fühlte, dann stieß er die linke Faust vor.

»Halor Ispethon!«, brüllte er, und ein Schleier aus blauem Feuer schoss aus seiner Hand. Donnernd schlug er den Harpyien entgegen und hüllte sie in knisternde Flammen. Er nahm den Geruch verbrannter Haut war, roch den Gestank von verkohltem Fleisch, und er hörte nicht ohne Genugtuung das dumpfe Geräusch der toten Körper, die auf den Asphalt fielen. Seine Flammen erloschen, sie gaben den Blick frei auf zusammengeschnurrte Leiber, die reglos am Boden lagen. Nur vereinzelt tanzte das Feuer über sie hin, als wollte es ihnen zeigen, wie leicht es mit ihnen fertig geworden war.

Nando hörte den Pfeil nicht kommen. Er spürte ihn erst, als er in seine Schulter eindrang und das lähmende Gift der Engel in seinen Körper schickte. Von der Wucht des Aufpralls wurde er gegen die Wand geschleudert, sein Kopf schlug gegen die Steine, und er sah den Schatten nur verschwommen, der vor ihm landete. Ein ebenmäßiges Gesicht schob sich aus der Dämmerung der Gasse, ein Gesicht mit spöttischem Ausdruck auf den Lippen und reglosen goldenen Augen.

»Avartos«, flüsterte Nando, und der Engel lächelte.

»Teufelssohn«, erwiderte er.

Nando ballte die Faust und warf ihm einen Flammenzauber entgegen, als Avartos sich anschickte, näher zu kommen, doch der Engel bewegte nur einen Finger, und das Feuer schlug im Boden ein, ohne ihn auch nur berührt zu haben.

»Mein Gift lähmt dich«, sagte er beinahe freundlich. »Es hat sich längst um deine Magie gelegt. Nun kriecht es durch deine Eingeweide bis zu deinem Herzen, deiner Kehle, und schließlich wirst du halb erstickt zu meinen Füßen liegen und röcheln wie ein sterbender Hund.«

Als hätten seine Worte den Befehl dazu gegeben, zog ein stechender Schmerz durch Nandos Brust. Stöhnend krümmte er sich zusammen und krallte die linke Hand in die Mauer hinter sich, um nicht umzufallen.

»Seit Jahrhunderten war ich auf der Suche nach Bantoryn«, fuhr Avartos fort. Er trat näher, fast beiläufig ließ er seinen Blick über sein Opfer schweifen. »Ja, ich suchte lange nach der Stadt jenseits des Lichts. Doch erst durch dich ist es mir gelungen, sie zu finden. Ist das nicht erstaunlich?«

Nando stöhnte unter der Kälte des Gifts, das in seinen Körper drang, und überlegte fieberhaft, wann der Engel ihm aus der Oberwelt nach Bantoryn hätte folgen können, doch ihm fiel keine Situation ein.

»Ich habe dich nicht hierher geführt«, brachte er hervor, doch Avartos hob gelangweilt die Brauen.

»Natürlich nicht«, erwiderte er und sah mit sichtbarer Verzückung zu, wie Nandos Haut sich vom Pfeil ausgehend schwarz verfärbte. »Man kann über den Höllenfürsten sagen, was man mag, doch dumm ist er nicht. Es liegt nicht in seinem Interesse, dass sein Sprössling einem Engel in die Hände fällt. Doch die Nephilim waren schon immer ein tückisches Volk, verschlagen, wankelmütig, verführbar. Es brauchte nicht viel, um einen deiner Feinde auf meine Seite zu bringen – nur ein wenig Maskerade, das war alles, und ein Versprechen von scheinbar besseren Zeiten. Schon plauderte er über die Geheimnisse dieser Stadt, als spräche er übers Wetter. Er muss dich wirklich gehasst haben. Nun, vielleicht ist dies die einzige Art, wie man einem Teufelskind begegnen kann, nicht wahr?«

Nando hustete, als die Kälte des Gifts sich in dunklen Strömen um seine Kehle legte, und Übelkeit stieg in ihm auf, als Paolos Bild seine Erinnerungen durchbrach. Er hatte die Stadt der Nephilim verraten, er hatte sich seinem Hass verschrieben und alles getötet, was Bantoryn einst begründet hatte. Nando schauderte, als er an das zornverzerrte Gesicht Paolos dachte, und er begann zu zittern, als die Worte von Avartos sich in seinen Gedanken wiederholten: *Doch erst durch dich ist es mir gelungen, sie zu finden*. Der Engel hatte recht. Paolo hatte ihn aus tiefstem Herzen verabscheut. Niemals hätte er unter anderen Umständen die Stadt jener verraten, die ihm ein Zuhause geboten hatten.

Da trat Avartos den letzten Schritt auf ihn zu. Abwehrend hob Nando die Hand, auch wenn er wusste, dass sein Donnerzauber unter dem Einfluss des Gifts kaum noch etwas ausrichten konnte. »*Es liegt nicht in seinem Interesse, dass sein Sprössling einem Engel in die Hände fällt*«, wiederholte er Avartos' Worte. »Was meinst du damit?«

Der Engel stieß verächtlich die Luft aus. »Hältst du mich für blind und taub? Glaubst du allen Ernstes, dass ich auf deine Spielchen hereinfallen würde, ich, der Meister der Tarnung?« Er schob das Kinn vor und schaute Nando von oben herab an wie ein erbärmliches Insekt. »Nein«, flüsterte der Engel dann. So schnell, dass Nando nicht zurückweichen konnte, schnellte dessen Hand vor und legte sich in seinen Nacken. Sofort spürte er die Kälte auf unerträgliche Weise zunehmen, seine Muskeln wurden zum Zerreißen gespannt, er bekam kaum noch Luft.

»Ich lasse mich nicht zum Narren halten«, zischte Avartos. Nando spürte den Atem des Engels auf seinem Gesicht, es war, als würde eisiges Wasser über seine Wangen strömen. »Warum ist er noch nicht frei? Warum hält er dich zurück?«

Nando bemühte sich vergeblich, ein Zittern seiner Lippen zu unterdrücken, doch seine Stimme klang fest, als er antwortete: »Er hält mich nicht zurück. Er ist nicht Herr meiner Gedanken. Ich widerstehe ihm!«

Avartos' Augen verengten sich, sein Griff wurde fester. »Kein Nephilim widersteht dem Teufel über eine so lange Zeit. Du bist nichts als ein halber Mensch, schwach und verführbar, und du hörst seine Stimme in deinem Kopf.« Prüfend sah er Nando an, dann schüttelte er den Kopf. »Ich muss es wissen«, flüsterte er und legte zwei Finger der linken Hand an dessen Schläfe. »Ich muss wissen, was er plant!«

Ein heftiger Schmerz zuckte durch Nandos Kopf, dicht gefolgt von einem grellweißen Blitz. Er wusste, dass Avartos in seine Gedanken eindrang, dass der Engel seine Erinnerungen durchforstete und er ihn nur mit einem mächtigen magischen Schlag aus seinem Kopf vertreiben konnte. Jeder Versuch, seine Magie zu sammeln, wurde von dem Gift in seinem Körper vereitelt, doch es gelang ihm, die Helligkeit zu durchbrechen und Avartos' Gesicht dicht vor sich zu erkennen. Die Augen des Engels flammten in kristallenem Gold, konzentriert raste sein Geist durch Nandos Erinnerungen. Doch Nando ballte die Faust. Lautlos kam der Zauber über seine Lippen, und gleich darauf nutzte er die Brücke, die Avartos zwischen ihnen errichtet hatte, und glitt seinerseits hinüber in die Gedanken des Engels.

Er befand sich in einem vollkommen dunklen Raum, Bilder wirbelten um ihn herum, er sah Reihen aus Schwertern, die untergehende Sonne über den Dächern von Rom und Budapest, dann Schnee auf frisch geschlossenen Gräbern – und die Gestalt einer Frau, die mit dem Rücken zu ihm am geöffneten Fenster einer Burg stand. Sie trug ein helles, mit zarter Spitze versehenes Kleid, ihr blondes Haar fiel wie flüssiges Gold bis auf ihre Hüfte hinab. Langsam wandte sie den Kopf, und als hätte diese Bewegung Avartos aus der Konzentration gerissen, fuhr er zusammen. Das Bild flackerte vor Nandos Augen, ein stechender Schmerz schoss in seinen Nacken, aber er wandte den Blick nicht ab. Er musste das Gesicht dieser Frau sehen, er würde sich nicht abwenden, ehe er einmal in ihre Augen geschaut hatte.

Sie drehte sich zu ihm um, ihr Gesicht war schmal und von vornehmer Blässe, und ihre Augen – ihre Augen waren von goldener Farbe. Er begriff, dass er einen Engel vor sich hatte, und nun sah er auch ihre Flügel, durchscheinend wie schwach flirrende Seifenblasen und so zart, dass er sie für einfallende Sonnenstrahlen gehalten hatte. Sie sah ihn an, und in dem Moment, da sich ein Lächeln auf ihre Lippen legte und sie von innen erhellte, da fühlte Nando die Wärme, die von ihr ausging, eine Hingabe und Zärtlichkeit, die ihn augenblicklich an seine Mutter denken ließ, an den Duft ihres Haares, die Wärme ihrer Haut, die sanfte Berührung ihres Atems auf seiner Stirn, und er spürte, wie die Gefühle in ihm so übermächtig wurden, dass sie aus ihm hinaustraten und das Zimmer mit goldenem Licht erfüllten. Die Frau streckte die Hand aus, doch da zerbrach das Bild wie ein berstender Spiegel. Ein Schlag traf Nando an der Brust, er prallte rücklings gegen die Hauswand und konnte sich nur im letzten Moment vor einem Sturz bewahren.

Wenige Schritte von ihm entfernt stand Avartos. Er starrte ihn an, die Augen weit aufgerissen, die Brust bebend vor Zorn, und Nando erkannte dieselbe Blässe in seinen Wangen, dasselbe schmale Gesicht und dieselbe Mandelform der Augen, die er gerade im Gesicht der Frau gesehen hatte, und er begriff, dass er Avartos' Mutter gegenübergestanden hatte – dem Bild von ihr, das Avartos tief in sich bewahrte. Noch immer spürte er die Wärme, die von ihr ausgegangen war, doch Avartos streckte die Hand aus, langsam und zitternd.

»Du hast es gewagt, meine Gedanken zu lesen«, presste er hervor, und Nando hörte den Zorn in seiner Stimme wie loderndes Feuer. »Du hast es gewagt, sie anzusehen – du Bastard der Hölle!«

Im nächsten Moment stürzte Avartos sich vor. Nando hob den Arm für einen Abwehrzauber, doch da schoss ein grellroter Blitz durch die Luft und schlug direkt vor Avartos' Füßen ein. Der Engel flog rückwärts gegen die Wand, sein Kopf prallte gegen die Steine. Benommen sackte er zusammen.

»Schnell!«

Nando traute seinen Augen kaum, als Noemi vor ihm landete. Ihre Wangen waren gerötet, doch in ihren Augen lag wilde Entschlossenheit. »Die Kinder sind in Sicherheit«, sagte sie, während sie mit einem Ruck den Pfeil aus Nandos Schulter zog, um gleich darauf ihre Hand auf die Wunde zu pressen. Nando biss die Zähne zusammen. Es fühlte sich an, als hätte sie ihm den Knochen aus dem Leib gerissen, um nun mit glühender Zange in seinem Fleisch herumzuwühlen. Aber er wusste, dass es nur der Heilungszauber war, der mit rasender Geschwindigkeit in seinen Körper eindrang und das Gift des Engels neutralisierte. Noemi packte ihn am Arm und zog ihn die Gasse hinab.

»Wir müssen uns beeilen«, rief sie und breitete die Schwingen aus. »Der Mal'vranon steht unter schwerem Beschuss, die Garde braucht unsere Unterstützung, wir …«

Weiter kam sie nicht, denn ein Flammenspeer schoss auf sie zu, dem sie nur knapp ausweichen konnte. Er streifte ihren linken Flügel, Blut lief über ihren Rücken, doch sie achtete nicht darauf. Nando fuhr herum, mit einem Schrei schlug er Avartos seinen Donnerzauber entgegen und stürzte Noemi nach. Hinter ihnen brach der Engel durch die schwarzen Wolken des Zaubers, wutentbrannt schleuderte er ihnen mächtige Energiewellen nach. Noemi errichtete Schutzwälle um sie, während Nando schwarze Blitze zurückschickte, doch Avartos ließ sich nicht abhängen. Immer wieder wich er den Angriffen aus, immer wieder schickte er kräftige Zauber gegen die Wälle, und er kam rasend schnell näher. Donnernd schlug Nandos Sturmzauber gegen Avartos' Schulter, doch noch während der Engel von dem Geschoss abwärts gerissen wurde, warf er ihnen einen Scherbenschwarm hinterher, der zischend die Wälle zerbrach. Noemi schrie auf, als sie von drei Scherben an der Schulter getroffen wurde. Hilflos schlug sie mit den Flügeln, doch sie verweigerten Augenblicke später ihre Dienste. Im letzten Moment packte Nando sie und verhinderte einen Sturz.

Sie landeten auf dem Platz, der vor nicht allzu langer Zeit mit Nandos Seelentier gepflastert worden war und der nun den Namen Drachenplatz trug. Nur vereinzelt rasten Nephilim über sie dahin, dicht gefolgt von Engeln, die sie hetzten wie Vieh. Noemi atmete schnell, Nando verstärkte die Heilungszauber, die sie selbst durch ihren Körper schickte, und sah erleichtert das Lächeln, das über Noemis Lippen glitt.

Keine Sorge, flüsterte sie in Gedanken. *So leicht bin ich nicht kleinzukriegen.*

Nando erwiderte ihr Lächeln, doch das Rauschen von Schwingen ließ ihn zusammenfahren. Er hörte, wie jemand hinter ihnen landete, fühlte die schweren Schritte auf den Platten.

Noemi verzog das Gesicht unter Schmerzen, während die Zauber das Gift aus ihren Gliedern zogen, und sah Nando entschlossen an. *Geh*, sagte sie eindringlich. *Ich warte auf dich.*

Er nickte kaum merklich. Er hörte Avartos' Schritte hinter sich, fühlte den Flammenzauber, den der Engel in seiner Faust sammelte, und erhob sich mit einem Sprung in die Luft. Sofort fuhr er herum und stürzte auf Avartos nieder, doch der Engel wehrte seinen Sturmzauber mit einem Spiegelschild ab. Nando wich seinem eigenen Zauber aus, er formte einen Schattenwirbel zwischen den Händen, während er rasend schnell über den Platz dahinflog, und warf ihn auf Avartos. Der Engel wich aus – doch im nächsten Moment traf ihn ein Flammenwirbel Nandos im Rücken.

Avartos riss die Arme zurück, ein wütender Schrei entwich seiner Kehle. Außer sich breitete er die Schwingen aus und zog sein Schwert mit solcher Wucht durch die Luft, dass machtvolle Druckwellen auf

Nando zurasten und ihm den Atem raubten. Eilig überzog er Silas' Schwert mit grünen Flammen, doch schon war Avartos über ihm und hieb mit harten Schlägen auf ihn ein. Funken sprühten auf den Platz nieder, Nando wich den Hieben aus, so gut er konnte, doch da erschuf Avartos eine Peitsche aus Licht in seiner freien Hand, entriss ihm das Schwert und schleuderte es durch die Luft. Gleich darauf traf Nando der Schlag einer Faust im Gesicht. Sein Kiefer knackte, Blut schoss ihm in den Mund, und schon traf ihn ein weiterer Hieb in den Rücken und brachte ihn zu Fall.

Hart schlug er auf dem Boden auf, er spürte die rauen Steine unter seiner Wange. Ein stechender Schmerz durchzuckte seine Lunge, vergebens versuchte er, sich aufzurappeln. Schon kam Avartos näher, er landete nicht weit von ihm entfernt. Nando schob die Hände neben seinen Brustkorb, er fühlte die Wärme der Steine unter sich, als würde der Drache unter ihm zum Leben erwachen. Ein Bild flammte in ihm auf, er stand wieder mit Drengur inmitten der Platten, die er verlegen musste, und der Dämon deutete auf die verkrustete Erde ringsherum. *Unter ihr liegen die Leitungen des Laskantin, die zu den Silos führen. Hier ist die Energie hochkonzentriert.*

Avartos' Schritte knirschten auf den gesplitterten Steinen, Nando hörte, wie er sein Schwert in die Luft riss. Flackernd entflammte sich weißes Feuer auf der Klinge. Es würde keine weitere Verzögerung mehr geben. Der Engel war gekommen, um ihn zu töten. Nando schaute in das Auge des Drachen unter ihm. Dann stemmte er die Hände gegen die Steine und sprang auf. Mit einem Schrei warf er Avartos einen Blendzauber entgegen, der den Engel einige Schritte zurücktrieb, breitete die Schwingen aus und eilte über die Platten auf sein Schwert zu. Schon jagten ihm schwarze Pfeile hinterher, doch da hatte Nando die Waffe erreicht. Mit fester Stimme brüllte er den Zauber, der die Klinge mit roten Flammen überzog, hob sie hoch in die Luft – und stieß sie mit voller Wucht in den Boden. Schwarze Blitze zuckten von der Waffe über die Steine und zerbrachen sie, ein Grollen drang aus dem Boden. Gleich darauf wurde das Schwert glühend heiß, doch Nando ließ es nicht fallen. Er umfasste es mit beiden Händen. Avartos raste auf ihn zu, das Gesicht von Zorn entstellt, die Faust mit einem gewaltigen Feuerzauber ausgestreckt. Schon hörte Nando, wie der Zauber über die Lippen des Engels kam, und zog das Schwert aus den Steinen.

Donnernd schoss ein grellroter Strom Laskantin aus dem Riss. Atemlos stieß Nando die metallene Faust vor und lenkte den Strahl mit einem Abwehrzauber in Avartos' Richtung. Der Engel riss die Augen auf, doch er konnte nicht mehr ausweichen. Krachend schlug ihm der Strom vor die Brust, Funkenschwärme ergossen sich auf den Platz. Nando hörte, wie Avartos' Rippen brachen, ehe der Engel quer über den Platz geschleudert wurde und rücklings liegen blieb.

Der Strom des Laskantin strömte wie ein fulminantes Feuerwerk über den Platz, knisternd fielen rote, goldene und grüne Funken in langen Schnüren auf Nando nieder. Er sah sich zu Noemi um, die in einiger Entfernung langsam auf die Beine kam. Er nickte ihr zu und umfasste sein Schwert fester. Dann wandte er sich Avartos zu. Der Engel würde ihn jagen bis ans Ende seiner Tage, das war sicher, und er würde nicht eher ruhen, bis Nando tot war. Es gab nur einen Weg, um ihn loszuwerden. Nando wusste das, und doch schlug sein Herz schmerzhaft in seiner Kehle, als er über den Platz auf Avartos zutrat.

Der Engel lag mit dem Rücken gegen einen Steinhaufen gelehnt, sein Atem ging stoßweise. Das Laskantin hatte sich in sein Fleisch gefressen, noch immer gruben einzelne Flammen ihre Zähne in seine Haut, doch Avartos schien keinen Schmerz zu spüren. Regungslos sah er zu Nando auf, die Augen nicht mehr als zwei pechschwarze Seen. Er keuchte, dass es schien, als würde ihm von einer Pranke die Luft abgedrückt, und er wich nicht zurück, als Nando die Hand ausstreckte und seine Finger an seine Schläfe legte. Er würde es kurz machen, einen heftigen Blitzzauber, der Avartos' Leben beenden würde. Noch nie zuvor, so schien es Nando, war er dem Engel auf diese Art nah gewesen. Er spürte die eiskalte Haut unter seinen Fingern, nahm den Duft des hellen Haares wahr, der ihn an Schnee und Sonnenlicht erinnerte, und er konnte kaum atmen, als er das Röcheln in Avartos' Brust hörte. Mehrfach sagte er sich die Formel in Gedanken, mehrfach fühlte er sie auf der Zunge, doch er sprach sie nicht aus, und da, als er endlich das erste Wort auf seinen Lippen spürte, schob sich die Schwärze von Avartos' Augen zurück und zeigte flirrendes Gold.

Der Engel hatte aufgehört zu atmen, doch Nando fühlte noch

immer seinen Herzschlag, und er betrachtete die Bilder, die durch Avartos' Gedanken gingen, als stünde er mitten unter ihnen. Er sah ein leeres Zimmer in einer verlassenen Burg, sah verbrannte Felder, das Funkeln von Schwertern in der Sonne und Blut in aufgewühlter Erde. Er sah ein Grab, fast meinte er, den Schnee zu riechen, der leise darauf niederfiel, und er sah einen jungen Engel, in Menschenjahren vielleicht sechs oder sieben, der vor dem Grab auf die Knie fiel und weinte. Es schien ihm, als würde er den Schmerz des Jungen selbst spüren, er wusste, dass es seine Mutter war, die in der kalten Erde lag, und als er die Faust sah, die sich drohend über dem Kind erhob, fuhr er zusammen. Der Schlag traf den Engel mit voller Wucht. Nando sah die schweren Stiefel, die vor ihm in den Schnee traten, und er bemerkte den Schatten der Schwingen, der auf das Gesicht des Kindes fiel. Eine Stimme drang durch den Wind über dem Grab, eine raue, harte Stimme, die Nando ins Gesicht schlug. *Willst du sein wie die Menschen?*, fragte die Stimme, und der junge Engel begann zu zittern. *Wimmernde, verweichlichte Kreaturen sind es, doch du bist ein Engel, Avartos! Ein Krieger – und kein Mensch, der schwanken und zittern darf, da seine Existenz flüchtiger ist als ein Nebelstreif am Horizont. Du bist ein Engel, und jede Träne bringt dich den Schatten näher, die in dir lauern! Stürzt du in sie, wirst du werden wie jene, die wir jagen und verachten! Du wirst ein Diener des Teufels sein, mein Sohn – ein Sklave der Hölle, einer von jenen, die deine Mutter töteten!*

Da schrie der Engel auf, das Bild zerbrach. Das Gold stürzte in Avartos hinein, und zurück blieb ein milchiges, blindes Weiß, während sein Mund zu einem stummen Schrei geöffnet war, der doch in Nando widerklang wie ein mächtiger Chor aus Trauer und Verzweiflung. Doch mehr noch als dies fühlte Nando die Furcht, die in dem Engel aufwallte wie eine alles verschlingende Welle aus Finsternis.

Er zog die Hand zurück, er wusste selbst nicht, warum er das tat, aber dennoch überkam ihn nun, da er Avartos sterben sah, wieder die Wärme, die er beim Anblick seiner Mutter empfunden hatte. Lautlos streckte er die Hand aus und legte sie auf die Brust des Engels. Er tastete nach dessen Herzschlag, flüsternd kam der Heilungszauber über seine Lippen, und er sah, wie goldene Funken in dessen Augen zurückkehrten.

Ein heftiger Schlag traf ihn an der Schulter, instinktiv fuhr er herum und sah, dass es ein Splitter der Schutzwälle war, die sich noch immer hoch über der Stadt wölbten. Die Engel schlugen donnernde Zauber von der anderen Seite dagegen, tiefe Risse zogen sich über die Wälle hin, und überall in der Stadt erzitterten die Gebäude zum Zeichen dafür, dass sie auseinanderbrachen.

»Nando«, flüsterte Noemi, die ihn in diesem Moment erreichte. Ihre Zauber hatten sie vom Gift befreit, sie griff nach Nandos Arm, um ihn mit sich zu ziehen. Ein undurchsichtiger Ausdruck legte sich auf ihr Gesicht, als sie Avartos sah, der in seiner Ohnmacht stöhnte, doch gleich darauf wandte sie sich ab.

»Wir müssen den Mal'vranon schützen«, sagte sie entschlossen. »Wenn er fällt, ist Bantoryn verloren!«

Eilig erhoben sie sich in die Luft und jagten auf den Turm der Zwischenweltler zu, der noch immer in hellem Licht erstrahlte, doch noch ehe sie ihn erreicht hatten, ertönte ein ohrenbetäubender Knall. Erschrocken fuhren sie zurück. Der Mal'vranon schwankte, kurz erloschen die Flammen über ihm – und im nächsten Augenblick stürzte ein großer Teil von ihm tosend zusammen. Noemi schrie, außer sich stürzte sie auf die Überreste zu, die in dichten Rauch gehüllt wurden. Nando eilte ihr nach, den Blick fest auf den zerfetzten Turm gerichtet, der sich nun wie ein Dorn in den Himmel der Höhle erhob. Kaya schoss ihm durch den Kopf, für einen Augenblick sah er ihr erschrockenes Gesicht. Der Teil des Mal'vranons, in dem sein Zimmer lag, stand noch immer, doch die Schwarze Brücke stöhnte laut, als fürchtete sie, den Gesteinsbrocken zu folgen, die sie umtosten, und gleich darauf ging eine heftige Erschütterung durch die Höhle, die einen Turm ganz in der Nähe zum Einsturz brachte. Im letzten Moment wich Nando den fallenden Steinen aus, er verlor Noemi aus den Augen, setzte zur Landung an und stolperte über das Dach eines Hauses. Asche, Rauch und Flammen stoben durch die Luft. Atemlos sah er hinauf zu den Sternen aus Feuer und Eis. Die Wälle über der Stadt waren verschwunden. Der Einsturz des größten Teils des Mal'vranons hatte sie mit sich gerissen, und nun stürzten die Engel auf Bantoryn nieder – die Heere des Lichts in Kaskaden aus gleißender Finsternis.

43

Avartos erwachte von der Stille. Durchdringend keimte sie in seiner Brust und breitete sich in seinem Körper aus wie ein Geschwür. Er spürte den Schmerz seiner sich langsam wieder zusammensetzenden Rippen und das Ziehen des verbrannten Fleisches in seiner Brust, aber er fühlte auch die metallenen Finger des Teufelssohns auf seiner Haut und den Zauber, den der Nephilim ihm mit leisen Worten in die Glieder gesandt hatte. Es hatte nur selten Augenblicke in Avartos' Leben gegeben, in denen er fassungslos gewesen war, doch nun, da er auf dem Platz des Drachen das Bewusstsein wiedererlangte, konnte er nicht atmen, so sehr erfüllte ihn dieses Gefühl. Er war nach Bantoryn gekommen, um den Teufelssohn zu vernichten – und stattdessen rettete dieser Nephilim ihm das Leben. Noch immer sah er sein Gesicht vor sich, atemlos und halb erstaunt, und er spürte wieder die Wärme in sich, die von irgendwoher gekommen war wie der Schnee auf stillen Gräbern und die Faust eines Vaters im Gesicht seines Kindes.

Langsam wurde das Bild vor seinen Augen klar, und mit ihm kehrten die Geräusche zurück. Die Schreie von Sterbenden. Das Zischen der Schwerter in der Luft. Das dumpfe Aufschlagen getroffener Leiber. Es waren die Geräusche des Krieges, den Avartos an unzähligen Orten der Welt erlebt hatte, die Klänge, mit denen er jede Nacht und jeden Tag begann und die ihn mitunter aus dem dumpfen Dämmerzustand rissen, wenn es ihm tatsächlich gelang, sich zur Ruhe zu betten. Er hatte die Nephilim gejagt, er hatte so viele von ihnen getötet, dass er sie nicht mehr zählen konnte, und nun lag er mitten in ihrer Stadt, vernahm ihre Schreie, hörte sie sterben und wusste, dass einer aus ihren Reihen ihn gerettet hatte – und dass es der Teufelssohn gewesen war. Er erinnerte sich an seinen Flug durch dessen Gedanken, doch er hatte den Fürsten der Hölle nicht darin gefunden. Es schien fast, als habe der Nephilim die Wahrheit gesagt. *Ich widerstehe ihm!*

Die Heere der Engel rasten über die Dächer hinweg wie gewaltige Insektenschwärme, die Portale zerbrachen unter gezielten Angriffen, und Avartos sah die Nephilim fliehen, die Mienen vor Angst verzerrt, sah auch die Kinder, hörte ihr Weinen und ihre hilflose Panik, und er schaute in die Gesichter seines Volkes, reglos und starr wie von Masken bedeckt, während sie mit flammenden Schwertern auf die Nephilim einhieben und einen nach dem anderen niederstreckten.

Hustend kam er auf die Beine. Er wusste selbst nicht, ob ihn die Stimme des Teufelssohns in seinen Gedanken dazu trieb, die Schreie der Nephilim um ihn herum oder die Kampfesrufe der Engel. Alles, was er wusste, war, dass er die Geräusche nicht mehr ertrug, dass sie nicht mehr in die Stille in seinem Inneren fielen oder an ihm abglitten wie Regen, sondern dass sie ihn durchdrangen und in ihm aufgingen, jeder einzelne Schrei, jeder letzte Atemzug, und dass sie zu seiner Verzweiflung wurden, zu seinem Sterben, zu seinem Tod.

Er breitete die Schwingen aus, um den Schreien zu entkommen, doch sein Körper wollte ihm noch nicht wieder gehorchen. Aus einiger Höhe stürzte er zu Boden, hart schlug er mit dem Gesicht auf die Platten. Er sah den halb zerstörten Drachen unter sich, die Pranken um eine Geige gelegt, und wieder tauchte das Gesicht des Teufelssohns in ihm auf, dieser Blick, mit dem der Nephilim ihn betrachtet hatte, und er fühlte erneut die Finsternis in sich aufwallen – die Furcht, die ihn seit Jahrhunderten erfüllte wie das Blut seine Adern, ohne dass er bisher auch nur etwas davon geahnt hätte. Niemals zuvor hatte er ein Wort wie dieses auf seinen Lippen gefühlt, und als er auf die Beine kam und es als gewaltigen Schrei aus seiner Lunge entließ, da schien es ihm, als bräche sein Innerstes in sich zusammen, als würde es fortgerissen von einem Sturm, der aus ihm selbst geboren wurde und der sich in den Augen des Teufelssohns spiegelte, dem er sein Leben verdankte. Kein Zorn hatte in dessen Blick gestanden, nein, er war ein Spiegel gewesen, wie die Engel es einst für die Menschen gewesen waren, ein Spiegel, der Avartos' Finsternis in ihn selbst zurückgeworfen und ihr den Namen gegeben hatte, den sie verdiente: Furcht. Und nach der Furcht kam etwas anderes, etwas, das Avartos fremd erschien, etwas, das ihm nur ein Begriff war wie ein seltenes Tier oder eine Pflanze, die er niemals zu Gesicht bekommen hatte. Der Teufelssohn hatte es empfunden, als er ihn angesehen hatte, er hatte es gefühlt, als Avartos im Sterben lag, und er hatte es dem Engel in die Finsternis gelegt wie ein Geschenk aus Licht. Der Teufelssohn hatte keinen Zorn empfunden, keine Genugtuung, keinen Schrecken. Er hatte in Avartos' Finsternis geblickt, eine Dunkelheit, die jeden anderen vermutlich um den Verstand gebracht hätte, hatte ruhig hineingesehen und nichts empfunden als – Mitgefühl.

Die Erkenntnis flutete Avartos, er spürte, wie das Licht sich vollends entfachte, wie es die Finsternis zerriss und ein Bild zu ihm zurücktrug, das Bild einer Frau an einem offenen Fenster. Er sah, wie sie sich zu ihm umwandte, hörte seinen Namen auf ihren Lippen, und als seine Brust sich zusammenzog, widerstand er nicht länger. Er fiel auf die Knie, den Blick zur steinernen Decke der Höhle gerichtet. Er fühlte die Schreie der Engel und Nephilim um sich herum tosen wie ein sturmgepeitschtes Meer, sie wurden ein Teil von ihm, jede Stimme, jede Träne, jeder Schrei.

Für einen Augenblick blieb er regungslos. Dann holte er Atem, und Avartos Palium Hor, der Krieger und Jäger, Avartos, das Geschöpf aus Sehnsucht und Eis, Avartos, der Engel, barg das Gesicht in den Händen und weinte.

44

Nando landete am Rand des Sternenplatzes. Keuchend drückte er sich gegen eine Hauswand, der Himmel über ihm schwirrte vor Engelsleibern, als würden Wellen aus Nacht über Bantoryn hinwegrasen, und blaue Funken wurden von den berstenden Portalen in die Dunkelheit geschossen. Nur einige wenige waren noch übrig und das größte, jenes, das den Mal'vranon eingehüllt hatte, sandte noch immer seinen flackernden Schein aus den Ruinen der Akademie. Es war nicht weit von Nando entfernt, er konnte Antonio sehen, der es mit aller Kraft aufrechterhielt. In rasender Geschwindigkeit schlug sein Mentor die Angriffe der Engel zurück und gab den Nephilim Deckung, die von allen Seiten auf ihn zustürzten. Die Garde Bantoryns stand ihm bei, ebenso wie die metallenen Engel von Morpheus, und Nando sah Drengur mit Althos unter ihnen und Noemi, die in einer Reihe mit den Rittern der Garde durch die Luft eilte.

Doch die Engel waren übermächtig. Sie schickten Flammenzauber auf die Nephilim herab, donnernd schlugen sie in den Boden ein, sprengten die Steine auseinander und verkohlten mehrere Ritter zu Asche. Speere aus Licht bohrten sich in die Rücken der Fliehenden, und immer wieder stießen Engel aus dem tosenden Meer herab und rissen Einzelne aus den Armen jener, die sie retten wollten. Viele Nephilim waren durch Bannzauber der Kraft ihrer Schwingen beraubt worden, andere waren schwer verwundet, doch Nando bemerkte den Zorn in ihren Augen, die Verzweiflung und den Unwillen, sich vor den Engeln auf die Knie zu werfen. Bantoryn war ihre Stadt, das las er in ihren Gesichtern, er sah es in jedem Händepaar, das sich ineinander verschlungen hatte, und hörte es in jedem Zauber, den die erschöpften Nephilim gegen ihre Feinde wirkten.

Er holte Atem, und mit einem Schrei stürzte er sich vor, mitten hinein in den tosenden Himmel. Außer sich riss er sein Schwert in die Luft, Funken sprühten, als er die Klinge mit schwarzen Flammen überzog, und er schlug auf die Engel ein, während er mit der anderen Hand Donnerzauber gegen seine Feinde warf und sie gegen die Hauswände schleuderte. Atemlos wich er ihren Angriffen aus, erhielt seinen Schutzwall aufrecht und schlug ihnen Flammenzauber entgegen, dass ihre verkohlten Leiber auf die Dächer Bantoryns hinabstürzten. Doch kaum dass er eine Bresche in ihr Heer geschlagen hatte, drängten sofort weitere nach. Markerschütternd zerrissen die Schreie der Nephilim die Luft, Engel zerrten sie mit sich fort und erschlugen sie mit der bloßen Faust, dass ihr Blut auf Bantoryns Straßen niederfiel wie Regen. Nando roch den Gestank von Metall, Feuer und Blut, er sah, wie die Nephilim vergebens versuchten, sich gegenseitig zu verteidigen, sah sie um ihre Kinder kämpfen, um die Stadt, die sie mit eigenen Händen errichtet hatten, und er sah den Schmerz in ihren Augen, als ihnen bewusst wurde, dass Bantoryn verloren war.

Wie ein Faustschlag traf Nando diese Erkenntnis, schwer atmend landete er in einer Nische zwischen zwei Häusern und schaute hinaus auf das Schlachtfeld, in das Bantoryn sich verwandelt hatte. Niemand würde die Nephilim vor dem Zorn der Engel bewahren, niemand würde sie vor dem Tod retten, auch er selbst nicht, es sei denn ... Er spürte sein Herz so heftig in seiner Brust, dass es wehtat. Für einen Moment hörte er ein Scherbenlachen aus der Finsternis, das in ihm widerhallte, doch er drängte es mit aller Macht zurück und konzentrierte sich auf das gleißende Licht in seinem Inneren, den Kern der höheren Magie. *Und es gibt nichts, gar nichts, was du gegen diesen Glauben tun kannst.*

Nando schloss die Augen. Er raste auf das Licht zu, fühlte dessen Flammen auf seiner Haut, und als der Zauber über seine Lippen kam, wallte die Magie durch seine Adern wie flüssiges Gold. Mit stockendem Atem sprach er seinen Zauber. Er öffnete die Augen und sah, wie sich eine Kugel aus blauem Licht zwischen seinen Händen formte. Blitze zuckten über sie hin, Schleier aus Nebel brachen sich in ihr, und immer wieder stoben Funken über seine Finger, während sich die Kugel zu drehen begann, schneller und schneller, und die Hitze, die von ihr ausging, zunehmend stärker wurde. Sein Atem ging stoßweise, noch nie hatte er einen Zauber mit höherer Magie gewirkt, noch nie ihre Stärke in seinen Fingern gespürt, noch nie ihre Stimme in sich widerklingen fühlen, und er hörte, wie sie das säuselnde Flüstern überdeckte, das ihn aus der Dunkelheit seiner Gedanken zu sich rief. Ein Schauer lief über seinen Rücken, es war, als würde er fliegen, ohne die Schwingen zu benutzen. Golden loderten Flammen im Inneren der Kugel auf, und gerade als er die letzten Formeln seines Zaubers sprechen wollte, nahm er den Geruch des Feuers wahr. Flüchtig hob er den Blick. Die Engel hatten ein Gebäude mit Flammen überzogen, Nando sah Nephilim am Fenster auftauchen, sie schrien in Todesfurcht – und da war es ihm, als würde er selbst schreien, als kämen ihre Stimmen aus seinem Inneren, aus seiner Erinnerung, und er begann zu zittern, verzweifelt und haltlos. Der Zauber flackerte zwischen seinen Händen, er bemühte sich, die Formeln zu beenden, doch da spürte er einen Windhauch an seinem Ohr, dicht gefolgt von einer leisen, warmen Stimme.

Du bist zu schwach, mein Sohn, sagte die Stimme, und Nando spürte den Atem des Teufels an seiner Wange. *Du wirst keinen von ihnen retten können. Es wird genauso sein wie damals!*

Da zuckte ein Blitz durch Nandos Körper, das Bild vor seinen Augen zerriss, und er wurde in sein Innerstes gezogen. Auf einmal war er nicht mehr in Bantoryn, er hatte keine Flügel, und sein Körper schmerzte nicht länger. Er saß auf dem Rücksitz des alten Autos seines Vaters. Überdeutlich hörte er das Reifenquietschen, fühlte eine Reihe dumpfer Schläge wie Stromstöße durch seinen Körper jagen, vernahm das Brechen von Glas – und die Schreie seiner Eltern. Er flog durch die Luft und landete auf nassem Gras.

Das Erste, was er dann hörte, war das abnehmende Quietschen von Metall. Gleich darauf roch er das Feuer. Noch ehe er die Augen aufriss, wusste er, dass er auf dem Feld lag, hinter sich das Auto seiner Eltern. Er kam auf die Beine, starker Schwindel ließ ihn schwanken, doch er rannte wie damals auf den Wagen zu, dessen Motorhaube sich um einen Baum gewickelt hatte. Flammen schlugen aus der zerbrochenen Frontscheibe, Nando roch den Gestank von verbranntem Fleisch. Die Panik raste als pechschwarze Welle auf ihn zu und drohte, ihn zu verschlingen. Außer sich erreichte er das Auto. Der Motor hatte sich in die Fahrerkabine gebohrt, er konnte seinen Vater in all dem Feuer und

Rauch nicht erkennen. Doch er hörte seine Mutter schreien. Hilflos rannte er auf die andere Seite des Wagens, riss an der Beifahrertür, aber sie war vollkommen verzogen, und er konnte sie nicht öffnen. Die Schreie seiner Mutter peitschten durch seinen Körper. Sie rief seinen Namen, ihre Stimme überschlug sich, und er wusste, dass sie ihn rief, weil sie glaubte, er wäre tot. Er fuhr herum, ergriff einen der Steine, die auf dem Feld lagen, und schlug ihn gegen die Scheibe, bis sie splitternd brach. Mit einem Schrei griff er ins Innere des Wagens, er rief seine Mutter, spürte glühend heiße Hände, die nach ihm griffen und ihm sofort wieder entglitten. Dann senkten sich die Flammen in sein Fleisch. Er riss seinen Arm zurück, bemerkte erst jetzt das Blut, das aus tiefen Schnitten in seiner Haut floss, doch er spürte keinen Schmerz mehr, als er die Stille wahrnahm.

Seine Mutter hatte aufgehört zu schreien.

Nando stand da, vollkommen regungslos. Seine Lunge sog gierig die Luft ein, sein Herz schlug heftig gegen seine Rippen, und sein Blut strömte über seine Schläfe und seinen Arm. Aber er hatte keinen Anteil mehr daran. Er war nicht mehr Nando, das achtjährige Kind, der Sohn, der seine Eltern sterben sah und sie nicht retten konnte. Er war die Stille nach ihrem Tod, das hilflose Atemholen und das Warten auf ein Ende dessen, was gerade erst begonnen hatte.

Er wusste, dass es ein Traum war, in den er geraten war, wusste es deshalb, weil er genau diesen Traum in all den Jahren danach wieder und wieder geträumt hatte. Er wartete auf den Schrei, der sich kalt und stechend in seinen Magen bohren und ihn wecken würde, damit er sich aus dem Bett heraus übergeben konnte, um dann zurückzusinken in dem Bewusstsein, dass nichts von dem, was er gerade erlebt hatte, nur ein Traum gewesen war.

Es ist nie nur ein Traum, sagte eine Stimme neben ihm, und die Kälte des Teufels und der goldene Schein seiner Haare strichen über Nandos Haut. *Es ist eine Erinnerung. Du konntest sie nicht retten. Du warst da, das ist es doch, was du denkst, nicht wahr? Du warst da – und du konntest ihnen nicht helfen.*

Nando starrte in die Flammen. Er hörte wieder die Schreie der Nephilim um sich herum, und er wusste, dass er auf dem Sternenplatz Bantoryns stand. Doch in seiner Hand spürte er noch immer die Finger seiner Mutter, und ihre Schreie waren es, die ihm die Luft abdrückten.

Sie sterben, sagte Luzifer sanft. *Die Nephilim Bantoryns werden vernichtet, gerade in diesem Moment. Deinetwegen sind die Engel in die Stadt gekommen, du weißt, dass dies die Wahrheit ist, und deinetwegen hassen sie die Nephilim so sehr. Deinetwegen geschieht dies alles, und du kannst nichts dagegen tun.*

Nando fuhr zusammen wie unter einem Schlag. Er ballte die Faust, grub sich die metallenen Kuppen seiner Finger in die Handfläche, doch da mengten sich die Schreie der Nephilim in die Stimme des Teufels, er sah die Gesichter der Sterbenden in den Flammen auftauchen, sah seine Mutter, ihr verbranntes Gesicht, und seinen Vater, der mit verkohlten Fingern nach ihm griff. Er sank auf die Knie, er konnte nicht länger stehen, es war, als würde die Kälte, die sich in diesem Augenblick in ihm ausbreitete, ihm alle Kraft nehmen. Zitternd hockte er vor dem brennenden Wrack, er wollte schreien, aber er konnte es nicht.

Der Teufel kniete sich neben ihn. Schweigend hielt er Nando die Hand entgegen, ein feiner Schnitt zog sich darüber hin, und betrachtete ihn abwartend. Nando sah die zarten Sprenkel in Luzifers goldenen Augen und das Lächeln, das sanft auf dessen Lippen lag, und für einen Moment meinte er, sämtliche Masken des Höllenfürsten zu durchschauen. Ein Abgrund lag vor ihm, eine Schlucht aus Dunkelheit, aber er fand keine Grausamkeit darin, nicht einmal Bosheit. Er schaute in den Abgrund eines Engels.

Erneut wallten die Schreie der Nephilim in Nando auf, die Schreie seiner Eltern, und als er den Arm ausstreckte und der Teufel seine Hand umfasste, da glitt ein Schmerz in ihn hinein, der wie ein gleißendes Licht war. Er konnte es kaum ertragen, so hell war es, doch Luzifer umschloss seine Hand fester, und sein Gesicht veränderte sich. Kurz war es Nando, als würde er sich selbst gegenüberhocken, und da legte der Teufel den Kopf in den Nacken und lachte. Niemals, das wusste Nando, würde er dieses Lachen vergessen, diesen Schrei aus den tiefsten Schluchten dieser Welt, der auch ein Fluch oder ein Weinen hätte sein können, und die Kälte schoss mit solcher Kraft in seinen Körper, dass er glaubte, den Verstand zu verlieren. Luzifer raste durch sein Innerstes, er wühlte sich durch seine Gedanken, und Nando sah Bilder aus seiner Kindheit in sich auftauchen, Bilder von Noemi, Antonio, Luca, Bilder seiner Eltern, Bilder, die er selbst längst vergessen hatte, und immer wieder Bilder von Mara, von ihren Händen, ihrem Haar, ihrem lachenden und weinenden Gesicht, er sah sie auf der anderen Seite der gläsernen Tür, sah sie die Hand heben und fühlte wieder die Sehnsucht nach ihr in sich aufflammen. Der Teufel erkundete ihn und forderte seinen Platz in seinem Leib, in seiner Magie und seinen Empfindungen, und als er in Bantoryn zu sich kam, da spürte er seinen Körper wie unter Betäubung.

Noch immer drehte sich die flammende Kugel zwischen seinen Händen. Glühende Streben zogen darüber hin, doch er spürte ihre Hitze wie durch dicke Handschuhe, und als er einen Schritt nach vorn trat, da war es, als würde er an unsichtbaren Fäden hängen, die ein fremder Wille zog. Noch nie zuvor hatte er sich auf diese Weise missbraucht gefühlt, noch nie war er sich selbst so fern gewesen wie jetzt, da ein fremder Geist über ihn gebot. Nando wollte Luft holen, doch Übelkeit stieg in ihm auf, als er merkte, dass nicht er es war, der atmete. Er konnte nicht einmal schreien. Ein anderer regierte über seinen Körper und seine Magie, doch er selbst war noch immer da, klein und verkapselt irgendwo in seiner eigenen Finsternis, unfähig, sich bemerkbar zu machen, und es schien ihm, als brauchte es nur noch eine Winzigkeit, um ihn vollständig auszulöschen.

Er sah zu, wie sich seine Hände mit der flammenden Kugel ausstreckten, fühlte dumpf, wie er einem Angriff mehrerer Engel auswich, und starrte auf die flirrenden Funken seines Zaubers, die sich mit tosendem Grollen schneller und schneller drehten. Er öffnete den Mund, doch es war nicht seine Stimme, die den Zauber beendete, es war die Stimme des Teufels. Er fühlte die Kraft der höchsten Magie und wie sie den Zauber verstärkte, bis er dessen Helligkeit kaum mehr ertragen konnte, und dann, mit einem Schrei, der beinahe seine Lunge zerriss, erhob er sich in die Luft und schleuderte die Kugel zu Boden.

Donnernd schlug sie auf dem Platz auf, es war, als würde sie ein gewaltiges Meer aufwühlen, das bisher unsichtbar gewesen war und nun in einem flackernden grünen Licht erstrahlte. Mächtige Wellen gingen von dem Einschlag aus, sie rasten auf die Engel zu, und während die Nephilim dastanden wie in einem heftigen Sturm, wurden ihre Feinde mitgerissen. Ihre Körper durchschlugen die umstehenden Häuser, sie krachten gegen die Stalagmiten, und als Nando aus seiner Finsternis auf das Schauspiel starrte, überkam ihn ein Gefühl, das er erst nach einem Moment deuten konnte. Glühend flutete es die Dunkelheit, in der er saß, und es riss ihn mit sich, als er die Engel sah, die hilflos durch die Luft geschleudert wurden, als er das Brechen ihrer Flügel hörte und in ihre erschrockenen Gesichter schaute. Genugtuung war es, die ihn erfüllte, er spürte, wie ihn Euphorie ergriff, er hörte sich lachen, sich selbst mit seiner eigenen Stimme, und als er die Schwingen ausbreitete und über die Köpfe der Nephilim hinwegflog, die wie im Traum auf das Portal zueilten, da streckte er die metallene Faust vor und brüllte vor Triumph. Noch nie zuvor hatte er etwas Ähnliches gespürt, die höhere Magie pulste durch seine Adern wie das Licht der Sonne. Es gab keine Zweifel mehr, keine Ängste, keine Grenzen. Außer sich raste er über die Dächer der Stadt hinweg, sah, wie die Nephilim sich retteten, und sein Blick schweifte über die Engel, die zusammengebrochen in den Straßen lagen. Er sah ihre Gesichter – und für einen Moment, einen Wimpernschlag bloß, erblickte er an ihrer Stelle zerschmetterte Menschenleiber in den Gassen von Rom.

Wie aus einem Traum schreckte er aus dem Gefühl des Triumphs hoch, doch die Abscheu, das Entsetzen, auf das er wartete, kam nicht über ihn. Stattdessen pulste weiter das Machtgefühl durch seine Adern, fühlte er weiter die Euphorie im Angesicht der eigenen Kraft, und je stärker er sich dagegen wehrte, desto schneller raste er über die Dächer dahin, und desto mächtiger wurde die Frage in ihm, wer er war – er, der nicht sagen konnte, wer über seine Gefühle regierte, er, der nicht wusste, ob er es war, der diese Gedanken dachte, und er spürte, wie er in seine eigene Finsternis stürzte, rücklings und ohne einen Halt. Sie umschloss ihn mit eiskalten Klauen, sie riss ihn mit sich, bis er nicht mehr wusste, ob er flog oder fiel, bis er jede Frage vergessen hatte – und jede Antwort darauf, die er einmal gekannt zu haben glaubte. Nichts weiter erfüllte ihn mehr als Gleichgültigkeit, und er fror nicht in der Kälte, die ihn in der plötzlichen Leere umfing.

Schwingenrauschend landete er am Rand des Sternenplatzes. Zahlreiche Engel lagen in den Gassen ringsum, die meisten von ihnen waren bewusstlos, andere hatten durch die Stärke des Zaubers ihr

Leben verloren. Nephilim liefen an ihm vorbei, sie achteten nicht auf ihn, und er achtete nicht auf sie. Dumpf spürte er die Erschöpfung in den Gliedern, sein Körper war einen magischen Schub von dieser Kraft nicht gewohnt. Er hörte die grollenden Worte, die der Teufel über seine Lippen brachte, er spürte seine Finger wie eine fremde Hand an seiner Stirn, als Luzifer ihm den Schweiß abwischte, und er bemerkte die Eisblumen kaum, die in diesem Moment über den Platz krochen.

Erst als die Kälte seine Wange berührte, fuhr er zusammen, und auf einmal war es, als wäre er wieder allein in seinem Geist, allein auf der ganzen Welt. Hinter den Nephilim, die ihm entgegenströmten, dort, wo die Straßen verlassen waren und die Trümmer der Häuser auf dem Pflaster lagen, trat ein Schatten aus der Dunkelheit eines flirrenden Portals, ein Schatten mit bleichem Gesicht und pechschwarzen Augen – der Oberste Dämon der Hölle.

Bhrorok.

45

Nando rührte sich nicht, als Bhrorok über die Trümmer auf ihn zutrat. Er wusste, dass eine Flucht unmöglich war, und er spürte noch immer die Präsenz des Teufels in seinen Gedanken und dessen Blut in seinen Venen. Luzifer würde ihn zu Stein erstarren lassen, wenn er auch nur eine falsche Bewegung machte, das stand außer Zweifel.

Bhrorok blieb dicht vor ihm stehen. Er errichtete einen Bannkreis um sie herum, der mit schwarzen Flammen aufloderte und die Angriffe der Engel fernhielt, die nun vereinzelt über die Dächer und aus den Gassen näher kamen. Sie hatten den Dämon erkannt, doch ihre Zauber glitten an seinem Wall ab wie Wasser an Felsen.

Bhroroks Kälte nahm Nando den Atem. Etwas wie Achtung flammte in dessen Augen auf, und er legte die linke Hand an die Brust. Erstaunt stellte Nando fest, dass der Dämon ihm Respekt zollte, doch gleich darauf erlosch jedes Feuer in dessen Augen, und er begriff, dass Bhrorok den Fürsten der Hölle in ihm erkannt hatte. Seinem Herrn gebührte seine Ehrfurcht. Dem Teufelssohn jedoch zollte er nichts als Verachtung.

Du hast noch immer die Wahl, raunte Luzifer, und Nando schien es, als wären es seine eigenen Gedanken, die zu ihm sprachen. *Du kannst hier sterben – oder du kannst mir folgen. Es liegt ganz bei dir.*

Die Kälte wich aus Nandos Körper, und er rang nach Atem, als würde er aus einem tiefen Meer an die Oberfläche gezogen. Er hustete und wäre beinahe gefallen, so heftig fühlte er auf einmal die Erschöpfung in seinen Gliedern, und doch schien es ihm, als würde er erstmals wirklich die Farben Bantoryns sehen. Die schwarzen Häuser, die flackernden Lichter der Laternen, der rote Staub des Mohns erschienen ihm so eindringlich und schön, als hätte er sie noch nie zuvor erblickt – oder als sähe er sie zum letzten Mal.

Der Teufel hatte seinen Körper verlassen. Aus Bhroroks schwarzen Augen starrte er auf ihn herab. Nando erwiderte seinen Blick. Noch einmal wallte das Triumphgefühl in ihm auf, die Hitze in den Adern, als er höchste Magie mit solcher Kraft gewirkt hatte und über die Dächer der Stadt hinweggerast war. Doch er erinnerte sich auch an die Finsternis, in die er gestürzt war, an den Zweifel, die Furcht, das Entsetzen und vor allem an die Gleichgültigkeit und die Kälte, die ihn in dieser Leere umfangen hatten. Langsam schüttelte er den Kopf.

Nein, flüsterte er. *Lieber sterbe ich, als dass ich in deine Schatten falle.*

Luzifer sah ihn an, reglos und mit versteinertem Lächeln auf den Lippen. Dann wurden seine Augen schwarz, und ihre Dunkelheit zerfraß sein Gesicht und verschmolz es mit den Augen Bhroroks. Sofort packte der Dämon ihn an der Kehle und riss ihn zu sich heran.

»Teufelssohn«, grollte er. »Dein Tod wird qualvoll für dich sein. Du wirst leiden – so wie mein Wolf gelitten hat!«

Verächtlich stieß Nando die Luft aus. »Ich hätte nicht gedacht, dass du um einen Wolf trauerst«, presste er hervor. »Du, ein Geschöpf der Hölle, das nichts in sich trägt als Finsternis – und den Willen deines Herrn!«

Er wollte noch mehr sagen, doch noch während er Bhrorok musterte, tauchten Bilder in dessen Augen auf, verwaschen und unscharf wie aus einem halb vergessenen Traum. Nando sah das Tappen des Wolfs im Dickicht, ehe er zu Bhroroks Gefährten geworden war, er sah ihn durch einen Wald aus Asche jagen und auf einsamen Felsen stehen, den Kopf zum Heulen in den Nacken gelegt, und er sah kalkweiße Hände, die sich in pechschwarzes Fell gruben, wärmesuchend und beinahe sanft. Das alles erkannte Nando in Bhroroks Blick, zäh und kalt kroch das Erstaunen hinter seine Stirn. Unverhohlener Zorn flammte über das Gesicht des Dämons, als dieser merkte, dass Nando ihn erkannt hatte, gepaart mit heillosem Schrecken.

Bhrorok riss die Augen auf, sie vereisten mit leisem Knacken, bis sie nichts mehr waren als gesprungene schwarze Kristalle. Schwer legte sich der Zauber um Nandos Kehle, und ein Kältestoß durchfuhr ihn, sodass er aufschrie. Wie ein Speer schoss er in seine Kehle bis hinunter in sein Herz. Er bekam keine Luft mehr, gleißendes Licht floss aus seinem Körper in Bhroroks Klaue, bis sie beide von silbernen Flammen überzogen wurden. Nandos Herz schlug in unregelmäßigem Rhythmus, schreckensstarr musste er mit ansehen, wie Bhrorok den Mund öffnete und Spinnen über seine Lippen krochen, klebrige Insekten, die mit knackendem Geräusch auf Nandos Gesicht sprangen und auf seine Nase zueilten, auf seinen Mund, seine Ohren. Er keuchte, das Entsetzen raste mit tausend Nadeln über seine Haut, doch er wandte sich nicht ab. Sollte der Dämon ihn töten, sollte er ihn leiden lassen, aber er würde nicht vor ihm auf die Knie fallen, wimmernd und ängstlich, wie er es erwartete. Da glitt eine Spinne über seine Wange, er fühlte ihre Beine auf seiner Lippe – und im nächsten Moment traf ihn ein mächtiger magischer Impuls. Bhrorok schwankte kurz, und gleich darauf sprang eine von weißem Feuer umgebene Gestalt durch die schwarzen Flammen des Bannkreises. Nando riss die Augen auf, als er Antonio erkannte. Sein Mentor wirbelte so schnell durch die Luft, dass sein weißes Feuer von ihm abglitt, hob seinen Säbel empor und trieb ihn tief in Bhroroks Rücken. Die Klinge glitt durch dessen Brust, keuchend ließ der Dämon Nando fallen. Schwarzes Blut rann aus seinem Mund, ehe er zusammenbrach.

Nando fiel auf die Knie. Er hörte kaum die Angriffe der Engel, die donnernd gegen den Bannkreis schlugen, und nahm auch nicht das Keuchen Bhroroks wahr, der mit stockender Stimme einen Heilungszauber über seine zerfetzte Brust legte. Er starrte Antonio an, doch sein Blick glitt an der reglosen Fassade des Engelgesichts ab wie Regen. *Ich hatte keine andere Wahl,* flüsterte Antonios Stimme wie damals im Senat durch seine Gedanken, und er wusste, dass nicht Antonio vor ihm stand, sein Mentor, sein Lehrer und sein Freund. Vor ihm stand Alvoron Melechai Di Heposotam, siebzehnter Gesandter des Höchsten Rates, Träger der Schwarzen Flammen zum Zeichen des Rittertums. Vor ihm stand der Erste Pfortenengel, der den einstigen Teufelssohn getötet hatte und den Fürsten der Hölle in seiner Verbannung halten musste – um jeden Preis.

Nando fing an zu zittern, doch gleichzeitig wehrte sich etwas in ihm gegen die Kälte in Antonios Blick, und er stürzte sich hinter die Maske des Engels, ungeachtet dessen, was er dahinter finden würde. Er ertrug die Eiseskälte auf seiner Haut, die Leere und die Finsternis, und er fand denselben Schmerz, den Antonio schon damals im Theater in seinem Blick getragen hatte, nein, schon viel früher – schon bei ihrer ersten Begegnung waren seine Augen von einem Schleier aus Traurigkeit getrübt gewesen, und nun, da er auf Nando zutrat, nun, da er den Säbel hob und ihn mit kaltem Blick fixierte, da spürte Nando, dass er Aldros geliebt hatte, dass dieser wie ein Sohn für ihn gewesen war und dass er nun, da er die Waffe gegen Nando richtete, nicht den Teufelsohn töten würde, der er war – sondern den Nephilim, den Dämon, den Engel und das Menschenkind, das in die Kälte seines Geistes vorgedrungen war und sie gewärmt hatte.

Verzeih mir, flüsterte Nando in Gedanken. *Ich habe versagt.*

Er wollte die Augen schließen, doch gerade als Antonio den Säbel in die Luft riss, ging ein Flackern durch dessen Blick. Er sah Nando an, Schmerz flammte über seine Züge, dicht gefolgt von einem Lächeln, das ohne ein Wort einen Schauer aus Wärme über Nandos Körper breitete und jede Furcht in ihm im Keim erstickte. Antonio neigte leicht den Kopf wie bei ihrer ersten Begegnung, es war, als würde er sich vor Nando verbeugen. Dann fuhr er herum und trieb Bhrorok, der gerade auf die Beine kam, die Klinge durch die Kehle. Schwarzes Blut quoll hervor, der Dämon röchelte, dann fiel er nach vorn und rührte sich nicht mehr. Im selben Moment brach sein Schutzwall in sich zusammen.

Flieh!, raunte Antonio in Gedanken und errichtete einen Schutzzauber gegen die Angriffe der Engel, die rasch zunahmen. Das dunkle Gold seiner Augen umwehte Nando wie warmer Wind in einer sternklaren Nacht. Es waren Bruchteile von Sekunden, da dies alles geschah – und doch schien es ihm nun, da Antonio den Blick wandte und ihn ansah, als würde dieser Moment nie vergehen. Sein Mentor war am Ende seiner Kräfte. Seine Wangen waren eingefallen, zahlreiche Wunden bedeckten seinen Körper, und seine vom Kampf zerrissene Kleidung war blutbesudelt. Und doch war es Nando, als hätte er Antonio noch nie so majestätisch gesehen wie in diesem Augenblick, da er sich Himmel und Hölle entgegenstellte, um den Sohn des Teufels zu beschützen. Erhaben stand er vor ihm, sein Lächeln war eine Umarmung – und ein Abschied. Antonio war nicht gekommen, um Nando zu töten. Er war gekommen, um ihn zu retten.

Diese Erkenntnis riss Nando auf die Beine, doch im selben Moment traf ihn ein Hieb an der Schläfe. Er schlug mit dem Kopf auf dem Boden auf, ein eisiger Bannzauber legte sich über ihn, und er schrie auf, als er Bhrorok über sich erkannte. Noch immer überzog eine dünne Schicht aus Silber den Körper des Dämons, und als Antonio die Waffe hob, um Nando zu verteidigen, schoss eine Gestalt durch den Schein auf ihn zu. Es war eine Gestalt mit goldenen Haaren und einem Lächeln auf den Lippen, das Welten in Brand setzen konnte. Luzifer war es, der Bhroroks Faust führte, Antonio an der Kehle packte und ihn zu sich heranriss.

Nando keuchte unter dem Bannzauber, mit aller Macht rannte er gegen die Magie an, doch er konnte sie nicht zerreißen. Hilflos musste er mit ansehen, wie Aldros in den Augen des Teufels aufflammte, wie er tödlich getroffen zu Boden sank, ehe das Bild von Finsternis zerrissen wurde.

Auge um Auge, hörte Nando den Teufel flüstern.

Dann presste Bhrorok die Hand gegen Antonios Brust, Nando hörte das Brechen der Rippen, ehe sich ein gleißend rotes Licht aus dem Körper des Engels schob. Bhrorok ließ ihn fallen und griff danach. Schwer atmend lag Antonio zu den Füßen des Dämons, die Klaue des Teufels glitt aus Bhroroks Fingern und umfasste den Zauber, den Antonio bewahrt hatte. Es war der Zauber der ersten vier Höllenpforten.

Nando konnte nicht atmen, als Bhrorok auf ihn zutrat. Nichts als Kälte stand nunmehr in dessen Gesicht, und als der Dämon ihn emporriss und der Zauber über seine Lippen kam, da riss Nando den Blick los und fixierte Antonio. Der Engel lag regungslos, doch auch er sah zu Nando herüber. Ein Lächeln flammte über seine Lippen, und lautlos brach der Schutzschild in sich zusammen.

Sofort gingen die Geschosse der Engel auf sie nieder, krachend schlug ein schwarzer Pfeil in Bhroroks Schulter ein. Der Dämon keuchte, er wurde zurückgeschleudert, so heftig war der Schlag gewesen, und der Bann über Nando erlosch. Eilig rappelte er sich auf. Die Engel rasten über die Dächer auf den Platz zu, brüllend vor Zorn kam Bhrorok wieder auf die Beine, doch Nando zögerte nicht. Er packte Antonio, legte einen Schutzzauber über sie und zog ihn hoch. Das Portal des Mal'vranons war gefallen, die Engel brachen in Scharen über die Dächer. Vereinzelt sah Nando Ritter der Garde, die Nephilim in

Sicherheit brachten. Er versuchte, Noemi in dem Chaos auszumachen, doch er konnte sie nicht entdecken. Mehrere Flammenwirbel schlugen dicht neben ihm ein, sie mussten verschwinden, sofort. Mit letzter Kraft umfasste er Antonios Oberkörper, erhob sich mit ihm in die Luft und wich den Engeln aus, die sich ihnen entgegenstellten. Er sah noch, wie Bhrorok sich herumwarf und das rote Licht in die Luft riss. Etliche Engel strömten von allen Seiten auf ihn zu, doch da stieß er ein Brüllen aus, das Nando wie ein Schlag traf.

»Mar' Lakar!«, grollte Bhroroks Stimme über Bantoryns Dächer, und Nando wich das Blut aus dem Kopf. Er wusste, was dieser Zauber bedeutete.

Antonio fuhr in seinen Armen zusammen, kreidebleich schaute Nando zu Bhrorok zurück. Ein Lachen drang aus dessen Mund, es war ein grausames Scherbenlachen. Dann stieß er die Faust in den Boden, splitternd brach der Sternenplatz auseinander. Ein beträchtlicher Riss entstand in seiner Mitte, und darin schwebte Bhrorok mit dem roten Licht in seiner Hand. Zischend glitt es an seinem Körper hinab, die Engel fuhren schreiend zurück, als es den Riss im Boden mit seinem Licht füllte und heftig zu flackern begann.

»Mar' Lakar!«, brüllte Bhrorok erneut. »Lurtan ar Thornyiel!«

Kinder der Hölle, flüsterte Nando in Gedanken und spürte, wie ihm eiskalt wurde. *Zu Asche wird das Licht!*

Gleich darauf wurde er von einer gewaltigen Druckwelle getroffen. Atemlos umfasste er Antonio, nur mit Mühe konnte er sich in der Luft halten. Ein donnerndes Grollen drang aus den Tiefen der Erde, das rote Licht flimmerte wie ein Portal, und im nächsten Moment brachen unzählige Dämonen daraus hervor, die sich mit gnadenlosem Brüllen in die Stadt ergossen. Krachend schlugen die Heerscharen der Engel mit den Finsternissen der Hölle zusammen, entfesselt hieben sie aufeinander ein, bis Nando nichts mehr wahrnahm außer einem tosenden Meer aus Licht und Schatten. Nephilim irrten zwischen ihnen umher, unbarmherzig wurden sie von den Dämonen gepackt und gefesselt, und in ihrer Mitte stand Bhrorok, den Mund zu einem grausamen Lachen verzerrt. Er packte ein junges Mädchen am Handgelenk – ein Mädchen mit pechschwarzen Haaren und Augen wie Smaragden.

Nando schrie auf. »Noemi!«, rief er außer sich.

Schon riss Bhrorok sie zu sich heran und malte einen flammenden Drudenfuß auf ihre Stirn – einen Blutstrich. Der Schreck jagte mit Eiseskälte durch Nandos Glieder. In einem plötzlichen Impuls flog er auf die Stadt zu, doch da schloss sich Antonios Hand fester um seinen Hals.

Es wird dein Ende sein und das ihre, wenn du jetzt gehst, flüsterte sein Mentor in Gedanken.

Noch einmal sah Nando Noemi an, den Zorn in ihrem Blick und den unbeugsamen Willen, mit dem sie Bhrorok ins Gesicht starrte, ehe die Magie des Dämons sie in die Ohnmacht zwang. Dann riss er sich von Bantoryn los. Atemlos raste er über die Dächer der Stadt davon, doch Bhroroks Stimme jagte ihm nach, grollend und tosend:

»Ich warte auf dich«, rief der Dämon und lachte laut. »Ich warte auf dich, Sohn des Teufels!«

46

Rauchschwaden schlugen Nando ins Gesicht, als er die letzten Häuser der Stadt hinter sich ließ. Die Dämonen verfolgten die fliehenden Engel unerbittlich, mächtige Flammenzauber zertrümmerten die Gebäude Bantoryns und setzten sie in schwarze und violette Feuer. Immer wieder wich Nando den Dämonen aus, die schattenhaft über die Dächer strichen, und vereinzelt musste er sich auch vor den Engeln verbergen, die vermutlich trotz ihrer prekären Lage nicht gezögert hätten, Antonio und ihn anzugreifen.

Sein Mentor hustete keuchend. Nando hielt ihn umfasst, denn Antonio schlug nur noch schwach mit den Schwingen. Sein Körper wurde schwerer, die Kälte drang durch seine Kleidung und ging mit unerbittlicher Grausamkeit auf Nando über, der hilflos einen Blick nach Bantoryn zurückwarf. Rauchsäulen stiegen von den Gebäuden auf, immer wieder fielen einzelne Häuser donnernd in sich zusammen, und deutlich klang das Prasseln von Feuer zu ihnen herüber und die dumpfen Schreie der Engel, die den Dämonen zum Opfer fielen. Es war ein Bild der Zerstörung, ein Bild wie in einem Albtraum. Bantoryn, die Stadt jenseits des Lichts, stürzte in die Finsternis.

Atemlos richtete Nando seinen Blick wieder nach vorn. Er konnte den Nebel sehen, der die Stadt in einiger Entfernung umschloss. Der Bannzauber, den die Engel vor ihn gelegt hatten, war in sich zusammengefallen, sie würden ihn ungehindert passieren können. Hatten sie ihn erst einmal erreicht, würden sie vor den Blicken der Dämonen sicher sein, sie würden untertauchen im geisterhaften Dunst und sich ihren Weg in die Gänge der Schatten suchen. Dort konnten sie sich verstecken, Nando würde versuchen, Antonio zu heilen, und dann würden sie sich gemeinsam in Sicherheit bringen und überlegen, wie es weitergehen sollte.

Unter ihnen wogte das Mohnfeld im Wind, der säuselnd nach Nandos Schwingen griff, und kaum dass er die Berührung fühlte, stöhnte Antonio auf. Er begann erneut zu husten, doch dieses Mal war der Anfall so heftig, dass er nicht mehr weiterfliegen konnte. Nando packte ihn mit aller Kraft, aber der Körper des Engels zog sie abwärts, bis sie inmitten der Mohnblumen landeten.

Antonio sank zu Boden, sein Atem ging pfeifend. Der Mohn reichte weit genug hinauf, um sie beide zu verbergen, doch Nando nahm es kaum wahr. Schaudernd bemerkte er die Schatten, die sich in Antonios Augen sammelten und langsam unter der bronzefarbenen Haut des Engels entlangkrochen. Er schlug das blutgetränkte Hemd zurück, doch der Anblick der halb zerfetzten Brust ließ ihn scharf Atem holen. Die Wunde war tief, die schwarzen Flammen Bhroroks waren in Antonios Fleisch gedrungen und hatten sein Blut vergiftet. Hilflos hob Nando die Hand und bewegte sie über der Wunde, doch sein Heilungszauber hatte sich kaum über die Verletzung gelegt, da zerriss er auch schon wie ein dünner Schleier. Kälte zog durch das Mohnfeld, eine Kälte, die Nando die Kehle zuschnürte. Er griff nach der Hand seines Mentors, sie war eisig wie aus Marmor, doch Antonio sah ihn ruhig an, und ein Lächeln glitt über seine Lippen.

»Keine Angst«, flüsterte er, und Nando konnte hören, dass ihm das Sprechen schwerfiel. »Der Tod ist nichts, wovor man sich fürchten sollte.«

Nando spürte, wie ihm Tränen in die Augen traten, doch er drängte sie mit aller Macht zurück. Er würde nicht heulen wie ein kleines Kind, er würde Antonio diese Scham ersparen – wenigstens diese.

»Nein«, erwiderte er, obgleich er wusste, dass es sinnlos war. »Wir werden es schaffen! Wir werden den Nebel der Ovo durchwandern, sobald du wieder bei Kräften bist, und auf der anderen Seite …«

Antonio hustete leicht, Blut rann ihm aus dem Mundwinkel, doch er schien es nicht zu bemerken. »Auf der anderen Seite ist das Leben«, flüsterte er kaum hörbar. »Dort ist das Licht. Ich werde es nicht mehr sehen, Nando, ich werde hier sterben inmitten meiner Mohnblumen, und es gibt nichts, was du dagegen tun kannst.«

Nando umfasste seine Hand stärker, er presste die Zähne so sehr aufeinander, dass es schmerzte.

»Verzweifle nicht daran«, sagte Antonio. »Ich bin ein Engel, hast du das vergessen? Ich werde nach Andra Amyon reisen, in die Lande der Nebel und des ewigen Frosts, in das Reich ohne Zeit – in die Hallen der gefallenen Engel. Weine, Nando – doch weine nicht um den Tod. Weine um das Leben.«

Entgegen seinen Bemühungen spürte Nando, wie eine Träne seine Wange hinabrann. Er wischte sie nicht fort, sie fiel auf Antonios Hand und verwandelte dessen Haut an der Stelle in schimmerndes Gold.

»Warum hast du mich nicht getötet?«, flüsterte er verzweifelt. »Jetzt wurden die Dämonen der ersten Höllenkreise entfesselt, Bantoryn wurde zerstört, Noemi und viele andere Nephilim befinden sich in Bhroroks Gewalt, Kaya ist ganz allein im halb zerstörten Mal'vranon. Jetzt ist alles verloren, und …«

Antonio drückte schwach seine Hand. »Nein«, erwiderte er sanft. »Du kannst dem Schrecken ein Ende setzen. Du wirst deinen Weg gehen. Du wirst das Leid deines Volkes beenden.«

Nando schüttelte den Kopf. »Nein, das werde ich nicht. Hast du nicht gesehen, was gerade geschehen ist? Ich konnte sie nicht retten, keinen von ihnen! Stattdessen habe ich die Kontrolle über meine Macht an den Teufel verloren! Das hier ist eine Welt für Helden, doch ich bin kein Held!«

Antonios Augen glänzten in mattem Schein, noch immer lag das Lächeln auf seinen Lippen. »Du glaubst, dass ein Held stets tapfer und mutig sein muss und niemals scheitert. Doch es ist an der Zeit, dass du dich von diesem Bild trennst, denn es ist falsch. Es ist ein Bild, das dir von der Welt der Menschen eingepflanzt wurde, einer Welt, die den Blick verloren hat für sich selbst und ihre wahren Helden. Du glaubst, dass jemand, der in der Lage ist, den Teufel zu bezwingen, auch einen Weg gefunden hätte, seine Eltern zu retten, nicht wahr?«

Nando erschrak, er wusste selbst nicht, warum. Es schien ihm, als würde die goldene Schwärze in Antonios Augen sich einen Weg in sein Innerstes suchen, als würde sie ihn von innen heraus erhellen und sichtbar machen, was er verbergen wollte. Langsam nickte er.

»Erinnerst du dich daran, wie ich dir von meinem Weg in die Schatten erzählte?«, fragte Antonio kaum hörbar. »Von dem Dorf der Nephilim?« Er wartete, bis Nando erneut genickt hatte, und fuhr dann fort: »Sind diese Nephilim für dich Versager? Sind sie Versager für dich, weil sie scheiterten? Sind sie schuld daran, dass ihre Kinder starben, dass ihr Dorf niederbrannte und ihre Familien und Freunde den Tod fanden durch die Hand der Engel?«

Nando senkte den Blick. Vor seinem inneren Auge standen die Gesichter jener Nephilim, die Antonio ihm damals gezeigt hatte und die sich in seine Gedanken eingebrannt hatten wie eine eigene Erinnerung. Er schüttelte den Kopf.

»Nein«, bestätigte Antonio seinen Gedanken. »Denn sie taten, was in ihrer Macht stand, und sie taten es mit einer Kraft, die mich noch heute schaudern lässt – mich, ein Geschöpf aus Sehnsucht und Eis. Du weißt nicht, welche Stärke in dir liegt, doch nun … nun ist es an der Zeit, dass du sie erkennst.«

Er hustete, Nando ertrug den Schmerz, der sich bei Antonios Anblick durch seine Brust zog, und ließ seine Hand nicht los.

»Sein Name war Aldros«, begann Antonio kaum hörbar, und Nando fuhr zusammen, als der Name des einstigen Teufelssohns durch die Mohnblumen wisperte. Er wollte nichts von ihm hören, nicht jetzt, nicht in den letzten Augenblicken, die Antonio und er noch zusammen hatten. Doch der Engel sah ihn an, reglos und ruhig, und Nando hörte ihm zu, als er weitersprach: »Er kam aus der Oberwelt wie du, und wie du wurde er mein Schüler. Er war außerordentlich talentiert, er lernte schnell, und ich erzählte ihm von Bhalvris und der Möglichkeit, die Nephilim zu befreien, nachdem er die Prüfung zur höheren Magie bestanden hatte.«

Nando dachte daran, wie Antonio zu ihm ins Mohnfeld gekommen war, dachte auch an den rätselhaften Schatten, der auf den Zügen des Engels gelegen hatte, und ein Frösteln lief über seinen Rücken.

»Aldros reagierte heftig«, fuhr Antonio fort. »Denn obgleich er der stärkste und begabteste Nephilim war, den ich bis zu jenem Zeitpunkt unterrichtet hatte, lag ein dunkler Punkt in ihm, ein Zweifel an sich selbst, den ich nicht verstehen und mit nichts Äußerem zerstreuen konnte. Er war die Hoffnung der Nephilim für mich – und das sagte ich ihm, denn ich war davon überzeugt, dass er der Aufgabe gewachsen war. Schließlich willigte er ein, den Weg zu gehen, den ich ihm genannt hatte. Ich sehe noch heute sein Gesicht vor mir, so still und verzweifelt.

Doch ich erkannte ihn nicht … nein, ich verstand ihn nicht. Nur wenige Tage später übernahm der Teufel die Kontrolle.«

Nando hielt den Atem an, als das dunkle Gold in Antonios Augen aufbrach und Flammen daraus hervorloderten. Panische Nephilim liefen durch rote und schwarze Feuer in Bantoryns Gassen, und eine wütende Gestalt jagte ihnen wie von Sinnen nach. Ein Lachen zog über die Dächer, es war das Scherbenlachen Luzifers. Nando erschrak kaum, als ein Schatten sich seinen Weg durch die Flammen brach, und für einen Moment sah er Antonios Gesicht, als dieser vor dem Sohn des Teufels landete. Regungslos standen sie sich gegenüber, fast meinte Nando, die Hitze des Feuers auf seiner Haut fühlen zu können.

»Es war meine Aufgabe, die Tore der Hölle zu bewachen«, fuhr Antonio fort, »und den Teufel dorthin zurückzuschicken, woher er gekommen war. So richtete ich meine Waffe gegen Aldros – gegen ihn, meinen Schüler, dessen Kämpfe ich nicht erahnte, und kaum dass ich es getan hatte, loderten die Feuer der Hölle in ihm auf wie eine Erwiderung auf mein Handeln.«

Nando fuhr zusammen, als sich das freundliche, sanfte Gesicht von Aldros veränderte und er einem anderen Wesen in die Augen sah.

»Es war das Antlitz des Teufels, das ich erblickte«, sagte Antonio kaum hörbar und sprach damit aus, was Nando dachte. »Und Luzifer war es, der sein schallendes Gelächter durch Bantoryns Gassen schickte und die Flammen zu Schreckgestalten verzerrte. Er sah mich an und er brüllte wie ein Drache. Die Hitze der Hölle schlug mir entgegen, sie verbrannte mir die Haut. Mein Säbel glühte in meiner Hand, er glitt zu Boden, und ich wusste, dass der Teufel mich töten würde, um seinen Sohn zu schützen. Mit einem Triumphgebrüll, das schwarze Flammen über die Dächer schickte, stürzte er auf mich zu.«

Nando schien es, als würden die Flammen aus Antonios Augen nach ihm greifen.

Der Engel sog keuchend die Luft ein, die Erinnerung raubte ihm seine letzten Kräfte. Mit rauer Stimme fuhr er fort: »Doch gerade als er die Faust vorstreckte, um mich mit einem Zauber zu erschlagen, bäumte sich etwas gegen seine Macht auf. Licht durchbrach die Schatten in seinem Blick, eine tiefe Finsternis drängte das Gold seiner Augen zurück, und für einen Moment stand ich wieder Aldros gegenüber – Aldros, meinem Novizen, den ich so wenig kannte. Noch heute schwebt sein Bild so deutlich vor mir, dass ich oft meine, nur die Hand ausstrecken zu müssen, um es berühren zu können.«

Nando erkannte Aldros in Antonios Augen, und er sah, wie der einstige Teufelssohn lächelte. Es war ein Lächeln voller Schmerz und zugleich voller Mitgefühl, als er die Arme sinken ließ. Luzifer bäumte sich in Aldros auf, er versuchte, erneut die Macht über seinen Sohn zu erlangen, und Aldros schwankte, als er ihn zurückdrängte und leise zwei Worte über seine Lippen kamen.

Töte mich, sagte der Teufelssohn, und Nando konnte in seinen Augen den Zweifel lesen, die Furcht davor, Luzifer nicht mehr länger zurückhalten zu können. Es kostete Aldros seine gesamte Kraft, sich für einen Moment zu befreien. Aber der Fürst der Hölle würde seine Fesseln sprengen, und sobald Aldros den Kampf gegen ihn verlor, würde er unnennbares Leid über die Welt bringen. Und doch schien es Nando, als wäre dies nicht der Grund, aus dem Aldros die Arme sinken ließ und seine Bitte aussprach. Der einstige Teufelssohn sah Antonio an, und in diesem Augenblick betrachtete er auch Nando, als würde er ihn sehen inmitten der Mohnblumen, über einen sterbenden Engel gebeugt.

»Er rettete mir das Leben«, flüsterte Antonio, und im selben Moment spürte Nando die Kraft, die von Aldros ausging. Es war ein Licht, das über jeden Begriff von Helligkeit hinausging, ein Glimmen in tiefschwarzer Nacht und ein Atemholen in der Finsternis. Gleißend durchströmte es Aldros' Körper und sandte Funken zu Nando herüber, die etwas in ihm Antwort gaben und die den einstigen Teufelssohn erhellten wie einen versinkenden Stern. Nando griff sich an die Brust, es schien ihm, als wäre er gleichzeitig verwundet und geheilt worden, ohne begreifen zu können, was geschehen war. Gleich darauf sank das Bild in das Gold von Antonios Augen und verschwand.

»Aldros hätte mich töten können, und er tat es nicht«, fuhr der Engel fort. »Ich hingegen ließ ihn allein mit seinem Zweifel, ich sah nicht, welche Kraft er in sich trug, und half ihm nicht, sie für sich selbst zu erkennen. Aber in dem Moment, da mein Novize mir das Leben rettete, indem er das seine aufgab, in dem Augenblick, da er in meinen Armen starb, sah ich seine wahre Kraft. Aus Unwissenheit warf ich

Aldros vor die Füße des Teufels, und doch war er stark genug, diesem Fürsten der Schatten zu widerstehen – stark genug, um sich gegen sein eigenes Leben zu entscheiden. Diese Kraft, Nando, liegt auch in dir.«

Er sog scharf die Luft ein, seine Finger schlossen sich so fest um Nandos Hand, dass seine Gelenke knackten. Doch Nando fühlte keinen Schmerz. Er legte Antonio die freie Hand auf die Schulter, seine Hand aus Metall, und schickte einen Wärmeschauer in seinen Körper, so wie sein Mentor es früher häufig bei ihm getan hatte. Antonio sah ihn an, seine Lider bewegten sich nicht. Nur die Schatten in seinen Augen wurden dunkler und gruben sich tiefer in jeden Zug seines Gesichts, und seine Stimme vermengte sich mit dem Raunen des Windes.

»Diese Stärke lässt dich weinen um einen Engel wie mich«, flüsterte er kaum hörbar. »Sie trug dich durch dein gesamtes bisheriges Leben, sie brachte dich dazu, den Obdachlosen Nahrung zu geben, sie ließ dich um die Qualen deiner Eltern weinen, und sie ließ dich verzweifeln an deiner eigenen Hilflosigkeit. Sie trieb dich immer wieder dazu, dein Leben für andere einzusetzen, zu helfen, auch wenn es keiner sah. Sie fügte dir Schmerzen zu, immer wieder, und sie schleuderte dich in Finsternisse, die du bis heute nicht begreifen kannst. Doch sie war es auch, die dich auf Matradons Rücken hielt, sie, durch die du das Vertrauen Bantoryns errungen hast und in deren Wärme du die Kälte und den Schrecken ertragen hast, die der Tod über dich bringen wollte. Das ist es, was Helden tun: Sie geben ihr Bestes, Nando. Aber sie verzweifeln nicht.«

Nando senkte den Blick. »Wenn ich den Weg gehe, den du von mir erwartest … Hast du dich nie gefragt, was aus mir wird, wenn ich meine Kraft gänzlich beherrsche? Wenn ich dann die Magie des Lichts, die Magie der Schatten für mich erschließe, und dann weitergehe, immer weiter auf diesem Weg, an dessen Ende der Teufel auf mich wartet? Ich könnte genauso werden wie er. Und wie er könnte ich die Welt zerstören mit der Macht, die ich erlange.«

Er dachte an das Triumphgefühl, als er über die Dächer Bantoryns hinweggerast war, an die Glut der höheren Magie in seinen Adern, und er hätte geschaudert, wenn Antonio ihn nicht mit ruhigem Blick betrachtet hätte.

»Du fliegst nicht aus eigener Kraft, weil du Angst hast zu fallen«, raunte der Engel. »Doch die Stärke, die in dir liegt, wird dich leiten. Sie hält die Welt zusammen, sie verbindet dich mit ihr, sie lässt dich ihren Herzschlag hören, und sie hält dich schwebend zwischen Licht und Schatten. Diese Stärke ist es, die dich wie Aldros zweifeln lässt, sie ist es, die dich in die Tiefen deines Ichs führen kann – doch zugleich ist sie es auch, die dich trägt, die dich den Zweifel überwinden lässt und die dich gestärkt aus dir selbst hervorgehen lässt. Ich wusste lange nichts davon, ahnte nicht, dass Aldros' Zweifel ein Teil dieser Stärke war. Doch ich sage dir: Überlasse diesem Zweifel niemals die Macht über deine Kräfte. Sieh in den Spiegel, den er dir vorhält, aber blicke hinter die Fratze, die deine Furcht dir darin zeigt. Ich weiß, dass du in ein Gesicht der Schönheit blicken wirst, ein Gesicht, das Verzweiflung kennt und Ohnmacht und Traurigkeit, ja – aber ein Gesicht, in dessen Blick ein ungebrochener Wille steht und eine Stärke, die der Zweifel nicht zerbrechen, sondern nur mächtiger machen kann.«

Antonio hustete, dass Blut aus seinem Mund quoll, und er brauchte einen Moment, um fortzufahren. Nando saß bei ihm, er spürte die Kälte um sich herum, doch er fror nicht. Sie strich durch die Mohnblüten und legte einen feinen roten Schleier auf Antonios Körper, als wollte sie ihn vor sich bewahren.

Du konntest deine Eltern nicht retten, fuhr Antonio fort, doch Nando sah, dass es ihm schwerfiel, die Augen offen zu halten. *Du konntest sie nicht retten, weil du kein Gott bist. Aber dennoch bist du stark. Du hast alles getan, was in deiner Macht stand, und du hast dich von der größten Kraft leiten lassen, die es in dieser Welt gibt. Du wirst ein Held sein, wenn du deiner inneren Stärke vertraust, wenn du sie erkennst und dich von ihr leiten lässt. Doch wenn du den Glauben an dich verlierst, wird deine Schwäche siegen, und dann werden andere Mächte von dir Besitz ergreifen.*

Nando sah das Lächeln, das auf Antonios Lippen zitterte, und seine Stimme klang heiser, als er antwortete: »Ich habe gespürt, welche Kräfte der Teufel entfalten kann. Ich weiß nicht, ob ich jemals bereit sein werde, ihm entgegenzutreten.«

Da stieß Antonio einen Laut aus, der wie ein Lachen klang. *Luzifer hat getan, was er am besten kann: Er hat die Kräfte des Guten für eigene Interessen genutzt. Er hat deine Kraft gebraucht, mit ihr hat er die Engel zurückgeschlagen, und das bedeutet, dass du alles, was er erreicht hat, auch selbst hättest erreichen können, wenn du den Glauben an dich nicht verloren hättest. Du warst es, der die Engel in Bantoryn zurückschlug, Nando – deine Kraft, nicht die des Teufels. Doch dein Zweifel erlaubte es ihm, dich zu stürzen, denn du hast deiner Stärke nicht vertraut, jener Stärke, die jede Teufelsmacht der Welt bezwingen kann. Eines Tages wirst du ihr einen Namen geben. Dessen sei gewiss.*

Nando holte Atem. Er dachte daran, wie er vor so kurzer Zeit mit Antonio in diesem Mohnfeld gesessen hatte, in demselben Feld, in dem der Engel nun bleich und versiegend dalag und seine Hand hielt. Etwas hatte in Antonios Blick gestanden, ein Schatten und eine Gewissheit, und auf einmal begriff Nando, dass der Engel bereits zu jenem Zeitpunkt gewusst hatte, was geschehen würde. Nicht die Umstände, nicht den Zeitpunkt, aber er hatte gewusst, dass Nando scheitern musste, um erkennen zu können, was in ihm lag. Antonio glaubte an ihn, mehr noch – er gab sein Leben für ihn.

Erschrocken sah Nando, wie Antonios Körper durchscheinend wurde, wie sich die Schatten in seinen Augen verstärkten und seine Wangen bleicher wurden. Er verwandelte sich in feinen Nebel, lautlos und scheinbar ohne Schmerzen, doch Nando ertrug den Anblick kaum. Er wusste, dass Antonio ihn nun verlassen würde, und plötzlich schossen so viele Worte auf seine Zunge, so viele Gedanken, die er seinem Mentor und Freund niemals gesagt hatte, doch als er den Mund öffnete, kam nur ein Satz über seine Lippen.

»Ich danke dir«, flüsterte er und legte seine rechte Hand auf sein Herz, wie die Ritter der Garde es taten, um einem Krieger Respekt zu zollen.

Ich bin ein Engel, flüsterte Antonio, und das Lächeln auf seinen Lippen blühte auf wie eine der Mohnblüten. *Ich bin ein Geschöpf des Lichts, das sein Leben in den Schatten verbracht hat, und ich bereue es nicht. Es gibt wenige Augenblicke, die die Macht haben, in das Innere eines Engels vorzudringen, die ihm wertvoll geworden sind, und doch ... Ich habe so viele dieser Momente in mir. Momente in Bantoryn, Momente mit meinen Novizen und den anderen Bewohnern der Stadt, Momente über den Dächern Roms. Und diesen Moment, Nando, diesen Moment, in dem ich sterbe. Ich rieche den Duft der Mohnblumen, ich sehe, wie der Sohn des*

Teufels um mich weint, und ich nehme dieses Bild mit mir, das ich selbst im Totenreich der Engel nicht vergessen werde. Ich nehme es mit mir, mein Sohn – mit nach Andra Amyon, an den Ort, an dem die Zeit stillsteht.

Die Schatten in Antonios Augen wurden tiefer, für einen Moment glitten sie an seinen Wangen hinab, dass es aussah, als weinte er. Doch gleich darauf ging ein Flackern durch seinen Blick, ein Licht, das Nando einen Schauer über den Rücken schickte. Es war dasselbe Licht, das er in Aldros Blick gesehen hatte, und es füllte den Engel an, bis seine Augen in strahlendem Gold lagen.

Dort, sagte Antonio leise. *Dort ist Licht.*

Dann wurde das Gold in seinen Augen stumpf, sein Körper zerbrach zu weißem Nebel, und Nando meinte, den Herzschlag der Welt in den Tiefen des Mohnfeldes versagen zu hören. Im selben Moment setzte sein eigener Herzschlag aus, unnennbarer Schmerz durchzog seine Brust, doch er rührte sich nicht. Er saß einfach da, Tränen liefen über seine Wangen, und er ließ die Nebel des Engels über sein Gesicht streichen wie eine letzte Berührung. Dann kehrte der Herzschlag der Welt zurück, Nando spürte wieder sein Blut in den Adern, doch die Töne erschienen ihm so laut, als würden sie ihn innerlich zerreißen wollen, und er konnte ihn kaum ertragen: den Klang des Lebens.

Nando wusste nicht, wie lange er neben Antonios Nebelleib gesessen hatte, als er plötzlich ein Geräusch hörte, ein Geräusch direkt hinter sich. Erschrocken fuhr er herum, er sah in Avartos' Gesicht, doch er konnte sich nicht rühren, es war, als wäre er zu Stein erstarrt. Avartos streckte die Hand aus, Nando glaubte, von einem glühenden Speer zerrissen zu werden, doch da erkannte er die Pfeile auf dem Rücken des Engels. Sie waren schwarz, für einen Augenblick sah Nando Bhrorok vor sich, wie er von einem solchen Geschoss zurückgeschleudert wurde. Gleich darauf zog der Engel ihn auf die Beine. Nando starrte ihm in seine goldenen Augen, doch Avartos war nicht gekommen, um ihn zu töten. Er war gekommen, um ihn zum zweiten Mal zu retten.

Erst in diesem Moment hörte Nando die Dämonen, die mit kreischenden Stimmen auf sie zujagten. Avartos griff nach seinem Bogen, doch er konnte die Wellen der Angreifer nicht bezwingen. Nando holte Atem für einen Zauber, als er sah, wie sich Antonios Nebel aufbäumte. Flüchtig strich er ihm durchs Haar. Dann stob er durch das

Mohnfeld auf die Dämonen zu, der rote Staub der Blüten wirbelte auf und stürzte sich als gewaltiger Sturmwind auf sie. Nando hörte sie schreien, der Mohn Bantoryns verätzte ihre Gesichter und zwang sie zu Boden.

Im nächsten Moment fühlte er sich von Avartos gepackt. Gemeinsam rasten sie auf den Riss in der Decke zu, den einzigen Ausweg, den sie zusammen nehmen konnten. Nando warf einen Blick zurück auf das Mohnfeld, er fühlte den Wind Bantoryns in seinem Haar, und er sah Antonio, wie er über die gefallenen Dämonen hinwegzog und im Nebel der Ovo aufging. Niemals, das wusste Nando, würde er dieses Bild vergessen.

47

Nando erwachte von einem Duft. Es war eine seltsame Mischung aus Schnee und Sonnenlicht, die ihn langsam aus seiner Ohnmacht rief. Er hörte den Straßenverkehr der Menschenwelt und spürte die Helligkeit des Mondes auf seiner Haut.

Mühsam öffnete er die Augen, seine Schläfen pochten unter einem stechenden Kopfschmerz. Er lag auf einem Hausdach in der Nähe des Orto Botanico, die Schiefersplitter der regennassen Dachpappe bohrten sich in seine Wange. Rings um den Rand des Daches flammten winzige weiße Flämmchen, und dort, mit dem Rücken an einen Schornstein gelehnt, saß ein Engel und schaute mit wachsamen Augen über die Stadt.

Für einen Moment meinte Nando, Antonio zu sehen wie damals, als er vor der Entscheidung gestanden hatte, mit seinem Mentor in die Unterwelt zu gehen. Sein Herz schlug schneller. Er griff nach dem Glücksgefühl in seiner Brust, nach der Wärme, die ihn bei dieser Vorstellung durchströmte, doch schon glitt sie ihm durch die Finger und wurde von der Kälte des Schreckens abgelöst, als er das Gesicht des Engels erkannte.

Avartos war es, der regungslos ganz in seiner Nähe saß, Avartos, der Engelskrieger, der ihn gejagt hatte und dessen oberstes Ziel es in den letzten Monaten gewesen war, ihn zu töten. Nun schaute er wie eine steinerne Statue über die Dächer Roms, scheinbar gelassen und mit diesem Ausdruck in den Augen, den Nando auch bei Antonio häufig gesehen hatte – dieser Mischung aus Sehnsucht und Schmerz, nachlässig verdeckt von einer kalten Maske der Gleichgültigkeit.

Nandos Blick glitt über das ebenmäßige Antlitz des Engels, über seine blutbesudelte Kleidung und das Schwert, auf dessen Knauf Avartos' Hand ruhte, als würde er es jeden Moment ziehen und gegen ein mögliches Opfer führen wollen. Nando erinnerte sich gut daran, wie der Engel im Forum Romanum auf ihn zugetreten war, wie Silas ihn vor seiner Kälte bewahrt hatte, und er spürte wieder den Schrecken in seinen Gliedern beim Anblick des reglosen Engelsgesichts. Doch gleich darauf dachte er an Bhrorok, sah ihn noch einmal von einem schwarzen Pfeil getroffen rückwärts taumeln, und er spürte wieder den Griff des Engels an seinem Arm, als dieser ihn im Mohnfeld mit sich gezogen hatte. Gemeinsam waren sie abgetaucht in die Dunkelheit der Brak' Az'ghur, und Avartos hatte ihn in Sicherheit gebracht – in die Welt der Menschen.

Nando wollte sich aufrichten, doch sofort schoss ein heftiger Schmerz in seinen Nacken und ließ ihn stöhnen. Avartos kam auf die Beine, so lautlos und schnell, dass Nando den Arm emporriss und einen Flammenzauber in seine Faust schickte. Entschlossen sah er den Engel an, der abrupt stehen blieb, und stemmte sich rücklings an dem Schornstein hoch, neben dem er gelegen hatte. Ein belustigtes Flackern glitt über Avartos' Gesicht, doch Nando beachtete es nicht. Er drängte jeden Anflug von Furcht, jede Verwirrung und Unsicherheit hinter die Maske des Kriegers zurück, der Bantoryn würdig war, und richtete seine Faust auf die Stirn des Engels.

»Was willst du von mir?«, fragte er und bemühte sich nicht, die Kälte in seiner Stimme zu unterdrücken.

Mit dieser Reaktion hatte Avartos offensichtlich nicht gerechnet. Verächtlich hob er die Brauen, als wäre er für gewöhnlich derjenige, der die Fragen stellte, und verschränkte die Arme vor der Brust.

»Ich habe dir das Leben gerettet«, stellte er fest. »Du …«

»Warum?«

Der Engel war es nicht gewohnt, unterbrochen zu werden, das konnte Nando sehen. Zorn flammte in seinen Augen auf, ehe er die Luft ausstieß, langsam und geduldig, als wäre Nando ein ungezogener Hund, und schüttelte mit mildem Lächeln den Kopf. »Weil ich es so beschlossen habe. Du magst der Sohn des Teufels sein, aber noch zerquetscht dich jeder mittelmäßig begabte Dämon zwischen zwei Fingern, und genau das wäre passiert, wenn ich nicht gekommen wäre. Die Schergen Luzifers hätten dir die Kraft geraubt und ihren Fürsten befreit. Das konnte ich nicht zulassen.«

»Und warum hast du mich nicht getötet?« Die Worte brachen wie Gewehrsalven über Nandos Lippen. »Noch vor Kurzem hast du selbst alles darangesetzt, mich höchstpersönlich ins Jenseits zu befördern! Warum tötest du mich nicht, warum stehst du hier bei mir auf einem regennassen Dach und tust so, als wären dein Hass und deine Abscheu vor mir, dem Teufelssohn, nichts als Illusionen gewesen?«

Avartos musterte ihn für einen Moment, sein Gesicht verlor den höhnischen Schatten, der sich um seine Augen gelegt hatte. »Ich bin ein Engel«, erwiderte er kaum hörbar. »Hass und Abscheu sind Empfindungen, denen ich mich nicht hingebe, ein Umstand, den du wohl nie begreifen wirst. Wir Engel sind Geschöpfe des Lichts, Menschensohn, Kreaturen der Ehre, und …«

»Ich habe gesehen, was ihr mit den Nephilim gemacht habt«, erwiderte Nando kalt. »Ich habe die Chroniken Bantoryns gelesen, ich kenne die Bilder der Verfolgung, und ich habe Silas' Hand gehalten, während er starb. Sprich nicht von Ehre, Sklave des Lichts!«

Die letzten Worte glitten zischend durch die Luft und hieben nach Avartos' Wange, sodass er zurückfuhr. Nando sah den Schrecken, der über das Gesicht des Engels flammte, doch er ließ sich nicht davon täuschen. Mit ausgestreckter Hand ging er auf Avartos zu, er merkte kaum, wie der Engel vor ihm zurückwich.

»Ich mag ein Nephilim sein«, sagte Nando und spürte seinen Puls in den Schläfen. »Ich mag schwach sein und unwissend, und vermutlich hätten mich die Dämonen der Hölle tatsächlich in der Luft zerrissen, wenn du nicht gekommen wärest. Aber ich lasse mich nicht zum Narren halten! Du hast mir das Leben gerettet! Warum?«

Avartos stieß mit dem Rücken gegen die Brüstung des Daches, das Gold seiner Augen flammte auf.

»Ich weiß es nicht«, erwiderte er, und in diesem Moment zerbrach die Maske aus Eis vor seinem Gesicht. Dahinter lag Verwunderung, Furcht und Zerrissenheit, aber auch eine Hilflosigkeit, die Nando erschütterte, und obgleich er wusste, wer da vor ihm stand, obgleich die Bilder des strahlenden Engelskriegers Avartos deutlich vor seinem inneren Auge aufflammten, ließ er die Hand mit seinem Zauber sinken. Er fühlte die Verzweiflung, die in diesen Worten lag, aber er spürte auch die Stärke, die ihnen entsprang und die in der Entscheidung wurzelte, einen vertrauten Weg zu verlassen und kopfüber in die Dunkelheit zu stürzen.

Da wandte Avartos sich ab. Er schaute über die Stadt, als wollte er jedes Licht, jeden Schein des Mondes und jede menschliche Stimme in sich aufsaugen. Seine Hände ruhten auf der Brüstung, kurz gruben sie sich in den Stein wie in weiche Butter. Nando spürte den Kampf, den Avartos in seinem Inneren ausfocht, und er sah das Muskelspiel an dessen Schläfen.

Doch frage dich, Engel höchsten Ranges, drang auf einmal Antonios Stimme durch Nandos Kopf. Er schrak zusammen, das Atmen fiel ihm schwer, so vertraut durchzogen ihn diese Worte, und er brauchte einen Moment, bis er begriff, dass Avartos ihn an seinen Gedanken teilhaben ließ. Diese Worte hatte Antonio zu ihm gesprochen, damals im Dorf der Varja, als er Avartos zu Nandos Überraschung nicht getötet hatte. *Was in dir ist es, das dir diesen Rang verleiht? Was ist es, das dich von jenen in der Hölle unterscheidet? Was ist es, das dich am Leben hält in den dunklen Nächten in der Kälte deines Geistes? Warum beschützt du die Menschen?*

Avartos holte tief Atem, und Nando schien es, als würde er diese Geste zum ersten Mal bei dem Engel wahrnehmen, der plötzlich so jung und verwundbar wirkte, als würde er ohne Waffen dastehen und ohne jeglichen Schutz.

»Ich habe mir diese Frage nie gestellt«, sagte er leise. »Ich habe niemals Zweifel gehabt an dem Weg, den ich gegangen bin – bis zu dem Moment, da der Teufelssohn mir das Leben rettete. Der Moment war wie ein Spiegel. Noch weiß ich nicht, wohin ich mich wenden soll in der Dunkelheit, in die er mich gestoßen hat. Doch eines weiß ich sicher: dass es keinen Weg zurück gibt, wenn man einmal hineingesehen hat.«

Nando dachte daran, wie er seine Hand an die Schläfe des tödlich verwundeten Engels gelegt hatte, an die eiskalte Haut unter seinen Fingern und an die Bilder, die durch Avartos' Augen geflackert waren wie Erinnerungen aus einem anderen Leben. Er erinnerte sich an die Gestalt der Frau, an den Schnee auf frisch geschlossenen Gräbern und an die Kälte, die über ihn gekommen war beim Anblick des sterbenden Engels. Und wieder spürte er die Furcht, die in Avartos aufwallte. *Du bist ein Engel – und jede Träne bringt dich den Schatten näher, die in dir lauern!* Nando spürte die Angst davor, den Sturm und die Finsternis im eigenen Inneren zu ertragen – und dann die Entscheidung für diesen Schritt, auch wenn das Kampf bedeutete und Schwäche und Einsamkeit.

Langsam trat er neben Avartos an den Rand des Daches. Es fiel ihm schwer, seine Gedanken zu ordnen, und kaum dass er den Blick von dem Engel abgewandt hatte, rasten Erinnerungen durch seine Gedanken, Bilder von der brennenden Stadt Bantoryn, von den Dämonen, die wie aus dem Schlund der Hölle gebrochen waren, und von den Engeln, wie sie in Scharen die Nephilim gejagt und getötet hatten. Viele waren entkommen und hatten es womöglich bis in die Rote Höhle geschafft, jenen Ort, der in den Brak' Az'ghur lag und den Bewohnern Bantoryns seit jeher als Schutzraum in Notfällen diente. Nandos Magen zog sich zusammen, als er an Noemi dachte, und er ballte die Hände zu Fäusten.

»Was hast du jetzt vor?«, fragte Avartos, dem diese Geste nicht entgangen war.

Nando schwieg für einen Moment. Er ließ die Kälte der Luft in seine Lunge strömen und drängte den Zorn zurück, der hinter seiner Stirn aufglomm, als er an Bhrorok dachte und an das flammende Zeichen auf Noemis Stirn. *Nur der Tod kann einen solchen Bund zerbrechen*, raunte Antonios Stimme durch seine Gedanken, und Nando nickte kaum merklich. Bhrorok war von niemandem zu bezwingen, von niemandem als dem Teufel selbst – oder seinem Sohn. Er würde Noemi, Kaya und die anderen nicht den Dämonen überlassen. Er würde Bhrorok besiegen, um sie zu befreien.

»Die Bewohner Bantoryns, die überlebt haben, werden alles daransetzen, um die Gefangenen zu befreien«, erwiderte er ruhig. »Und ich werde ihnen dabei helfen. Ich werde in die Unterwelt gehen, ich werde Bhrorok bezwingen und die retten, die meinetwegen in seinen Klauen liegen.«

Da stieß Avartos die Luft aus. »Unsinn«, erwiderte er. »Du bist Bhrorok noch nicht gewachsen. Du ...«

Doch Nando schüttelte den Kopf. »Es gibt keinen anderen Weg. Ich habe einen Eid geschworen, die Nephilim Bantoryns zu beschützen, ich bin ein Krieger der Schatten, und ich werde tun, was ich kann, um die Gefangenen zu befreien. Niemand außer mir kann Bhrorok bezwingen, denn er ist ein Geschöpf der Hölle – und nur die Kraft, die ihn erschuf, kann ihn vernichten. Die Kraft, die ich in mir trage.«

Er sah Avartos an, und für einen Moment wich die Abwehr auf dessen Zügen einem kaum merklichen Schimmer. Achtung schlich sich auf das Gesicht des Engels, eine Regung, die Nando so fremd erschien, dass er lächeln musste.

»Dann gehe ich mit dir«, sagte Avartos ruhig.

Nando lachte auf, er konnte nicht anders. Avartos' Worte erschienen ihm so absurd, dass er kurz glaubte zu träumen. Doch der Engel musterte ihn kühl, und als der Mond hinter zwei Wolken hervorbrach und seinen Schein wie ein Tuch aus schimmernder Seide auf Nandos Schläfen legte, wusste er, dass alles wirklich geschah. Ein Schauer flog über seinen Rücken, als er die Entschlossenheit in Avartos' Augen bemerkte und den ungewohnten Ausdruck darin, der jede Ablehnung vermissen ließ, die sonst die Züge des Engels bestimmt hatte.

»Ich weiß nicht, was es da zu lachen gibt«, versetzte Avartos und hob stolz den Kopf. »Ich bin ein Engel, ein Geschöpf aus Sehnsucht und Eis. Ich habe die Schlange von Bagdad mit bloßen Händen zerrissen und die Ghule der Wälder im Norden gelehrt, was Furcht bedeutet. Ich bin in die Ruinen unter Moskau hinabgestiegen, um den Lindwurm zu jagen, und ich habe den Kopf des letzten Basilisken der lichten Welt mit einem einzigen Hieb von dessen Leib getrennt. Für mein Volk habe ich das getan, und das alles nur aus einem einzigen Grund: da ich ein Krieger und ein Jäger bin. Du wirst meine Hilfe brauchen können, um die Gefangenen zu befreien – nun, da Antonio uns verlassen hat.«

Nando schrak zusammen, vielleicht wegen des Namens seines Mentors, der ihm sanft durch die Haare strich, oder wegen des verwundbaren Ausdrucks in Avartos' Augen, und er wusste, dass nicht nur er in diesem Moment Antonios Worte hörte, jene Worte, die er einst zu Avartos gesprochen hatte. *Weil sie dir Antwort geben, dir oder dem jämmerlichen Rest jener Wahrheit, die du in dir verbirgst, weil sie alles vernichten könnte, was du bist. Eines Tages, das steht außer Zweifel, wirst du sie erkennen, und du wirst sehen, dass dein größter Wert mehr ist als die Kälte deines Geistes und Augen aus Gold und Farben.*

Vor ihm stand Avartos, der Krieger, der Engel, der ihm nach dem

Leben getrachtet hatte und an dessen Händen das Blut klebte von unzähligen Nephilim. Doch Avartos war in den Abgrund in seinem Inneren gefallen, mehr noch – er war selbst hineingesprungen. Nando erinnerte sich daran, wie er seine Hand zurückgezogen hatte, wie er beschlossen hatte, Avartos nicht zu töten, und daran, dass ihm nicht vollständig bewusst gewesen war, warum er diese Entscheidung getroffen hatte. Noch immer wusste er darauf keine Antwort, und dieselbe Unsicherheit, dasselbe Erstaunen und Zögern sah er nun in den Zügen des Engels. Er spürte noch einmal Avartos' Herzschlag, als würde gerade in diesem Moment erneut ein Heilungszauber über seine Lippen kommen, und er sah, wie goldene Funken die Dunkelheit im Blick des Engels durchbrachen. Langsam holte er Atem. Er hatte Avartos gefürchtet, ja, er fürchtete ihn noch immer – und doch sagte er die Wahrheit, das spürte er ohne jeden Zweifel, und er würde nichts mehr tun, das Nando schaden könnte.

Für einen Moment schwiegen sie beide, und als Nando zum Zeichen seiner Zustimmung den Kopf neigte, senkte sich eine samtene, fast friedliche Stille über sie.

»Du darfst Bhrorok nicht sofort gegenübertreten, wenn wir nach Bantoryn hinabsteigen«, sagte Avartos dann. »Zuvor müssen wir ihn schwächen, wir müssen ihn verwunden, damit du eine Chance hast gegen ihn. Ansonsten würde er dich zwischen den Fingern zerquetschen, er ist das Böse in Person, und du … du kannst noch nicht einmal aus eigener Kraft fliegen.«

Nando holte tief Atem. Er schaute Avartos nicht an, als er näher an den Rand des Daches herantrat. Stattdessen sah er Antonio vor sich, der sich grazil auf der Brüstung vor- und zurückbewegte und ihn zu sich heranwinkte wie damals. Doch dieses Mal schüttelte Nando nicht den Kopf. Er sah zu, wie Antonio innehielt, die Position eines Tänzers einnahm, Standbein und Spielbein gekreuzt, und die Arme auf dem Rücken verschränkte, und er sprach die Worte aus, die lautlos über Antonios Lippen kamen.

»Das wirklich Böse ist die Furcht. Nichts hat gerade über die Menschen so große Macht wie sie.«

Er spürte Avartos' erstaunten Blick kaum, als er sich mit klopfendem Herzen auf die Brüstung schwang. Er betrachtete die Dunkelheit direkt vor sich, jene Finsternis, in die Antonio damals getreten war, griff sich an die Brust und streifte den Harnisch ab, der mit klirrendem Geräusch zu Boden glitt. Kühl strich der Nachtwind über seine Brust. Er sah Antonio in der Dunkelheit, sah, wie der Engel ihn anschaute – regungslos, als blickte er durch ein Fenster aus einer anderen Welt. Dieser Engel hatte an ihn geglaubt, mehr als das: Er war für ihn gestorben.

Unsere Entscheidungen machen uns zu dem, was wir sind, flüsterte Nando in Gedanken. Dann verbeugte er sich, fixierte den Engel mit seinem Blick – und trat in den Abgrund.

Er schrie auf, der Wind riss an seinem Haar und seiner Kleidung, und er schlug die Arme vor sein Gesicht, um einen Sturz abzufangen. *Du fliegst nicht aus eigener Kraft, weil du Angst hast zu fallen,* raunte Antonios Stimme durch seine Gedanken, und als hätten die Worte des Engels eine Fessel um seinen Körper gesprengt, warf Nando den Kopf in den Nacken, spannte die Schwingen – und er fiel nicht. Tränen strömten über seine Wangen, als er über die Dächer Roms dahinjagte, während das Licht Nhor'Kharadhins und die Schatten der Gassen sich vereinten. Sie pulsten durch seine Glieder, sie waren sein Herzschlag und sein Atem, und als er sie durchdrang und Teil der Welt wurde, der er immer schon gewesen war, schrie er noch einmal. Doch dieses Mal war es ein Schrei der Befreiung und der Freude, ein Schrei, der seine Lunge zum Brennen brachte und ihn zur gleichen Zeit weinen und lachen ließ, während er durch die Schleier aus Licht und Farben tauchte, mit dem Wind in seinen Haaren. Die Kraft der Welt durchströmte ihn, diese Macht, die er erst begriffen hatte, als Antonio für ihn gestorben war – jene Stärke, die jede Teufelsmacht der Welt bezwingen konnte. *Eines Tages wirst du ihr einen Namen geben,* flüsterte Antonio, und Nando hörte, dass er lächelte. *Dessen sei gewiss.*

48

Schwaden aus Asche stoben über das Pflaster wie Geisterhorden. Kalt fegte der Wind um die Ecken, und das fahle Licht der Häuser, die sich zu beiden Seiten der Gassen auftürmten, tauchte die Brak' Az'ghur in düsteres Zwielicht.

Mit angezogenen Schultern ging Nando neben Avartos die Gänge hinab. Der Engel bewegte sich vollkommen lautlos, den Körper in seinen dunklen Umhang gehüllt, der ihn mit den Schatten der Umgebung verschmolz. Er hielt ziemlich genau eine Armlänge Abstand zu Nando, und dieser stellte zu seinem Erstaunen fest, dass Avartos diese Distanz instinktiv zu wahren schien: Näherte Nando sich ihm nur um wenige Fingerbreit, entfernte der Engel sich von ihm, als gälte es, den vorherigen Abstand zwischen ihnen wiederherzustellen. Sie hatten kaum ein Wort mehr miteinander gesprochen, seit sie in die Unterwelt zurückgekehrt waren, und doch herrschte eine stille Übereinkunft in dem, was nun zu tun war, die Nando Sicherheit gab inmitten der Dunkelheit.

Er erinnerte sich gut daran, wie er die Brak' Az'ghur erstmals betreten hatte. Argwöhnisch hatte er in Giorgios Taxi gesessen, die Augen weit aufgerissen beim Anblick der verzweigten Wege, der Glutbäume und der schemenhaften Gestalten, die hin und wieder hinter einem der Fenster aufgetaucht waren. Er hatte Angst gehabt, ohne jeden Zweifel, doch nun erschien ihm diese Furcht wie eine ferne Erinnerung. Die Schatten waren für ihn zu Vertrauten geworden, zu Freunden, die ihn in ihre Dunkelheit hüllten und ihn vor feindlichen Augen verbargen. Nie hätte er damals geglaubt, bei dem Anblick der Hexen und Nekromanten hinter den Fenstern der heruntergekommenen Häuser einmal etwas anderes zu empfinden als Furcht oder Misstrauen, doch nun erschienen ihm ihre Gesichter beinahe vertraut. Vereinzelt fing er einen Blick aus zwei aufglimmenden Augen auf, sah eine struppige Katze im Fensterrahmen sitzen und bemerkte ein Wispern, das fast lautlos über das Pflaster strich. Die Bewohner der Brak'Az'ghur hatten vom Fall Bantoryns gehört, und es war, als würden ihre Häuser Trauer tragen, als wollten sie durch ihr Schweigen und dadurch, dass keiner von ihnen auf die Straße trat, der Stadt jenseits des Lichts gedenken.

Nandos Unruhe nahm zu, je näher sie der Roten Höhle kamen. Es war still, so still in den Gängen der Schatten, und es fiel ihm zunehmend schwerer, die Fragen in sich zurückzudrängen, die quälend von innen gegen seine Stirn klopften. Immer wieder sah er die Nephilim durch die Portale fliehen, sah ihre entsetzten, fassungslosen Gesichter und die Hilflosigkeit in ihren Blicken. Was, wenn sie sich in ihrer Panik zerstreut hatten, wenn sie geflohen waren, so weit ihre Schwingen sie getragen hatten? Was, wenn sie sich fürchteten, die Rote Höhle aufzusuchen, oder wenn sie den Dämonen in die Klauen geraten waren oder den Engeln? Was, wenn sie die Regeln Bantoryns vergessen hatten, und …

»Ich höre deinen Herzschlag wie eine Blaskapelle in meinem Kopf«, sagte Avartos ruhig. Erstaunt sah Nando ihn an, doch der Engel schaute die Gasse hinab, als erwartete er jeden Augenblick einen Angriff aus einem der Häuser. »Du musst lernen, deine Gefühle zu kontrollieren. Du verlierst deine Konzentration, wenn du das nicht tust, und fehlende Achtsamkeit kann dich das Leben kosten.«

Nando verdrehte die Augen. Antonio und Drengur hatten ihm des Öfteren Ähnliches gesagt. »Das ist nicht leicht, wenn man sich um seine Freunde sorgt.«

»Freunde«, sagte Avartos leise, und es klang, als hätte er dieses Wort bisher selten ausgesprochen. »Deine Sorgen werden ihnen nicht helfen. Deine Taten sind es, die zählen. Du bist kein Tellerwäscher mehr, vergiss das nicht. Du darfst dich nicht in die Irre führen lassen von deinen Emotionen. Bewahre einen kühlen Kopf, das rate ich dir. Du wirst ihn brauchen, wenn du den Weg eines Kriegers gehen willst.«

Nando betrachtete Avartos von der Seite. Die Haare des Engels schimmerten leicht im Zwielicht, und durch seinen lautlosen Gang schien es fast, als würde er schweben. »Der Weg eines Kriegers«, sagte er nachdenklich. »Als ich Antonio zum ersten Mal begegnet bin, da habe ich nicht so sehr darauf geachtet, dass er eine düstere Gestalt war, die bedrohlich und unheimlich wirkte – nicht sofort jedenfalls. Das Erste, das ich wahrnahm, war der Duft des Mohns, der vor den Toren Bantoryns wächst. Und noch immer ist es dieser Duft, den ich mit Antonio verbinde und der mir jede Erinnerung an ihn zurückbringt.« Er hielt kurz inne. »Es mag dir merkwürdig erscheinen«, fuhr er dann fort, und ein schwaches Lächeln glitt über seine Lippen. »Aber ich glaube, dass ich beides sein möchte: ein Tellerwäscher und ein Krieger. Glaubst du, dass das möglich wäre?«

Da wandte Avartos den Blick. Erstaunen flammte in seinen Augen auf. Er öffnete den Mund, und Nando meinte bereits, die abgeklärten Worte zu hören, die sich auf die Zunge des Engels stahlen, als Avartos leicht den Kopf neigte. Eindringlich sah er Nando an, als wäre dieser ein Gemälde, dessen Maltechnik er noch nicht durchdrungen hatte, schob dann das Kinn vor und nickte langsam. »Vielleicht«, erwiderte er leise. Und kaum merklich lächelte er.

Dieses Lächeln schmolz die Maske von seinen Zügen, und Nando wollte gerade etwas erwidern, als er den Speer sah, der zischend auf sie zuraste. Mit einem Schrei hob er den Arm, um die Waffe mit einem Zauber abzuwehren, doch schon streckte Avartos die Hand aus und fing den Speer noch im Flug. Knisternd brachen Flammen zwischen seinen Fingern hervor – und die Waffe verkohlte binnen weniger Augenblicke zu Asche.

Nando kam nicht dazu, einen Ton hervorzubringen, denn schon stürzte sich eine Gestalt aus der Dunkelheit zwischen zwei Häusernischen und schleuderte eine glühende Peitsche auf Avartos. Sofort packte der Engel die Peitsche und riss sie zu sich heran. Seine Bewegungen waren so schnell, dass Nando sie kaum verfolgen konnte, doch er sah, wie Avartos die Peitsche zu Boden warf, eine Gestalt an der Kehle packte und sie gegen die nächste Hauswand drückte. Es war ein Nephilim, der ihn angegriffen hatte – ein Nephilim mit dunklem, lockigen Haar und braunen Augen.

»Riccardo!«, rief Nando und eilte zu ihnen, doch keiner der beiden schien ihn zu hören. Sie starrten sich an, feindselig und mit einer Kälte in den Augen, die ihre Gesichter in zwei Fratzen verwandelte.

Frostzauber drangen aus den Fingern des Engels, schon überzog sich Riccardos Brust mit Kristallen aus Eis. Da legte Nando die Hand auf Avartos' Arm. »Er ist ein Freund«, sagte er eindringlich, und nach kurzem Zögern nahm der Engel die Hand zurück.

Riccardo landete auf dem Boden, hustend kam er auf die Beine und ließ sich von Nando stützen. »Er ist ein Engel!«, keuchte er außer sich und deutete mit zitternder Hand auf Avartos, der ihn seelenruhig und mit abfälligem Blick betrachtete.

»Es ist doch immer wieder erstaunlich, welche Klugheit aus den Reihen deines Volkes geboren wird«, stellte der Engel an Nando gewandt fest, doch dieser achtete nicht auf ihn.

»Er hat mir das Leben gerettet«, sagte er zu Riccardo, der ungläubig die Augen aufriss. »Mir und Antonio. Bhrorok hätte uns beide erschlagen, wenn Avartos nicht gekommen wäre, und ... Ich kann ihm vertrauen, Riccardo – wir alle können das.«

Misstrauisch warf Riccardo Avartos einen Blick zu, doch Nando konnte sehen, dass seine Worte die Furcht in ihm verringert hatten. »Du willst ihn mitnehmen?«, fragte er leise, und obwohl er mit Nando sprach, wandte er den Blick nicht von dem Engel ab. »Das wird einigen gar nicht gefallen.«

Nando holte erleichtert Atem. »Dann haben sie sich also in der Höhle versammelt?«

Riccardo nickte und wollte gerade etwas erwidern, als Avartos die Hände hob.

»Keine Sorge«, sagte er mit spöttischem Lächeln. »Ich habe nicht vor, die Nephilim in Panik zu versetzen. Vermutlich wäre es in der Tat zu viel verlangt, meinen Anblick in ihren Reihen ohne Weiteres hinzunehmen. Ich werde euch begleiten, doch vergesst eines nicht: Es gibt kein anderes Geschöpf auf dieser Welt, das sich besser auf Tarnung versteht als ein Engel.« Mit diesen Worten zog er sich die Kapuze so tief ins Gesicht, dass seine Züge in der Dunkelheit versanken. Sein Umhang verschmolz noch stärker mit der Dämmerung ringsherum und verwandelte ihn beinahe selbst in einen Schatten. Nando nickte langsam und bemerkte, wie ein Hauch von Faszination über Riccardos Gesicht flammte, den dieser jedoch umgehend hinter einem zornigen Ausdruck verbarg.

»Gut«, sagte Riccardo und starrte einen Moment lang in die Finsternis von Avartos' Kapuze. »Aber ich behalte dich im Auge.«

Der Engel lachte leise. »Nichts anderes habe ich erwartet von einem Nephilim, dessen Speerwurf mehr Lärm verursacht als ein Kampfflugzeug der Menschen.«

Riccardo wollte etwas erwidern, doch Nando legte ihm die Hand auf den Arm. Sie hatten Wichtigeres zu tun, als sich in den Gängen der Schatten herumzustreiten. »Haben es viele in die Höhle geschafft?«, fragte er deshalb und zog Riccardos Aufmerksamkeit auf sich.

»Die meisten schon«, erwiderte dieser, während sie die Gasse hinaufgingen. »Doch viele sind verwundet, manche schwer, und Morpheus und die Heiler haben alle Hände voll zu tun, sich um sie zu kümmern. Es gibt Tote, doch wir können sie nicht beisetzen, solange wir uns verstecken müssen, und ...« Er hielt kurz inne. »Die Senatoren haben eine Versammlung anberaumt, auf der alles Weitere besprochen werden soll, aber ... Unsere Heimat wurde zerschlagen. Jetzt haben wir nichts mehr.«

Nando senkte den Blick. Schweigend gingen sie nebeneinanderher, doch als sie den Eingang zur Roten Höhle erreichten, spürte er sein Herz schneller in seiner Brust schlagen. Er sah zu, wie Riccardo sich daranmachte, Tarn- und Schallzauber vor dem Eingang zu durchdringen, und hielt ihn zurück.

»Geben sie mir die Schuld?«, fragte er und sah erst das Unverständnis und dann das Erstaunen, das über Riccardos Gesicht flammte. »Ich bin dem Teufel verfallen«, fuhr er fort, ehe dieser etwas erwidern konnte. »Genau wie einst Aldros. Ich habe Bhrorok in die Stadt geholt und den Dämonen den Einzug nach Bantoryn ermöglicht, und ...«

Da stieß Riccardo die Luft aus. »Du hast die Engel zurückgeschlagen«, erwiderte er eindringlich und warf Avartos einen Blick zu. »Diese verfluchten Sklaven des Lichts, die uns vernichtet hätten, wenn du nicht gewesen wärest. Du magst dem Teufel gefolgt sein, aber nur, um uns zu retten. Wir können alle froh sein, dass wir nicht von der Hand eines Engels niedergestreckt wurden!«

»Ohne mich wären die Engel niemals in die Stadt gelangt«, sagte Nando kaum hörbar. »Paolo hat mich gehasst, er ...«

»Paolo war verblendet und zerfressen von seinem Neid und seiner

Gier«, erwiderte Riccardo kühl. »Er war es, der Bantoryn verraten hat – er ganz allein! Du bist nicht verantwortlich für unser aller Schicksal.«

Nando senkte den Blick. »Es hätte nicht viel gefehlt, und der Teufel wäre befreit worden. Wäre Antonio nicht gekommen …«

»Aber er ist gekommen«, unterbrach Riccardo ihn, und seine Stimme klang plötzlich hart, fast abweisend. Erstaunt sah Nando seinen Freund an, Zorn stand in dessen Augen. »Willst du dich aufschwingen und über Antonio urteilen, Antonio, den ersten Engel und unser aller Mentor? Wenn es stimmt, was man sich erzählt, so war er es, durch dessen *Schuld* Bhrorok an den Schlüssel zu den Höllenpforten gelangt ist, denn er entschied sich dafür, dich zu retten.« Er hielt kurz inne, ein kaum merkliches Lächeln glitt über sein Gesicht. »Und ich taste diese Entscheidung nicht an.«

Nando spürte die Wärme, die von Riccardos Worten ausging, und er erwiderte das Lächeln, auch wenn noch immer die Kälte in ihm glomm, die sich seit dem Fall Bantoryns in ihm festgesetzt hatte.

»Bantoryn ist gefallen, Nando, und es scheint so …« Riccardo holte tief Atem, ein Schatten flackerte über sein Gesicht und sammelte sich in seinen Augen, bis sie aussahen wie reglose Seen. »Es scheint so, als wären die Bewohner der Stadt mit in den Abgrund gestürzt. Es ist besser, wenn du darauf vorbereitet bist.«

Noch nie zuvor hatte Nando einen solchen Ausdruck auf Riccardos Zügen gesehen, nie zuvor seine Stimme in diesem Widerhall aus Resignation und Schwäche gehört, und ein Schauer flog über seinen Rücken, als sein Freund den Zauber sprach und sie in die Rote Höhle eintraten.

Das Erste, was Nando wahrnahm, war der Geruch von Blut. Süßlich und metallisch lag er über zahllosen Zelten, hinter denen sich Heiler und Pfleger bewegten und Schattenrisse gegen die Planen warfen. Schleierartige Steinformationen unterteilten die Höhle in mehrere Bereiche, und Nando roch den scharfen Geruch von Desinfektionsmitteln und nahm die Impulse der Magie wahr, die für Operationen benötigt wurde, während er Riccardo folgte.

Es herrschte eine beklemmende Stille, die nur vereinzelt von Weinen oder erstickten Schreien unterbrochen wurde. Die metallenen Roboter von Morpheus eilten zwischen den Gängen hin und her und gingen ihrem Herrn ebenso zur Hand wie den zahlreichen Heilern. Viele Nephilim lagen mit kleineren Wunden auf schmalen Pritschen und warteten auf ihre Behandlung, andere hockten aschfahl und schweigend da wie unter einem Schock. Unzählige weitere saßen neben soeben Verstorbenen. Viele der toten Gesichter waren zu Fratzen entstellt und verfolgten Nando, sobald er sich von ihnen abgewandt hatte. *Du bist nicht verantwortlich für unser aller Schicksal*, ging Riccardos Stimme durch seine Gedanken, doch nun, da er zwischen den Verwundeten, den Sterbenden und den Trauernden hindurchging, nun, da er ihre Blicke auf seiner Haut fühlte, da spürte er, dass Riccardo sich irrte. Er trug die Verantwortung für die Nephilim, so wie er die Verantwortung für sich selbst trug und für all das, was Antonio ihn gelehrt hatte. Er ließ die Laute der Verwundeten durch sich hindurchziehen, während er an den Zelten vorüberging, und er wehrte sich nicht dagegen, dass die Stille der Toten sich in seinem Inneren festkrallte und Samen aussäte. Er musste sich davor bewahren, sie zu vergessen, und auch wenn er ihre Gesichter kaum ertrug, würde er sie dennoch mit sich nehmen – jedes einzelne von ihnen.

Er warf einen flüchtigen Blick zu Avartos hinüber, und obwohl er in der Finsternis unter der Kapuze nichts erkennen konnte, lag doch eine Sanftheit, eine Ehrfurcht und Anmut in seinen Bewegungen, die wie eine stille Andacht war und eine Buße für all das, was die Bewohner Bantoryns durch die Herrschaft der Engel erleiden mussten.

Sie gelangten in einen durch mehrere durchbrochene Steinschleier ein wenig vom Krankenbereich abgetrennten Raum der Höhle, in dem sich die Nephilim versammelt hatten, die keiner Behandlung bedurften. Der Bereich war gewaltig, er erstreckte sich über aufgeschüttete Hügel und Abhänge, und in einiger Entfernung erhob sich ein Podest, auf dem Nando die Senatoren der Stadt vermutete. Langsam schob er sich mit Avartos und Riccardo voran, ließ seinen Blick über die Anwesenden gleiten, sah Ilja in der Menge, die schlafend an der Schulter ihres Vaters lehnte, und viele andere vertraute Gesichter.

Riccardo erzählte ihm halblaut, dass Salados schwer verwundet worden war und Morpheus sich seit Stunden darum kümmerte, ihm das Leben zu retten, und er berichtete von einigen Novizen, die von den Engeln getötet worden waren. Bei jedem Namen flammte ein

Gesicht in Nando auf, eine Stimme, ein Geruch, und als er das Podest der Senatoren erreichte und Drengur als Vorsitzenden neben seinem Panther Althos darauf erblickte, durchströmte ihn für einen Moment ein Gefühl der Erleichterung. Der Dämon war ins Gespräch vertieft, doch allein sein Anblick brachte Nando das Gefühl zurück, das er damals nach ihrem Gespräch auf dem Drachenplatz empfunden hatte, und er spürte die Stärke und Tapferkeit, die von Drengur ausging und jeden in seiner Nähe daran hinderte, sich in Schmerz und Traurigkeit zu verlieren. Und dennoch schien es Nando, als er sich neben Riccardo und Avartos niederließ, als würde er in einem Morast der Stille versinken, einem Sumpf aus erschöpfter Resignation, der ihm das Atmen schwer machte. Er roch ihn ebenfalls, den Duft des Blutes, der aus dem Krankenlager herüberwehte, und er hörte sie auch, die Schreie der Sterbenden und die der Trauernden. Doch er zwang sich, an Noemi zu denken – und an all die anderen, die in dieser Stunde in den Klauen der Dämonen lagen und der Hilfe derer bedurften, die schweigend und niedergeschlagen beieinandersaßen, als wären sie es gewesen, die im Mohnfeld Bantoryns ihr Leben verloren hatten.

Nando fixierte Drengur mit seinem Blick. Unruhig sehnte er den Moment herbei, da der Senator die Versammlung eröffnen würde, von der Riccardo gesprochen hatte, und als der Dämon sich schließlich erhob und an den Rand des Podestes trat, spürte Nando seinen Herzschlag in der Kehle. Er rechnete mit einem tadelnden Blick von Avartos, doch der Engel schaute regungslos zu Drengur hinauf, als würde er dessen Dämonenblut wie Feuer auf seiner Haut spüren.

»Bewohner Bantoryns«, rief Drengur und ließ seine Stimme auf den Schwingen eines Sturmzaubers durch die Höhle branden. »Das, was wir seit Jahrhunderten fürchteten, das, wovor wir uns verwahrten und das wir dennoch nicht verhindern konnten, ist eingetreten. Bantoryn, die Stadt jenseits des Lichts, ist gefallen.«

Er hielt kurz inne. Seine Worte drangen wie Messerstiche in Nandos Bewusstsein, und dieser musste die metallenen Kuppen seiner linken Hand in sein Fleisch bohren, um den Schmerz in sich klein zu halten.

»Die Engel kamen über uns«, fuhr Drengur fort. »Und sie haben uns alles genommen, was einst das unsere war. Sie stürzten unsere Stadt in die Dunkelheit, sie raubten vielen von uns das Leben, und sie nahmen uns unsere Heimat. Unzählige von uns sind gefallen, viele weitere kämpfen in diesen Stunden ums nackte Überleben. Viele andere haben Wunden an Leib und Seele davongetragen, die auf den ersten Blick zu heilen scheinen, die sie aber niemals ganz wieder abstreifen werden. Die vergangene Nacht wird als Schicksalsnacht in die Geschichte unseres Volkes eingehen, das steht außer Zweifel. Doch nun gilt es, die Zukunft ins Auge zu fassen. Hier, in dieser Höhle, können wir nicht bleiben. Zwar wird sie von den Engeln wenig frequentiert, und die Zauber, die wir vor ihren Eingang legten, werden uns zunächst schützen. Aber dauerhaft werden wir hier nicht sicher sein.« Schreckenslaute drangen über die Reihen, doch Drengur ließ die Unruhe nicht die Oberhand gewinnen. »Es wird Zeit brauchen, um ein neues Bantoryn zu errichten. Noch ist unsicher, ob wir überhaupt jemals wieder eine solche Stadt unsere Heimat nennen werden. Doch bis es so weit ist, werden wir nach Katnan ziehen – in die Stadt der Zwischenweltler.«

Sofort brandete ein Raunen auf, Nando hörte Missfallen wie Zustimmung in den Stimmen der Zuhörer. Er hatte viel von Katnan gehört, jener Stadt, die Menschen beherbergte, Obdachlose, Bettler, Vagabunden und andere Wesen, die sich zu keinem Volk und keiner Gruppe zählten. Es sollte eine Stadt des Zwielichts sein, heruntergekommen, schmutzig, ein Moloch, in den sich nicht einmal die Engel begaben, wenn es sich vermeiden ließ. Dennoch würde sie der ideale Schutzraum sein, sie, in deren Mauern viele andere Heimatlose so etwas wie ein Zuhause gefunden hatten.

»In mehreren Trupps werden wir Katnan erreichen«, fuhr Drengur fort, als sich das Raunen in überwiegend zustimmendes Gemurmel gewandelt hatte. »Noch heute Nacht werden wir die Listen für die einzelnen Gruppen zusammenstellen – und morgen werden wir mit der ersten Einheit nach Katnan ziehen.«

Verhaltener Beifall erklang, der Nando die Brauen zusammenziehen ließ. »Was soll das bedeuten?«, flüsterte er Riccardo zu. »Wir können nicht einfach nach Katnan aufbrechen, Noemi und die anderen befinden sich noch in der Hand der Dämonen, sie …«

Er beendete seinen Satz nicht, denn in diesem Moment wandte Riccardo den Blick und sah ihn an. Nichts als Finsternis lag mehr in seinen Augen, und Nando begriff, dass es das war, was Riccardo ihm hatte sagen wollen: Die Bewohner Bantoryns würden den Gefangenen nicht helfen. Fassungslos riss Nando seinen Blick los und starrte Drengur an, und nun erkannte er auch die Anspannung hinter dessen Stirn, den Zorn, der in den Schläfen des Dämons pulste und nur mit Mühe zurückgehalten werden konnte.

»Der Senat hat festgestellt«, begann Drengur, und Nando konnte hören, dass er die Worte über seine Lippen zwingen musste, »dass die Gefangenen, die sich zu dieser Stunde in der Gewalt der Dämonen befinden, für uns nicht mehr zu retten sind. Wir haben weder die Stärke, noch verfügen wir über die Anzahl an Kriegern, um den Dämonen die Stirn bieten zu können, schon gar nicht Bhrorok, dem Höllengeschöpf, das nicht zu bezwingen ist. Uns bleibt nichts anderes übrig, als diese Gefangenen zurückzulassen. Doch vergessen werden wir sie nicht, und wir werden ihnen zu Ehren nun die Augen schließen und für einen Moment schweigen.«

Nando starrte Drengur an, er sah, wie der Dämon den Blick über die Reihen schweifen ließ – und schrak zusammen, als fast sämtliche Umsitzenden die Köpfe neigten und die Augen schlossen. Er bemerkte Riccardos Blick auf seinem Gesicht, fühlte auch Avartos, der ihn aus der Finsternis heraus fixierte, doch stärker noch als dies spürte er die Stille, die sich als todbringende Schlinge um seine Kehle legen und sich zuziehen wollte.

»Krieger der Schatten!«, rief er und kam auf die Beine. Die Zuhörer zuckten zusammen wie unter einem Schlag, doch sie alle wandten die Köpfe und sahen Nando an, einige erstaunt, andere fragend. Hilflos hob er die Arme und ließ sie wieder sinken. »Wisst ihr, was ihr da tut?«, fragte er und hörte, wie seine Stimme wie der Wind Bantoryns über ihre Köpfe flog. »Ihr schweigt für jene, die ihr im Stich lassen wollt? Ihr gebt sie auf, überlasst sie den Dämonen, sie, eure Nachbarn, eure Brüder, eure Schwestern, eure Freunde? Sie warten auf uns! Sie brauchen unsere Hilfe, wenn sie nicht sterben sollen! Wie könnt ihr sie zurücklassen! Wie könnt ihr das tun!«

Drengur fixierte Nando mit seinem Blick, und dieser konnte sehen, dass der Dämon am liebsten in seine Empörung eingefallen wäre. Doch er war der Stellvertreter von Antonio und damit dessen Erbe. Er durfte den Vorsitz des Senats nicht seinen eigenen Interessen unterordnen. »Das Volk Bantoryns ist am Ende«, sagte er, und Nando schien es, als würde er diese Worte nur zu ihm sagen. »Seht euch um. Keiner hier kann mehr kämpfen. Wir mögen Krieger der Schatten gewesen sein, doch dieses Erbe ist zerschlagen worden wie der Nebel der Ovo, der durch den Niedergang Bantoryns zerrissen wurde und sich in alle Winde zerstreute. Das, was wir einst waren, ist vorbei.«

Nando fuhr sich an die Kehle, auf einmal bekam er keine Luft mehr, doch noch ehe er einen Laut hervorbringen konnte, erhob sich eine Gestalt neben ihm. Erschrocken erkannte er, dass es Avartos war. Langsam zog der Engel sich die Kapuze vom Kopf.

Ein Aufschrei ging durch die Menge, nackte Panik stand in jedem Gesicht, doch da hob Avartos die Hand, und als hätte er einen Flammenzauber auf jeden Einzelnen gerichtet, hielten die Nephilim inne und starrten ihn schreckensbleich an. Selbst Drengur stand regungslos, und in seiner Haltung lag etwas, das Nando gerade noch in der angespannten Wartestellung des Engels bemerkt hatte, eine Unruhe und Wachsamkeit, die nur angesichts des eigenen, in Licht oder Finsternis getauchten Spiegelbildes entstehen konnte. Drengur rührte sich nicht, aber seine Augen standen in schwarzen Flammen.

»Nephilim«, raunte Avartos, doch seine Stimme drang an jedes Ohr. »Ihr seid also das sagenhafte Volk Bantoryns, das unter dem Engel Alvoron Melechai Di Heposotam zu wahrer Schönheit heranwuchs. Ihr seid das Volk, das mir und meinesgleichen immer wieder durch die Finger schlüpfte. Ich hörte von eurer Tapferkeit, von eurem Mut und eurem Ehrgefühl – und ich hörte von dem Ideal der Freiheit und Verbundenheit, auf dem eure Stadt einst gegründet wurde. Nichts davon scheint der Wahrheit zu entsprechen, denn in euren Augen sehe ich nichts als Resignation und Furcht!«

Kaum hatte er das letzte Wort über ihre Köpfe geschickt, schrien die Anwesenden erneut auf.

»Was hast du hier zu suchen?«, donnerte da Drengurs Stimme durch die Höhle und zwang jeden, an seinem Platz zu bleiben. »Was willst du hier in der dunkelsten Stunde unseres Volkes, du, Abschaum des Lichts?«

Nando fühlte das Kräftemessen zwischen diesen beiden, die nun nichts anderes mehr waren als Abgrund und Sturm, doch er stellte sich vor Avartos, mitten hinein in die Kälte, die von dem Engel ausging, und die glühende Hitze, die von Drengurs Leib auf ihn zuraste, und er ertrug den Wind, der über sein Gesicht peitschte wie Schwärme aus tausend Scherben.

»Sein Name ist Avartos«, sagte er und konnte nicht verhindern, dass seine Stimme ein wenig zitterte. »Und er ist hier, weil er mir das Leben rettete und Antonio vor einem Tod unter den Augen des Teufels bewahrte!« Laute des Erstaunens flammten aus den Reihen auf, und Nando ließ seinen Blick durch die Menge schweifen. »Er, ein kalter, gleichgültiger Engel, scheint mehr Hoffnung in sich zu tragen als ihr alle zusammen, denn er will mich nach Bantoryn begleiten, um die Gefangenen zu befreien – mich, den er einst jagte! Aber wie ich sehe, habt ihr euren Glauben verloren, und mehr als das! Was ist mit euren Idealen, mit den Säulen, die Bantoryn einst begründeten?«

»Die Engel haben unsere Stadt zerstört!«, rief eine junge Frau, und mehrere Zuhörer stimmten ihr zu, doch Nando streckte die linke Hand vor und ballte sie zur Faust.

»Dann errichten wir sie neu!«, rief er und ließ seinen Zorn jedes seiner Worte wie Donner über die Köpfe treiben. »Oder haben sie auch uns zerstört? Ich weigere mich, das zu glauben! Unter euch sitzen die besten Krieger der Schatten, die Bantoryn je hervorgebracht hat! Ich bin nur ein Tellerwäscher aus der Oberwelt! Und dennoch werde ich morgen Nacht nach Bantoryn ziehen und die Gefangenen befreien!«

»Das ist es, worauf Bhrorok wartet«, rief ihm ein älterer Nephilim zu. »Er will dich in eine Falle locken, um dich zu vernichten! Vermutlich sind die Gefangenen schon längst hingerichtet worden!«

»Die Dämonen warten auf mich, das ist mir bewusst«, erwiderte Nando regungslos. »Aber ich werde keine Toten beklagen, solange die Hoffnung besteht, dass die Gefangenen noch leben!«

Der Nephilim stieß die Luft aus. »Und was willst du tun? Ganz allein gegen Bhrorok antreten, du, der noch nicht einmal seine Ausbildung beendet hat?«

Nando hielt seinem Blick stand. »Nein«, erwiderte er. »Nicht allein – sondern mit eurer Hilfe! Du hast recht, was die Falle betrifft. Ich fürchte mich davor, ich schäme mich nicht, das zuzugeben – aber dennoch werde ich es tun, genau so, wie Antonio es mich gelehrt hat!«

Da sah der alte Nephilim ihn an, etwas wie Schmerz flammte durch seinen Blick. »Antonio ist tot«, sagte er kaum hörbar, und doch schien es Nando, als würden die Worte ihm ins Gesicht schlagen.

»Nein«, erwiderte er, aber in diesem Moment brandete der Schmerz in ihm auf, er fühlte wieder Antonios Hand in der seinen und sah, wie der Engel lautlos von ihm Abschied nahm. Gerade wollte er Atem holen, wollte die Stille durchbrechen, die sich aus seinem Inneren gedrängt hatte und ihn in seine eigene Finsternis zog, doch da drang ein Geräusch durch die Halle, ein metallenes Geräusch von Schwingenschlägen.

Erstaunt wandten die Anwesenden die Köpfe, und Nando sah, wie sich zwei von Morpheus' Engeln auf sie zubewegten. In ihrer Mitte hielten sie einen Nephilim, doch erst, als sie nahe bei dem Podest landeten, erkannte Nando Salados zwischen ihnen.

Der Senator löste sich von ihren Griffen, zahlreiche Verbände bedeckten seinen Körper, und sein Gesicht war so bleich, dass es schien, als würde ein Toter durch die Reihen zum Podest schreiten. Doch Salados war nicht tot. In seinem Blick flammte der alte Zorn und dieselbe ungebrochene Sturheit, die Nando bereits bei ihrer ersten Begegnung aufgefallen waren.

Mehrere Nephilim wollten Salados helfen, als er hinauf zum Podest schritt, doch er wehrte jede ihrer Bemühungen ab. Die metallenen Engel standen am Ende des Ganges, den Salados durch die Menge gebildet hatte, als wären sie seine Diener. Wortlos ging Salados zu Drengur. Der Dämon neigte respektvoll den Kopf, ehe er zurücktrat und dem Senator das Feld überließ. Für einen Moment glitt Salados' Blick durch die Reihen, er traf auch Nando, doch sein Antlitz blieb regungslos.

»Du sprichst von den Säulen Bantoryns«, begann er, und Nando schauderte, als die heisere Kälte in seiner Stimme ihn traf. »Du, der erst seit so kurzer Zeit in unserer Stadt lebte, du, den wir nur mit Mühe in unseren Reihen akzeptierten, du, der Sohn des Teufels – ausgerechnet du willst uns erzählen, worauf Bantoryn gegründet wurde?«

Er stieß verächtlich die Luft aus, schon taten es ihm einige Nephilim nach, doch noch während er Nando ansah, noch während er den Mund zu einem verbitterten Grinsen verzog und sich langsam den anderen zuwandte, nickte er.

»Ja«, raunte er, und Nando schauderte, als plötzliche Wärme die steinerne Fassade von Salados durchbrach. »Wir brauchen den Sohn des Teufels, der uns daran erinnert – denn wir haben es vergessen.«

Ein Raunen erklang, verunsichert schauten die Nephilim zu ihm auf, und Nando spürte sein Herz im ganzen Körper, so unwirklich erschien es ihm, Salados bei diesen Worten zu sehen.

»Ihr sprecht von den Säulen Bantoryns«, fuhr der Senator fort, und seine Stimme befreite sich von Heiserkeit und Verbitterung und klang ruhig und kraftvoll an jedes Ohr. »In den vergangenen Wochen war ich immer wieder kurz davor, unser Ideal zu verraten – aus Furcht, aus Schmerz, aus Zorn. Antonio hingegen hat es seit dem Beginn Bantoryns stets hochgehalten, er hat unsere Gemeinschaft geeint und uns stark gemacht als das, was wir sind: Nephilim – und mehr als das! Wir sind frei, wir gehen aufrecht, und wir lassen uns nicht bezwingen, von niemandem, auch nicht von unserer eigenen Furcht und Trauer! Antonio hat an Nando geglaubt, und er hatte recht! Dieser junge Nephilim dort unten hat die Engel zurückgeschlagen, er hat vielen von uns das Leben gerettet! Er lebt das Ideal, auf dessen Säulen Antonio unsere Stadt einst gründete. Jetzt ist die Frage, ob wir ihm folgen wollen. Folgen wir dem Teufelssohn – oder verlieren wir uns in Schmutz und Dunkelheit?«

Er hielt inne, und in diesem Moment glommen seine Augen in einem Feuer, das jede Blässe, jede Schwäche und Erschöpfung von seinem Gesicht vertrieb. Nando hielt den Atem an. Auf einmal sah er Salados in der Schlacht, er sah ihn um seine Frau weinen, um seine Kinder, er sah ihn als Senator und als General der Garde, und immer, in jedem einzelnen Bild, sah er dieselbe Stärke in seinen Augen, dieselbe Kraft und Entschlossenheit, die nun in seinem Blick aufflammte und alles andere, jeden Zorn und jede Sturheit, aus seinen Zügen verdrängte.

»Wir sind noch immer frei«, fuhr Salados fort. »Wir sind noch immer Krieger der Schatten. Und es ist unsere Pflicht, niemanden auf dem Schlachtfeld zurückzulassen. So hat Antonio es jeden von uns gelehrt. Wenn wir ihn vergessen, ihn und alles, was er uns beibrachte und worauf er unsere Gemeinschaft einst gründete – wenn wir ihm das antun – erst dann ist er tot!«

Kühl und befreiend strömte die Luft in Nandos Lunge, und er neigte den Kopf vor Salados, als dieser in die Reihen der Senatoren zurücktrat. Alle Anwesenden schwiegen, doch in ihren Gesichtern lag etwas, das wie eine Knospe war kurz vor dem Erblühen.

»Antonio lehrte mich Ehrfurcht«, sagte Nando und schaute von einem zum anderen. »Er lehrte mich, Mut zu haben und an das Ideal zu glauben, das er vertreten hat. Unsere Stadt mag gefallen sein, doch sie ist mehr als nur ein Ort. Sie lebt in uns allen. Sie ist der Herzschlag, den man in dem Mohnfeld vor ihren Toren spüren kann, und dieser Ton klingt in jedem von uns wider. Die Dämonen mögen Bantoryns Brücken einreißen, sie mögen die Häuser zerstören und die Türme sprengen – aber unsere Freiheit können sie uns nicht nehmen, denn diese steckt in jedem von uns, und sie wird für immer da sein, wenn wir in ihrem Sinn leben. Ihr sagt, dass Bantoryn vernichtet wurde, aber das ist nicht wahr! Niemand kann unsere Stadt zerstören, niemand außer uns selbst! Niemand kann uns brechen!«

Er war atemlos und spürte für einen Moment wieder den Nebel auf seinem Gesicht, zu dem Antonios Leib geworden war, und noch einmal hörte er das Lachen seines Mentors und roch den Duft des wilden Mohns.

»Antonio ist für mich gestorben«, fuhr er fort. »Er war mein Lehrer und mein Freund, doch er starb auch für etwas anderes – für das Licht, das in unserem Bund geboren wird. In unserer Treue, in unserer Gemeinschaft liegt eine Kraft, die Antonio durch die einsamsten Tage getragen hat, die ihn wärmte und ihm Zuversicht schenkte in jeder schlaflosen Nacht. Gemeinsam sind wir stärker als jedes Heer der Hölle, habt ihr das vergessen, Krieger Bantoryns?« Er hielt kurz inne und holte tief Atem, ehe er fortfuhr: »Morgen Nacht werde ich nach Bantoryn ziehen – allein oder mit jedem, der sich mir anschließen will.«

Langsam neigte er den Kopf und legte die rechte Faust auf die linke Brust. »Ich schwöre bei meinem Leben«, sagte er und sah Antonio so deutlich vor sich, als würde er direkt vor ihm stehen, »Bantoryn und die

Nephilim dieser Stadt zu schützen, Hilfesuchenden Hilfe zu gewähren und ihnen Zuflucht zu bieten vor allem, was sie verfolgt.«

Er spürte die Stille um sich herum, er ertrug es, als sie sich mit Kälte um seine Kehle legte – und hob überrascht den Kopf, als sie von einem kaum hörbaren Geräusch durchbrochen wurde. Ein Nephilim hatte sich erhoben, es war ein Mann mit tiefen Narben in der linken Wange wie von einem Brenneisen, den Nando erst auf den zweiten Blick erkannte. Tolvin war es, der Brückenwärter, der ihn stets mit feindlichen Blicken gemustert hatte. Doch nun stand er da, schaute Nando an, und ein Lächeln breitete sich auf seinem Gesicht aus, das den ungewohnten Glanz in seinen Augen nur verstärkte. Lautlos legte Tolvin die Faust auf seine Brust, und als er den Eid Bantoryns sprach, da erhoben sich die anderen Nephilim, einer nach dem anderen. Es war wie ein Rauschen, das auf einmal durch die Reihen ging, ein Atemholen nach schreckgepeitschter Nacht, und Nando stand da, regungslos.

Er spürte Avartos' Blick auf seinem Gesicht, fühlte Riccardos Lächeln und Drengurs Stolz, spürte auch Salados' Entschlossenheit – und er hörte die Stille, die nun die Höhle flutete, und den Ton, der die feierliche Stimmung durchdrang: den sanften und doch unzerstörbaren Herzschlag der Welt.

49

Der Schwarze Fluss glitzerte in der Dunkelheit und warf Funken aus Licht an die Decken der Höhlengänge. Vereinzelt glitt ein fluoreszierender Fisch aus dem Wasser, Wellen schwappten gegen die Wände und hallten dumpf in den Gewölben wider.

Nando erinnerte sich gut daran, wie er sich vor nicht allzu langer Zeit in die Finsternis dieser Gänge begeben hatte, um einem Galkry seinen kostbarsten Besitz zu rauben. Er hatte sich gefürchtet, er war angespannt gewesen, doch keines seiner Gefühle von damals reichte auch nur ansatzweise an die Unruhe heran, die sich mit jedem Atemzug in seinem Inneren ausbreitete, seit er das kleine Boot bestiegen hatte. Es war ein Kahn, auf dem fünf Passagiere Platz fanden. Neben Nando auf der hintersten Bank saßen Avartos und Drengur, Althos lag vor ihren Füßen, und ganz vorn hatte Salados Platz genommen, dessen Verletzungen mit Hilfe von einigen Kunststücken Morpheus' beinahe vollständig geheilt waren. Die Stille umgab sie wie ein erstickender Kokon, und Nando hatte Mühe, seine Unruhe nicht nach außen treten zu lassen. Zu fünft würden sie sich durch die Stadt schleichen, hinauf zum Markt der Zwölf. Morpheus hatte seine Drohnen vorangeschickt, und die kleinen Roboter hatten vermeldet, dass Bhrorok mit seinen Dämonen dort ein ausschweifendes Gelage abhielt, um seinen Sieg über die Stadt zu feiern. Die Gefangenen kauerten in Käfigen und mussten sich von den Dämonen bespucken lassen, während Bantoryns Straßen noch immer rot waren vom Blut der Schlacht.

In Gedanken ging Nando noch einmal jeden Schritt des Plans durch, den er gemeinsam mit den Senatoren Bantoryns erdacht hatte, und obgleich ihm jeder Gedanke so vertraut schien, als hätte er ihn schon tausend Mal durchdrungen, schlug sein Herz doch schneller in seiner Brust. Unruhig bewegte er die Finger und spürte Avartos' Blick auf seiner Haut. Der Engel saß ebenso schweigend wie Drengur, Althos gab keinen Laut von sich, und auch Salados hätte vermutlich kein Geräusch verursacht, wenn er nicht mit leichten Zaubern das Boot gesteuert hätte. Drengur legte immer wieder die Hand auf sein Schwert, als wollte er sich vergewissern, dass es noch da war, oder als würde er Kraft ziehen aus der ruhigen Stille des Metalls. Avartos hingegen bewegte sich überhaupt nicht. Hin und wieder holte er Atem, aber zwischen den einzelnen Zügen lagen stets mehrere Minuten, und als Nando einmal aus Versehen gegen seine Hand stieß, fühlte sie sich kalt und reglos an wie die eines Friedhofsengels. Antonios Hand war selten so kalt gewesen, und wie so oft in den vergangenen Stunden dachte Nando daran, wie sehr Avartos sich von seinem Mentor unterschied.

Langsam zerbrach die Dunkelheit um sie herum. Nando konnte die Maserungen der Felswände erkennen, als das Licht der Höhle in den Tunnel drang. Offensichtlich hatten die Dämonen die Laternen Bantoryns nicht zerstört, sondern nutzten deren Schein, um sich in den Ruinen der Stadt zu bewegen. Nando ballte seine metallene Hand zur Faust. Am liebsten hätte er jeden Einzelnen von ihnen erwürgt, so schwer fiel es ihm, den Gedanken zu ertragen, dass sich die Stadt der Nephilim in Feindeshand befand. Doch sofort spürte er erneut Avartos' Blick auf sich und entspannte seine Finger. Er durfte sich nicht von seinem Zorn leiten lassen, nicht so kurz vor dem, was sie vorhatten. Langsam holte er Atem, spürte, wie Salados einen Tarnzauber über ihr Boot legte, der sie für kurze Dauer mit den Schatten des Flusses verschmolz, und drängte diese Gefühle zurück. Stattdessen fixierte er das Ende des Ganges, das nun vor ihnen auftauchte, und hielt den Atem an, als sie vom Lauf des Flusses in die Höhle getragen wurden. Bantoryn wirkte aus der Ferne wie ein gewaltiger Scherenschnitt. Noch immer stiegen Rauchschwaden aus den Ruinen auf, und Nando presste die Zähne aufeinander, als er den eingestürzten Mal'vranon betrachtete und die unzähligen halb abgerissenen Brücken, die wie gebrochene Glieder von den Türmen hingen. Wie flüssiges Blei tanzte das Licht der Laternen über die Wellen des Schwarzen Flusses, als das Boot in die Stadt hineinfuhr.

Schattenhafte Gestalten glitten hier und dort durch die Gassen, er kannte die Straßenzüge Bantoryns, die Schwarze Brücke, die sich noch immer wie ein Saurierhals in der Höhe hielt, und die Häuser, die sich in diesem Teil der Stadt zusammenduckten wie tuschelnde Hexer. Und doch schien es ihm, als wäre er in eine andere Stadt geraten, eine Stadt, der man das Leben aus dem Leib gerissen hatte.

Keine Stimmen klangen durch die Straßen außer den rauen Rufen mancher Dämonen, kein Gesang drang aus den Häusern, und statt Gelächter und dem Trappeln von Schritten auf Asphalt durchzogen immer wieder lederne Schwingen die Luft. Grelle Scheinwerfer warfen vom Markt der Zwölf rote und grüne Lichter in die Dunkelheit, und zügellose Musik pulste über die Dächer zu Nando herab. Er sah hinauf zu den Ruinen der Akademie, sah die Überreste des Mal'vranons und das Theater, das noch immer auf dem Auswuchs des zerrissenen Turms ruhte, und ein Stechen ging durch seine Brust, als er an Antonio dachte und daran, was sein Mentor wohl bei diesem Anblick empfinden würde. Es schien ihm, als würde noch immer die Schlacht in den Gassen wüten, die Bantoryn niedergeworfen hatte, als würde jeder Ton dieser entfesselten Musik ihm ins Gesicht schlagen und unsichtbare Klauen in die alten Gemäuer graben. Er holte Atem, und da nahm er einen Duft wahr, einen Duft wie Schnee und Frühlingsahnen zugleich, und er spürte den flüsternden Wind auf seinen Wangen, der ihm den Staub des Mohns auf die Hände legte. Ein schwaches Lächeln zog über sein Gesicht. Noch war Bantoryns Atem nicht verstummt.

Lautlos glitt das Boot ans Ufer, als der Tarnzauber zerbrach. Der Schatten eines halb zerbrochenen Stalagmiten verbarg das Gefährt mitsamt den Passagieren, die rasch an Land kletterten. Die Kühle des Schattens legte sich auf Nandos Haut. Irgendwo klirrte Geschirr, Möbel gingen zu Bruch. Manche Dämonen schienen sich die Zeit damit zu vertreiben, Bantoryn noch stärkere Wunden zuzufügen. Nando richtete seinen Blick auf die schmale Gasse, die in Richtung Markt der Zwölf führte. Es würde nicht leicht werden, unbemerkt bis dorthin vorzudringen.

Salados wandte sich nicht zu ihnen um. Er gehörte zu den ältesten Bewohnern Bantoryns, er hatte ganze Viertel mit eigenen Händen erbaut und kannte sie wie seine Westentasche. Außerdem war er ein erfahrener Krieger und der General der Garde. Wenn es jemanden gab, der einen sicheren Weg zum Markt der Zwölf finden konnte, dann war er es. Regungslos verharrten sie in den Schatten, bis Salados ihnen ein Zeichen gab. So leise wie möglich liefen sie hinter ihm her, die schmale Gasse hinauf, die sie ins Schlangenviertel führen würde. Dies war nicht der direkte Weg zum Ziel, aber die schmalen, finsteren Straßen boten idealen Schutz vor Entdeckung. Das Labyrinth der Gassen in der Unterstadt erinnerte Nando einmal mehr an eine orientalische Medina, fast meinte er, jeden Augenblick den Duft von Räucherstäbchen wahrnehmen zu können. Doch die Häuser lagen verlassen, die Fassaden wirkten schattenhaft unter dem schwachen Schein vereinzelter Laternen, und immer wieder brachen einzelne, durch die Schlacht beschädigte Gebäude ganz oder teilweise in sich zusammen. Je näher sie dem Markt der Zwölf kamen, desto häufiger begegneten ihnen Dämonen, denen sie mit einem schnellen Sprung in eine Häusernische oder einem Tarnzauber entkommen mussten, und nicht nur einmal sprang Althos wie ein Schatten vor und packte einen Dämon an der Kehle, ehe dieser auch nur einen Laut von sich geben konnte. Über steile Treppen ging es, durch schmale Gassen und finstere Hinterhöfe, und Nando wünschte sich, einfach die Schwingen ausbreiten und fliegen zu können. Doch sie durften kein Risiko eingehen, und so eilten sie zu Fuß dahin und steigerten ihr Tempo, bis Nando im selben Rhythmus atmete wie die anderen. Der Gleichklang ihrer Schritte tat ihm gut, er konzentrierte sich auf seine Umgebung, auf die Arbeit seines Körpers und fühlte sich als Teil einer kleinen Keimzelle des Widerstands. Als Salados schließlich am Ende einer Gasse stehen blieb, hielten sie wie ein Wesen mit vielen Köpfen inne.

Sie befanden sich nur noch wenige Straßenzüge vom Markt der Zwölf entfernt. Die Gassen waren heller erleuchtet und boten kaum Schatten mehr, in denen man sich hätte verbergen können. Salados ging in die Knie. Mit beiden Händen betastete er den Boden, murmelte etwas und schob mit einem Zauber verkrusteten Schmutz beiseite, der lautlos in der Luft stehen blieb. Darunter kam ein Kanaldeckel zum Vorschein, den der General vorsichtig anhob. Er schickte einen Tastzauber in den Tunnel, nickte dann zum Zeichen, dass die Luft rein war, und glitt hinab in die Dunkelheit. Nando folgte ihm und fuhr unwillkürlich zusammen, als er in dem Tunnel aufkam. Der Geruch schlug ihm wie eine Faust ins Gesicht. Er stöhnte kaum hörbar, und doch hallte das Geräusch tausendfach gebrochen in den Gängen wider, die sich vor ihnen erstreckten. Sie wurden von schwach fluoreszierenden Steinen in ein schattenhaftes Zwielicht getaucht. Die Wände waren mit Moos und Schlick bedeckt, ein Rinnsal von braunem Abwasser zog sich durch den Gang, und Nando war froh, dass zu beiden Seiten an den Wänden gemauerte Wege verliefen, sodass sie nicht mitten durch die Kloake waten mussten.

So leise wie möglich schlichen sie sich den Tunnel entlang. Schließlich blieb Salados vor einer Tunnelwand stehen, lauschte kurz – und stieß dann die Faust durch die Steine. Drengur und Avartos beeilten sich, das Loch in der Wand zu vergrößern, und stiegen hinter Salados und Althos hindurch. Nando folgte ihnen und stellte fest, dass sie sich in einem Keller jener Herrenhäuser befanden, die einige der Seitengassen flankierten, die zum Markt der Zwölf führten. Die Musik der Dämonen drang nun lauter an sein Ohr, und als er hinter Drengur die schmale Treppe hinaufstieg und sich durch ein ausgebranntes Wohnzimmer schob, schlug sein Herz rasend schnell in seiner Brust.

Vorsichtig verließen sie das Haus und traten in eine breite Gasse, deren Laternen wie von den Drohnen vorausgesagt tatsächlich zerbrochen waren. Dunkelheit lag zwischen den Häusern und ermöglichte es ihnen, sich in ihrem Schutz näher an den Marktplatz heranzuschleichen. Nando erkannte den Jadeturm, eines der wenigen Silos für Laskantin, das noch erhalten geblieben war, und seine Anspannung wuchs. Sie hatten den Platz fast erreicht, als Avartos plötzlich zusammenfuhr wie von einem elektrischen Schlag getroffen. Er bedeutete den anderen innezuhalten und trat langsam vor, die Hand vor sich ausgestreckt, als tastete er nach einem unsichtbaren Gegenstand. Gleich darauf fuhr er zurück, das Gesicht schmerzverzerrt, und riss seine Hand an die Brust. Nando eilte zu ihm, mit Entsetzen sah er, wie sich Blasen auf Avartos' Fingerkuppen bildeten und die Haut schwarz verkohlte.

Mit finsterer Miene trat Drengur vor, hob die Hand und bewegte sie vor sich wie über eine glatte Fläche. Dann stieß er verächtlich die Luft aus. Er murmelte einen Zauber und presste seine Hand gegen ein unsichtbares Hindernis. Knisternd überzogen flammende Funken seine Haut und verfärbten sie dunkel, während sich sein Gesicht vor Anstrengung verzerrte. Doch da drangen schwarz flackernde Blitze aus seiner Haut, die lautlos durch die Luft glitten und so den Alarmschild sichtbar machten, der sich von einer Wand zur anderen spannte. Staunend hob Nando die Brauen, als Drengurs Zauber den Schild dunkel färbte und ihn wie faulendes Laub zusammenbrechen ließ.

Krieger des Lichts, raunte Drengur in Gedanken, und Nando wusste, dass er mit Avartos sprach. Der Engel erwiderte Drengurs Blick, während ein Zauber seine verwundete Hand heilte. *Ihr solltet die Tücken der Finsternis besser kennen.*

Avartos ließ die Hand sinken und warf Drengur einen finsteren Blick zu, doch dieser wandte sich bereits ab. Gemeinsam mit Althos, dessen Katzengesicht für einen Moment leisen Spott erkennen ließ, folgte er Salados, der dem Intermezzo keine weitere Beachtung schenkte und sich dem Ende der Gasse näherte. Nando spürte die Musik der Dämonen nun wie Stürme auf seiner Haut, und hatten die Melodien aus der Ferne noch entfesselt und disharmonisch geklungen, fügten sie sich nun auf wundersame Weise zusammen. Es schien ihm, als hätte er sie bislang durch eine verschlossene Tür gehört, und nun, da er in den Raum eingetreten war, wich jede Dissonanz einer virtuosen und beeindruckenden Musik. Vorsichtig trat er zu Salados ans Ende der Gasse und schaute auf das Fest der Dämonen, das sich vor seinen Augen abspielte.

Der Markt der Zwölf war überfüllt, doch das Erste, was Nando wahrnahm, waren die Musiker, die auf dem Podest aus schwarzem Marmor Aufstellung genommen hatten. Sie waren zu siebt, zwei von ihnen spielten auf pechschwarzen Violinen, drei andere auf Bratsche, Cello und Klavier, und ein weiterer Musiker nutzte ein Instrument, das Nando entfernt an ein Akkordeon denken ließ. Inmitten der Spielenden stand eine Frau, die Haare grün, die Haut blau wie ein tiefer See. Sie hatte keine Schwingen, aber ihre Finger waren lang wie die Klauen eines Reptils und ihre Augen rot wie klaffende Wunden. Sie sang, und Nando spürte ihre Stimme als prasselndes Feuer über seine Haut streichen.

Instinktiv wandte er sich ab und schaute hinauf zum Gebäude der Garde. Es war kaum beschädigt worden, noch immer wurde das Gebälk von den goldenen Statuen der ersten zwölf Ritter der Schatten gehalten, die einst die Garde Bantoryns begründeten. Nando dachte daran, wie er zum ersten Mal über diesen Platz gegangen war, wie Antonio ihm von den Heldentaten der Ritter erzählt hatte, und wie sie die beiden Offiziere der Garde gesehen hatten, die den Platz in ihren mit silbernen Stichen übersäten Uniformen überquert hatten. Nando dachte an die Ehrfurcht, die ihn bei diesem Anblick umfangen hatte, und an das Verlangen, einmal auf diese Weise über einen Platz gehen zu können, so stolz und so unnachgiebig wie diese beiden Nephilim. Entschlossen schickte er seinen Blick über die feiernden Dämonen. Er würde nicht über diesen Platz gehen. Er würde auf diesem Platz kämpfen.

Er betrachtete die Tische, die aus den Häusern der Nephilim gestohlen und willkürlich zusammengewürfelt worden waren. Daran saßen Dämonen, dicht an dicht hockten sie auch auf dem Boden und auf einigen der umliegenden Häuser, und aus den breiten Straßen strömten viele weitere nach. Sie taten sich an den Speisen gütlich, die sie geraubt hatten, sie johlten und lachten, und dort, auf einem Podest aus schwarzen Granitblöcken, saß Bhrorok wie auf einem Thron und starrte mit finsterer Miene in die Menge. Nando ballte die Hände zu Fäusten, als er den Dämon sah, und als er das Mädchen bemerkte, das neben seinem Sitz kauerte, überkam ihn eisiger Schrecken.

Ihr schwarzes Haar war ihr ins Gesicht gefallen, ihr Kopf lehnte an dem Thron, und ihre Haut wirkte so bleich und durchscheinend, als würde sie aus dünnem Papier bestehen. Nando fixierte Bhrorok mit seinem Blick, und obwohl sie weit voneinander entfernt waren, meinte er für einen Moment, der Dämon müsste diesen Blick auf seiner Haut fühlen. Doch Bhrorok rührte sich nicht. Schweigend starrte er hinüber zu metallenen Käfigen, in denen seine Gefangenen saßen. Nando sah Kinder in den Kerkern, die Gesichter von Tränen und Schmutz befleckt, er sah Verwundete und apathisch dasitzende Nephilim, und unbändiger Zorn überkam ihn, der es ihm schwer machte, der Ruhe in seinem Inneren die Oberhand zu lassen. Doch gleich darauf spürte er Avartos' Hand auf seiner Schulter und nickte kaum merklich.

Die Käfige standen nicht weit von ihm entfernt, und doch spürte er die Anspannung in jeder Faser seines Körpers, als er sich weiter an den Platz heranschlich und auf Salados' Zeichen wartete. Althos hielt sich im Hintergrund, Drengur und Avartos bezogen neben ihm Position, doch er ließ Salados nicht aus den Augen. Die Musiker spielten auf, die Töne wurden leidenschaftlicher, Funken schossen aus den Instrumenten – und als sie in einer Explosion aus Flammen über den Köpfen der Musiker zerbarsten, gab Salados das Zeichen.

Sofort glitt Nando vor, lautlos und schattenhaft, wie er es während seiner Ausbildung gelernt hatte. Er achtete nicht auf die Stimmen der Dämonen, auf die Gesichter, die ihm auf einmal so nah waren, ignorierte auch den Geruch von gebratenem Fleisch und Alkohol und sah nichts mehr als die Nephilim, die auf ihre Befreiung warteten. Eilig schlich er am Rand des Platzes auf die Käfige zu und duckte sich, als er sie erreicht hatte. Einige Nephilim hoben die Köpfe, als sie ihn bemerkten, doch sofort griff er durch die Gitterstäbe und fasste den Erstbesten am Arm. Es war ein Junge von vielleicht zwölf Jahren. Nando nahm in Gedanken mit ihm Kontakt auf und atmete erleichtert auf, als der Junge unauffällig nickte. Schnell wandte das Kind sich zu dem Nephilim um, der hinter ihm saß, und verbreitete Nandos Befehl. Sie mussten Ruhe bewahren, sie durften sich auf keinen Fall anmerken lassen, dass etwas vor sich ging. Jeder von ihnen hatte gelernt, diese Maske zu tragen, und nun, da sich seine Worte durch die Gedanken der Gefangenen schoben, sah selbst Nando nur in wenigen Augenpaaren eine Veränderung.

Er schaute hinüber zu Drengur und Avartos, die in entgegengesetzte Richtungen liefen und den Platz umrundeten. Sorgsam hielten sie sich von den Dämonen fern und bewegten sich so schnell, dass keiner der Anwesenden bemerkte, dass sie alle paar Schritte winzige Flammen fallen ließen. Nando legte die Hand auf das Schloss des Käfigs, tastend schickte er einen Suchzauber vor und stellte fest, dass er von keinem Alarm geschützt wurde. Eilig zerbrach er das Schloss und sah zu, wie Avartos und Drengur ihre Zielposition erreichten. Atemlos schauten sie alle drei zu Salados hinüber.

Der General Bantoryns stand regungslos in den Schatten, den Blick auf die Dämonen gerichtet, und hob langsam den Kopf. Ein Flackern ging durch seinen Blick und verwandelte sein Gesicht in das steinerne Antlitz eines Kriegers aus lange vergessener Zeit. Dann riss er die rechte Faust in die Luft und brüllte so laut, dass seine Stimme über den Platz fegte und die Musik der Dämonen in einem fulminanten

Crescendo aus Donner erstickte. Im selben Moment setzten Avartos und Drengur den Kreis in Flammen, den sie um den Platz gezogen hatten, und der Himmel über Bantoryn wurde erhellt von einem Sturm brennender Pfeile.

Ein Meer aus Leibern erhob sich in dem Riss, den die Engel in Bantoryns Firmament geschlagen hatten, Nando sah die grimmigen Gesichter der Nephilim, er sah Morpheus in seiner Flugkapsel, der einen Schwarm seiner Roboter zum Mal'vranon schickte, um Kaya zu retten, und seine metallenen Engel, und er stieß einen Schrei aus, als die Nephilim mit ohrenbetäubendem Schlachtruf auf die Dämonen niederstürzten.

Zischend durchschnitten die Pfeile die Luft und trafen dumpf die Körper etlicher Dämonen, und als die Nephilim in Schlachtformation in der Mitte des Platzes landeten und donnernd über die Köpfe ihrer Feinde hinwegjagten, da wichen die Kreaturen der Schatten kurz vor ihnen zurück. Im nächsten Moment sprang Bhrorok auf die Beine und brüllte, dass der Boden erzitterte. Seine Stimme schickte seinen Schergen den Zorn in die Adern, außer sich stürzten sie sich auf die Nephilim, während Bhroroks Blick sich suchend in die Menge warf.

Nando riss die Käfigtüren auf, um den Gefangenen die Flucht zu ermöglichen, doch statt sich in Sicherheit zu bringen, stürmten sie auf ihre Feinde los. Gemeinsam mit den anderen Nephilim und den metallenen Engeln begannen sie, die Dämonen aus dem Kreis der Flammen zu treiben, den Avartos und Drengur errichtet hatten. Geduckt eilte Nando unter ihnen voran. Flackernde Feuer zogen über seine metallene Faust, in der rechten Hand trug er Silas' Schwert. Immer wieder wehrte er Angreifer ab, die sich auf ihn stürzen wollten, und drängte Bhroroks Stimme zurück, die donnernd durch die Reihe der Kämpfenden zog und nur einen suchte: ihn, den Teufelssohn. Er wich den glühenden Speeren und Feuerbällen aus, er unterdrückte den Schmerz, als ein flammender Pfeil seinen Arm streifte, und er spürte die Welle der Erleichterung, als er endlich den Thron Bhroroks und die zusammengesunkene Gestalt erreichte.

So schnell er konnte, hob er Noemi auf und legte sie hinter einen umgestürzten Granitblock. Ihr Körper war eiskalt und erschreckend leicht, als wäre er nicht mehr als eine leere Hülle. Der Drudenfuß flammte auf ihrer Stirn, sie wirkte wie schlafend unter dem Bann, und Nando spürte die Macht Bhroroks, die sich in ihre Gedanken geschlichen und ihren Willen gelähmt hatte. Mit rasendem Herzen legte er einen Schutzwall über sie und strich ihr vorsichtig übers Haar. Er würde sie von diesem Fluch erlösen. Er würde sie nicht allein lassen in der Dunkelheit.

Die Kälte traf ihn wie ein heimtückischer Schlag. Blitzschnell fuhr er herum – und sah, wie Bhrorok durch die Menge auf ihn zutrat. Der Dämon bewegte sich langsam, beinahe gelassen. Er hielt den Kopf tief geneigt, aus grausamen Augenschlitzen sah er zu Nando herüber, und während die Kämpfenden von ihm zurückprallten wie von einem Felsen, bewegte er die Finger, als würde er ein Musikstück dirigieren. Ein Lächeln stahl sich auf die Lippen des Dämons, während die Geräusche der Schlacht nur noch dumpf an Nandos Ohr drangen. Fast schien es ihm, als wären alle Kämpfenden nur Staffage, als wäre die Stadt vollkommen verlassen, ebenso wie die ganze Welt. Es gab nur noch ihn selbst, der die Luft in seine Lunge sog und sich darum bemühte, ruhiger zu atmen – und die Finsternis.

Er ballte seine metallene Hand zur Faust und spürte schon den Flammenzauber in seinen Fingern, als von rechts ein Schatten heransprang.

In rasender Geschwindigkeit schlug Drengur Bhroroks Donnerzauber zurück, der in die Menge raste und zahlreiche Kämpfende zu Fall brachte. Bhrorok stieß ein tiefes Grollen aus, Zorn flammte über sein Gesicht und dann Verachtung.

»Drengur Aphion Herkron«, grollte er und ließ die Knöchel seiner Faust knacken. »Hoher General der Spiegelstadt, Erbe des Schwarzen Feuers und der Glut des Ophaistos, Kind des Pan. Das alles wart Ihr einst – damals, als Ihr noch wusstet, wohin Ihr gehört. Doch seht Euch an – was seid Ihr nun?«

Drengur hob leicht den Kopf, und kurz schien es Nando, als würde ein goldener Schatten durch seine Augen gehen.

»Ich bin ein Dämon«, sagte Drengur mit eisigem Lächeln. »Und ich bin mehr als ein Knecht!«

Mit diesen Worten stürzte er sich auf Bhrorok. Dieser erhob sich in die Luft, krachend schlugen ihre Leiber zusammen und verschwanden in der Menge, doch Nando konnte ihnen mit seinem Blick nicht folgen. Eilig spannte er die Schwingen und landete mitten im Kampfgeschehen. Er entfachte grünes Feuer auf seinem Schwert und trieb zwei Dämonen über die weißen Flammen des Kreises, die züngelnd nach ihren Beinen griffen und über ihr Fleisch leckten. Die Nephilim kämpften wie besessen, Nando sah Riccardo im Gewühl, wie er einen Dämon aus dem Kreis warf, und Morpheus, der drei Gegner mit Schlingen umwickelte und sie über die Flammen katapultierte. Zusehends lichteten sich die Reihen der Dämonen, die metallenen Engel verhinderten eine Rückkehr in den Kreis und wehrten die wütenden Zauber ab, so gut sie es vermochten. Mit einem Brüllen schob Bhrorok sich wieder in Nandos Blickfeld, und dieser erschrak, als er sah, dass der Dämon Drengur mit einem Messer aus gleißendem Licht verwundet hatte. Ein tiefer Schnitt zog sich quer über dessen Brust, Blut rann daraus hervor und strömte über seinen Körper. Althos sprang auf Bhrorok los, aber dieser schleuderte den Panther mit einem Bannzauber zurück in die Menge. Mit einem Schrei stürzte Nando vor, doch da trat ihm ein grünhäutiger Dämon mit Ochsennase in den Weg. Außer sich schlug Nando auf ihn ein und trieb ihn über die Flammen. Dann fuhr er herum. Bhrorok hatte Drengur zu Boden gestoßen und beugte sich über ihn. Eine Stimme kroch aus Bhroroks Mund, Nando hörte sie durch den Lärm des Schlachtgewühls. Er hätte sie unter Tausenden wiedererkannt, und er erschrak, als sich das Gesicht des Teufels aus Bhroroks Körper schob.

Du bist mein Geschöpf, zischte Luzifer und blies Flammen und Asche über Drengurs Gesicht. *Nun – und für immer!*

Da riss Bhrorok die Faust in die Luft. Nando stürzte sich vor, doch noch ehe der Dämon Drengurs Brust zerschlagen konnte, zischte ein schwarz brennender Pfeil durch die Luft und bohrte sich in seine Schulter. Bhrorok wurde zurückgeschleudert, sofort traf ihn ein weiterer Pfeil in die Brust und dann noch einer. Mit rauschenden Schwingen landete Avartos direkt vor ihm und trieb ihn auf den Ring aus Flammen zu. Eilig lief Nando zu Drengur und schickte einen Heilungszauber in dessen Leib, während die Nephilim die letzten Dämonen aus dem Kreis warfen. Nur Bhrorok hielt noch stand, grollend zog er sich Avartos' Pfeile aus dem Leib und hob die Faust für einen

Feuerschlag, als Salados flammende Speere auf ihn zuschoss. Zwei von ihnen trafen ihn in den Magen, sie rissen den Dämon über die Flammen hinweg, und kaum dass das geschehen war, schlug Avartos die Hände zusammen, und das Feuer des Kreises erhob sich mit lautem Flackern zu einem riesigen Schutzwall über den Nephilim. Sofort stürzten unzählige vor, um den Wall zu verstärken, und obgleich er unter den Beschüssen der Dämonen ächzte, hielt er stand.

»Krieger der Finsternis«, sagte Avartos, als er auf Drengur zutrat und ihm auf die Beine half. »Ihr solltet die Tücken des Lichts besser kennen.«

Nando bemerkte noch das schwache Lächeln, das über Drengurs Gesicht glitt, und er sah Althos, der humpelnd auf den Dämon zueilte. Dann hörte er Salados' Befehl und wandte den Blick hinüber zum Jadeturm.

Die anderen Nephilim traten zu ihnen, keiner sprach ein Wort, und doch sahen sie alle hinauf zu dem Silo, und als Salados die Worte des Zaubers sprach, da fühlte Nando sie auf seinen Lippen, spürte das Bersten des Turms unter seinen Händen und den massiven Schub der Energie, als die Hülle um die rötlichen Schleier zerbrach. Donnernd stürzte das Laskantin auf die Häuser nieder, doch da riss Nando gemeinsam mit den anderen Nephilim die Arme in die Luft. Wie aus einer Kehle riefen sie den Zauber. Nando meinte, Kaskaden aus Laskantin unter seinen Fingern zu spüren, und gleichzeitig formte sich das Licht zu einem gewaltigen Körper, zu einem Phönix, der sich mit mächtigen Schwingen über der Stadt erhob und einen Schrei ausstieß, der die Asche von den Dächern fegte und etliche Dämonen von den Füßen riss. Majestätisch flog er über Bantoryn dahin, Nando hörte kaum die Schreie der Dämonen, doch als der Phönix den Blick zu ihnen hinabwandte, da sah Nando sie für einen Moment mit seinen Augen: winzige, fliehende Kreaturen, die er zerschmettern würde. Dieses Gefühl hob Nando empor, er spürte, wie der Schrei seine Lunge fast zerriss, und seine Stimme ging in denen der anderen Nephilim auf, als sie die Fäuste hinabrissen und der Phönix auf die Dämonen niederstürzte.

Donnernd schlugen seine Schwingen gegen die Häuser, sein Feuer umfing die Dämonen mit knisterndem Tosen, und als er über den

Schutzwall hinwegflog, da sah Nando sich selbst in den Flammen, sein vor Kampfeslust brennendes Gesicht und das Schwert in seinen Händen. Die Schreie der Dämonen rings um den Wall erstarben, und als der Phönix sich mit einem Ruf des Triumphs in die Höhe schwang, da sah Nando die verkohlten Leiber seiner Feinde. Sie zerstoben unter dem Echo des Schreis des Phönix – mit einer Ausnahme.

Bhrorok kniete inmitten der Asche der Gefallenen, während weitere Dämonen über die Dächer auf den Wall zueilten wie donnernde schwarze Wellen. Nando ließ die Arme sinken und umfasste sein Schwert. Er sah hinauf zum Phönix, der in diesen Augenblicken heller zu strahlen begann. Gleißendes Licht brach aus seinen Schwingen und stürzte sich auf die sich nähernden Dämonen, die geblendet zurückfuhren. Die Nephilim spannten die Schwingen, sie machten sich bereit, die Blindheit und Verwirrung ihrer Feinde zu nutzen und durch die Kluft in der Decke zu fliehen. Atemlos sah Nando, wie der Phönix in einem weiten Bogen zu ihnen zurückkam, sein Licht wurde so hell, dass er den Anblick kaum ertragen konnte. Der Knauf seines Schwertes lag kühl in seiner Hand.

Er fühlte die Strahlen des Phönix auf seinem Gesicht. Noch einmal würde das Wunderwesen auf Bhrorok hinabstürzen und ihm die Kraft rauben – und dann würde Nando ihn töten, wie es sein Plan gewesen war. Langsam trat er auf den Rand des Schutzwalls zu, betrachtete das verbrannte Gesicht des Dämons und meinte kurz, dass er sich auflösen müsste bei der geringsten Berührung. Schon fielen die Flammen des Phönix auf Nandos Körper, er sah noch, wie sie Bhrorok einhüllten – und dann, ganz plötzlich, hob der Dämon den Kopf und grinste. Es war eine Geste von solcher Grausamkeit, dass Nando zurückwich. Bhrorok erhob sich in den Flammen, er breitete die Arme aus und schickte schwarze Blitze aus seinen Fingern. Krachend schlangen sie sich um den Hals des Phoenix, Nando spürte ihre Hitze, als würden sie seine eigene Kehle umschließen, und er sah mit Entsetzen, wie die Macht des Dämons die Flammen des Phönix schwarz verfärbte. Gleich darauf durchfuhr ihn ein Schmerz, der ihn von den Füßen riss. Es war, als würden ihm brennende Nägel durch die Adern getrieben, er wollte schreien, aber er konnte es nicht, und während die Magie des Teufels die Kraft des Laskantin verkehrte, bildete sich für einen Augenblick dessen Gestalt aus dem Körper des Phönix. Mit gewaltigen Schwingen erhob Luzifer sich über den Nephilim, die schmerzerfüllt zu Boden gingen, und er breitete die Arme aus und lachte so schallend, dass Nando meinte, es müsste ihn innerlich zerreißen.

Ja, donnerte die Stimme des Teufels über den Platz. *Auch sie untersteht mir – sie, die größte Macht der Welt!*

Dann zog sich seine Gestalt zusammen und wurde zu einem Drachen. Mit heiserem Schrei riss er den Kopf in den Nacken und stürzte sich auf den Wall der Nephilim. Nando sah nichts als Schatten und Finsternis um sich herum, für einen Moment meinte er, sich selbst in ihnen zu erkennen, niedergestreckt und sterbend, das Schwert in den Händen. Gleich darauf ging ein Stöhnen durch den Wall, und mit einem ohrenbetäubenden Krachen brach er in sich zusammen.

Taumelnd kam Nando auf die Beine. Er hörte nichts mehr als ein kreischendes und nervenzerfetzendes Piepen in seinem Schädel, und wie in Trance sah er die Horden der Dämonen, die als todbringendes Meer von allen Seiten auf die Nephilim zurasten. Es war, als würden die Schatten aus Bantoryns Ruinen auferstehen und sich in die Fratzen der Hölle verwandeln, um die kleine Insel der Aufständischen mit einem einzigen Schlag in den Abgrund zu reißen. Die Gesichter der Nephilim verzerrten sich in Panik, mit ungebrochener Wucht gingen die Zauber auf sie nieder, und Nando sah wie in Zeitlupe, wie die Dämonen sich auf die Nephilim stürzten und sie in einen ungleichen Kampf verwickelten. Er schickte Flammenzauber gegen die Feinde, bis sein Herz in seiner Brust raste. Doch keiner von ihnen griff ihn an. Sie glitten an ihm vorüber wie aufgewühlte Wellen, und kaum dass er dies bemerkte, fühlte er die Kälte, die durch die todbringende Menge der Dämonen auf ihn zukroch. Noch hatte Bhrorok sich nicht geheilt, noch stärkte er seine Kräfte. Doch dann würde er kommen – er, der Oberste Scherge der Hölle, er, der Einzige, der den Teufelssohn vernichten durfte.

Entschlossen packte Nando sein Schwert und verwundete drei Dämonen tödlich, die Ilja und zwei weitere Nephilim in die Enge getrieben und schwer verletzt hatten. Nando fiel neben ihnen auf die Knie, rasch legte er einen Schutzwall über sie, doch als Ilja nach seiner Hand griff und zu ihm sprach, konnte er ihre Worte nicht hören. Ihre Lider flatterten, hilflos schickte er einen Heilungszauber durch ihren Körper. Blut lief aus einer tiefen Wunde an ihrer Hüfte, und noch während sein Schutzwall unter den Hieben etlicher Dämonen erzitterte, sah er die Nephilim um sich herum fallen. Sie sanken in den roten Staub des Mohns, die Augen schwarz vor Verzweiflung, und als Nando den Kopf in den Nacken riss und schrie, da hörte er nicht einmal seine eigene Stimme. Ein Pochen vernahm er aus dem Grund der Erde, ein Dröhnen von solcher Tiefe, dass es in seinem Inneren widerhallte. Atemlos presste er die Hände gegen den Boden, doch da traf ein heftiger Schlag seinen Schutzwall. Die Erschütterung schleuderte ihn zu Boden, sein Kopf schlug auf den Steinen auf, und da fühlte er den Ton, der die Welt durchdrang, spürte, wie er zitterte, und wusste, dass es ein Herzschlag war, der die Stadt in diesem Augenblick durchzog – und das Leben, das aus ihr wich.

Der versagende Herzschlag pulste durch Nandos Adern, er sah die stärksten Krieger der Schattenwelt, die wie ein erlöschender Schimmer inmitten der Finsternis standen und keine Chance hatten, gegen sie zu bestehen. Bantoryn war verwundet worden durch die Engel, es hatte Demütigung erfahren durch die Dämonen, doch erst jetzt, da die Übermacht der Hölle über die Nephilim kam und sie in den Abgrund riss, sank sie in die Dunkelheit. Sie lag im Sterben, die Stadt jenseits des Lichts, und Nando spürte die Verzweiflung darüber so heftig in seiner Brust, dass er meinte, sie müsste ihn zerreißen. *Der Tod ist etwas, das du niemals begreifen wirst,* flüsterte Noemis Stimme durch seinen Kopf – und im selben Moment spürte er, wie die Träne Olvryons auf seiner Brust eiskalt wurde und wie Nebel über seine Wangen strich, kühl und lautlos.

Nando stockte der Atem, plötzlich hörte er Stimmen durch die Taubheit dringen, verschlungene, rätselhafte Stimmen, die ihm so vertraut waren wie sein eigener Atem. Er kam auf die Beine und mit einem Schrei, der wie von ferne zu ihm klang, riss er die Träne in die Luft. Sie entflammte sich zu einem goldenen Schild, der ihn selbst zeigte: fliegend oder fallend. Schützend hob er ihn über Ilja und die beiden Nephilim, er sah die Dämonen, die unter den Gesängen aufschrien und von ihren Opfern abließen, und hielt den Blick auf den Nebel gerichtet, der rasch vom Fluss heraufzog – der Nebel der Ovo, der gekommen war, um die Nephilim zu schützen.

50

Nando sah Olvryon erst, als er direkt vor ihm stand, und wie damals, bei ihrer ersten Begegnung, fühlte er eine tiefe Demut beim Anblick des Herrschers der Ovo. Er neigte den Kopf vor Olvryon und hörte Noemis Stimme in seinen Gedanken. *Du hast ihm das Leben gerettet, Nando, denn du hast um ihn geweint. Eines Tages wird er dir dafür danken, dessen kannst du gewiss sein. Es ist nicht leicht, die Freundschaft eines Ovo zu erlangen.*

Lautlos stieß Olvryon die Luft aus, Nando sah flirrende Lichter auf sich zufliegen und kniff die Augen zusammen. Winzige Funken stoben über seine Wangen, und er hörte es wieder, das Lachen, das ihn schon damals beim Eintritt in den Nebel begrüßt hatte. Seine Taubheit zerriss, der Lärm der Schlacht brandete um ihn herum auf, doch gleichzeitig wich jede Anspannung aus seinem Körper, und er erschrak nicht, als der Ovo den Kopf zurückriss und sich aufbäumte. Donnernd schlugen seine Vorderbeine gegen drei Dämonen, die sich auf ihn stürzen wollten, und schleuderten sie zurück in das Gewühl der Kämpfenden. Noch einmal sah er Nando an, er schien zu lächeln. Dann klappten sich seine Hautpanzer auf, knisternde Glut entfachte sich in seinem Schlund, und er spie rotes Feuer in die Menge der Dämonen, ehe er mit einem Satz in der Menge verschwand.

Nando spürte den Nebel auf seiner Haut wie eine Rüstung und umfasste den Schild mit beiden Händen. Ilja hatte das Bewusstsein verloren, die anderen beiden Nephilim waren ebenfalls verwundet und kauerten sich mit schreckgeweiteten Augen zusammen. Um sie herum verdichtete sich der Nebel und hüllte die sichtlich verwirrten Dämonen in seinen Dunst. Ohne einen Laut glitten die Ovo vorüber, Krieger und Amazonen bildeten sich aus den Leibern der Rehe und Damhirsche, und obgleich die Dämonen in der Überzahl waren, wichen sie vor den

Ovo zurück. In gewaltigen Wellen drängten weitere Dämonen nach, doch die Ovo stellten sich ihnen entgegen, sie zwangen sie mit ihren Gesängen in die Knie und schlugen mit mächtigen Zaubern tiefe Kerben in ihre Reihen, um den Nephilim die Flucht zu ermöglichen. Gemeinsam mit den Ovo drängten die ersten hinab zum Fluss, schon glitten die metallenen Engel ihnen nach, um den Fluchtweg zu sichern. In den Sümpfen der Schatten würde die Übermacht der Dämonen sich zerstreuen, und die Nephilim würden fliehen können.

Nando keuchte, als die Streitaxt eines massigen Dämons mit Rattenkopf gegen seinen Schild schlug. Er schrie auf und trieb seinen Angreifer mit einer Flammenpeitsche zurück, doch kaum dass der Dämon in der Menge verschwand, tauchte ein Gesicht inmitten der Kämpfenden auf wie eine erlöschende Flamme. Noemi.

Instinktiv wollte Nando ihr nacheilen, doch er konnte Ilja und die anderen nicht schutzlos zurücklassen. Nur mit Mühe gelang es ihm, den Schild aufrechtzuerhalten, als Noemi durch die Menge glitt, unberührt von sämtlichen Dämonen, den Blick verklärt wie im Traum. Lautlos entfaltete sie ihre Schwingen und erhob sich in die Luft. Sie eilte hinauf zur Schwarzen Brücke, schon landete sie auf dem Geländer und wandte sich halb zurück. Nando erschrak, als ihr Blick ihn traf, er wusste, dass es Bhrorok war, der ihn ansah – und er erkannte mit Schrecken, wie sich ein Bannzauber auf Noemis Schwingen legte. Sie schwankte, im letzten Moment hielt sie sich noch auf dem Geländer, doch Nando schrie auf vor Entsetzen. Sie würde fallen, Bhrorok würde ihr befehlen hinabzuspringen, und ihr Körper würde tief unten im Fluss zerschellen wie die Leiber jener, die sich in früheren Zeiten durch einen Sprung von der Schwarzen Brücke das Leben genommen hatten.

»Du kannst sie nicht retten.«

Die Stimme ließ Nando zusammenfahren, und er erschrak, als er in Avartos' Gesicht sah. Der Engel stand dicht neben ihm, mit drei Schutzwällen sicherte er die verwundeten Nephilim und verstärkte Nandos Schild.

»Wir müssen verschwinden«, sagte Avartos eindringlich. »Die Ovo sind den Dämonen unterlegen, doch sie ermöglichen uns die Flucht. Wir müssen zum Fluss gelangen, in den Schatten können wir sie zerstreuen und abhängen. Du …«

Nando schüttelte den Kopf und deutete hinauf zu Noemi. »Ich muss ihr helfen«, erwiderte er und wich zurück, als Avartos ihn mit eisiger Kälte ansah.

»Sei kein Narr«, sagte der Engel. »Bhrorok hat sie sich untertan gemacht, sie ist nichts mehr als eine Sklavin seines Willens. Du hättest sie retten können, wenn unser Plan aufgegangen wäre – wenn du Bhrorok hättest töten können. Aber das ist nicht geschehen. Nun will er dich zwingen, zu ihm zu kommen, und du wirst keine Chance haben gegen ihn. Du musst von hier verschwinden, sofort!«

Nando sah zu, wie Avartos Heilungszauber auf die verletzten Nephilim legte und ihnen beim Aufstehen half. Ilja kam zu sich, ihr Blick war halb verhangen, doch es lag keine Furcht darin und kein Misstrauen. Aufatmend wandte Avartos sich zu Nando um.

»Sie ist für uns verloren«, sagte er ruhig. »Noemi ist tot.«

Nando starrte den Engel an, und zum ersten Mal, seit er Avartos kannte, empfand er Zorn beim Anblick dieses schönen und reglosen Gesichts. Er ballte seine metallene Hand zur Faust, mit einem Ruck riss er den Schild in die Luft und schlug ihn Avartos vor die Brust, dass dieser zurücktaumelte.

»Ich bin ein Krieger der Schatten«, rief er und spürte, wie die Entschlossenheit seine Stimme eiskalt werden ließ. »Ich wurde ausgebildet von Alvoron Melechai Di Heposotam, ich stand in der Lehre Antonios, des Engels, der mehr gewesen ist als alles, was du jemals begreifen wirst! Und als sein Schüler werde ich dort hinauffliegen!« Avartos holte Atem, doch Nando ließ ihn nicht zu Wort kommen. »Ich werde Noemi aus Bhroroks Klauen befreien! Ich werde sie in Sicherheit bringen, genau das werde ich tun, Krieger des Lichts, und du wirst mich nicht daran hindern!«

Es war, als würde die Maske vor Avartos' Gesicht Risse bekommen, und durch diese Wunden strömten Empfindungen über seine Züge, Erstaunen, Unwillen und Zorn. »Bhrorok ist vor den Ovo geflohen«, erwiderte der Engel finster. »Er hat sich in die Schatten zurückgezogen, und du kannst sicher sein, dass er zu alter Stärke zurückgekehrt ist, wenn er dir gegenübertritt. Er wird dir mit seiner gesamten Kraft begegnen, er will dich vernichten – und er wird keine Gnade zeigen.«

Nando spürte sein Herz in der Kehle, aber seine Stimme klang ruhig, als er antwortete: »So wenig wie ich selbst.«

Avartos' Blick glitt über sein Gesicht, als wollte der Engel nach einer Antwort suchen auf eine Frage, die er noch nicht in Worte fassen konnte. Prüfend sah er Nando an und mit dem üblichen Spott in den Augen, aber dort, weit hinten im Gold seiner Iris, spiegelte sich eine andere Empfindung, etwas, das Nando selten zuvor in Avartos' Blick gesehen hatte und das ihn befremdete, nun, da es das Gesicht des Engels adelte. Entschlossen umfasste er Olvryons Schild und reichte ihn Avartos.

»Bringe diese Nephilim sicher zum Schwarzen Fluss«, sagte er leise. »Lass mich gehen und meine Aufgabe erfüllen. Ich muss mich ihr stellen, es gibt keine Möglichkeit zum Aufschub mehr, und ich weiß, dass ich stark genug sein kann – stark genug für die Finsternis, die mich ersticken will. Warum hast du mich hierher begleitet, wenn du mir nicht vertraust?«

Avartos schwieg, doch das Gold seiner Augen flammte in hellem Feuer, und da erkannte Nando, was das Gesicht des Engels so strahlend erscheinen ließ. Achtung lag in Avartos' Blick. Wortlos nahm er den Schild entgegen, um jene zu schützen, die er zeit seines Lebens verfolgt hatte, und gab den Weg frei. Nando neigte kaum merklich den Kopf. Dann breitete er die Schwingen aus und raste über die Kämpfenden hinweg, geradewegs hinauf zur Schwarzen Brücke.

Bhrorok war nirgendwo zu sehen, doch Nando zweifelte nicht daran, dass er sich bereits auf dem Weg befand, langsam und reglos, um seinen Körper vollständig heilen zu können, ehe er dem Teufelssohn das Leben aus dem Leib pressen würde. Entschlossen drängte Nando die Gedanken an den Dämon beiseite. Er musste Noemi von der Brücke locken, er musste sie vor einem Sturz in die Tiefe bewahren, nichts anderes war in diesem Moment von Belang.

Noemi stand auf der Brüstung wie eine Figur aus Wachs. Ihr Haar umwehte sie wie ein Schleier aus Seide, und er musste daran denken, wie sie vor so kurzer Zeit gemeinsam auf ebendieser Brücke gestanden hatten. An einen Raben mit seltsamen Augen hatte Noemi ihn erinnert, und noch immer meinte er, dieses Wesen in ihr zu erkennen, doch ihr Blick war leer, und sie schien ihn nicht zu bemerken, als er hinter ihr landete. Eilig trat er einen Schritt auf sie zu, doch sofort fuhr sie herum, als wäre er eine Bedrohung. Ein dunkles Licht glomm in ihren Augen und verlieh ihren Zügen etwas Krankes und Wahnsinniges, das Nando schaudern ließ. Er holte tief Atem. Er wollte sich nicht von der Maske blenden lassen, die auf ihren Zügen lag, er wollte den Raben sehen, den sie im Inneren trug, und nicht den Dämon, der über sie herrschte. Beruhigend hob er die Hände und starrte gegen die Finsternis in ihrem Blick, ohne sie zu sehen. Denn hinter dieser Mauer lag der Rabe in Fesseln, und er war es, zu dem Nando gekommen war – zu niemandem sonst.

»Und ich dachte, dass ich der Einzige wäre, der bei diesem Wetter auf Dächern und Brücken herumsteht«, sagte er und konnte nicht verhindern, dass seine Stimme zitterte. »Ich habe das oft getan, hast du das gewusst? Damals, als ich noch in der Oberwelt lebte und nichts ahnte von Bantoryn und der Schattenwelt. Ich mochte es, von dort oben hinabzuschauen …« Er hielt kurz inne, während Noemi regungslos auf ihn niederstarrte. »Diese Brücke ist die älteste Brücke der Stadt«, fuhr er fort. »Erinnerst du dich daran? Und weißt du noch, wie du mir sagtest, dass sie ein Symbol für dich sei, ein Symbol für die Stärke und die Unnachgiebigkeit unseres Volkes, für den Willen, Abgründe und Grenzen zu überwinden, und für die Sehnsucht nach dem, was auf der anderen Seite liegt – was es auch sein mag? Du hattest recht, Noemi, mit allem, was du mir an diesem Ort gesagt hast, doch diese Brücke steht auch für dich. Denn du bist ebenso unnachgiebig, ebenso stark und bereit, Grenzen zu überwinden.«

Er hielt inne, denn in diesem Moment ging ein Dröhnen durch die Brücke. Es war der Widerhall schwerer Schritte, und Nando hörte das Metall ächzen unter plötzlicher Kälte. Bhrorok näherte sich, doch Nando zwang sich, nicht auf ihn zu achten.

»Noemi«, rief er und fühlte einen Stich in seiner Brust, als sie ihn noch immer mit diesem leeren Blick ansah. Der Drudenfuß flammte auf ihrer Stirn auf wie Spottgelächter. »Ich weiß, dass du mich hören kannst, irgendwo in der Dunkelheit, in die Bhrorok dich geschleudert hat, und ich weiß auch, dass du stark genug bist, um dich gegen ihn zu wehren! Du kannst ihn bezwingen, du kannst deinen Willen gegen ihn behaupten! Warum ich mir da so sicher bin? Weil Silas es mir sagte!«

Noemi fuhr zusammen, kaum merklich zwar, doch die Geste war für Nando so stark wie ein Faustschlag. »Ich kannte Silas nicht gut«, sagte er und ignorierte die Kälte, die hinter ihm die Brücke hinaufkroch. »Aber er hat Dinge zu mir gesagt, die ich niemals vergessen werde, Dinge, die mich auf meinem Weg begleiten und die schon oft meine Entscheidungen bestimmt haben. Ich erinnere mich an unser erstes Gespräch, er hat von dir gesprochen, und er sagte: *Es mag dir merkwürdig erscheinen, aber Noemi ist der stärkste Nephilim, den ich kenne. Es gibt nichts, das sie nicht schafft, wenn sie es sich einmal vorgenommen hat.*«

Er erinnerte sich daran, wie Silas das gesagt hatte, erinnerte sich an das Lächeln und die stille Zuneigung, die sich in den Augen des Nephilim gespiegelt hatte, und er sah das Flackern, das durch Noemis Blick ging.

Doch in diesem Moment zog ein Donnern durch die Brücke, dicht gefolgt von dem Tosen gewaltiger Flammen. Nando wandte den Blick, und da sah er, wie Bhrorok auf ihn zutrat. Eis kroch ihm voran, und als ein höhnischer Widerspruch flankierte ihn schwarzes Feuer. Wie eine Gestalt aus einem düsteren Märchen schritt der Dämon voran, den Kopf tief geneigt, den Mund zu einem spöttischen Lächeln verzogen, und bewegte die Hände mit seinen Schritten. Noch einmal sah Nando Noemi an.

»Ich bin für dich nach Bantoryn zurückgekehrt«, sagte er, und seine Stimme klang fest, als würde sein Blut nicht wie ein tosender Fluss durch seine Adern rasen. »Und ich werde dich aus Bhroroks Klauen befreien. Ich werde mich ihm entgegenstellen, ich werde meiner Stärke vertrauen – so wie du.«

Für einen Moment wurden Noemis Augen grün wie Smaragde, die Farbe brandete gegen die Dunkelheit in ihrem Blick und riss sie mit sich. Sie öffnete den Mund, um etwas zu sagen, doch gleich darauf verzerrte sich ihr Gesicht wie unter Schmerzen, und ein Wort drang über ihre Lippen, getragen von der Stimme eines Dämons.

»Teufelssohn!«

Nando fuhr herum, denn die Stimme Bhroroks umhüllte ihn von allen Seiten. Der Dämon blieb in einiger Entfernung stehen, die Flammen loderten um ihn herum auf, nur das Eis bahnte sich weiter seinen Weg und legte sich als dünne Schicht aus Raureif auf Nandos

Haut. Ein Frösteln lief durch seinen Körper, doch er zwang sich, keine Regung zuzulassen. Schweigend starrte er Bhrorok an, dessen Miene versteinerte.

»Ich habe dich gejagt«, sagte der Dämon. »Ich habe dich gesucht, und nun habe ich dich gefunden. Die Zeit des Redens ist vorbei. Dein Kampf ist verloren. Gib mir die Kraft, die dir nicht gehört. Komm zu mir und opfere dich – oder sieh, wie das Mädchen fällt!«

Ruckartig riss Bhrorok die linke Faust empor. Ein Zauber legte sich um Noemis Kehle, der Drudenfuß flammte grell auf. Reglos hingen ihre Schwingen von ihrem Rücken hinab, der Bann war so stark, dass Nando seine Finsternis fühlen konnte. Er sah das Entsetzen weit hinten in Noemis Blick, als Bhrorok sie zwang, den ersten Schritt hinein ins Nichts zu tun – und hob die Hand.

Bhrorok hielt inne, ein Lächeln glitt über sein Gesicht wie ein Fluch, und Nando spürte seinen Blick glühend auf seiner Haut, als er sich zu dem Dämon umwandte. Wortlos trat er auf ihn zu, schon sah er die Gier in Bhroroks Augen und spürte die Furcht, die sich wie Gift in ihm selbst ausbreitete, doch er drängte sie zurück. Er sah Noemi vor sich, hilflos und verloren, und auch wenn er wusste, dass jeder Schritt ihn seinem Ende näher brachte, so fühlte er doch, dass er sie nicht verraten durfte – um keinen Preis der Welt. Er hatte Bhrorok beinahe erreicht, als ein Flüstern durch seine Gedanken ging.

Dann wirst du fallen, sagte Noemi kaum hörbar. *Und ich mit dir.*

Nando sah noch, wie Noemi den Kopf in den Nacken riss, und hörte Bhrorok schmerzerfüllt schreien. Im nächsten Moment schaute er Noemi in die Augen, sie waren grün wie bei einer Katze, und ein Lächeln stand auf ihren Lippen. Dann breitete sie die Arme aus und stürzte sich in den Abgrund.

Nando zögerte nicht. Er schleuderte Bhrorok einen Sturmzauber ins Gesicht, der den Dämon rücklings die Brücke hinaufkatapultierte, und raste hinter Noemi her. Der Wind peitschte über seinen Körper, so schnell flog er dahin, doch er fühlte es kaum. Entschlossen eilte er Noemi nach und packte sie. Sofort strömte der Bannzauber Bhroroks in seinen Körper, die Magie lähmte seine Schwingen, er wurde hilflos und raste mit Noemi in den Armen auf den Schwarzen Fluss zu. Ihr Haar hüllte ihn ein, und für einen Moment sah er sie wieder auf der

Brücke stehen, allein und einsam nach Silas' Tod, und dann gemeinsam mit ihm, als sie über das Schwert Bhalvris gesprochen hatten. Still schaute sie ihn an, das Gesicht gezeichnet von Bhroroks Gewalt, doch den Blick furchtlos auf ihn gerichtet. Er sah das Bild Olvryons vor sich, sah sich selbst, fliegend und fallend, und er ballte die Hände zu Fäusten. Er war es, der entschied, ob er fiel – niemand sonst. Mit aller Kraft spannte er die Schwingen, er stemmte sich gegen die Dunkelheit, die ihn ersticken wollte, und mit seinem Schrei, der die Schatten zerfetzte, schleuderte er Bhroroks Bann von seinem Körper und erhob sich mit Noemi in die Luft. Rasend schnell schoss er dahin, ein fulminantes Triumphgebrüll hallte in seinem Inneren wider, doch gleich darauf raste ein mächtiger Donnerzauber auf sie zu. Krachend schlug er direkt vor ihnen in eine Hauswand ein. Nando warf den Kopf zurück und sah Bhrorok, der reglos auf der Brücke stand und zu ihnen hinabsah. Sein Gesicht verriet den Schmerz, den Noemi ihm bereitet hatte. Sie hatte seine Kontrolle zurückgewiesen, sie hatte ihn mit all ihrer Kraft aus ihren Gedanken geworfen, und Nando spürte Genugtuung, als er den Zorn auf Bhroroks Zügen sah.

Da sprang der Dämon mit einem gewaltigen Satz von der Brücke und raste ihnen hinterher. Eilig flog Nando im Zickzack durch die Häuserschluchten und gewann an Höhe, doch Bhrorok schleuderte ihnen Zauber nach und holte rasch auf. Atemlos warf Nando einen Blendzauber hinter sich, eilte mehrere Gassen hinab, glitt durch eines der zerbrochenen Fenster eines Hauses und eilte durch die Zimmer, ehe er erschöpft innehielt. Noemi sank schwer atmend zu Boden und lehnte sich gegen die Wand. Nando griff nach ihrer Hand.

»Lass mich hier«, flüsterte sie kaum hörbar. Das Sprechen fiel ihr schwer, sie brauchte ihre gesamte Kraft, um Bhroroks Willen aus ihren Gedanken zu verbannen. Nando schüttelte den Kopf, doch schon hörte er, wie der Dämon ganz in der Nähe einen Schrei ausstieß. Er rief nach Nando, tosend brach sich sein Gebrüll seinen Weg.

»Geh«, sagte Noemi eindringlich. »Ich werde ihn von mir weisen, solange ich kann, aber …«

Sie stöhnte unter Schmerzen auf, als der Drudenfuß auf ihrer Stirn sich pechschwarz verfärbte. Nando wusste, dass Bhrorok sie töten würde, wenn er sich nicht beeilte.

»Aldros hatte Ähnlichkeit mit dir«, flüsterte Noemi, und Nando hob erstaunt die Brauen. Für einen Moment stand er wieder neben ihr auf der Schwarzen Brücke, ihr Haar wehte im Wind, und sie wandte den Blick ab, als Wärme die Maske auf ihren Zügen schmolz. Doch nun sah sie ihn an. »Der Teufel ruft seine Kraft nicht in irgendwem. Er ruft sie wach in den Nephilim, die sich durch etwas auszeichnen, das er nur als Schwäche kennt, etwas, das er verabscheut, mehr als die Mauern der Hölle, die ihn in seinem Verlies gefangen halten. Es ist das, was er verloren hat, Nando, das, woran er sich nur noch wie an einen Traum erinnert und wonach er sich dennoch sehnt, da es einen Abgrund in ihm hinterlassen hat, in ihm, dem gefallenen Engel. Dies ist es, was der Teufel am meisten fürchtet.«

Noemi lächelte schwach, und Nando sah Antonios Gesicht in ihren Augen auftauchen. Dann holte sie tief Atem und ließ seine Hand los.

Geh, Teufelssohn, flüsterte sie in Gedanken, und ein Lächeln zog über ihr Gesicht, das zu gleichen Teilen zärtlich und spöttisch war. *Die Hölle wartet auf dich.*

Nando sah sie an, noch einmal spürte er ihr Haar an seiner Wange und tauchte in das smaragdene Grün ihrer Augen. Dann wandte er sich ab, breitete die Schwingen aus und raste durch die Zimmer, bis er mit donnerndem Krachen durch eine Fensterfront brach. Klirrend fielen die Scherben um ihn herum zu Boden, als er auf dem Kopfsteinpflaster landete. Die Gasse wurde spärlich von flackernden Straßenlaternen beleuchtet, und Nando spürte umgehend die Kälte, die zu ihm herüberzog.

Langsam wandte er den Blick und sah die dunkle Gestalt, die am Ende der Gasse stand, den Schatten, der aus den Tiefen der Welt gekrochen war, um ihn zu jagen und zu töten. Bhrorok, der Oberste Scherge des Höllenfürsten, forderte ihn zum Kampf.

51

Das halbherzige Licht der Straßenlaternen ließ Bhroroks Gestalt noch dunkler erscheinen. Seine Augen standen in schwarzem Feuer, den Mund in dem kalkweißen Gesicht hatte er zu einem gleichgültigen Strich verzogen.

Nando hörte das Knistern des Eises, das auf ihn zuglitt, und das Rascheln und Knacken der Insektenleiber, die unter den Schindeln der Häuser, unter den Pflastersteinen und hinter dem Putz der Fassaden hervorkrochen, als würde Bhroroks Anwesenheit sie dazu zwingen. Rasselnd liefen sie auf den Dämon zu, glitten über seine Beine, seine Brust, selbst über sein Gesicht, bis ein Insektenleib vor ihm stand, bedeckt von unzähligen grünschwarzen Schuppenpanzern.

Du bist ein Narr, grollte Bhroroks Stimme durch Nandos Gedanken, doch zwischen den Worten hörte dieser das Schnarren von Insekten, das Knistern ihrer Beine und Mundwerkzeuge, und kurz wusste er nicht mehr, ob es überhaupt der Dämon war, der zu ihm sprach, oder eine andere, schattenhafte Macht, die sich in jeder Finsternis eines Kellers verbarg, in jedem düsteren Verlies und in den eigenen, unheimlichen Gedanken sturmgepeitschter Träume. *Mein Herr hat dir ein Angebot gemacht, wieder und wieder. Aber du hast es nicht angenommen. Du weist die Schatten zurück, die dich retten könnten. Die Schatten, auf denen diese Welt steht.*

Da zog Nando sein Schwert. Flammend erhob sich die Klinge in der Dämmerung der Gasse, die Insekten schnarrten zornig, als das Licht sie traf. *Du weißt nichts von der Welt,* erwiderte er und legte jede Verachtung in seine Worte, zu der er fähig war. *Sie wird errichtet von freien Kreaturen wie mir, und sie ruht auf unseren Schultern – doch kein Sklave der Finsternis wird das jemals begreifen, und mehr bist du nicht, Oberster Scherge des Höllenfürsten: ein Diener der Dunkelheit!*

Kaum hatte er geendet, stieß Bhrorok die rechte Faust vor, und ein Brüllen drang aus seiner Kehle, das Nando vor die Brust schlug wie ein Fausthieb. Die Insekten brachen von seinem Körper, schnarrend schossen sie auf Nando zu, der in rasender Geschwindigkeit das Schwert führte. Knackend hieb er auf die winzigen Leiber ein, die mit messerscharfen Klauen nach ihm griffen, doch schon erhob Bhrorok sich in die Luft und stürzte auf ihn nieder. Nando gelang es noch, einen Abwehrzauber zu errichten, doch der Dämon packte ihn an der Kehle und katapultierte ihn rücklings gegen einen Stalagmiten. Krachend schlug Nando gegen den Tropfstein, doch er kam umgehend wieder auf die Beine und wich der Flammenpeitsche aus, die Bhrorok nach ihm warf. Blitzschnell drehte er sich um die eigene Achse und griff nach dem Zauber. Zischend grub sich dessen Feuer durch seinen Schutz, doch er achtete nicht darauf. Entschlossen schickte er einen Feuerzauber in die Peitsche und verkohlte Bhrorok die Finger.

Wütend schleuderte der Dämon die Waffe von sich und breitete die Arme aus. Dunkle Zauber rollten über seine Lippen, sie schlugen auf der Straße auf wie platzende Früchte, und als er die Finger bewegte, erhoben sich die Pflastersteine in die Luft. Nando wich zurück, er wirkte einen Flammenschleier zwischen den Händen, während Bhrorok die Steine zu einem Wirbel über seinem Kopf formte. Gleißende Lanzen aus Licht schossen aus Nandos linker Faust, sie verbrannten zahlreiche Steine zu Staub, doch da entließ Bhrorok den Wirbel, der donnernd auf seinen Gegner zuraste. Die ersten Reihen verkohlten unter Nandos Flammenschleier, doch die anderen eilten ungehindert auf ihr Ziel zu. Im letzten Moment warf er sich einen Sturmwind in den Rücken und erhob sich in die Luft. Die Steine krachten unter ihm gegen die Hauswand, eilig jagte Nando über die Dächer davon, doch Bhrorok folgte ihm. Donnernd rasten schwarze Blitze hinter ihm her, und obgleich er mächtige Spiegelzauber zurückwarf, gelang es ihm nicht, den Dämon zu verwunden.

Schwer atmend legte er die Schwingen an den Körper und landete auf dem Sternenplatz, der noch immer von dem Höllenriss durchzogen wurde. Blutspuren bedeckten das Pflaster, die Ruinen des Mal'vranons ragten unwirklich in die Höhe, und für einen Augenblick sah Nando wieder das Chaos der Schlacht, ehe er hinabstarrte in den rot glimmenden Riss, in dessen Tiefen es grollte, als würde jeden Moment ein neuer Schrecken aus ihm entspringen. Aschewolken, flammende Schleier und heiße Dämpfe stiegen daraus auf, die Schleier wehten wie Geister über den Platz, und noch während Nando sie auf seinem Gesicht spürte, hob er den Blick. Die Hölle hatte einen Sieg über diese Stadt errungen. Er würde nicht dulden, dass dergleichen noch einmal geschah.

Er wandte sich von dem Höllenriss ab und betrachtete den roten Staub des Mohns, der über das Pflaster wehte. Bhrorok jagte über die Dächer heran, doch Nando nahm ihn nur als Schemen wahr. Er hörte den Wind, der seine ersten Schritte in Bantoryn begleitet hatte, und er sah Antonio vor sich, wie er gemeinsam mit ihm durch die Straßen ging, wie er lächelnd den Blick wandte und ihn ansah, und als Bhrorok auf dem Sternenplatz landete, hob Nando sein Schwert. Leise setzte er es in weiße Flammen. Die höhere Magie strömte durch seine Adern, er spürte ihre Hitze, ihre Kälte, und er fühlte den Wüstensand auf seiner Haut, der von einer Stimme zu ihm getragen wurde. Flüsternd strich sie durch seine Gedanken, glomm in Bildern vor seinem inneren Auge auf, rief ihn und lockte ihn. Doch er hörte nicht auf sie.

Unverwandt fixierte er die schwarzen Augen des Dämons, der auf der anderen Seite des Höllenrisses stand, von dessen Schleiern umschmeichelt wurde und flammende Dolche in seinen Fäusten entfachte. Er betrachtete die Schwere seines Körpers, die Kraft in seinen Armen, er taxierte seinen Gegner, wie Drengur es ihm gezeigt hatte, und schob sämtliche Gefühle beiseite. Vor ihm stand nicht länger Bhrorok, der Scherge des Teufels, der ihn verabscheute und die Welt in den Untergang treiben wollte, und Nando sah nicht mehr den Dämon, der Antonio und Yrphramar getötet und Noemi schwer verwundet hatte. Wie Erinnerungen flammten diese Gedanken in ihm auf und glitten hinein in das Licht seines Schwertes. Vor ihm stand ein Krieger, der ihn töten würde – wenn er ihm nicht zuvorkam.

Zeitgleich erhoben sie sich in die Luft. Ihre Waffen flammten auf, und als sie über dem Höllenriss zusammenschlugen, da fühlte Nando keinen Schmerz. Er spürte die Funken, die in knisternden Kaskaden in den Abgrund unter ihnen stoben, doch er sah nichts als die Finsternis in Bhroroks Augen, die der Wüstenstimme in seinem Inneren Antwort gab – und er empfand nicht mehr als den festen Willen, ihr Widerstand zu leisten.

Mit einem Schrei stieß er Bhrorok von sich und hieb nach dem Dämon, doch dieser sprang zurück. Zischend rasten seine Dolche auf Nando zu und streiften dessen Wange. Blut rann über Nandos Gesicht, aber er zwang Schmerz und Zorn in ihren Käfig zurück. Eilig schoss er hoch in die Luft und sprang über Bhrorok hinweg. Direkt über dem Dämon entließ er einen Blitzzauber aus seiner metallenen Hand, krachend schlug er in Bhroroks Rücken ein und ließ ihn taumeln. Nando rollte sich dicht neben dem Höllenriss auf den Steinen ab, doch während Bhrorok einen Donnerzauber in seiner Faust sammelte, formte er gleichzeitig die flammenden Schleier auf Nandos anderer Seite zu einem Wolf aus Feuer. Mit weit aufgerissenem Rachen sprang er über den Platz, Bhrorok riss die Faust in die Luft, er wollte Nando zwischen seinen Zaubern zermalmen wie eine Figur aus Sand. Atemlos kam Nando auf die Beine. Er hörte das Tosen von Bhroroks Zauber, sah das fratzenhafte Gesicht des Wolfs – und im nächsten Moment legte er die Schwingen an den Körper und stürzte in den Abgrund. Krachend schlug der Wolf über ihm mit Bhroroks Zauber zusammen, Flammen trafen Nandos Körper, doch er spürte es kaum. Funken stoben ihm ins Gesicht, sie brannten sich in sein Fleisch, und er hörte Bhrorok hinter sich brüllen, als der Dämon ihm nacheilte.

Entschlossen breitete er die Arme aus, die flammenden Schleier bissen unter Bhroroks Rufen schlangengleich nach seinen Händen, doch er packte sie wie lebendige Wesen, umfasste sie mit seinem Willen und riss sie hinauf ins Licht. Funkensprühend schoss er aus dem Schlund der Hölle, die Schleier umtosten ihn wie gefangene Harpyien, und er fixierte den Mohnstaub mit seinem Blick, der blutrot auf dem Sternenplatz vor dem Mal'vranon lag. Wie ein Schrei kam der Zauber über seine Lippen, er wich vor Bhrorok zurück, der in diesem Augenblick aus dem Abgrund hervorbrach. Schon erhob sich der Staub des Mohns in die Luft und raste auf die Schleier zu. Zischend vermengte er sich mit ihnen, und kaum dass Nando seinen Zauber entließ, stoben die Flammen wie Tücher aus Scherben auf Bhrorok zu. Der Dämon wich zurück, doch es war schon zu spät. Nandos Zauber traf ihn mit voller Wucht und schleuderte ihn krachend gegen die Wand des Mal'vranons.

Nando landete auf dem Sternenplatz. Blut rann aus Bhroroks Brust, er sah auch das offene Fleisch und die Blässe, die geisterhaft über dessen Gesicht kroch, und umfasste sein Schwert fester. Er murmelte einen Zauber und nahm die Blitze kaum wahr, die knisternd über die Klinge glitten. Bhrorok keuchte, doch da streckte Nando die linke Hand aus. Er formte sie zur Klaue, und obgleich er noch einige Schritte von dem Dämon entfernt war, meinte er, dessen Haut unter seinen Fingern zu fühlen. Er sah die Finsternis, die in seinem Gegner aufwallte, als er seine Kraft wie gleißendes Licht in ihn hineinschickte, doch er wich nicht vor ihr zurück. Kopfüber stürzte er nach vorne, hinein in das, was Bhrorok war. Er fühlte die Kälte auf seiner Haut, hörte die Schreie unzähliger Wesen, die wie Messer in sein Fleisch schnitten, und er spürte die Feuer Luzifers auf seinem Gesicht, jene Flammen, die Bhrorok einst geboren hatten. Dunkel flackerten sie auf, er ertrug ihre Bisse, als er mitten unter ihnen landete, und als er die Arme ausstreckte und den Zauber sprach, der sie ihm untertan machen sollte, da flammte eine Gestalt vor ihm auf. Der Teufel war es, der ohne jedes Lächeln auf ihn niedersah, der Teufel, der plötzlich schwieg, und als Nando die Faust vorstieß, zerstob sein Leib in tausend Funken.

Bhrorok stöhnte auf, Entsetzen flackerte über sein Gesicht, und Nando fühlte, wie die Flammen in seinem Inneren sich veränderten, wie sie weiß wurden und lautlos und wie der Dämon in ihrer plötzlichen Stille den Verstand verlor. Kälte kroch durch Nandos Finger, als er den Griff um Bhroroks Kehle verstärkte. Er sah noch einmal die Flammen in dessen Brust – und fühlte plötzlich ein schwaches, kaum merkliches Pulsen in der Finsternis. Es war ein Ton wie ein Traum, eine Erinnerung an etwas, das unter der Oberfläche von Finsternis und Zorn darauf gewartet hatte, entdeckt zu werden. Für einen winzigen Augenblick meinte Nando, ein Schwanken in Bhroroks Antlitz zu erkennen, einen stummen Schrei, der jede Stimme verloren hatte und dennoch aufbegehrte gegen das, was ihn umgab. Doch gleich darauf war der Moment vorüber. Nando starrte Bhrorok an, Erstaunen flammte in seiner Brust – und der Dämon reagierte sofort. Mit einem Schrei, bei dem seine Stimme sich überschlug, hieb er Nandos Arm beiseite und erhob sich in die Luft. In wirrem Zickzack eilte er hinauf in das Theater der Akademie.

Nando stieß einen Fluch aus und folgte ihm, so schnell er konnte. Noch ehe er in der Orchestra landete, drang ein Geräusch zu ihm herüber. Es war das schwache, leicht knirschende Geräusch von sich verbiegendem Metall. Der Schreck war so heftig, dass Nando der Atem versagte. Er keuchte, als er die Flammen roch, die auf einmal vor ihm aufloderten und die das Wrack eines Autos umspielten, flackernd und voller Grausamkeit. Und in dem Wrack, zusammengesunken hinter dem Steuer und wie schlafend, saß Mara.

Taumelnd landete Nando vor den Flammen. Er wollte schreien, aber er stand da wie im Traum. Es half nicht, dass er sich sagte, mitten im Theater Bantoryns zu stehen, dort, wo er seinen Eid für die Stadt geleistet hatte und in den Bund der Nephilim aufgenommen worden war. Er sah nur mehr die Flammen, die von außen über die Scheiben leckten, und als er vortaumelte und die Hitze auf seiner Haut fühlte, da wusste er, dass er nicht träumte.

Ich habe sie gefangen, grollte Bhroroks Stimme durch seinen Kopf, und dunkel erhob sich dessen Gestalt neben dem brennenden Wrack.

Instinktiv riss Nando die metallene Faust vor, um den Dämon zurückzuschleudern, doch Bhrorok lächelte nur.

Harkramar hat sie gefunden, raunte er und während er sprach, sah Nando Bilder in seinen Augen auftauchen, Bilder von der Straße, von der Wohnung, er sah den Balkon – und den Brief, der von außen an der Tür lehnte. Eiskalt glitt die Erkenntnis über seinen Körper, er hustete, weil sie ihm die Luft abdrückte, und schüttelte den Kopf, obwohl er wusste, dass Bhrorok die Wahrheit sagte. Harkramar war seiner Spur gefolgt. Er hatte ihn gejagt, und Nando war ihm entkommen – doch Mara hatten sie gefangen.

Bhrorok bewegte die Finger. Für einen Moment schien es Nando, als würde er zögern, als würde sich etwas in seinem Inneren aufbäumen und seine Hand zittern lassen. Doch gleich darauf brandete die Finsternis in Bhroroks Augen auf, er rief sie, um den Ton zu ersticken, den Nando ebenso vernommen hatte wie er selbst, und schwarze Flammen entfachten sich im Inneren des Autos. Nando schrie auf, doch Bhrorok lachte laut, es war ein Scherbenlachen, das in Nandos Schädel widerklang.

Narr, rief der Teufel und erhob sich in den Flammen rings um das

Wrack zu voller Größe. Seine Schwingen durchschnitten die Luft, sein Haar stand in wildem Feuer, und Funken sprühten aus seinem Mund, als er lachte. *Du wirst sie nicht retten können, denn es ist mein Feuer, das sie verzehren wird – das Feuer der Hölle, mein Sohn, jenes Feuer, das euren schönen Wall zerbrach, unter dem ihr euch verborgen habt vor den Kindern meines Reiches!*

Außer sich rief Nando seine Magie. Er fühlte sie durch seine Adern schießen, donnernd brach der Zauber über seine Lippen, und der Sturmwind, der aus seinen Fäusten schoss, schleuderte Bhrorok in die steinernen Sitzreihen und stürzte sich mit gewaltigem Grollen auf die Flammen. Blitze schlugen ineinander, schwarz und grün flackerten sie in Wolken aus Schatten auf, die das Wrack einhüllten und das Theater erfüllten wie bei einem Unwetter. Sturzbäche ergossen sich auf das Mosaik, Nando fiel auf die Knie, so mächtig war der Zauber gewesen, und er fühlte den Regen auf seinem Gesicht wie Splitter aus Eis. Er schwankte, als er wieder auf die Beine kam – und fuhr zusammen, als mit einem Knall die Flammen erneut aus dem Wrack brachen und seinen Zauber zerrissen. Der Regen verdampfte in ihnen, er sah Mara hinter der zerbrochenen Scheibe, sah, wie sie die Augen öffnete und ihn anschaute, und er erkannte das Entsetzen in ihrem Blick und die Furcht.

Schwach bist du, raunte der Teufel in seinen Gedanken, und als würde er seinen Obersten Schergen an unsichtbaren Schnüren lenken, sprang dieser auf die Beine und raste auf Nando zu. *Du wirst sie niemals retten können ohne mich!*

Nando riss sein Schwert empor, außer sich warf er sich Bhrorok entgegen, und ehe der Dämon ihn hätte abwehren können, zog er die Waffe quer über dessen Brust und stieß ihn fort von dem Wrack. Bhrorok taumelte zurück, doch Nando achtete nicht auf ihn. Er schlug die metallene Faust durch die Flammen, das Feuer verbrannte ihm die Haut, aber er zwang den Schmerz zurück. Wie besessen riss er an der Tür, er hörte Mara schreien, und ihre Stimme vermischte sich mit dem grausamen Schweigen seines Vaters und den Rufen seiner Mutter. *Nando*, hatte sie geschrien. Ihm hatte ihr letzter Atemzug gegolten, und er hatte sie nicht gerettet.

Verzweifelt warf Nando Wasserzauber auf die Flammen, doch sie ließen sich nicht bezwingen, und als er einen weiteren Sturmwind schickte, wurde dieser zurückgeworfen und traf ihn mit voller Wucht. Nando ging zu Boden, ihm wurde schwarz vor Augen. Er schrie, doch seine Stimme glitt von ihm fort, als würde er in ein tiefes Meer sinken, rückwärts und mit geschlossenen Augen. Er wollte sich bewegen, doch sein Körper war schwer wie aus Stein und gehorchte seinen Befehlen nicht, und er sah die flammende Gestalt hinter seinen Lidern, deren Glutatem über seine Stirn strich.

Rette sie, flüsterte Luzifer sanft. *Bitte mich, meine Flammen zurückzuziehen, jene Flammen, die gerade in diesem Moment nach den Händen deiner Tante greifen, die ihr Haar verzehren werden und die Tränen, die sie um dich weint. Folge mir, und ich werde ihr das Leben schenken.*

Nando öffnete die Augen. Er sah in das makellose Gesicht des Teufels.

Willst du den Menschen sterben lassen, den du am meisten auf der Welt liebst? Das hast du schon einmal getan, mein Sohn. Du hast schon einmal versagt.

Die Worte glitten über Nandos Haut, er hörte Maras Schreie in sich widerhallen, sie zerrissen ihn, er konnte sie nicht ertragen. Etwas in ihm wollte die Hand heben, wollte nicken und dem Teufel bedeuten, dass er ihm folgen würde, ganz gleich, zu welchem Ziel, wenn er sie nur rettete. Doch er tat es nicht. Stattdessen schaute er Luzifer ins Gesicht, schaute in dessen goldene Augen und schüttelte langsam den Kopf.

Das hier, flüsterte er und spürte, wie ihn diese Worte seine gesamte Kraft kosteten, *sind* meine *Gedanken.*

Damit wandte er sich vom Teufel ab, dessen Stimme verstummte in ihm, und Nando schaute in ein anderes Gesicht, ein regloses Gesicht mit schwarzgoldenen Augen.

Antonio lächelte ein wenig, als Nando ihn betrachtete. Der Staub des Mohns zog über seine Haut, und Nando hörte seine Stimme so deutlich, als würde der Engel tatsächlich zu ihm sprechen. *Das ist es, was Helden tun. Sie geben ihr Bestes, Nando. Aber sie verzweifeln nicht.*

Nandos Kehle zog sich zusammen. Aldros tauchte in Antonios Augen auf, er lächelte. Es war ein Lächeln voller Schmerz und gleichzeitig voller Mitgefühl, und Nando sah zu seinem Schrecken, wie Luzifer sich in Aldros aufbäumte, wie er versuchte, erneut die Macht über ihn zu erlangen. Aldros schwankte, als er ihn zurückdrängte, und er zitterte, als er langsam den Mund öffnete und leise zwei Worte über seine Lippen kamen.

Töte ihn, sagte der Teufelssohn, und es war, als würde er Nando inmitten der Finsternis sehen, in der dieser sich befand.

Langsam versank Aldros in Antonios Augen, und als auch der Engel verschwunden war, spürte Nando noch immer die Präsenz des Teufels dicht bei sich. Die Finsternis um ihn herum erhellte sich, der Knauf seines Schwertes lag kühl in seiner Hand, und schwere Schritte kamen direkt auf ihn zu. Doch er rührte sich nicht.

Ich mag ein Narr sein, sagte er und sah Luzifer in die Augen. *Und du magst glauben, dass ich schwach bin, weil du es nicht besser weißt. Aber ich sage dir: In Wahrheit bin ich stark, und deswegen solltest du mich fürchten. Denn in mir liegt eine Kraft, die mich leitet. Sie hält die Welt zusammen, sie verbindet mich mit ihr, sie lässt mich ihren Herzschlag hören, und sie hält mich schwebend zwischen Licht und Schatten. Ja, sie ist selbst Licht und Dunkelheit, Fallen und Fliegen. Sie, Vater, ist die größte Stärke dieser Welt.*

Nando hielt inne, er sah das Erstaunen in den Augen des Teufels und gleich darauf den Zorn, der dunkel darin aufwallte.

Doch du verstehst nichts von ihr, flüsterte Nando und lächelte grausam. *Denn sie ist alles, was du verloren hast!*

Mit diesen Worten packte er sein Schwert und riss es in die Luft. Er sah noch, wie seine Klinge die Wange des Teufels streifte, wie Blut aus dessen Haut rann und nichts als Entsetzen über sein Gesicht flammte. Dann zerbrach die Finsternis um Nando herum. Seine Waffe traf Bhroroks Schulter, der Dämon wich zurück. Nando sprang auf die Beine. Er fixierte Maras Blick, die Flammen griffen nach ihrem Gesicht, doch Nando hob die Arme, und ein Brüllen entwich seiner Kehle, das die Luft zum Erzittern brachte. Gleißendes Licht brach aus seinen Händen, krachend schlug es in die schwarzen Flammen des Teufels ein. Er spürte, wie er in die Finsternis dieses Feuers stürzte, fühlte seinen eigenen Schrei auf den Lippen, als er die Flammen durchdrang, ihre Rätsel, ihre Lockungen, bis er auf dem schmalen Seil innehielt. Flammen strömten durch seine Adern, und da riss er die Fäuste in die Luft und schickte Licht und Schatten in das schwarze Feuer des Teufels. Funken sprühten, Nando spürte sie wie Nägel in seinem Fleisch, doch er sah, wie sich die Dunkelheit rot verfärbte, wie die Flammen von Mara zurückwichen, und er zog das Feuer in die Luft, bis es über dem Wrack schwebte. Bhrorok näherte sich, Nando fühlte dessen Zorn, aber er wandte den Blick nicht ab. Er dachte an seine Eltern, spürte wieder die Flammen auf seinem Gesicht, hörte die Schreie seiner Mutter, doch im gleichen Moment durchströmten ihn andere Bilder, er hörte sie lachen, roch den Duft ihres Haares, fühlte die Hand seines Vaters auf seiner Stirn und spürte, wie ihn etwas anfüllte mit jedem Bild, das er wachrief, etwas Glühendes und Brennendes, das ihm die Tränen in die Augen trieb und ihn dankbar sein ließ, so dankbar für jeden Tag mit diesen beiden Menschen.

Die Bilder erstanden in den Flammen, und noch während Nando sie betrachtete, sah er Bhrorok auf sich zutreten. Der Dämon erschuf ein Schwert aus schwarzem Feuer, er riss es hoch in die Luft – doch im selben Moment öffnete Nando die Fäuste. Tosend hallte sein Zauber durch das Theater, er wurde getragen von vielen Stimmen, von Antonio, Mara, seinen Eltern, von Luca und Noemi, von Silas, Morpheus und Drengur. Bhrorok fuhr zusammen, schreckensstarr riss er die Augen auf. Der Wirbel aus Feuer raste auf ihn nieder und stürzte sich in seinen geöffneten Schlund.

Blitze und Flammen stoben aus Bhroroks Augen, er zuckte, während er auf die Knie fiel. Risse liefen über seine Haut, und weiße Feuer brachen sich ihren Weg durch sein Fleisch. Er hob die Arme in die Luft, er brüllte, und Nando hörte Schreie, verfluchte, vergessene Schreie, und er vernahm das Tosen von unzähligen Insektenleibern und das herrenlose, sehnsüchtige Heulen eines Wolfs.

Dann war es vorüber. Nando stand da wie erstarrt. Bhrorok saß regungslos auf seinen Knien, Rauch zog über seinen Körper hinweg. Langsam trat Nando näher, und da hob Bhrorok den Blick und sah ihn an. Schwarze Tränen liefen über seine Wangen, sie wuschen den Kalk von seinem Gesicht, und darunter lag bronzene Haut – die Haut eines Menschen.

Atemlos erwiderte Nando diesen Blick. Dann sah er seine Flammen in Bhroroks Leib aufflackern, und mit einem Geräusch, das wie ein Seufzen klang, zerbrach der Leib des Dämons zu Asche.

52

Leise strich der Wind durch die Mohnblumen, kalt und flüsternd wie die Stimme aus einem halb vergessenen Traum. Der rote Blütenstaub glitt geisterhaft über die Ebene, und dahinter lag Bantoryn, die Stadt jenseits des Lichts. Dunkel erhoben sich ihre Gebäude im Zwielicht der Höhle, Ruinen in regloser Schattenhaftigkeit, und vereinzelt stiegen Rauchsäulen zwischen den Mauern auf, als würde die Stadt ihren letzten Atemzug tun.

Nando strich über die Blütenblätter einiger Mohnblumen und fühlte den Staub an seinen Fingern. Er war erschöpft von seinem Kampf gegen Bhrorok, das Blut an seiner Wange war verkrustet, und es fiel ihm schwer, aufrecht sitzen zu bleiben, so sehr sehnte sein Körper sich nach Ruhe. Die Nephilim waren geflohen, und sie hatten das Leben der Stadt mit sich genommen. Mit Hilfe der Ovo waren sie entkommen und befanden sich nun auf dem Weg nach Katnan, in die Stadt der Zwischenweltler, die ihnen eine zerbrechliche Sicherheit bieten würde. Auch Nandos Weg führte in diese Stadt. Maras Gesicht stand ihm vor Augen, ihr Erstaunen, ihr Lächeln und dann die Ruhe der Ohnmacht, die nach ihrer Rettung aus dem Auto über sie gekommen war. Sie war nur leicht verletzt gewesen, ein paar Brandblasen und Schürfwunden. Morpheus hatte sich ihrer angenommen, er brachte sie nach Katnan und würde alles tun, um sie rasch zu heilen. Und dann würde Nando ihr einiges erklären müssen.

Er spürte Avartos' Blick auf sich ruhen, der Engel stand in einiger Entfernung hinter ihm, ruhig und abwartend. Noemi war bei ihm, sie hatte sich geweigert, mit den anderen nach Katnan zu ziehen, und nun stand sie neben dem Engel, den sie keines Blickes würdigte, und ließ sich vom Staub des Mohns umtanzen. Sie warteten auf ihn, warteten darauf, dass er sich zu ihnen umwandte und eine Entscheidung traf.

Doch Nando rührte sich nicht. Er ließ seinen Blick über die Umrisse der Stadt schweifen. Unheilvolle schwarze Nebel glitten aus dem Höllenriss. Wie eine Vorausdeutung auf etwas Schreckliches krochen geisterhafte Schwaden über die Ränder und zogen in Häusernischen und Hinterhöfe, um sich dort zu klebrigen Schatten zu vereinen. Lauernd und stumm hockten sie im Zwielicht und hüllten die Stadt in eine entseelte Melodie der Stille. Die meisten Dämonen waren längst geflohen, es war, als hätte Bhroroks Tod sie fortgetrieben, doch noch immer bemerkte Nando vereinzelte Horden, die plündernd durch die Gassen zogen. Dumpf pochte der Zorn hinter seiner Stirn. Bald schon würde Bantoryn vollkommen verlassen sein, eine Geisterstadt weit unten in der Erde, umschlossen von Massen an Gestein. Die Stadt jenseits des Lichts war in die Finsternis gefallen, dieses Bild hatte sich ihm eingebrannt wie ein boshaftes Geschwür, es schmerzte ihn, den Blick darauf ruhen zu lassen. Und doch konnte er sich nicht von Bantoryn abwenden. Es schien ihm, als würde er das Gleichgewicht verlieren, sobald er dieses Bild aus den Augen verlor, und in eine tiefe und fühllose Schwärze fallen, die ihn mit sich reißen konnte wie ein tosender Fluss.

»Wie lange willst du noch hier sitzen?«, fragte eine Stimme neben ihm, und als er den Blick wandte, schaute er Kaya ins Gesicht. Die Dschinniya hockte auf der Geige und sah prüfend zu ihm auf. Die Roboter von Morpheus hatten sie ebenso wie das Instrument heil aus der Ruine des Mal'vranons geborgen, doch trotz einiger Kratzspuren an der Geige und verkohlten Haarsträhnen in ihrer Mähne hatte Kaya darauf bestanden, auf direktem Weg zu Nando gebracht zu werden, und keiner ihrer metallenen Retter hatte es gewagt, sich gegen sie zur Wehr zu setzen. Nach einem überschwänglichen Wiedersehen hatte Nando ihr in knappen Worten von Bhalvris erzählt und von allem, was Antonio ihm während des Gesprächs im Mohnfeld anvertraut hatte, und nun saß sie bei ihm, den Blick ruhig auf ihn gerichtet, und wartete darauf, dass er erneut anfangen würde zu sprechen.

Nando hob die Schultern und ließ sie wieder sinken. »Es kommt mir vor, als wäre ein Teil von mir mit Bantoryn in die Finsternis gefallen«, erwiderte er leise. »Alles um mich herum ist schwarz.«

Kaya sah ihn an, ihre Augen schimmerten leicht in der Dunkelheit.

»Du hast Bhrorok besiegt«, entgegnete sie sanft. »Du hast dein Ziel erreicht, du bist frei. Nun kannst du zurückkehren in die Welt der Menschen, wie du es einst wolltest, oder in den Schatten bei den Nephilim bleiben.«

»Ich kann nicht zurückgehen in die Menschenwelt«, erwiderte Nando. »Ich kann nicht alles zurücklassen, was ich in der Welt der Schatten erfahren habe. Und kann ich wirklich bei den Nephilim bleiben, ich, der Sohn des Teufels, der die Kraft in sich trägt, sie alle zu befreien?«

Kaya schwieg für einen Moment. »Du weißt, welchen Weg Antonio für dich gesehen hat«, sagte sie dann.

»Ja«, erwiderte Nando kaum hörbar. »Jener Weg, vor dem ich davongelaufen bin. Doch wenn ich mich entschließen sollte, ihn zu gehen … Wer werde ich werden auf diesem Weg zwischen Licht und Finsternis? Schon mein Kampf gegen Bhrorok hat mich bis an meine Grenzen getrieben und darüber hinaus. In welche Abgründe werde ich fallen in dem Kampf, den ich gegen seinen Herrn bestehen müsste? Und würde es mir gelingen, in der Finsternis zu fliegen?«

Kaya nickte langsam. »Es ist, als würde man auf einem Drahtseil stehen«, erwiderte sie leise, und für einen Moment drang Yrphramars Stimme durch ihre Worte, so deutlich und klar, dass Nando überrascht den Kopf hob. Wie oft hatte sein alter Freund dies zu ihm gesagt, wie oft hatte er dabei gelächelt, traurig und glücklich zugleich, und wie oft hatte Nando die Bilder vor sich gesehen, die nun in ihm auftauchten: Yrphramar allein zwischen erleuchteten Häusern in der Nacht, Yrphramar im Regen, Yrphramar auf einer Straße ohne Ziel, den Blick halb zurückgewandt. »Das Seil reicht über eine Schlucht, aber man sieht es nicht, denn es ist vollkommen finster. Man fühlt nur, wie das Seil schwankt, wie es vibriert unter den eigenen Schritten. Es ist schlimm, wenn man sich vorwärtstastet, immer in der Furcht, jeden Augenblick fallen zu können – doch am allerschlimmsten ist es, wenn man stehen bleibt. Dann wird die Dunkelheit größer, dann greift sie nach den Haaren, nach der Kleidung, man meint sogar, sie würde durch die Haut dringen und die Knochen zum Zittern bringen.«

Nando lächelte, als er daran dachte, wie Yrphramar bei diesen Worten stets nach seinem Ärmel gegriffen und daran gezupft hatte, doch gleichzeitig spürte er die Dunkelheit um sich herum und fühlte das Seil unter seinen Füßen wie damals, als er diese Worte zum ersten Mal vernommen hatte.

»Da steht man nun«, fuhr Kaya fort, doch Nando sah sie nicht mehr. Er saß bei Yrphramar in der Schwarzen Gasse, hörte den Regen auf das Dach des Unterschlupfs prasseln und stand gleichzeitig auf dem bebenden Seil. »Man versucht, in der Dunkelheit ringsherum etwas zu erkennen, lauscht auf jedes Geräusch, auf das Knarzen des Seils, man spürt jede Bewegung, jedes Zittern in den Streben, jeden noch so leichten Windzug. Man vergisst die Zeit, man weiß nicht mehr, wie man auf das Seil geraten ist, vergisst irgendwann sogar, in welche Richtung man sich bisher fortbewegte, und dann fängt man an, das Seil selbst nicht mehr zu spüren. Dann ist da nur noch Dunkelheit.«

Nando spürte sein Herz in seiner Kehle, er wusste, dass er im Mohnfeld hockte und nicht fallen konnte, und doch fuhr er zusammen, als plötzlich der Wind nach ihm griff und ihn schwanken ließ. Er zwang Yrphramars Gesicht vor sein inneres Auge zurück, er saß wieder bei ihm in der Gasse, und er sah ihn lächeln, leise und verschmitzt.

»Doch dann«, fuhr Yrphramar in seinen Gedanken fort, »dann holt man Atem. Tief, so tief, wie man nur kann. Man drängt die Geräusche fort, die von außen durch die Dunkelheit kommen, drängt den Wind zurück, das Knarzen des Seils, sogar die eigenen zitternden Knie. Stattdessen hört man auf das, was noch weiter innen liegt, in der tieferen Nacht des eigenen Selbst. Man stürzt sich hinein, das Herz geht schnell, immer schneller, und plötzlich hört man Musik – Musik, Nando, die man nur manchmal und auch dann nur unter ganz besonderen Umständen in der äußeren Welt zustande bringt. Sie durchdringt alles. Sie flüstert, sie schreit, sie erzählt. Und sie erhellt die Dunkelheit. Erstaunt und geblendet fährt man zurück und sieht, dass man auf einem Seil steht, einem Seil, dessen Anfang sich im Nirgendwo verliert – und dessen Ende man in den eigenen Händen über dem Abgrund hält.«

Nando holte Atem, langsam sank Yrphramars Bild in die Dämmerung seiner Gedanken, doch das Lächeln seines Freundes trug ihn sanft auf das Mohnfeld zurück.

Kaya sah noch immer zu ihm auf. »Es ist dein Weg«, sagte sie kaum hörbar. »Niemand außer dir kann ihn gehen. Doch wenn Yrphramar nicht mehr wusste, wohin er sich wenden sollte, wenn die Dunkelheit ihn ängstigte, wenn er allein war, ganz allein auf der Welt – dann hat er gespielt.«

Noch einmal sah Kaya ihn an, ein Wärmeschauer glitt über sein Gesicht und ließ ihn lächeln. Dann zog sie sich in die Geige zurück.

Für einen Moment saß Nando regungslos. Ein grausamer Schwindel pochte hinter seiner Stirn, und als er kurz die Augen schloss, spürte er das Drahtseil unter seinen Füßen. Er wusste um den Abgrund, der unter ihm lag. Das Seil knarzte, und kaum dass er schwankte, loderte die Dunkelheit um ihn herum auf. Er spürte die Furcht vor dem Abgrund in seinen Schläfen pulsen. Lange war er vor ihm geflohen, lange hatte er ihn gefürchtet. Er sog die Luft ein, langsam und fließend, und griff nach seiner Geige. Nun war es an der Zeit, dem ein Ende zu setzen.

Er legte den Kopf in den Nacken, und mit geschlossenen Augen stürzte er in seine eigene Finsternis. Für einen Moment überkamen ihn Lähmung und Zerrissenheit, als er nicht wusste, ob er flog oder fiel, doch er drängte jede Furcht beiseite und konzentrierte sich mit aller Kraft auf seine Musik. Ihre Klänge ließen ihn tiefer gleiten, sie umhüllten ihn wie wehende Tücher, und schließlich landete er in einem dunklen Raum auf steinernem Grund. Wenige Schritte von ihm entfernt lag etwas auf dem Boden und spendete ein diffuses Licht. Nando ging darauf zu und erkannte, dass es ein Spiegel war, ein großer Handspiegel mit verschnörkeltem Griff. Kaum dass er ihn aufgehoben hatte, strichen weiße Flammen über die Spiegelfläche, die gleich darauf sein Gesicht zeigte.

Nando wollte sich gerade abwenden, als ein goldener Schimmer über die Haare seines Spiegelbildes zog. Er riss die Augen auf – doch die Augen seines Gegenübers blieben reglos. Nur ihre Farbe veränderte sich zu einem matten Gold, und als Nando erschrocken zurückwich, glitt ein Lächeln über das Gesicht seines Spiegelbildes, und ein Wort drang über seine Lippen, das durch Nandos Gedanken flüsterte: *Teufelssohn!*

Erschrocken ließ Nando den Spiegel fallen, der, noch ehe er am Boden aufschlug, in glitzernde Scherben zerbrach. Säuselnd erhoben sie sich in die Luft, Nando hörte, dass seine Musik leiser wurde, doch sein Blick hing unverwandt an den Scherben, denn aus jeder einzelnen von ihnen lachte ihm sein Spiegelbild zu. Es war ein Scherbenlachen, das andere Bilder heraufbeschwor: Nando, der über brennende Menschenstädte flog, das Schwert mit Triumphgebrüll erhoben. Nando auf Feldern aus Asche, Nando in dunklen Sälen, umtost von Schatten und Eis – und Nando auf dem Thron des Teufels, das goldene Haar lodernd wie Feuer, das Zepter der Flammen in der Hand. Wie auf einen lautlosen Befehl hin wandten alle Spiegelbilder sich Nando zu, ihre Blicke brannten in grausamer Kälte auf seiner Haut, doch noch während der Schrecken über diesen Anblick durch seine Glieder raste, setzten sich die Scherben in Bewegung und stoben auf ihn zu.

Eilig hob er die Arme, um sie abzuwehren, doch seine Magie erzielte keine Wirkung. Zischend zerfetzten die Scherben seine Kleider, schnitten tief in sein Fleisch und jagten mit dem unerträglichen Lachen durch die Finsternis. Nando fiel auf die Knie, verzweifelt versuchte er, sich vor den Angriffen zu schützen. Die Wunden brannten wie Feuer, doch schlimmer noch als das war der Umstand, dass er mit jedem Schnitt das fühlte, was das jeweilige Spiegelbild empfand. Er spürte die Euphorie desjenigen, der über die brennenden Städte der Menschen hinwegjagte, fühlte die Schatten der Säle auf seinem Gesicht und etwas wie Sehnsucht nach der Kälte des Zepters an seinen Fingern. Rasch senkte er den Blick, um die Bilder nicht länger ertragen zu müssen, doch er hörte das Lachen der Scherben in sich widerhallen, als würde es aus ihm selbst hervorbrechen. Panisch griff er sich an die Kehle, er wusste, dass er verloren war, wenn er auch nur einen Ton dieses Gelächters über die Lippen bringen würde. Hilflos kauerte er sich zusammen, er konnte seine Musik kaum noch hören. Unter ihm bildete sein Blut eine Lache, und er schaute sich selbst ins Gesicht.

Weder die Farbe seiner Augen noch seiner Haare konnte er erkennen, aber er sah das spöttische Lächeln, das ihm einen Schauer über den Rücken schickte. Und doch konnte er sich von diesem Spiegelbild nicht lösen. Denn er sah auch die Verzweiflung in seinem Blick, die Ohnmacht und die Traurigkeit – und da war noch etwas anderes, etwas, das ihm für einen Moment den Atem stocken ließ. Ein ungebrochener Wille stand in seinen Augen, und kurz meinte Nando, Antonios Stimme durch das Scherbenlachen zu hören: *und eine Stärke, die der Zweifel nicht zerbrechen, sondern nur mächtiger machen kann.*

Nando sah etwas wie Erstaunen über das Gesicht seines Spiegelbildes flackern, doch er achtete kaum darauf. Zischend raste eine Scherbe an seiner Schulter vorbei und grub sich tief in seinen Arm, aber als die Empfindung von unbändigem Zorn sich in seine Glieder ergießen wollte, hob er den Kopf und drängte sie mit aller Macht zurück. Entschlossen ballte er die Fäuste. Mochte er unsicher sein und schwanken, mochte er immer wieder verzweifeln und sich selbst verfluchen auf dem Weg, der vor ihm lag – doch er würde sich nicht davon abhalten lassen, ihn zu gehen, schon gar nicht von seiner eigenen Furcht und seinem Zweifel!

Er kam auf die Beine, stieß den Arm vor und befahl die größte Scherbe des Spiegels in seine Faust. Mit flammenden Augen stierte sein Spiegelbild ihn an, doch Nando wandte den Blick nicht ab. Er fixierte das Gold der Teufelsaugen, den Schimmer der Haare und das verschlagene Lächeln – und er erwiderte es für einen Moment.

Ich entscheide, wer ich bin und werde, raunte er sanft.

Er sah noch den Schrecken in den Augen seines Spiegelbildes, ehe er den Kopf in den Nacken legte und schrie. Die Scherben um ihn herum zerbrachen in funkensprühenden Explosionen und zerschnitten die Finsternis, die sie umgab, als wäre diese nichts als ein seidenes Tuch. Licht brach durch die Risse, Nando hob die letzte Scherbe hoch in die Luft. Noch einmal sah er seinem fremden Spiegelbild ins Gesicht, doch kaum dass sich das Licht in der Scherbe brach, verschwand die Fratze, als wäre sie nicht mehr als eine Maske gewesen, und ließ nichts als Nandos wahres Spiegelbild zurück. Im gleichen Moment verstummte das Lachen, und die Musik brandete mit voller Kraft um ihn herum auf. Nando schleuderte die Scherbe hoch in die Luft, ein Drache erstand in ihrem Inneren, und als sie zerbrach, schoss er aus ihr hervor und bäumte sich brüllend in der versagenden Dunkelheit auf, umtost von Licht und Schatten. Nando hielt den Atem an. Er war in seine eigene Finsternis gefallen, in jene Nacht, die er in gleißenden Tag verwandeln konnte – und er wusste, dass in ihr alles möglich war. In ihr konnte er sein, wer er war, und er fiel nicht – er flog!

Mit einem Schrei riss Nando die Augen auf, sein Bogen flog über die Saiten, während er den Zauber brüllte und einen gewaltigen Feuerstrom aus seiner Geige in den Himmel über Bantoryn schickte. Donnernd brachen die Flammen sich ihren Weg und formten sich zu dem Drachen, der ihm gerade in seinem Inneren erschienen war. Glutrot und schwingenrauschend raste er über die Dächer dahin, Nando sah die Dämonen, die erschrocken die Flucht ergriffen, und ihm stockte der Atem, als der Drache auf der Schwarzen Brücke landete, einen Flügel um die Reste des Mal'vranons schlang und brüllte – so laut und durchdringend, dass Flammenschwärme den Plünderern nacheilten und ihre Haut verbrannten. Nando sah das Gesicht des Teufels im Schlund des Drachen glimmen, sah auch das Entsetzen, das in den goldenen Augen aufloderte, und er ließ den Drachen noch einmal brüllen: *Alles, was du verloren hast!*

Und als hätte sein Ruf einen Schatten vertrieben, sah Nando nicht länger Bantoryn, die vernichtete Stadt. An Stelle der Rauchsäulen, der Aschewolken und schwelenden Feuer tauchten nun Bilder aus den Ruinen auf, die Gesichter von Drengur, Morpheus, Althos, Riccardo, Ilja, er sah Noemi und Silas, auch Paolo, Salados und immer wieder Antonio. Der rote Blütenstaub des Mohns stob in die Luft, der Wind trieb ihn in wilder Leidenschaft zu Nandos Spiel über den Hügel, während die Bilder vor dessen Augen aus den Straßen schossen. Sie formten sich zu Spiralen aus Licht und Schatten, zu Kaskaden aus Dämmerung, und trugen ihn durch die Gassen wie ein Meer, das seinem Willen gehorchte. Er nahm Abschied von Bantoryn, doch zugleich erinnerte er sich, er beschwor das wahre Gesicht der Stadt herauf, um es mit sich zu nehmen auf dem Weg, der vor ihm lag. Er spielte für den Ort jenseits des Lichts, spielte für die Stürme aus Nebel und Flammen, die ihn einst vor der Welt verborgen hatten, und für die Klauen aus Erz, die ihn umklammerten. Er spielte für den Ort, wo Helden eine Heimat fanden, seine Musik umhüllte die Ruinen des Mal'vranons, und sein Herz raste in seiner Brust, als er sah, wie sich die Stadt in seinen Gedanken neu erschuf, wie sie ihm Antwort gab aus der Dunkelheit, in die sie geworfen worden war – eine Antwort wie das Spiel der Nephilim, damals vor so langer Zeit, als Nando an seinem Fenster für sie gespielt hatte. Deutlich hörte er die Musik dieser Stadt, sah lachende Gesichter in ihren Straßen und fühlte ein Wort auf seinen Lippen, das der Wind mit sich trug und das jede Dunkelheit zerriss. *He'vechray*, raunte Bantoryn mit tausend Stimmen, und Nando antwortete ihr. Sein Spiel war mehr als ein Requiem. Es war ein Schwur an die Freiheit und ein Kniefall vor der Stadt, die ihn neu erschaffen hatte.

Atemlos schickte Nando die letzten Töne seines Spiels über die Stadt, und als er die Geige sinken ließ, da ging ein Dröhnen durch die Höhle, ein Grollen, das ihm den Atem stocken ließ. Ehrfürchtig saß er da, hörte auf das, was in mächtigen Impulsen den Boden zum Erzittern brachte, und spürte den Schauer, der ihm wie ein flüsternder Schatten über den Rücken strich. Mochte Bantoryn in die Finsternis gefallen sein – aber der Herzschlag der Drachen pulste durch das Feld des wispernden Mohns, und dieser Ton war es, der Nando schwebend hielt zwischen Licht und Schatten, der ihn aufrecht stehen ließ auf seinem Seil über dem Abgrund, und er würde sich diesen Klang bewahren auf seinem Weg, jenem Weg, an dessen Ende der Teufel auf ihn wartete.

Er erhob sich und ging zu Noemi und Avartos hinüber. Der Engel musterte ihn wortlos, und doch meinte Nando, weit hinten im Gold seiner Augen etwas wie ein Lächeln erkennen zu können, und als er Noemis Blick begegnete, nickte sie langsam, als würde sie ahnen, welchen Weg er gerade in seinem Inneren zurückgelegt hatte. Er fühlte einen schwachen Wärmeschauer, als Kaya sich auf seiner Schulter niederließ, und er lächelte kaum merklich. Mochte Luzifer auf ihn warten – aber er würde den Weg zu ihm nicht allein gehen müssen.

Schweigend wandten sie sich ab, und erst als sie die Hügel Bantoryns hinter sich gelassen hatten, schaute Nando noch einmal zurück. Er sah hinauf zu dem Drachen, der reglos und flammend auf der Schwarzen Brücke saß. Schon fielen einzelne Funken in glitzernden Kaskaden in die Gassen hinab und zerrissen die Schatten, die sich dort eingenistet hatten. Bald schon würde das Zeichen verblassen. Doch Nando spürte seine Flammen noch auf seinem Gesicht, als er sich längst wieder zum Gehen gewandt hatte, und er nahm das Bild mit sich: das Bild der Freiheit über den Gassen einer wartenden Stadt.

Gesa Schwartz

Grim

Roman

Der Gargoyle Grim wahrt das steinerne Gesetz, nach dem niemals ein Mensch von der Existenz seines Volkes erfahren darf. Doch dann wird dieses Gesetz aufgrund eines rätselhaften Pergaments gebrochen. Gemeinsam mit der jungen Sterblichen Mia, einer Seherin des Möglichen, will Grim das Geheimnis des Pergaments ergründen. Sie ahnen nicht, dass sie einem Rätsel auf der Spur sind, welches das Schicksal der ganzen Welt bedroht …

Band 1: Das Siegel des Feuers
688 Seiten, gebunden mit Schutzumschlag
€ 19,95 [D]
ISBN 978-3-8025-8303-2

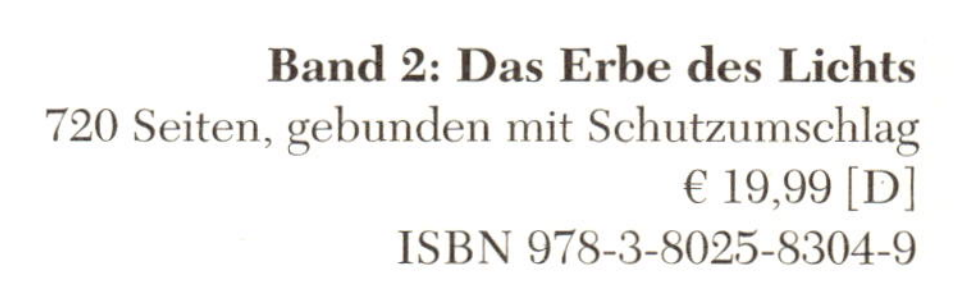

Band 2: Das Erbe des Lichts
720 Seiten, gebunden mit Schutzumschlag
€ 19,99 [D]
ISBN 978-3-8025-8304-9

Ilona Andrews

Land der Schatten

Magische Begegnung

Roman

An der Grenze zwischen den Welten …

Rose Drayton hat eine einzigartige Begabung: Sie kann weiße Blitze schleudern. Diese magische Fähigkeit hat ihr schon viele unerwünschte Verehrer eingebracht. Daher ist sie auch alles andere als erfreut, als eines Tages ein fremder Mann vor ihrer Tür steht. Denn für sie steht fest: Der blonde Krieger hat es auch nur auf ihre Magie abgesehen. Doch als eine Flut machthungriger Geschöpfe ihre Familie bedroht, ist Declan ihre einzige Chance …

»Mit dieser packenden neuen Serie voller Magie und Spannung stellt Ilona Andrews einmal mehr unter Beweis, dass sie eine der besten Autorinnen der Urban Fantasy ist.« *Romantic Times*

Band 1 der Serie
448 Seiten, kartoniert mit Klappe
€ 9,95 [D]
ISBN 978-3-8025-8345-2

www.egmont-lyx.de